제르미날 2

이 도서의 국립중앙도서관 출판예정도서목록(CIP)은 서지정보유통지원시스템 홈페이지(http://seoji.nl.go.kr)와
국가자료공동목록시스템(http://www.nl.go.kr/kolisnet)에서 이용하실 수 있습니다.
(CIP제어번호: CIP2014020434)

세계문학전집
122

Émile Zola : Germinal

제르미날 2

에밀 졸라 장편소설
박명숙 옮김

문학동네

일러두기

1. 번역 대본으로는 Collection Folio Classique 판 *Germinal*(Émile Zola, Henri Mitterand 편집, Gallimard, 2010)을 사용했다.
2. 책 말미의 '몽수와 그 주변 지도'와 '루공마카르 가문의 계통수'는 독자의 이해를 돕기 위해 옮긴이가 넣은 것이다. '몽수와 그 주변 지도'는 에밀 졸라가 그린 스케치와 『제르미날』의 영역본에 실린 지도를 참고했다.
3. 주석은 모두 옮긴이주이다.
4. 본문 중 고딕체는 원서에서 이탤릭체로 강조한 부분이다.

차례

제5부

1

새벽 네시, 달도 이울고 사방에는 칠흑 같은 어둠이 깔려 있었다. 드뇔랭의 집에서는 모두가 아직 깊은 잠에 취해 있었다. 잡초가 우거진 너른 정원을 사이에 두고 장바르 탄광과 마주하고 있는 낡은 벽돌집에는 문과 창문이 꼭꼭 닫힌 채 무거운 적막감이 감돌았다. 집의 다른 쪽으로는 방담으로 통하는 황량한 도로가 지나고 있었다. 숲에 가려 보이지 않는 방담은 그곳에서 3킬로미터쯤 떨어진 곳에 있는 커다란 시골 마을이었다.

드뇔랭은 전날 오후 막장에서 시간을 보내느라 지친 탓에 벽 쪽으로 돌아누워 코를 골며 자고 있었다. 꿈속에서 누가 그를 부르는 소리가 들렸다. 잠에서 깨어난 그는 정말로 자신을 부르는 소리를 듣고는 달려가 창문을 열었다. 그가 부리는 갱내 감독 하나가 정원에 서 있는 게 보였다.

"무슨 일인가?" 드뇔랭이 물었다.

"사장님, 난리가 났습니다요. 광부들 반이 작업을 거부하고 다른 사람들까지 갱으로 내려가지 못하게 막고 있습니다."

드뇔랭은 아직 잠이 덜 깬 탓에 머리가 무겁고 빙빙 돌아 무슨 말인지 금세 이해하지 못했다. 게다가 얼음물에 샤워라도 한 것처럼 매서운 추위가 그를 엄습했다.

"강제로라도 갱으로 내려보내면 되잖아, 젠장!" 그는 더듬거리며 대꾸했다.

"벌써 한 시간째 저러고들 버티고 있습니다." 갱내 감독이 다시 말했다. "그래서 사장님을 모시러 온 겁니다. 사장님이라면 저들을 설득할 수 있을 것 같아서요."

"알겠네, 당장 가도록 하지."

그제야 정신이 번쩍 든 그는 불안한 마음으로 서둘러 옷을 챙겨 입었다. 요리사나 하인이 기척조차 하지 않는 상황에서 그들이라면 얼마든지 그의 집을 약탈할 수도 있었다. 그런데 층계참 반대쪽에서 놀란 듯한 목소리들이 속삭이는 소리가 들렸다. 드뇔랭이 밖으로 나가려는데, 딸들의 방문이 열리더니 두 딸이 서둘러 하얀 실내복을 걸치고 나오면서 물었다.

"아빠, 무슨 일이에요?"

어느덧 스물두 살의 어엿한 숙녀로 성장한 첫째 뤼시는 키가 크고 갈색 머리에 빼어난 미모를 자랑했다. 갓 열아홉 살이 된 둘째 잔은 키가 작고 금발머리에 사근사근한 매력을 풍겼다.

"별일 아니다." 드뇔랭은 딸들을 안심시키기 위해 태연한 척 둘러댔다. "탄광에서 일꾼들이 소란을 좀 피우고 있는 것 같구나. 내가 무슨 일인지 알아보고 오마."

두 딸은 그가 뭐라도 따뜻한 것을 먹지 않고는 가게 할 수 없다고 외쳤다. 그러지 않으면, 늘 그러듯 쓰린 배를 부여잡고 돌아오게 될 터였다. 드뇔랭은 너무 바빠서 그럴 시간이 없다며 딸들을 뿌리치고 속히 집을 나서려 했다.

"아빠," 잔이 그의 목에 매달리면서 말했다. "럼주 한 잔이랑 비스킷 두 쪽이라도 꼭 드시고 가야 해요. 안 그러면 계속 이대로 매달려 있을 거예요. 나를 함께 데리고 가시든지요."

그는 비스킷을 먹으면 목이 멜 거라고 투덜대면서도 하는 수 없이 딸들의 말을 따랐다. 딸들은 어느새 각자 휴대용 촛대를 들고 그보다 먼저 아래층으로 향했다. 아래층 식당에서 작은딸은 럼주를 따르고 큰딸은 찬방으로 달려가 비스킷 봉지를 가져와서는 서둘러 아침식사를 준비했다. 아주 어려서 엄마를 잃은 딸들은 자기들 스스로 커온 것이나 마찬가지였다. 제대로 된 가정교육을 받지 못한 채 아버지 손에 응석받이로 자라났다. 큰딸은 극장에서 노래하는 가수가 되기를 꿈꿨고, 대담하고 취향이 독특한 둘째는 그림에 몰두했다. 그러다 심각한 사업 문제로 예전만큼의 호사가 허락되지 않자, 별나 보이던 딸들은 현명하고 꼼꼼한 살림꾼의 기질을 드러냈다. 딸들은 가계부에서 아주 적은 금액이 비는 것도 금세 알아차렸다. 요즘에는 예술가 기질을 지닌 선머슴 같은 모습으로 가계를 도맡아 관리하며 한푼도 허투루 쓰지 않고, 물건을 대주는 상인들과의 언쟁도 마다하지 않았다. 또한 옷가지를 계속 수선해 입었고, 갈수록 나빠지는 형편에도 언제나 품위를 잃지 않았다.

"드세요, 아빠." 뤼시가 거듭 말했다. 그러다 드뇔랭이 다시 어두운 얼굴로 말없이 생각에 잠긴 모습을 보고는 불안감에 사로잡혔다.

"그렇게 안 좋은 일이에요? 그래서 그렇게 심각한 얼굴을 하고 계신 거예요?…… 그럼 우리도 아빠랑 같이 있을게요. 점심 약속에는 우리가 빠져도 아무 문제 없을 거예요."

아침으로 예정되어 있는 나들이 얘기였다. 엔보 부인이 그녀 소유의 사륜마차로 먼저 그레구아르 씨 집으로 세실을 데리러 갔다가 드뇔랭의 집으로 두 딸을 데리러 오기로 했다. 그런 다음 엔보 부인의 초대로 모두 같이 마르시엔으로 가서 포르주에서 점심식사를 하기로 되어 있었다. 그 기회에 다 함께 작업장과 용광로 그리고 코크스로도 방문할 예정이었다.

"물론이지, 우리가 당연히 아빠하고 같이 있어야지." 잔도 뤼시의 말을 거들었다.

그러나 드뇔랭은 발끈 화를 내며 말했다.

"대체 왜들 이러는 거냐! 몇 번을 말해야 알겠니, 정말 아무 일도 아니라니까…… 얼른 다시 침대 속으로 들어갔다가, 예정대로 아홉 시 약속에 늦지 않게 채비하거라."

그는 딸들에게 입맞춤을 하고는 서둘러 집을 나섰다. 정원의 꽁꽁 얼어붙은 땅 위로 점점 멀어져가는 그의 부츠 발소리가 둔탁하게 들려왔다.

잔은 럼의 코르크 마개를 세심하게 다시 닫았고, 뤼시는 비스킷을 찬방에 도로 가져다두고 열쇠로 잠갔다. 식탁 차림새가 변변찮음을 엿보게 하는, 썰렁하도록 깔끔한 식당이었다. 두 자매는 아침 일찍 내려온 김에 전날 밤에 미처 치우지 않고 남아 있는 게 없는지 확인했다. 냅킨 하나라도 눈에 띄었다가는 하인은 질책을 면할 수 없을 것이었다. 그들은 마침내 다시 위층으로 올라갔다.

집에 딸린 텃밭 사이로 난 오솔길을 가로질러 가는 동안 드뇔랭은 위협받는 자신의 재산, 몽수의 드니에를 떠올렸다. 열 배 이상으로 부풀릴 꿈을 꾸며 투자한 100만 프랑이 지금 그대로 사라질 크나큰 위기에 놓여 있었다. 오랫동안 끊임없이 찾아온 불운이 그를 괴롭혀온 터였다. 예상치 못했던 보수 작업과 탄광의 유지와 채굴에 엄청난 비용을 들인 뒤, 겨우 수익을 내기 시작하려는 찰나에 망할 놈의 산업 위기가 닥쳤던 것이다. 만약 그의 탄광에서 파업이 일어난다면 그는 끝장이었다. 그는 조그만 문을 밀고 안으로 들어갔다. 캄캄한 어둠 속에서 더 짙게 보이는 그림자와 몇몇 초롱에서 별처럼 비치는 빛으로 갱의 건물들을 어렴풋이 알아볼 수 있었다.

장바르 탄광은 르 보뢰만큼 규모가 크지는 않았지만 갱을 새롭게 재정비해 탄광 기사들의 말마따나 말끔한 면모를 갖추었다. 드뇔랭은 수갱의 폭을 1미터 50센티미터 늘리고 깊이를 708미터까지 파들어가는 데 만족하지 않고 최신 과학기술에 따라 기계와 케이지를 비롯한 모든 설비를 새것으로 교체했다. 심지어 보수한 건물 곳곳에서는 우아함까지 고려한 흔적을 발견할 수 있었다. 선탄장 지붕 주위를 조각된 띠로 장식하고 권양기탑에는 커다란 시계를 설치했으며, 하치장과 기계실은 르네상스풍의 예배당처럼 끝 부분을 둥글게 처리했다. 또한 굴뚝 위쪽에는 검은색과 붉은색 벽돌 모자이크로 만든 나선형 장식을 덧붙였다. 배수펌프는 탄광의 또다른 갱인 오래된 가스통마리 갱에 설치했다. 장바르 탄광은 수갱 양쪽으로 두 군데의 환기갱, 즉 증기로 작동하는 통풍기와 비상용 사다리가 설치된 환기갱만을 갖추고 있었다.

그날 아침, 새벽 세시에 가장 먼저 그곳에 도착한 샤발은 몽수의 광부들처럼 탄차당 5상팀을 인상해줄 것을 요구해야 한다고 동료들을 설득하면서 파업에 동참하도록 부추겼다. 이내 갱의 작업장에서 올라온 광부들 400명이 탈의실을 거쳐 거친 몸짓과 큰 소리가 오가는 하치장으로 몰려들었다. 계속 일하기를 원하는 사람들은 맨발로 램프를 든 채 삽이나 리블렌을 옆구리에 끼고 있었다. 또다른 무리는 아직 나막신을 신고 매서운 추위 때문에 어깨에는 외투를 걸친 채 갱 입구를 가로막고 있었다. 그리고 갱내 감독들은 질서를 바로잡으려 애쓰면서, 일할 마음이 있는 이들이 갱으로 내려가는 것을 막지 말고 이성적으로 행동해달라고 애원하고 있었다.

그런데 샤발은 광부용 반바지와 웃옷 차림에 머리에는 파란색 보닛을 쓴 카트린을 보자 화를 내며 길길이 날뛰었다. 그는 아침에 일어나면서 그녀에게 계속 잠이나 자라고 명령하듯 거칠게 말했다. 하지만 카트린은 일을 할 수 없다는 것에 상심해 그를 뒤따라왔다. 그는 지금껏 그녀에게 돈 한푼 준 적이 없었다. 그녀는 종종 자신과 그를 위한 돈까지 혼자서 벌어야 했다. 그런데 앞으로 더이상 돈을 벌 수 없다면 자신은 어떻게 될 것인가? 앞날에 대한 두려움이 그녀를 엄습하면서, 먹을 것과 머물 곳이 없는 탄차 운반부들이 삶을 마치는 마르시엔의 사창가가 떠올랐다.

"이런 젠장!" 샤발이 외쳤다. "여기 오지 말라고 분명히 말했을 텐데?"

카트린은 자신은 돈이 없어 일을 해야 한다고 우물거렸다.

"그래서 지금 내 말을 거역하겠다는 거야, 재수없는 년 같으니라고!…… 당장 돌아가지 못해, 안 그러면 이 나막신으로 네년 엉덩이를 걷어차줄 테니까!"

카트린은 겁에 질려 멈칫 물러나면서도 그 자리를 떠나지 않았다. 사태가 어떻게 돌아가는지 지켜보기 위해서였다.

드뇔랭은 선탄장 계단을 통해 그곳에 도착했다. 초롱 빛이 희미했지만, 그는 예리한 눈빛으로 현장을 둘러보면서 어둠에 잠겨 있는 무리를 찬찬히 살펴보았다. 그는 모두의 얼굴을 기억하고 있었다. 채탄부, 적재부, 하역부, 탄차 운반부 그리고 견습 광부까지. 아직 새 건물처럼 깨끗한 중앙홀에는 작동을 멈춘 기계들이 방치되어 있었다. 가동되기만을 기다리는 기계는 칙칙 소리와 함께 조금씩 증기를 내뿜고 있었다. 케이지는 움직이지 않는 케이블에 매달린 채로 멈춰 있었다. 움직이던 도중에 멈춰 선 탄차들은 주철판 위에 한데 모여 있었다. 광부들은 겨우 여든 개의 램프만 찾아갔을 뿐이다. 나머지는 램프 보관소에서 빛을 내고 있었다. 하지만 그가 한마디만 하면 다시 평소처럼 작업이 재개될 수 있을 터였다.

"대체 무슨 일인가?" 드뇔랭이 큰 소리로 물었다. "뭣 때문에 그렇게 언짢은 얼굴들을 하고 있는 건가? 나한테 말해보게. 문제가 있다면 함께 해결책을 찾아야 하지 않겠나?"

평소 그는 자기가 부리는 노동자들에게 열심히 일할 것을 요구하면서도 아버지처럼 자애로운 면모를 보여주었다. 무뚝뚝하고 권위주의적인 듯하면서도 그들 누구에게나 호의적으로 대했다. 광부들은 그런 그를 따랐으며 무엇보다 그의 용기를 존경했다. 그는 수시로 그들과 함께 막장에 내려갔을 뿐만 아니라, 갱에 사고가 났을 때도 언제나 맨 앞에 서서 사고를 수습했다. 갱내 가스가 두 번씩이나 유출되었을 때도, 가장 대담한 이들마저 선뜻 나서지 못하고 있을 때 그가 겨드랑이에 밧줄을 맨 채 아래로 내려갔을 정도였다.

"이보게들, 자네들은 절대 그럴 리 없다고 큰소리친 나를 후회하게 만들지 말아주게." 드뇔랭이 다시 말했다. "난 헌병이 이곳을 지켜주겠다는 것도 거절했다네…… 그러니까 우리 서로 차분하게 얘기해보도록 하세."

그러자 모두들 난처한 표정으로 아무런 대꾸 없이 뒤로 물러섰다. 마침내 가장 먼저 말문을 연 것은 샤발이었다.

"그럼 우리가 원하는 바를 말하겠습니다, 사장님. 우린 이대로는 더이상 일할 수 없습니다. 탄차당 오 상팀씩 더 쳐주셔야겠습니다."

드뇔랭은 깜짝 놀란 표정을 지었다.

"뭐라고! 오 상팀을 올려달라고! 대체 왜 그러는 거지? 난 자네들이 하는 갱목 작업에 불만을 가져본 적이 없네. 몽수의 이사들처럼 자네들한테 새로운 요금제를 강요할 생각도 전혀 없고 말이야."

"그럴 수도 있겠죠. 하지만 어쨌거나 몽수의 동지들 말이 옳다고 생각합니다. 그들은 새로운 요금제를 거부하고 탄차당 오 상팀의 인상분을 요구하고 있습니다. 현재의 도급제로는 제대로 일할 수가 없기 때문입니다…… 따라서 우리도 그들처럼 오 상팀을 올려줄 것을 요구하는 바입니다, 그렇지 않은가, 동지들?"

여기저기서 그에게 동조하는 목소리가 터져나왔고, 격렬한 몸짓과 함께 웅성거리는 소리가 또다시 커져갔다. 모두들 드뇔랭을 둥글게 에워싼 채 점점 더 그에게 가까이 다가갔다.

그러자 드뇔랭은 눈빛을 번득이면서, 자신의 일꾼들을 강력하게 통제하기를 원하는 사람으로서 누군가의 멱살을 움켜쥐고 싶은 욕구를 참아내기 위해 주먹을 세게 움켜쥐어야 했다. 그는 대화로써 이성적으로 문제를 풀어나가기를 원했다.

"탄차당 오 상팀을 더 올려달라고 했나? 자네들 일이 그런 가치가 있다는 것에는 나도 동의하네. 다만 난 자네들 요구를 들어줄 수가 없네. 자네들 말대로 탄차당 오 상팀을 인상했다가는 난 끝장이기 때문이야…… 자네들이 살기 위해서는 우선 내가 살아야 한다는 걸 이해해야 하네. 난 지금 벼랑 끝에 와 있어. 여기서 원가를 조금이라도 올렸다가는 그대로 곤두박질칠 거란 말일세…… 자네들도 기억하겠지만, 이 년 전에 파업을 했을 때 난 자네들의 요구를 들어주었지. 지금도 또 그럴 수 있고 말이야. 하지만 그때 임금을 올려준 대가로 난 이 년이 지나도록 아직도 발버둥치고 있다는 걸 알아야 하네…… 지금 난, 다음달에는 또 어디서 자네들 급여를 빌릴 수 있을지 모르는 상황에 처할 바에는 차라리 탄광을 포기하는 편이 낫겠다는 심정일세."

샤발은 자신들에게 더없이 솔직하게 자기 처지를 털어놓는 주인 앞에서 냉소적인 웃음을 지어 보였다. 다른 광부들도 사장이 노동자들을 이용하면서도 엄청난 돈을 벌지 못한다는 생각을 받아들이지 못하겠다는 듯 고개를 숙이고 완강하게 버텼다.

그러자 드뇔랭은 계속해서 그들을 설득해나갔다. 그는 그의 탄광을 집어삼키기 위해 그가 곤경에 빠지기만을 기다리면서 호시탐탐 기회를 엿보고 있는 몽수 탄광과의 투쟁에 관해 설명했다. 그들 사이의 경쟁은 더할 나위 없이 치열해서 그로서는 경비를 절감하는 수밖에는 달리 방법이 없었다. 더구나 장바르 탄광은 유난히 깊어서 채굴 비용이 증가할 수밖에 없는 불리한 조건에 놓여 있었다. 그나마 상대적으로 깊은 탄층 덕분에 겨우 그 비용을 보전할 수 있었다. 지난번 파업 때만 해도 노동자들이 떠날 것을 염려해 마지못해 몽수 탄광처럼 임금을 올려주었을 뿐이다. 그는 그들의 미래를 언급하며 그들에게 두려움을 심어주었다. 만약 파업 때문에 그가 탄광을 팔고 탄광이 이사회의 가차없는 통제 아래 놓이게 된다면 앞으로 그들의 미래가 어떻게 되겠는가! 그는 저들처럼 아득히 먼 성소에서 몸을 감추고 있는 미지의 신과 같은 존재가 아니었다. 또한 광부들을 착취해 관리자들을 먹여 살리는, 광부들은 한 번도 본 적 없는 주주들과 같은 부류도 아니었다. 그는 엄연한 주인이었다. 탄광이 문을 닫으면 그가 잃는 것은 단지 돈뿐만이 아니었다. 자신의 지성과 건강, 삶 전부를 잃게 될 것이다. 작업 중단은 그에게 사형선고나 마찬가지였다. 그는 재고가 없어도 주문을 처리해야만 했다. 또한 장비를 놀릴 수도 없었다. 그런데 이런 상황에서 그가 한 약속들을 어떻게 지킬 것인가? 그의 친구들이 그에게 맡긴 돈의 이자를 어떻게 갚을 수 있단 말인가? 이제 그는 파산을 앞두고 있었다.

"자, 이제 내 얘기는 끝났네!" 그는 결론짓듯 말했다. "자네들에게 내 진심이 통할 수 있기를 바라네…… 누군가에게 스스로 자신의 목을 졸라 죽으라고 요구할 수는 없는 것 아니겠나, 안 그런가? 자네들의 요구대로 오 상팀을 올려주거나, 자네들이 파업을 하도록 수수방관하는 것 모두가 내겐 스스로 목을 베어 죽는 것과 똑같다는 말일세."

그는 입을 다물었다. 광부들은 다시 웅성거렸다. 그들 중 일부는 머뭇거렸고, 다수가 수갱 입구 가까이 돌아가 섰다.

"적어도 모두가 자유롭게 결정해야 할 거요……" 갱내 감독 하나가 말했다. "작업을 계속하기를 원하는 사람?"

그러자 카트린이 몇몇 사람들과 가장 먼저 앞으로 나섰다. 하지만 샤발이 불같이 화를 내면서 그녀를 밀치며 소리쳤다.

"우린 모두 파업에 찬성이오. 동지들을 배신하는 건 비겁한 자들이나 하는 짓이오!"

그 순간부터 타협은 불가능해 보였다. 그들은 또다시 큰 소리를 내기 시작했고, 갱 입구에 서 있는 동료들을 떠밀다가 하마터면 그들을 벽에 대고 짓뭉개버릴 뻔했다. 절망한 드뇔랭은 잠시 동안 혼자서 그들을 강제로 제압하려 애썼다. 하지만 그런 몸짓이 아무 소용 없다는 것을 깨닫고 조용히 뒤로 물러나야 했다. 그는 채탄 검량인의 사무실 안쪽에서 잠시 숨을 헐떡이며 의자에 홀로 앉아 있었다. 망연자실해 무기력감에 휩싸인 채 아무리 고민해봐도 도무지 뾰족한 수가 떠오르지 않았다. 마침내 마음을 진정한 그는 감독관에게 샤발을 찾아 데려오라고 말했다. 그리고 샤발이 대화에 응하자 손짓으로 다른 사람들을 모두 내보냈다.

"우리끼리 할 얘기가 있으니 다들 나가 있도록 하게."

드뇔랭은 샤발이 마음속에 감추고 있는 게 무엇인지 알아낼 생각이었다. 몇 마디 말을 나누자마자 그는 샤발이 끓어오르는 질투와 허영심으로 가득하다는 것을 간파했다. 그리하여 샤발의 비위를 맞춰주면서, 그와 같이 훌륭한 일꾼이 그런 식으로 자신의 미래를 위태롭게 만드는 것에 놀라는 척했다. 드뇔랭의 이야기를 듣노라면 마치 오래전부터 그를 빠르게 승진시킬 생각을 하고 있었던 듯했다. 그는 머지않아 샤발을 갱내 감독으로 임명할 것을 약속하면서 말을 끝맺었다. 두 주먹을 불끈 쥐고 조용히 그의 말을 듣고 있던 샤발은 점차 마음이 누그러졌다. 그러는 동안 그의 머릿속에서는 갖가지 생각이 오갔다. 파업을 계속하면 그는 에티엔의 하수인밖에는 될 수 없을 거라는 생각과 함께 그의 마음속에 또다른 야심이 스멀스멀 피어올랐다. 자기도 우두머리가 되고 싶다는 생각이었다. 그는 자만심에 도취해 얼굴이 벌겋게 달아올랐다. 게다가 아침부터 기다리고 있는 파업 노동자 무리가 이 시각까지 나타나지 않는 것을 보면 더는 오지 않을 모양이었다. 오는 길에 무슨 일이 생긴 게 분명했다. 어쩌면 헌병들에게 저지당했을 수도 있었다. 이제 주인의 말에 따라야 할 순간이었다. 하지만 그는 여전히 고개를 가로젓고 분노하듯 주먹으로 가슴을 두드리면서 매수당하지 않는 남자인 것처럼 보이려 했다. 마침내 그는 자기가 몽수의 동지들에게 이곳에서 만나자고 제안했다는 얘기는 하지 않은 채 광부들을 진정시켜 갱으로 내려보내겠노라고 약속했다.

드뇔랭은 광부들에게 모습을 드러내지 않았고, 갱내 감독들도 뒤로 물러나 있었다. 그들은 샤발이 하치장의 탄차 위에 올라가 거드름을 피우면서 열변을 토하는 것을 한 시간 동안 지켜보았다. 광부들 가운데 일부는 그에게 야유를 보냈고, 그중 120명은 그가 부추긴 결정을 고수하면서 화를 내고 가버렸다. 벌써 일곱시가 지나 드맑은 날이 밝아 있었다. 무척 차갑고도 경쾌한 날이었다. 갑자기 갱에서 다시 부산한 움직임이 느껴졌다. 멈췄던 작업이 다시 시작된 것이다. 먼저 기계의 크랭크암이 아래로 내려가면서 보빈에 감긴 강철 케이블을 감았다가 풀기를 반복했다. 그런 다음 요란한 신호들이 오가는 가운데 광부들이 아래로 내려갔다. 사람들로 가득 채워진 케이지가 아래로 내려갔다가 다시 위로 올라왔고, 갱은 하루치의 견습 광부와 탄차 운반부 그리고 채탄부를 먹어치웠다. 주철판 위에서는 하역부들이 우르릉거리는 소리를 내며 탄차를 밀기 시작했다.

"이런 젠장! 거기서 뭐하고 있는 거야?" 샤발은 자기 차례를 기다리는 카트린에게 소리를 질렀다. "꾸물대지 말고 얼른얼른 내려가서 일하란 말이야!"

아홉시가 되자 엔보 부인이 세실과 함께 마차를 타고 드뇔랭의 집에 도착했다. 뤼시와 잔은 스무 번이나 수선한 옷을 입고도 매우 우아한 모습으로 그들을 기다리고 있었다. 드뇔랭은 말을 타고서 마차를 뒤따르고 있는 네그렐을 알아보고는 깜짝 놀랐다. 대체 어떻게 된 일인가, 남자들도 함께 가기로 한 건가? 그러자 엔보 부인은 자애로운 얼굴로 겁이 나서 그랬노라고 대답했다. 길에 나쁜 사람들이 가득하다고 해서 그들을 지켜줄 사람을 동반하려 했던 것이다. 네그렐은 웃으면서 그들을 안심시켰다. 그것은 늘 그렇듯이 떠벌리기 좋아하는 사람들이 허풍을 떤 것뿐이니 하나도 염려할 게 없었다. 감히 창문에 돌 하나라도 던질 배짱이 있는 자는 아무도 없었다. 드뇔랭은 장바르에서 파업을 막은 것에 뿌듯해하면서 그들에게 그 이야기를 들려주었다. 이제 그는 아무 걱정이 없었다. 방담으로 가기 위해 여자들이 마차에 오르는 동안 모두들 화창한 날씨에 한껏 들떠 있었다. 그들은 멀리 들판에서 점점 가까이 다가오는 긴 떨림을 전혀 알아차리지 못했다. 땅에 귀를 바짝 대보기만 했더라도 수많은 사람들이 점점 더 빠른 걸음으로 행진하고 있다는 것을 알아차릴 수 있었을 터였다.

"그럼 그렇게 알고 있겠습니다." 엔보 부인이 거듭 말했다. "오늘 저녁에 따님들을 데리러 오셔서 우리와 함께 식사를 하시는 겁니다…… 그레구아르 부인도 세실을 데리러 오겠다고 약속하셨답니다."

"꼭 가겠습니다." 드뇔랭이 대답했다.

마차는 방담을 향해 출발했다. 잔과 뤼시는 몸을 숙여 길가에 서 있는 아버지에게 웃으며 다시 인사를 했다. 네그렐은 점점 멀어지는 마차 뒤에서 속보로 말을 몰았다.

그들은 숲을 가로질러 방담에서 마르시엔으로 향하는 길로 접어들었다. 르 타르타레*에 가까워지자 잔은 엔보 부인에게 라 코트베르트**를 아는지 물었다. 엔보 부인은 이 지역에서 오 년을 살았지만 아직 그쪽은 가본 적이 없다고 고백했다. 그래서 그들은 그쪽으로 돌아가기로 했다. 숲 가장자리에 위치한 르 타르타레는 개간되지 않은 황무

---

* 그리스신화에 나오는, 지하의 명계(冥界) 맨 밑에 있는 나락의 세계인 타르타로스(Tartaros)를 떠올리게 하는 이름. 지상에서 타르타로스까지의 깊이는 하늘과 땅 사이의 거리와 맞먹는다고 한다. 제우스 신의 노여움을 산 티탄 신족이나 대죄를 저지른 탄탈로스, 시시포스 등과 같이 신을 모독하거나 반역한 인간들도 이곳에 떨어졌다고 한다.

** 프랑스어로 '초록 언덕'이라는 뜻.

지였다. 화산 지대처럼 불모의 땅인 그곳 아래에는 수세기 전부터 불붙은 탄층이 타고 있었다. 그 지역 광부들은 언제부터인지 전설처럼 전해 내려오는 이야기를 들려주곤 했다. 땅속 깊은 곳에 있는 소돔과 같은 그곳에 하늘의 불이 떨어졌다. 그 속에서 온갖 추잡한 짓거리를 일삼던 탄차 운반부들은 미처 땅 위로 올라올 틈도 없이 불타버렸고, 지금까지도 여전히 그 지옥 깊은 곳에서 불타고 있었다. 검게 탄 검붉은색 바위들은 나병에라도 걸린 것처럼 명반 가루로 새하얗게 뒤덮여 있었다. 갈라진 틈새에서는 노란색 꽃처럼 유황이 피어올랐다. 밤이면 그 구멍을 들여다볼 용기가 있는 이들이 그 속에서 불길을 보았다고 단언했다. 깊은 땅속 잉걸불에 지글지글 불타고 있는 사악한 영혼들을 보았다는 것이다. 희미한 빛이 대지 위를 떠돌아다녔고, 악마의 부엌에서 풍겨나오는 악취와 유독가스 같은 뜨거운 수증기가 곳곳에서 끊임없이 피어올랐다. 그리고 저주받은 황야인 르 타르타레 한가운데에 라 코트베르트가 영원한 봄의 기적을 보여주듯 언제나 푸른 잔디와 쉼 없이 새잎이 돋아나는 너도밤나무, 일 년에 세 번까지 수확할 수 있는 밭과 함께 우뚝 솟아 있었다. 그곳은 땅속 깊은 곳의 불로 데워지는 자연적인 온실과도 같았다. 그곳에는 눈도 머물지 못했다. 숲의 헐벗은 나무들 옆에는 12월인 그날도 거대한 초목들이 우거져 있었다. 한겨울의 서리조차 풀잎들의 가장자리를 시커멓게 변색시키지 못했다.

이제 그들이 탄 마차는 들판을 가로질러 달려가고 있었다. 네그렐은 전설을 두고 우스갯소리를 하면서, 갱 안쪽에서 일어나는 화재는 발효된 탄가루 때문인 경우가 가장 흔하다고 설명해주었다. 일단 통제를 벗어난 불은 언제까지고 끊임없이 불타올랐다. 그는 불을 끄기 위해 강물을 갱으로 끌어들여 갱을 물에 잠기게 한 벨기에의 어느 탄광 이야기를 들려주었다. 그러다 그는 이야기를 중단했다. 얼마 전부터 매분마다 무리를 지은 광부들이 그들의 마차와 마주쳐 지나가고 있었던 것이다. 광부들은 아무 말 없이, 자신들을 옆으로 비켜서게 만드는 화려한 행렬을 비딱한 눈빛으로 뚫어지게 쳐다보았다. 그들의 수가 계속 늘어나는 바람에 스카르프의 작은 다리를 건너던 말들은 속도를 줄여야만 했다. 대관절 무슨 일로 이 많은 사람들이 도로를 가득 메우고 있는 것일까? 여자들은 겁을 집어먹었고, 네그렐은 떨림이 느껴지는 들판 어디선가 곧 소란이 일어나리라는 것을 직감했다. 그들은 마르시엔에 도착해서야 비로소 마음을 놓을 수 있었다. 코크스로와 높다란 용광로의 탑들이 그 불길을 약화시키는 듯한 뜨거운 태양 아래 연기를 뿜어냈고, 굴뚝들이 끊임없이 뱉어내는 그을음이 하늘에서 비처럼 쏟아지고 있었다.

2

카트린은 한 시간 전부터 장바르 갱의 교대 지점까지 탄차를 밀고 있었다. 그러다 흘러내리는 땀에 온몸이 흠뻑 젖어 얼굴을 훔치려고 잠깐 멈춰 섰다.

도급제로 함께 일하는 작업반 동료들과 막장에서 탄맥을 두드리고 있던 샤발은 탄차 바퀴가 굴러가는 소리가 더이상 들리지 않자 의아해했다. 램프의 불꽃이 약해지면서 시커멓게 날리는 탄가루 때문에 앞이 잘 보이지 않았다.

"무슨 일이야?" 그가 소리쳤다.

카트린이 열기 때문에 몸이 녹아내릴 것 같고 숨이 차서 심장이 터질 것 같다고 말하자 그는 벌컥 화를 내며 소리쳤다.

"멍청한 것, 우리처럼 셔츠를 벗으란 말이야!"

그들이 있는 곳은 데지레 탄맥의 북쪽에 위치한 첫번째 갱도로, 땅속 708미터 깊이에 있었으며 적치장과는 3킬로미터쯤 떨어져 있었다. 갱의 그 구역에 관해 이야기할 때면 광부들은 마치 지옥에 관해 이야기하듯 겁에 질린 얼굴로 목소리를 낮추곤 했다. 그리고 대개는 아직 불타고 있는 깊은 땅속에 관해 말하기를 꺼리듯 고개를 가로젓는 것으로 이야기를 대신했다. 갱도 북쪽으로 들어갈수록 르 타르타레와 점점 더 가까워지기 때문이었다. 갱도는 위쪽 땅의 바위들마저 검게 태우며 불타고 있는 땅속과 이어져 있었다. 그들이 작업하고 있는 막장의 평균온도는 45도나 되었다. 그들은 불이 타오르는 저주받은 곳 한가운데에서 일하고 있는 셈이었다. 들판을 지나가는 행인들은 갈라진 바위 틈새로 유황과 역겨운 증기가 뿜어져나오는 것을 볼 수 있었다.

이미 웃옷을 벗은 카트린은 잠시 머뭇거리다가 작업복 바지마저 벗어버렸다. 그렇게 팔과 허벅지를 드러내고 작업복처럼 끈으로 셔츠를 허리에 묶은 채 다시 탄차를 밀기 시작했다.

"휴, 이제 좀 낫겠지." 그녀는 큰 소리로 말했다.

하지만 점점 더 숨이 막혀오자 왠지 모를 두려움이 그녀를 엄습했다. 그곳에서 일하기 시작한 닷새 전부터 그녀는 어린 시절에 자주 듣던 이야기를 수시로 떠올렸다. 차마 입에 담을 수 없는 나쁜 짓을 한 벌로 르 타르타레 아래에서 영원히 불타고 있는 옛 탄차 운반부들의 이야기였다. 물론 그녀는 이제 더이상 그런 터무니없는 이야기를 곧이곧대로 믿을 만큼 어리지 않았다. 하지만 막장 벽에서 난로처럼 벌겋고 눈이 깜부기불처럼 생긴 여자가 불쑥 튀어나온다면 그땐 어떻게 할 것인가? 그런 생각이 들자 땀이 더 많이 흐르는 것 같았다.

갱도의 80미터마다 있는 교대 지점에서는 또다른 탄차 운반부가 탄차를 인계받아 다시 80미터 떨어진 경사면 아래까지 밀고 갔다. 그곳에서는 적재부가 그 탄차를 위쪽 갱도에서 내려보낸 탄차들과 함께 땅 위로 올려보냈다.

"세상에! 아주 훌훌 다 벗어젖혔구먼." 바짝 여윈 서른 살의 과부가 셔츠 바람의 카트린을 보고 소리쳤다.

"난 절대 못 벗어. 그랬다간 경사면에 있는 견습 광부 녀석들이 날 보고 얼마나 음란한 농지거리를 지껄여댈지 모른다니까."

"그러거나 말거나!" 카트린이 대꾸했다. "남자들이 뭐라고 하건 난 상관 안 해요. 당장 죽을 것 같은데 어떡하라고."

그녀는 빈 탄차를 밀면서 다시 그곳을 출발했다. 설상가상으로, 이 막장의 갱도가 뿜어내는 열기가 견딜 수 없을 만큼 뜨거운 데는 르 타르타레와 이웃해 있다는 것 말고도 다른 이유가 하나 더 있었다. 갱도는 가스통마리 탄광의 오래된 작업장들과 나란히 붙어 있었는데, 지금은 방치되어 있는 아주 깊은 곳의 갱도 하나가 십 년 전 갱내 가스로 인해 화재가 난 뒤로 지금껏 불타고 있었다. 그래서 그 피해를 최소화하기 위해 진흙으로 일종의 '방호벽'을 만들어 끊임없이 보수했다. 공기가 없었다면 불이 진작 꺼졌을 터였다. 하지만 어디선가 새어 들어온 공기가 다시 불길을 타오르게 했고, 십 년간 계속 타오르는 불이 진흙으로 만든 방호벽을 화덕의 벽돌처럼 뜨겁게 달궈놓았다. 그래서 그 옆을 지나가기만 해도 온몸에 뜨거운 열기가 전해져왔다. 바로 그 길게 이어진 방호벽을 따라 100미터가 넘게 탄차를 밀어야 했던 것이다. 그 구역의 온도는 무려 60도에 달했다.

갱도를 두 번 왕복하고 나자 카트린은 또다시 숨이 막혀왔다. 그나마 다행히도 그 지역에서 탄맥이 두껍기로 소문난 데지레 탄맥의 갱도는 지나다니기에 편하고 널찍한 편이었다. 탄층이 1미터 90센티미터나 되어 광부들이 선 채로 작업할 수 있을 정도였다. 하지만 그들은 몸을 비틀면서 일해도 좋으니 좀더 시원한 곳이 낫겠다고 생각했다.

"이런! 이 여자가 지금 잠이 든 거야 뭐야?" 카트린이 움직이는 소리가 나지 않자 샤발이 또다시 씩씩거리며 외쳤다. "내가 어쩌다 저런 게을러빠진 여자랑 살게 됐는지, 젠장! 얼른 탄차를 채워서 굴리지 못해?"

카트린은 채탄 막장 맨 아래쪽에서 삽에 간신히 몸을 기대고 서 있었다. 샤발의 말에 따르지 않고 멍하니 광부들을 바라보는데 현기증이 일었다. 램프의 불그레한 불빛에 그들의 모습이 흐릿하게 보였다. 그들은 마치 짐승처럼 완전히 알몸을 드러내고 있었지만, 온통 땀에 절고 석탄가루로 시커멓게 뒤덮여 있어 그들의 알몸을 바라보는 것조차 조금도 불편하게 느껴지지 않았다. 캄캄한 어둠 속에서 그녀가 알아볼 수 있는 것이라곤 원숭이처럼 등을 힘껏 켕긴 채 불분명한 무언가를 하는 모습과, 둔탁한 충격음과 신음 소리가 난무하는 가운데 불그죽죽하게 그을린 손발로 죽도록 일하는 지옥 같은 광경뿐이었다. 하지만 그들에게는 카트린의 모습이 또렷이 보이는 모양이었다. 탄맥을 두드리던 리블렌의 움직임이 멈추더니 그녀가 바지를 벗은 것을 두고 너도나도 음란한 말들을 뱉어냈다.

"저런! 그러다 고 예쁜 엉덩이가 감기라도 걸리면 어쩌려고!"

"다리가 정말 기막히게 잘 빠졌는걸! 이봐, 샤발, 저런 다리라면 남자 둘은 거뜬히 상대하고도 남겠어!"

"오! 그러지 말고 화끈하게 구경 좀 시켜주시지. 좀더 걷어올려보라고. 좀더 위로! 더 위로!"

그러자 샤발은 그들의 농지거리에는 화를 내지 않고 카트린에게 화풀이를 해댔다.

"그럼 그렇지, 아무렴!…… 저 계집은 음란한 얘기라면 아주 환장을 한다니까. 아마 내일 아침까지라도 저러고 서서 듣고 있을걸."

카트린은 안간힘을 다해서 탄차를 채운 다음 다시 밀었다. 너무 힘에 부칠 때마다 양쪽 갱목에 몸을 기대어 버텨보려고 했지만 갱도가 너무 넓어서 그럴 수가 없었다. 맨발로 레일에 굳게 버티고 서려고 할 때마다 발목을 삐끗하기 일쑤였다. 그래서 두 팔을 앞으로 쭉 펴고 몸을 잔뜩 구부린 채 아주 느릿느릿 조금씩 전진해야만 했다. 그러다 방호벽 옆을 따라가게 되자 다시 뜨거운 불의 형벌이 시작되었다. 장대비가 내리듯 굵은 땀방울이 온몸에서 흘러내렸다. 교대 지점의 삼분의 일을 겨우 왔을 뿐인데 눈앞을 가리는 땀 때문에 아무것도 보이지 않았고 시커먼 진흙으로 온몸이 더러워졌다. 그녀의 꼭 끼는 셔츠가 마치 잉크에 흠뻑 젖은 것처럼 몸에 찰싹 달라붙어 허벅지를 움직일 때마다 허리춤까지 말려 올라갔다. 옷이 너무나 고통스럽게 몸을 죄어와 카트린은 다시 멈춰야만 했다.

오늘따라 대체 왜 이러는 것일까? 카트린은 지금까지 이렇게 다리가 후들거린 적이 없었다. 이건 나쁜 공기 때문인 게 분명했다. 이렇게 깊은 갱도 속에서는 환기가 제대로 이뤄지지 않았다. 그래서 조그맣게 부글부글 끓는 물소리와 함께 석탄에서 새어나오는 온갖 종류의 가스 냄새를 모두 맡아야 했다. 때로는 그런 가스가 너무 많이 나와 램프의 불이 켜지지 않기도 했다. 갱내 가스는 두말할 나위도 없었다. 어떤 때는 보름 내내 탄맥에서 가스가 새어나와 아무도 신경쓰지 않을 정도였다. 카트린은 광부들이 이른바 '죽음의 공기'라고 부르는 나쁜 공기에 대해 잘 알고 있었다. 갱도 아래쪽에는 무거운 유독가스가, 위쪽으로는 쉽게 불이 붙으면서 마치 강력한 벼락이 내려치듯 한 갱의 작업장 전체를 휩쓸고 수백 명의 사람들을 한꺼번에 죽음으로 몰아넣을 수 있는 가벼운 가연성가스가 존재했다. 어릴 때부터 그런 공기를 엄청나게 많이 마셔온 그녀로서는 오늘따라 유난히 귀가 윙윙거리면서 목이 불타는 것처럼 아프고 고통스러운 게 이해되지 않았다.

카트린은 더이상 견디지 못하고 셔츠를 벗어야겠다고 생각했다. 이제는 마치 고문이라도 하는 것처럼 옷의 작은 주름 하나까지도 그녀의 몸을 베고 불태우듯 고통스럽게 했다. 그래도 카트린은 이를 악물고 버티면서 좀더 앞으로 나아가기 위해 안간힘을 다해 몸을 일으키려 했다. 그러다 교대 지점에서 다시 옷을 입으면 될 거라고 생각하면서 열에 들뜬 몸짓으로 재빨리 셔츠와 끈을 벗어던졌다. 할 수만 있다면 살가죽까지도 벗어던지고 싶었다. 이제 완전히 알몸이 된 카트린은 비참한 몰골로 진흙탕에서 먹을 것을 찾아 헤매는 짐승의 암컷 같은 모양새였다. 마차를 끄는 암말처럼 엉덩이는 그을음으로 시커메지고 배까지 진흙 범벅이 되어 있었다. 카트린은 네발로 기면서 탄차를 밀었다.

하지만 더 큰 절망감이 그녀를 사로잡았다. 옷을 전부 벗었는데도 여전히 고통스러운 느낌을 떨쳐버릴 수 없었던 것이다. 이제 뭘 더 벗는단 말인가? 귓전을 울리는 윙윙거리는 소리에 귀가 먹먹해지면서 관자놀이를 바이스로 죄는 것처럼 머리가 깨질 듯이 아팠다. 그녀는 무릎에 힘이 빠지면서 앞으로 털썩 주저앉았다. 탄차의 석탄 더미에 고정시켜놓은 램프의 불빛도 꺼진 듯했다. 혼란스러운 가운데 그 심지를 다시 세워야 한다는 생각만이 머릿속에 맴돌았다. 카트린은 두 번씩이나 램프를 살펴보았다. 그런데 앞쪽 바닥에 내려놓을 때마다 램프 역시 공기가 부족한 듯 불꽃이 희미해지는 것을 발견했다. 그러다 느닷없이 램프가 꺼져버렸다. 모든 것이 암흑에 잠겨버렸고, 맷돌이 머릿속을 갈아버리는 것 같은 극심한 고통이 몰려왔다. 또한 가슴이 답답해지면서 심장박동이 멈췄고, 엄청난 피로가 몰려오면서 팔다리가 마비되었다. 뒤로 쓰러진 그녀는 의식을 잃고 갱도 바닥에 넓게 퍼져 있는 유독가스 속에서 죽어갔다.

"이런 젠장! 또 어디서 꾸물거리고 있는 게 분명해." 샤발의 웅얼거리는 목소리가 들려왔다.

그는 막장 위쪽에서 귀를 기울였지만 바퀴 소리조차 들리지 않았다.

"어이! 카트린, 이 게을러빠진 계집 같으니라고!"

그의 목소리가 캄캄한 갱도 안쪽까지 퍼져나가는 동안 바람 소리 하나도 그의 부름에 응답하지 않았다.

"내가 가서 엉덩이라도 걷어차야 정신을 차릴 건가, 빌어먹을!"

하지만 여전히 아무런 움직임도 느껴지지 않았고 죽음 같은 침묵만이 전해져왔다. 잔뜩 화가 난 그는 램프를 추켜들고 맹렬히 달려가다가 길을 가로막고 누워 있는 카트린의 몸에 걸려 넘어질 뻔했다. 그는 입을 벌린 채 그녀를 바라보았다. 설마 기절한 척하는 건 아니겠지?

그러면서 잠깐 눈 붙이고 쉬려고? 샤발이 그녀의 얼굴을 비추기 위해 램프를 낮춰 들자 불꽃이 금방이라도 꺼질 것처럼 깜빡거렸다. 그는 램프를 다시 추켜들었다가 내리기를 반복해보더니 그제야 깨달았다. 유독가스로 인한 사고가 분명했다. 그의 분노는 어느새 사그라졌고, 그는 위험에 빠진 동료를 앞에 둔 광부로서 헌신적인 모습을 보여주었다. 그는 지체 없이 동료들에게 자기 셔츠를 가져다달라고 소리치면서 벌거벗은 채 의식을 잃은 카트린을 두 팔로 번쩍 안아 있는 대로 높이 들어올렸다. 다른 광부들이 그의 어깨에 두 사람의 옷을 걸쳐주자 그는 한 손으로는 카트린을, 다른 한 손으로는 램프 두 개를 들고 전속력으로 뛰어갔다. 그의 앞에는 기나긴 갱도가 이어졌고, 그는 오른쪽 왼쪽으로 방향을 바꿔가며 통풍기가 내뿜는 평원의 차가운 공기 속에서 삶의 기운을 찾아 계속 달려갔다. 드디어 그는 어디선가 들려오는 물소리에 걸음을 멈췄다. 바위틈에서 물이 졸졸 새어나오는 소리였다. 그가 서 있는 곳은 예전에 가스통마리 갱으로 통하던 운반 갱도의 한 교차로였다. 그곳에서는 통풍기가 마치 폭풍우처럼 거센 바람을 일으키고 있어서 서늘한 기운에 몸이 떨릴 정도였다. 샤발은 바닥에 앉아 여전히 의식 없이 눈을 감고 있는 연인을 갱목에 기대게 했다.

"카트린, 제발 정신 좀 차려, 맙소사! 나한테 이런 장난 치지 말고…… 이걸 물에 적시게 조금만 버티고 있어."

그는 축 처져 있는 카트린을 보면서 어쩔 줄 몰라했다. 그러고는 자신의 셔츠를 물에 적셔 그녀의 얼굴을 닦아주었다. 아직 사춘기에 들어서지도 못한 소녀처럼 발육이 늦은 가냘픈 카트린의 몸은 이미 죽어 땅속에 묻힌 사람 같았다. 그리고 채 성숙해지기도 전에 처녀성을 잃은 가엾은 어린아이의 것 같은 그녀의 가슴과 배 그리고 허벅지 위로 미세한 떨림이 지나가는 게 느껴졌다. 마침내 카트린은 눈을 뜨고 더듬거리며 말했다.

"추워."

"아! 그게 백번 낫군, 맙소사!" 그제야 안도한 샤발이 외쳤다.

그는 그녀에게 옷을 다시 입혀주었다. 셔츠는 별문제 없었는데 바지는 입히기가 훨씬 더 힘들다고 투덜댔다. 카트린이 아직 몸을 제대로 가눌 수 없기 때문이었다. 얼떨떨한 그녀는 자기가 어디에 와 있는지, 왜 옷을 모두 벗고 있는지도 이해하지 못했다. 그러다 기억이 떠오르자 수치심에 사로잡혔다. 어떻게 옷을 모두 벗을 생각을 했단 말인가! 카트린은 샤발에게 이것저것 물어보았다. 그곳을 가리기 위해 허리에 손수건 한 장 두르지 않은 채 알몸이 된 자신을 다른 사람들도 보았는지? 샤발은 장난으로 이야기를 지어냈다. 그는 다른 동료들이 양쪽으로 줄지어 선 가운데 그녀를 이곳으로 데려왔다고 했다. 그가 옷을 벗으라고 했다고 정말로 엉덩이를 드러낼 생각을 하다니! 그래 놓고는 자기가 엄청 빨리 달렸기 때문에 동료들은 그녀의 엉덩이가 둥글게 생겼는지 넓적하게 생겼는지도 보지 못했을 거라고 장담했다.

"맙소사! 여긴 얼어죽기 딱 좋겠군." 그도 다시 셔츠를 입었다.

카트린은 자신에게 그렇게 자상하게 대하는 그를 한 번도 본 적이 없었다. 대개는 다정한 말 한 마디에 두 마디의 욕설을 들어야 했다. 이렇게 서로 위하면서 살 수만 있다면 얼마나 좋을까! 카트린은 피곤함과 나른함이 느껴지는 가운데 갑자기 그를 향한 애정이 샘솟는 것 같았다. 그녀는 그에게 미소를 지어 보이면서 속삭였다.

"키스해줘."

샤발은 카트린에게 키스한 다음 그녀가 걸을 수 있기를 기다리면서 그녀 곁에 누웠다.

"있잖아, 아까 저기서 자기가 나한테 소리지른 건 잘못한 거야." 카트린이 다시 말했다. "난 정말 어쩔 수가 없었거든, 정말로! 자기는 막장에서 일하니까 아마 나보다는 덜 더울 거야. 하지만 갱도 안쪽은 얼마나 푹푹 찌는지 자긴 아마 상상도 못할 거라고!"

"물론 그렇겠지." 샤발이 말했다. "우린 위에 나무가 있으니까 당연히 덜 덥지…… 너는 여기서 일하기가 정말 힘들 거야. 나도 그쯤은 알아, 이 딱한 여자야."

카트린은 그가 자기 말에 맞장구를 쳐주자 감동해서 애써 씩씩한 척했다.

"오! 그냥 몸이 좀 안 좋았을 뿐이야. 게다가 오늘은 공기에 나쁜 가스가 섞여 있었고…… 이따가 두고보면 알 거야. 내가 절대 꾀부리는 사람이 아니라는 걸. 아무리 힘들어도 자기가 할 일은 제대로 해야 하는 거잖아, 안 그래? 난 일을 그만두느니 차라리 여기서 죽고 말 거야."

한동안 침묵이 흘렀다. 샤발은 카트린이 추위에 떨지 않도록 한 팔로 그녀의 허리를 감싸고는 자기 가슴 쪽으로 꼭 끌어안았다. 카트린은 이미 작업장으로 되돌아갈 기력을 되찾았지만, 달콤한 기분에 흠뻑 취해 자신마저 잊고 있었다.

"다만 자기가 나한테 좀더 다정하게 굴면 좋겠어……" 그녀는 나지막하게 말을 이었다. "정말이야, 우리가 서로를 조금만 더 좋아하면 정말 행복할 것 같아."

그러더니 가만히 흐느끼기 시작했다.

"내가 너를 좋아하는 거 알잖아." 그가 큰 소리로 말했다. "그래서 너랑 같이 있는 거고."

카트린은 대답 대신 고개를 저었다. 여자의 행복 따위에는 개의치 않고 단지 필요에 의해 여자를 취하는 남자들이 종종 있었다. 이제 그녀의 눈에서는 더 뜨거운 눈물이 흘러내렸다. 만약 다른 남자를 만났더라면 이렇게 늘 허리에 그의 손길을 느끼면서 좀더 나은 삶을 살 수 있지 않았을까 하는 생각에 절망감이 몰려왔다. 다른 남자? 감정이 격해지는 가운데 그 다른 남자의 모습이 희미하게 떠올랐다. 하지만 이미 다 끝난 일이었다. 이제 그녀가 바라는 것은 이 남자와 끝까지 함께 사는 것뿐이었다. 그럴 수 있도록, 그가 그녀를 너무 거칠게 대하지 않기만을 바랄 뿐이었다.

"그러니까 가끔 이렇게 다정하게 대해주면 좋겠어." 그녀가 말했다.

카트린이 흐느끼느라 더이상 말을 잇지 못하자 그는 다시 키스를 했다.

"이런 바보 같은 여잘 봤나!…… 알았어, 다정하게 굴겠다고 맹세할게. 따지고 보면 내가 다른 남자들보다 더 고약하게 군 적도 없지만 말이야!"

그를 바라보던 카트린은 눈물 속에 다시 미소를 지어 보였다. 어쩌면 그의 말이 옳은지도 몰랐다. 지금까지 살면서 행복한 여자는 거의 본 적이 없었다. 그녀는 그의 맹세를 별로 믿지는 않았지만 다정하게 구는 그를 보면서 마냥 기뻐했다. 부디 앞으로도 내내 이렇게만 지낼 수 있다면! 그들은 서로를 포옹했다. 그렇게 한참 동안 껴안고 있다가 어디선가 들려오는 발소리에 깜짝 놀라 자리에서 일어났다. 그들이 지나가는 걸 본 동료 셋이 어떻게 됐는지 알아보려고 온 것이었다.

그들은 함께 그곳을 떠났다. 벌써 열시가 다 되어 그들은 다시 깊숙한 막장에서 땀을 흘리기 전에 시원한 구석에서 점심을 먹었다. 그런데 두 쪽짜리 타르틴을 다 먹고 수통에 든 커피를 한 모금 마시려고 할 때 멀리 떨어진 작업장들에서 전해온 소문이 그들을 불안하게 했다. 이건 또 무슨 일인가? 또 어디서 사고가 난 건가? 그들은 자리에서 일어나 서둘러 달려갔다. 채탄부와 탄차 운반부 그리고 견습 광부들이 매 순간 그들과 마주쳐 지나갔다. 하지만 무슨 일인지 아무도 몰랐고, 모두들 소리만 질러댔다. 큰일이 일어난 게 분명했다. 점차 갱 전체가 두려움에 휩싸이며, 겁에 질린 시커먼 그림자들이 갱도에서 튀어나오고 램프들이 춤을 추면서 어둠 속을 달려갔다. 도대체 어디서 무슨 일이 일어난 걸까? 어째서 아무도 사실을 알려주지 않는 걸까?

그때 갑자기 갱내 감독 하나가 소리치며 지나갔다.

"그들이 케이블을 자른다! 그들이 케이블을 자른다!"

그러자 공포가 휩쓸고 지나갔다. 모두들 미친듯이 캄캄한 갱도를 달려갔다. 다들 제정신이 아니었다. 대관절 무슨 이유로 케이블을 자른단 말인가? 사람들이 땅속에 있는데 누가 그런 짓을 한단 말인가? 생각만 해도 끔찍했다.

곧이어 다른 갱내 감독의 목소리가 울려퍼졌다.

"몽수의 광부들이 케이블을 자른다! 모두들 속히 밖으로 나가시오!"

그제야 무슨 일인지 깨달은 샤발은 카트린을 멈춰 세웠다. 저 위로 올라가 몽수에서 온 무리를 만나게 될 거라는 생각에 발걸음이 무거워졌다. 그러니까 결국 그들이 왔단 말인가. 지금쯤 헌병들에게 붙잡혀 갔을 거라고 생각했던 무리가! 그는 잠시 길을 거슬러올라가 가스통마리 갱을 통해 밖으로 나가는 것을 생각해보았다. 하지만 그곳은 작업이 중단된 지 오래였다. 그는 머뭇거리면서, 두려움을 마음속에 감춘 채 욕설을 뱉어냈다. 그리고 이렇게 뛰어가는 건 어리석은 짓이라고 거듭 말했다. 설마 사람들을 이렇게 땅속에 내팽개쳐두기야 하겠는가!

그때 갱내 감독의 목소리가 또다시 울려퍼지면서 점점 더 가까이 들렸다.

"모두들 속히 나가시오! 비상용 사다리로 올라가시오! 사다리로!"

샤발은 동료들에게 휩쓸려 달려갔다. 그는 카트린을 밀치면서 더 빨리 달리지 않는다고 나무랐다. 그들이 여기 갱 속에서 굶어죽기를 바라는 건가? 몽수의 폭도들은 사람들이 모두 밖으로 나가기도 전에 얼마든지 사다리를 부러뜨릴 수 있는 위인들이었다. 그런 끔찍한 상상은 결정적으로 모두의 이성을 잃게 했다. 이제 분노한 무리가 길고 긴 갱도를 따라 미친듯이 달렸다. 다른 사람보다 앞서 올라가려면 먼저 그곳에 도착해야 했다. 비상용 사다리마저 부러져 아무도 밖으로 나갈 수 없을 거라는 외침이 여기저기서 터져나왔다. 무리를 지어 적치장에 도착한 사람들은 사색이 된 채 수직갱도로 밀려들었다. 그야

말로 아수라장이었다. 그들은 서로 떠밀면서 비상용 사다리가 설치된 환기갱의 조그만 문을 향해 한꺼번에 달려들었다. 그사이 말들을 조심스럽게 마구간으로 들여보낸 늙은 마부는 경멸하는 듯한 태평한 표정으로 그들을 지켜보았다. 갱에서 보낸 수많은 밤에 익숙한 그는 사람들이 어떻게든 자신을 그곳에서 꺼내줄 거라고 확신하는 듯했다.

"이런 젠장! 네가 먼저 올라가라니까!" 샤발이 카트린에게 소리쳤다. "그래야 혹시 떨어지더라도 내가 받을 수 있지."

3킬로미터나 되는 거리를 정신없이 달려오느라 또다시 온몸이 흠뻑 땀에 젖은 카트린은 반쯤 얼이 나가 숨을 헐떡거렸다. 그리고 무슨 일이 일어나고 있는지도 잘 알지 못한 채 사람들의 소용돌이에 자신을 내맡겼다. 그 와중에 샤발이 그녀의 팔을 세게 잡아당겼다. 카트린은 팔이 부러질 것처럼 아파서 비명을 질렀다. 눈물이 왈칵 솟구쳤다. 다정하게 굴겠다는 맹세를 그새 잊어버리다니, 그와는 절대로 행복할 수 없을 터였다.

"얼른 올라가란 말이야!" 그가 소리쳤다.

하지만 카트린은 그가 몹시도 두려웠다. 자신이 먼저 올라갔다가는 그가 두고두고 그 일로 자신을 괴롭힐 게 분명했다. 카트린은 그런 생각을 하면서 동료들이 사방에서 자신들을 밀치는 동안에도 계속 버티고 서 있었다. 갱 내벽에서는 땅으로 스며든 굵다란 물방울이 계속 떨어졌고, 수많은 사람들이 밟아대는 바람에 진흙 하수조인 깊이 10미터의 수렁 위에 설치된 적치장의 발판이 흔들거렸다. 이 년 전 바로 이 장바르 탄광에서 케이블이 끊어지는 바람에 케이지가 수렁 속으로 추락하는 끔찍한 사고가 발생해 광부 두 명이 익사한 일이 있었다. 모두들 그 일을 떠올리면서 이처럼 한꺼번에 발판 위로 몰려들었다가는 그대로 몰살하고 말 거라고 생각했다.

"이 고집불통 계집 같으니라고!" 샤발이 소리쳤다. "그렇게 죽고 싶으면 마음대로 해. 나야 홀가분하고 좋지!"

그는 사다리를 오르기 시작했고, 카트린은 그 뒤를 따라갔다.

갱 바닥에서 꼭대기까지는 102개의 사다리가 설치되어 있었다. 약 7미터 높이의 사다리가 환기갱 폭만큼의 좁다란 통로 위로 하나씩 놓여 있었다. 통로에는 한 사람의 어깨가 겨우 통과할 수 있는 네모난 구멍이 나 있었다. 수갱 벽면과 채굴공간 내벽 사이에 납작한 굴뚝처럼 나 있는 환기갱은 높이가 700미터나 되었다. 축축하고 어두운 창자 속 같은 그곳에는 거의 수직으로 놓인 비상용 사다리들이 일정한 간격으로 끝없이 이어져 있었다. 이 거대한 기둥을 기어오르는 데는 건장한 남자도 이십오 분 정도가 걸렸다. 게다가 환기갱은 재난 발생 시에만 사용되었다.

카트린은 처음에는 씩씩하게 사다리를 올라갔다. 그녀의 맨발은 갱도에 널린 날카로운 석탄에 오랫동안 단련된 터라 사다리의 마모를 막기 위한 보호용 쇠가 박힌 사각형 가로대를 오르는 데 별문제가 없었다. 그녀의 손 역시 오랜 탄차 운반으로 굳어진 덕분에 손의 크기에 비해 굵디굵은 사다리의 수직 기둥을 별 무리 없이 움켜쥘 수 있었다. 심지어 이처럼 예상치 못했던 사다리 오르기에 몰두하다보니 우울한 생각들을 떨쳐버릴 수 있었다. 구덩이 안으로 미끄러져 들어온 사람들이 한 사다리에 세 사람씩 매달려 줄지어 올라가는 광경은 꼬리가 수렁에 잠긴 채 환한 빛이 비치는 땅 위로 대가리를 내미는 기다란 뱀을 연상시켰다. 하지만 그들은 아직 거기에는 미치지도 못했다. 맨 먼저 출발한 사람들도 겨우 수갱의 삼분의 일 지점쯤에 이르렀을 터였다. 이제 더이상 아무도 입을 열지 않았고, 사다리를 오르는 둔탁한 발소리만 들려왔다. 마치 움직이는 별처럼 보이는 램프들이 아래쪽에서 위쪽으로, 점점 길어지는 선처럼 일정한 간격으로 깜빡이고 있었다.

카트린은 자기 뒤에서 한 견습 광부가 사다리의 개수를 세는 소리를 들었다. 그러자 자신도 개수를 세어야겠다는 생각이 들었다. 그들은 어느새 사다리를 열다섯 개째 올라와 한 적치장에 이르렀다. 그런데 그와 동시에 카트린은 앞서가던 샤발의 다리에 부딪혔다. 그는 카트린에게 욕설을 퍼부으며 조심하라고 소리쳤다. 위로 올라가던 사람들이 하나둘씩 움직임을 멈추더니 모두가 그 자리에서 꼼짝하지 않았다. 무슨 일이지? 또 무슨 일이 일어난 건가? 이제 저마다 두려움에 휩싸여 서로에게 질문들을 해댔다. 아래쪽에서부터 점점 커져가던 불안감에 더하여, 햇빛이 가까워질수록 저 위쪽에서 그들을 기다리고 있는 낯선 그 무엇이 그들의 목을 점점 더 죄어오는 듯했다. 그때 누군가가 사다리가 부러져서 다시 아래로 내려가야 한다고 소리쳤다. 그것이야말로 모두가 가장 두려워하던 일이었다. 텅 빈 허공 속에 고립될지도 모른다는 공포가 그들 사이로 퍼져나갔다. 또다른 해명이 위쪽부터 입에서 입으로 전해 내려왔다. 채탄부 하나가 사다리에서 미끄러져 추락한 사고에 대한 것이었다. 아무도 무슨 일이 있었는지 정확히 알지 못했다. 너나없이 소리를 질러대느라 서로의 말이 제대로 들리지도 않았다. 여기서 이대로 밤을 새워야 하는 건가? 그들은 마침내 더는 자세한 이야기를 듣지 못한 채 다시 사다리를 오르기 시작했다. 쿵쿵 울리는 발소리와 램프의 흔들리는 불빛 속에서 여전히 느리고 고통스럽게. 물론 사다리가 부러진 것은 더 위쪽일 터였다.

서른두번째 사다리와 세번째 적치장을 지나자 카트린은 다리와 팔이 뻣뻣해지는 것을 느꼈다. 먼저 살갗이 조금씩 따끔거렸다. 이제는 발바닥과 손바닥에서 쇠와 나무에 대한 감각이 느껴지지 않았다. 어렴풋하지만 점차 강렬해지는 고통에 온몸의 근육이 후끈거렸다. 그리고 머리가 어지러운 가운데 본모르 할아버지가 들려주던 이야기가 생각났다. 환기갱에는 비상용 사다리도 설치되어 있지 않고, 석탄을 짊어진 열 살짜리 소녀들이 보호 장치도 없는 기다란 사다리를 타고 갱을 오가던 시절의 이야기였다. 그중 하나라도 사다리에서 미끄러지거나, 석탄 한 덩어리라도 바구니에서 굴러떨어지면 단번에 서너 명의 아이들이 거꾸로 아래로 곤두박질치곤 했다. 그녀는 손발의 경련이 너무 심해 결코 끝까지 오르지 못할 터였다.

올라가는 도중에 또다시 멈춰 서자 카트린은 좀더 편하게 숨을 쉴 수 있었다. 하지만 매번 위쪽에서 전해오는 공포로 인해 머리가 빙빙 돌 지경이었다. 그녀의 위쪽과 아래쪽에 있는 사람들 모두 숨쉬는 것을 점점 더 힘겨워하고 있었다. 카트린도 다른 사람들처럼 끝없이 올라가느라 현기증이 일고 구역질이 났다. 그녀 역시 숨이 막혀오는 가운데 짙은 어둠 때문에 어지럽다못해 취기마저 느껴졌고, 살을 죄어오는 갱의 비좁은 벽 때문에 고통스러워했다. 온몸이 땀에 흠뻑 젖은 데다 사방에서 굵은 물방울이 떨어져내려 습한 기운에 몸을 떨어야 했다. 이제 지하수면과 가까워지고 있어 폭우처럼 쏟아지는 물 때문에 램프의 불이 꺼지기 일보 직전이었다.

샤발은 두 번이나 카트린에게 말을 걸었지만 아무 대답도 들을 수 없었다. 저 아래에서 대체 뭘 하고 있단 말인가? 갑자기 꿀 먹은 벙어리라도 된 건가? 잘 올라오고 있다는 말 정도는 해줄 수 있지 않은가 말이다. 그들이 사다리를 오르기 시작한 지 삼십 분이 지났다. 하지만 워낙 진전이 느린 탓에 이제 겨우 사다리 쉰아홉 개째를 올라왔을 뿐이었다. 따라서 아직도 마흔세 개를 더 올라가야 했다. 카트린은 어쨌거나 잘 버티고 있다고 더듬거리며 대답했다. 자신이 얼마나 지쳤는지 솔직히 얘기해봤자 그는 꾀나 부리는 게으른 여자라며 비아냥거릴 게 뻔했다. 사다리 가로대의 쇠에 발을 베인 게 분명했다. 마치 뼈까지 톱으로 써는 것 같은 예리한 통증이 느껴졌다. 이제는 위쪽 사다리를 향해 팔을 뻗을 때마다, 오므릴 수도 없을 정도로 살갗이 벗겨지고 감각이 마비된 두 손이 사다리의 수직 기둥을 놓치고 말 거라는 생각이 들었다. 끊임없이 사다리를 오르려고 기를 쓰다가 어깨가 빠지고 허벅지뼈가 어긋나 뒤로 넘어져 추락하고 말 것만 같았다. 무엇보다 고통스러운 것은 사다리가 거의 수직으로 곧추서 있다는 사실이었다. 그녀는 나무에 배를 바짝 붙인 채 손목에 힘을 주고 기어올라가야만 했다. 헐떡거리는 숨소리에 묻혀 이제는 묵직한 발소리마저 들리지 않았다. 환기갱의 벽면 때문에 열 배는 더 크게 들리는 거대한 거친 숨결이 갱 바닥에서 올라와 땅 위에서 잦아들었다. 어디선가 신음 소리가 나더니, 한 견습 광부가 통로 모서리에 부딪혀 머리가 깨졌다는 소식이 입에서 입으로 전해졌다.

카트린은 계속 올라갔다. 이제 지하수면을 통과했고, 엄청나게 쏟아지던 물도 더이상 떨어지지 않았다. 대신 오래된 쇠와 축축한 나무에서 풍기는 악취로 오염된, 지하 저장고를 떠올리게 하는 공기가 안개로 인해 더욱 짙어졌다. 카트린은 기계적으로 나지막이 계속 사다리 수를 세어나갔다. 여든하나, 여든둘, 여든셋. 아직 열아홉 개가 더 남아 있었다. 이렇게 반복해서 세는 숫자만이 규칙적인 리듬으로 그녀를 버티게 해주었다. 그녀는 이제 자기가 오르고 있다는 것조차 의식하지 못했다. 그녀가 고개를 들자 램프가 나선형으로 빙글빙글 돌고 있었다. 피가 빠져나가는 듯했고 금방이라도 죽을 것만 같았다. 바람이 조금이라도 불었다가는 아래로 곤두박질칠 것 같았다. 가장 힘든 것은 아래쪽에 있는 사람들이 그녀를 밀치면서 위로 올라오는 것이었다. 기둥에 매달려 지칠 대로 지친 무리 전체가 점점 더 커져가는 분노와 햇빛을 다시 보겠다는 맹렬한 욕구로 안간힘을 다해 위쪽으로 몰려들고 있었다. 이제 그들 중에서 가장 먼저 올라간 사람들이 밖으로 나갔다. 그러니까 부러진 사다리는 없었던 것이다. 하지만 다른 동료들이 벌써 땅 위에서 신선한 공기를 들이마시는 동안, 마지막으로 올라오는 이들을 밖으로 나오지 못하게 하려고 사다리를 부러뜨릴지도 모른다는 생각에 모두들 결정적으로 이성을 잃고 말았다. 그리고 누군가 또다시 멈춰 서자 너도나도 욕을 퍼부으면서 서로를 밀치거나, 먼저 위에 도착하기 위해 다른 사람의 몸을 타고 기어오르기까지 하면서 계속 올라갔다.

그리고 카트린은 추락했다. 그녀는 절망적인 외침 속에 샤발의 이름을 불렀다. 하지만 그는 듣지 못했다. 그는 남보다 먼저 올라가기 위해 발꿈치로 한 동료의 옆구리를 차면서 필사적으로 버둥거리고 있었다. 카트린은 아래로 굴러떨어지면서 다른 사람들의 발에 짓밟혔다. 그녀는 의식을 잃은 채 꿈을 꾸었다. 꿈속에서 그녀는 과거의 어린 탄차 운반부 가운데 하나였는데, 바구니에서 빠져나온 석탄 한 덩이가 그녀의 머리 위로 떨어지는 바람에 자갈에 맞은 참새처럼 갱 바닥으로 추락했다. 이제 사다리를 다섯 개만 올라가면 되었다. 여기까지 올라오는 데 한 시간 가까이 걸렸다. 그녀는 자신이 어떻게 갱 밖으로 나올 수 있었는지 정확히 알지 못했다. 환기갱의 좁다란 폭 덕분에 광부들의 어깨에 떠밀려 밖으로 나온 사실을 기억하지 못했다. 그렇게 느닷없이, 그녀는 자신에게 야유를 보내는 소란스러운 군중 한가운데서 눈부신 햇빛과 마주하게 되었다.

3

이른 새벽, 날이 밝기 전부터 탄광촌에는 가벼운 떨림이 느껴지면서 마을 전체가 술렁거리기 시작했다. 이제 그 떨림은 도로를 통해 그 지역 전체로 퍼져나갔다. 하지만 그들은 예정된 대로 출발할 수 없었다. 용기병龍騎兵들과 헌병들이 마을 주변에서 경계를 서고 있다는 소식이 들려왔기 때문이다. 들리는 소문에 따르면 군인들이 밤새 두에*에서 왔으며, 동지들을 배반한 라스뇌르가 엔보 씨에게 그들의 계획을 알렸다는 것이다. 심지어 어느 탄차 운반부는 엔보 씨의 하인이 전보를 전신국에 가져가는 것을 보았다고 했다. 광부들은 두 주먹을 불끈 쥐고 희부연 새벽빛 속에서 그들 집의 덧창 틈새로 군인들의 동정

* 프랑스 북부의 벨기에 국경 인근 지역.

을 살폈다.

일곱시 삼십분쯤 날이 훤히 밝자, 초조해하는 이들을 안심시키는 또다른 소문이 퍼져나갔다. 그것은 잘못된 정보였으며, 군인들은 그저 순찰을 하는 중이었다. 파업이 시작된 후 릴 도지사의 청에 따라 장군이 가끔씩 그런 지시를 내렸던 것이다. 파업에 참가한 광부들은 도지사를 몹시 싫어했다. 그는 그들에게 우호적으로 중재해주겠다고 약속해놓고 지키지 않았다. 그가 하는 일이라고는 그들을 겁주기 위해 일주일에 한 번씩 몽수로 말 탄 군인들을 보내 자신의 힘을 과시하는 것뿐이었다. 그리하여 용기병들과 헌병들이 말을 타고 탄광촌의 단단한 땅 위를 돌아다니면서 요란한 말발굽 소리를 낸 다음 아무 일도 없다는 듯 마르시엔으로 다시 길을 떠나자 광부들은 그들과 멍청한 도지사를 비웃었다. 그들은 분위기가 막 고조되기 시작할 무렵 아무것도 눈치채지 못한 채 발길을 돌려 그곳을 떠났던 것이다. 광부들은 아홉시가 될 때까지 각자 자기 집 앞에서 얌전히 기다리면서 헌병들이 모두 마을을 떠날 때까지 그들의 태평해 보이는 뒷모습을 눈으로 좇았다. 몽수의 부르주아들은 아직 그들의 커다란 침대에서 푹신한 베개를 베고 잠들어 있을 터였다. 사장 집에서는 마차를 타고 어디론가 떠나는 엔보 부인이 목격되었다. 저택의 문이 닫힌 채 쥐죽은듯 고요한 것으로 보아 아마도 엔보 씨 혼자 남아 일을 하고 있는 것 같았다. 군인이 경계를 서고 있는 갱은 단 한 군데도 없었다. 그것은 위험한 순간에 저지르는 결정적인 부주의이자, 임박한 재앙 앞에서 드러내는 자연스러운 어리석음이며, 통찰력이 필요한 순간에 당국이 저지르는 크나큰 실수였다. 그리고 아홉시를 알리는 종이 울리자, 마침내 광부들은 전날 밤 숲속에서 약속한 집회에 가기 위해 방담으로 향했다.

게다가 에티엔은 장바르 탄광에서는 그가 믿는 3천 명의 동지들이 기다리고 있지 않을 거라는 걸 재빨리 감지했다. 많은 이들이 파업이 미뤄졌을 거라고 믿고 있었던 것이다. 그리고 무엇보다 우려되는 것은, 이미 일찌감치 길을 떠난 두세 무리의 광부들이 그의 지휘 없이는 어쩌면 그들 모두를 위태롭게 만들 수도 있다는 사실이었다. 날이 밝기도 전에 떠난 100여 명은 다른 동지들이 합류하기를 기다리면서 숲속 너도밤나무 아래 몸을 숨기고 있을 터였다. 에티엔은 라스뇌르의 주점 위층으로 올라가 수바린에게 조언을 구했다. 수바린은 어깨를 으쓱해 보이면서 대답했다. 결단력 있는 열 명의 용감한 청년이 우매한 군중보다 더 큰 일을 할 수 있는 법이다. 그리고 그는 그 무리 속에 끼는 것을 거부하며 다시 펼쳐놓은 책을 들여다보았다. 그들은 지금 감상주의에 빠져들고 있었다. 그냥 몽수 탄광을 불태우는 것만으로도 충분했을 터였다. 그게 훨씬 더 간단한 것은 두말할 필요도 없었다. 작은 길로 통하는 주점 문을 나서려던 에티엔은 맥없이 창백한 낯빛으로 주철 벽난로 앞에 앉아 있는 라스뇌르를 발견했다. 늘 입는 검정 드레스 때문에 키가 더 커 보이는 그의 아내는 점잖은 듯하면서도 매서운 말로 그에게 욕설을 퍼붓고 있었다.

마외는 약속은 지켜야 한다고 생각했다. 그런 만남은 신성한 것이었다. 하지만 밤이 지나자 모두들 전날 밤의 열의를 잃어버렸고, 그는 이제 비극적인 일이 일어나지나 않을까 두려워하고 있었다. 그는 다 함께 그곳으로 가서 동지들이 법을 어기는 일이 없게 해야 한다고 주장했다. 라 마외드도 고개를 끄덕이며 그의 생각에 동의를 표했다. 에티엔은 확신에 찬 어조로, 사람들의 생명을 위태롭게 하지 않으면서 혁명적으로 행동해야 한다고 거듭 강조했다. 그는 떠나기 전, 전날 받았던 자기 몫의 빵과 게네베르 한 병을 사양했다. 하지만 추위를 이기기 위해서라는 이유로 게네베르를 연거푸 석 잔을 홀짝거리며 마셨다. 심지어 수통 한 가득 채워 가지고 갔다. 알지르는 집에 남아 아이들을 돌보기로 했다. 본모르 영감은 전날 너무 오래 걸은 탓에 다리가 아파 침대에 누워 쉬어야 했다.

그들은 신중을 기하기 위해 다 함께 가지 않았다. 장랭은 이미 한참 전에 사라지고 없었다. 마외와 라 마외드는 몽수로 빙 돌아서 가기로 했고, 에티엔은 동지들이 기다리고 있는 숲으로 향했다. 그는 가는 도중 한 무리의 여자들을 만났다. 그중에는 라 브륄레와 라 르바크도 있었다. 그들은 라 무케트가 가져다준 밤을 먹으면서 걷고 있었는데, 밤이 뱃속에 더 오래 머무르도록 껍질까지 함께 삼켰다. 그런데 에티엔은 숲에서는 아무도 발견하지 못했다. 그들은 이미 장바르 탄광으로 떠났던 것이다. 그가 전속력으로 달려 갱 앞에 다다랐을 때, 르바크와 백여 명의 또다른 광부들은 채굴물 집하장으로 들어서고 있었다. 그리고 사방에서 사람들이 모여들었다. 마외 부부는 대로를 통해, 여자들은 들판을 가로질러, 지도자도 무기도 없이 흩어졌다가 경사면을 따라 흐르는 물처럼 모두들 자연스럽게 그곳으로 모여들었다. 에티엔은 마치 흥미로운 구경거리를 지켜보듯 고가철교 위에 올라가 자리를 잡은 장랭을 알아보았다. 그는 더 빨리 달려가 선두에 선 사람들과 함께 안으로 들어갔다. 그들은 모두 합쳐도 300명 정도밖에 되지 않았다.

하치장으로 통하는 계단 위쪽에 드뇔랭이 모습을 드러내자 그들 사이에 잠시 동요가 일었다.

"다들 원하는 게 뭐요?" 그가 힘있는 목소리로 물었다.

그는 마차 안에서 한참 동안 자신에게 미소짓고 있는 딸들이 멀어지는 모습을 지켜보다가 막연한 불안감에 사로잡혀 갱으로 돌아온 터였다. 하지만 모든 것이 제자리에 그대로 있었다. 광부들은 갱으로 내려갔고, 채굴은 순조롭게 진행되고 있었다. 다시 마음을 놓은 그가 갱내 총감독과 이야기를 나누고 있을 때 누군가가 파업 노동자 무리가 다가오고 있다고 알려왔다. 그는 재빨리 선탄장 창가로 가서 바깥을 살펴보았다. 그 수가 점점 더 많아지면서 채굴물 집하장을 가득 메운 노동자들의 물결 앞에서 그는 자신이 얼마나 무력한지 즉시 깨달았다. 저 광포한 무리를 상대로 사방이 모두 열려 있는 건물들을 어떻게 지킬 것인가? 그는 기껏해야 주위에 있는 스무 명 정도의 일꾼들을 모을 수 있을 뿐이었다. 그는 이제 끝장이었다.

"도대체 뭘 원하는 거요?" 그는 자신에게 닥친 재앙을 용감하게 받아들이려고 애쓰며 분노를 억누르느라 창백해진 얼굴로 거듭 물었다.

파업 노동자 무리 속에서 서로 간에 몸싸움이 벌어지고 불평불만이 터져나왔다. 마침내 에티엔이 앞으로 나서며 말했다.

"사장님, 우리는 당신을 해치려고 온 게 아닙니다. 그렇지만 어디에서건 작업은 중단되어야 합니다."

드뇔랭은 그를 대놓고 바보 취급했다.

"그럼 내 탄광에서 작업을 못하게 하는 게 나를 위하는 일이라고 생각했소? 그건 내 바로 등뒤에서 총을 쏘는 것과 다름없소…… 난 절대 물러서지 않을 거요. 우리 광부들은 지금 갱에 내려가 있고 거기서 올라오지 않을 거요. 나를 먼저 죽이기 전에는!"

그의 거친 말투에 파업 노동자들은 또다시 야유하며 소리치기 시작했다. 마외는 드뇔랭에게 위협적인 말을 하며 달려드는 르바크를 저지해야만 했다. 그사이 에티엔은 자신들의 혁명적인 행동의 정당성을 내세우며 여전히 드뇔랭을 설득하려 했다. 하지만 드뇔랭은 노동의 권리를 주장하며 맞섰다. 게다가 그는 이런 말도 안 되는 일들을 두고 더 길게 이야기하기를 거부했다. 그는 자신의 탄광에서 자신이 주인이기를 원했다. 그가 유일하게 후회하는 것은 저 불한당들을 죄다 쓸어버릴 수 있도록 헌병 넷을 배치할 생각을 하지 못했다는 것이었다.

"물론 이 모든 건 다 내 잘못이오. 자업자득인 게지. 당신들 같은 무뢰한들은 힘으로 누를 수밖에 없는 거요. 국가에서는 채굴권으로 노동자들을 살 수 있다고 생각하지만, 천만의 말씀! 당신들에게 무기를 쥐여주는 순간 당신들은 정부를 무너뜨리고 말 거라고."

에티엔은 부르르 몸을 떨면서 여전히 감정을 억누르고 있었다. 그는 목소리를 낮춰 말했다.

"제발 부탁입니다, 사장님. 광부들에게 갱에서 나오라는 지시를 내려주십시오. 나도 내 동지들을 내 마음대로 통제할 수가 없습니다. 지금이라도 불행한 사태가 벌어지는 것을 막을 수 있습니다."

"난 그럴 수 없소, 당장 여기서 꺼지시오! 당신이 누군데 감히 내게 이래라저래라 하는 거요? 당신은 내 탄광에서 일하는 사람도 아니니 난 당신하고 더이상 할말이 없소…… 당신들처럼 들판을 누비면서 남의 집에 쳐들어오는 건 날강도들이나 하는 짓이란 말이오."

그러자 크게 분개한 노동자들의 외침이 그의 목소리를 뒤덮었다. 특히 여인네들은 그에게 심한 욕설을 퍼부었다. 드뇔랭은 그들과 계속 맞서면서 권위주의적인 모습으로 그토록 솔직하게 이야기할 수 있다는 데 안도감을 느꼈다. 어떻게 해도 그 자신이 망하는 건 기정사실이었으므로 아무 쓸모 없는 진부한 말을 늘어놓는 건 비겁한 처사라고 생각했기 때문이다. 그사이 그들의 수는 꾸준히 늘어나 벌써 500여 명이 문을 향해 몰려들고 있었다. 드뇔랭이 그들에게 공격당하기 일보 직전, 그곳의 갱내 총감독이 그를 뒤로 힘껏 잡아끌었다.

"제발 이러지 마십시오, 사장님!…… 이러다간 우리 모두 다 죽습니다. 아무 이유도 없이 사람들을 죽게 할 수는 없지 않습니까?"

드뇔랭은 그래도 굴복하지 않고 그의 말을 반박하고는 군중을 향해 마지막으로 외쳤다.

"이 날강도 같은 무리들아, 우리가 승리하면 그때는 이 치욕을 반드시 갚아줄 것이다!"

그가 갱내 총감독에게 이끌려 다른 곳으로 몸을 피하자마자 무리의 맨 앞에 있던 사람들이 한꺼번에 계단으로 몰려들면서 난간이 휘어졌다. 여자들은 남자들을 떠밀고 날카로운 목소리로 외치면서 그들을 부추겼다. 자물쇠도 없이 걸쇠로만 닫혀 있던 문은 금세 부서졌다. 하지만 계단이 너무 좁아서 한꺼번에 몰려든 사람들이 모두 들어가려면 오랜 시간이 걸릴 것 같았다. 그래서 뒤쪽에 있던 사람들은 다른 입구를 통해 안으로 들어가기로 했다. 그들은 무리를 지어 탈의실과 선탄장, 보일러실 등을 거쳐 안으로 들어갔다. 그리고 오 분도 채 안 되어 갱 전체가 그들 차지가 되었다. 그들은 자신들에게 저항하는 주인을 상대로 거둔 승리에 도취해 격렬한 몸짓과 외침 속에 건물의 세 개 층을 누비고 다녔다.

그 광경을 보고 겁을 집어먹은 마외는 에티엔을 향해 소리치면서 맨 앞으로 달려나갔다.

"저들이 그를 죽이게 내버려둘 순 없네!"

에티엔도 쏜살같이 앞으로 달려나갔다. 그러다 드뉠랭이 갱내 감독들의 방에서 바리케이드를 치고 있다는 것을 알고는 마외에게 대꾸했다.

"그게 뭐 어때서요? 그게 우리 잘못입니까? 저렇게 지독한 사람은 그래도 마땅하다고요!"

에티엔은 내심 몹시 불안했지만, 분노를 드러내기에는 아직 지나치게 침착해 보였다. 그는 또한 우두머리로서의 자존심에 상처를 받았다. 파업을 통해 민중의 의지를 차분히 실행에 옮기고자 했던 그의 의지와는 달리, 파업에 참가한 이들이 그의 영향력에서 벗어나 광분하는 모습을 보며 고통스러워했다. 그는 군중을 향해 무분별한 파괴 행위로 적에게 어떤 명분도 주어서는 안 된다고 외치면서 침착하게 행동할 것을 요구했지만 아무 소용이 없었다.

"보일러로 갑시다!" 라 브륄레가 소리쳤다. "불을 꺼버려야 해!"

르바크는 쩌렁쩌렁한 목소리로 혼란을 제압하면서 어디선가 찾아낸 줄을 단검처럼 흔들어댔다.

"케이블을 자릅시다! 케이블을 자릅시다!"

이내 모두들 그의 말을 따라 했고, 에티엔과 마외만이 소란스러운 가운데 이의를 제기했지만 성난 군중은 그들의 말을 조금도 들으려

하지 않았다. 마침내 에티엔은 간신히 얘기를 꺼낼 수 있었다.

"하지만 저 아래에는 사람들이 있습니다, 동지들!"

그러자 군중의 동요가 더욱더 심해지면서 성난 목소리들이 사방에서 터져나왔다.

"그거 잘됐군! 그러니까 내려가질 말았어야지!…… 배신자들은 당해도 싼 거야!…… 아무렴, 그렇고말고, 거기서 죽 있어보라지!…… 그리고 사다리가 있는데 뭐가 문제야!"

사다리가 있다는 것을 기억해낸 사람들이 더욱 확고한 태도를 보이자 에티엔은 어쩔 수 없이 그들 의견에 따라야 한다는 것을 깨달았다. 그는 더 큰 재앙이 일어날 것을 걱정하며 케이지를 다시 끌어올리기 위해 기계로 달려갔다. 수갱 위쪽에서 끊어진 케이블이 그 엄청난 무게로 케이지를 박살낼까봐 두려웠기 때문이다. 기계공은 주간에 일하는 몇몇 노동자들과 함께 어느새 사라지고 보이지 않았다. 에티엔은 기계의 조작 레버를 움켜쥐고 작동시켰다. 그사이 르바크와 또다른 두 사람이 도르래를 지탱하는 주철 골조 위로 기어올라갔다. 에티엔이 케이지를 킵스 위에 간신히 고정하자마자 강철을 써는 날카로운 줄질 소리가 들려왔다. 무거운 정적이 흐르는 가운데 그 소리가 갱 전체를 가득 메우는 듯했다. 그러자 모두들 흥분에 휩싸인 채 고개를 들어 그 광경을 바라보며 그곳에서 나는 소리에 귀를 기울였다. 맨 앞줄에 있던 마외는 마치 줄의 톱니가 지옥 같은 땅속으로 내려가는 케이블을 먹어치움으로써 자신들을 불행에서 해방시켜주기라도 할 것처럼, 그리하여 이제 다시는 그곳으로 내려가지 않아도 될 것 같은 생각에 격렬한 기쁨을 맛보며 전율했다.

그런데 라 브륄레가 여전히 큰 소리로 외치면서 탈의실 계단으로 사라졌다.

"불을 꺼야 해! 보일러로 갑시다! 보일러로 갑시다!"

여인네들은 그녀를 따라갔다. 라 마외드는 남편이 동지들에게 자제를 촉구하는 동안 여자들이 모든 것을 부숴버리지 못하도록 서둘러 그들을 막고자 했다. 그녀는 내내 차분함을 유지하면서 이렇게 피해를 입히지 않고도 얼마든지 권리를 주장할 수 있다며 그들을 설득하려 애썼다. 그녀가 보일러실로 들어섰을 때는 여자들이 벌써 화부 두 명을 내쫓은 터였다. 그리고 커다란 삽을 든 라 브륄레가 화실 앞에 쪼그리고 앉아 그것을 마구 비워내고 있었다. 그녀가 벽돌 바닥에 내던진 시뻘건 석탄 덩어리가 시커먼 연기를 내뿜으며 계속 타올랐다. 그곳에는 다섯 대의 보일러를 위한 열 개의 화실이 있었다. 여자들은 이내 그곳으로 덤벼들었고, 라 르바크는 두 손으로 삽을 놀렸다. 옷에 불이 붙을까봐 바지를 허벅지까지 걷어올린 라 무케트는 핏빛 같은 불길이 비추는 가운데 악마의 연회를 치르느라 머리가 헝클어진 채 땀을 줄줄 흘렸다. 불타는 석탄가루가 위로 솟구쳐오르면서 그 뜨거운 열기가 거대한 보일러실의 천장을 갈라놓았다.

"다들 그만두지 못해요!" 라 마외드가 소리쳤다. "이러다 정말 불이라도 나면 어쩌려고."

"그럼 더 잘된 거지!" 라 브륄레가 말했다. "바로 우리가 원하던 거니까…… 아, 이제야 내 소원을 이루게 됐네! 저들한테 내 남편을 죽음으로 몰아넣은 대가를 반드시 치르게 하겠다고 했었는데!"

그 순간, 장랭의 날카로운 목소리가 들렸다.

"다들 비켜요! 이 몸이 알아서 할 테니까! 내가 꼭지를 확 열어버릴 게요!"

그곳에 제일 먼저 들어와 있던 장랭은 무리 사이를 뚫고 촐랑대며 앞으로 뛰어나왔다. 그는 소란이 일어난 것을 반기면서 무슨 나쁜 짓을 벌일 게 없을까 궁리하던 참이었다. 그는 보일러 꼭지를 열어 증기를 내보내야겠다고 생각했다. 폭풍우 같은 증기가 불길처럼 맹렬히 분출되면서 다섯 대의 보일러가 순식간에 비워지는 동안 들려오는 천둥소리 같은 굉음 때문에 그곳에 모여 있던 사람들의 고막이 터져나갈 지경이었다. 보일러실 내부를 온통 뒤덮은 증기에 모든 게 사라져버린 듯했다. 석탄은 그 빛이 바랬고, 여인네들은 이제 허리를 구부린 그림자들에 지나지 않았다. 증기의 소용돌이 뒤로, 계단 위쪽에 올라가 있던 장랭만이 자기가 그런 소란을 일으켰다는 사실에 신이 나서 입이 찢어져라 싱글벙글하고 있었다.

그렇게 십오 분 정도가 흘렀다. 그들은 석탄의 불을 확실히 끄기 위해 물 몇 동이를 더미 위에 끼얹었다. 이제 화재의 위험은 사라졌지만 군중의 분노는 사그라지기는커녕 오히려 더 거세게 타올랐다. 남자들은 망치를 손에 들고 내려왔고, 여자들은 쇠막대로 무장하고 있었다. 그들은 보일러를 부수고 기계를 망가뜨리고 갱을 폭파하자고 주장했다.

그 소식을 전해들은 에티엔은 마외와 함께 서둘러 그곳으로 달려왔다. 그도 다른 사람들과 마찬가지로 뜨거운 복수의 열기에 휩쓸렸다. 하지만 그는 스스로 평정을 되찾으려고 애쓰면서 동료들에게도 차분하게 대처할 것을 간청했다. 이제 어차피 케이블도 끊었고 불도 꺼뜨렸으며 보일러도 모두 비워냈으니 더이상의 작업은 불가능했다. 하지만 그들은 여전히 그의 말을 듣지 않았다. 곧이어 사다리가 있는 환기갱으로 통하는 조그맣고 나지막한 문 앞에서 들려온 야유의 함성에 그의 말이 또다시 묻히려 했다.

"배신자를 처단하라!…… 오! 이 치사하고 비겁한 놈들!…… 죽여라! 모두 죽여버려!"

이제 갱 속에서 광부들이 한 사람씩 밖으로 나오기 시작했다. 맨 처음으로 나온 이들은 환한 햇빛에 눈이 부셔 눈썹을 깜빡거리며 멍하니 서 있었다. 그러더니 길을 찾아 허둥지둥 도망치듯 자취를 감췄다.

"배신자들을 죽여라! 가짜 형제들을 처단하라!"

파업에 참가한 사람들 모두가 우르르 몰려갔다. 그리하여 삼 분도 채 지나지 않아 보일러실에는 단 한 사람도 남아 있지 않았다. 몽수에서 온 500명은 두 줄로 죽 늘어서서, 감히 갱으로 내려가는 배신을 저지른 방담의 광부들을 그 사이로 지나가게 했다. 그러고는 환기갱의 문에서 시커먼 탄가루투성이에다 옷이 누더기가 된 광부가 한 명씩 밖으로 나올 때마다 그들에게 매번 더 심한 야유를 퍼붓고 거친 농을 해댔다. 오! 저 작자 좀 봐! 다리가 세 치밖에 안 돼서 엉덩이가 땅에 질질 끌리잖아! 저치는 볼캉의 창녀들한테 코를 뜯어먹힌 게 분명해! 저기 저 친구 눈에 붙은 눈곱 좀 보게! 저 정도면 성당 열 군데쯤은 거뜬히 불을 밝히고도 남겠는걸! 저런, 저기 멀대같이 밋밋하게 죽 뻗은 작자 좀 보게. 엉덩짝은 어디 붙었는지 아예 보이지도 않고 얼굴은 가슴팍까지 내려와 있지 않나 말이야! 그들은 가슴과 배, 엉덩이가 하나로 합쳐진 것처럼 체구가 거대한 탄차 운반부가 밖으로 나오자 모두들 미친듯이 웃음을 터뜨렸다. 한번 좀 만져보면 안 될까? 너도나도 점점 더 역겹고 잔인하기까지 한 농지거리를 내뱉으면서 주먹이 난무할 것 같은 분위기였다. 그러는 동안 갱 밖으로 나온 비참한 몰골의 사람들 행렬이 줄줄이 이어졌다. 몸을 오들오들 떨면서 경멸로 가득한 눈초리를 받을 것을 예상한 그들은 거친 욕설을 들으면서도 내내 침묵을 지켰다. 그러다가 드디어 갱을 벗어나 그곳에서 멀리 달아날 수 있다는 것에 행복해했다.

"맙소사! 저 아래 대체 몇 명이나 있는 겁니까?" 에티엔이 물었다.

그는 갱 속에서 사람들이 계속해서 나오는 것을 보고 놀랐다. 이것은 굶주림에 지쳤거나 갱내 감독들의 위협에 굴복한 몇몇 노동자들의 문제가 아니라는 생각이 들자 화가 치밀었다. 그러니까 숲속에서 그에게 거짓말을 했다는 건가? 이제 보니 장바르의 광부들이 거의 다 갱으로 내려갔던 것이다. 그는 문간에 샤발이 나타난 것을 보고는 자기도 모르게 소리치면서 달려갔다.

"맙소사! 이런 꼴이나 보게 하려고 우릴 여기로 오게 한 건가?"

여기저기서 저주 섞인 욕설이 튀어나왔고, 배신자에게 덤벼들려는 사람들이 서로 떠밀며 아우성을 쳤다. 어떻게 이럴 수 있단 말인가! 전날 밤 그들과 맹세를 나눈 그가 다른 광부들과 함께 갱으로 내려가다니? 이게 자신들을 싹 무시하는 짓거리가 아니고 무어란 말인가!

"저놈을 데려갑시다! 다른 탄광으로 가자고! 다른 탄광으로!"

겁에 질려 낯빛이 하얘진 샤발은 말을 더듬거리며 해명하려 했다. 하지만 에티엔은 군중의 분노에 함께 휩쓸려 길길이 날뛰면서 그의 말을 가로막았다.

“자넨 우리와 함께하겠다고 했어, 그러니까 그렇게 하도록 해…… 자! 가자고, 이 비열한 작자야!”

그때 또다른 함성이 그의 목소리를 파묻어버렸다. 이번에 갱 밖으로 모습을 드러낸 것은 카트린이었다. 그녀는 환한 햇빛에 눈부셔하면서 야만스러운 군중 한가운데로 나서게 된 것에 겁을 집어먹었다. 102개의 사다리를 올라오느라 다리가 후들거리면서 가쁜 숨을 몰아쉬었고, 손바닥에서는 피가 흘렀다. 그때 그녀를 알아본 라 마외드가 한 손을 높이 쳐들고 달려오면서 소리쳤다.

“오! 이 망할 년 같으니라고, 너까지 어떻게!…… 제 어미는 굶어죽어 가는데, 딸이라는 년은 사내놈 편에 붙어 어미의 뒤통수를 때리다니!”

마외는 딸의 따귀를 때리지 못하게 라 마외드의 팔을 잡았다. 하지만 그 또한 아내처럼 격분하면서 딸의 몸을 잡고 세차게 흔들며 그녀의 행동을 나무랐다. 마외 부부는 둘 다 이성을 잃고 다른 동료들보다 더 크게 소리를 질러댔다.

카트린이 배신자들과 함께 있었다는 사실에 에티엔은 끝내 분노를 터뜨렸다. 그는 거듭 외쳤다.

“자, 갑시다! 다른 탄광으로 갑시다! 너도 우리와 함께 가는 거야, 이 비열한 놈!”

샤발은 허겁지겁 탈의실에서 나막신을 챙겨 신고 꽁꽁 얼어붙은 몸에 모직 스웨터를 걸쳐야 했다. 파업 노동자들은 그를 질질 끌고 가 그들 가운데에서 뛰어가게 했다. 카트린도 어쩔 줄 몰라하며 자기 나막신을 찾아 신고, 추위 때문에 걸치고 있던 낡은 남자 웃옷의 단추를 목까지 채웠다. 그리고 샤발의 뒤를 쫓아갔다. 그들이 그를 죽일 게 뻔했으므로 그의 곁을 한시도 떠나서는 안 되었다.

그리하여 장바르 탄광은 순식간에 텅 비어버렸다. 집합을 알리는 뿔나팔을 찾아낸 장랭은 마치 소떼를 불러모으듯 거친 소리를 내며 뿔나팔을 불었다. 라 브륄레와 라 르바크, 라 무케트를 포함한 여자들은 치마를 위로 걷어올린 채 달려갔다. 르바크는 손에 든 도끼를 마치 고적대장鼓笛隊長의 지휘봉처럼 휘둘렀다. 또다른 동료들이 계속 그들과 합류하면서 무질서하게 무리를 이룬 천여 명이 범람한 강물처럼 도로 위로 넘쳐흘렀다. 그들이 지나가기에는 탄광의 출구가 너무 좁아 판자 울타리가 부서져버렸다.

"다른 탄광으로 가자! 가서 배신자들을 처단하자! 더이상 일을 못하게 하자!"

장바르 탄광은 돌연 깊은 정적에 빠져들었다. 개미 새끼 한 마리 보이지 않고, 숨소리조차 들리지 않았다. 갱내 감독들의 방에 있던 드뇔랭은 그들에게 따라오지 말라고 손짓하고는 홀로 밖으로 나와 갱을 둘러보았다. 그는 얼굴이 창백하면서도 매우 차분해 보였다. 맨 먼저 수갱 앞에 멈춰 선 그는 눈을 들어 끊어진 케이블을 바라보았다. 잘린 강철 가닥들이 거추장스럽게 매달려 있고, 줄칼이 남겨놓은 생생한 흔적이 갓 생긴 상처처럼 검은색 윤활유 속에서 반짝였다. 그런 다음 드뇔랭은 기계 위로 올라가 마비된 거대한 수족의 관절처럼 보이는, 멈춰 선 크랭크암을 응시했다. 그리고 그것에 손을 댔다가, 차갑게 식어버린 금속에서 전해오는 냉기에 마치 시체라도 만진 양 몸을 떨었다. 이번에는 보일러실로 내려가 불이 꺼진 채 커다랗게 입을 벌리고 물에 잠겨 있는 화실 쪽으로 천천히 걸어갔다. 텅 빈 보일러를 발로 걷어차자 공허한 소리가 울려퍼졌다. 이젠 정말 끝이었다! 그는 처절하고도 완벽하게 끝장이 났다. 케이블을 수리하고 보일러의 불을 다시 지핀다 해도 어디에서 일꾼들을 구할 수 있단 말인가? 앞으로 파업이 보름간 더 계속된다면 그의 파산은 기정사실이었다. 그는 자신의 파국이 확실시되자 몽수의 불한당들을 향한 증오심이 더는 느껴지지 않았다. 모두가 공범자로서, 대를 이어 전해내려오는 만인의 죄를 속죄하고 있다는 생각이 들었다. 물론 그들은 짐승처럼 거친 야만인들이었다. 하지만 배우지 못하고 굶주림으로 죽어가는 야만인들이었다.

4

희부연 겨울 햇빛 아래 꽁꽁 얼어붙은 새하얀 들판으로 나선 무리는 사탕무밭을 가로질러 도로의 양쪽을 모두 차지한 채 행군을 계속했다.

라 푸르쇼뵈프에서부터는 에티엔이 무리를 지휘했다. 그는 계속 걸으면서 지시를 내리고 행렬을 정비했다. 맨 앞에서 뛰어가던 장랭은 뿔나팔로 야성적인 음악을 울려퍼지게 했다. 여자들은 맨 앞줄에서 걸어갔고, 그중 몇몇은 몽둥이로 무장하고 있었다. 라 마외드는 저멀리서 약속된 정의의 나라를 찾는 듯 분노에 찬 눈빛이었다. 누더기옷을 입은 라 브륄레와 라 르바크, 라 무케트는 전장으로 향하는 군인들처럼 다리를 죽 펴고 걸어갔다. 가는 도중에 운 나쁘게 헌병들과 마주치게 된다 해도 그들이 여인네들에게 감히 위해를 가할 수 있을지 두고볼 터였다. 쇠막대를 창처럼 높이 추켜들고 무질서하게 여자들의 뒤를 따르던 남자들의 수가 점점 더 불어나면서 기나긴 행렬이 이어졌다. 르바크가 그들을 제압하듯 어깨에 메고 가는 하나뿐인 도끼의 날이 햇빛을 받아 번쩍거렸다. 대열 가운데에서 걸어가던 에티엔은 샤발을 앞세워 걷게 하면서 그에게서 한순간도 눈을 떼지 않았다. 에티엔 뒤쪽에서 걸어가던 마외는 어두운 얼굴로 카트린을 흘끗거렸다. 행군하는 남자들 무리의 홍일점인 카트린은 아무도 자신의 연인을 해치지 못하도록 그의 곁에서 걷겠다고 고집했다. 모자를 쓰지 않은 맨머리들이 바람에 마구 헝클어졌고, 고삐 풀린 가축떼가 날뛰는 소리를 닮은 나막신 부딪치는 소리만이 장랭의 거친 뿔나팔 소리에 실려 들판으로 울려퍼졌다.

그런데 이내 비명소리 같은 새로운 외침이 들려왔다.

"빵을 달라! 빵을 달라! 빵을 달라!"

정오였고, 허허벌판을 가로질러 달려가는 동안 텅 빈 뱃속에서는 육 주간의 파업으로 인한 허기가 깨어나고 있었다. 아침에 먹은 얼마 안 되는 빵 부스러기와 라 무케트가 주워온 밤 몇 알은 진작 소화되어 버렸다. 저마다의 배에서 먹을 것을 달라고 아우성쳤고, 배신자를 향한 분노에 배고픔의 고통이 더해졌다.

"탄광으로 가자! 가서 모두 끌어내자! 우리에게 빵을 달라!"

탄광촌에서 자기 몫을 먹기를 거부했던 에티엔은 가슴이 찢어지는 듯한 상실감을 느꼈다. 하지만 그는 아무 불평도 하지 않았다. 대신 때때로 기계적인 몸짓으로 수통을 꺼내 게네베르를 한 모금씩 마셨다. 그는 몸이 너무 떨려와 끝까지 버티려면 술이 필요하다고 스스로를 납득시켰다. 취기가 오르자 볼이 벌겋게 달아오르면서 눈에서 불꽃이 번득였다. 하지만 그는 냉정함을 잃지 않으면서 불필요한 피해를 막으려 애썼다.

그들이 주아젤로 통하는 길에 이르렀을 때, 주인을 향한 복수심에서 그들 무리에 합류한 방담의 한 채탄부가 소리치면서 광부들을 오른쪽으로 이끌었다.

"가스통마리로 갑시다! 배수펌프를 작동하지 못하게 해야 해! 장바르를 물에 잠기게 해야 한다고!"

그에게 이끌린 무리는 순식간에 방향을 틀어 가스통마리 탄광으로 향하려 했다. 에티엔은 갱의 물이 빠지도록 그냥 놔둘 것을 간청하면서 그들을 만류했다. 갱도를 파괴해서 좋을 게 뭐가 있겠는가? 그 역시 자본가를 향한 원한을 품고 있었지만, 그들의 과격함은 노동자로서의 그에게 반감을 불러일으켰다. 마외 또한 탄광 시설을 망가뜨리는 것은 옳지 못하다고 여겼다. 그런데도 채탄부가 여전히 복수를 주장하고 있어 에티엔은 더욱더 큰 소리로 외쳐야 했다.

"미루로 갑시다! 배신자들이 갱으로 내려갔다고 합니다!…… 다 같이 미루로 갑시다! 미루로!"

그는 손짓을 해서 무리가 왼쪽 길로 방향을 틀게 했다. 장랭은 다시 맨 앞에 서서 뿔나팔을 더욱 크게 불어댔다. 그러자 엄청난 혼잡이 일어났다. 그렇게 해서 가스통마리 탄광은 이번에는 무사할 수 있었다.

그들은 미루까지 4킬로미터를 달리다시피 해 끝없는 벌판을 가로질러 삼십 분 만에 그곳에 다다랐다. 그들이 있는 쪽의 운하는 기다란 얼음 리본처럼 들판을 가로질렀다. 얼음이 얼어붙어 거대한 촛대처럼 보이는 제방의 벌거벗은 나무들만이 마치 바다처럼 끝없이 펼쳐진 지평선까지 이어지는 단조로움을 깨뜨리고 있었다. 기복 있는 평원이 몽수와 마르시엔마저 가리는 바람에 허허벌판의 광막함이 더욱 두드러져 보였다.

미루 탄광에 도착한 그들은 한 갱내 감독이 그들을 맞이하기 위해 선탄장 고가철교 위에 우뚝 서 있는 것을 발견했다. 캉디외 영감이라면 모두가 잘 알고 있었다. 몽수의 갱내 감독 중 최고 연장자로 이제 곧 일흔 살이 되는 그는 피부와 머리가 모두 새하얗고, 평생을 탄광에서 보냈으면서도 놀라운 건강을 유지해온 진정한 기적과도 같은 존재로 알려져 있었다.

"여긴 무슨 일로 그렇게 떼 지어 몰려온 건가? 이 무뢰한들 같으니라고!" 그가 소리쳤다.

광부들 무리는 걸음을 멈췄다. 캉디외 영감은 주인이 아니라 그들의 동료였다. 나이 지긋한 동료를 향한 존경심이 그들의 발길을 붙잡았다.

"갱에서 작업하는 사람들이 있습니다." 에티엔이 말했다. "그들을 밖으로 나오게 해주십시오."

"그렇소, 갱에는 사람들이 있소." 캉디외 영감이 말했다. "여섯 명씩 열두 개 조가 있지. 그들은 당신들을 두려워하고 있소, 이 고약한 사람들!…… 분명히 말해두지만, 그들은 단 한 사람도 밖으로 나오지 않을 거요. 그들에게 무슨 짓을 했다간 내가 절대 가만두지 않을 것이오!"

그러자 모두들 웅성거리는 가운데 남자들은 서로를 거칠게 밀쳐대고 여자들은 앞으로 나섰다. 그때 재빨리 고가철교에서 내려온 갱내 감독이 문을 막아섰다.

그러자 마외가 끼어들어 말했다.

"영감님, 우린 지금 우리의 권리를 행사하고 있는 겁니다. 동지들을 강제로라도 우리와 함께하게 하지 않으면 어떻게 총파업을 감행할 수 있겠습니까?"

노인은 잠시 아무 말이 없었다. 물론 동맹에 관해 무지하기로는 그도 마외와 별반 다를 바 없었다. 이윽고 그가 대답했다.

"당신들의 권리라고 했소? 그럴지도 모르지. 하지만 내게는 지시를 따라야 할 의무가 있는 것이오…… 난 혼자서 여길 지키고 있소. 우리 광부들은 세시까지 갱에서 작업을 해야 하니 세시까지 거기에 머물러야만 하오."

그의 마지막 말은 군중의 야유 속으로 흩어져버렸다. 남자들은 그를 향해 주먹을 휘두르고 여자들은 악다구니를 해대는 통에 그들의 뜨거운 숨결이 그의 얼굴에 와 닿는 듯했다. 하지만 그는 눈처럼 새하얀 턱수염과 머리칼을 휘날리며 고개를 똑바로 치켜들고 꿋꿋이 버텼다. 그의 용기가 목소리까지 우렁차게 만들어, 극심한 혼란의 와중에도 그의 말은 또렷이 들려왔다.

"절대로 안 될 말이오! 당신들은 결코 여기를 지나갈 수 없소!…… 분명히 말하지만, 난 당신들이 케이블을 건드리게 놔두느니 차라리 죽음을 택할 것이오…… 그러니 더이상 나를 몰아붙이지 마시오. 그러지 않으면 여기서 당장 갱 속으로 몸을 던지고 말겠소!"

그러자 무리 사이에 동요가 일면서 놀란 사람들이 주춤거리며 뒤로 물러섰다. 그가 말을 이었다.

"대체 어떤 멍청한 자들이 내 말을 이해하지 못하는 거요?…… 나도 당신들하고 똑같은 한낱 노동자일 뿐이오. 난 갱을 지키라는 지시를 받았고, 그 지시를 따를 뿐이란 말이오."

캉디외 영감은 그 이상으로 논리를 발전시키지는 못했다. 좁다란 이마에 반세기를 땅속에서 보내느라 음울한 암흑에 눈빛이 바랜 그는 군인과도 같은 의무감으로 버티면서 폭도들에게 굴복하기를 거부했다. 동료들은 그를 바라보면서 마음의 동요를 느꼈다. 그가 말한 것들, 군인 같은 복종심과 위험의 한가운데서 발휘되는 동지애와 체념은 그들의 마음속 어딘가에 반향을 불러일으켰다.

"다시 말하지만, 나는 당신들이 보는 앞에서 갱 속으로 뛰어들 각오가 되어 있소!"

그러자 무리 전체가 크게 술렁였다. 그러더니 모두들 뒤로 돌아 오른쪽 도로로 나선 다음 다시 들판을 가로질러 끝없이 달리기 시작했다. 그러는 동안 새로운 외침이 터져나왔다.

"마들렌 탄광으로! 크레브쾨르로! 가서 모두 끌어내자! 빵을 달라, 빵을 달라!"

그런데 모두가 정신없이 달려가는 도중에 행렬 한가운데서 몸싸움이 일어났다. 혼란을 틈타 샤발이 도망치려 한다고 누군가가 소리친 것이다. 그러자 에티엔이 그의 팔을 움켜잡고는 또다시 배신하면 다리를 부러뜨려놓겠다고 위협했다. 샤발은 몸을 버둥거리면서 격렬하게 항의했다.

"대체 나한테 왜 이러는 거지? 어째서 내 마음대로 못하게 하는 거야?…… 한 시간 전부터 얼어죽을 것 같다고. 난 좀 씻어야겠으니 얼른 놓아달란 말이야!"

과연 그는 땀이 흘러 살갗에 달라붙은 탄가루 때문에 괴로워하고 있었다. 그의 스웨터도 추위를 전혀 막아주지 못했다.

"얼른 걸어, 안 그러면 우리가 널 씻겨줄 테니까." 에티엔이 대꾸했다. "공연히 나서서 피를 부르는 일은 만들지 말았어야지."

그들은 계속 달려갔다. 에티엔은 꿋꿋이 버티고 있는 카트린을 돌아보았다. 그녀가 낡은 남자 웃옷과 흙투성이 반바지를 입고 추위에 오들오들 떠는 초라한 모습으로 자기 곁에 있다는 사실에 그는 절망감을 느꼈다. 그녀는 극도로 지친 상태일 텐데도 그들과 함께 달리고 있었다.

"넌 그만 가도 돼, 넌 그래도 돼." 마침내 그가 말했다.

카트린은 그의 말을 듣지 못한 듯했다. 에티엔과 시선이 마주친 그녀의 눈에서 잠시 그를 향한 원망의 기색이 엿보였다. 그래도 달리기를 조금도 멈추지 않았다. 그는 왜 자신이 자기 남자를 내팽개치기를 바라는 것일까? 물론 샤발은 다정하지도 않을뿐더러 걸핏하면 자신을 때리기까지 했다. 하지만 그래도 그는 자신을 가장 먼저 취한 자신의 남자였다. 그런데 천 명이 넘는 사람들이 혼자인 그를 공격할지도 모른다는 사실이 그녀를 분노케 했다. 만약 그런 일이 일어난다면 그녀는 애정 때문이 아니라 자신의 자존심을 위해서라도 그를 지킬 것이었다.

"당장 가지 못하겠니!" 마외가 강력하게 말했다.

아버지의 명령에 카트린은 잠시 발걸음을 늦췄다. 그녀는 몸을 떨면서 금방이라도 울음을 터뜨릴 것만 같은 표정을 지었다. 그러더니 두려워하면서도 다시 돌아와 제자리를 지키며 계속 달려갔다. 그러자 모두가 그녀를 내버려두었다.

광부들 무리는 주아젤 가를 가로질러 잠시 크롱 가를 따라가다가 다시 쿠니 쪽으로 거슬러올라갔다. 그쪽으로는 공장 굴뚝들이 평평한 지평선에 수직선을 그리고 있었다. 나무로 지은 창고와 먼지가 수북이 내려앉은 커다란 창문이 난 벽돌 공장 등이 도로를 따라 길게 이어졌다. 그들은 180번과 76번 탄광촌의 나지막한 집들을 차례로 지나쳐 갔다. 탄광촌을 지날 때마다 뿔나팔 소리와 모두가 외치는 함성을 듣고 뛰쳐나온 남자와 여자 그리고 아이들까지 수많은 가족이 무리에 합세해 동료들의 뒤에서 행렬을 이어갔다. 마들렌 탄광 앞에 이르렀을 때 파업 노동자는 모두 천오백 명으로 불어나 있었다. 도로는 완만한 내리막길이었고, 파업 노동자들의 요란한 물결은 폐석 더미를 돌아 탄광의 채굴물 집하장 앞에서 사방으로 퍼져나갔다.

겨우 두시가 지난 시각이었다. 그런데 미리 소식을 들은 갱내 감독들이 갱내의 광부들을 서둘러 올라오게 했다. 그리하여 파업 노동자 무리가 그곳에 도착했을 때는 마지막 스무 명이 위로 올라와 케이지에서 막 내리고 있던 참이었다. 그들이 허겁지겁 도망치자 성난 군중은 돌멩이를 던지면서 그들을 쫓아갔다. 두 명은 무리에게 흠씬 두들겨 맞았고, 다른 한 명은 웃옷의 한쪽 소매를 남겨둔 채 간신히 그곳을 빠져나갔다. 탄광은 파업 노동자 무리의 인간 사냥 덕분에 설비를 보존할 수 있었다. 군중은 케이블이나 보일러에는 일절 손대지 않았다. 그들의 거대한 물결은 그사이 인접한 탄광을 향해 멀어져갔다.

크레브쾨르 탄광은 마들렌 탄광에서 500미터밖에 떨어져 있지 않았다. 그곳에서도 노동자 무리는 갱 밖으로 막 나오는 광부들과 마주쳤다. 여자들은 탄차 운반부 한 명을 붙잡아 남자들이 킬킬거리며 구경하는 가운데 그녀의 바지를 찢어 엉덩이를 훤히 드러나게 했다. 견습 광부들은 뺨을 맞았고, 채탄부들은 옆구리에 멍이 들고 코가 피범벅이 된 채로 도망쳤다. 잔혹성이 도를 더해가고 모두를 광기로 날뛰게 만드는 해묵은 복수심이 가득한 가운데, 배신자들의 죽음을 요구하고 형편없는 임금을 받는 노동에 대한 증오심을 표출하고 먹을 것을 달라고 절규하면서 모두가 목이 메었다. 그들은 케이블을 자르기 시작했다. 하지만 줄칼만으로 자르기에는 시간이 너무 오래 걸렸다. 그들은 앞으로, 자꾸만 앞으로 나아가려는 열망으로 가득차 있었다. 보일러실에서는 꼭지 하나가 부서졌다. 그래서 화로에 양동이로 물을 한가득 부어버리는 바람에 주철 격자판이 터져버렸다.

밖에서는 생토마 탄광으로 가자는 얘기가 오갔다. 그 탄광은 규율이 가장 잘 잡혀 있어, 파업의 영향을 전혀 받지 않고 700여 명의 광부들 대부분이 갱으로 내려가 있을 게 분명했다. 그 사실이 파업 노동자들의 분노를 더욱 돋웠다. 그들은 전투 대열로 늘어서서 몽둥이를 들고 갱에 내려간 광부들이 올라오기를 기다릴 작정이었다. 누가 끝까지 살아남는지 어디 두고보자는 생각이었다. 하지만 생토마 탄광에 헌병들이 있다는 소문이 나돌았다. 아침에 그들이 비웃었던 바로 그 헌병들이라고 했다. 그런데 그 사실을 어떻게 알게 되었을까? 거기에 대해서는 아무도 명확히 말하지 못했다. 그런 건 아무래도 상관없었다! 하지만 겁이 난 그들은 푀트리캉텔 탄광으로 방향을 돌리기로 결정했다. 벌써부터 승리감에 취한 사람들 모두가 거리로 나서서 딸까닥거리는 나막신 소리를 내면서 함께 달려갔다. 푀트리캉텔로! 푀트리캉텔로 가자! 그곳에도 비겁한 자들이 무려 400명이나 있었다. 정말 재미있을 것 같지 않은가! 3킬로미터 떨어진 그 탄광은 스카르프강 근처의 습곡 뒤에 위치해 있어 언뜻 눈에 잘 띄지 않았다. 그들은 벌써 보니로 향하는 길 너머의 레 플라트리에르 언덕을 올라가고 있었다. 그때 누군지 모르는 목소리가 저 너머 푀트리캉텔 탄광에 용기병들이 있을지도 모른다고 얘기하자, 그 소식이 행렬의 끝에서 끝으로 전해졌다. 그러자 모두들 발걸음이 느려지면서 머뭇거리는 가운데 그들이 몇 시간 전부터 종횡무진으로 누비고 다닌, 실업으로 깊은 잠에 빠진 너른 평원에 점차 공포가 퍼져나갔다. 어째서 그들은 지금까지 한 번도 군인들과 마주치지 않았던 것일까? 지금까지 아무런 제재도 받지 않고 활개를 치고 다녔다는 사실이 그들에게 당혹감을 안겨주었다. 머지않아 위협이 닥칠 것을 감지한 것이다.

누구의 입에서 처음 나왔는지는 모르지만, 새로운 지시가 그들을 또다른 탄광으로 향하게 했다.

"라 빅투아르로 가자! 라 빅투아르로!"

라 빅투아르에는 용기병도 헌병도 없다는 건가? 그것은 모를 일이었지만 모두가 마음을 놓은 듯 보였다. 뒤로 돌아선 그들은 보몽 쪽으로 내려와 들판을 가로질러 주아젤로 통하는 길로 향했다. 그러다 도중에 철로가 앞길을 가로막자 울타리를 넘어뜨리고 철로를 통과했다. 이제 그들은 몽수에 가까워지고 있었다. 대지의 기복이 점점 완만해지면서 바다 같은 사탕무밭이 아주 멀리 마르시엔의 검은 집들이 있는 곳까지 펼쳐져 있었다.

이번에는 적어도 5킬로미터는 달려가야 했다. 그들은 극도로 흥분한 상태에서 달리느라 엄청난 피로도, 발이 지치고 멍든 것도 미처 느끼지 못했다. 달리는 도중에 길과 탄광촌에서 마주친 동료들이 계속 합세해 행렬은 점점 더 길어졌다. 마가슈 다리로 운하를 통과해 마침내 라 빅투아르 탄광 앞에 이르렀을 때 그들의 수는 2천여 명에 달했다. 하지만 어느새 세시가 되어 광부들이 모두 나온 터라 갱에는 단 한 사람도 남아 있지 않았다. 실망한 무리는 작업을 교대하러 오는 굴진부들을 향해 부서진 벽돌 조각을 들고 부질없이 위협을 가했다. 그러자 다들 도망을 쳤고, 텅 빈 갱만이 무리의 차지가 되었다. 따귀를 때릴 배신자 하나 남아 있지 않다는 사실에 분노한 그들은 시설을 공격했다. 그들 안에서 서서히 부풀어오른 분노의 고름집이, 독이 든 고름집이 터져버린 것이다. 오랜 세월을 견뎌온 굶주림이 학살과 파괴를 향한 갈망이 되어 그들을 괴롭혔다.

에티엔은 헛간 뒤에서 탄차에 석탄을 싣는 적재부들을 발견하고는 소리쳤다.

"당장 그만두지 못하겠소! 여기서 석탄 한 덩어리도 밖으로 내보낼 수 없소!"

그가 지시를 내리자 100여 명의 파업 노동자들이 달려왔다. 적재부들은 간신히 그곳을 빠져나갈 수 있었다. 그중 몇몇은 매어둔 말을 풀어 넓적다리에 박차를 가해, 놀란 말을 타고 달아났다. 또 어떤 이들은 탄차에 실어놓은 석탄을 도로 쏟아내다가 손잡이를 부러뜨리기도 했다.

르바크는 고가철교를 부수기 위해 도끼를 있는 힘껏 휘두르면서 사각대로 달려들었다. 하지만 사각대가 쉽게 부서지지 않자, 아예 철로를 뽑아버려 채굴물 집하장의 양끝 선로를 차단해버려야겠다는 데 생각이 미쳤다. 그리하여 이내 무리 전체가 그 일에 매달렸다. 마외는 쇠막대를 지렛대처럼 사용해 철로의 좌철座鐵*을 날려버렸다. 그동안 라 브륄레는 여자들을 이끌고 램프 보관소로 쳐들어가 나무막대를 마구 휘둘러 부서진 램프의 잔해들로 바닥을 뒤덮어놓았다. 라 마외드는 오랫동안 억눌려왔던 분노를 쏟아내며 라 르바크처럼 나무막대를 힘주어 내리쳤다. 여자들은 모두 기름으로 범벅이 되었고, 라 무케트는 자신들의 더러운 몰골이 재미있다고 깔깔대면서 두 손을 치마에 닦았다. 장랭은 장난삼아 그녀의 목덜미에다 램프 한 개의 기름을 모두 비워냈다.

그렇지만 이러한 복수의 행위들이 그들의 주린 배를 채워줄 수는 없었다. 그들의 배는 더 큰 소리로 외쳐댔고, 모두의 입에서 또다시 깊은 탄식이 흘러나왔다.

"우리에게 빵을 달라! 빵을 달라! 빵을 달라!"

마침 라 빅투아르 탄광에서는 예전에 갱내 감독이었던 남자가 구내식당을 운영하고 있었다. 겁이 나서 그랬는지 그는 식당을 팽개치고 달아나버리고 없었다. 다시 돌아온 여자들과 철로를 모두 망가뜨린 남자들은 구내식당을 에워싸고 덧문을 부순 뒤 안으로 들어갔다. 하지만 그곳에는 아무리 눈을 씻고 찾아봐도 빵 한 조각 보이지 않았고,

* 레일을 침목에 고정시키는 쇠붙이.

날고기 두 덩어리와 감자 한 자루가 그들이 발견한 전부였다. 그곳을 뒤지던 이들은 그나마 오십여 개의 게네베르 병을 발견했다. 술은 마치 모래가 물을 빨아들이듯 순식간에 사라졌다.

에티엔은 비어 있던 수통을 다시 술로 채울 수 있었다. 오랫동안 굶주린 자의 고약한 취기가 점차 오르면서 그의 눈에 핏발이 서고 창백한 입술 사이로 늑대의 이빨이 튀어나왔다. 그는 소란스러운 가운데 문득 샤발이 보이지 않는다는 것을 깨달았다. 에티엔이 욕설을 내뱉으면서 지시하자 남자들이 우르르 달려가 카트린과 함께 통나무 더미 뒤에 몸을 숨기고 있던 샤발을 붙잡아왔다.

"이 비열한 놈 같으니라고! 자기만 다치지 않으려고 요리조리 빠져나갈 궁리를 하다니!" 에티엔은 길길이 소리를 질렀다. "숲속에서 기계공들의 파업을 주도해 배수펌프를 멈추게 하겠다고 큰소리친 건 바로 네놈이었어. 그런데 이제 와서 우릴 엿 먹일 생각을 하다니!…… 하지만 네놈 뜻대로는 안 될 거야! 우린 가스통마리로 같이 돌아갈 거야. 그래서 네놈이 직접 배수펌프의 작동을 멈추는 걸 반드시 보고야 말 거라고. 아무렴, 그렇고말고! 맹세코 네놈은 그걸 멈춰야만 해!"

잔뜩 취기가 오른 에티엔은 몇 시간 전 그 자신이 위기에서 구한 배수펌프의 작동을 멈추도록 광부들을 부추겼다.

"가스통마리로 가자! 가스통마리로!"

모두들 그에게 환호를 보내면서 밖으로 달려나갔다. 그들에게 어깨를 붙잡힌 샤발은 강제로 끌려나가면서도 여전히 몸을 씻게 해달라고 소리쳤다.

"당장 여길 떠나지 못하겠니!" 마외는 그들을 따라 다시 달리기 시작한 카트린을 향해 소리쳤다.

하지만 카트린은 이번에는 조금도 물러서지 않고 이글거리는 눈빛으로 아버지를 쏘아본 다음 계속 달려갔다.

무리는 또다시 광활한 평원을 누비기 시작했다. 그들은 곧게 죽 뻗은 도로와 해가 갈수록 더 넓어지는 들판을 거쳐 조금 전에 왔던 길로 되돌아갔다. 어느덧 네시가 되어 지평선으로 뉘엿뉘엿 넘어가기 시작한 해가 꽁꽁 얼어붙은 땅 위로 성난 몸짓을 하는 무리의 그림자를 길게 드리웠다.

그들은 몽수를 피해 그보다 더 위쪽의 주아젤로 통하는 길을 다시 지나갔다. 그런 다음 라 푸르쇼뵈프로 빙 돌아가는 시간을 아끼기 위해 라 피올렌의 담장 아래를 통과했다. 바로 그때, 그레구아르 부부는 엔보 씨 집에서 세실을 다시 만나 함께 저녁식사를 하기 전에 한 공증인을 방문할 요량으로 막 집을 나선 참이었다. 그들의 저택은 황량한 보리수 길과 벌거벗은 겨울 채소밭과 과수원과 함께 깊은 잠에 빠진 듯 보였다. 집안에서는 인기척이 전혀 느껴지지 않았다. 굳게 닫힌 창문들은 집안의 더운 공기 때문에 뿌옇게 흐려져 있었다. 그리고 깊은 정적 속에서 화목함과 안락함, 푹신푹신한 침대와 풍성한 식탁, 그리고 집주인들의 삶을 둘러싼 균형 잡힌 행복을 보여주는 가정적인 분위기가 배어나왔다.

무리는 계속 뛰어가면서 유리 조각을 박아놓은 보호벽을 따라 길게 난 철책 너머를 어두운 눈빛으로 힐끗거렸다. 그리고 다시 큰 소리로 외치기 시작했다.

"빵을 달라! 빵을 달라! 빵을 달라!"

하지만 그들의 절규에 응답하는 것은 다갈색 털의 커다란 덴마크 개 두 마리가 일어나 사납게 짖어대는 소리뿐이었다. 굳게 닫힌 덧창 뒤로는 두 명의 하녀만이 너른 저택을 지키고 있었다. 요리사 멜라니와 가정부 오노린은 고함소리에 놀라고 겁에 질려 새하얘진 얼굴로 야만스러운 무리가 지나가는 것을 지켜보았다. 그러다가 어디선가 날아든 돌에 옆 창문의 유리가 깨지는 소리를 듣고는 이젠 죽었다고 생각하면서 그 자리에 털썩 주저앉았다. 그것은 장랭의 짓궂은 장난이었다. 그는 끈을 잘라 투석기를 만들어 그레구아르 일가에게 가벼운 안부 인사를 남겼을 뿐이다. 어느새 그는 뿔나팔을 다시 불기 시작했고, 무리는 점점 잦아드는 외침과 함께 아득히 멀어져갔다.

"빵을 달라! 빵을 달라! 빵을 달라!"

그들이 가스통마리에 이르렀을 때는 그 수가 다시 불어나 어느덧 이천오백 명을 넘어서고 있었다. 그렇게 불어난 광란의 무리는 점점 기세를 더해가는 거센 급류처럼 모든 것을 파괴하고 휩쓸었다. 한 시간 전에 그곳에 들렀던 헌병들은 몇몇 농부들에게서 잘못된 정보를 전해 듣고는 급히 생토마 탄광으로 옮겨갔다. 서둘러 그곳을 떠나느라 갱의 경비를 위해 몇 명 정도 남겨둘 생각조차 못한 터였다. 그리하여 광부들 무리는 도착한 지 십오 분도 채 안 되어 화실을 뒤엎고 보일러를 모두 비워냈으며 건물들 안으로 침입해 시설을 초토화시켰다. 무엇보다도 그들이 노린 것은 배수펌프였다. 그들은 배수펌프가 마지막 증기를 뿜어내고 작동을 멈추는 것으로는 만족하지 못했다. 마치 살아 있는 사람의 생명줄을 끊어놓듯 모두가 배수펌프를 향해 달려들었다.

"네가 먼저 해!" 에티엔이 샤발의 손에 망치를 쥐여주며 말했다.

"어서 하란 말이야! 다른 동지들과 함께 맹세했잖아!"

샤발은 몸을 떨면서 뒤로 물러났다. 그러다 다른 이들이 뒤에서 떼미는 바람에 망치를 떨어뜨렸다. 그러자 그새를 참지 못한 다른 동료들이 쇠막대와 벽돌, 그리고 손에 닿는 것은 뭐든지 휘두르며 배수펌프를 결딴냈다. 어떤 이들은 나무막대로 내려치다가 막대를 부러뜨리기도 했다. 암나사가 튀어올랐고, 팔다리가 뽑혀나가듯 강철과 구리판들이 분리되었다. 있는 힘껏 내리친 곡괭이질에 요란한 소리와 함께 주철로 된 펌프의 몸체가 박살나면서 물이 모두 빠져나갔다. 그러자 마지막 숨을 거둘 때 나는 딸꾹질 같은 꾸르륵 소리가 났다.

이제 모든 게 끝났다. 하지만 아직 분노를 가라앉히지 못한 무리는 다시 밖으로 나와 그때껏 샤발을 잡고 있는 에티엔 뒤로 모여들어 서로 떼밀면서 아우성을 쳤다.

"배신자에게 죽음을! 갱 속으로! 갱 속으로!"

공포에 질려 얼굴이 납빛이 된 샤발은 몸을 씻어야겠다는 생각을 버리지 못하고 바보처럼 고집스럽게 거듭 중얼거렸다.

"그렇게 불편하면 잠깐만 기다려봐." 라 르바크가 말했다. "자! 여기 물통이 있으니 어디 실컷 씻어보시지!"

그녀가 가리킨 것은 배수펌프에서 새어나온 물이 고여 생긴 웅덩이였다. 거기에는 두꺼운 얼음이 하얗게 얼어붙어 있었다. 그들은 샤발을 웅덩이로 떠밀면서 얼음장을 깨고 지독하게 차가운 얼음물 속에 강제로 얼굴을 담그게 했다.

"얼른 얼굴을 처박으라니까!" 라 브륄레가 거듭 소리쳤다. "이런 젠장! 네가 처박지 않으면 우리가 해줄 거야…… 그리고 이제 그 물을 마시는 거야. 그래, 그렇지! 소처럼 여물통에 얼굴을 박고서 말이지!"

샤발은 땅바닥에 납작 엎드린 채 더러운 얼음물을 마셔야 했다. 모두들 그 광경을 지켜보며 잔인한 웃음을 터뜨렸다. 어떤 여자는 그의 귀를 잡아당겼고, 또 어떤 여자는 길에서 막 싼 말똥을 주워와 그의 얼굴을 향해 던졌다. 그의 낡은 스웨터는 더이상 버티지 못하고 너덜너덜해졌다. 그는 사나운 눈빛으로 비틀거리며 앞으로 걸어나오더니 그곳을 빠져나가기 위해 몸으로 사람들을 밀쳐냈다.

하지만 마외가 그를 떠밀었고, 라 마외드도 다른 여인네들과 함께 계속 그를 괴롭혔다. 두 사람 모두 샤발에 대한 해묵은 증오심을 앙갚음하려는 듯했다. 평소에는 자신의 옛 남자들에게 사근사근 대하는 라 무케트마저 그를 아무짝에도 쓸모없는 인간으로 취급하면서 그에게 분노를 쏟아냈다. 심지어 그가 아직도 남자인지를 확인하기 위해 그의 바지를 벗겨봐야 한다는 말도 서슴지 않았다.

에티엔은 그녀의 입을 다물게 했다.

"다들 그만하면 됐소! 모두가 나설 필요는 없소…… 어때, 너하고 내가 그만 끝장을 보는 게?"

두 주먹을 꽉 쥔 그의 눈은 강렬한 살인 충동으로 빛을 뿜고 있었다. 취기가 살인 욕구로 변질된 것이다.

"준비됐나? 우리 둘 중 하나는 죽어야 할 거야…… 저치에게 칼을 주시오. 내 건 있으니까."

기진맥진한 카트린은 겁에 질린 얼굴로 그를 바라보았다. 그러자 에티엔이 예전에 고백했던 사실이 떠올랐다. 그는 술에 취하면 누군가를 죽이고 싶은 충동이 일면서 석 잔째부터는 더없이 추해지곤 했다. 술주정뱅이였던 그의 부모에게서 물려받은 고질병 때문이었다. 갑자기 앞으로 달려나간 카트린은 가녀린 두 손으로 그의 뺨을 때리면서 분노로 인해 목이 멘 소리로 그의 코앞에 대고 외쳤다.

"비겁한 놈! 비겁한 놈! 비겁한 놈!…… 너무하다고 생각하지 않아, 너희가 저지르는 이 끔찍한 짓거리들이? 어떻게 제대로 몸도 가누지 못하는 사람을 죽이려 할 수가 있어!"

그녀는 자기 부모와 다른 사람들을 번갈아 돌아보며 소리쳤다.

"당신들은 모두 비겁한 사람들이야! 비겁한 사람들!…… 차라리 나를 저 사람하고 같이 죽여. 저 사람 손끝 하나라도 건드렸다가는 내가 당신들을 가만두지 않을 거야. 오, 이 비겁한 사람들 같으니라고!"

카트린은 자신의 남자 앞에 버티고 서서 그를 옹호했다. 그에게 흠씬 두들겨 맞았던 일도, 그로 인해 비참한 삶을 살았던 것도 모두 잊은 것처럼. 오직, 그가 자신을 취했으므로 자신은 그의 것이라는 생각이 그녀를 부추겼을 뿐이다. 그녀는 사람들이 그를 해치도록 내버려두는 것은 부끄러운 일이라고 생각했다.

그녀에게 뺨을 얻어맞은 에티엔은 얼굴이 하얗게 질렸다. 그는 처음에는 그녀를 한 대 칠 뻔했다. 그러다 취기에서 깨어난 듯 두 손으로 얼굴을 문지르고는 무거운 침묵 속에서 샤발을 향해 말했다.

"카트린 말이 맞아, 그만하면 됐어…… 당장 여기서 꺼져!"

샤발이 즉시 도망치자 카트린도 그의 뒤를 따라 달려갔다. 무리는 길모퉁이로 사라지는 두 사람을 멍하니 지켜보았다. 오직 라 마외드만이 나지막이 중얼거렸다.

"당신 지금 실수하는 거야. 저놈을 이대로 놓아보내면 안 되는 거라고. 저놈은 뭔가 나쁜 짓을 저지를 게 분명하다니까."

무리는 다시 행군을 시작했다. 다섯시가 가까워지면서 잉걸불처럼 벌건 해가 지평선에 걸려 드넓은 평원을 붉게 물들이고 있었다. 부근을 지나던 행상인은 용기병들이 크레브쾨르 쪽으로 내려갔다는 소식을 전해주었다. 그러자 그들은 다시 발걸음을 돌렸고, 새로운 지시가 내려졌다.

"몽수로 가자! 사장 집으로!…… 빵을 달라! 빵을 달라! 빵을 달라!"

5

엔보 씨는 집무실 창문 앞에 서서 아내가 점심 약속을 위해 마차를 타고 마르시엔으로 떠나는 것을 지켜보았다. 그리고 잠시 마차의 문 가까이서 말을 타고 가는 네그렐을 눈으로 좇았다. 그러고는 조용히 책상으로 가서 앉았다. 그의 아내나 조카가 그들의 부산스러운 삶으로 채우지 않는 집은 텅 빈 것만 같았다. 이날이 바로 그런 날이었다. 마차꾼은 엔보 부인을 마차에 태워 가버렸고, 새로 온 가정부 로즈는 다섯시까지 쉬는 중이었다. 하인 이폴리트만이 슬리퍼를 끌고 이 방 저 방 돌아다니고 있었다. 요리사는 주인들이 지시한 만찬 준비로 새벽부터 냄비와 씨름하느라 정신이 없었다. 그리하여 엔보 씨는 텅 빈 집안의 깊은 적막 속에서 하루종일 많은 일을 할 수 있으리라 기대했다.

아무도 집안으로 들이지 말라는 지시가 있었지만, 아홉시경 이폴리트는 당세르가 소식을 가지고 왔다고 알렸다. 사장은 그제야 전날 밤 숲속에서 광부들이 집회를 열었다는 것을 알게 되었다. 갱내 총감독이 너무도 구구절절이 보고하는 바람에 엔보 씨는 그의 얘기를 들으면서 라 피에론의 연애 행각을 떠올렸다. 그녀가 수시로 남자를 바꾼다는 것은 누구나 다 알고 있는 사실이어서 익명으로 갱내 총감독의 방탕한 행동을 고발하는 편지가 일주일에 두세 번씩 그에게 배달될 정도였다. 떠돌아다니는 이야기에서 베갯머리송사의 냄새가 물씬 풍기는 것으로 미루어 그녀의 남편이 떠벌린 게 틀림없었다. 엔보 씨는 기회를 틈타 자기가 모든 걸 알고 있음을 넌지시 알렸다. 그리고 스캔들이 나지 않도록 신중하게 처신하라고 주의를 주는 것으로 그쳤다. 보고중에 책망을 들어 당황한 당세르는 더듬더듬 구차한 변명을 늘어놓으며 사실을 부인하려고 했다. 하지만 스스로 잘못을 인정하듯 그의 커다란 코가 갑작스레 벌게졌다. 게다가 그 정도에서 그친 것을 천만다행으로 여기며 더이상 부인할 생각도 하지 않았다. 평소 강직한 성격인 사장은 자기가 부리는 고용인이 갱에서 젊은 여자와 놀아나는 것에 대해 가차없는 제재를 가하곤 했다. 두 사람은 파업에 관한 이야기를 계속 이어갔다. 숲속에서 열린 집회는 아직까지 불평분자들의 허세에 불과할 뿐이며 그 어떤 것도 심각한 위협이 될 수 없었다. 어쨌거나 탄광촌 사람들은 아침에 순찰을 돈 군인들 때문에 바짝 겁을 집어먹었으니 적어도 며칠간은 꼼짝할 엄두를 내지 못할 터였다.

다시 혼자 있게 된 엔보 씨는 도지사에게 전보를 보내야겠다고 생각했다. 하지만 공연히 불안해하는 모습을 보이는 게 아닌가 싶어 잠시 머뭇거렸다. 그는 이미 자신의 직감이 틀린 것을 스스로 용서하지 못하고 있었다. 파업이 기껏해야 보름 정도밖에 가지 않을 거라고 사방에다 큰소리쳤을 뿐 아니라 이사회에 그렇게 편지를 보내기까지 했다. 그런데 놀랍게도 파업은 벌써 두 달 가까이 이어지고 있었다. 그는 그 사실에 절망하면서, 매일 자신의 지위가 축소되고 위협받는 것에 위기감을 느꼈다. 또한 다시 이사회의 눈에 들기 위해서는 상황을 전환시킬 만한 결정적인 한 방을 생각해내야만 하는 처지에 놓여 있었다. 그러잖아도 그는 분란이 일어날 경우를 대비한 지시를 요청해 놓은 터였다. 그리고 그에 대한 답이 늦어지고 있어 그날 오후 우편으로 답신이 오기를 기다리던 참이었다. 그는 만약 이사진의 생각이 그러하다면, 갱에 군인을 주둔시킬 것을 요청하는 전보를 보낼 때가 되었다고 생각했다. 그들을 기다리고 있는 것은 피와 죽음을 부르는 처절한 싸움이 될 터였다. 평소 단호한 그도 어깨를 짓누르는 막중한 책임감에 몹시 혼란스러워했다.

그는 열한시가 될 때까지 평온한 분위기에서 일을 할 수 있었다. 고요한 집안에는 이층에서 이폴리트가 왁스 광택제로 방바닥을 문지르는 소리가 아득히 들려오는 것 말고는 다른 어떤 소리도 들리지 않았다. 그리고 엔보 씨는 두 통의 전보를 연이어 받았다. 첫번째는 몽수에서 온 무리가 장바르 탄광을 공격했음을 알리는 것이었고, 두번째는 그들이 케이블을 자르고 보일러를 뒤엎어 불을 모두 꺼뜨렸음을 전했다. 그는 이해가 되지 않았다. 어째서 그들은 자기들 회사에 속한 갱이 아닌 드뇔랭의 탄광으로 쳐들어간 것일까? 게다가 그들이 방담 탄광을 공격한다면 그가 오랫동안 꿈꿔오던 계획의 실현을 앞당길 수도 있을 것이었다. 정오가 되자 그는 널따란 식당에서 홀로 점심식사를 했다. 하인은 슬리퍼 소리조차 내지 않고 내내 말없이 그의 시중을 들었다. 그러한 적막감은 그의 불안을 더욱 커지게 했다. 그는 황급히 달려온 한 갱내 감독이 파업 노동자들이 미루로 향하고 있다고 알리자 간담이 서늘해졌다. 곧이어 커피를 다 마시자마자 도착한 전보는 이번에는 마들렌과 크레브쾨르 탄광이 위험에 처했음을 알렸다. 그러자 그는 극도의 당혹감에 휩싸였다. 그는 두시에 도착하는 우편물을 기다리는 중이었다. 즉시 군대를 파견해달라고 요청해야 하나? 이사회의 지시를 정확히 알기 전까지는 경거망동하지 말고 인내하며 기다려야 하는 걸까? 그는 집무실로 돌아가 전날 네그렐을 시켜 작성한, 도지사에게 보낼 편지를 읽으려고 했다. 하지만 찾을 수가 없자, 어쩌면 네그렐이 자기 방에 놔두었을지도 모른다는 생각이 들었다. 네그렐은 종종 밤에 글을 쓰는 습관이 있었다. 엔보 씨는 어떤 결정도 내리지 않은 채 그 편지 생각에 사로잡혀 그것을 찾으러 위층에 있는 네그렐의 방으로 올라갔다.

엔보 씨는 방으로 들어서면서 기겁을 했다. 방이 아직 전혀 정돈되어 있지 않았던 것이다. 어쩌면 이폴리트가 깜빡했거나 게으름을 피운 것일지도 몰랐다. 축축한 열기가 방안에 가득했다. 밤새 갇혀 있던 더운 공기가 입구가 열려 있는 난로 때문에 더욱 묵직하게 느껴졌다. 그는 코를 찌르는 강렬한 향기에 숨이 막힐 지경이었다. 아마도 대야에 가득찬 화장수 때문인 듯했다. 방안에는 극도의 혼란이 지배하고 있었다. 옷들은 여기저기 흩어져 있고, 젖은 수건들이 소파 등받이에 아무렇게나 던져져 있으며, 침대는 속살이 휑하게 드러난 채 벗겨진 시트가 아래쪽 카펫에까지 늘어져 있었다. 그는 처음에는 그런 것들에 별다른 관심을 보이지 않고 종이로 뒤덮인 탁자 쪽으로 갔다. 그리고 그 편지를 찾아봤지만 어디에도 보이지 않았다. 종이를 하나씩 들추면서 두 번이나 찾아봤지만 아무래도 그곳에는 없는 듯했다. 이 출랑대는 폴이 편지를 대체 어디에 처박아둔 것일까?

가구마다 위쪽을 힐끔거리다 방 한가운데에 이른 엔보 씨는 흐트러진 침대 위에서 무언가 반짝이는 것을 발견했다. 그는 무심코 다가가 손을 뻗었다. 구겨진 침대 시트 속에 금빛이 도는 조그만 병이 떨어져 있었다. 그는 그것이 아내의 향수병이라는 것을 바로 알아보았다. 그녀가 늘 품에 지니고 다니는 에테르 병이었다. 하지만 어째서 그게 폴의 침대에 떨어져 있는지는 알 수 없었다. 그러다 갑자기 그의 얼굴이 일그러지면서 핏기가 가셨다. 그의 아내가 여기서 밤을 보냈던 것이다!

"죄송합니다." 문 너머에서 이폴리트가 조그맣게 말을 건넸다. "주인님이 올라오시는 걸 봤거든요……"

안으로 들어온 하인은 엉망으로 흐트러져 있는 방을 보고 경악했다.

"이런 맙소사! 아직 방 정리도 못 했다는 게 사실이었잖아! 로즈가 저한테 이걸 다 떠맡기고 나가버린 겁니다!"

엔보 씨는 향수병을 손에 감추고 병이 깨질 정도로 꽉 움켜쥐었다.

"무슨 일인가?"

"주인님, 또 한 사람이 찾아왔습니다…… 크레브쾨르에서 편지를 가져왔다고 합니다."

"알았네! 난 잠시 혼자 있어야겠으니 가서 기다리라고 전하게."

아내가 여기서 밤을 보냈다니! 그는 문의 빗장을 걸고는 움켜쥔 손을 펴서 살에 벌겋게 자국을 낸 향수병을 바라보았다. 그러자 불현듯 몇 달 전부터 그의 집에서 행해졌던 추한 짓거리들이 요란한 소리와 함께 눈앞에 생생히 그려졌다. 그는 예전에 아내의 수상쩍은 행동에 의혹을 품었던 일을 떠올렸다. 옷자락이 문에 스치는 소리, 밤마다 고요한 집안을 맨발로 돌아다니던 아내의 모습. 그렇다, 그의 아내는 그럴 때마다 여기서 밤을 보냈던 것이다!

엔보 씨는 침대 맞은편에 놓인 의자에 털썩 주저앉아 마치 흠씬 두들겨 맞은 사람처럼 한참 동안 멍하니 침대를 바라보았다. 그러다 어디선가 나는 소리에 문득 정신을 차렸다. 누가 문을 두드리면서 열려고 했다. 그는 하인의 목소리라는 걸 알아차렸다.

"주인님…… 아! 주인님이 안에서 문을 잠그셨나보네……"

"또 무슨 일인가?"

"급한 일인 것 같아서요. 광부들이 다 때려부수고 난리랍니다. 아래층에 두 사람이 더 와 있습니다. 전보들도 도착해 있고요."

"날 좀 그냥 내버려두지 못하겠나! 조금 있다가 내려간다고 하지 않았나!"

이폴리트가 아침에 방을 정리했다면 문제의 향수병을 발견했을 수도 있다는 생각이 들자 엔보 씨는 온몸이 얼어붙는 것 같았다. 더구나 하인은 이미 오래전부터 그 사실을 알고 있었던 게 분명했다. 그는 간통의 열기가 채 식지 않은 침대를 정돈하면서 베개 위에 굴러다니는 여주인의 머리카락과 시트를 더럽힌 수치스러운 흔적을 수없이 발견했을 터였다. 그가 엔보 씨를 자꾸 귀찮게 하는 것도 고의로 그러는 게 분명했다. 어쩌면 그는 주인들의 방탕한 짓거리에 일말의 흥분을 느끼면서 방문에 귀를 바짝 갖다대고 그들이 내는 소리를 엿들었을지도 몰랐다.

그런 생각이 들자 엔보 씨는 그 자리에서 꼼짝도 할 수 없었다. 그는 한참 동안 침대를 응시했다. 오랫동안 고통받았던 과거의 시간들이 머릿속을 차례로 스쳐지나갔다. 이 여인과의 결혼, 그후 얼마 안 되어 서로의 몸과 마음이 삐걱거리기 시작한 일, 그녀가 남편 모르게 어울렸던 숱한 남자들, 마치 병자의 불결한 취향을 용인하듯 그가 그녀를 위해 십 년 동안이나 묵인했던 남자. 그리고 유배나 다름없는 무료하고 권태로운 생활을 통해 그녀를 치유하고, 노년이 다가옴에 따라 마침내 그녀를 홀로 차지할 수 있으리라는 어리석은 희망을 품은 채 몽수로 옮겨왔던 일. 그리고 그의 조카가 그의 집으로 들어와 살게 되었다. 엔보 부인은 폴을 아들처럼 대하면서, 자기 마음은 잿더미에 묻힌 것처럼 열정이 모두 식어버렸다고 그에게 얘기하곤 했다. 그런데 남편인 그는 어리석게도 그런 일이 일어나리라는 것을 전혀 예상하지 못하다니! 그는 자기 아내이면서도, 숱한 남자들이 가졌지만 정작 그 자신은 가질 수 없었던 그녀를 사랑했다. 그는 그녀를 수치스러운 열정으로 사랑했다. 그녀가 다른 남자들에게 주고 남은 것을 그에게 준다 해도 그녀 앞에 무릎을 꿇을 만큼 아내를 사랑했다! 그런데 그녀는 다른 남자들에게 주고 남은 것을 그의 어린 조카에게 주었던 것이다.

깊은 생각에 잠겨 있던 엔보 씨는 멀리서 들리는 종소리에 소스라치게 놀랐다. 그것은 그의 지시에 따라 하인이 우편배달부가 왔다고 알리는 소리였다. 그는 자리에서 일어나 고통스러운 심경에서 토해내는 거친 말들을 큰 소리로 외쳤다.

"젠장! 다들 꺼지라고 해! 다들 꺼지란 말이야! 전보고 편지고 뭐고 다 귀찮으니까!"

격한 분노에 사로잡힌 그는 역겨운 것들을 발로 차 오물통에 몽땅 쓸어넣고 싶었다. 이 여자는 더러운 창녀나 다름없었다. 그는 애써 상스러운 표현들을 떠올리면서 상상 속에서 그녀의 뺨을 마구 때렸다. 아내가 더없이 온화한 미소를 지으며 세실과 폴의 결혼을 추진하는 것을 생각하자 극도의 역겨움이 몰려왔다. 그토록 질긴 욕정의 추구 속에는 더이상 사랑의 열정도 질투심도 존재하지 않는 것일까? 이제 그녀에게 그것은 사악한 놀이이자, 식후에 으레 디저트를 먹듯 습관적으로 남자를 찾는 하나의 오락 행위나 마찬가지였다. 그는 모든 잘못을 아내 탓으로 돌리면서 조카의 잘못을 사해주었다. 그녀는 시골길을 지나가다가 몰래 딴 설익은 과일을 베어 물듯 새롭게 깨어나는 욕망을 충족하기 위해 순진한 청년을 유혹했던 것이다. 이제 집에 들여놓고 여유롭게 식탁과 침대와 여자를 제공할 수 있는 편리한 조카들이 모두 소진되고 나면 그때는 또 어떤 남자에게 눈독을 들일까? 그녀는 대체 어디까지 떨어져내릴 작정인 걸까?

그때 조심스럽게 방문을 긁는 소리가 나면서 열쇠구멍으로 이폴리트의 목소리가 조그맣게 들려왔다.

"주인님, 우편물이 도착했습니다…… 그리고 당세르 씨도 다시 왔는데, 다들 죽게 생겼다고……"

"곧 내려간다니까, 맙소사!"

이제 그들을 어떻게 대할 것인가? 마르시엔에서 돌아오는 즉시 역겨운 짐승들처럼 그들을 몽땅 내쫓아버릴 것인가? 더이상 그런 인간들과 한 지붕 아래에서 살 수 없다고 하면서. 아니면 몽둥이를 휘두르면서 추잡한 짓거릴랑 다른 데서나 하라고 소리칠 것인가? 방안의 축축한 온기가 더 무겁게 느껴지는 것은 그들의 숨결과 신음 소리가 뒤섞였기 때문이리라. 그를 숨막히게 했던 강렬한 향기는 아내의 피부가 내뿜는 사향 향기였다. 사향은 그녀의 또하나의 사악한 취향으로, 강렬한 향기에 대한 관능적인 욕구의 표출이었다. 그는 여전히 화장수가 가득찬 대야에 들어 있는 요강과 흐트러진 침대, 가구, 타락의 역한 냄새가 가득한 방 전체에서 생생한 간통과 성교의 열기와 냄새를 느낄 수 있었다. 그는 스스로의 무기력함에 좌절하면서 침대를 주먹으로 힘껏 내리쳤다. 그러고는 두 남녀의 육체의 흔적이 남아 있는 곳을 마구 헤집어 엉망으로 만들었다. 그는 벗겨진 침대 커버와 구겨진 시트가 그의 분노로 점철된 주먹에도 흐느적거리며 아무 반응을 보이지 않자 더욱더 격분했다. 그것들도 밤새 지칠 줄 모르고 계속된 육체의 향연에 진이 빠져버린 듯했다.

그런데 갑자기 이폴리트가 다시 올라오는 소리가 들리는 듯했다. 수치스럽다는 생각에 엔보 씨는 동작을 멈췄다. 그리고 여전히 숨을 헐떡거리면서 이마의 땀을 훔치고는 떨리는 가슴이 진정되기를 기다렸다. 그러다 일어나서 거울을 들여다보자, 평소의 모습을 알아보기 힘들 정도로 얼굴이 일그러져 있었다. 그는 엄청난 의지를 발휘해 애써 마음을 가라앉히면서 얼굴이 본래 모습으로 돌아오기를 기다렸다가 아래층으로 내려갔다.

아래층에서는 당세르 외에도 다섯 명의 전령이 그를 기다리고 있었다. 모두들 그에게 탄광을 휘젓고 다니는 파업 노동자들의 움직임이 점점 더 심각해지고 있다고 알렸다. 갱내 총감독은 미루에서는 캉디외 영감의 현명한 대처 덕분에 탄광이 무사했다고 알리면서 세세한 정황을 보고했다. 엔보 씨는 당세르가 얘기하는 동안 가끔씩 고개를 끄덕였다. 하지만 그의 귀에는 아무 말도 들리지 않았다. 그의 정신은 온통 저 위층 방에 머물러 있었다. 마침내 그는 적절한 조치를 취하겠다고 말하고는 전령들을 돌려보냈다. 그리고 다시 책상 앞에 혼자 있게 되자, 두 손으로 머리를 감싼 채 눈을 감고는 깜빡 선잠이 든 것처럼 보였다. 그는 자기 앞에 쌓여 있는 우편물 속에서 초조하게 기다리던 편지를 찾아 읽어보기로 했다. 그의 요청에 대한 이사회의 답변은 처음에는 명확히 이해하기 힘들었다. 하지만 여러 번을 읽은 뒤에야 그들이 어떤 결정적인 분쟁이 일어나주기를 기다리고 있다는 것을 알 수 있었다. 물론 그들은 그에게 사태를 악화시키라고 지시하지는 않았다. 하지만 혼란이 그들의 적극적인 개입을 야기함으로써 파업을 끝장낼 수 있음을 은연중에 암시하고 있었다. 이제 그는 더이상 망설이지 않고 서둘러 사방에 전보를 보냈다. 릴의 도지사에게, 두에의 군부대에, 마르시엔의 헌병대에. 그는 비로소 무거운 마음의 짐을 던 것 같았다. 이제 그가 할 수 있는 일은 납작 엎드려 몸을 사리는 것뿐이었다. 심지어 그는 자신이 통풍으로 고생하고 있다는 소문까지 퍼뜨렸다. 그리고 오후 내내 아무도 만나지 않고 집무실에 틀어박혀 속속 도착하는 전보와 편지를 읽으면서 시간을 보냈다. 그는 그렇게 멀리서 무리의 움직임을 좇았다. 마들렌에서 크레브쾨르로, 크레브쾨르에서 라 빅투아르로, 라 빅투아르에서 가스통마리로. 한편 잘못된 정보를 접한 헌병과 용기병이 공격받은 탄광들을 등진 채 계속 반대 방향으로 이동하면서 길을 잃고 우왕좌왕한다는 소식이 그에게 전해졌다. 하지만 그들이 서로 죽이고 모든 것을 파괴하든 말든 그가 알 바 아니었다. 그는 다시 두 손으로 머리를 감싸고 손가락을 눈 위에 갖다대고는 텅 빈 집안의 무거운 적막 속으로 빠져들었다. 한창 만찬을 준비하고 있는 요리사가 냄비를 달그락거리는 소리만이 때때로 그 적막을 깨뜨릴 뿐이었다.

어느덧 다섯시가 되어 땅거미가 내리면서 방안이 어두워지기 시작했다. 여전히 우편물들에 파묻혀 맥없이 멍하니 있던 엔보 씨는 밖에서 들려오는 소란스러운 소리에 소스라치게 놀랐다. 그는 사악한 두 남녀가 돌아온 것이라고 생각했다. 그런데 시끄러운 소리가 점점 더 커지면서, 그가 창문으로 다가가는 순간 어마어마하게 큰 외침이 터져나왔다.

"빵을 달라! 빵을 달라! 빵을 달라!"

그것은 몽수를 향해 몰려오고 있는 파업 노동자들이 외치는 소리였다. 그사이 그들이 르 보뢰 탄광을 공격할 것이라고 예상한 헌병들은 자기들이 먼저 탄광을 점거하기 위해 그들과는 반대 방향으로 달려가고 있었다.

바로 그 무렵, 몽수의 첫번째 집들에서 2킬로미터쯤 떨어진 곳, 대로와 방담으로 향하는 길이 만나는 교차로 조금 아래쪽에서는 엔보 부인과 그 일행이 노동자들 무리가 행진하는 광경을 구경하고 있었다. 그들은 마르시엔에서 즐거운 시간을 보내고, 포르주 주조 공장 사장의 집에서 맛있는 점심을 먹은 뒤, 작업장들과 인접한 유리 공장을 방문하면서 오후 시간을 보냈다. 그리고 화창한 겨울날이 투명하게 저물어갈 무렵, 마침내 일행과 함께 집으로 돌아가던 세실은 길가에 있는 조그만 농장을 발견하고는 문득 우유를 한잔 마시고 싶다는 생각이 들었다. 그러자 여자들 모두가 마차에서 내렸고, 네그렐도 능란하게 말에서 뛰어내렸다. 그사이 상류층 사람들의 갑작스러운 방문에 놀란 농부의 아내는 대접을 하기 전에 식탁보를 깔아야 한다며 허둥거렸다. 하지만 뤼시와 잔이 직접 젖을 짜는 것을 보고 싶어해서 다들 잔을 들고 외양간으로 향했다. 그들은 마치 소풍을 나온 것처럼 발밑에서 푹푹 꺼지는 건초 더미를 밟으며 즐거워했다.

상냥한 어머니 같은 얼굴로 우유를 홀짝거리던 엔보 부인은 바깥에서 우르릉거리는 기이한 소리에 불안한 눈빛으로 물었다.

"이게 무슨 소리죠?"

도로변에 지어진 외양간에는 짐수레가 드나드는 커다란 문이 달려 있었다. 외양간이 건초 창고를 겸하기 때문이었다. 뤼시와 잔, 세실은 어느새 고개를 길게 빼고는 왼쪽에 나타난 검은 물결을 보고 놀란 표정을 지었다. 방담으로 통하는 길에 엄청나게 많은 사람들이 큰 함성을 지르며 몰려오고 있었다.

"맙소사!" 젊은 여자들과 똑같이 밖을 살피던 네그렐이 중얼거렸다. "허구한 날 불평을 늘어놓던 치들이 결국 일을 내고 만 건가?"

"아마 탄광에서 일하는 광부들일 거예요." 농부의 아내가 말했다. "벌써 두 번이나 여길 지나갔답니다. 아무래도 무슨 일이 일어날 것만 같아요. 자기들이 마치 이 땅의 주인이라도 된 것처럼 설치고 다닌다니까요."

그녀는 한마디 한마디 아주 조심스럽게 얘기하면서 사람들의 얼굴에서 반응을 살폈다. 그런데 모두들 광부들과 맞닥뜨릴까봐 잔뜩 긴장하며 두려워하는 기색이 역력하자 서둘러 결론짓듯 말했다.

"오, 그냥 부랑자들이에요! 그냥 부랑자들이라니까요!"

다시 마차에 올라 몽수로 가기에는 너무 늦었다고 판단한 네그렐은 마차꾼에게 농장 뜰에 서둘러 마차를 들인 뒤 마구를 씌운 채로 말을 창고 뒤에 숨기라고 지시했다. 자신의 말도 한 아이를 시켜 굴레를 잡고 창고로 들여놓게 했다. 그가 다시 외양간으로 돌아왔을 때, 그의 숙모와 젊은 여자들은 잔뜩 겁을 집어먹고서, 자기 집으로 몸을 숨기기를 권하는 농부의 아내를 따라가려 하고 있었다. 하지만 네그렐은 외양간에 머무르는 편이 더 안전하다고 생각했다. 건초 더미가 있는 곳까지 그들을 찾으러 올 사람은 아무도 없을 터였다. 그런데 짐수레용 문은 틈새가 벌어져 잘 닫히지 않았다. 그들은 벌레 먹은 판자 사이로 바깥을 내다볼 수 있었다.

"아무 걱정 마세요, 괜히 겁먹을 것 없다고요!" 네그렐이 말했다. "우리 목숨을 값싸게 팔 순 없잖아요."

그의 농담은 공포를 가중시킬 뿐이었다. 게다가 소리는 점점 더 커지는데도 아직 아무것도 보이지 않았다. 텅 빈 황량한 도로 위로 거센 폭풍우를 예고하는 갑작스러운 돌풍이 불어오는 듯했다.

"아니, 싫어요, 난 아무것도 보지 않을래요." 세실은 건초 더미 속에 몸을 웅크리면서 말했다.

엔보 부인은 낯빛이 창백해지면서 자신의 즐거운 시간을 망치는 무례한 자들을 향해 분노를 토해냈다. 그녀는 뒤쪽에 멀찌감치 떨어져 서서 역겨워하는 눈빛으로 바깥을 힐끗거렸다. 그사이 뤼시와 잔은 두려워하면서도 희귀한 광경을 놓치지 않으려는 듯 문틈으로 밖을 내다보았다.

우르릉거리는 천둥소리가 점점 더 가까워지면서 땅이 흔들렸다. 장랭은 뿔나팔을 불며 맨 앞에서 뛰어왔다.

"얼른 향수병들을 준비하시죠. 저 사람들 땀냄새가 엄청 지독하거든요!" 네그렐은 골수 공화주의자이면서도 상류층 여성들 앞에서 평민을 조롱하기를 즐겼다.

하지만 그의 재치 있는 농담은 파업 광부들의 몸짓과 외침이 몰고 오는 폭풍우에 파묻혀버렸다. 곧이어 천여 명에 가까운 여인네들이 모습을 드러냈다. 쉬지 않고 달려오느라 머리가 헝클어지고 산발이 된 여자들은 해질 대로 해진 누더기 사이로 굶주림으로 죽어갈 아이들을 세상에 내보내느라 지친 알몸을 고스란히 드러내고 있었다. 그들 중 몇몇은 품에 안고 있던 어린 자식을 초상初喪과 복수의 깃발인 양 번쩍 추켜들고 흔들어댔다. 가슴이 크고 좀더 젊은 여자들은 여전사처럼 나무막대기를 흔들어댔다. 무시무시하게 생긴 노파들은 어찌나 크게 소리를 지르는지 바싹 마른 목의 힘줄이 끊어질 것만 같았다. 그다음으로는 2천여 명의 성난 남자들이 떼를 지어 몰려왔다. 견습 광부와 채탄부, 수선공 등이 한데 뒤섞여 촘촘한 한 덩어리를 이루었으며, 빛바랜 바지도 너덜너덜해진 모직 스웨터도 형태마저 흐릿해진 채 하나같이 흙빛을 띠었다. 눈빛들은 이글거리며 타올랐고, 〈라마르세예즈〉를 합창하는 입들은 시커먼 구멍처럼 보였으며, 그들이 부르는 노래 구절들은 얼어붙은 땅에서 울리는 나막신의 딸깍거리는 소리와 함께 불분명한 울음소리처럼 점차 잦아들었다. 머리 위로는 비죽비죽 솟은 수많은 쇠막대들 사이로 도끼 하나가 당당하게 튀어나와 있었다. 마치 무리를 대표하는 깃발 같은 유일한 도끼는 청명한 하늘을 배경으로 단두대의 날처럼 날카롭게 두드러졌다.

"정말 흉측하게들도 생겼네!" 엔보 부인은 놀란 표정으로 더듬거렸다.

네그렐도 혼잣말처럼 중얼거렸다.

"맙소사, 저들이 내가 알던 사람들이 맞는 건가! 저런 도적떼 같은 무리가 도대체 어디서 튀어나온 거야?"

과연 분노와 굶주림, 그리고 두 달간 이어진 고통 속에 무리 지어 갱들을 휩쓸고 다니는 동안 몽수 광부들의 온순했던 얼굴은 야수처럼 사납게 변해 있었다. 그 순간, 지평선으로 막 저무는 해가 짙은 주홍빛의 마지막 햇살로 평원을 핏빛으로 물들였다. 도로에 핏물이 넘쳐흐르는 듯했고, 수많은 남녀가 거침없이 살육을 자행하는 푸주한처럼 온몸을 피로 적신 것 같은 모습으로 계속 달려갔다.

"오! 정말 멋진 광경이야!" 예술가 기질이 발동한 뤼시와 잔은 무리가 빚어내는 두렵고도 아름다운 광경에 감동받아 나지막이 속삭였다.

그러면서도 그녀들은 겁이 나서, 여물통에 몸을 기대고 있는 엔보 부인 옆으로 물러섰다. 저 무시무시한 폭도들이 틈새가 벌어진 문의 판자 사이를 한 번이라도 들여다본다면 그때는 끝장이라는 생각이 들자 공포가 몰려오면서 온몸이 얼어붙었다. 평소에는 꽤 용감한 편인 네그렐도 그의 의지를 뛰어넘는, 미지의 것에 대한 두려움에 얼굴에서 핏기가 가셨다. 건초 더미 속에 웅크리고 있던 세실은 더이상 미동도 하지 않았다. 다른 일행은 두려워서 시선을 돌리고 싶으면서도 그러지도 못하고 계속 바깥을 주시했다.

그들의 눈앞에서 펼쳐지고 있는 것은, 이 세기말의 핏빛으로 물든 어느 날 저녁에 결정적으로 모든 것을 휩쓸어갈 혁명의 붉은 환영이었다. 그렇다, 어느 날 저녁, 분노가 끓어오른 민중은 고삐 풀린 말처럼 이렇게 길을 따라 달려갈 것이다. 그리하여 부르주아들의 피가 넘쳐흐르고, 그들의 잘린 머리가 사방에 나뒹굴며, 활짝 열어젖혀진 금고의 금이 길 위에 뿌려질 것이다. 여인네들은 울부짖고, 남자들은 늑대처럼 입을 크게 벌리고 덤벼들 것이다. 그렇다, 지금 저들과 똑같은 누더기를 입고, 똑같이 발소리 요란한 커다란 나막신을 질질 끄는, 똑같이 더러운 피부와 악취 나는 숨결을 뿜어내는, 저들과 똑같이 끔찍하고 야만스러운 무리가 사방으로 퍼져나가면서 이 낡은 세상을 깨끗이 씻어내고 말 것이다. 불길이 활활 타오르면서 도시의 돌멩이 하나 남지 않을 것이며, 가난한 이들은 하룻밤 사이에 부자들의 여자들을 짓밟고 그들의 술 저장고를 비워내는 광란의 축제가 끝나면 다시 숲 속의 야생적인 삶으로 돌아갈 것이다. 그리하여 이 세상에는 더이상 아무것도 남아 있지 않게 될 것이다. 아마도 이 땅에 새로운 질서가 자라나게 될 때까지, 물려받은 재산도, 법적인 권리나 자격 같은 것도 더이상 존재하지 않게 될 것이다. 그렇다, 지금 불가항력처럼 이 길을 지나가고 있는 것은 바로 그런 것들이었다. 그리고 엔보 부인 일행은 얼굴로 불어오는 세찬 바람에서 그 강력한 힘을 느끼고 있었다.

갑자기 〈라마르세예즈〉를 압도하는 커다란 함성이 터져나왔다.

"빵을 달라! 빵을 달라! 빵을 달라!"

뤼시와 잔은 기절할 것 같은 엔보 부인에게 바짝 몸을 기댔다. 네그렐은 자기 몸으로 그들을 보호하려는 듯 그들 앞으로 가 버티고 섰다. 그러니까 오늘밤 지금까지의 사회가 무너져내리고 마는 건가? 그 순간 그들은 눈앞에 펼쳐진 광경에 결정적으로 할말을 잃어버렸다. 파업 노동자들 무리가 지나가고 뒤에 처진 몇 명만 남아 있을 때 라 무케트가 모습을 드러냈다. 그녀는 걸음을 늦추고 정원의 문과 집의 창가에서 자신들을 지켜보고 있던 부르주아들을 기웃거렸다. 그러다 그들의 얼굴에 침을 뱉을 수 없자 그녀로서는 경멸의 극치에 해당하는 것을 그들에게 보여주었다. 그녀는 누군가를 발견한 듯 갑자기 치마를 훌렁 걷어올리더니 불그레한 마지막 햇살을 받아 더 거대해 보이는 맨엉덩이를 고스란히 드러냈다. 사나워 보이는 그녀의 엉덩이는 음란하지도, 웃음을 자아내지도 않았다.

이제 모두가 그곳을 벗어나 구불구불한 길을 따라 경쾌한 색깔의 나지막한 집들 사이를 통과해 몽수 쪽으로 달려갔다. 엔보 부인 일행은 농장 뜰에 감춰둔 마차를 꺼내게 했다. 하지만 마차꾼은 파업 노동자들이 도로를 점령하고 있다면 부인과 아가씨들을 아무 문제 없이 집까지 모시고 갈 자신이 없었다. 무엇보다 최악은 집으로 갈 수 있는 또다른 길이 없다는 사실이었다.

"하지만 우린 반드시 집으로 돌아가야 해요. 벌써 만찬을 준비하고 있을 거란 말이에요." 두려움으로 신경이 곤두선 엔보 부인이 격앙된 목소리로 말했다. "저 천박한 것들이 하필이면 내가 손님을 접대하는 날을 골라 또 이런 짓을 벌이다니. 그런데도 감히 우리한테 대접받기를 바랄 수 있는 거냐고!"

뤼시와 잔은 건초 더미 속에 몸을 웅크리고 있는 세실을 끌어내느라 애를 먹었다. 야만스러운 노동자들이 여전히 그곳을 지키고 있다고 생각한 세실은 그들을 보고 싶지 않다며 발버둥쳤다. 마침내 모두들 다시 마차에 올라탔다. 다시 말에 오른 네그렐은 레키야르로 통하는 골목길로 가는 게 좋겠다고 생각했다.

"천천히 조심스럽게 나아가야 합니다." 그는 마차꾼에게 당부했다. "길이 아주 엉망이니까. 만약 저들이 저기 도로로 나서는 걸 방해하면 옛날 갱 뒤쪽에 마차를 세워요. 우린 뜰 쪽으로 나 있는 조그만 문을 통해 걸어서 집으로 돌아갈 테니까. 그리고 마차와 말들은 여인숙 헛간 같은 데 넣어두고."

그들은 출발했다. 멀리 몽수로 떼를 지어 몰려가는 파업 노동자들 무리가 보였다. 몽수 주민들은 두 번씩이나 연거푸 헌병과 용기병들을 본 뒤로 잔뜩 겁을 집어먹은 채 동요하고 있었다. 그들 사이에는 끔찍한 소문이 나돌았다. 그중에는 부르주아들의 배를 칼로 찔러 죽인다고 위협하는, 손으로 직접 쓴 벽보도 포함되어 있었다. 아무도 벽보를 보지 못했으면서도 그 구절들을 줄줄 인용했다. 특히 한 공증인의 집에서는 공포가 극에 달했다. 지하 저장고에 화약통을 묻어두었다고 경고하는 익명의 편지를 받은 것이다. 민중의 편에 서겠다고 선언하지 않으면 그의 집을 날려버리겠다는 협박과 함께였다.

그레구아르 부부는 그 공증인이 문제의 편지를 가지고 찾아오는 바람에 엔보 씨 집 방문이 늦어졌다. 그들은 그 편지를 두고 의견을 나눈 끝에 어느 고약한 인간이 장난을 친 거라고 결론지었다. 그때 파업 노동자 무리가 몽수로 몰려오는 것을 본 하인들은 얼굴이 새파랗게 질렸다. 하지만 그레구아르 부부는 조용히 미소지으면서 커튼 귀퉁이를 열고 바깥을 내다보았다. 그들은 모든 일이 우호적으로 잘 해결될 거라고 믿으며, 그 어떤 위험의 가능성도 받아들이려 하지 않았다. 다섯시를 알리는 종이 울렸고, 아직 여유가 있으니 무리가 물러가기를 기다렸다가 맞은편에 있는 엔보 씨 집으로 저녁식사를 하러 가면 되었다. 그때쯤이면 세실도 돌아와 그들을 기다리고 있을 터였다. 하지만 몽수에서 그들처럼 느긋하게 생각하고 있는 사람은 아무도 없는 듯했다. 사람들은 갈팡질팡하며 사방으로 뛰어다녔고, 집집마다 서둘러 문과 창문을 꼭꼭 닫았다. 도로의 다른 한편에서는 메그라가 쇠막대를 동원해 그의 상점에 바리케이드를 치고 있었다. 그는 얼굴이 창백해지고 하도 부들부들 떨어서, 작고 연약한 그의 아내가 나사를 꼭 잡고 있어야만 했다.

파업 노동자 무리는 탄광회사 사장의 저택 앞에 멈춰 서서 큰 소리로 목이 터져라 외쳤다.

"빵을 달라! 빵을 달라! 빵을 달라!"

엔보 씨가 창가에 서 있을 때 이폴리트가 들어와 부랴부랴 덧문들을 닫았다. 밖에서 날아오는 돌멩이에 유리창이 깨질까봐 겁이 난 것이다. 그는 아래층의 덧문들을 모두 닫고 이층으로 올라갔다. 곧이어 창문의 문고리가 삐걱거리는 소리, 덧창들이 덜그럭거리면서 하나둘씩 닫히는 소리가 들려왔다. 하지만 불행히도 지하에 있는 부엌의 내닫이창은 미처 닫지 못했다. 창문 너머로 냄비와 고기 굽는 꼬치를 벌겋게 달구고 있는 불이 불안해 보였다.

엔보 씨는 위쪽에서 바깥을 내려다보기 위해 무심코 삼층에 있는 폴의 방으로 올라갔다. 저택 왼쪽에 있는 그곳에서는 도로가 한눈에 내려다보이면서 탄광회사 현장까지 훤히 보였다. 그는 덧창 뒤에 서서 무리를 내려다보았다. 그런데 이 방은 그를 또다시 혼란에 빠뜨렸다. 그사이 세면대는 잘 닦여 정돈되어 있었고, 온기가 식어버린 차가운 침대에는 깨끗한 시트가 반듯하게 씌워져 있었다. 오후 내내 그를 괴롭혔던 극심한 분노와 처절한 고독 속에서 치른 자신과의 싸움은 이제 극도의 피곤함으로 바뀌어 있었다. 그의 존재는 이미 아침나절의 더러운 흔적들을 모두 지워내고 차갑게 식어버린 채 평소의 말끔한 상태로 되돌아간 이 방과도 같았다. 이제 와서 공연히 분란을 일으키는 게 무슨 의미가 있을까? 그동안 그들 사이에 달라진 게 하나라도 있었던가? 생각해보면 그의 아내는 단지 정부를 하나 더 두었을 뿐이다. 다만 가족 중에서 하필 그를 선택했다는 사실이 더 기막힐 따름이었다. 그렇지만 달리 생각해보면 차라리 그편이 더 나은지도 몰랐다. 적어도 아내의 체면은 유지할 수 있을 테니까. 그는 미친 듯한 질투심에 사로잡혔던 자신을 떠올리며 자기 연민에 빠졌다. 공연히 애꿎은 침대만 주먹으로 내리쳤으니 얼마나 우스꽝스러운 일인가! 그리고 아내의 다른 남자도 용인했던 마당에 이 남자라고 그러지 못하란 법이 없지 않은가. 그저 그녀를 좀더 경멸하면서 살아가면 그뿐이었다. 이 모든 것은 그에게 지독하게 씁쓸한 느낌과 함께 모든 것의 무용함과 삶의 영원한 고통을 안겨주었다. 그는 아내의 불결함을 수수방관하면서도 여전히 그 여자를 사랑하고 욕망하는 자신이 수치스러웠다.

창문 아래로 모여든 무리는 그 어느 때보다도 격렬하게 외쳤다.

"빵을 달라! 빵을 달라! 빵을 달라!"

"어리석은 인간들!" 엔보 씨는 나지막하게 중얼거렸다.

그들은 사장인 그를 두고 아무것도 하는 일 없이 엄청난 봉급을 받는데다 노동자들은 굶어죽어가는데 자신은 배탈이 날 정도로 산해진미만 탐하는 비열하고 뚱뚱한 돼지라며 욕설을 퍼부었다. 여인네들은 부엌을 알아보고는 불에 익어가는 꿩고기와 그들의 허기진 배를 마구 자극하는 소스의 기름진 냄새를 향해 격렬한 저주를 퍼부었다. 아! 저 더러운 부르주아놈들, 언젠가는 저들의 배가 터질 때까지 그 속에 샴페인과 송로를 마구 쑤셔넣어주고 말 테다.

"빵을 달라! 빵을 달라! 빵을 달라!"

"어리석은 인간들!" 엔보 씨는 거듭 중얼거렸다. "난 행복한 줄 아나보지?"

그는 아무것도 이해하지 못하는 저 무지한 사람들에게 분노가 치밀어올랐다. 그는 그들처럼 지치지 않고 아무 때나 하고 싶은 대로 섹스를 할 수만 있다면 자신의 돈을 전부 다 줘도 아깝지 않을 것 같았다. 그들을 자기 식탁에 앉혀 꿩고기를 실컷 먹게 하고서는, 그동안 자신은 그보다 먼저 그녀들을 자빠뜨렸던 이들을 비웃으면서 산울타리 뒤에서 여자들을 마음껏 자빠뜨릴 수만 있다면! 단 하루만이라도, 그에게 머리를 조아리는 무리 중에서도 가장 하찮은 사람이 되어 자유로운 몸으로 아내의 뺨을 때리고 이웃집 여자와 놀아날 정도로 막되게 살 수만 있다면! 그럴 수만 있다면 그는 자기가 가진 모든 것을 저들에게 아낌없이 내줄 수 있을 터였다. 그의 교육과 안락한 삶, 화려한 생활, 사장으로서의 권력, 그 모든 것을! 그는 차라리 굶어죽을 수 있기를 바랐다. 그리하여 텅 빈 배가 경련을 일으켜 머리가 빙빙 돌기를 바랐다. 그러면 그의 끝 모르는 고통을 잊을 수 있지 않을까! 아! 아무것도 소유하지 않고 짐승처럼 살면서, 가장 추하고 더러운 탄차 운반부와 밀을 도리깨질하면서, 그런 삶에 만족하고 살아갈 수 있다면!

"빵을 달라! 빵을 달라! 빵을 달라!"

그러자 엔보 씨는 벌컥 화를 내면서 함성을 지르는 무리를 향해 커다랗게 소리쳤다.

"빵을 달라고! 사람이 빵만 먹고 살 수 있는 줄 아나보지, 어리석은 인간들 같으니라고!"

그는 빵을 먹을 수 있었지만 그렇다고 고통받지 않는 건 아니었다. 삭막해진 부부생활, 고통스러운 그의 삶 전체를 떠올릴 때마다 숨이 턱턱 막혀오면서 죽음을 앞둔 사람처럼 헐떡거렸다. 빵을 마음대로 먹을 수 있다고 해서 모든 게 순조로운 건 아니었다. 도대체 어떤 바보가 부의 분배에 모든 이의 행복이 달려 있다고 주장한단 말인가? 혁명주의자들의 그런 허황된 꿈은 기존의 사회를 무너뜨리고 또다른 사회를 세울 수는 있다. 하지만 그것으로 인류에게 기쁨을 가져다주거나, 빵을 나눠줌으로써 그들의 고통을 덜어줄 수는 없다. 오히려 이 세상의 불행을 더 확산시키면서, 사람들을 조용한 본능의 충족에서 끌어내 채워지지 않는 정념의 고통 속으로 몰아넣는 것이다. 그렇다, 이 세상에서 유일하게 행복해질 수 있는 길은, 존재하지 않는 것이다. 만약 존재해야만 한다면, 나무나 돌, 아니 그보다 못한 모래알이 되어 사람들의 발에 짓밟히면서도 피 흘리지 않고 살아가는 것만이 유일하게 행복해질 수 있는 길이다.

고통이 극에 달하면서 엔보 씨의 눈가에 맺힌 뜨거운 눈물이 뺨을 타고 길게 흘러내렸다. 땅거미가 내려 도로가 잘 분간되지 않을 무렵, 저택 정면으로 돌들이 날아오기 시작했다. 그는 이제 저 굶주린 이들에게는 아무런 유감 없이, 다만 스스로의 쓰라린 상처에 분노하며 한참 동안 눈물을 멈추지 못하고 계속 중얼거렸다.

"어리석은 인간들! 어리석은 인간들!"

하지만 굶주린 배에서 나오는 소리가 그의 목소리를 압도하면서 분노의 함성이 폭풍우처럼 모든 것을 휩쓸어갔다.

"빵을 달라! 빵을 달라! 빵을 달라!"

6

카트린에게 뺨을 얻어맞고 정신이 번쩍 든 에티엔은 동료들보다 앞서 걸어갔다. 하지만 쉰 목소리로 외치며 그들을 몽수로 향하게 하는 동안 그의 안에서 속삭이는 또다른 목소리가 들려왔다. 그의 행동에 놀라면서 이 모든 게 무엇을 위한 것인지를 묻는 이성의 목소리였다. 그가 애초에 원한 건 이런 게 아니었다. 그는 냉정하게 행동하면서 최악의 사태를 막고자 장바르로 향했던 것인데, 어찌하여 점점 더 폭력적으로 바뀌어 이렇게 사장의 집까지 공격하게 된 것일까?

하지만 조금 전에 무리에게 멈추라고 소리친 것도 에티엔 바로 그였다. 그는 처음에는 무엇보다 다른 동료들이 약탈하러 가자고 얘기하는 탄광회사 현장을 보호해야겠다는 생각뿐이었다. 그리고 그들이 이미 사장의 저택을 향해 돌을 던지기 시작한 지금은 더 큰 불행한 사태를 막기 위해 어떤 정당한 희생양을 찾아 무리의 관심을 그쪽으로 돌릴 수 있을지를 생각했다. 그가 도로 한가운데서 홀로 무기력하게 멍하니 있을 때 티종 주막의 문간에 서 있던 남자가 그를 불렀다. 주막 여주인은 문 하나만 남겨둔 채 서둘러 덧문들을 모두 닫았다.

"그래, 날세…… 내 말 좀 들어보게."

라스뇌르였다. 거의 대부분이 240번 탄광촌 사람들인 삼십여 명의 남자와 여자들은 아침에는 집에 머물다가 저녁에 소식이 궁금해 길을 나선 터였다. 그들은 파업 노동자들이 다가오자 너 나 할 것 없이 이 주점으로 몰려들었다. 자샤리는 그의 아내 필로멘과 함께 탁자 하나를 차지하고 있었다. 피에롱과 라 피에론은 그들과 떨어진 곳에서 등을 돌린 채 얼굴을 감추고 있었다. 게다가 술을 마시는 사람은 아무도 없었다. 그들은 단지 몸을 피하고 있을 뿐이었다.

에티엔이 라스뇌르를 알아보고 다른 곳으로 가려 하자, 그가 서둘러 덧붙였다.

"나 보기가 거북해서 그러는 건가?…… 내가 경고했지, 문제가 생길 거라고. 당신들은 빵을 달라고 하지만, 저들은 당신들에게 빵 대신 총알 세례를 퍼부을 거란 말이지."

그러자 에티엔이 그를 돌아보며 말했다.

"날 역겹게 하는 건 우리가 목숨 걸고 나서는 걸 팔짱 끼고 구경만 하는 비겁한 자들이오."

"그래서 고작 생각해낸 게 사장 집을 약탈하는 건가?" 라스뇌르가 물었다.

"내가 원하는 건 모두가 함께 죽을 각오로 동료들과 끝까지 가는 거요."

목숨을 내던질 준비가 된 에티엔은 비장한 얼굴로 무리와 다시 합류했다. 길에서는 세 아이가 돌을 던지고 있었다. 그는 아이들의 엉덩이를 세게 걷어차면서, 유리창을 깨뜨리는 건 아무 도움이 안 되니 당장 멈추라고 동료들을 향해 소리쳤다.

이제 막 장랭과 다시 만난 베베르와 리디는 그에게 투석기를 다루는 법을 배웠다. 세 아이는 자갈을 주워 던지면서 누가 더 많은 피해를 입히는지를 겨뤘다. 그러다가 투석기를 다루는 데 서툰 리디가 군중 속에 있던 어떤 여자의 머리를 갈라놓자 두 사내아이는 배꼽을 잡고 웃었다. 그들 뒤에서는 본모르와 무크 영감이 긴 의자에 앉아 그들을 지켜보고 있었다. 본모르 영감은 퉁퉁 부은 다리를 이끌고 힘겹게 그곳까지 온 터였다. 그가 무슨 생각으로 거기까지 왔는지 그 이유는 알 수 없었다. 오늘처럼 잿빛 얼굴을 하고 있는 날이면 사람들이 아무리 말을 시켜도 그는 시종일관 침묵할 따름이었다.

게다가 이제는 더이상 아무도 에티엔의 말을 듣지 않았다. 그의 지시에도 불구하고 돌들이 계속해서 빗발쳤다. 그는 자신이 행동하라고 부추겼던 이들이 거친 야수처럼 변한 것에 경악을 금치 못했다. 그들은 처음에는 억눌린 감정을 표출하는 데 시간이 한참 걸렸지만, 일단 감정을 드러내기 시작한 뒤로는 광포한 폭도로 돌변해 줄기차게 분노를 쏟아내고 있었다. 플랑드르 지방의 묵직하고도 온화한 피를 이어받은 그들은 몇 달에 걸쳐 서서히 달아오른 끝에 이제는 어느 누구의 말도 듣지 않고, 막혔던 봇물이 터지듯 야수와 같은 잔인성을 거침없이 드러냈다. 에티엔 같은 남부 출신들은 그들보다 더 빨리 끓어오르지만 그들만큼 과격하지는 않았다. 그는 르바크에게서 도끼를 빼앗기 위해 몸싸움을 벌여야 했고, 두 손으로 돌을 던지는 마외 부부를 어떻게 말려야 할지 난감한 지경에 이르렀다. 특히 여자들이 그를 두렵게 했다. 라 르바크와 라 무케트를 비롯한 여자들은 비쩍 마른 몸으로 여자들을 조종하는 라 브륄레의 선동 아래 살기 어린 분노를 쏟아내며 이와 손톱을 드러내고 사나운 개처럼 짖어댔다.

그런데 에티엔의 간곡한 애원에도 아랑곳없이 요동치던 사람들이 아주 잠깐 동안 놀라는 표정과 함께 갑자기 잠잠해졌다. 그레구아르 부부가 그들을 찾아왔던 공증인을 보내고 맞은편의 사장 집으로 가기 위해 집을 나선 것이다. 그들은 아주 평온해 보였고, 한 세기 전부터 체념을 몸으로 익힌 성실한 광부들이 잠시 짓궂은 장난을 치는 거라고 믿는 듯했다. 과연 갑자기 어디서 튀어나온 듯한 그들의 출현에 놀란 노동자들 무리는 점잖은 노부부를 다치게 할까봐 돌 던지는 것을 잠시 멈춘 터였다. 그리고 그들이 엔보 씨 집의 정원으로 들어가 현관 앞 층계를 오르고 판자로 바리케이드를 친 문의 벨을 누르는 것을 가만히 지켜보았다. 안에서는 서둘러 문을 열려는 기색이 전혀 없었다. 그때 마침 외출에서 돌아오던 가정부 로즈는 성난 노동자들에게 미소를 지어 보였다. 그녀는 몽수 출신이라 그들 대부분과 잘 알고 지내는 사이였다. 그녀가 문을 여러 번 두드리자 그제야 이폴리트가 문을 살짝 열어주었다. 아슬아슬한 순간이었다. 그레구아르 부부가 집안으로 사라지자마자 다시 돌들이 빗발치기 시작했다. 놀란 마음에 잠시 중단되었던 무리의 함성이 더욱더 크게 울려퍼졌다.

"부르주아들에게 죽음을! 사회주의 공화국 만세!"

로즈는 저택 현관에서 이 모든 일이 재미있다는 듯 입가에 미소를 머금은 채, 겁에 질린 하인에게 거듭 말했다.

"저 사람들은 절대 나쁜 사람들이 아니에요, 내가 잘 안다니까요."

그레구아르 씨는 조심스럽게 모자를 걸었다. 그러고는 그의 아내가 두꺼운 모직 케이프를 벗는 것을 도와주고 나서 말했다.

"나도 저들이 나쁜 마음으로 저러는 게 아닐 거라고 생각하네. 아마 실컷 소리치고 나면 더 맛있게 저녁식사를 할 수 있을 거야."

그때 엔보 씨가 삼층에서 내려왔다. 그는 모든 광경을 지켜본 다음 평소처럼 차분하고 예의바른 태도로 손님들을 맞이하러 왔다. 오직 창백한 낯빛만이 그가 눈물을 흘리며 혼란스러워했음을 말해주고 있었다. 그는 내적인 갈등을 마음속 깊이 묻어둔 채, 자신의 의무에 충실하기로 마음먹은 빈틈없는 행정가의 면모만을 보여주었다.

"그런데 여자분들이 아직 돌아오지 않았습니다." 엔보 씨가 말했다.

그러자 그레구아르 부부의 얼굴에 처음으로 불안감이 스쳐갔다. 세실이 아직 돌아오지 않았다고! 혹시라도 저들의 장난이 지속된다면 딸이 무사히 집으로 돌아올 수 있을까?

"경찰을 불러서 저들을 모두 물리칠까도 생각해봤습니다." 엔보 씨가 덧붙여 말했다. "하지만 불행하게도 오늘 집에 혼자 있는데다, 저 폭도들을 해산시키려면 적어도 헌병 네 사람과 지휘관이 필요한데, 그들을 불러오려면 어디에 도움을 청해야 하는지도 알 수 없어서 말입니다."

그 자리에 남아 있던 로즈는 다시 조그맣게 힘주어 말했다.

"오! 주인님, 저 사람들은 나쁜 사람들이 아니랍니다."

엔보 씨는 고개를 끄덕였고, 그사이 밖에서 점점 더 커지는 함성과 함께 돌들이 건물 외벽에 부딪히는 둔탁한 소리가 들려왔다.

"난 저들을 원망하지 않습니다. 오히려 저들이 저런 행동을 하는 것을 이해합니다. 저들은 어리석기 때문에 우리가 자신들을 불행하게 만든다고 믿고 있으니까요. 다만 내게는 치안을 유지할 의무가 있습니다…… 사람들 말로는 도로에 헌병들이 쫙 깔려 있다던데, 정작 나는 아침부터 지금껏 그들의 코빼기도 못 봤으니 기가 막힐 노릇입니다!"

그는 얘기를 멈추고 그레구아르 부인에게 길을 비켜주면서 말했다.

"부인, 여기 서 계시지 말고 응접실로 자리를 옮기시죠."

하지만 그들은 지하의 부엌에서 올라온 요리사가 잔뜩 짜증이 나서 불평을 늘어놓는 바람에 몇 분간 더 현관에 머물러 있어야 했다. 그녀는 더이상 만찬 준비를 맡을 수 없다고 선언했다. 그녀는 마르시엔의 제과점 주인이 오후 네시까지 가져오기로 한 볼로방* 껍질을 기다리고 있었다. 그런데 그는 이곳으로 오다가 저 흉악한 무리 때문에 겁을 집어먹고 길을 잃은 게 분명했다. 어쩌면 음식을 빼앗겼을지도 몰랐다. 요리사는 빵을 요구하는 3천 명의 굶주린 무리가 덤불숲 뒤에서 볼로방을 둘러싸고 포식하는 광경을 떠올렸다. 어쨌거나 주인도 미리 알고 있는 게 좋을 것 같았다. 만약 저들이 주장하는 혁명인지 뭔지 때문에 음식을 조금이라도 망치게 된다면, 그녀는 저녁거리를 모두 불 위에 내팽개치고 말 터였다.

* 파이 껍질 속에 고기나 생선 따위를 넣은 요리.

"조금만 더 기다려보게." 엔보 씨가 말했다. "아직 시간이 있으니, 그 사람이 곧 도착할지도 모르지 않는가."

그러고는 그레구아르 부인을 돌아보면서 손수 응접실 문을 열려고 하다가, 점점 짙어지는 어둠 속에서 그때까지 보지 못했던 어떤 남자가 현관의 긴 의자에 앉아 있는 것을 보고는 기겁을 했다.

"아니! 자네는 메그라가 아닌가? 어째서 자네가 거기 앉아 있는 거지?"

메그라가 자리에서 일어나자 두려움으로 일그러진 투실투실하고 창백한 얼굴이 드러났다. 그의 건장하고 냉정한 평소의 모습은 온데간데없었다. 그는 폭도들이 자신의 상점을 공격할 경우 도움과 보호를 요청하기 위해 사장 집으로 몰래 숨어들었다고 공손한 태도로 고백했다.

"하지만 보다시피 나도 위협받고 있는 처지라네. 게다가 지금 나는 혼자이고 말이야." 엔보 씨가 말했다. "이럴 시간에 자네 가게에서 물건이나 지키는 편이 낫지 않겠나."

"오! 가게 문에 쇠막대를 쳐놓았으니 괜찮을 겁니다. 그리고 제 처한테 잘 지키고 있으라고 했거든요."

엔보 씨는 짜증이 치밀어오르면서 그를 향한 경멸감을 노골적으로 드러냈다. 남편한테 수없이 두들겨 맞아 뼈만 앙상하게 남은 여자가 퍽이나 잘도 지키겠군!

"어쨌거나 난 아무것도 해줄 수 없으니 스스로 알아서 자신을 지키도록 하게. 그리고 지금 당장 돌아가는 게 좋을 걸세. 줄기차게 빵을 요구하는 저들의 함성이 들리지 않나…… 잘 들어보라고!"

과연 파업 노동자들 무리가 다시 동요하고 있었고, 메그라는 그들이 외치는 함성 가운데서 자기 이름을 들은 것 같았다. 이런 판국에 집으로 돌아간다는 것은 있을 수 없는 일이었다. 그랬다가는 그들이 그를 가만두지 않을 게 뻔했다. 다른 한편으로는 이대로 망할지도 모른다는 생각이 그를 두렵게 했다. 이윽고 그레구아르 부부가 엔보 씨를 따라 응접실로 향하는 동안 그는 현관문 판유리에 얼굴을 바짝 붙인 채 진땀을 흘리고 몸을 떨면서 파국이 다가오는 것을 지켜보았다.

엔보 씨는 주인으로서의 품격을 갖추고 차분히 손님들을 접대하려고 애썼다. 하지만 그가 아무리 그레구아르 부부에게 자리에 앉으라고 권해도 그들은 불안감을 떨쳐낼 수 없었다. 판자로 창문을 죄다 막아놓고 해가 지기 전부터 두 개의 램프에 불을 밝혀놓은 방은 밖에서 고함소리가 들려올 때마다 공포로 가득차는 듯했다. 두꺼운 커튼 너머로 둔탁하게 들려오는 분노에 찬 군중의 함성이 막연하고도 무시무시한 위협처럼 점점 더 두렵게 다가왔다. 그들은 다른 얘기를 하다가도 끊임없이 이 말도 안 되는 반란에 관한 이야기로 되돌아오곤 했다. 엔보 씨는 자기가 이 모든 것을 전혀 예측하지 못한 것에 놀라워했다. 그는 아무도 제때에 정보를 전해주지 않은 것을 개탄하면서, 무엇보다 이 모든 일에 가증스러운 영향을 미쳤을 라스뇌르에 대해 분노했다. 하지만 이제 곧 헌병들이 올 터였다. 그들이 그를 이렇게 내버려둘 리 만무했다. 그레구아르 부부는 온통 딸 걱정뿐이었다. 얼마나 겁을 잘 내는 아이인데! 어쩌면 위험을 감지한 일행이 마차를 돌려 마르시엔으로 되돌아갔을지도 몰랐다. 그들은 길에서 들려오는 요란한 함성과 닫힌 덧문에 마치 북소리처럼 간간이 돌들이 부딪히는 소리에 신경을 바짝 곤두세우고 십오 분을 더 기다렸다. 이런 상황을 더이상 두고만 볼 수는 없었다. 엔보 씨가 밖으로 나가 혼자서라도 폭도들을 몰아내고 마차를 마중하러 가야겠다고 말하고 있을 때 이폴리트가 나타나 소리쳤다.

"주인님! 주인님! 부인께서 돌아오셨어요. 그런데 사람들이 부인을 죽이려고 해요!"

엔보 부인 일행이 탄 마차는 위협적인 무리를 뚫고 레키야르로 통하는 골목길을 빠져나올 수 없었다. 그러자 네그렐은 애초에 생각한 대로 저택까지 남은 100여 미터를 걸어가 별채 가까이 있는 정원으로 이어지는 작은 문을 두드리기로 마음먹었다. 그러면 정원사가 듣고 문을 열어줄 것이다. 그곳에는 항상 누군가가 있을 테니까. 처음에는 모든 게 순조롭게 진행되는 듯했다. 그런데 엔보 부인과 세 명의 숙녀가 문을 두드리고 있을 때, 누군가의 귀띔에 여인네들이 골목길로 우르르 몰려왔다. 상황은 곧 최악으로 치달았다. 아무도 문을 열어주지 않자 네그렐이 어깨 힘으로 문을 열려고 했지만 헛수고였다. 여자들이 점점 더 많이 몰려오자, 그들에게 휩쓸릴 것이 두려웠던 그는 최후의 수단을 강구했다. 그는 절망적인 몸짓으로 자신의 숙모와 젊은 아가씨들이 그들을 둘러싼 무리를 뚫고 현관 앞 층계까지 달려가도록 힘껏 떠밀었다. 하지만 그의 어설픈 시도는 서로 간의 몸싸움을 야기했다. 여인네들은 네그렐 일행을 그대로 놓아주지 않고 소리를 지르면서 그들을 쫓아갔다. 그러는 동안 무리의 나머지 사람들은 어째서 잘 차려입은 귀부인들이 아수라장 가운데에서 우왕좌왕하는지 이해하지 못하고 어리둥절한 표정으로 사방에서 모여들었다. 그 순간, 혼란이 극에 달하면서 말로는 설명하기 힘든 황당한 일이 벌어졌다. 현관 앞 층계에 다다른 뤼시와 잔은 가정부가 살짝 열어놓은 문틈으로 미끄러져 들어갔다. 엔보 부인도 그들을 따라 무사히 안으로 들어갈 수 있었다. 그다음에는 마지막으로 네그렐이 들어가 문의 빗장을 닫아걸었다. 그는 세실이 맨 먼저 들어가는 것을 봤다고 확신했다. 그런데 세실은 어디에도 보이지 않았다. 겁을 잔뜩 집어먹은 그녀는 집의 정반대 방향에서 길을 잃고 헤매다가 위험 한가운데로 스스로 뛰어들고 말았던 것이다.

그녀를 발견한 무리 사이에서 즉시 함성이 터져나왔다.

"사회주의 공화국 만세! 부르주아에게 죽음을! 죽여라!"

베일로 얼굴을 가린 탓에 멀리서 그녀를 본 사람들은 엔보 부인으로 착각했다. 또 어떤 사람들은 그녀가 엔보 부인의 친구로, 노동자들이 끔찍이 싫어하는 부근 공장 사장의 젊은 아내라고 얘기했다. 하기야 그녀가 누구인지는 별로 중요하지 않았다. 그들의 분노를 돋우는 것은, 그녀가 입고 있는 실크 드레스와 모피 코트 그리고 모자의 새하얀 깃털 장식이었다. 또한 그녀는 향수 냄새를 풍겼고, 시계를 차고 있었으며, 석탄 따위는 만져본 적도 없는 게으르고 팔자 좋은 사람들처럼 살결이 뽀얗고 고왔다.

"기다려!" 라 브륄레가 소리쳤다. "네년 엉덩이에 그 레이스를 쑤셔넣어줄 테니까!"

"이 계집들이 입고 있는 건 다 우리한테서 빼앗아간 거나 마찬가지야." 라 르바크가 이어 말했다. "우린 추워서 얼어죽을 판인데 저것들은 몸에 털을 두르고 있다니…… 여러분, 이년을 홀딱 벗겨버립시다. 이참에 아주 된맛을 보여주자고요!"

그러자 라 무케트가 한술 더 뜨며 소리쳤다.

"맞아요, 맞아, 채찍을 내리쳐서 정신이 번쩍 들게 해줍시다."

격렬한 경쟁심에 자극받은 여인네들은 부유한 젊은 여인의 한 자락이라도 차지하려는 듯 서로 앞다퉈 누더기를 두른 거친 손들을 내밀었다. 이런 여자의 엉덩이가 그들보다 더 잘났으리라는 법도 없지 않은가. 아니, 싸구려 장신구 아래 더러운 엉덩이를 감추고 있는 여자들도 많았다. 부당하게도 그토록 오랫동안 자기들끼리만 호사를 누려왔으니 그걸로 충분하다. 이제는 그들도 노동자들처럼 남루한 옷을 입고 살아봐야 한다. 이런 창녀 같은 여자들이 고작 페티코트 하나 세탁하는 데 50수씩이나 쓰다니, 부끄러운 줄 알아야 할 것이다!

격분한 여인네들이 마구잡이로 분노를 쏟아내는 가운데 세실은 다리가 마비되고 사시나무 떨듯 몸을 떨면서 똑같은 말을 계속 되풀이했다.

"부인들, 제발요, 부인들, 저를 해치지 말아주세요."

하지만 그녀의 목에서는 거친 소리만이 희미하게 새어나왔다. 누군가가 차가운 두 손으로 그녀의 목을 움켜쥐었기 때문이다. 그는 본모르 영감이었다. 세실은 인파에 떠밀리다 본모르 영감 앞까지 오게 되었던 것이다. 그는 오래도록 비참한 삶을 이어온 끝에 얼이 빠지고 굶주림에 취한 듯 보였다. 그런데 어떤 해묵은 원한 때문인지는 모르지만, 불현듯 반세기 동안의 체념 상태에서 깨어난 듯했다. 그는 오랜 세월 광부로 살아오는 동안 갱내 가스와 붕괴 사고의 위험 속에서 열두 명의 동료를 죽음에서 구해냈다. 그리고 이 순간, 말로는 설명할 수 없는 강력한 충동에 이끌려 젊은 여인의 새하얀 목덜미에 홀린 듯 그녀의 목을 졸랐던 것이다. 그는 오늘 또다시 말문을 닫고 불구의 늙은 짐승 같은 얼굴로 손끝에 힘을 주면서 아득한 시절의 추억을 반추하는 듯했다.

"아니! 아니!" 여인네들이 소리쳤다. "그년 엉덩이를 보여줘! 엉덩이를 보여줘!"

사장 저택에서 그 광경을 목격한 네그렐과 엔보 씨는 세실을 구하러 가기 위해 용감하게 문을 다시 열었다. 하지만 이번에는 노동자 무리가 정원 철책으로 우르르 달려드는 바람에 밖으로 나가기가 여의치 않았다. 그리하여 그들이 서로 몸싸움을 벌이는 사이, 그레구아르 부부가 하얗게 질린 얼굴로 현관 앞 층계에 모습을 드러냈다.

"그 아가씨를 놔주세요, 아버님! 그분은 라 피올렌 가문의 아가씨예요!" 한 여자가 세실의 베일을 찢자, 그녀를 알아본 라 마외드가 본모르 영감에게 소리쳤다.

한편, 아직 어린아이에 불과한 세실을 향해 분노를 쏟아내는 사람들을 보고 충격을 받은 에티엔은 그들의 관심을 다른 데로 돌리려 애썼다. 그러다 무슨 생각이 떠올랐는지 르바크의 손에서 빼앗은 도끼를 휘두르며 외쳤다.

"메그라의 가게로 갑시다!…… 거긴 빵이 있습니다. 가서 메그라의 가게를 박살냅시다!"

그러고는 한달음에 달려가 대뜸 가게 문을 도끼로 세게 내리쳤다. 르바크와 마외를 비롯한 다른 동료들 몇몇도 그를 따라갔다. 하지만 여인네들은 그 자리를 떠나지 않았다. 이제 세실은 본모르 영감의 손에서 라 브륄레의 손으로 넘어갔다. 리디와 베베르는 장랭에게 이끌려 고귀한 숙녀의 엉덩이를 보겠다고 그녀의 스커트 속으로 몰래 기어들어갔다. 벌써부터 여자들이 그녀의 옷을 사방에서 잡아당기고 있었다. 옷이 찢어지려는 찰나, 말을 타고 나타난 한 남자가 얼른 길을 비키지 않는 사람들에게 채찍을 내리치면서 말을 앞으로 몰았다.

"아! 이런 무지막지한 것들, 감히 우리 아이들의 몸에 손을 대다니!"

그는 엔보 씨 집의 만찬에 초대받고 온 드뇔랭이었다. 그는 재빨리 길 위로 뛰어내려 세실의 허리를 끌어안았다. 다른 한 손으로는 놀라운 기술과 힘으로, 마치 살아 있는 쐐기를 다루듯 말을 몰면서, 말발굽 앞에서 뒤로 물러서는 군중을 가르고 힘차게 나아갔다. 철책에서는 여전히 몸싸움이 계속되고 있었다. 하지만 그는 노동자들 무리의 방해에도 아랑곳하지 않고 사람들의 손발을 짓밟으며 나아갔다. 뜻밖에 출현한 구원병은 난무하는 욕설과 주먹다짐 속에서 크나큰 위험에 처해 있던 네그렐과 엔보 씨를 구해주었다. 마침내 네그렐이 기절한 세실을 저택 안으로 데리고 들어가는 동안, 현관 앞 층계 위에서 자신의 커다란 몸으로 엔보 씨를 보호하던 드뇔랭은 하마터면 날아온 돌에 어깨가 빠질 뻔했다.

"그래," 그가 소리쳤다. "내 장비들을 몽땅 부순 것처럼 어디 내 뼈도 한번 박살내보시지!"

그는 재빨리 문을 닫았다. 무수한 자갈들이 문으로 날아들어 부딪혔다.

"다들 정말 미쳐도 단단히 미쳤군!" 드뇔랭이 씩씩거리며 다시 말했다. "일이 초만 더 있었어도 저놈들이 던지는 돌에 속 빈 호박처럼 머리가 깨질 뻔했어요…… 저런 인간들한테는 어떤 말도 안 통해요!

다들 자신들이 무슨 짓을 저지르는지도 모른단 말입니다. 아주 혼쭐을 내야 합니다."

응접실에서는 그레구아르 부부가 세실의 정신이 돌아오는 것을 지켜보며 눈물을 흘리고 있었다. 다행히 세실은 다친 데가 없었다. 긁힌 상처 하나 없이 베일만 잃어버렸을 뿐이다. 하지만 요리사 멜라니가 그들 앞에 나타나 파업 노동자 무리가 라 피올렌을 어떻게 파괴했는지를 이야기하자 그들의 두려움은 점점 더 커져갔다. 겁에 질린 멜라니는 제정신이 아닌 채로 주인들에게 그 소식을 알리기 위해 단숨에 달려온 터였다. 그녀 역시 한창 소란이 일고 있을 때 누구의 눈에도 띄지 않고 살짝 열려 있는 문으로 들어왔다. 그녀가 들려주는 장황한 이야기 속에서는 장랭이 던진 돌멩이 한 개에 고작 유리창 하나 깨진 것이 온 집안의 벽을 금가게 한 조직적인 집중 포격으로 부풀려졌다. 그레구아르 씨는 극심한 혼란에 빠졌다. 자기 딸을 목 졸라 죽이려 하고, 집을 무너뜨리려 들다니, 저 광부들이 자신에게 원한을 품고 있다는 게 사실이란 말인가? 그들이 흘린 땀으로 자신이 잘 먹고 잘살고 있기 때문에?

그들에게 수건과 화장수를 가져다준 가정부는 강조하듯 거듭 말했다.

"하지만 참 이상하네요. 저 사람들은 절대로 나쁜 사람들이 아니거든요."

백지장처럼 새하얀 얼굴로 앉아 있던 엔보 부인은 충격을 쉽게 떨쳐내지 못했다. 그러다 다른 사람들이 네그렐을 칭찬하는 소리를 듣자 그제야 미소를 지었다. 세실의 부모는 누구보다도 청년에게 고마워하면서 두 사람의 결혼을 기정사실로 확정지었다. 엔보 씨는 내내 아무 말 없이, 아침까지만 해도 죽여버리겠노라 맹세했던 자기 아내와 그녀의 정부, 그리고 머지않아 그를 눈앞에서 치워버리게 해줄 젊은 여인을 차례로 바라보았다. 그는 전혀 조급해하지 않았다. 지금 그가 유일하게 두려운 것은 아내가 지금보다 더 아래로 추락하지 않을까 하는 것이었다. 어쩌면 하인 같은 천한 남자들과 놀아날지도 모를 일이었다.

"내 딸들, 너희는 괜찮은 거냐?" 드뇔랭이 두 딸에게 물었다. "어디 부러진 데는 없는 거야?"

뤼시와 잔도 겁이 났던 건 사실이지만, 그런 광경을 볼 수 있었다는 데 만족했다. 그리고 이제는 웃기까지 했다.

"맙소사!" 드뇔랭은 한숨을 쉬며 말을 이었다. "정말 엄청난 하루였다!…… 결혼할 때 지참금이 필요하면 너희가 직접 벌어야 할 것 같구나. 그리고 앞으로는 너희가 이 아비를 먹여 살려야 할지도 모르겠다."

그는 떨리는 목소리로 농담처럼 말했다. 그러고는 두 딸이 그의 품 안으로 뛰어들자 눈에 눈물이 그렁그렁 맺혔다.

엔보 씨는 드뇔랭의 파산 선언을 유심히 듣고 있었다. 그러다 문득 떠오른 생각에 그의 얼굴이 환해졌다. 그렇다, 이제 방담 탄광은 몽수 탄광의 차지가 될 터였다. 그거야말로 그의 오랜 기다림에 대한 보상이 될 것이며, 그가 다시 이사회의 신임을 얻을 수 있는 절호의 기회였다. 그는 지금까지 살아오면서 고난이 닥칠 때마다 회사의 지시를 엄격하게 따르는 것으로 위기를 벗어나곤 했다. 그리고 군대식 규율을 지키는 것으로 자신에게 허락된 미미한 행복을 누릴 수 있었다.

이제 차츰 흥분이 가라앉으면서, 두 개의 램프가 밝히는 잔잔한 불빛과 문의 휘장으로 인한 아늑한 온기와 함께 모두가 나른한 평온함에 빠져들었다. 그런데 지금 밖에서는 무슨 일이 일어나고 있는 것인가? 시끄럽게 외쳐대던 무리도 잠잠해졌고, 더이상 창문으로 날아드는 돌도 없었다. 그 대신 어디선가 장작을 패는 도끼질 같은 둔탁한 소리만 어렴풋이 들려왔다. 궁금해진 그들은 현관으로 가 문의 판유리 너머로 조심스럽게 바깥을 내다보았다. 여자들도 이층으로 올라가 덧창 틈새로 밖을 엿보았다.

"저기 건너편 주점의 문간에 서 있는 라스뇌르라는 놈이 보입니까?" 엔보 씨가 드뇔랭에게 말했다. "내 이럴 줄 알았지. 언젠가는 저 놈이 일을 저지를 줄 알았다니까요."

하지만 그는 라스뇌르가 아니라 메그라의 상점을 도끼로 부수고 있는 에티엔이었다. 그리고 그는 계속 동료들을 부추기고 있었다. 저 안에 있는 물건들이 우리 광부들 것이 아니고 누구 것이란 말인가? 그들을 오랫동안 착취하고 탄광회사의 한마디에 그들을 굶주리게 했던 천하의 도둑놈에게서 본래 그들 것이었던 재물을 되찾아가는 건 너무도 당연한 일 아닌가? 점차 하나둘씩 사장의 저택은 내버려두고 이웃에 있는 메그라의 상점을 약탈하러 달려갔다. 빵을 달라! 빵을 달라! 빵을 달라! 군중의 함성이 또다시 울려퍼졌다. 저 문 뒤에는 빵이 있을 터였다. 느닷없이, 이제 더 기다렸다가는 길 위에서 이대로 죽고 말 거라는 위기감이 고조되면서 굶주림으로 인한 분노가 한꺼번에 폭발했다. 그리하여 어찌나 모두들 한꺼번에 문으로 달려드는지, 에티엔은 도끼를 한 번 내리칠 때마다 누군가를 다치게 할까봐 잔뜩 긴장해야 했다.

그러는 동안 메그라는 사장 집의 현관을 떠나 부엌으로 몸을 숨겼다. 하지만 그곳에서는 아무 소리도 들을 수 없어, 폭도들이 자신의 가게를 무차별적으로 공격하는 끔찍한 광경을 상상할 뿐이었다. 그는 다시 위층으로 올라와 바깥의 펌프 뒤에 몸을 숨기고 동정을 살폈다. 그리고 가게 문이 부서지는 소리와 약탈하는 무리의 분노에 찬 고함소리가 뒤섞인 가운데 그들이 자신의 이름을 외치는 것을 똑똑히 들을 수 있었다. 그러니까 그것은 단지 악몽이 아니었던 것이다. 그는 제대로 볼 수는 없었지만 이제 소리는 분명히 들을 수 있었다. 그리고 귓가에 윙윙거리는 소리와 함께 무리가 자신의 가게를 약탈하는 과정을 하나하나 따라갔다. 메그라는 그들이 도끼를 내리칠 때마다 심장이 쪼개지는 것 같았다. 경첩이 떨어져나간 게 분명했다. 이제 오 분만 더 지나면 가게는 저들의 손에 완전히 넘어가고 말 터였다. 그 모든 광경이 머릿속에 생생히 그려지면서 소름이 끼쳤다. 날강도들이 달려들어 서랍을 열어젖히고 식료품 자루를 비워내면서, 모든 걸 먹어치우고 마셔버릴 것이다. 그렇게 가게가 몽땅 털리고 나면 이 마을 저 마을로 구걸하러 다닐 막대기 하나 남아 있지 않게 될 것이다. 아니, 그럴 수는 없었다. 그들이 자신을 파산시키게 내버려두느니 차라리 죽는 게 나았다. 그가 있는 곳에서 건물 측면으로 난 창문 너머로 얼굴이 창백한 아내의 가냘픈 모습이 흐릿하게 보였다. 어쩌면 그녀는 매맞고 사는 불쌍한 여자로서 모든 것을 체념한 채 자신에게 다가오는 위협을 조용히 지켜보고 있을지도 몰랐다. 창문 아래로는 창고가 있었는데, 엔보 씨 집의 정원에서 경계벽에 설치된 격자 울타리를 타고 그 위로 올라갈 수 있는 구조였다. 그런 다음 거기서 기와지붕 위를 기어가 창문으로 접근하는 건 식은 죽 먹기였다. 메그라는 집에서 도망친 것을 후회하면서, 그런 방법으로 집으로 돌아가야겠다는 생각에 사로잡혔다. 어쩌면 더 늦기 전에 가구들로 가게에 바리케이드를 칠 수 있을지도 모르지 않는가. 심지어 그는 또다른 영웅적인 방어책까지 생각해냈다. 끓는 기름이나 석유에 불을 붙여 위에서 쏟아붓는 것이었다. 하지만 그는 물건에 대한 애정과 두려움 사이에서 갈등하다가 비겁함에 굴복하며 가쁜 숨을 몰아쉬었다. 그리고 아까보다 더 크게 울려퍼지는 도끼질 소리에 단번에 마음을 정했다. 고질적인 구두쇠 근성이 다시 고개를 들었던 것이다. 그는 저들에게 빵 한 조각이라도 빼앗기느니 아내와 함께 맨몸으로라도 식료품 자루를 지켜내야겠다고 생각했다.

그가 지붕 위로 올라가자마자 그것을 본 무리 사이에서 곧 야유가 터져나왔다.

"저길 봐! 저기 좀 보라고!…… 저 고양이 같은 놈이 저 위에 있어! 저놈을 잡아라! 저놈을 잡아라!"

사람들은 창고 지붕 위에 올라가 있는 메그라를 알아보고 소리쳤다. 이미 제정신이 아닌 그는 발밑에서 나무가 부러져도 아랑곳 않고 육중한 몸에 비해 날렵한 동작으로 격자 울타리 위로 올라갔다. 그러고는 기와지붕 위에 길게 납작 엎드려 창문까지 기어가려 했다. 하지만 급경사와 튀어나온 배 때문에 앞으로 나아가기가 힘들어 손톱이 죄다 빠질 지경이었다. 그렇더라도 돌멩이 세례를 받을까 두려워 떨지만 않았다면 꼭대기에 다다를 수 있었을 것이다. 그의 눈에는 더이상 보이지 않는 무리가 그의 발밑에서 계속 소리를 질러댔다.

"저 고양이 같은 놈을 죽여라! 저놈을 죽여라!…… 저놈을 짓밟아 버리자!"

갑자기 메그라의 두 손이 동시에 풀려버리면서 그는 공처럼 아래로 굴러떨어졌다. 그러다 빗물받이 홈통에 부딪혀 튀어올랐다가 운 나쁘게도 경계벽 너머의 도로 위로 떨어지면서 경계석 모서리에 부딪혀 머리가 깨지고 말았다. 갈라진 머리뼈 사이로 뇌척수액이 솟구쳤다. 메그라는 그 자리에서 즉사했다. 그의 아내는 창문 뒤에서 창백하고 흐릿한 모습으로 여전히 밖을 내다보고 있었다.

처음에는 모두가 대경실색해 아무 말도 하지 못했다. 에티엔은 도끼질을 멈추고 손에서 도끼를 떨어뜨렸다. 마외와 르바크를 비롯한 무리는 상점을 공격하는 것도 잊고 붉은 피가 서서히 가늘게 흘러내리는 벽 쪽으로 눈길을 돌렸다. 이제 함성도 멈췄고, 짙어지는 어둠 속에 무거운 침묵이 길게 내리깔렸다.

그러다 이내 다시 야유와 조롱이 시작되었다. 우르르 몰려온 여인네들은 마치 피에 취한 듯 앞다퉈 떠들어댔다.

"그러니까 정의로운 신은 존재했던 거야! 아! 이 더러운 놈, 이젠 정말 끝장난 거라고!"

여인네들은 아직 온기가 남아 있는 시신을 둘러싸고 킬킬대면서 그에게 욕설을 퍼부었다. 그들은 죽은 자의 얼굴을 향해 오랫동안 굶주렸던 삶의 원한을 쏟아내면서 박살난 머리를 보고 더러운 얼굴이라고 비아냥거렸다.

"내가 너한테 빚이 육십 프랑이 있지 아마. 이제야 그걸 갚은 셈이군, 이 도둑놈!" 누구보다도 격분한 라 마외드가 말했다. "이제 더는 나한테 외상을 거절하진 못하겠군…… 잠깐! 기다려봐! 네놈 살을 좀더 찌워줘야겠어."

그녀는 열 손가락으로 흙을 긁어모아 두 손 가득 움켜쥐더니 시신의 입에 마구 쑤셔넣었다.

"자! 먹어!…… 얼른! 먹으라니까, 먹으라고, 넌 그동안 우리 피를 쭉쭉 잘도 빨아먹었잖아!"

길바닥에 등을 대고 누운 시신이 커다랗게 뜬 눈으로 어둠이 내리는 광활한 하늘을 응시하는 동안 여자들은 그를 향해 계속 욕설을 퍼부었다. 그의 입에 쑤셔넣은 흙은 그가 내주기를 거절했던 빵이었다. 그리고 이제 그는 그 빵만을 먹을 수 있게 되었다. 가난한 사람들을 굶주리게 하는 것은 그에게도 전혀 득 될 게 없었던 것이다.

하지만 여자들은 아직 그와 청산할 빚이 남아 있었다. 그들은 마치 암컷 늑대들처럼 킁킁 냄새를 맡으면서 그의 주위를 맴돌았다. 모두가 자기들 가슴에 맺힌 응어리를 풀어줄 잔인한 행위이자 그에 대한 모욕이 될 만한 무언가를 찾고 있었다.

그때 라 브륄레의 날카로운 목소리가 들려왔다.

"수고양이처럼 그걸 잘라버려야 해!"

"그래, 그래! 고양이처럼 잘라버려! 잘라버려!…… 그걸 함부로 놀렸으니 벌을 받아 마땅해, 더러운 놈 같으니라고!"

어느새 라 무케트가 그의 바지를 벗겨 잡아당기는 사이, 라 르바크는 두 다리를 들어올렸다. 라 브륄레는 바싹 마른 노파의 두 손으로 벌거벗은 허벅지를 벌리고 죽어버린 성기를 손으로 세게 움켜쥐었다. 그녀는 한 손으로 성기 전체를 움켜쥔 채 앙상한 등뼈가 튀어나오고 커다란 두 팔에서 삐거덕 소리가 날 정도로 있는 힘껏 잡아당겼다. 하지만 물렁한 살갗이 잘 떨어지지 않아 다시 한번 더 세게 힘을 줘야 했다. 그제야 떨어진 살점을 손에 쥘 수 있었다. 털이 수북한 살덩어리에서 피가 뚝뚝 흘렀다. 그녀는 승리의 미소를 지으며 그것을 흔들었다.

"내가 해냈어! 내가 해냈다고!"

여기저기서 날카로운 목소리들이 끔찍한 전리품에 저주를 퍼부었다.

"아! 이 나쁜 놈, 이제 더는 이걸로 우리 딸들을 괴롭히지 못하겠지!"

"그래, 이제 네놈한테 몸으로 값을 치를 일은 더이상 없는 거야. 빵 한 덩어리를 구걸하기 위해 우리 모두가 네놈한테 엉덩이를 내밀 일은 없을 거라고."

"이걸 어쩌나! 네놈한테 아직 육 프랑을 못 갚았는데. 뭐? 할부로 나눠서 갚으라고? 나야 얼마든지 좋지, 네놈이 아직 할 수만 있다면 말이지!"

여인네들은 그녀의 거침없는 농담에 자지러지게 웃어젖혔다. 그들은 마치 흉악한 짐승이라도 되는 것처럼 벌겋게 피로 물든 살점을 향해 손가락질을 해댔다. 그들 모두에게 고통을 안겨주었던 짐승이 마침내 그들에게 짓밟힌 채 그들 눈앞에 무기력하게 누워 있었다. 그들은 턱을 내밀어 그 위에 침을 뱉고 비아냥거리면서 오랫동안 쌓인 분노를 폭발시켰다.

"오, 못한대요! 못한대요!…… 얼른 땅속에 처넣어버리자고, 이젠 남자도 아니니까…… 그 속에서 실컷 썩어 문드러져라, 아무짝에도 쓸모없는 쓰레기만도 못한 놈!"

라 브륄레는 그 덩어리 전체를 들고 있던 막대 끝에 꽂았다. 그러고는 마치 깃발처럼 막대를 높이 추켜들고는 큰길로 내달았다. 여인네들은 소리를 지르면서 우르르 그녀의 뒤를 따라갔다. 푸줏간에 진열된 고기 찌꺼기처럼 처량해 보이는 축 늘어진 살점에서 핏방울이 빗물처럼 뚝뚝 떨어졌다. 위층 창가에 서 있던 메그라의 아내는 여전히 미동조차 하지 않았다. 하지만 마지막 석양빛이 비치는 가운데 흠 있는 유리창 때문에 변형되어 보이는 그녀의 창백한 얼굴이 웃고 있는 듯 보였다. 그녀는 남편한테 두들겨 맞고, 수시로 여자들을 희롱하는 그를 지켜보면서 아침부터 저녁까지 등골이 빠지도록 장부와 씨름하며 살아왔다. 그런 그녀가 이제 죽어버린 고약한 짐승을 막대 끝에 꿴 채 달려가는 여인네들의 모습을 보면서 정말로 웃고 있는 건지도 몰랐다.

그런 끔찍한 거세 행위는 차갑게 얼어붙은 공포가 감도는 분위기에서 이뤄졌다. 에티엔도, 마외도, 다른 어느 누구도 미처 개입할 틈이 없었다. 그들은 광란의 질주 앞에서 손가락 하나 까딱 못하고 멍하니 있었다. 티종 주막 문 앞으로 사람들이 하나둘씩 모습을 드러냈다. 라스뇌르는 역겨움으로 얼굴이 창백해지고, 자샤리와 필로멘은 그들이 본 것에 경악했다. 본모르와 무크 두 영감은 몹시 심각한 표정으로 고개를 저었다. 오직 장랭만이 킥킥거리면서 팔꿈치로 베베르를 쿡쿡 찌르고 리디에게 얼굴을 들라고 강요했다. 그사이 여인네들이 다시 돌아와 제자리를 빙빙 돌다가 사장 집의 창문 아래를 차례로 지나갔다. 저택의 덧창 뒤에 서 있던 부인들과 젊은 아가씨들은 고개를 길게 뺐다. 그들은 시야를 가로막는 담 때문에 예의 그 광경을 볼 수 없었다. 게다가 어느덧 캄캄한 밤이 되어 뭐가 뭔지 잘 분간되지 않았다.

"저 여자들이 들고 있는 막대 끝에 달린 게 뭐죠?" 이제 용기를 내어 밖을 내다본 세실이 물었다.

뤼시와 잔은 토끼 가죽일 거라고 얘기했다.

"아니, 아니야." 이번에는 엔보 부인이 중얼거렸다. "저들이 돼지고기 푸줏간을 노략질한 걸 거야. 저건 돼지고기 조각일 거라고."

그 순간, 그녀는 움찔하면서 입을 다물었다. 그레구아르 부인이 무릎으로 그녀를 쿡 찌른 것이다. 두 여자는 입을 벌린 채 멍하니 서 있었다. 낯빛이 창백해진 젊은 아가씨들은 더는 아무것도 묻지 않았다. 그러고는 칠흑 같은 어둠 속으로 사라져가는 붉은 빛깔의 형체를 눈을 크게 뜨고 한참 동안 지켜보았다.

에티엔은 다시 도끼를 휘두르기 시작했다. 하지만 불편한 느낌은 가시지 않았다. 이제 상점을 보호하듯 길을 가로막고 누워 있는 시신 앞에서 많은 이들이 엉거주춤 뒤로 물러섰다. 그들 모두는 나른한 충족감을 느끼며 흥분을 가라앉혔다. 그때 누군가가 어두운 얼굴을 하고 있던 마외의 귀에 대고 도망가라고 속삭이는 소리가 들렸다. 그가 돌아보니 카트린이었다. 그녀는 여전히 낡은 남자 외투를 걸치고서 시커멓게 때가 낀 얼굴로 가쁜 숨을 몰아쉬고 있었다. 마외는 손짓으로 그녀를 밀어냈다. 그는 카트린의 말을 들으려 하지 않고 그녀를 때리겠다고 위협했다. 그러자 카트린은 절망적인 표정으로 잠시 머뭇거리다가 에티엔에게로 달려갔다.

"달아나, 얼른 달아나, 곧 헌병들이 올 거야!"

하지만 그 또한 카트린에게 맞은 따귀 생각에 뺨에 피가 거꾸로 솟구치는 걸 느끼면서 그녀에게 욕을 하며 쫓아버리려고 했다. 하지만 그녀는 물러서지 않고 억지로 그의 도끼를 팽개치게 한 다음 두 팔로 그를 끌고 갔다. 그조차 그녀의 힘을 당해낼 수 없었다.

"헌병들이 곧 온다고 했잖아!…… 내 말 잘 들어. 샤발이 헌병들을 이리로 데려오는 중이란 말이야. 난 그의 그런 행동이 싫어서 사람들한테 알려주려고 여기로 달려온 거야…… 그러니까 얼른 달아나, 당신이 잡히는 건 싫으니까."

카트린이 그를 끌고 그 자리를 떠나자마자, 멀리 도로 위에서 묵직한 말발굽 소리가 들려왔다. 곧 여기저기서 비명이 터져나왔다. "헌병이다! 헌병이야!" 그러자 모두들 정신없이 사방으로 달아나기 시작했다. 그리하여 순식간에 도로는 마치 폭풍우가 휩쓸고 지나간 것처럼 완전히 깨끗하게 비워졌다. 메그라의 주검만이 희뿌연 길 위에 검은 그림자를 드리우고 있었다. 티종 주막 앞에는 라스뇌르만이 남아서 안도하는 얼굴로 환하게 웃으며 헌병들의 손쉬운 승리에 환호했다. 어둠에 잠긴 황량한 몽수에서는 문이 굳게 닫힌 건물들의 침묵 속에 부르주아들이 감히 밖을 내다볼 생각도 못하고 식은땀을 흘리며 이가 딱딱 부딪도록 떨고 있었다. 짙은 어둠에 잠긴 거대한 평원에서 보이는 것이라고는 비극적인 하늘을 배경으로 벌겋게 불타오르는 높다란 용광로와 코크스로뿐이었다. 그런 가운데 묵직한 말발굽 소리가 점점 더 가까이 다가오더니 갑자기 어디서 튀어나온 것처럼 시커먼 덩어리로 보이는 헌병들이 한꺼번에 모습을 드러냈다. 그들 뒤로는 그들에게 보호를 요청한 마르시엔의 제과점 주인이 보낸 마차가 따라왔다. 그리고 마침내 그곳에 도착한 조그만 이륜 포장마차에서 요리사의 조수가 뛰어내리더니 여유로운 몸짓으로 포장된 불로방 껍질을 내려놓기 시작했다.

제6부

1

2월도 어느덧 중순으로 접어들었고, 굶주린 이들에게 잔인하기 그지없는 혹독한 추위는 그들의 힘겨운 겨울나기를 더욱더 길게 느껴지게 했다. 당국에서는 다시 온 지역의 순찰을 강화했다. 릴의 도지사와 검사, 장군이 모두 나섰다. 거기에다 헌병만으로는 충분치 않다고 판단되어, 몽수를 지키기 위해 동원된 부대의 연대 전체가 보니에서 마르시엔까지 진을 쳤다. 갱마다 무장한 보초들이 배치되었고, 기계들마다 군인들이 지키고 있었다. 사장 집과 탄광회사 현장 그리고 몇몇 부르주아의 집까지 총검이 비죽비죽 솟아 있었다. 도로에는 순찰대가 천천히 지나가는 소리 외에는 아무 소리도 들리지 않았다. 르 보뢰 탄광의 폐석 더미 위에서는 마치 평평한 들판 위로 솟은 망루처럼 초병 하나가 위쪽에서 불어오는 차가운 바람을 맞으며 줄곧 경계를 서고 있었다. 그리고 마치 적진에 있는 것처럼 두 시간마다 보초가 교대하는 소리가 울려퍼졌다.

"누구냐?…… 암호 대고 앞으로!"

작업은 어디서도 재개되지 않았다. 반대로 파업은 더욱 확산되었다. 크레브쾨르, 미루, 마들렌 탄광은 르 보뢰처럼 채탄을 중지했다. 푀트리캉텔과 라 빅투아르는 매일 아침 광부들의 수가 줄어들었다. 그때까지 무사했던 생토마 탄광은 일손이 달렸다. 이제는 군대를 동원한 무력 진압 앞에 자존심이 상한 광부들의 고집스러운 침묵시위가 이어지고 있었다. 사탕무밭 한가운데 위치한 탄광촌들은 텅 빈 듯 보였다. 광부들은 꼼짝도 하지 않았다. 어쩌다 간간이 눈에 띄는 사람이라도 붉은색 바지를 입은 군인들 앞에선 고개를 숙인 채 시선을 피하곤 했다. 이 암울한 평온함과 총 앞의 소극적인 저항 뒤에는 가식적인 온순함과 우리에 갇힌 야수의 강요된 복종과 인내가 감춰져 있었다. 그들은 조련사를 조심스레 지켜보다가 그가 조금이라도 등을 보이면 언제라도 달려들어 목덜미를 물어뜯을 준비가 된 야수와 다를 바 없었다. 광부들의 작업 중단으로 파산 지경에 이른 탄광회사는 벨기에 국경에 있는 보리나주에서 광부들을 데려오는 것도 고려해보았다. 하지만 막상 엄두를 내지는 못했다. 그리하여 각자 집에 틀어박힌 광부들과 군대가 지키는 죽어버린 갱들 사이의 싸움은 교착 상태에 빠져 있었다.

이 같은 고요함은 끔찍했던 그날의 바로 이튿날부터 단번에 찾아왔다. 그들 모두는 마음속에 자리한 공포를 감춘 채 그 피해와 흉포함에 대해 되도록 침묵을 지켰다. 메그라의 죽음을 둘러싼 공개수사는 추락사로 결론지어졌으며, 시신을 참혹하게 거세한 일은 이미 전설이 된 채 모호하게 마무리되었다. 한편 탄광회사는 피해 상황을 밝히려 하지 않았으며, 그레구아르 부부 또한 딸이 소송에 나가 증언함으로써 공연한 추문에 휘말리는 일이 생기는 것을 원하지 않았다. 그사이 파업과 관련된 몇몇 사람들이 체포되었다. 하지만 언제나 그렇듯 아무것도 모르는 바보 같고 얼빠진 곁다리들이 대부분이었다. 피에롱은 실수로 손목에 수갑이 채워져 마르시엔까지 갔다 왔다. 그 사실은 그의 동료들에게 두고두고 웃음거리가 되었다. 라스뇌르도 하마터면 두 명의 헌병에게 끌려갈 뻔했다. 이사회에서는 해고자 명단을 작성해 대량으로 근로수첩을 돌려주는 조치를 취하는 것으로 그쳤다. 마외와 르바크도 그들의 근로수첩을 돌려받았다. 그들 외에도 240번 탄광촌에서만 서른네 명의 광부가 해고당했다. 사람들은 그 모든 책임을 에티엔에게로 돌려 그를 맹렬히 비난했다. 그는 문제의 그날 밤 이후로 종적을 감춰 어디서도 그의 흔적을 찾을 수 없었다. 에티엔에게 원한이 맺힌 샤발은 당국에 그를 고발했다. 하지만 자기 부모를 구하려는 카트린의 애원에 다른 사람들의 이름을 대는 것은 거부했다. 그후 시간이 흘렀지만, 그들 모두는 아직 완전히 끝난 게 아니라는 것을 느낄 수 있었다. 그리하여 가슴이 짓눌린 듯 답답함을 느끼면서 모든 게 끝나기를 기다리고 있었다.

그 일이 있은 후 몽수의 부르주아들은 밤마다 수시로 소스라치느라 잠을 설치곤 했다. 귓가에는 상상의 경종警鐘 소리가 윙윙거리고 코끝에서는 역겨운 화약 냄새가 맴도는 듯했다. 하지만 무엇보다 그들을 돌게 하는 것은 주아르 신부의 뒤를 이어 새로 부임한 랑비에 신부의 설교였다. 비쩍 마른 몸에 벌겋게 타오르는 듯한 눈빛을 띤 그는 통통하고 유순한 성격으로 늘 신중하게 미소를 지으며 모든 이들과 평화롭게 잘 지내려 했던 주아르 신부와는 너무도 달랐다! 게다가 어떻게 그 지역 전체의 명예를 훼손시키는 행위를 한 파렴치한 불한당들을 옹호할 생각을 한단 말인가! 그는 천하의 몹쓸 파업 주동자들을 변호하면서 부르주아들을 맹렬히 공격하고 모든 책임을 그들에게 떠넘기기까지 했다. 랑비에 신부는 부르주아들이 교회*가 오랫동안 누려온 자유와 권리를 박탈하고 그것을 남용해 이 세상을 부당함과 고통이 판치는 저주받은 곳으로 만들었다고 주장했다. 부르주아들은 계층 간의 오해를 불러일으키고, 초기 기독교인들의 우호적인 믿음과 전통으로 되돌아가기를 거부하며 무신론적인 삶을 살아감으로써 끔찍한 파국을 초래했다. 또한 그는 부자들을 협박하기까지 했다. 그들이 계속 신의 목소리를 외면한다면 신은 분명 가난한 이들의 편에 서게 될 것이다. 신은 당신의 존재를 부정하는 방종한 자들에게서 재물을 거둬들여 당신의 영광을 드높이는 승리를 위해 지상의 빈곤한 이들에게 나눠줄 것이다. 그의 말에 독실한 여신도들은 두려움으로 몸을 떨었고, 공증인은 그가 최악의 사회주의를 표방하고 있다고 비난했다. 모두들 랑비에 신부가 십자가를 휘두르며 노동자 무리의 선두에 서서 89년에 생겨난 부르주아 계층을 단번에 무너뜨리려 한다고 수군거렸다.

그 소식을 전해들은 엔보 씨는 어깨를 으쓱하면서 담담하게 말했다.

---

* 대문자(l'Église)로 표기한 교회로, 기독교도 집합체로서의 교회를 가리킨다.

"우리를 너무 성가시게 하면 주교한테 다른 데로 보내버리라고 하면 그만이오."

이처럼 평원의 끝에서 끝까지 공포가 퍼져나가고 있을 때, 에티엔은 레키야르 폐광 깊숙한 곳에 있는 장랭의 은둔처에서 지내고 있었다. 하지만 그 누구도 그가 그토록 가까운 지하에 숨어 있다는 것을 짐작조차 못했다. 오래된 탄광의 버려진 갱도 안쪽에 있는 대담하고도 평온한 은신처는 열띤 수색에도 불구하고 어느 누구에게도 발견되지 않았다. 쓰러져가는 권양기탑의 골조 사이로 무성하게 자라난 야생 자두나무와 산사나무가 위쪽의 입구를 가려주었다. 게다가 이제 아무도 그 아래로 내려갈 생각을 하지 않았다. 갱으로 내려가려면 수많은 난관을 거쳐야 했다. 우선 아직 튼튼한 사다리에 닿기 위해 마가목 뿌리에 매달려 용감하게 아래로 뛰어내려야 했다. 그리고 또다른 장애물이 그를 보호해주었다. 환기갱의 숨막히는 열기를 견디고, 위험을 무릅쓰고 120미터를 내려간 뒤에도 1킬로미터를 납작 엎드린 채 비좁은 갱도를 힘겹게 기어가야만 훔친 물건들로 가득찬 도적의 소굴이 나왔던 것이다. 에티엔은 그곳에서 아쉬운 것 없이 풍족하게 지낼 수 있었다. 그곳에는 게네베르와 말린 대구 남은 것을 비롯해 온갖 종류의 음식이 갖춰져 있었다. 건초 더미로 만든 커다란 침대는 안락했고, 늘 미지근한 목욕물처럼 따뜻한 온도를 유지하는 땅속에는 찬바람도 불지 않았다. 단 한 가지 문제는, 그러잖아도 부족한 불이 곧 바닥나게 생겼다는 것이었다. 자신이 헌병들보다 한 수 위라는 생각에 신이 난 악동 장랭은 은밀하고 조심스럽게 에티엔의 물품 공급자를 자처하며 그에게 머릿기름까지 가져다주었지만, 양초 상자는 손에 넣을 수가 없었다.

닷새째 되는 날부터 에티엔은 먹을 때만 불을 켰다. 어둠 속에서는 음식이 목에 걸려 넘어가지 않았다. 그를 가장 고통스럽게 하는 것은 한결같은 완벽한 어둠이 지배하는 끝없는 밤이었다. 아무리 안전한 곳에서 잠자고 배불리 빵을 먹고 따뜻하게 지내도 그 고통을 떨쳐낼 수가 없었다. 지금까지 어둠이 그토록 무겁게 머릿속을 짓누른 적은 없었다. 어둠이 곧 짓눌린 채 고통받는 그의 생각 자체인 듯했다. 지금 그는 도둑질한 음식들로 살아가고 있지 않은가! 공산주의 이론으로 무장되어 있음에도 불구하고 과거의 교육에서 비롯된 양심의 거리낌이 고개를 들기 시작했다. 그는 맨빵만 먹었으며, 자신의 몫을 조금씩 아껴 먹었다. 뭐 어쩌겠는가? 어떻게든 살아남아야 했다. 할 일이 아직 끝난 게 아니었다. 하지만 그는 또다른 수치심에 시달렸다. 매서운 추위로 빈속에 술을 마신 탓에 난폭한 취기를 드러내며 칼을 들고 샤발에게 달려들려 했던 일이 뼈저리게 후회되었다. 그런 행동은 에티엔으로 하여금 그의 내면에 웅크리고 있던 낯선 두려움, 대대로 전해져온 유전적인 악과 마주하게 했다. 그는 술이 한 방울이라도 몸속에 들어가면 그럴 때마다 자신도 모르게 살인 충동에 사로잡혔다. 이러다 살인자로 생을 마감하게 되는 건 아닐까? 자신에게 내재된 폭력성을 충족한 후 고요한 이곳 땅속으로 몸을 피한 에티엔은 먹이를 잔뜩 먹고 녹초가 된 짐승처럼 이틀을 내리 잠만 잤다. 하지만 역겨움은 그후에도 여전히 남아 그를 괴롭혔다. 그는 과음을 하고 난 것처럼 입안이 텁텁하고 머리가 지끈거리며 기진맥진해 있었다. 그렇게 일주일이 흘러갔다. 그의 소식을 전해들은 마외 부부도 초 한 자루 보내줄 수 있는 형편이 아니었다. 그는 먹을 때조차 불을 켤 수 없었다.

이제 에티엔은 몇 시간이고 건초 더미 위에 누워 마냥 시간이 가기를 기다렸다. 그러는 동안 모호한 생각들이 떠오르면서 그의 마음을 어지럽혔다. 평소에는 자기가 그런 생각을 하는지도 몰랐던 것들이었다. 그것은 자신을 동료들과 다른 존재로 느끼게 하는 우월감 같은 것이었다. 배움이 점점 깊어짐에 따라 자신이 한층 더 높은 차원으로 올라가는 것 같은 느낌이었다. 그는 지금까지 자기 마음속을 이렇게 깊이 들여다본 적이 없었다. 그는 어째서 갱들을 가로지르며 광란의 질주를 벌인 이튿날 그토록 역겨움이 느껴졌는지를 자문해보았다. 하지만 차마 대답할 용기가 나지 않았다. 머릿속에 차례로 떠오르는 기억들은 그에게 혐오감만을 안겨주었다. 동료들을 지배하는 천박한 탐욕과 상스러운 본능, 바람에 실려 전해지는 처절한 빈곤의 냄새. 그는 어둠이 안겨주는 고통에도 불구하고 탄광촌으로 되돌아갈 시간이 다가오는 것이 두려웠다. 한 대야의 세숫물을 함께 쓰는 가난하고 지저분한 무리들이라니! 그들 중에는 그와 함께 진지하게 정치를 논할 사람이 아무도 없었다. 그들은 언제나 똑같이 숨이 막힐 정도로 역한 양파 냄새를 풍기며 짐승 같은 삶을 이어가고 있었다! 그는 그들에게 지금보다 더 너른 하늘을 보여주고, 그들로 하여금 부르주아들의 안온한 삶과 멋진 매너를 배우게 하면서 그들을 이 세상의 주인으로 만들어주고 싶었다. 하지만 그러려면 얼마나 오랜 시간이 걸려야 할 것인가! 그는 이제 이 굶주림의 도형장에서 승리를 기다릴 용기가 더이상 없었다. 그들의 지도자라는 자부심과 끊임없이 그들의 처지에서 생각하고자 했던 마음이 서서히 떠나가면서, 그는 자신이 그토록 혐오했던 부르주아의 정신을 스스로에게 불어넣고 있었다.

그러던 어느 날 저녁, 장랭이 짐마차꾼의 초롱에서 훔친 양초 조각을 가져다주었다. 그것은 에티엔에게는 커다란 위안이었다. 그는 어둠이 그의 정신을 마비시키고 머리를 짓눌러 돌아버릴 것 같을 때만 잠시 불을 켰다. 그리고 악몽을 쫓아버리자마자 다시 불을 껐다. 그는 빵만큼이나 그의 생존에 절실하게 필요한 이 빛을 아주 아껴 써야만 했다. 어둠 속에 무겁게 내리깔린 정적 때문에 귓가에서 윙윙거리는 소리가 나는 것 같았다. 주변에서 들려오는 소리라고는 쥐들이 무리지어 달아나는 소리와 낡은 갱목이 부러지는 소리, 거미가 거미줄을 치는 미미한 소리가 전부였다. 에티엔은 두 눈을 부릅뜨고 미적지근한 허공을 응시하면서 끊임없이 똑같은 생각을 반복했다. 그는 위에 있는 동료들이 어떻게 지내고 있는지 궁금했다. 그들을 저버리는 것은 그로서는 가장 비겁한 행동이 될 터였다. 그가 이처럼 숨어 지내는 것은 자유로운 상태에서 충고하고 행동하기 위해서였다. 그는 오랫동안 생각에 잠긴 끝에 자신이 진정으로 하고 싶은 것을 발견했다. 상황이 좀더 좋아진다면 그는 플뤼샤르처럼 되고 싶었다. 일을 그만두고 오직 정치에만 전념하고 싶었다. 그러자면 깨끗한 방에서 혼자 지낼 수 있어야 할 터였다. 지적 노동은 엄청난 집중을 요하는 일이므로 조용한 환경이 뒷받침되어야 하기 때문이다.

에티엔이 땅속에 숨어 지낸 지 일주일이 지나고 두번째 주가 시작될 무렵 장랭이 위쪽 소식을 전해주었다. 헌병들은 에티엔이 벨기에로 떠났다고 믿고 있다는 것이었다. 에티엔은 어둠이 내리자마자 위험을 무릅쓰고 땅 위로 올라갔다. 그곳 상황을 파악하고 파업을 지속해야 하는지를 판단하고 싶었다. 그는 파업의 성공 가능성은 희박할 것으로 점치고 있었다. 파업 전에도 그는 그 결과에 대해 회의적이었다. 그는 단지 일이 되어가는 대로 이끌려갔을 뿐이었다. 이제 반란의 열기에 도취되었던 순간이 지나자, 그는 또다시 처음처럼 회의에 빠지면서 탄광회사를 굴복시킬 수 없다는 사실에 절망감을 느꼈다. 하지만 그는 아직 그 사실을 스스로 인정하려 들지 않았다. 패배 뒤에 찾아올 비참한 현실과 동료들의 고통에 대한 막중한 책임이 자신에게 있다는 것을 떠올릴 때마다 엄청난 두려움이 앞섰기 때문이다. 파업이 끝난다는 것은 곧 그의 역할이 사라지는 것이며, 따라서 그의 야심 또한 무너져내리고, 탄광의 짐승 같은 삶과 탄광촌의 역겨운 일상으로 되돌아가야 한다는 것을 의미하는 게 아닌가? 에티엔은 거짓과 비열한 계산속 없이 진심으로 자신의 신념을 되찾고 싶었다. 아직 저항하는 것이 가능하며, 노동의 장렬한 자살 앞에 자본주의는 자멸하고 말 것이라고 스스로에게 입증하려 애썼다.

과연 파멸의 긴 여파가 온 지역을 휩쓸고 있었다. 밤마다 에티엔이 자기 숲을 벗어난 늑대처럼 칠흑 같은 들판을 헤맬 때면 평원 끝에서 끝까지 파산으로 인해 모든 것이 무너져내리는 소리가 들려오는 듯했다. 길을 따라 걸을 때면 희부연 하늘 아래 가동을 멈추고 폐쇄된 공장들마다 건물들이 썩어가는 모습이 연이어 눈에 들어왔다. 무엇보다 큰 피해를 입은 곳은 설탕 정제 공장들이었다. 오통 정제 공장과 포벨 정제 공장은 부리던 일꾼들의 수를 대폭 줄인 후 차례로 문을 닫았다. 뒤티월 제분 공장에서는 두번째 토요일에 맷돌이 작동을 멈췄고, 탄광용 케이블을 만들던 블뢰즈 공장은 파업으로 인해 결국 파산했다.

마르시엔 쪽 상황도 날마다 더 나빠졌다. 가주부아 유리 제조 공장에는 불이 모두 꺼졌고, 손빌 건설 작업장들에서는 노동자들이 줄줄이 해고당했다. 포르주에서는 세 대의 용광로 가운데 한 곳에서만 불이 타올랐고, 지평선에서는 코크스로가 불타오르는 모습을 전혀 찾아볼 수 없었다. 이 년 전부터 악화되고 있는 산업 위기에서 비롯된 몽수 광부들의 파업은 그 위기를 심화하면서 석탄 산업의 붕괴를 앞당겼다. 이처럼 고통스러운 위기가 닥친 데는 여러 가지 이유가 복합적으로 작용했다. 미국의 주문이 중단되고 지나친 생산 설비 투자로 자본이 묶여버린데다, 예상치 못했던 석탄 부족으로 아직 가동되고 있던 몇몇 보일러마저 불을 지필 수 없게 되었기 때문이다. 기계의 양식인 석탄을 탄광에서 더이상 생산해내지 않음으로써 가장 치명적인 파국이 초래되었던 것이다. 총체적인 위기 앞에 겁을 집어먹은 탄광회사는 채탄을 줄이고 광부들을 더욱더 굶주리게 해, 그 결과 12월 말부터는 갱의 채굴물 집하장에서 단 한 조각의 석탄도 찾아볼 수 없게 되었다. 모든 게 연쇄적으로 꼬리를 물고 이어졌다. 멀리서 불어오기 시작한 재앙의 숨결이 연속적인 붕괴를 일으키면서 산업은 바닥으로 추락했다. 너무나 빠른 속도로 밀려오는 재앙의 여파는 이웃 도시 깊숙한 곳까지 침투했다. 릴, 두에, 발랑시엔에서는 은행가들이 도주하는 바람에 수많은 가족이 파산에 이르렀다.

에티엔은 종종 차가운 어둠 속에서 길모퉁이에 멈춰 선 채 재앙의 파편들이 쏟아지는 소리에 귀를 기울이곤 했다. 폐부 깊숙이 어둠을 빨아들이자 텅 빈 허공이 선사하는 희열이 온몸을 감쌌다. 언젠가 낡은 세상이 모두 사라지고 새날이 밝아오리라는 희망이 샘솟는 듯했다. 평등의 낫이 모든 것을 깡그리 베어버려 이 세상에는 그 어떤 재물도 남아 있지 않을 터였다. 하지만 이번의 대량 학살 가운데서 그가 무엇보다 궁금해한 것은 탄광회사에 속한 갱들의 상태였다. 그는 어둠에 눈이 먼 채 더듬더듬 다시 걸으며 갱들을 하나씩 차례로 둘러보았다. 그러다 그사이 새로운 피해가 발생한 것을 확인하고는 만족한 표정을 지었다. 지반이 약해진 갱도에서는 돌들이 끊임없이 굴러내렸고, 갱도가 오랫동안 방치되면서 사태의 심각성이 점점 더해갔다. 미루의 북쪽 갱도 위쪽으로는 지반 침하가 심해서, 주아젤로 향하는 길 가운데 100여 미터에 이르는 부분이 마치 지진이라도 난 것처럼 움푹 꺼졌다. 그러자 이 사고와 관련해 떠도는 소문 때문에 불안해진 탄광회사에서는 사라져버린 밭의 주인들에게 아무것도 따지지 않고 배상해주었다. 지반이 몹시 불안정한 크레브쾨르와 마들렌은 갱도가 점점 더 막혔다. 라 빅투아르 탄광에서는 갱내 감독 두 명이 흙에 파묻혀 죽었다는 소문이 돌았다. 푀트리캉텔에서는 넘쳐흐른 물 때문에 갱이 침수되기에 이르렀다. 생토마 탄광은 갱도의 1킬로미터 구간에 벽돌로 벽을 쌓아야 했다. 제때 보수되지 못한 갱목이 사방에서 부러지는 사태가 벌어졌기 때문이다. 이처럼 시시각각 엄청난 수리비가 발생하면서, 주주들의 배당금에도 막대한 손실이 생겼으며, 빠르게 진행되는 갱들의 황폐화는 종국에는 한 세기 동안 백 배로 불어난 몽수의 드니에를 모두 먹어치우고 말 것이었다.

그리하여 지속적으로 들려오는 재앙의 소식을 접한 에티엔은 또다시 희망을 품으면서 파업의 세번째 달만 잘 버틴다면 괴물을 끝장낼 수 있으리라고 믿게 되었다. 그 괴물은 탐욕스러운 배를 채우고 미지의 성소 깊숙한 곳에서 우상처럼 나른하게 웅크리고 있었다. 에티엔은 몽수에서 소요 사태가 일어난 이후 파리의 언론들이 들끓고 있다는 사실을 알게 되었다. 정부측 신문과 반대파 신문 사이에 격렬한 논쟁이 벌어졌던 것이다. 그들은 무엇보다 국제노동자협회에 관해 무시무시한 이야기들을 지어냈다. 처음에는 협회를 지지하던 제정帝政이 이제는 그들을 두려운 존재로 여기고 있었다. 따라서 더이상 사태를 모른 척할 수 없었던 이사회는 조사한다는 명목으로 두 명의 이사를 파견했다. 하지만 그들은 사태의 추이에는 아무런 관심도 없이 몹시 못마땅한 표정을 짓고 있었다. 그러더니 전혀 문제가 없다는 결론을 내리고는 사흘 후에 서둘러 떠나버렸다. 하지만 다른 한편으로는, 그 신사들이 이곳에 머무는 내내 열띤 논쟁을 벌이면서, 주위의 어느 누구도 알려주려고 하지 않는 일들에 관해 깊이 파고들었다는 이야기가 들려오기도 했다. 에티엔은 그들이 겉으로는 태연한 척했지만 사실은 잔뜩 겁을 집어먹고 도망간 것이라며 비아냥거렸다. 그는 눈엣가시 같은 인간들이 모든 것을 포기하는 모습을 보고는 자신들의 승리를 확신했다.

하지만 다음날 밤 에티엔은 또다시 절망감에 휩싸였다. 탄광회사는 쉽사리 무너뜨리기에는 너무나도 강력한 존재였다. 그들은 당장은 수백만 프랑의 손실을 보더라도 나중에 노동자들의 급여에서 그 돈을 보전하려 들 게 뻔했다. 그날 밤 에티엔은 내친김에 장바르 탄광까지 갔다가 한 감독관에게서 놀라운 사실을 전해들었다. 방담 탄광이 몽수 탄광에 넘어가게 생겼다는 것이었다. 들리는 소문에 따르면, 드뇔랭 가족은 몹시 딱한 상황에 처해 있었다. 그들은 갑자기 나락으로 떨어진 부자들이 겪는 빈곤함의 실체를 그대로 보여주었다. 아버지는 자신의 무력함에 절망하면서 돈 걱정으로 폭삭 늙어버렸고, 두 딸은 드잡이하려는 빚쟁이들 틈바구니에서 옷가지 하나라도 더 챙기려고 발버둥쳤다. 어쩌면 물조차 숨어서 몰래 마셔야 하는 이 부르주아 가족보다는 굶어죽어가는 탄광촌 주민들이 차라리 덜 고통스러울지도 몰랐다. 장바르 탄광에서는 아직 작업이 재개되지 못했다. 또한 가스통마리 탄광은 배수펌프를 교체해야만 했다. 서둘러 조치를 취했지만 갱도에 물이 넘치기 시작해 막대한 수리비를 들여야만 했다. 달리 방도가 없었던 드뇔랭은 끝내 그레구아르 가족에게 10만 프랑을 빌려달라고 요청했다. 그리고 예상했던 대로 그들에게 거절당하자 깊은 절망감에 빠졌다. 그들이 거절한 것은 그를 걱정하기 때문이었다. 애초부터 이길 수 없는 싸움을 면하게 해주기 위해서였다. 그들은 드뇔랭에게 탄광을 팔라고 충고했다. 그는 여전히 안 된다고 완강히 거부했다. 파업으로 인한 피해를 그 혼자서 고스란히 떠안아야 한다는 사실이 그를 분노케 했다. 그럴 바에는 차라리 머리로 피가 솟구치고 숨이 막혀 뇌졸중으로 죽어버리는 게 나을 터였다. 하지만 어쩌겠는가? 드뇔랭은 탄광회사측이 제시하는 조건을 들어보기로 했다. 그들은 공연한 트집을 잡으면서 이 탐나는 먹잇감을 깎아내리기에 바빴다. 드뇔랭은 갱을 재정비하고 장비를 새것으로 교체했지만 투자가 부족해 채굴을 못하고 있던 터였다. 그곳에서 채권자들에게 빚을 갚을 수 있을 만큼의 수익을 이끌어낼 수만 있다면 더이상 바랄 게 없을 것 같았다. 그는 몽수에 머무르고 있는 이사들과 이틀 동안 격렬한 언쟁을 벌였다. 자신의 어려운 처지를 악용하는 그들의 냉정한 태도에 격분하면서 쩌렁쩌렁 울리는 목소리로 절대 안 된다고 소리쳤다. 그리고 그게 전부였다. 그들은 파리로 돌아가 드뉠랭의 마지막 숨이 끊어지기를 차분히 기다렸다. 에티엔은 자신들의 불행이 저들에게는 행운으로 작용한다는 사실을 깨달았다. 그는 싸움에서 절대적으로 유리한 위치에 있는 거대 자본의 무소불위의 힘 앞에 또다시 절망감을 느꼈다. 저들은 약한 이들의 패배를 이용해, 지쳐 쓰러진 이들의 주검으로 자신들의 배를 불려나갔다.

이튿날, 다행히도 장랭은 그에게 르 보뢰 탄광에 관한 반가운 소식을 전해주었다. 사방의 틈새에서 물이 새어나오는 바람에 갱의 내벽이 무너지기 일보 직전이라는 것이었다. 그래서 다급하게 목수들을 시켜 보수공사를 해야만 했다.

그때까지 에티엔은 르 보뢰 탄광 쪽으로는 갈 엄두를 내지 못했다. 폐석 더미 위에 우뚝 서서 내내 평원을 내려다보고 있는 초병의 검은 실루엣에 두려운 마음이 앞섰기 때문이다. 초병을 피해갈 수는 없었다. 그는 마치 연대의 깃발처럼 공중에서 주위를 굽어보고 있었다. 새벽 세시쯤 하늘이 짙은 어둠으로 뒤덮이자 에티엔은 갱으로 향했다. 동료들은 그에게 갱의 내벽이 심각한 상태라고 설명했다. 그들이 보기에는 내벽 전체를 긴급히 다시 쌓아야만 했다. 그것은 곧 석 달 동안 채탄을 중지해야 한다는 것을 의미했다. 에티엔은 갱 안에서 들려오는 목수들의 망치 소리를 들으며 한참 동안 주변을 서성였다. 그는 탄광에 치유해야 할 상처가 생겼다는 사실에 가슴이 벅차올랐다.

날이 밝아오자 은신처로 돌아가던 에티엔은 폐석 더미 위에 서 있는 초병을 다시 발견했다. 이번에는 초병이 에티엔을 확실히 알아볼 터였다. 에티엔은 걸어가는 동안, 민중 가운데서 모집되어 그들을 향해 무기를 겨누도록 강요받은 군인들을 떠올렸다. 군대가 갑작스레 민중의 편에 서게 된다면 혁명은 어렵지 않게 승리를 쟁취할 수 있을 텐데! 그러려면 병영에 있는 노동자나 농부들이 자신의 출신을 떠올리기만 하면 되었다. 군인들이 탈영할 수도 있다고 생각하면 부르주아들은 이를 딱딱 맞부딪칠 정도로 엄청난 위기감과 극심한 두려움에 직면하게 될 것이다. 그리고 오래지 않아 그들이 누려온 부당한 삶의 쾌락과 그들이 저지른 끔찍한 일들과 함께 깨끗이 쓸려나가 이 세상에서 자취를 감추게 될 것이다. 더욱이 벌써부터 연대 전체가 사회주의에 물들었다는 흉흉한 소문이 나돌고 있는 터였다. 그런데 그런 일이 정말 가능한 것일까? 정말로 이 땅에 정의가 실현될 수 있을까? 그것도 부르주아들이 나눠준 탄약통 덕분에? 에티엔은 또다른 희망으로 건너뛰어, 갱들을 지키고 있는 초병이 속한 연대 전체가 파업에 동참해 탄광회사 사람들을 모조리 쏘아 죽이고 탄광을 광부들에게 넘겨주는 꿈을 꾸기도 했다.

그런 생각으로 머리가 빙빙 도는 가운데 에티엔은 문득 자신이 폐석 더미 위로 올라와 있음을 깨달았다. 생각해보면 이 군인하고 이야기하지 말란 법도 없지 않은가? 얘기를 나눠보면 그가 무슨 생각을 하고 있는지 알 수 있을 것이다. 에티엔은 무심한 표정으로 파낸 흙 속에 남아 있는 묵은 나뭇가지들을 줍는 척하면서 초병에게로 계속 다가갔다. 초병은 여전히 꼼짝 않고 서 있었다.

"반갑소, 동지, 날씨가 아주 고약하군요!" 마침내 에티엔이 말을 걸었다. "곧 하늘에서 한바탕 눈이 쏟아질 모양이오."

어린 초병은 매우 짙은 금발머리에, 유순해 보이는 창백한 얼굴에는 주근깨가 잔뜩 나 있었다. 큼직한 군용 외투를 입은 그에게서 갓 모집된 신병의 서툰 몸짓이 엿보였다.

"그럴 것 같군요, 아무래도." 그가 중얼거렸다.

그는 새파란 눈으로 납빛 하늘을 한참 동안 응시했다. 저멀리 평원 위로 검댕이 납처럼 가라앉아 있어 새벽하늘이 시커멓게 흐려 보였다.

"동지들을 이렇게 세워두고 뼛속까지 얼어붙게 만들다니, 정말 인정머리 없는 사람들 아니오!" 에티엔은 얘기를 계속했다. "그렇다고 카자크 기병들이 쳐들어올 것도 아닌데!…… 게다가 여기는 늘 이렇게 매서운 바람이 불어오기까지 하는데 말이지!"

어린 초병은 아무 불평 없이 오들오들 몸을 떨었다. 그곳에는 폭풍우가 치는 밤이면 본모르 영감이 몸을 피하는 오두막이 한 채 있었다. 돌로만 쌓아올려 지은 집이었다. 하지만 폐석 더미 꼭대기를 떠나지 말라는 지시를 받은 터라 어린 초병은 그 자리에서 한 발짝도 움직이지 않았다. 추위에 두 손이 꽁꽁 얼어붙어 총을 만져도 아무런 감각이 없었다. 그는 르 보뢰 탄광을 지키는 임무를 맡은 예순 명으로 구성된 부대에 속해 있었다. 그리고 이 잔인한 교대 근무가 자주 돌아오는 바람에 그는 두 발이 꽁꽁 얼어서 하마터면 그곳에서 죽을 뻔한 적도 있었다. 하지만 직업상 어쩔 수 없는 일이어서 군소리 없이 상부의 지시를 따르다보니 온몸이 꽁꽁 얼어붙는 것은 예사였다. 초병은 조는 아이처럼 더듬거리며 에티엔의 물음에 대답했다.

에티엔은 십오 분가량 그와 정치 이야기를 하려고 애썼지만 허사였다. 초병은 아무것도 이해하지 못하고 기계적으로 그렇다, 아니다를 반복할 뿐이었다. 동료들 말로는 그들의 상관인 대위는 공화주의자였다. 하지만 초병은 아무 생각도 없었고, 그런 건 아무래도 좋았다. 그저 총을 쏘라는 명령을 받으면 처벌받지 않기 위해 총을 쏘면 그뿐이었다. 노동자인 에티엔은 초병의 이야기를 듣는 동안 다시금 군대를 향한 증오심에 사로잡혔다. 붉은색 바지를 입는 것만으로 마음이 바뀌는 동포들을 향한 원망이 끓어올랐다.

"그런데 이름이 뭐요?"

"쥘."

"어디 출신이죠?"

"저기, 플로고프에서 왔어요."

그는 되는대로 팔을 뻗어 보였다. 그는 자기 고향이 브르타뉴 지방이라는 것 말고는 더 아는 것이 없었다. 쥘은 이야기하는 동안 창백하고 조그만 얼굴에 생기가 돌고 두 볼이 발갛게 상기된 채 미소를 지어 보였다.

"고향에는 어머니와 누이가 있어요. 물론 두 사람 다 내가 돌아갈 날을 손꼽아 기다리고 있죠. 아, 하지만 그게 언제가 될지…… 내가 고향을 떠나올 때 어머니와 누이는 라베 다리까지 나를 배웅해줬어요. 우린 르팔메크에서 말을 빌려 탔죠. 그런데 오디에른에서 내려오다가 하마터면 말의 다리가 부러질 뻔했지 뭡니까. 사촌인 샤를이 소시지를 가져와서 우릴 기다렸는데, 여자들이 하도 슬피 우는 바람에 목이 메어서 삼킬 수가 없더라고요…… 오! 맙소사! 오! 맙소사! 고향이 너무나 아득하게 멀리 있는 것 같아요!"

그는 여전히 미소를 띤 채 눈가가 촉촉이 젖어들었다. 핑크빛 히스가 무성한 계절에 눈부신 태양이 내리쬐는 플로고프의 황량한 들판과, 폭풍우가 몰아치는 인적 드문 르 라 곶의 광경이 선명하게 눈앞에 떠올랐다.

"그런데 말입니다," 그가 물었다. "처신만 잘하면 이 년 후쯤에는 한 달 정도 휴가를 얻어 집에 다니러 갈 수 있을까요?"

그러자 에티엔은 자신이 아주 어려서 떠나온 프로방스에 관한 이야기를 들려주었다. 그러는 동안 날이 밝아오면서 잿빛 하늘에서 눈송이가 흩뿌리기 시작했다. 에티엔은 가시덤불 안쪽을 배회하는 장랭을 알아보고는 문득 불안한 생각이 들었다. 아이는 에티엔이 폐석 더미 위에 올라가 있는 것을 보고는 기겁하며 손짓과 함께 그를 소리쳐 불렀다. 군인들과 우호적으로 지내고 싶다는 꿈을 꾼다고 해서 달라질 게 뭐가 있겠는가? 그러려면 아직도 기나긴 시간을 더 기다려야만 할 터였다. 자신의 시도가 아무 소용이 없다는 생각이 들자 그는 또다시 절망감에 사로잡혔다. 마치 자기가 원하는 바를 이룰 수 있으리라고 기대했던 것처럼. 그는 문득 장랭의 손짓이 무엇을 의미하는지를 깨달았다. 보초들이 교대하는 시간이었던 것이다. 에티엔은 서둘러 그곳을 떠나 레키야르의 은신처로 달려갔다. 그러면서 이제 패배는 피할 수 없는 기정사실이라는 생각에 다시 가슴이 미어지는 것처럼 아파왔다. 그의 옆에서 함께 달리던 장랭은 초병이 자신들에게 총을 쏘기 위해 다른 보초를 불렀다며 욕을 해댔다.

쥘은 여전히 폐석 더미 위에 버티고 서서 떨어지는 눈송이를 멍하니 바라보고 있었다. 그의 상관인 중사가 부대원들을 거느리고 다가오자 그들은 서로 의례적인 구호를 주고받았다.

"누구냐?…… 암호 대고 앞으로!"

그리고 정복자의 걸음걸이처럼 대지를 울리며 다른 곳으로 향하는 묵직한 발소리가 들려왔다. 날이 훤히 밝아오는데도 탄광촌에서는 인기척이 전혀 느껴지지 않았다. 광부들은 군인들의 군홧발 소리를 들으며 침묵 속에서 분노하고 있었다.

2

눈은 이틀 동안 줄기차게 내렸다. 그리고 아침에 눈이 그치면서 몰아친 매서운 추위에 사방이 꽁꽁 얼어붙었다. 마치 거대한 식탁보를 펼쳐놓은 것 같았다. 도로와 담장과 나무가 온통 탄가루로 뒤덮였던 검은 나라가 이제는 온통 하얗게, 끝 간 데 없이 똑같은 백색으로 뒤덮여 있었다. 눈 속에 파묻힌 240번 탄광촌은 어디론가 사라져버린 듯했다. 굴뚝에서는 연기조차 피어오르지 않았다. 불을 피우지 못한 집들이 길가의 돌처럼 차갑게 얼어붙는 바람에 지붕 위에 수북이 쌓인 눈조차 녹아내리지 않았다. 마치 새하얗게 변한 평원에서 새하얀 널돌들이 즐비하게 늘어선 채석장을 보는 것 같았다. 수의를 두르고 있는 듯한 죽어버린 마을의 모습이었다. 길을 따라 지나가는 순찰대만이 둔탁한 발소리와 함께 진흙투성이의 흔적을 남길 뿐이었다.

마외의 집에서는 전날 밤부터 얼마 남지 않은 석탄재를 태우며 근근이 버티고 있었다. 요즘처럼 참새들도 풀 한 포기 찾을 수 없는 추운 날에는 폐석 더미 위에서 석탄재를 주울 생각 따위는 하지 말아야 했다. 그런데도 끝내 고집을 부리며 조그만 두 손으로 눈을 파헤치던 어린 알지르는 병이 나서 다 죽어가고 있었다. 라 마외드는 의사 반데라겐 씨가 오기를 기다리면서 아이를 담요 조각으로 덮어주는 것 말고는 할 수 있는 게 아무것도 없었다. 그녀는 벌써 두 번이나 의사를 찾아갔지만 만날 수가 없었다. 하지만 그 집 하녀는 자정이 되기 전에 그가 탄광촌으로 갈 거라고 다짐을 주었다. 어미는 의사가 오기를 기다리며 창가에 서서 바깥을 살폈다. 아래층으로 내려오고 싶어하던 어린 병자는 차갑게 식어버린 화덕 옆이 그나마 좀더 따뜻할 거라는 환상을 갖고 의자 위에서 오들오들 몸을 떨었다. 다리의 고질병이 다시 도진 본모르 영감은 아이의 맞은편에서 잠든 듯했다. 레노르와 앙리는 장랭을 따라 동네를 돌아다니며 돈을 구걸하느라 아직 돌아오지 않고 있었다. 마외만이 눈앞의 우리를 보지 못하는 짐승처럼 멍한 얼굴로 무거운 발걸음을 옮기며 텅 빈 방안을 오가다가 매번 벽에 부딪히곤 했다. 이제 램프의 등유도 바닥난 지 오래였다. 하지만 바깥에 쌓인 눈에서 반사되는 흰빛이 짙은 어둠 속에서도 어렴풋이 방안을 비춰주었다.

그때 나막신 신은 발소리가 들리더니, 라 르바크가 바람처럼 세차게 문을 밀고 들어왔다. 그녀는 화를 참지 못하고 씩씩거리면서 문간에서부터 라 마외드에게 소리를 질렀다.

"당신이야? 내가 우리집에 하숙하는 사람한테 나하고 자는 대가로 이십 수를 내놓게 했다고 떠들고 다닌 게 당신이냐고?"

라 마외드는 어깨를 으쓱했다.

"참 성가시게 구네, 내가 무슨 말을 했다고…… 그런데 대체 누가 그런 말을 한 거야?"

"당신이 그랬다고 분명히 그랬어, 그게 누군지는 알 것 없고…… 심지어 당신네 벽 너머로 우리가 그 짓거리를 하는 소리를 들었다고 했다면서? 내가 만날 누워 있어서 우리집에 검댕이 쌓이는 거라면서…… 그런 말 한 적 없다고 어디 한번 말해보시지, 흥!"

매일 여자들끼리 끝도 없이 수다를 떨다가도 어김없이 말다툼이 일어나곤 했다. 특히 바로 붙어 있는 집들끼리는 다툼과 화해를 반복하는 게 일상이 되다시피 했다. 하지만 요즘처럼 가시 돋친 말과 행동으로 서로를 적대시한 적은 없었다. 파업을 시작한 이래 굶주림이 해묵은 원한을 자극해 누군가에게 시비를 걸도록 부추겼던 것이다. 그렇게 시작된 두 아낙네의 말다툼은 두 남자 사이의 주먹다짐으로 끝나는 게 다반사였다.

바로 그때, 이번에는 르바크가 부틀루를 강제로 끌고 마외의 집으로 쳐들어왔다.

"여기 그 동지를 데려왔으니, 이 친구가 정말로 내 마누라하고 자는 대가로 이십 수를 줬는지 직접 들어보란 말이오."

성품이 온화한 부틀루는 짙은 수염 아래 당혹스러움을 감추고 더듬거리며 완강히 부인했다.

"오! 아닙니다, 절대로 아니에요, 절대 그런 일 없습니다!"

그러자 르바크는 단번에 위협적인 태도로 마외의 코앞에 주먹을 갖다대며 말했다.

"분명히 말하는데, 다시는 이러지 않는 게 좋을 거야. 내 마누라가 그런 소리를 하고 다녔다면 난 당장 다리몽둥이를 부러뜨려놨을 거라고…… 그러니까 당신도 당신 마누라가 한 말을 곧이곧대로 믿었다는 거야?"

"그럴 리가 있나, 맙소사!" 마외는 우울한 상념이 중단된 것에 역정을 내며 소리쳤다. "누가 무슨 말을 했다는 게 뭐가 그리 중요하지? 지금까지 겪은 것만으로도 충분하지 않나? 날 좀 그냥 내버려두라고, 안 그러면 나도 가만있지 않을 테니까!…… 그리고 내 마누라가 그런 말을 했다고 한 게 대체 누구야?"

"누가 그랬냐고?…… 피에롱 마누라가 분명히 들었다고 그랬어."

라 마외드는 어처구니가 없다는 듯 날카로운 웃음을 터뜨렸다. 그러고는 라 르바크를 돌아보며 말했다.

"그래! 라 피에론 그 여편네가 그랬다는 거지…… 그렇다면 좋아! 나도 그 여자가 나한테 지껄인 얘기를 해줄 테니까. 그 여자가 뭐랬는지 알아? 당신이 두 남자랑 같이 잔다는 거야. 하나는 당신 위에서, 하나는 당신 아래 깔려서 말이지!"

그때부터는 서로 우호적으로 얘기한다는 것은 더이상 불가능했다. 모두가 동시에 분을 쏟아냈고, 르바크 부부는 마외 부부에게 대꾸하는 대신 라 피에론이 그들에 관해 했다는 말들을 또다시 늘어놓았다. 마외 부부는 카트린을 팔아먹었으며, 그들 가족은 에티엔이 볼캉에서 묻혀온 더러운 생각에 물들어 아이들까지 몽땅 썩었다고 비난했다는 것이다.

"그 여편네가 그렇게 말했다는 거지, 그 여자가 정말 그렇게 말했다는 거지." 마외는 흥분하며 소리쳤다. "알았어! 그 여편네가 그렇게 말한 게 사실이라면 내가 당장 가서 만나야겠어. 그 여편네가 얼굴에 귀싸대기라도 맞아봐야 더이상 헛소리를 안 할 것 아니냐고."

그가 순식간에 밖으로 내닫자 르바크 부부는 그 광경을 지켜보기 위해 그를 뒤쫓아갔다. 그사이, 다투는 것을 질색하는 부틀루는 슬그머니 집으로 돌아갔다. 라 마외드도 해명을 듣기 위해 그들을 따라 집을 나서려던 순간, 알지르의 신음 소리가 그녀의 발걸음을 멈추게 했다. 고개를 돌리자 조그만 담요 조각을 덮은 채 달달 떨고 있는 어린 딸의 모습이 눈에 들어왔다. 라 마외드는 다시 창가로 돌아가 그 앞에 서서 멍한 눈으로 밖을 내다보았다. 이놈의 의사는 왜 여태 안 오는 거야!

피에롱네 집 문 앞에서 마외와 르바크 부부는 눈 속에서 발을 동동 구르고 있는 리디와 마주쳤다. 피에롱의 집은 문이 닫힌 채 덧문 틈새로 희미한 빛이 새어나오고 있었다. 아이는 처음에는 난처한 표정으로 그들의 질문에 대답했다. 아니, 아빠는 지금 집에 없다. 그는 세탁물을 가지러 라 브륄레 할머니가 있는 공동 세탁장으로 간 터였다. 그 얘기를 한 리디는 얼굴을 붉히면서 자기 엄마가 뭘 하고 있는지 말하기를 거부했다. 그러더니 마침내 앙갚음을 하듯 앙큼한 미소를 지으면서 모든 걸 털어놓았다. 그녀의 엄마는 그녀를 문밖으로 내쫓았다. 당세르 씨가 와 있어 얘기를 나누는 데 방해가 된다는 이유에서였다. 당세르는 노동자들을 회유하기 위해 아침부터 헌병 둘과 함께 탄광촌을 돌아다니던 중이었다. 그는 주로 의지가 박약한 이들을 압박하면서, 돌아오는 월요일에 르 보뢰 탄광으로 내려가지 않으면 회사에선 벨기에 광부들을 고용할 것이라며 사방에 엄포를 놓고 다녔다. 그러다 밤이 되자 라 피에론이 혼자 있는 것을 발견하고는 헌병들을 돌려보냈다. 그러고는 그녀의 집, 따뜻한 불 앞에서 그녀와 함께 게네베르를 마시는 중이었다.

"쉿! 조용히 해요, 두 사람이 무슨 짓을 하는지 봐야겠으니!" 르바크는 음탕한 미소를 지으며 나직이 말했다. "해명은 나중에 해도 되니까…… 얼른 저리 못 가, 이 영악한 계집애 같으니라고!"

그가 덧문 틈새에 한쪽 눈을 대고 안을 엿보는 동안 리디는 몇 발짝 뒷걸음쳤다. 르바크는 등을 구부린 채 몸을 떨면서 소리치고 싶은 걸 억지로 참고 있었다. 그다음으로 안을 들여다본 라 르바크는 역겹기 짝이 없다며 마치 토할 것처럼 얼굴을 찌푸렸다. 그러자 자기도 봐야겠다면서 그녀를 밀치고 집안을 들여다본 마외는 돈이 아깝지 않을 구경거리라고 인정했다. 그들은 극장 안을 몰래 엿보듯 줄을 서서 한 사람씩 돌아가며 안을 들여다보았다. 윤이 날 정도로 반들반들하게 닦인 방안은 환하게 타오르는 불 덕분에 더욱더 쾌적해 보였다. 식탁 위에는 케이크와 술병, 술잔들이 놓여 있었다. 그야말로 제대로 된 파티 분위기였다. 그리하여 두 남자는 자신들이 엿본 것 때문에 분노하기에 이르렀다. 다른 때 같았으면 적어도 여섯 달은 농담거리로 삼았을 일이었다. 라 피에론이 치마를 추켜올리고 사내와 질펀하게 뒹굴고 있는 광경은 참으로 볼만했다. 하지만 이런 젠장! 동료들은 빵 한 조각, 석탄재 한줌 구경도 못하는 판에, 비스킷으로 배를 채우고 저토록 활활 타는 불 앞에서 저 짓거리를 꼭 해야만 하는가?

"저기 아빠가 와요!" 리디가 달아나면서 소리쳤다.

피에롱은 어깨에 세탁물 보따리를 둘러메고 여유로운 걸음걸이로 세탁장에서 돌아오는 길이었다. 마외는 당장 그를 불러 세웠다.

"나 좀 보게나. 자네 마누라가 사람들한테 내가 카트린을 팔아먹었고 우리 식구들이 몽땅 썩었다고 했다던데…… 그런데 자네는 뭘 받았지? 자네 마누라가 지금 저 안에서 사내랑 놀아나는 대가로 말일세."

피에롱은 어리둥절한 얼굴로 마외를 쳐다보았다. 마외가 무슨 얘기를 하는지 전혀 모르겠다는 표정이었다. 그때 바깥이 소란스러운 것을 눈치챈 라 피에론은 기겁을 하며 무슨 일인지 알아보기 위해 문을 살짝 열었다. 마외 일행은 윗도리를 풀어헤치고 여전히 치마를 걷어 올려 허리띠로 묶은 채 벌겋게 상기된 얼굴로 바깥을 내다보는 그녀와 눈이 마주쳤다. 그사이 방 안쪽에서는 당세르가 허겁지겁 바지를 추어올리고 있었다. 갱내 총감독은 이런 추문이 사장의 귀에 들어가지나 않을까 두려워하면서 부리나케 도망쳤다. 그러자 모두가 낄낄거리며 야유와 욕설이 난무하는 난장판이 벌어졌다.

"당신이 허구한 날 다른 여자들이 더럽다고 흉을 봤다면서?" 라 르바크가 라 피에론을 향해 소리쳤다. "그래서 당신은 어떻게 그렇게 깨끗한지 궁금했는데 이제야 알겠네. 감독들이 돌아가면서 그렇게 마르고 닳도록 몸을 닦아주니 왜 안 그렇겠어!"

"오! 말 한번 잘했네!" 이번에는 르바크가 끼어들었다. "이 여편네가 내 마누라가 나하고 우리집에서 하숙하는 남자를 같이 데리고 잔다고 했다지. 하나는 아래에다 깔고, 하나는 위에 올라타게 해서 말이지!…… 그래, 그랬다니까, 당신이 그랬다고 하는 말을 내가 분명히 들었어.”

하지만 다시 정신을 가다듬은 라 피에론은 자신이 가장 아름답고 최고 부자라는 확신에 차서 고개를 꼿꼿이 쳐들고 그들의 거센 비난에 맞섰다.

“난 없는 말 지어낸 적 없어, 그러니까 날 좀 귀찮게 하지 마, 엉!…… 내가 뭘 하든 당신네들이 무슨 상관이야. 우리가 부러워서 그러는 거 다 알아. 당신네들은 우리처럼 은행에 집어넣을 돈이 없으니까 그러는 거잖아! 그러니 어디 멋대로들 떠들어보시지, 내 남편은 당세르 씨가 우리집에 왜 왔는지 다 알고 있으니까.”

과연 피에롱은 벌컥 화를 내면서 자기 아내의 역성을 들었다. 그러자 비난의 화살이 그에게로 향했고, 그들은 그를 배신자, 끄나풀, 탄광회사의 개라고 몰아세우며 집에 틀어박혀 기름진 음식들을 혼자만 몰래 먹는다고 비난했다. 그 음식들도 동료들을 배신한 대가로 작업반장들에게서 받은 것이었다. 피에롱은 마외가 자기 집 문 아래 자신을 협박하는 종이 쪼가리를 몰래 넣어뒀다고 주장하며 그의 말을 맞받아쳤다. 종이에는 십자가 모양으로 교차된 뼈다귀 위에 단도 그림이 그려져 있었다. 그리고 그런 식의 언쟁은 필연적으로 두 남자 사이의 주먹다짐으로 이어졌다. 평소에는 한없이 유순한 여자들이 배고픔 때문에 격렬한 드잡이를 하게 되는 것처럼. 마외와 르바크가 피에롱에게 달려들어 주먹을 휘두르는 바람에 그들을 서로 떼어놓아야 했다.

피에롱의 코에서 코피가 철철 흐르고 있을 때 이번에는 라 브륄레가 세탁장에서 돌아왔다. 무슨 영문인지 전해들은 그녀는 자기 사위를 향해 쏘아붙였다.

"저놈은 우리 집안의 수치야."

거리는 다시 텅 비었고, 완벽하게 새하얀 눈에 얼룩을 남기는 그림자 하나 찾아보기 힘들었다. 또다시 죽음 같은 고요 속으로 빠져든 탄광촌은 살을 에는 지독한 추위 속에 굶어죽어가고 있었다.

"의사는?" 집으로 돌아온 마외는 문을 닫으면서 물었다.

"아직 안 왔어요." 라 마외드는 여전히 창가에 서서 대답했다.

"아이들은 들어왔나?"

"아뇨, 아이들도 아직 안 왔어요."

마외는 기진맥진한 소처럼 넋 나간 얼굴을 하고서 무거운 발걸음으로 한쪽 벽 끝에서 반대편 벽 끝까지 계속 왔다갔다했다. 본모르 영감은 의자 위에서 몸이 굳어버린 듯 고개조차 들지 않았다. 알지르도 가족의 상심을 덜어주려고 입을 꼭 다문 채 몸을 떨지 않으려 안간힘을 썼다. 하지만 고통을 견뎌내려는 용기에도 불구하고 때로 너무나 격렬하게 몸이 떨리는 바람에 불구인 소녀의 가냘픈 몸이 담요에 부딪는 소리가 들릴 정도였다. 그러면서 아이는 휘둥그런 눈으로 희미한 달빛이 비치는 천장을 물끄러미 바라보았다. 눈이 쌓여 온통 새하얀 텃밭에서 반사된 희부연 빛이 창문으로 새어들었다.

이제 텅 비어버려 궁핍의 최후 단계에 이른 집안에는 마지막 단말마의 숨결이 짙게 배어 있었다. 양털 매트리스 속에 이어 매트리스 커버가 고물상으로 사라졌고, 시트와 식탁보를 비롯해 돈이 되는 것은 뭐든지 팔려나갔다. 어느 날 저녁에는 할아버지의 손수건을 2수에 팔아야 했다. 초라한 살림살이들이 하나씩 팔려나가면서 작별을 고할 때마다 식구들의 눈에서는 하염없이 눈물이 흘렀다. 어느 날, 라 마외드는 오래전에 남편이 선물한 분홍색 판지 상자를 치마폭에 싸가지고 나가 팔아버린 것을 한탄했다. 마치 남의 집 문 앞에 아이를 버려두고 온 듯한 기분이었다. 이제 그들은 알몸뚱이 신세였다. 팔 수 있는 것이라고는 아무도 동전 한 닢 쳐주려 하지 않을, 지치고 삭아버린 그들의 살가죽뿐이었다. 그래서 그들은 이제 애써 찾으려고도 하지 않았다. 더는 아무것도 없으며, 이젠 정말 끝이라는 것을 잘 알기 때문이었다. 그들은 초 한 자루, 석탄 한줌, 감자 한 알 기대할 수 없었다. 죽기를 기다리는 일만 남아 있었다. 다만 아이들을 생각하면 마음이 아플 뿐이었다. 어차피 죽을 불쌍한 아이에게 몹쓸 병까지 안겨주어 어린것을 고통스럽게 하다니! 그런 불필요한 잔인함이 그들을 마지막으로 분노케 했다.

"오, 의사가 왔나봐요!" 라 마외드가 말했다.

시커먼 형체가 창문 앞을 지나쳐갔다. 그들은 얼른 문을 열었다. 하지만 그는 의사 반데라겐 씨가 아니라 새로 부임한 랑비에 신부였다. 그는 불빛도 온기도 먹을 것도 없이 죽은 것이나 다름없는 집으로 들어오면서도 조금도 놀란 얼굴을 하지 않았다. 그는 이미 이웃의 다른 세 집을 다녀오는 길이었다. 당세르가 헌병들을 거느리고 다니면서 그랬던 것처럼, 이 집 저 집 다니면서 자신을 도와줄 지원자를 모으는 중이었다. 그는 즉시 광신자의 과격한 목소리로 그들을 찾아온 이유를 설명했다.

"어째서 일요일 미사에 참석하지 않으십니까, 여러분? 여러분은 지금 잘못하고 있는 겁니다. 오직 교회만이 여러분을 고통에서 구원해

줄 수 있습니다…… 그러니 돌아오는 일요일에는 교회에 꼭 오겠다고 약속하십시오."

마외는 그를 물끄러미 바라보다가 아무 대꾸 없이 다시 무거운 발걸음으로 방안을 오가기 시작했다. 신부에게 대답한 것은 라 마외드였다.

"우리더러 미사에 참석하라고요? 우리가 거길 왜 가야 하는 거죠, 신부님? 당신이 말하는 선한 신께서 우리 같은 사람들한테 신경이나 쓴답디까?…… 신부님도 눈이 있으면 저 아이를 한번 보시라고요! 저 어린것이 대체 신에게 무슨 잘못을 저질렀길래 저렇게 열이 나서 벌벌 떨어야 하는 건가요? 우리가 아직 충분히 고통받지 못해서인가요? 나는 아픈 딸내미한테 따뜻한 물 한잔 끓여줄 수 없는데, 신은 왜 아이를 병들게 하느냔 말입니다."

그러자 신부는 선 채로 한참 동안 장광설을 늘어놓았다. 그는 노동자들의 파업과 그들의 처참한 삶, 그리고 굶주림으로 격앙된 원한을 이용하고 있었다. 자신이 믿는 종교의 영광을 위해 미개한 사람들에게 설교를 하는 선교사처럼, 교회는 가난한 이들과 함께하며, 언젠가는 죄악을 저지르는 부자들의 머리 위에 신의 분노가 내리치면서 정의가 승리하는 날이 올 거라고 열변을 토했다. 머지않아 그날이 도래할 것이다. 부자들이 신의 자리를 대신 차지하고서, 불경하게도 권력을 도둑질해 신을 도외시한 채 자기들 멋대로 세상을 지배하고 있기 때문이다. 그러나 노동자들이 이 세상의 재물을 정당하게 분배받기를 원한다면 즉시 사제들에게 자신을 내맡기며 그들을 믿고 따라야만 한다. 예수가 죽었을 때 힘없고 가난한 이들이 사도들의 주위로 몰려들었던 것처럼. 교황이 수많은 노동자들을 통솔하게 된다면 그로써 엄청난 힘을 휘두를 수 있게 되는 것이며, 성직자들 또한 막강한 군대를 거느리게 되는 것이다! 그러면 단 일주일 만에 이 세상에서 악한 자들을 몽땅 쓸어버리고 몹쓸 주인들을 몰아낸 다음, 각자의 정당한 가치와 만인의 행복을 보장하는 노동법에 따라 보상받는 진정한 신의 왕국을 건설할 수 있을 것이다.

그의 말을 유심히 듣고 있던 라 마외드는 마치 에티엔의 이야기를 듣고 있는 듯했다. 지난가을, 밤마다 에티엔은 그들의 고통이 곧 끝날 거라고 호언장담하지 않았던가. 그때와 다른 점은 그녀가 성직자들의 말을 결코 믿지 못한다는 것이었다.

"말씀은 참 그럴듯하네요, 신부님." 그녀가 말했다. "하지만 그건 신부님이 부르주아들하고 사이가 좋지 않기 때문에 하는 말 아닌가요…… 예전 신부님들은 자기들은 모두 사장 집에서 같이 식사를 하면서, 우리가 빵 좀 달라고 하면 우리보고 지옥에 갈 거라며 겁을 주곤 했거든요."

그러자 신부는 교회와 민중 사이의 유감스러운 오해를 언급하면서 또다시 장황한 이야기를 늘어놓기 시작했다. 이제 그는 우회적인 말로 도시의 사제들과 주교들을 포함한 고위 성직자들을 맹렬히 공격했다. 그들은 쾌락에 물들고 권력욕으로 배를 불린 채 자유분방한 부르주아들과 비굴하게 타협하며 살아가고 있었다. 어리석게도 그들에게서 세상에 대한 지배권을 빼앗아간 게 바로 그 부르주아들이라는 사실도 깨닫지 못하고. 따라서 노동자들을 고통에서 해방시켜줄 수 있는 이들은 시골의 사제들인 것이다. 그들은 노동자들의 도움으로 그리스도의 왕국을 재건하기 위해 분연히 일어설 것이다. 그는 벌써 그들의 지도자라도 된 듯했다. 바싹 마른 몸을 곧추세우고 무리의 우두머리이자 교회를 대변하는 혁명가로서 열변을 토하는 그의 눈에서 반짝이는 빛이 캄캄한 방을 밝혀줄 정도였다. 불쌍한 마외 가족은 벌써 한참 전부터 랑비에 신부의 열렬한 설교중에 수시로 튀어나오는 신비주의적인 말들을 도무지 알아듣지 못하고 있었다.

"그렇게 길게 얘기할 필요 없소이다." 참다못한 마외가 불쑥 퉁명스럽게 말했다. "백 마디 말보다 우리한테 빵 한 조각이라도 가져와보란 말입니다."

"그러니까 일요일 미사에 꼭 참석해야 하는 겁니다." 신부는 큰 소리로 외쳤다. "신이 모든 걸 알아서 다 채워주실 겁니다!"

그러고는 이번에는 르바크네 집으로 포교를 하러 갔다. 그는 교회가 최후의 승리를 거둘 것이라는 꿈에 도취한 나머지 현실의 삶을 경멸하고 도외시했다. 그리하여 그도 고통을 구원의 촉매제로 여기는 딱한 사람 중 하나로서 굶주려 죽어가는 무리 사이를 아무런 구호품도 없이 빈손으로 누비고 다녔다.

마외가 다시 방안을 오가기 시작하자, 적막한 방안에서 들리는 소리라고는 그의 묵직한 발걸음 아래 널돌이 규칙적으로 울리는 소리뿐이었다. 본모르 영감이 싸늘하게 식어버린 벽난로에 가래를 뱉자 녹슨 도르래가 삐걱거리는 듯한 소리가 났다. 그리고 또다시 규칙적인 발소리가 울려퍼졌다. 열 때문에 까부라졌던 알지르는 조그맣게 웃으면서 헛소리를 하기 시작했다. 따뜻한 날씨에 햇볕이 비치는 양지쪽에서 놀고 있는 꿈을 꾸는 듯했다.

"오, 맙소사!" 아이의 뺨을 만져본 라 마외드가 중얼거렸다. "온몸이 불덩이 같으니 이걸 어쩌면 좋아…… 망할 놈의 의사는 영영 오지 않을 속셈인 게야. 분명 그 못된 놈들이 가지 못하게 붙들었겠지.”

의사와 탄광회사를 두고 하는 얘기였다. 하지만 그녀는 문이 다시 열리는 걸 보고는 기뻐서 소리를 질렀다. 그러다 다시 두 손을 늘어뜨리고는 그늘진 얼굴로 뻣뻣하게 서 있었다.

“잘들 계셨습니까.” 에티엔이 조심스레 문을 닫으면서 나직하게 말했다.

그는 종종 이런 식으로 밤 깊은 시각에 찾아오곤 했다. 마외 부부는 그 일이 있고 이틀 후부터 그가 장랭의 은둔처에서 머무른다는 것을 알게 되었다. 하지만 그들은 비밀을 지켰고, 탄광촌에서는 그가 어떻게 되었는지 아무도 정확히 알지 못했다. 그리하여 이제 그는 전설 속의 인물이 되어갔다. 사람들은 여전히 그에 대한 믿음을 잃지 않았고, 그를 둘러싼 신비스러운 소문들이 입에서 입으로 퍼져나갔다. 그는 황금으로 가득찬 상자들과 함께 군대를 거느리고 그들 앞에 다시 나타날 것이다. 그들은 기적이 이뤄지기를 기다리는 경건한 바람과 함께, 에티엔이 약속한 정의의 나라에 급작스럽게 입성해 그들의 꿈이 이뤄지기를 고대했다. 어떤 이들은 마르시엔으로 향하는 길에서 그가 세 신사와 함께 마차를 타고 가는 걸 보았다고 했다. 또 어떤 이들은 그가 영국에서 이틀을 더 머무를 예정이라고 확언하기도 했다. 하지만 시간이 지나면서 사람들은 그의 거취에 의문을 품기 시작했고, 입담이 센 몇몇 사람들은 그가 지하 저장고에 숨어서 라 무케트와 함께 추위를 녹이고 있을 거라며 비아냥거렸다. 이제 알 만한 사람은 다 아는 두 사람의 관계는 그의 평판에 흠집을 냈다. 이처럼 그의 인기가 서서히 추락하면서 추종자들 중에 실망하는 이들이 자꾸만 늘어갔다.

"무슨 날씨가 이렇게 추운지!" 그는 곧바로 덧붙였다. "그런데 무슨 새로운 소식 없습니까, 여전히 상황이 점점 더 나빠지나요?…… 듣자하니 그 꼬마 네그렐이 벨기에로 그쪽 광부들을 모집하러 갔다던데요. 아! 맙소사, 그게 사실이라면 우린 정말 끝장입니다!"

그는 캄캄한 집안으로 들어서면서 얼음장처럼 차가운 냉기에 몸을 떨었다. 칠흑 같은 어둠에 눈이 차츰 익숙해지고 나서야 비로소 비참한 지경에 빠진 사람들을 어렴풋이 알아볼 수 있었다. 그때까지는 그들이 거기 있다는 것만 짐작할 수 있을 뿐이었다. 그들과 마주한 에티엔은 역겨움을 느꼈다. 학습을 통해 세련되고 야망을 키워온 그는 신분 상승을 이룬 노동자로서 그들과 거리감을 느꼈다. 이토록 처참한 삶이 또 어디 있단 말인가! 이 퀴퀴한 냄새 속에서 가축처럼 한데 뒤엉켜 잠을 자는 삶이라니! 그는 그들을 향한 절망적인 연민에 목이 메어왔다. 마지막 단말마의 광경을 지켜보면서 깊은 절망에 빠진 그는 그들에게 이제 그만 포기하라고 충고하기 위해 그럴듯한 말을 찾고 있었다.

그때 마외가 느닷없이 그의 앞에 버티고 서면서 큰 소리로 외쳤다.

"벨기에 광부들을 데려온다고 했나! 그놈들이 감히 우리한테 그런 짓을 할 수는 없을 거야!…… 벨기에 광부들을 갱으로 내려보냈다간 우리가 갱을 폭파해버리고 말 테니까!"

에티엔은 거북한 표정으로 그럴 수는 없을 거라고 설명했다. 갱을 지키고 있는 군인들이 갱으로 내려가는 벨기에 노동자들을 보호할 것이다. 그러자 마외는 그의 표현대로, 등뒤에서 총검을 든 군인들이 지켜보고 있다는 생각에 분노하며 두 주먹을 꼭 쥐었다. 그러면 이제 광부들은 더이상 갱에서조차 주인이 될 수 없다는 것인가? 마치 갤리선의 노예처럼 총을 겨누고 강제로 노역을 시키기라도 하겠다는 것인가? 그는 자신의 갱을 사랑했다. 두 달 동안 그곳에 내려갈 수 없었다는 사실은 그의 마음을 몹시 아프게 했다. 따라서 그는 이방인들을 그곳에 내려보내겠다는 협박으로 자신들을 모욕하는 그들에게 분노를 감추지 못했다. 그러다 자신의 근로수첩을 돌려받았다는 사실에 또다시 가슴이 미어졌다.

"그런데 내가 왜 흥분하는지 모르겠군." 그가 중얼거렸다. "난 이제 그쪽하고는 아무 상관도 없는데 말이야…… 그들이 이 집에서마저 쫓아내면 난 길바닥에서 죽어 나자빠져도 그만인 것을."

"그런 말 하지 마세요!" 에티엔이 말했다. "어르신이 원하기만 한다면 그들은 내일이라도 근로수첩을 되돌려받을 겁니다. 어르신처럼 충실한 일꾼들은 결코 쫓아내지 않을 거란 말입니다."

그는 갑자기 놀라 이야기를 중단했다. 열에 들떠 헛소리를 하면서 조그맣게 웃는 알지르의 목소리를 들은 것 같았기 때문이다. 그때까지 그는 본모르 영감의 뻣뻣한 그림자만 겨우 알아볼 수 있었다. 그런데 병들어 죽어가는 아이가 웃는 모습에 그는 섬뜩함을 느꼈다. 이제 더는 망설일 수 없었다. 아무 죄 없는 아이들이 죽어가는 것을 이대로 두고볼 수만은 없었다. 그는 마침내 결심하고 떨리는 목소리로 말했다.

"저기 말입니다, 이렇게 계속할 수는 없습니다. 이젠 더이상 희망이 없어요…… 이제 싸움을 그만둘 때가 된 것 같습니다."

그러자 그때까지 죽은듯이 아무 말 않고 있던 라 마외드가 돌연 분노를 폭발시키더니 거친 사내처럼 욕을 하면서 큰 소리로 쏘아붙였다.

"지금 뭐라고 했어? 네놈이 어떻게 그런 말을 할 수 있냐고, 오 맙소사!"

에티엔은 해명하려 했지만 그녀는 그에게 말할 틈도 주지 않고 계속 말을 이어갔다.

"그런 말이라면 다시는 내 앞에서 입도 벙긋하지 않는 게 좋을 거야! 안 그러면 내가 아무리 아녀자지만 정신이 번쩍 들도록 네놈 뺨따귀를 후려쳐줄 테니까…… 이제 와서 그런 말이나 듣자고 두 달 동안 쫄쫄 굶어가면서 살림살이 몽땅 내다팔고 아이들까지 병들게 하면서 버텨온 줄 알아? 그런데 달라진 건 아무것도 없고, 다시 예전으로 돌아가 개처럼 살아야 한다고?…… 오, 그건 절대 안 될 말이지! 그런 생각만 해도 온몸의 피가 끓어오르는 것 같은데. 아니! 천만에! 저들한테 굴복하고 그렇게 살 바에는 모든 걸 다 태워버리고 다 죽여버리고 말 거야."

그녀는 어둠 속에서 위협적인 몸짓으로 마외를 가리키며 말했다.

"내 말 잘 들어, 만약 내 남편이 갱으로 돌아간다고 하면, 내가 길을 막고 서서 얼굴에 침을 뱉고 배신자라고 소리쳐줄 거야!"

에티엔은 그녀를 볼 수는 없었지만 사납게 짖어대는 짐승이 내뿜는 듯한 뜨거운 숨결을 느낄 수 있었다. 그는 자신이 불러일으킨 분노 앞에 흠칫 놀라며 뒤로 물러섰다. 너무나도 달라진 라 마외드의 모습에서 더이상 예전에 그가 알던 그녀를 찾아보기는 힘들었다. 그토록 양식 있고, 그의 과격함을 혼내면서 어느 누구의 죽음도 원치 않는다고 했던 그녀가 이젠 이성적인 대화를 거부하며 모두 죽여버리겠다는 말을 서슴지 않고 내뱉고 있었다. 그녀는 이제 예전과는 전혀 딴사람이 되어 있었다. 정치를 이야기하면서, 굶주린 이들의 노동으로 살을 찌우는 도둑놈 같은 부르주아들을 이 세상에서 모조리 없애버려야 한다면서 공화국과 단두대를 요구했다.

"두고봐, 내 이 두 손으로 그놈들의 가죽을 몽땅 벗겨버리고 말 테니까…… 이제 더이상은 못 참아. 네가 예전에 말한 대로 이제 우리가 인간답게 살 차례가 된 건지도 모르잖아!…… 우리 아버지와 할아버지, 그리고 또 그 아버지들이 옛날부터 대대로 우리가 지금 겪고 있는 고통을 겪어왔고, 또 앞으로도 여전히 우리 아들과 그 아들들이 이 고통을 겪어야 한다는 걸 생각만 해도 미쳐버릴 것 같아. 그렇게 살 바에는 내가 칼이라도 들고 이 모든 걸 끝장내고 말 거야…… 지난번에도 그렇게 끝내고 마는 게 아니었어. 몽수를, 마지막 벽돌 한 장까지 남김없이 모두 박살내버려야 했던 거야. 너 그거 알아? 내가 두고두고 후회하는 게, 우리집 노인네가 라 피올렌의 딸년을 목 졸라 죽이도록 그냥 내버려두지 않은 거야…… 그놈들은 우리 아이들이 굶어죽는 걸 그냥 보고만 있는데, 내 새끼들이 굶어죽는 걸 말이지!"

그녀의 말은 마치 도끼로 내려치듯 짙은 어둠을 갈랐다. 굳게 닫힌 새로운 세상의 문은 도무지 열릴 생각을 하지 않았다. 그녀가 결코 다가갈 수 없는 이상향이 고통으로 갈라진 머릿속 깊은 곳에서 독이 되어 맴돌았다.

"내 말을 잘못 이해하신 것 같군요." 마침내 에티엔은 한발 뒤로 물러서면서 앞서 하던 이야기를 이어갔다. "내 말은, 탄광회사와 대화로 문제를 풀어나가야 한다는 겁니다. 갱들에 이미 많은 문제가 발생한 터라 회사측에서도 아마 적극적으로 협상에 임하려고 들 겁니다."

"아니, 절대 그렇게는 못하지!" 라 마외드는 울부짖다시피 외쳤다.

바로 그때 밖으로 나갔던 레노르와 앙리가 빈손으로 돌아왔다. 어떤 신사가 그들에게 2수를 주었는데, 레노르가 걸핏하면 어린 동생을 발로 차는 바람에 그 2수가 떨어져 눈 속으로 들어가버렸다. 장랭이 동생들과 함께 찾아봤지만 돈은 어디에도 보이지 않았다.

"장랭은 지금 어디 있니?"

"엄마, 오빠는 가버렸어요, 할 일이 있다면서요."

에티엔은 그들 가족이 하는 이야기를 들으면서 가슴이 찢어지는 듯했다. 라 마외드는 예전에는 아이들이 구걸하면 가만두지 않겠다며 으름장을 놓곤 했다. 그런데 이제는 그녀 자신이 아이들의 등을 떠밀어 거리로 내보내고 있었다. 심지어 모두가 그래야 한다고 말하기까지 했다. 만여 명에 이르는 몽수의 광부들이 늙은 걸인이 들고 다니던 막대기와 바랑을 들고 두려움에 떠는 주변 지역들을 누비고 다녀야 할 판이었다.

어두운 방안에서는 불안감이 점점 더 커져갔다. 주린 배를 움켜쥐고 돌아온 아이들은 먹을 것을 찾았다. 어째서 아무도 먹을 생각을 하지 않는 거지? 아이들은 칭얼거리면서 바닥을 기다시피 하다가 죽어가는 누이의 발을 짓눌렀다. 알지르가 신음 소리를 내자 격분한 엄마는 어둠 속에서 어림짐작으로 손을 휘둘러 아이들의 뺨을 때렸다. 아이들이 더 큰 소리로 울며 먹을 것을 달라고 하자, 라 마외드는 눈물을 쏟아내면서 널돌 바닥에 주저앉아 어린 병자와 두 아이를 한꺼번에 꽉 껴안았다. 그리고 하염없이 눈물을 흘리며 신경질적으로 몸을 떨더니 점점 진이 빠지면서 몸이 축 늘어졌다. 그녀는 죽음의 신을 향해 애원하듯 똑같은 말을 몇 번이고 되뇌었다. "신이시여, 왜 우리를 데려가지 않으시는 겁니까? 제발, 우리를 불쌍히 여기셔서 이제 그만 끝낼 수 있도록 우리 모두를 데려가주세요!" 할아버지는 비바람에 뒤틀린 고목처럼 여전히 꼼짝 않고 자리를 지켰다. 아버지는 고개도 돌리지 않은 채 벽난로와 찬장 사이를 끊임없이 오갔다.

그때 문이 열리면서 이번에는 의사 반데라겐이 들어왔다.

"이런 맙소사!" 그가 소리쳤다. "초라도 하나 켜면 눈이 먼답디까⋯⋯ 얼른 봅시다, 바로 또 가볼 데가 있으니까."

그는 여느 때처럼 바쁜 일과로 녹초가 되어 투덜거렸다. 다행히 그에게 성냥 몇 개비가 있어, 마외는 그가 병자를 살펴볼 수 있도록 성냥 여섯 개비를 하나씩 켠 다음 한꺼번에 손에 들고 있어야 했다. 젖힌 담요 조각 밖으로 모습을 드러낸 아이는 눈 속에서 죽어가는 작은 새처럼 깡마른 몸으로 가물거리는 불빛 아래 오들오들 떨고 있었다. 너무도 가냘픈 소녀의 몸에서 보이는 것이라고는 등의 혹뿐이었다. 그러나 빈사 상태의 아이는 초점 잃은 두 눈을 크게 뜬 채 희미하게 웃고 있었다. 조그맣고 앙상한 두 손으로는 움푹 팬 가슴을 꼭 움켜쥐고 있었다. 라 마외드가 숨이 넘어갈 것 같은 목소리로, 아이들 중에서 유일하게 집안 살림을 도와주던, 그토록 영리하고 유순한 아이를 자신보다 먼저 데려가는 게 있을 수 있는 일이냐며 항변하자 의사는 역정을 내면서 말했다.

"조용히 좀 해요! 아이는 막 숨을 거두었어요⋯⋯ 당신이 그토록 애지중지하던 딸아이는 굶어죽은 거란 말이오. 게다가 굶어죽은 아이가 이 집에만 있는 것도 아니고 옆집에도 하나 더 있고 말이지…… 그런데 다들 나만 불러대니, 원, 내가 뭘 어떻게 해줄 수 있는 것도 아닌데. 모두를 낫게 하는 데 필요한 건 내가 아니라 한 점의 고긴데 말이야."

마외가 손가락이 뜨거워 성냥을 떨어뜨리자, 또다시 방안을 뒤덮은 칠흑 같은 어둠이 아직 온기가 남아 있는 어린 주검을 감쌌다. 의사는 들어올 때처럼 달려서 그곳을 떠났다. 캄캄한 방안에서 에티엔의 귀에 들리는 것이라고는 죽음의 신을 처절하게 부르는 라 마외드의 흐느낌, 음울하게 끝없이 반복되는 그녀의 탄식뿐이었다.

"어떻게 이렇게 가혹할 수가! 이제 내 차례니까 제발 나를 데려가주세요!…… 제발, 남편과 다른 식구들도 모두 데려가주세요. 우릴 불쌍히 여기셔서 이제 모두 끝낼 수 있게 해달라고요!"

3

그 일요일, 수바린은 저녁 여덟시부터 혼자서 아방타주의 홀을 지키며 평소 앉던 자리에 앉아 벽에 머리를 기대고 있었다. 이제 광부들은 맥주 한 잔 값인 2수조차 마련할 길이 없었다. 주점들 또한 요즘처럼 손님이 없던 적은 없었다. 라스뇌르 부인은 꼼짝 않고 카운터를 지키면서 짜증 가득한 침묵을 지키고 있었다. 라스뇌르는 주철 벽난로 앞에 서서 곰곰 생각에 잠긴 얼굴로 석탄에서 피어오르는 적갈색 연기를 눈으로 좇았다.

갑자기, 지나치게 덥혀진 방안의 무거운 정적을 깨뜨리며 창문 유리창을 짧게 세 번 두드리는 소리가 들리자 수바린은 뒤를 돌아보았다. 자리에서 일어난 그는 신호를 보낸 사람이 에티엔이라는 것을 알아보았다. 그가 빈 탁자에서 담배를 피우고 있을 때면 그를 알아본 에티엔이 밖으로 그를 불러내기 위해 사용하는 신호였다. 하지만 기계공이 문으로 가는 사이 라스뇌르가 먼저 잽싸게 문을 열었다. 그리고 창문에서 흘러나오는 빛으로 문 앞에 있는 사람이 누군지 알아보고는 말했다.

"무슨 일인가? 내가 자네를 팔아먹을까봐 두려운 건가?…… 안으로 들어오지. 길바닥보다는 여기가 얘기하기 편할 테니까."

에티엔은 주점 안으로 들어갔다. 라스뇌르 부인은 그에게 공손히 맥주 한 잔을 권했지만 그는 손사래를 치며 거절했다. 주점 주인은 얘기를 계속했다.

"난 한참 전부터 자네가 어디에 몸을 숨기고 있는지 짐작하고 있었네. 자네 친구들이 말하는 것처럼 내가 저들의 끄나풀이었다면 벌써 일주일 전에 헌병들에게 자네가 어디 있는지 일러주었을 거야."

"내 앞에서 애써 변명할 필요 없습니다." 에티엔이 말했다. "난 당신이 저들과 한통속이 아니라는 걸 잘 알고 있으니까…… 서로 생각은 달라도 존중할 수는 있는 거라고 생각합니다."

그리고 또다시 침묵이 이어졌다. 수바린은 자기 자리로 돌아가 벽에 등을 기댄 채 담배 연기를 멍하니 응시했다. 그는 왠지 불안한 듯 가늘게 떨리는 손가락으로 무릎 위를 오르락내리락 더듬거렸다. 마치 그날 저녁에는 보이지 않는 폴로뉴의 따뜻한 털을 찾는 것처럼 보였다. 그것은 무의식적인 불안감이었다. 딱 꼬집어 말할 수는 없지만 무언가가 빠진 듯했다.

그의 맞은편에 앉아 있던 에티엔이 마침내 이야기를 꺼냈다.

"내일 르 보뢰 탄광에서 작업이 재개된다고 합니다. 꼬마 네그렐이 데리고 온 벨기에인들이 도착했다는군요."

"나도 들었네. 어둠을 틈타 데려온 모양이더군." 계속 서 있던 라스뇌르가 중얼거렸다. "더이상 유혈 사태는 없어야 할 텐데!"

그러더니 목소리를 높이며 말했다.

"혹시라도 오해는 하지 말게. 난 자네와 또다시 언쟁을 벌일 생각은 없다네. 다만 자네들이 더이상 고집을 부리다간 이 사태가 영 안 좋게 끝나게 될까봐 걱정돼서 그러는 거니까…… 그래! 자네들은 지금 자네가 그토록 신봉하는 국제노동자협회와 똑같은 전철을 밟고 있는 거야. 마침 엊그제 일이 있어 릴에 갔다가 플뤼샤르를 만났지. 그런데 그가 연맹장을 맡고 있는 북부연맹도 삐걱거리는 것 같더군."

그는 좀더 자세히 설명했다. 지금도 여전히 부르주아들을 떨게 만드는 프로파간다로 전 세계 노동자들을 흥분시켰던 국제노동자협회는 자만심과 지나친 야심에서 비롯된 내부 갈등에 잠식당하면서 날마다 조금씩 와해되어갔다. 무정부주의자가 주도권을 잡은 뒤로 초기의 점진주의자들을 몰아내면서 모든 게 흔들렸고, 초기 목표였던 임금제 개혁은 당파 간 갈등 속에 묻혀버렸으며, 지식인들은 엄격한 규율을 증오하며 조직에서 이탈했다.* 그리하여 썩어빠진 낡은 사회를 단숨에 쓸어버릴 듯 위협적이었던 집단적 움직임의 궁극적인 실패는 이미 예

---

* 제1차 국제노동자협회가 실제로 해체된 것은 1870년(프로이센-프랑스 전쟁이 일어난 해) 이후인 1876년이다. 그런데 소설 속에서는 1867년 1월경으로 묘사되고 있다. 여기서도 졸라는 또다시 소설적인 필요에 따라 의도적으로 '시대착오(아나크로니즘)적 표기'를 사용했다. 이는 졸라의 '루공마카르 총서'가 나폴레옹 3세의 제2제정기(1852~1870) 동안 전개되는 것으로 설정되어 있기 때문이며, 동시에 파업을 주도한 에티엔과 동료들의 운명이 국제노동자협회의 역사를 상징하기 때문이기도 하다.

견된 것이나 다름없었다.

"그 때문에 플뤼샤르는 몹시 절망하고 있지." 라스뇌르가 말을 이었다. "게다가 그는 이미 노동자들에 대한 영향력을 상실했네. 그러면서도 연설을 멈추지 않고 파리에까지 가서 지지를 호소하고 싶어하지. 그리고 우리의 파업은 실패라고 내게 세 번씩이나 거듭 말했어."

에티엔은 눈을 내리깐 채 그의 말을 중단시키지 않고 끝까지 모두 들었다. 전날 그는 동료들과 얘기하면서 그들에게서 자신을 향한 원망과 의혹의 숨결이 전해지는 것을 느꼈다. 그의 궁극적인 패배를 예고하면서, 그의 인기가 사그라졌음을 알리는 첫번째 신호였다. 에티엔은 라스뇌르가 얘기하는 내내 어두운 얼굴을 하고 있었다. 군중이 실망과 환멸을 느끼게 되는 날에는 그에게 그 앙갚음을 하게 될 거라고 예고했던 남자 앞에서 자신의 절망감을 드러내고 싶지는 않았다.

"그래요, 어쩌면 파업은 실패한 건지도 모르죠. 그건 나도 플뤼샤르만큼이나 잘 알고 있습니다." 이번에는 에티엔이 자기 생각을 얘기했다. "하지만 실패는 예고된 것이나 다름없었어요. 우린 이 파업을 마지못해 받아들였던 겁니다. 결코 회사측과 끝장을 보려고 했던 게 아니었다는 말입니다…… 다만 모두들 차츰 거기에 도취되면서 희망을 품게 되었고, 그게 잘못될 수도 있으리라는 사실을 망각한 채 재앙이 갑자기 닥친 것처럼 탄식하면서 서로 다투게 된 거란 말입니다."

"파업이 실패했다고 생각한다면 어째서 동지들을 설득하려고 하지 않는 거지?" 라스뇌르가 물었다.

에티엔은 그를 뚫어지게 바라보며 말했다.

"이봐요, 그만하면 충분하다고 생각지 않아요?…… 당신은 당신 생각이 있는 거고, 난 내 생각이 있는 거라고. 내가 이곳을 찾아온 건, 그래도 당신을 존중한다는 걸 보여주기 위해서였어. 하지만 난 여전히, 우리가 뜻을 이루지 못한 채 죽더라도 당신의 그 말뿐인 전략보다는 굶어죽은 우리 몸뚱어리가 민중의 입장을 더 잘 대변해줄 거라고 믿고 있소이다…… 아! 저 빌어먹을 군인들 중 누구라도 총알로 내 심장을 정확히 꿰뚫어준다면 동지들 앞에서 부끄럽지 않게 끝낼 수 있을 텐데!"

패배자의 은밀한 바람을 드러내는 외침과 함께 그의 눈가가 촉촉이 젖어들었다. 그는 호기로운 죽음 속에서 자신의 고통을 영원히 끝낼 수 있는 도피처를 찾을 수 있기를 바랐다.

"말 한번 아주 시원하게 잘하네!" 라스뇌르 부인이 그의 말에 맞장구를 치면서 과격한 성향을 드러내는 경멸적인 눈빛으로 자기 남편을 쏘아보았다.

그사이 수바린은 아무 말도 못 들은 것처럼 마치 꿈을 꾸는 듯한 눈빛으로 두 손을 신경질적으로 꼼지락거렸다. 그가 비밀스러운 꿈속에서 떠올리는 핏빛 환영은 날렵한 코와 뾰족하고 조그만 이를 지닌 금발의 소녀 같은 얼굴에 야성을 띠게 했다. 그는 마치 소리내어 꿈을 꾸듯, 대화 도중 언뜻 들은 국제노동자협회에 관한 라스뇌르의 말에 대꾸했다.

"그들은 모두 비겁한 사람들이야. 그들의 조직을 무시무시한 파괴의 도구로 만들 수 있는 사람은 단 한 사람*밖에 없어. 하지만 의지가

* 러시아의 혁명가이자 급진적인 무정부주의자 미하일 바쿠닌을 가리킨다.

필요해. 그런데 아무도 하려고 하질 않잖아. 그래서 혁명은 또다시 실패할 수밖에 없는 거야."

그는 환멸 서린 목소리로 인간의 어리석음에 대한 탄식을 늘어놓았다. 다른 두 남자는 어둠 속에서 들려오는 몽유병자의 속내 이야기에 당혹스러워하며 아무 대꾸도 하지 않았다. 러시아에서는 아무것도 이뤄진 게 없었다. 그는 그곳에서 들려오는 소식에 절망했다. 그의 예전 동료들은 모두 정치가로 변모했다. 온 유럽을 두려움에 떨게 했던 예의 그 무정부주의자들인 사제의 아들들, 프티부르주아, 상인 등은 조국의 해방 그 이상은 안중에도 없는 것 같았다. 그들은 독재자를 죽임으로써 세상을 구원할 수 있다고 믿는 듯했다. 그는 그들에게 추수를 하듯 낡은 인류를 모조리 쓸어버려야 한다고 말하면서 '공화국'이라는 단순한 말을 언급하는 것만으로도 자신이 이해받지 못하고 사회의 불안 요소로 여겨진다는 것을 느낄 수 있었다. 그때부터 그는 그들에게 소외당한 채, 혁명적인 범세계주의를 주창하다가 실패한 귀족계급의 후손쯤으로 취급받았다. 그럼에도 그의 애국심은 여전히 불타올랐고, 그는 씁쓸하고 고통스러운 마음으로 그가 즐겨 쓰는 말을 거듭 되뇌었다.

"모두 어리석은 짓거리야!…… 그런 어리석은 짓거리로는 아무것도 변화시키지 못할 거라고!"

그는 여전히 씁쓸함이 느껴지는 목소리를 더 낮추고서 그가 오랫동안 꿈꿔던 동지애에 관한 이야기를 들려주었다. 그는 노동 공동체라는 새로운 사회를 만들 수 있으리라는 희망으로 노동자들과 함께하기 위해 자신의 사회적 지위와 재물을 모두 포기했다. 그의 주머니에 있던 동전들은 오랫동안 탄광촌 아이들에게로 건네졌고, 그는 광부들의 경계심에도 웃어 보이며 그들을 형제와 같은 애정으로 대했으며, 성실하고 과묵하며 차분한 성정을 지닌 노동자의 이미지로 그들에게 다가가려 노력했다. 하지만 결국 그들과 하나가 되는 데 실패한 그는 그들에게 영원한 이방인으로 머물면서 모든 인연에 무관심한 채, 허영심과 쾌락의 유혹에 굴복하지 않고 자신의 신념을 지키며 살아가고 있었다. 그리고 오늘은 특히 아침부터 여러 신문의 사회면을 장식한 어느 잡보雜報 기사에 분노하며 안절부절못하고 있었다.

그러다가 그는 갑자기 목소리가 달라지더니 눈빛을 번득이며 에티엔을 똑바로 바라보고 큰 소리로 외쳤다.

"자넨 이해가 되나, 응? 마르세유에서 모자 제조인 두 명이 십만 프랑짜리 복권에 당첨되자마자 그 즉시 국채를 샀다는 거야. 이제 아무것도 하지 않고 살 거라고 선언하면서 말이지!…… 그래, 이게 바로 당신네들이 바라는 거야, 당신들은 다 똑같다고. 여기 프랑스 노동자들은 보물을 캐내서는 이기주의와 나태함 속에 틀어박힌 채 혼자서만 잘 먹고 잘살려 하고 있어. 평소에는 부자들에게 반기를 들고 불평불만을 늘어놓는 것 같아도, 막상 자신에게 뜻하지 않은 재물이 생기면 그걸 가난한 이들과 나눌 수 있는 용기가 없다는 말이지…… 당신네들이 자기만의 재물을 소유하려 하거나, 부르주아를 향한 반감이 단지 그들 대신 부르주아가 되려는 욕심에서 비롯된 거라면, 당신들은 절대 행복해질 자격이 없는 거야."

그의 말에 라스뇌르는 웃음을 터뜨렸다. 마르세유의 두 노동자가 그렇게 엄청난 돈을 포기해야만 한다는 발상이 터무니없다는 생각이

들었기 때문이다. 하지만 수바린은 낯빛이 창백해지면서 얼굴이 일그러지다못해 흉측하게 변했다. 그는 세상 사람들을 모두 절멸해버리고자 하는 종교적인 분노에 휩싸여 소리쳤다.

"당신네들은 잡초처럼 하나도 남김없이 베이고 제거돼서 쓰레기통 속에 버려질 거야. 그리고 이 땅에서 당신들처럼 비겁하고 쾌락만 좇는 무리를 모두 없애버릴 그분이 새로 태어나실 거야. 여기, 내 두 손이 보이지! 이 두 손으로 할 수만 있다면, 이 세상을 이렇게 움켜쥐고 마구 흔들어 잘게 부숴버릴 거야. 당신들이 몽땅 그 잔해 밑에 깔려 죽어버리게 말이야."

"말 한번 아주 시원하게 잘하네!" 라스뇌르 부인은 그의 말에 납득이 간다는 표정으로 공손하게 같은 말을 반복했다.

한동안 침묵이 흐른 뒤, 에티엔은 또다시 벨기에에서 데려왔다는 광부들 이야기를 꺼냈다. 그는 수바린에게 르 보뢰 탄광에서 작업 재개와 관련해 어떤 조치를 취했는지를 물었다. 하지만 다시 자신만의 생각에 빠진 기계공은 대답을 하는 둥 마는 둥 했다. 그가 아는 거라고는 갱을 지키는 군인들에게 실탄을 나눠주기로 했다는 사실뿐이었다. 그런데 그는 왠지 허전한 듯 무릎 위를 신경질적으로 더듬거리던 손가락의 움직임을 점점 더 빨리하다가 불현듯 그 이유를 깨달았다. 그의 손가락이 아까부터 내내 찾고 있던 것은 손가락에 익숙한, 그의 마음을 달래주는 토끼의 부드러운 털이었다.

"그런데 폴로뉴는 어디 있죠?" 수바린이 물었다.

주점 주인은 자기 아내를 바라보며 다시 웃음을 터뜨렸다. 그러고는 잠시 머뭇거리다가 마침내 결심한 듯 말했다.

"폴로뉴 말인가? 지금 아주 따뜻한 곳에 있다네."

장랭과 그런 모험을 겪은 후 아마도 그때 부상을 입었는지, 뚱뚱한 토끼는 그뒤로 죽은 새끼만 낳았다. 그래서 쓸데없이 식량을 축내지 않기 위해 라스뇌르 부부는 바로 그날, 토끼를 감자와 함께 요리하기로 결정했던 것이다.

"그렇다니까. 자네가 오늘 저녁에 먹은 넓적다리가 그거였다니까…… 모르겠나? 자네가 맛있다고 손가락까지 쪽쪽 핥지 않았나!"

수바린은 처음에는 무슨 말인지 이해하지 못했다. 그러다가 이내 얼굴이 창백해지더니 토할 것처럼 턱이 일그러졌다. 엄청난 인내심에도 불구하고 그의 눈가에는 굵은 눈물방울이 그렁그렁 맺혔다.

하지만 다른 사람들이 그의 감정 변화를 미처 알아차리기도 전에 문이 벌컥 열리더니 샤발이 나타났다. 그는 카트린을 자기 앞으로 떠밀면서 주점 안으로 들어섰다. 몽수의 모든 술집을 누비고 다니면서 맥주와 허세에 잔뜩 취한 샤발은 아방타주로 가서 옛 동료들에게 자기가 아무것도 두려워하지 않는다는 것을 보여주고 싶어했다. 그는 주점 안으로 들어서면서 카트린에게 큰 소리로 말했다.

"얼른 들어가라니까! 여기서 맥주 한잔 더 하고 가자고. 어떤 놈이건 날 삐딱하게 쳐다보는 놈은 가만두지 않을 거야!"

카트린은 에티엔을 발견하고는 깜짝 놀라며 낯빛이 창백해졌다. 그녀 다음으로 그를 알아본 샤발은 악의에 찬 얼굴로 히죽거렸다.

"라스뇌르 부인, 여기 맥주 두 잔이요! 탄광에서 작업이 재개되는 걸 축하해야 하거든요."

라스뇌르 부인은 누구에게도 절대 술을 내주기를 거절하지 않는 주점 여주인답게 군말 없이 그들에게 맥주를 따라주었다. 그리고 침묵이 흘렀다. 주점 주인도, 다른 두 남자도 자기 자리에서 꼼짝하지 않았다.

"나더러 탄광회사의 끄나풀이라고 한 작자들이 있는 걸로 아는데." 샤발이 오만한 표정으로 다시 말했다. "어디 내 얼굴을 보면서 다시 한번 그렇게 말해보시지. 우리 이참에 서로 끝장을 내자고."

그러나 아무도 그의 말에 대꾸하지 않았다. 남자들은 고개를 돌리고 벽 쪽을 바라보는 척했다.

"세상에는 일하지 않는 게으름뱅이도 있고 그렇지 않은 사람도 있는 거야." 샤발은 목소리를 높이며 계속 떠들어댔다. "난 아무것도 감출 게 없단 말이지. 나는 드뇔랭의 더러운 탄광을 때려치우고 내일 르보뢰에서 열두 명의 벨기에인 광부들하고 함께 갱으로 내려갈 거야. 회사에서 이 몸한테 그들을 통솔하라는 임무를 맡겼거든. 왜냐하면 그들은 나란 사람을 존중하기 때문이지. 그게 불만스러운 사람 있으면 어디 한번 말해보라고. 얼마든지 상대해줄 용의가 있으니까."

그의 도발에도 불구하고 여전히 냉랭한 침묵이 이어지자 샤발은 카트린에게 역정을 내며 쏘아붙였다.

"왜 술을 안 마시는 거야, 젠장!…… 일하지 않으려는 게으른 것들은 몽땅 뒈져버리라고 나랑 건배를 하잔 말이야!"

카트린이 몹시 떨리는 손으로 건배를 하는 바람에 두 술잔이 쨍그랑하고 부딪치는 소리가 들렸다. 그런 다음 샤발은 술꾼의 과시욕을 드러내며 주머니에서 하얀 동전 한줌을 꺼내 탁자에 늘어놓았다. 그러고는 그 돈은 자기 땀으로 번 것이며, 일하지 않는 게으른 자들이 단돈 10수라도 있는지 어디 한번 보여줘보라며 비아냥거렸다. 그러다 동료들이 계속 그의 말에 아무런 반응을 보이지 않자 이번에는 직설적으로 모욕을 하기에 이르렀다.

"이제 보니까 두더지들은 밤에만 나오는가보지? 헌병들이 잠들고 나면 불한당들이 활개를 치는 건가?"

그러자 에티엔이 자리에서 일어나 아주 차분하고 단호한 태도로 말했다.

"듣자 듣자 하니까 정말 더이상 못 들어주겠군…… 그래, 넌 끄나풀이 맞아. 네 돈에서는 여전히 배신의 악취가 풍기거든. 너 같은 배신자하고 살이 맞닿는다는 생각만 해도 역겹다고. 하지만 좋아! 내가 널 상대해주지. 어차피 이미 오래전부터 너하고 나 둘 중 하나는 진작 사라졌어야 했으니까."

샤발은 두 주먹을 불끈 쥐면서 외쳤다.

"그래, 어서 덤벼보라고! 이제야 발끈해서 나서다니, 비열한 겁쟁이 같으니라고!…… 너 혼자라면 얼마든지 상대해주지! 네놈들이 내게 한 더러운 짓거리들을 네놈한테 되갚아주마!"

카트린은 애원하는 듯한 얼굴로 두 팔을 내밀면서 두 남자 사이로 나섰다. 하지만 그들은 그녀를 밀어낼 필요조차 없었다. 두 남자의 싸움이 필요하다는 것을 느낀 카트린이 스스로 천천히 뒤로 물러선 것이다. 그리고 겁에 잔뜩 질려서는 벽에 기대선 채 온몸이 마비된 듯 꼼짝하지 않았다. 그녀는 아무 말 없이 휘둥그레진 눈으로 자신 때문에 서로를 죽이려고 드는 두 남자를 지켜보았다.

라스뇌르 부인은 카운터에 놓인 맥주잔들이 깨질세라 조용히 잔들을 치웠다. 그런 다음 호기심을 대놓고 드러내진 않은 채 다시 긴 의자로 가 자리를 잡고 앉았다. 하지만 라스뇌르는 한때 동료였던 두 사람이 서로를 해치는 것을 그냥 보고만 있을 수는 없었다. 그가 그들 사이로 자꾸만 끼어들려고 하자 수바린이 그의 어깨를 붙잡아 탁자 옆으로 데려오면서 말했다.

"이건 그쪽하고는 상관없는 일입니다…… 둘 중 하나는 없어져야 하니 더 강한 자가 살아남겠지요."

이미 샤발은 상대의 공격을 기다리지 않고 불끈 쥔 두 주먹을 먼저 허공에 날렸다. 둘 중 키가 더 크고 몸짓이 어설픈 그는 허리를 세차게 움직여 상대의 얼굴을 겨냥해 마치 한 쌍의 검을 놀리듯 두 팔을 차례로 내뻗었다. 그는 구경꾼들을 의식하며 스스로를 더 자극하려는 듯 상대에게 욕설을 퍼부으면서 계속 떠들어댔다.

"그래, 어디 한번 덤벼보라고, 이 기생오라비 같은 놈, 내가 그 코를 납작하게 해줄 테니까! 네놈의 코를 박살내서 쓰레기통에 던져버릴 거야!…… 그러니까 그 계집애 같은 잘난 면상을 어디 한번 내밀어보시지. 그 얼굴을 짓이겨서 돼지 먹이로 줘버릴 테니까. 그러고 나서도 그 더러운 계집들이 널 쫓아다닐지 몹시 궁금해지는걸!"

에티엔은 말없이 이를 악문 채 작달막한 몸을 웅크렸다. 그는 두 주먹으로 가슴과 얼굴을 가리고서 정확히 가격할 수 있는 기회를 엿보았다. 그러다 상대에게 빈틈이 보이면 팽팽히 당겨진 용수철이 튀어나가듯 두 손을 쭉 내뻗으며 맹렬한 공격을 가했다.

그들은 처음에는 서로에게 별로 큰 타격을 입히지는 않았다. 한 사람이 요란하게 팔을 휘두르며 위협적인 몸짓을 하는 동안, 다른 한 사람은 담담하게 기다리는 식으로 싸움을 길게 이어갔다. 그 와중에 의자 하나가 넘어졌고, 두 남자의 커다란 신발이 널돌 위에 뿌려둔 새하얀 모래를 짓이겼다. 하지만 어느 정도 시간이 지나자 그들의 헐떡이는 거친 숨소리가 들려왔다. 두 남자 모두 벌겋게 부풀어오른 얼굴 안쪽에서 불이 타오르는 듯 투명한 눈구멍에서 불꽃이 비쳐 보였다.

"옳거니!" 샤발이 쾌재를 불렀다. "내가 네 몸뚱어리를 맞힌 거야!"

과연 그의 주먹이 비스듬히 던진 도리깨처럼 상대의 어깨에 매서운 일격을 가했다. 에티엔은 고통스러운 신음을 간신히 억눌렀다. 그의 근육을 강타하는 둔탁한 소리만 들려왔을 뿐이다. 그는 상대의 가슴 한복판을 향해 똑바로 주먹을 날리는 것으로 응답했다. 끊임없이 염소처럼 껑충거리면서 몸을 피하지 않았더라면 샤발은 단번에 나가떨어지고 말았을 것이다. 그러다 에티엔의 거센 주먹이 그의 왼쪽 옆구리를 정통으로 후려치자 그는 숨을 멈춘 채 비틀거렸다. 샤발은 고통 때문에 팔심이 빠지는 것을 느끼며 분노에 휩싸였다. 그리하여 짐승처럼 달려들면서 그의 배를 향해 발길을 날렸다.

"이거나 받아라! 네놈 배를 뚫어주마!" 그는 목멘 소리로 더듬거렸다. "네놈 창자가 햇빛 구경을 하게 해주지!"

아슬아슬하게 샤발의 발길질을 피한 에티엔은 공정한 싸움의 규칙을 어긴 상대에게 격분해 침묵을 깨뜨리며 소리쳤다.

"닥쳐, 이 무식한 놈! 치사하게 발을 쓰다니, 빌어먹을! 경고하는데, 또다시 그랬다간 의자로 널 박살내줄 거야!"

싸움은 더욱더 치열한 양상을 띠어갔다. 그 광경에 진저리가 난 라스뇌르는 자신을 붙잡는 아내의 무서운 눈초리만 아니었다면 또다시 개입해 싸움을 뜯어말렸을 것이다. 우리 주점에서 손님들이 마음대로 담판을 지을 권리도 없다는 거야? 응? 라스뇌르는 벽난로 앞으로 가서 서는 것으로 만족해야 했다. 둘이 싸우다가 함께 불속으로 거꾸러질까봐 겁이 났던 것이다. 수바린은 평온한 얼굴로 담배를 말고는 불을 붙이지 않은 채 그대로 들고 있었다. 카트린은 벽에 붙어 서서 꼼짝 않고 그들을 지켜보았다. 그녀의 두 손만이 자신도 모르게 허리까지 올라와 규칙적으로 경련을 일으키며 옷자락을 뜯어낼 것처럼 비틀고 있었다. 그녀가 할 수 있는 일이라고는 소리지르지 않으려고 애쓰는 것뿐이었다. 자칫 자신이 두 남자 중 누굴 더 좋아하는지 드러냈다가는 그로 인해 누구 하나가 죽을지도 모르는 일이었다. 더구나 그녀조차 너무 혼란스러워서 이젠 자기가 누구를 더 좋아하는지도 헷갈릴 지경이었다.

이윽고 샤발은 땀범벅으로 진이 빠진 채 아무데나 마구 주먹을 휘둘렀다. 에티엔은 끓어오르는 분노에도 여전히 자기 몸을 막아가며 모든 공격에 대비했다. 그러다 가끔씩 상처를 입기도 했다. 샤발의 공격에 한쪽 귀가 찢어지고, 그의 손톱에 목덜미 살점이 떨어져나갔다. 상처가 하도 쓰라려서 이번에는 에티엔이 욕을 하면서 팔을 힘껏 뻗어 주먹을 날렸다. 샤발은 다시 한번 깡충 뛰어 가슴이 가격당하는 것을 피했다. 하지만 그러다 몸을 숙이는 바람에 에티엔의 주먹에 얼굴을 정통으로 맞아 코가 찌그러지고 눈이 움푹 들어갔다. 그 즉시 그의 코에서 피가 솟구치고 눈두덩이 시퍼렇게 부어올랐다. 이제 시뻘건 피 때문에 눈앞이 흐려지고 머리에 맞은 한 방으로 정신이 얼얼해진 비참한 샤발은 두 팔을 허공에 대고 마구 휘둘렀다. 그러다 에티엔이 또다시 날린 주먹 한 방에 가슴을 정통으로 맞고는 결정적으로 쓰러져버렸다. 그가 뒤로 넘어지자, 마치 수레에서 석고가 가득 든 자루를 내려놓을 때처럼 쿵하는 소리가 났다.

에티엔은 잠시 기다렸다가 말했다.

"일어나. 네가 원한다면, 다시 시작해보자고."

샤발은 아무 대꾸 없이 잠시 멍하니 있다가 바닥에 앉은 채로 몸을 움직여보고 손발을 쭉 폈다. 그리고 가까스로 몸을 일으켜 무릎을 꿇고 앉더니 몸을 웅크린 채 주머니에서 몰래 무언가를 꺼냈다. 다시 일어선 그는 목의 힘줄이 튀어나올 정도로 짐승 같은 거친 소리를 내며 다시 에티엔에게 달려들었다.

그게 뭔지 알아차린 카트린은 저도 모르게 가슴에서 우러나오는 외침을 뱉어냈다. 카트린은 그동안 그녀 자신조차 몰랐던 마음의 선호選好를 고백하는 듯한 그 외침에 스스로도 깜짝 놀랐다.

"조심해! 칼을 가지고 있어!"

에티엔은 샤발의 첫번째 공격을 한 팔로 막아낼 시간밖에 없었다. 그의 모직 스웨터가 단검의 두꺼운 칼날에 잘려나갔다. 회양목 손잡이에 구리 칼코등이를 고정시킨 칼이었다. 에티엔이 재빨리 샤발의 손목을 움켜쥐면서 둘 사이에 치열한 몸싸움이 벌어졌다. 에티엔은 손을 놓으면 자기는 죽은 목숨이라는 것을 느꼈고, 상대방은 그의 손아귀에서 벗어나 그를 공격하기 위해 발버둥쳤다. 칼날이 조금씩 아래로 처지면서 그들의 경직된 손에서 점점 힘이 빠지는 동안 에티엔은 두 번씩이나 살갗에 와 닿는 단검의 차가운 기운을 느꼈다. 그가 마지막으로 사력을 다해 엄청난 힘으로 샤발의 손목을 비틀자 손바닥이 펴지며 단검이 미끄러져내렸다. 그러자 두 사람이 동시에 바닥으로 몸을 날렸고, 이번에는 에티엔이 단검을 먼저 주워 샤발을 향해 휘둘렀다. 그는 뒤로 넘어진 샤발을 무릎으로 제압하고는 단검으로 목을 따겠다고 위협했다.

"아! 이 비열한 배신자, 널 죽여버릴 거야!"

그의 안에서 터져나온 끔찍한 목소리가 그 자신의 귀를 먹먹하게 했다. 그의 깊은 뱃속에서 우러나오면서 머릿속을 망치로 때리는 듯한 소리였다. 갑작스러운 살인의 충동, 피를 갈망하는 절절한 욕구였다. 지금까지 이렇게 크나큰 충동을 느낀 적은 한 번도 없었다. 게다가 그는 지금 술에 취한 것도 아니었다. 그는 강간의 충동을 억누르고자 몸부림치는 광기 어린 연인처럼 절망적으로 몸을 떨면서 자신의 핏속에 흐르는 유전적인 악을 극복하려 애썼다. 마침내 간신히 충동을 억누른 에티엔은 자기 뒤로 단검을 내던지면서 거친 목소리로 더듬거렸다.

"일어나, 그리고 꺼져버려!"

이번에는 라스뇌르도 앞으로 달려나왔지만, 그러다 칼이라도 맞을까 겁이 나서 감히 두 남자 사이에 끼어들 엄두를 내지 못했다. 그는 자기 주점에서 누군가가 죽는 것을 원치 않았다. 그가 큰 소리로 역정을 내자, 카운터에 서 있던 그의 아내는 언제나 공연히 앞서간다며 그에게 비아냥거렸다. 다리 사이로 단검이 날아올 뻔했던 수바린은 담배에 불을 붙이기로 했다. 이제 다 끝난 건가? 카트린은 넋이 나간 듯한 얼굴로, 아직 멀쩡하게 살아 있는 두 남자를 번갈아 쳐다보았다.

"꺼지라고 했을 텐데!" 에티엔이 거듭 말했다. "얼른 꺼지지 않으면 널 끝장내줄 거야!"

샤발은 몸을 일으켜, 멈추지 않고 흐르는 코피를 손등으로 닦아냈다. 그는 턱이 피로 범벅이 되고 눈에는 멍이 든 채 패배자의 분노가 가득한 얼굴로 두 다리를 질질 끌며 그곳을 떠났다. 카트린은 기계적으로 그를 따라갔다. 그러자 몸을 바로 세운 샤발이 증오심을 폭발시키며 그녀에게 욕설을 퍼부었다.

"저리 가지 못해! 뻔뻔스럽게 어딜 따라오겠다는 거야! 저놈이 그렇게 좋으면 저놈하고 어디 실컷 뒹굴어보라고, 더러운 년! 살고 싶으면 다신 내 집에 발을 들여놓지 않는 게 좋을 거야!"

그는 쾅하고 문을 닫았다. 미지근한 온기가 느껴지는 주점 홀에는 또다시 무거운 정적이 흘렀고, 석탄이 조그맣게 타닥거리며 타오르는 소리 외에는 아무 소리도 들리지 않았다. 보이는 것이라곤, 바닥에 넘어진 의자와, 널돌 위의 모래가 조금씩 빨아들여 생긴 벌건 핏자국뿐이었다.

4

라스뇌르의 주점을 나온 에티엔과 카트린은 말없이 걸어갔다. 그사이 눈이 녹기 시작했다. 아직 차가운 날씨 탓에 눈이 더디게 녹아 땅이 더러워져 있었다. 납빛 하늘에는, 거센 바람이 아주 높이 말아올리는 시커먼 누더기 같은 커다란 구름 뒤로 둥근 달이 언뜻언뜻 보였다. 땅에서는 바람 한 점 불지 않았고, 사박사박해진 하얀 눈덩이가 힘없이 떨어져내리면서 지붕에서 물 흘러내리는 소리가 들려올 뿐이었다.

갑자기 자신의 차지가 된 여자 때문에 난처해진 에티엔은 아무런 할말을 찾지 못하고 내내 어색해했다. 카트린을 데리고 레키야르의 은신처에서 숨어 지낸다는 것은 말이 안 되는 것 같았다. 그는 그녀를 탄광촌의 부모 집으로 데려다주려고 했다. 하지만 카트린은 겁에 질린 얼굴로 도리질을 쳤다. 아니, 아니, 그럴 수는 없다. 그렇게 비열하게 가족들 곁을 떠나온 주제에 다시 그들에게 부담을 줄 수는 없다! 두 사람은 더이상 아무 말도 하지 않고 진흙의 강으로 변해버린 길을 따라 발길 닿는 대로 터벅터벅 걸어갔다. 처음에는 르 보뢰를 향해 내려가다가 오른쪽으로 돌아 폐석 더미와 운하 사이의 길을 지나갔다.

"하지만 어디서든 자긴 해야 하잖아." 이윽고 에티엔이 다시 말했다. "나한테 방 한 칸만 있어도 널 당장 데려가겠지만……"

그때 갑자기 부끄러운 생각이 들어 그는 말을 잇지 못했다. 예전에 그들이 함께 보냈던 순간이 떠오른 것이다. 서로를 간절히 원했던 일, 둘 사이의 미묘했던 순간들, 그리고 수치심 때문에 둘이 함께하지 못했던 일. 그런데 지금 이처럼 당혹감과 함께 차츰 새로운 욕망으로 가슴이 뜨거워지는 걸 보면 그는 아직도 그녀를 원하고 있는 게 아닐까? 가스통마리에서 카트린이 그의 뺨을 때린 기억이 되살아나면서 불쾌한 기분이 느껴지기는커녕 오히려 흥분되는 것 같았다. 그리고 그녀를 레키야르로 데려가는 것이 지극히 자연스럽고 쉬운 일로 느껴져 스스로도 놀랄 정도였다.

"말해봐, 어떻게 할 거야? 내가 어디로 데려가줬으면 좋겠어?…… 내가 그렇게 싫은가? 그래서 나랑 같이 가지 않으려고 그러는 건가?"

수레바퀴 자국을 따라가던 카트린은 나막신이 자꾸만 미끄러지는 바람에 걸음이 늦어져 천천히 그의 뒤를 따라갔다. 그녀는 그의 채근에 고개도 들지 않고 혼잣말처럼 중얼거렸다.

"난 이미 고통을 겪을 만큼 겪었어, 맙소사! 그러니까 더이상 날 힘들게 하지 말아줘. 당신 말대로 한다고 해서 달라질 게 뭐가 있는데? 난 이미 남자가 있고, 당신도 여자가 있잖아?"

카트린은 지금 라 무케트 이야기를 하고 있었다. 그녀는 보름 전부터 나도는 소문처럼, 에티엔이 라 무케트와 같이 지낸다고 믿고 있었다. 에티엔이 절대 아니라고 맹세하자 카트린은 고개를 저었다. 어느 날 저녁 열정적으로 키스를 하는 두 사람을 그녀 눈으로 똑똑히 보았던 것이다.

"우리가 왜 이렇게 바보 같은 말을 하고 있는 거지?" 에티엔이 가던 걸음을 멈추고 나직이 말했다. "우린 서로 정말 잘 지낼 수 있었을 텐데!"

카트린은 몸을 살짝 떨면서 대답했다.

"오, 그렇게 아쉬워할 거 없어. 당신은 잃은 게 하나도 없으니까. 내가 얼마나 형편없는 여자인지 잘 몰라서 그래. 난 버터 이 수어치만큼도 안 되게 조그만데다 생전 가도 진짜 여자가 되기는 힘들 거란 말이야!"

그녀는 마음속에 담아둔 이야기를 계속 쏟아내면서 아직까지 사춘기가 오지 않은 것을 자기 탓으로 돌렸다. 그녀는 남자가 있는데도 사춘기가 늦어지는 바람에 더욱 위축되었고, 여전히 어린 소녀처럼 취급받았다. 그나마 아이라도 낳을 수 있다면 변명이라도 될 터였다.

"가엾은 여자!" 에티엔은 깊은 연민에 사로잡혀 나직이 중얼거렸다.

그들은 거대한 무더기의 그림자에 가려진 채 폐석 더미 아래쪽에서 있었다. 마침 시커먼 구름이 달을 가려 얼굴조차 분간되지 않는 가운데 서로의 숨결이 뒤섞이고, 지난 몇 달간 채워지지 않는 욕망에 부대끼며 갈망해왔던 입맞춤을 위해 서로의 입술을 찾았다. 그러다 갑자기 달이 다시 모습을 드러내면서, 그들의 머리 위쪽으로 달빛이 하얗게 비치는 바위산 꼭대기에 르 보뢰 탄광을 지키는 초병이 우뚝 서 있는 게 보였다. 그러자 두 사람은 끝내 키스를 하지 못하고 머뭇거리다 서로의 몸에서 멀어졌다. 분노와 막연한 혐오감, 그리고 진실한 우정이 뒤섞인 해묵은 수줍음 때문이었다. 그들은 발목까지 진창에 빠져가면서 무거운 발걸음으로 다시 길을 떠났다.

"마음 정했어? 싫은 거야?" 에티엔이 물었다.

"응, 싫어." 카트린이 말했다. "샤발 다음에 당신이랑 그러는 게 말이 돼? 당신 다음에는 또다른 남자랑 그러고…… 싫어, 정말 역겨워. 난 하나도 좋지 않은데 왜 그래야 하지?"

그들은 다시 입을 다물고 서로 한마디도 없이 백여 걸음을 걸어갔다.

"어디로 갈지는 정한 거야?" 에티엔이 다시 말했다. "이 야밤에 밖에 널 혼자 내버려두고 갈 수는 없어."

카트린은 담담하게 말했다.

"집에 갈 거야, 샤발은 내 남자야, 그 사람을 놔두고 다른 데서 잘 수는 없어."

"하지만 그치는 널 때려죽이려 들 거야!"

그들 사이에 다시 침묵이 흘렀다. 카트린은 체념한 듯 어깨를 으쓱해 보였다. 그는 그녀를 때릴 것이다. 그러다 때리는 게 지겨워지면 그만두지 않겠는가. 그래도 창녀처럼 길거리를 헤매는 것보다는 그 편이 낫지 않겠는가? 게다가 그녀는 따귀를 맞는 데 익숙해져 있었다. 카트린은 젊은 여자 열 명 중 여덟은 자기보다 처지가 더 낫지 않을 거라며 스스로를 달랬다. 그리고 언젠가 자신의 남자가 자기와 결혼한다면 그녀로서는 고마운 일일 것이다.

에티엔과 카트린은 기계적으로 몽수로 향했다. 그리고 그곳에 가까워질수록 침묵하는 시간이 점점 더 길어졌다. 마치 두 사람이 한 번도 같이 있었던 적이 없는 것처럼 느껴졌다. 에티엔은 샤발에게로 다시 돌아가는 카트린을 보며 마음이 몹시 아팠지만, 그녀의 마음을 돌릴 방법을 찾지 못했다. 그녀에게 줄 게 아무것도 없다고 생각하니 가슴이 미어지는 듯했다. 가난과 도주뿐인 삶, 내일을 기약할 수 없는 하룻밤이 그가 가진 전부였다. 언제라도 군인이 쏜 총에 머리가 깨져 죽을 수도 있었다. 그래, 공연히 또다른 고통을 자초하느니 어쩌면 이대로 고통받을 만큼 받는 게 더 현명할지도 몰랐다. 그는 고개를 숙인 채 더이상 아무런 요구도 하지 않고 카트린을 그녀의 남자가 있는 곳으로 데려다주었다. 그때, 피케트 주막에서 20미터 떨어진 대로의 탄광회사 현장 모퉁이에서 카트린이 그를 멈춰 세우며 말했다.

"더는 따라오지 않는 게 좋겠어. 그 사람이 당신을 봤다간 또 무슨 사달이 날지 모르니까."

교회에서 열한시를 알리는 종이 울렸다. 주막은 문이 닫혀 있었지만, 덧문 틈새로 희미한 빛이 새어나오고 있었다.

"잘 가." 카트린이 속삭였다.

그녀는 에티엔에게 손을 내밀었다. 그가 한참 동안 손을 놓아주지 않아 그녀는 그를 떠나보내기 위해 아주 천천히 힘겹게 손을 빼내야 했다. 그런 다음 뒤도 돌아보지 않고 빗장이 걸려 있지 않은 조그만 문을 통해 주막 안으로 들어갔다. 하지만 에티엔은 그 자리를 떠나지 않고 안에서 일어날 일을 염려하면서 계속 그 집을 지켜보며 서 있었다. 귀를 쫑긋 세우고 있던 그는 집안에서 두들겨 맞는 여인의 비명이 들려오는 것만 같아 몸을 떨었다. 하지만 집안은 여전히 캄캄하고 조용한 가운데 이층의 한 창문에서 불이 켜지는 게 보였다. 그리고 그 창문이 열리면서 가냘픈 그림자 하나가 길 쪽으로 몸을 내밀었다. 에티엔이 앞으로 다가가자, 카트린은 나직한 목소리로 속삭이듯 말했다.

"그 사람은 아직 안 들어왔어, 난 이제 잘 거야⋯⋯ 그만 돌아가 줘, 부탁이야!"

에티엔은 그곳을 떠났다. 눈이 점점 많이 녹아내려 지붕마다 소나기처럼 물이 줄줄 흘러내리고, 벽과 판자 울타리, 그리고 짙은 어둠에 잠긴 변두리 산업 도시의 모든 건물이 땀을 흘리는 것처럼 축축하게 젖어 있었다. 그는 처음에는 지칠 대로 지치고 슬픈 마음으로 레키야르로 향했다. 그곳으로 돌아가 땅속으로 사라져버리고 싶은 생각뿐이었다. 그러다 다시 르 보뢰 탄광으로 가야겠다는 생각이 들었다. 곧 갱으로 내려갈 벨기에 광부들과, 자신들의 갱에 이방인을 들이는 것을 용납하지 않기로 마음먹고 자신들을 가로막는 군인들을 향해 분노하는 탄광촌 동료들이 떠올랐던 것이다. 그리하여 그는 녹아내린 눈 때문에 생긴 진창을 헤치고 다시 운하를 따라 걸어갔다.

에티엔이 폐석 더미 가까이 되돌아왔을 때는 달빛이 환하게 세상을 비추고 있었다. 그는 고개를 들어 하늘을 쳐다보았다. 마치 높은 곳에서 불어오는 바람이 채찍질이라도 하는 양 구름이 빠르게 하늘을 질주하고 있었다. 하지만 이내 달 표면을 지나면서 색이 하얘지고 가늘게 흩어진 구름은 탁한 물처럼 흐릿한 투명함을 띠었다. 그러더니 흘러가듯 빠르게 연이어 지나가는 구름에 잠깐씩 가려졌던 달은 이제 내내 투명한 모습을 드러냈다.

그 순수한 빛을 눈에 가득 담고 고개를 숙이던 에티엔은 폐석 더미 위의 광경에 눈길을 고정시켰다. 추위에 몸이 뻣뻣하게 굳은 초병이 그 위를 끊임없이 오가고 있었다. 마르시엔 쪽으로 돌아서서 스물다섯 보를 갔다가 다시 몽수 쪽으로 돌아오는 식이었다. 희끄무레한 하늘을 배경으로 또렷이 두드러지는 검은 실루엣 위로 총검에서 반사되어 번득이는 새하얀 빛이 보였다. 무엇보다 에티엔의 눈길을 끈 것은, 바람이 거세게 부는 날 밤이면 본모르 영감이 몸을 피하는 오두막 뒤에서 조심스럽게 움직이는 그림자였다. 에티엔은 살금살금 기어가는 짐승의, 휜담비처럼 기다랗고 유연한 등을 보고는 그가 장랭임을 금세 알아차렸다. 초병은 그의 존재를 알아차리지 못했다. 저 악동이 무슨 고약한 짓을 꾸미고 있는 게 분명했다. 장랭은 여전히 군인들에 대한 원망을 쏟아내고 있었다. 그는 총으로 사람들을 죽이기 위해 이곳에 온 저 살인자들을 언제쯤 없애버릴 수 있겠냐고 묻곤 했다.

에티엔은 장랭이 바보 같은 짓을 하지 못하게 그를 부를까 말까 잠시 망설였다. 구름 뒤로 달이 모습을 감춘 사이 아이가 튀어나갈 준비를 하며 몸을 웅크리는 게 보였다. 하지만 이내 달이 다시 모습을 드러냈고, 아이는 잔뜩 웅크린 채 숨죽이고 있었다. 초병은 매번 오두막까지 갔다가는 다시 뒤로 돌아 왔던 길로 되돌아갔다. 그리고 구름이 다시 세상을 어둠에 잠기게 하자마자, 갑자기 야생 고양이처럼 날렵하게 초병의 어깨 위로 튀어오른 장랭이 양쪽 손가락들을 사용해 그의 몸에 찰싹 달라붙었다. 그러고는 칼집에서 뺀 단검을 초병의 목덜미에 힘껏 찔러넣었다. 그런데 말총 깃이 걸리적거리는 바람에 장랭은 두 손으로 칼의 손잡이를 꼭 쥐고 온몸의 힘을 실어 세게 찔러야 했다. 그는 종종 농가 뒤쪽에서 닭들을 몰래 덮쳐 멱을 따곤 했다. 이 모든 게 너무도 순식간에 벌어진 일이라 초병의 숨죽인 외마디 비명만이 짙은 어둠을 갈랐다. 그가 들고 있던 소총은 고철 소리를 내며 땅바닥으로 떨어졌다. 그사이 다시 모습을 드러낸 달은 차가운 백색으로 빛나고 있었다.

눈앞에서 펼쳐지는 광경에 소스라치게 놀란 에티엔은 몸이 얼어붙은 듯 꼼짝도 못한 채 여전히 지켜보고 있었다. 장랭을 향해 외치려던 소리는 목이 메어 가슴속으로 잦아들었다. 이제 폐석 더미 위쪽은 텅 비어 있었고, 놀라 달아나는 구름들 뒤로 작은 그림자 하나 눈에 띄지 않았다. 폐석 더미 위로 달려올라간 에티엔은 두 팔을 크게 벌린 채 뒤로 나자빠진 시신 옆에 납작 엎드려 있는 장랭을 발견했다. 투명하게 비치는 달빛 아래, 붉은색 바지와 회색 군용 외투가 눈 속에서 극명하게 두드러져 보였다. 하지만 피는 한 방울도 보이지 않았다. 단검이 손잡이까지 깊이 박힌 채 여전히 시신의 목덜미에 꽂혀 있었기 때문이다.

격분한 에티엔은 자기도 모르게 주먹을 휘둘러 아이를 주검 옆으로 쓰러뜨렸다.

"대체 왜 이런 짓을 한 거야?" 그는 얼빠진 사람처럼 중얼거렸다.

몸을 일으킨 장랭은 가냘픈 등을 고양이처럼 부풀리고 두 팔로 기어갔다. 그의 커다란 귀와 튀어나온 턱과 초록빛 눈은 악행의 충격으로 전율하며 불타고 있었다.

"어디 한번 말해봐! 대체 왜 이런 짓을 한 거야?"

"나도 몰라요. 그냥 그러고 싶었어요."

장랭은 그 말밖엔 하지 않았다. 그는 사흘 전부터 그러고 싶다는 생각이 들었다. 그 생각이 내내 그를 따라다니면서 괴롭혔다. 어찌나 많이 생각했던지, 여기, 귀 뒤쪽 머리가 아파올 정도였다. 그들의 갱에서 광부들을 방해하는 비열한 군인들 때문에 불편함을 참아야 하는 이유가 뭐란 말인가? 숲속에서 들은 격렬한 연설과 갱들을 누비면서 외쳐댔던 파괴와 죽음을 부추기는 외침 중에서 아이가 기억하는 말은 대여섯 마디가 고작이었다. 아이는 혁명 놀이를 하는 어린애처럼 그 말들을 계속 읊어댔다. 그것이 아이가 아는 전부였다. 아무도 그러라고 시킨 적도 없고, 그냥 저 혼자 그런 생각이 들었을 뿐이다. 마치 어느 날 문득, 밭에서 양파를 훔치고 싶은 생각이 드는 것처럼.

조그만 아이의 머릿속 깊숙한 곳에서 죄악의 씨가 은밀하게 자라나고 있었다는 사실에 경악한 에티엔은 아무 생각이 없는 동물을 다루듯 장랭을 다시 발로 차서 쫓아버리려 했다. 그는 르 보뢰 탄광을 지키는 초소의 위병이 초병의 숨죽인 비명을 들었을까봐 두려움에 떨면서 달이 구름 밖으로 나올 때마다 갱 쪽을 힐끔힐끔 쳐다보았다. 하지만 아무런 움직임도 감지되지 않았다. 에티엔은 몸을 숙여 점점 차갑게 굳어가는 시신의 손을 만져보고 군용 외투 속에서 멈춰버린 심장 박동 소리를 들어보았다. 목덜미에 박힌 단검은 뼈로 된 손잡이만 밖으로 드러나 있었다. 간단하게 '사랑'이라는 낭만적인 단어가 검은색 글씨로 새겨진 손잡이였다.

에티엔의 눈길이 시신의 목덜미에서 얼굴로 옮겨갔다. 그는 그제야 어린 군인이 누군지 알아보았다. 바로 쥘이었다. 어느 날 아침 에티엔과 한담을 나눴던 신병이었다. 에티엔은 금발에 주근깨 가득한 유순한 얼굴의 청년을 향한 깊은 연민에 사로잡혔다. 커다랗게 뜬 푸른 눈은 하늘을 바라보고 있었다. 에티엔은 쥘이 멍한 눈빛으로 고향의 하늘을 찾던 모습을 떠올렸다. 그가 눈부신 태양빛 아래 환영처럼 떠올리던 그의 플로고프는 대체 어디 있단 말인가? 저기, 저쪽에 있는 것일까? 폭풍이 몰아치는 이 밤에 멀리서 바다가 울부짖는 소리가 들리는 듯했다. 이토록 높이 불어오는 거센 바람은 어쩌면 그의 고향에 있는 황야를 거쳐온 것이 아닐까? 그곳에 두 여자가 서 있었다. 쥘의 어머니와 누이가 바람에 날려갈 것 같은 보닛을 두 손으로 꼭 잡은 채 그가 그랬던 것처럼 아득히 먼 곳을 바라보고 있었다. 어딘지 모르는 저기, 멀고 먼 곳에서 그들의 아들이자 오빠가 지금쯤 무엇을 하고 있는지 보이기라도 하는 것처럼. 그들은 이제 평생토록 그를 기다릴 것이다. 부자들 때문에 가난한 사람들끼리 서로 죽여야 하다니, 이렇게 비극적인 일이 또 어디 있을까!

어쨌거나 남의 눈에 띄기 전에 속히 시신을 처리해야만 했다. 에티엔은 처음에는 운하에 던질까 생각했다. 하지만 그랬다가는 분명 사람들에게 발각될 거라는 생각이 들어 그만두기로 했다. 그러자 극도의 불안감이 몰려왔다. 시간이 없었다. 대체 어떻게 해야 할까? 그러다 불현듯 한 가지 생각이 떠올랐다. 시신을 레키야르까지 옮길 수 있다면 그곳에 영원히 묻어버릴 수 있을 터였다.

"이리 와." 그는 장랭에게 말했다.

아이는 그의 눈치를 살폈다.

"싫어요, 날 때리려는 거잖아. 그리고 난 할 일이 있어요. 그럼 이만."

실제로 아이는 르 보뢰 탄광의 통나무 더미 아래 마련해놓은 작은 은신처에서 베베르와 리디를 만나기로 한 터였다. 아이들은 그곳 광부들이 갱으로 내려가는 벨기에인들을 돌멩이로 혼내주는 광경을 지켜보기 위해 집을 나와 그곳에 머물고 있었다. 생각만 해도 참으로 신나지 않는가.

"내 말 들으라니까." 에티엔이 거듭 말했다. "얼른 이리 와, 안 그러면 군인들을 부를 거야. 그 사람들이 네 목을 벨지도 모른다고."

마침내 장랭이 돕기로 하자 에티엔은 자기 손수건을 말아서 시신의 목을 꽁꽁 묶었다. 피가 흐르지 않도록 칼은 빼지 않고 그대로 놔두었다. 그사이 눈이 녹아서 땅 위에는 붉은색 웅덩이도 몸싸움을 한 발자국도 전혀 남아 있지 않았다.

"다리를 잡아."

장랭이 다리를 잡고, 에티엔은 소총을 자기 등뒤에 묶은 뒤 시신의 어깨를 움켜잡았다. 그런 다음 두 사람은 바위가 굴러떨어지지 않도록 조심하면서 천천히 폐석 더미 아래로 내려갔다. 다행히 달은 구름에 가려 있었다. 하지만 그들이 운하를 따라 시신을 옮기고 있을 때 다시 나타난 달이 대지를 환히 비췄다. 초소의 위병이 그들을 보지 못한 것은 기적에 가까운 일이었다. 그들은 말없이 서둘렀다. 시신이 흔들거리는 바람에 100미터마다 걸음을 멈추고 시신을 바닥에 내려놓아야 했다. 레키야르의 골목길 모퉁이에서는 인기척에 놀라 간이 철렁 내려앉았다. 그들은 순찰대가 지나가기 전에 간발의 차이로 담장 뒤로 몸을 숨겼다. 그리고 조금 더 가자 이번에는 한 남자와 정면으로 맞닥뜨렸다. 하지만 그는 술이 잔뜩 취해서, 그들에게 욕설을 퍼부으며 멀어져갔다. 그들은 마침내 온몸이 땀에 젖어 덜덜 떨면서 이를 딱딱 마주칠 정도로 반쯤 얼이 빠진 상태로 폐광의 갱 입구에 이르렀다.

에티엔은 비상용 사다리가 설치된 환기갱으로 초병의 시신을 내려보내는 게 쉽지 않을 거라고 짐작하던 터였다. 그것은 아주 힘든 작업이 될 것이었다. 우선 장랭이 위에 남아 시신을 내려보내면, 그가 가시덤불에 매달린 채로 그 시신과 함께 가로대가 부러진 처음 두 개의 사다리를 통과해야 했다. 그런 다음 각 사다리를 지날 때마다 똑같은 과정을 반복해야만 했다. 그는 먼저 내려가서 위에서 내려오는 시신을 품에 안아야 했다. 그런 식으로 길이가 도합 210미터에 이르는 서른 개의 사다리를 거치면서, 시신이 끊임없이 머리 위로 떨어지는 것 같은 섬뜩한 느낌과 함께 계속 아래로 내려가야 했다. 등에 메고 있던 소총이 자꾸만 등뼈를 긁었지만, 그는 장랭이 조금 남은 양초 토막을 가지러 가지 못하게 했다. 그는 초를 몹시 아껴 썼다. 불이 무슨 필요가 있겠는가? 이 비좁은 통로에서는 오히려 방해만 될 것이다. 하지만 그들이 숨을 헐떡이면서 마침내 적치장에 도착하자 그제야 그는 아이에게 초를 가져오게 했다. 그는 바닥에 주저앉아 칠흑 같은 어둠 속에서 시신과 함께 기다렸다. 가슴이 쿵쿵거리며 세차게 방망이질했다.

장랭이 불을 가지고 다시 나타나자 에티엔은 아이에게 의견을 구했다. 아이는 이 오래된 작업장을 속속들이 누비고 다닌 터라 어른들이 통과할 수 없는 조그만 틈새까지 훤히 꿰고 있었다. 그들은 다시 출발해 시신을 끌고 폐허가 된 미궁 같은 갱도를 1킬로미터 가까이 걸어갔다. 그러다 천장이 낮아지면서, 반쯤 부러진 갱목이 받치고 있는 푸석거리는 바위 아래 이르자, 두 사람은 꿇어앉아야 했다. 그들은 관 속에 눕히듯 기다란 궤짝처럼 생긴 그곳에 어린 신병을 눕혔다. 소총은 그의 옆구리에 놓아주었다. 그러고는 그들 자신까지 파묻혀버릴지도 모르는 위험을 무릅쓰고 세게 발길질을 해 갱목을 완전히 부러뜨렸다. 그러자 즉시 바위가 무너졌고, 그들은 팔꿈치와 무릎으로 기어서 간신히 그곳을 빠져나올 수 있었다. 에티엔은 그 광경을 지켜보고 싶어 뒤를 돌아보았다. 천장이 계속 무너져내리면서 엄청난 압력으로 서서히 시신을 짓눌렀다. 그리고 더는 아무것도 보이지 않았다. 그곳에는 거대한 흙더미만 남았다.

다시 도적 소굴 같은 은신처로 돌아온 장랭은 진이 빠져 건초 더미 위에 드러누우며 중얼거렸다.

"젠장! 애들더러 좀 기다리라지 뭐, 난 한 시간만 자야겠어."

에티엔은 얼마 남지 않은 초를 입으로 불어 껐다. 그도 기진맥진했지만 잠을 이룰 수 없었다. 악몽 같은 고통스러운 생각들이 망치로 때리듯 그의 머릿속을 두들겼다. 그러다 이내 단 한 가지 생각만이 남아, 그가 대답할 수 없는 질문을 반복적으로 던지며 고문하듯 그를 부대끼게 했다. 왜 그때 샤발을 죽이지 못했을까? 바닥에 쓰러진 그를 얼마든지 칼로 찌를 수 있었는데. 저 아이는 어째서 이름조차 모르는 군인의 목을 찔러 죽인 것일까? 그런 생각들은 죽일 수 있는 용기와 죽일 수 있는 권리에 관한 혁명가로서의 그의 믿음을 흔들어놓았다. 이 모든 게 그가 비겁하다는 것을 말해주는 건 아닐까? 아이는 건초 더미 위에서 코를 골며 자고 있었다. 마치 자신이 저지른 살인의 취기에 곯아떨어진 주정뱅이처럼. 에티엔은 아이의 그런 모습에 역겨움과 반감이 치밀면서, 옆에서 코고는 소리를 듣는 것이 고통스러웠다. 그러다 느닷없이 자신의 얼굴 위로 스쳐가는 공포의 숨결에 전율했다. 땅속 깊은 곳에서 무언가가 스치는 소리와 흐느낌이 들려오는 것 같았다. 저기, 구석진 곳에서 바위 밑에 깔려 소총과 함께 누워 있는 어린 군인의 모습이 떠오르면서 등줄기에 식은땀이 흐르고 머리카락이 곤두서는 것 같았다. 바보 같은 생각이었지만, 갱 전체가 어린 군인의 목소리로 가득찬 것 같아 초를 다시 켜야 했다. 에티엔은 희미한 빛에 의지해 갱도가 텅 빈 것을 확인하고서야 겨우 안도할 수 있었다.

그는 타고 있는 초의 심지에 시선을 고정한 채 십오 분쯤 더 똑같은 질문과 싸우며 곰곰 생각에 잠겨 있었다. 그러나 지지직거리는 소리와 함께 심지가 촛농에 잠기면서 또다시 모든 게 암흑에 잠겨버렸다. 에티엔은 다시금 전율하면서, 장랭이 그렇게 큰 소리로 코를 골지 못하도록 뺨이라도 때리고 싶은 심정이었다. 도저히 더이상 아이와 함께 있을 수 없었던 그는 바깥바람을 쐬고 싶은 간절함에 시달리다가 도망치듯 그 자리를 박차고 나왔다. 뒤쪽에서 어떤 그림자가 숨을 헐떡거리는 소리가 들려오는 것 같아, 그는 쫓기듯 갱도와 환기갱을 차례로 통과해 밖으로 나갔다.

땅 위로 올라가 레키야르 탄광의 폐허 한가운데 선 에티엔은 비로소 마음껏 숨을 쉴 수 있었다. 죽일 용기가 없다면 자신이 죽는 길밖에는 없었다. 예전에도 그의 머릿속을 스쳐갔던 죽음에 대한 생각이 다시 떠오르면서 그에게 남은 최후의 희망처럼 머릿속에 각인되었다. 혁명을 위해 용감하게 죽을 수 있다면 모든 걸 끝낼 수 있을 것이고,

좋은 쪽이든 나쁜 쪽이든 간에 어떻게든 결말이 날 터였다. 그러면 그로서도 더이상 힘들게 생각하지 않아도 될 것이다. 동료들이 벨기에 광부들을 공격한다면 그는 맨 앞에 서리라고 마음먹었다. 그러면 분명 나쁜 일을 당할 가능성이 커질 테니까. 그는 단호한 걸음걸이로 르 보뢰 탄광으로 되돌아가 그 주위를 맴돌았다. 두시를 알리는 종이 울렸고, 갱을 지키는 위병들이 진을 치고 있는 갱내 감독들의 방에서 시끄럽게 떠드는 소리가 밖에까지 새어나왔다. 초병의 실종은 위병들을 혼란에 빠뜨렸고, 그들은 책임자인 대위를 깨우러 갔다. 그리고 현장을 면밀히 살핀 끝에 탈영으로 결론지었다. 어둠 속에 숨어서 그들을 지켜보던 에티엔은 어린 초병이 그에게 얘기해준 그 공화주의자 대위를 떠올렸다. 그가 혹시 마음이 바뀌어 민중의 편에 설 수도 있지 않을까? 그러면 군인들은 총을 거꾸로 들게 될 것이며, 그것은 부르주아를 말살하는 신호탄이 될 터였다. 그런 생각이 들자 새로운 꿈이 그를 사로잡았다. 그는 이제 더이상 죽겠다는 생각을 하지 않았다. 그리고 진창에 발이 빠지고 어깨 위로 눈 녹은 이슬비가 떨어지는 것도 아랑곳하지 않은 채 어쩌면 아직 승리가 가능할지도 모른다는 희망에 들떠 몇 시간을 바깥에 서서 기다렸다.

그는 다섯시까지 벨기에 광부들이 나타나기를 기다렸다. 그러다 탄광회사가 잔꾀를 부려 그들로 하여금 르 보뢰 탄광에서 밤을 보내게 한 것을 알게 되었다. 그리하여 그들은 아무런 방해도 받지 않고 갱으로 내려가기 시작했고, 정찰병으로 그곳에 파견된 240번 탄광촌의 몇몇 파업 노동자들은 동료들에게 그 사실을 알릴지 말지 망설이고 있었다. 동료들에게 회사측의 야비한 술수를 알린 것은 에티엔이었다.

그들은 당장 탄광촌으로 달려갔고, 에티엔은 폐석 더미 뒤의 예인로曳引路에서 기다렸다. 여섯시가 되자 불그레하게 새벽이 밝아오면서 잿빛 하늘이 희부예졌다. 그때 부근의 오솔길에서 랑비에 신부가 빈약한 다리 위로 수단을 걷어올린 채 불쑥 나타났다. 그는 월요일마다 갱 맞은편에 있는 한 수도원의 예배당으로 아침 미사를 주관하러 가곤 했다.

"좋은 아침이군요, 친구." 그는 타는 듯한 눈빛으로 에티엔을 뚫어지게 바라보더니 힘찬 목소리로 외쳤다.

하지만 에티엔은 대꾸하지 않았다. 멀리, 르 보뢰 탄광의 고가철교 아래 사각대 사이로 지나가는 한 여자가 눈에 띄었던 것이다. 그는 그 여자가 카트린인 것 같아 불안한 마음에 황급히 뛰어갔다.

카트린은 자정 무렵부터 눈 녹은 길을 정처 없이 헤매고 다녔다. 뒤늦게 돌아와 잠자리에 든 그녀를 발견한 샤발은 그녀의 뺨을 때리면서 당장 일어나게 했다. 그리고 창문으로 나가기 싫으면 문으로 당장 나가라며 소리쳤다. 카트린은 울면서 옷도 제대로 입지 못한 채 발길질에 멍이 든 다리를 끌고 아래층으로 내려가서는 마지막으로 다시 따귀를 맞고 거리로 쫓겨났다. 그녀는 그처럼 갑작스러운 결별에 어찌할 바를 모르고 경계석 위에 앉아 그가 다시 불러주기를 기다리며 멍하니 집을 바라보고 있었다. 이럴 수는 없었다. 아마도 그는 그녀가 어떻게 하는지 지켜보다가, 아무데도 갈 데 없이 버려져 추위에 떨고 있는 걸 보면 그녀에게 분명 다시 올라오라고 할 터였다.

두 시간이 지나자, 그녀는 거리에 내던져진 개처럼 꼼짝 않고 있다가는 얼어죽고 말 것 같아 몽수를 떠나기로 마음먹었다. 몽수를 떠났다가 제 발로 다시 돌아갔지만 길에서 그를 부르지도, 문을 두드릴 용기도 내지 못했다. 카트린은 마침내 대로를 따라 탄광촌의 부모 집으로 가기로 결심했다. 그러나 막상 그곳에 도착하자 너무 염치가 없다는 생각에 길게 난 텃밭을 따라 달려갔다. 굳게 닫힌 덧창들 너머로 모두가 깊은 잠에 빠져 있었지만 누가 자기를 알아볼까봐 겁이 났던 것이다. 그때부터 그녀는 여기저기 떠돌면서 조그만 소리에도 깜짝깜짝 놀라고, 누가 자기를 마르시엔의 창녀촌으로 끌고 갈까봐 두려움에 떨어야 했다. 그렇게 될지도 모른다는 생각은 몇 달 전부터 악몽처럼 내내 그녀를 따라다녔다. 그녀는 두 번이나 르 보뢰 탄광 앞에 이르렀지만, 위병의 목소리에 놀라 정신없이 그곳에서 도망쳤다. 혹시 누가 따라오지나 않는지 뒤를 힐끔힐끔 돌아보면서. 레키야르의 골목길에는 여전히 술 취한 남자들이 우글거렸다. 하지만 카트린은 몇 시간 전에 자기가 밀어낸 남자를 그곳에서 만날 수 있을지도 모른다는 일말의 희망을 안고 그곳으로 되돌아갔다.

그날 아침, 샤발은 갱에 내려가기로 되어 있었다. 그 생각을 떠올린 카트린은 갱으로 향했다. 그에게 얘기해봤자 아무 소용 없을 거라고 생각하면서도. 그들은 이미 끝난 사이였다. 이제 장바르 탄광에서는 일을 할 수 없었다. 그리고 샤발은 카트린이 르 보뢰에서 다시 일하게 된다면 그녀를 죽여버릴 거라며 으름장을 놓았다. 그녀 때문에 자기가 곤란한 일을 겪게 될까봐 두려웠던 것이다. 그럼 이제 어쩌지? 다른 곳으로 가서 굶어죽거나, 떠돌이 개처럼 지나가는 남자들의 더러운 짓거리를 견뎌야 하는 걸까? 카트린은 몸을 질질 끌다시피 하면서, 후들거리는 다리로 수레바퀴 자국이 난 길에서 수없이 넘어지는 바람에 진창물이 등까지 튀었다. 녹아내린 눈은 이제 길마다 진흙의 강을 이루며 흘러갔고, 그녀는 그곳에 푹푹 빠지면서도 잠시나마 앉아서 쉴 수 있는 돌 하나 찾을 생각조차 못한 채 하염없이 걸었다.

어느덧 날이 밝았다. 카트린은 조심스럽게 폐석 더미를 돌아가는 샤발의 등을 알아보았다. 그와 동시에, 리디와 베베르가 통나무 더미 아래 은신처에서 얼굴을 비죽 내미는 게 보였다. 아이들은 집으로 돌아가지 않고 그곳에서 바깥을 살피며 밤을 보냈다. 장랭이 거기서 기다리라는 지시를 내렸기 때문이다. 그리고 장랭이 살인으로 인한 취기에 레키야르에서 곯아떨어져 있는 동안, 두 아이는 몸을 덥히기 위해 서로를 꼭 껴안고 있었다. 밤나무와 떡갈나무 가지 사이로 차가운 바람이 불어오는 통에, 아이들은 그곳이 나무꾼의 버려진 오두막집이기라도 한 양 몸을 웅크린 채 추위를 이겨내려 했다. 리디는 걸핏하면 두들겨 맞는 어린 계집아이의 고통을 소리 높여 얘기할 엄두를 내지 못했고, 베베르는 그들의 대장이 볼이 부어오르도록 따귀를 때려도 불평할 용기를 내지 못했다. 그러나 장랭의 횡포는 도를 넘어섰음을 인정해야 했다. 장랭은 아이들이 위험을 무릅쓰고 온갖 도둑질을 하도록 부추겼으며, 그렇게 훔친 물건들을 혼자서 모두 차지했다. 그리하여 아이들은 그동안 쌓인 불만을 터뜨리며 반기를 들었고, 마침내 서로 입맞춤을 하기에 이르렀다. 장랭이 위협했던 것처럼, 보이지 않는 곳에서 날아오는 따귀를 맞을 각오를 하고서. 하지만 어디서도 따귀가 날아오지 않자 두 아이는 달콤한 입맞춤을 길게 나눴다. 다른 아무 생각도 하지 않은 채, 오랫동안 억눌러왔던 열정과 서로에 대한 연민, 그리고 장랭에게 괴롭힘당한 데 대한 분풀이까지 그 모든 것을 입맞춤 속에 담아냈다. 아이들은 밤새 그렇게 서로의 몸을 덥혀주었다. 후미진 은신처 구석에서 더없이 행복해하면서. 아이들은 언제 또 이렇게 행복한 적이 있었는지 기억조차 없었다. 심지어 성 바르브 축일 때 튀김 요리를 먹고 포도주를 마셨을 때도 지금처럼 행복하지는 않았다.

카트린은 느닷없이 어디선가 들려오는 나팔 소리에 소스라치게 놀랐다. 목을 길게 빼고 주위를 둘러보니, 무기를 챙기는 르 보뢰 탄광의 위병들 모습이 보였다. 곧이어 에티엔이 황급히 달려왔고, 베베르와 리디는 은신처에서 재빨리 밖으로 튀어나왔다. 그리고 저쪽, 점점 더 밝아오는 햇살 아래, 탄광촌에서부터 분노에 찬 몸짓을 해대며 달려오는 한 무리의 남자와 여자들이 보였다.

5

르 보뢰 탄광으로 통하는 모든 입구는 막 폐쇄된 참이었다. 총검을 옆에 세워 든 병사 육십 명이 그곳에서 유일하게 열려 있는 문을 가로막고 있었다. 비좁은 계단을 통해 하치장으로 이어지는 문이었다. 그 문을 지나면 갱내 감독들의 방과 탈의실이 나왔다. 대위는 광부들이 뒤에서 공격하지 못하도록 벽돌로 된 벽을 뒤로하고 병사들을 두 줄로 세워놓았다.

처음에는, 탄광촌에서 달려온 광부들 무리는 군인들과 거리를 두고 있었다. 기껏해야 서른 명 정도밖에 안 되는 그들은 격하고 어수선한 말들을 떠들어대며 어떻게 할 것인지를 논의했다.

맨 먼저 도착한 라 마외드는 서둘러 묶은 손수건 아래 머리가 헝클어진 모습으로, 잠든 에스텔을 품에 안은 채 열띤 목소리로 거듭 외쳤다.

"아무도 들어가지도 나오지도 못하게 해야 돼요! 저들을 저 안에서 옴짝달싹 못하게 해야 한다고요!"

마외도 그녀의 말에 동의했다. 바로 그때 레키야르에서 무크 영감이 도착했다. 그들은 그가 안으로 들어가지 못하게 앞을 가로막았다. 하지만 노인은 고집을 부리면서, 무슨 일이 있어도 들어가야 한다며 그들과 실랑이를 벌였다. 어쨌거나 그의 말들은 귀리를 먹어야 했고, 말들은 혁명 같은 것과는 아무 상관이 없었다. 게다가 죽은 말이 있어 밖으로 꺼내기 위해 사람들이 그를 기다리고 있었다. 그러자 에티엔은 늙은 마부가 지나갈 수 있도록 길을 터주었고, 군인들도 그가 수갱으로 갈 수 있게 해주었다. 십오 분 후, 파업 노동자들의 수가 위협적으로 늘어나 있을 무렵 아래층에 있는 커다란 문이 열리더니 몇몇 남자들이 죽은 말을 끌고 나타났다. 그들은 밧줄로 된 그물망에 여전히 칭칭 감겨 있는 애처로운 모습의 덩어리를 눈 녹은 물웅덩이 한가운데에 던져버렸다. 모두들 충격이 너무 큰 나머지 그들이 다시 안으로 들어가 문을 닫아버리는 것을 막을 생각조차 못했다. 머리를 옆구리에 붙인 채 뻣뻣하게 굳어 있는 말을 알아본 사람들은 서로 수군거리며 웅성댔다.

"트롱페트 맞지, 그렇지? 트롱페트가 맞다니까."

과연 죽은 말은 트롱페트가 분명했다. 녀석은 갱으로 내려간 뒤로 그곳 삶에 결코 길들지 못했다. 마치 다시는 볼 수 없는 햇빛을 향한 그리움에 시달리듯 일할 의욕을 잃고 언제나 우울해했다. 탄광에서 일하는 말들 중에서 최고참인 바타유는 제 옆구리로 녀석의 몸을 다정하게 비벼대거나 목덜미를 자근자근 깨물어주기도 했다. 십 년을 땅속에서 보내며 체득한 체념의 기운을 동료에게 불어넣어주려는 것처럼. 동료의 그런 애정 어린 몸짓은 녀석의 우울함을 더욱 깊어지게 했고, 녀석은 어둠 속에서 늙은 동료의 속내 이야기에 털을 쭈뼛 세우며 부르르 떨었다. 두 말은 갱도에서 서로 마주치며 힝힝거릴 때마다 자기들 신세를 한탄하는 듯 보였다. 늙은 말은 더이상 기억이 나지 않아서, 젊은 말은 잊을 수가 없어서. 마구간에서 구유를 함께 쓰는 이웃인 녀석들은 고개를 숙이고 서로의 콧구멍에 숨결을 불어넣어주면서, 햇빛에 대한 그리움과 끝없이 펼쳐진 초록 풀밭과 새하얀 길, 그리고 노란 빛의 환영을 함께 나눴다. 그리고 트롱페트가 온몸이 땀에 젖어 짚더미 위에서 죽어가고 있을 때, 절망적인 몸짓으로 동료의 냄새를 맡던 바타유는 흐느낌처럼 들리는 킁킁 소리를 짤막하게 내곤 했다. 동료의 몸이 차갑게 식어가는 게 느껴졌기 때문이다. 탄광은 녀석에게서 마지막 기쁨마저 빼앗아갔던 것이다. 트롱페트는 하늘에서 뚝 떨어진 것 같은, 자연 속에서 보낸 자신의 젊은 시절을 떠올리게 하는 향기로운 냄새로 가득한 친구였다. 동료가 더이상 움직이지 않는 것을 알아차린 바타유는 제 몸을 묶고 있던 줄을 끊어버리고 겁에 질린 채 구슬프게 울어댔다.

게다가 무크 영감은 일주일 전부터 갱내 총감독에게 그 사실을 알린 터였다. 하지만 요즘 같은 시절에 그따위 병든 말 한 마리에 신경 쓸 여유가 어디 있단 말인가! 고귀한 신사들은 말들을 옮겨놓는 것을 전혀 달가워하지 않았다. 하지만 이젠 죽은 말을 밖으로 꺼내야만 했다. 그 전날, 마부는 두 남자와 함께 한 시간이나 걸려 트롱페트를 밧줄로 꽁꽁 묶었다. 그리고 바타유에게 마구를 씌워 수갱까지 끌고 가게 했다. 늙은 말은 죽은 동료를 천천히 끌고 갔다. 갱도가 너무 좁아서 제 거죽에 상처가 날 것을 무릅쓰고 힘껏 잡아당겨야 했다. 기진맥진한 바타유는 도살장으로 향하게 될 거대한 덩어리가 갱도 벽에 쓸리는 소리를 들으며 머리를 흔들었다. 적치장에 이르러 사람들이 트롱페트를 묶은 끈을 풀자, 늙은 말은 자기 동료를 위로 올려보내기 위한 준비 작업을 슬픈 눈빛으로 좇았다. 일꾼들은 죽은 말을 하수조 위쪽에 설치된 가로대 위로 밀어올리고는 그물망을 케이지 아래쪽에 꽁꽁 묶었다. 그리고 마침내 적재부들이 '고깃덩이'가 올라간다는 신호를 보내자 바타유는 고개를 들어 동료가 떠나는 것을 지켜보았다. 트롱페트는 처음에는 천천히 올라가는가 싶더니 이내 어둠에 잠겨 캄캄한 구덩이 꼭대기로 영영 사라져갔다. 늙은 말은 고개를 길게 빼고 한동안 그대로 머물러 있었다. 어쩌면 가물거리는 기억으로 지상의 것들을 떠올리고 있는지도 몰랐다. 하지만 이젠 끝이었다. 녀석의 동료는 이제 더이상 아무것도 볼 수 없을 것이다. 바타유 자신도 언젠가는 저렇게 처량한 짐덩어리 신세가 되어 밧줄에 꽁꽁 묶인 채 저 위로 올라가게 될 것이다. 녀석의 다리가 후들거리기 시작했고, 아득히 먼 들판에서 전해진 신선한 공기는 녀석을 숨막히게 했다. 바타유는 마치 술에 취한 듯 무기력하게 터벅터벅 마구간으로 돌아갔다.

채굴물 집하장에서는 광부들이 어두운 얼굴로 트롱페트의 사체를 내려다보고 있었다. 그때 한 여자가 수군거렸다.

"저 꼴이 되고 싶으면 내려가라지!"

그때 탄광촌에서 새로운 무리가 도착했고, 라 르바크와 부틀루가 뒤를 따르는 가운데 맨 앞에 선 르바크가 큰 소리로 외치는 소리가 들려왔다.

"벨기에놈들에게 죽음을! 우리 탄광에 이방인이 웬 말이냐! 그들에게는 죽음뿐이다! 그들에게 죽음을!"

모두가 우르르 몰려가는 바람에 에티엔이 나서서 그들을 저지해야만 했다. 그는 병사들의 책임자인 대위에게 다가갔다. 마르고 키가 큰 청년으로 기껏해야 스물여덟 살 정도로 보이는 대위는 절망적이면서도 단호한 얼굴을 하고 있었다. 에티엔은 그에게 상황을 설명하고 그를 설득하려 애쓰면서 자신의 말이 어떤 반응을 일으키는지 살폈다. 공연히 서로 죽고 죽이고 할 필요가 뭐가 있는가? 정의로운 사람이라면 광부들 편에 서야 하는 것 아닌가? 우린 모두 형제들이니 서로 화합해야만 한다. 에티엔이 공화국이라는 말을 언급하자 대위는 신경질적인 반응을 보였다. 그는 군인다운 뻣뻣한 태도로 거칠게 말했다.

"다들 물러나시오! 나로 하여금 내 의무를 다하게 만들지 말란 말이오."

에티엔은 세 번씩이나 설득을 시도했다. 그의 뒤쪽에서는 동료들이 웅성거리고 있었다. 그때 엔보 씨가 갱에 와 있다는 소문이 나돌자, 모두들 그를 강제로 갱으로 내려보내 그가 직접 석탄을 캘 수 있는지 어디 한번 보자며 떠들어댔다. 하지만 그것은 헛소문으로 밝혀졌다. 거기에는 네그렐과 당세르만 와 있었고, 그들이 잠시 하치장 창가에 얼굴을 내비친 것뿐이었다. 갱내 총감독은 라 피에론과의 연애 사건 이후 내내 당혹스러워하며 뒤로 물러나 있었다. 하지만 탄광 기사 네그렐은 조그맣고 날카로운 눈으로 당당하게 광부들 무리를 둘러보았다. 그는 평소 사람과 사물을 대할 때처럼 비아냥거림과 경멸이 느껴지는 웃음을 머금고 있었다. 하지만 파업 노동자들이 야유를 보내자 그들은 이내 모습을 감췄다. 그리고 그들이 있던 자리에는 수바린의 새하얀 얼굴이 눈에 띌 뿐이었다. 그는 마침 일을 하던 중이었다. 그는 파업이 시작된 뒤로 단 하루도 자신의 기계 곁을 떠나지 않았고, 입을 굳게 다문 채 한 가지 생각에만 빠져 있는 듯했다. 마치 그의 창백한 눈 속 깊은 곳에서 강철 못이 빛나고 있는 듯 보였다.

"모두 물러나시오!" 대위가 목청을 높이며 거듭 외쳤다. "나는 타협 같은 건 모르오. 나는 갱을 지키라는 지시를 받았고, 그 지시를 따를 것이오…… 자꾸 내 병사들을 몰아세운다면 난 당신들을 즉시 뒤로 물러나게 할 것이오."

그의 목소리는 단호했지만 얼굴은 점점 창백해졌다. 그 수가 계속 늘어나는 파업 노동자들을 보면서 불안감이 점차 커졌기 때문이다. 그는 정오에 교대하기로 되어 있었다. 하지만 그때까지 버틸 수 없을까 두려워 지원군을 요청하기 위해 갱의 견습 광부를 몽수로 보내놓은 터였다.

파업 노동자들의 성난 목소리가 그의 위협에 대한 대답을 대신했다.

"이방인들에게 죽음을! 벨기에놈들에게 죽음을!…… 우리는 우리 탄광의 주인이기를 원한다!"

에티엔은 절망적인 심정으로 뒤로 물러섰다. 이젠 정말 끝이었다. 이제 남은 거라고는 끝까지 싸우다가 죽는 것뿐이었다. 그는 동료들을 저지하는 것을 그만두었고, 파업 노동자 무리는 얼마 안 되는 병사들을 향해 나아갔다. 광부들은 400명 가까이 됐고, 이웃 탄광촌에서도 너도나도 앞다퉈 달려왔다. 그들이 모두 한마음으로 외치는 가운데 마외와 르바크는 군인들을 향해 격렬하게 소리쳤다.

"이곳을 떠나시오! 우리는 당신들한테는 아무런 유감도 없소. 그러니 제발 여기를 떠나란 말이오!"

"이건 댁들하고는 아무 상관 없는 일이잖아." 이번에는 라 마외드가 나섰다. "그러니 우리가 알아서 하게 우릴 그냥 좀 내버려두라고."

그녀 뒤쪽에 있던 라 르바크도 더욱더 격렬하게 덧붙여 말했다.

"우리가 여길 지나가기 위해 꼭 당신들을 해쳐야만 하겠어요? 그러길 바라지 않는다면 제발 여기서 좀 꺼져달라고요!"

심지어 빽빽이 몰려든 사람들 틈에 베베르와 함께 끼어 있던 리디까지 가냘프고도 새된 목소리로 소리쳤다.

"저 바보 같은 군인들 좀 보래요!"

운 나쁘게도 하필 그 시각에 그곳에 있게 된 카트린은 몇 발짝 떨어진 눈앞에서 펼쳐지는 새로운 폭력 행위를 지켜보며 망연자실했다. 그동안 고통받은 것으로는 부족한가? 대체 자신이 무슨 잘못을 저질렀길래 불행이 이토록 끊임없이 따라다니는 걸까? 그 전날까지만 해도 카트린은 파업을 하는 사람들의 분노를 잘 이해하지 못했다. 그녀는 자신처럼 이미 충분히 불행한 사람은 더이상의 불행을 자초할 필요가 없다고 생각했다. 하지만 지금 그녀는 증오를 쏟아내고 싶은 욕구에 가슴이 터질 것만 같았다. 그녀는 요전날 밤 에티엔이 했던 말들을 떠올렸다. 그리고 지금 그가 병사들에게 하는 말을 이해하려고 애썼다. 그는 그들을 동료로 대하면서, 그들도 자신들과 마찬가지로 민중에 속한 사람들이므로 민중과 함께 가난한 이들을 착취하는 사람들에 맞서 싸워야 한다는 사실을 일깨워주었다.

파업 노동자들 사이에서 한참 동안 동요가 일더니, 한 노파가 갑자기 앞으로 튀어나왔다. 라 브륄레였다. 섬뜩할 정도로 여윈 그녀는 목과 팔을 훤히 드러내놓은 채 정신없이 달려오느라 잿빛 머리카락이 눈앞을 가리고 있었다.

"오, 맙소사! 간신히 왔네!" 라 브륄레는 숨이 차 헐떡거리면서 힘겹게 말했다. "우리를 팔아먹은 피에롱 그 망할 놈이 나를 술 창고에 가둬놓았지 뭐야!"

그녀는 숨을 채 돌리기도 전에 시커먼 입으로 다짜고짜 군인들을 향해 욕설을 뱉어냈다.

"이 불한당 같은 놈들! 이 야비한 놈들! 윗대가리 놈들한테는 벌벌 기면서, 우리같이 불쌍한 사람들에게는 무자비하기 짝이 없는 놈들!"

그러자 다른 사람들도 그녀에게 합세해 다 함께 무차별적으로 욕설을 쏟아냈다. 어떤 이들은 이렇게 말하기도 했다. "병사들 만세! 장교를 갱으로!" 하지만 이내 하나의 외침만이 들려왔다. "군인들에게 죽음을!" 아무 말 없이 무표정한 얼굴로 형제애에 대한 호소와 자신들을 회유하고자 하는 우호적인 시도의 말을 듣고 있던 병사들은 쏟아지는 욕설 속에서도 뻣뻣하고 소극적인 태도를 유지했다. 그들 뒤에 서 있던 대위는 검을 빼들었다. 그리고 광부들 무리가 점점 더 가까이 다가오면서 그들을 벽에 짓눌러버릴 듯 위협하자, 대위는 부하들에게 총검을 전투준비 태세로 갖추라고 명령했다. 병사들은 즉시 명령에 따랐고, 강철 검의 끝이 파업 노동자들의 가슴팍을 향했다.

"아! 이 무뢰한들 같으니라고!" 라 브륄레가 물러서면서 외쳤다.

그사이 잠시 주춤 뒤로 물러났던 사람들은 고양된 분위기에 들떠 죽음의 두려움도 잊은 채 원래 서 있던 자리로 돌아왔다. 여인네들은 앞으로 달려나갔고, 라 마외드와 라 르바크는 큰 소리로 외쳤다.

"우릴 죽여봐, 어디 한번 죽여보라고! 우린 우리 권리를 되찾으려는 것뿐이야."

르바크는 칼에 찔릴 것을 무릅쓰고 두 손으로 총검 세 자루를 한꺼번에 쥐고 흔들면서 자기 앞으로 끌어당겨 빼앗았다. 그러더니 분노로 인해 배가된 힘으로 그것들을 비틀었다. 그러는 동안 옆으로 비켜나 있던 부틀루는 동료를 따라온 것을 후회하며 그가 하는 짓을 물끄러미 지켜보았다.

"자, 어서 찔러보시지," 마외도 거듭 외쳤다. "용기가 있으면 어디 한번 찔러보라니까!"

그러고는 윗도리를 열어젖히고 셔츠의 단추를 풀어 석탄 자국으로 얼룩진 털북숭이 가슴팍을 드러내 보였다. 그는 대담하고 용맹하게 총검 끝에 가슴을 갖다대며 그들을 주춤주춤 뒷걸음질치게 했다. 그러다 검 하나가 자신의 한쪽 가슴을 찌르자 길길이 날뛰면서, 검을 더 깊이 찔러넣어 갈비뼈를 부러뜨려보라며 가슴을 더 앞으로 내밀었다.

"겁쟁이들, 찌를 용기도 없는 주제에…… 내 뒤에는 만 명의 동료들이 버티고 있다고. 그러니까 우릴 얼마든지 죽여보시지. 그러려면 만 명을 모두 죽여야 할 거야."

병사들은 몹시 위태로운 상황에 맞닥뜨렸다. 그들은 최악의 경우에만 무기를 사용하라는 엄명을 받은 터였다. 제 발로 나서서 가슴팍에 칼이 꽂히기를 원하는 저 정신 나간 자들을 어떻게 막을 것인가? 더구나 이젠 운신할 공간마저 줄어들고 있었다. 벽 쪽으로 밀어붙여진 병사들은 더이상 옴짝달싹할 수도 없었다. 하지만 얼마 안 되는 병사들은 파도처럼 몰려오는 광부들과 맞서 꿋꿋이 버티면서 상관이 내린 간결한 명령을 침착하게 이행하고 있었다. 대위는 신경질적으로 입을 꽉 다문 채 눈빛을 번득이며 그들을 지켜보고 있었다. 그가 유일하게 두려워하는 것은, 파업 노동자들의 욕설을 참다못한 병사들이 그들의 선동에 놀아나지 않을까 하는 것이었다. 이미 마르고 키가 큰 젊은 하사는 듬성듬성한 콧수염을 곤두세우며 불안한 얼굴로 눈을 깜빡이고 있었다. 그의 옆에 있는, 수없는 참전으로 피부에 구릿빛이 도는 노련한 노병사도 자신의 총검이 지푸라기처럼 휘는 것을 보다못해 얼굴이 새하얗게 질려 있었다. 아마도 신병인 듯 아직 농군티를 채 벗지 못한 또다른 병사는 광부들이 그를 한심하고 비열한 놈이라고 욕할 때마다 얼굴이 붉으락푸르락해졌다. 광부들 무리의 난폭한 언사와 행동은 멈출 줄 모르고 계속되었다. 그들은 불끈 쥔 주먹을 흔들어대고, 병사들의 얼굴에 대고 끔찍한 말과 온갖 비난과 위협을 거침없이 뱉어냈다. 그 모든 것에 맞서 병사들이 군대 규율에 따라 무표정한 얼굴로 당당하면서도 음울한 침묵을 지킬 수 있으려면 무엇보다 강력한 지시가 필요했다.

충돌이 불가피하다고 느껴질 무렵, 군인들 뒤로 갱내 감독 리숌의 모습이 보였다. 허옇게 센 머리에 우호적인 헌병처럼 보이는 그는 감정이 몹시 복받치는 듯 큰 소리로 말했다.

"맙소사, 이 무슨 어리석은 짓들이란 말이오! 당신들이 이런 어리석은 짓을 하게 내버려둘 순 없소."

그러고는 총검과 광부들 사이로 뛰어들었다.

“친구들, 내 말 잘 들으시오…… 내가 이곳에서 오랫동안 일했고, 언제나 여러분 편이었다는 건 모두들 잘 알 거라고 믿소. 그러니 신에게 맹세코, 앞으로 저들이 당신들에게 부당한 행위를 한다면 내가 나서서 작업반장들이 그 사실을 깨달을 수 있도록 분명히 얘기하겠소…… 그러니 제발 이렇게 과격한 행위는 삼가주시오. 여기 이 선량한 사람들에게 거친 말을 해대고 여러분의 목숨을 스스로 위태롭게 만드는 건 아무런 해결책이 못 된다는 걸 명심하길 바라오.”

파업 노동자들은 그의 말을 들으며 머뭇거렸다. 그때 운 나쁘게도 하치장 건물 위층에서 꼬마 네그렐이 다시 날렵한 모습을 드러냈다. 어쩌면 자신이 위험해질까봐 갱내 감독을 대신 보냈다고 비난받을 것을 두려워하는 건지도 몰랐다. 그는 무슨 얘긴가를 하려고 했다. 하지만 엄청난 혼란 속에 목소리가 묻혀버리는 바람에 그저 어깨를 으쓱해 보이고는 다시 창가를 떠나야 했다. 그때부터 리숌이 아무리 자기 이름을 걸고 애원하고, 이 문제는 동료들끼리 대화로 해결해야 한다고 거듭 얘기해도 아무 소용이 없었다. 광부들은 그를 밀어내고 의심하기까지 했다. 하지만 그는 그들과 군인들 사이에 버티고 선 채 쉽사리 물러서지 않았다.

“좋소! 나도 같이 죽겠소. 당신들이 이토록 어리석게 구는 한, 나도 이대로 손놓고 있지만은 않을 것이오!”

리숌은 에티엔에게 자기를 도와 동료들을 설득할 수 있게 해달라고 간청했다. 하지만 에티엔은 자신도 어쩔 수 없다는 몸짓을 해 보였다. 이젠 너무 늦어버렸다. 하나둘씩 모여든 광부들의 수는 어느덧 500명을 넘어서고 있었다. 그중에는 벨기에인들을 몰아내려고 달려온 분노한 이들만 있는 게 아니었다. 호기심 때문에 그곳에 머무르거나, 양쪽의 충돌을 흥미진진하게 지켜보는 장난꾼들도 섞여 있었다. 자신들의 두 아이 아실과 데지레까지 데려온 자샤리와 필로멘은 조금 떨어진 곳에 모여 있는 무리 속에서 공연을 구경하듯 여유롭게 지켜보고 있었다. 뒤늦게 레키야르에서 몰려온 무리 중에는 무케와 라 무케트도 있었다. 무케는 즉시 히죽거리면서 친구인 자샤리에게 가서 어깨를 두드렸다. 잔뜩 흥분한 라 무케트는 유난히 과격한 이들이 모여 있는 맨 앞줄로 달려갔다.

그사이 대위는 매분마다 몽수로 향하는 길 쪽을 돌아보았다. 요청한 지원군은 아직 보이지 않았고, 육십 명의 병사로는 더이상 버티기 힘들었다. 고민하던 그는 결국 군중의 상상력에 충격을 가하는 방법을 생각해내기에 이르렀다. 그는 병사들에게 광부들이 보는 앞에서 소총에 총알을 장전할 것을 지시했다. 병사들은 그의 명령을 따랐다. 그러자 군중은 더욱더 동요했고, 허세와 비아냥거림이 난무했다.

"저런! 저 게으름뱅이들이 사격 연습이라도 하러 가나보네!" 라 브륄레와 라 르바크를 비롯한 여자들이 병사들에게 냉소를 보냈다.

잠이 깨 울고 있는 에스텔의 조그만 몸으로 가슴을 가린 라 마외드가 그들에게 바짝 다가가자, 하사는 그 가엾은 어린것을 데리고 여기서 뭘 하느냐고 물었다.

"내가 뭘 하든 당신이랑 무슨 상관인데?" 그녀는 계속 비아냥거리며 대꾸했다. "어디 쏠 테면 쏴보시지."

남자들도 군인들을 비웃듯 고개를 설레설레 저었다. 병사들이 정말로 자신들에게 총을 쏠 수 있을 거라고 믿는 사람은 아무도 없었다.

"저들이 갖고 있는 탄약통에는 분명 총알이 들어 있지 않을 거야." 르바크가 말했다.

"우리가 카자크라도 되는 줄 착각하는 건가?" 마외가 병사들을 향해 소리쳤다. "같은 프랑스인끼리 총을 쏠 수는 없는 거라고, 빌어먹을!"

다른 이들은 크림전쟁*에 나갔을 때도 총알 따위는 두려워하지 않았다고 거듭 강조했다. 그리고 모두들 소총을 향해 점점 더 가까이 다가갔다. 그 순간 총알이 발사되었다면 수많은 사람들이 쓰러졌을 터였다.

맨 앞줄에 있던 라 무케트는 군인들이 여자들 몸에 구멍을 뚫어놓으려 한다는 생각에 흥분하다못해 분노로 목이 멜 지경이었다. 그래서 그들에게 온갖 욕설을 퍼붓고, 더없이 상스러운 말들로 그들에게 모욕을 주었다. 그러다 병사들에게 치명적인 수치를 안겨줄 만한 말을 더이상 찾지 못하자 느닷없이 자기 엉덩이를 드러내 보였다. 라 무케트는 두 손으로 치마를 걷어올리고는 허리를 한껏 숙인 채 엉덩이를 있는 대로 커 보이게 했다.

"옜다, 이거나 먹어라! 너희들한테는 이것도 과분하지만, 이 나쁜 놈들아!"

그녀는 몸을 앞으로 더 깊이 숙여 모두가 다 볼 수 있도록 엉덩이를 위아래와 좌우로 번갈아 흔들어댔다. 그리고 엉덩이를 한 번씩 내밀 때마다 소리쳤다.

---

* 1853~1856년 제정러시아가 오스만튀르크, 영국, 프랑스, 사르데냐 연합군을 상대로 크림반도와 흑해를 둘러싸고 벌인 전쟁.

"자, 이건 장교놈 거! 요건 하사 네놈 거! 자, 요건 졸개들 거다!"

그러자 파업 노동자들 사이에서 요란한 웃음이 터져나왔고, 베베르와 리디는 배꼽을 쥐고 깔깔거렸다. 우울한 예감을 떨쳐버리지 못하고 있던 에티엔마저 라 무케트의 모욕적인 노출 행위에 박수를 보냈다. 이제 과격한 사람들이건 장난기 다분한 이들이건 너 나 할 것 없이 군인들이 마치 몸에 오물이라도 뒤집어쓴 것처럼 그들을 향해 한목소리로 야유를 보냈다. 오직 카트린만이 멀찌감치 떨어진 오래된 목재 더미 위에 올라서서 말없이 그 광경을 지켜보고 있었다. 그녀는 목으로 피가 솟구치듯, 뜨거운 불처럼 가슴속에서 치밀어오르는 증오심에 들끓고 있었다.

그런데 갑자기 광부들과 군인들 사이에 몸싸움이 벌어지며 주위가 소란스러워졌다. 대위가 병사들이 흥분하는 것을 막기 위해 파업 노동자들을 포로로 잡기로 결심한 것이다. 그러자 라 무케트는 후다닥 동료들의 가랑이 사이로 몸을 던져 달아났다. 그리고 제일 과격한 이들 중 르바크와 또다른 두 명이 포로로 잡혀 갱내 감독들 방에서 감시를 받는 처지가 되었다.

건물 위층에서 그 광경을 지켜보고 있던 네그렐과 당세르는 대위에게 건물 안으로 들어와 자기들과 함께 목숨을 보전하라고 소리쳤다. 대위는 그들의 제안을 거절했다. 그는 문에 자물쇠도 없는 건물들이 광부들의 습격을 이겨내지 못하고 무너져버려 무기를 빼앗기는 수모를 당할 것을 두려워했다. 벌써부터 그의 얼마 안 되는 병사들은 인내심이 한계에 다다른 듯 으르렁거리고 있었다. 나막신을 신은 저 무지한 자들 앞에서 겁에 질린 모습을 보여줄 수는 없었다. 이제는 더 물러날 곳도 없이 벽에 바짝 밀어붙여진 육십 명의 병사들은 총탄이 장전된 소총을 들고 다시 광부들 무리와 맞섰다.

처음에는 파업 노동자들이 주춤 뒤로 물러나면서 무거운 침묵이 흘렀다. 그들은 군인들의 강경한 대처에 당혹스러워하는 듯 보였다. 하지만 이내 함성을 지르면서 포로들을 당장 풀어달라고 요구했다. 저 안에서 동료들을 죽일지도 모른다고 수군거리는 소리가 들렸다. 그러자 모두들 아무런 논의도 없이, 동시에 복수의 일념으로 불타오르면서 근처의 벽돌이 쌓여 있는 곳으로 우르르 몰려갔다. 그곳에는 이회암질 토양에 포함된 점토로 그 자리에서 구워 만든 벽돌들이 쌓여 있었다. 아이들은 벽돌을 하나씩 들어 날랐고, 여인네들은 치마폭에 담아 옮겼다. 순식간에 각자의 발밑에 탄알이 수북이 쌓였고, 투석전이 시작되었다.

가장 먼저 공세를 취한 것은 라 브륄레였다. 그녀는 뼈만 앙상한 무릎 위에 벽돌을 올려놓고 깨뜨렸다. 그러더니 오른손과 왼손을 모두 사용해 두 개의 돌을 동시에 던졌다. 뚱뚱하고 물러터진 라 르바크는 돌을 던지다가 팔이 빠질 지경이라, 정확히 맞히려면 군인들에게 되도록 가까이 다가가야 했다. 그사이 부틀루는 남편이 없는 틈을 타 그녀를 데려가기 위해 집으로 가자고 애원하면서 그녀를 뒤로 잡아당겼다. 통통한 허벅지에 대고 벽돌을 깨느라 피투성이가 되자 역정이 난 라 무케트는 벽돌을 통째로 던지기로 했다. 아이들도 공격에 가세했다. 베베르는 리디에게 팔을 내려 밑에서부터 돌을 던지는 법을 알려주었다. 거대한 우박 덩어리 같은 돌들이 끊임없이 날아가 쿵하는 둔탁한 소리를 내며 부딪혔다. 그런데 갑자기, 이 광기 어린 무리 가운데서 두 주먹을 치켜들고 반쪽짜리 벽돌을 흔들고 있는 카트린의 모습이 보였다. 그녀는 조그맣고 여린 팔로 있는 힘을 다해 돌을 던지고 있었다. 왜 그런지는 잘 설명할 수 없었지만 카트린은 숨이 막혀 죽을 것 같고, 세상 사람들을 모두 죽여버리고 싶다는 생각에 가슴이 터질 것만 같았다. 이 징글징글한 삶은 어째서 곧 끝날 생각을 하지 않는 것일까? 그녀는 이제 모든 게 지긋지긋했다. 자기 남자에게 뺨을 맞고 쫓겨나는 것도, 오갈 데 없는 떠돌이 개처럼 진흙탕을 헤매는 것도, 자기처럼 굶어죽어가는 아버지에게 따뜻한 수프 한 그릇 청할 수 없는 것도 모두모두 넌더리가 났다. 이런 삶은 더 나아지는 법이라고는 없었다. 그녀가 기억하는 한은 오히려 그 반대로 더 나빠지기만 했다. 이제 카트린은 벽돌을 깨 오로지 모든 것을 부숴버리고 싶다는 생각만으로 돌을 던졌다. 분노에 눈이 멀어 자기가 누구의 턱을 짓이기고 있는지도 알지 못했다.

병사들 앞에 서 있던 에티엔은 하마터면 머리가 깨질 뻔했다. 돌에 맞아 귀가 부어오른 그는 뒤를 돌아보고 소스라치게 놀랐다. 그를 맞힌 벽돌은 카트린의 흥분한 손에서 날아온 것이었다. 죽을지도 모르는 위험을 무릅쓰고서 그는 그 자리를 떠나지 않은 채 그녀를 지켜보았다. 다른 수많은 이들도 싸움에 매료되어 두 팔을 축 늘어뜨린 채 그 광경을 지켜보았다. 무케는 마치 병뚜껑 맞히기 게임이라도 관람하는 것처럼 평가를 했다. 오! 저건 명중이네! 그리고 저건, 꽝이야! 그는 팔꿈치로 자샤리를 쿡쿡 찌르면서 껄껄댔다. 자샤리는 사람들이 싸우는 걸 잘 볼 수 있도록 목말을 태워달라는 아실과 데지레의 뺨을 때렸다는 이유로 필로멘과 말다툼을 하는 중이었다. 저멀리 길을 따라 구경꾼들이 길게 늘어서 있었다. 탄광촌 입구의 언덕 꼭대기에서는 지팡이를 짚고 나타난 본모르 영감이 적갈색으로 물든 하늘을 뒤로하고 꼿꼿이 서서 미동도 않고 이쪽을 지켜보고 있었다.

벽돌이 날아다니기 시작하자마자 갱내 감독 리숌은 또다시 군인들과 광부들 사이를 비집고 들어가 버티고 섰다. 그는 한편으로는 애원을, 다른 한편으로는 설득을 번갈아 했다. 자기가 위험해질 수도 있다는 사실에는 아랑곳없이, 너무 절망한 나머지 눈에서는 굵은 눈물 줄기가 흘러내렸다. 하지만 그의 말은 엄청난 소란에 묻혀버리고, 그의 덥수룩한 회색빛 콧수염이 가늘게 떨리는 모습만이 눈에 들어왔다.

그사이 벽돌 세례는 점점 더 거세졌고, 남자들도 여자들을 따라 벽돌을 던지기 시작했다.

그때 라 마외드는 마외가 뒤로 물러나 있는 것을 발견했다. 그는 두 손이 빈 채로 어두운 얼굴을 하고 있었다.

"당신 왜 그러고 서 있는 거예요, 응?" 라 마외드가 소리쳤다. "당신, 그렇게 비겁한 남자였어요? 동료들을 저대로 감옥에 가게 내버려둘 거냐고요?…… 아! 내가 이 애새끼만 없었어도 가만있지 않았을 텐데, 정말이라니까!"

라 마외드는 빽빽 울어대면서 목에 매달리는 에스텔 때문에 라 브륄레를 비롯한 다른 여자들과 합류할 수 없었다. 그녀는 남편이 자기 말을 못 들은 척하자 발로 그의 가랑이 사이에 벽돌을 밀어넣었다.

"내 말이 안 들려요? 얼른 이걸 집어들라고요! 내가 사람들 앞에서 당신 얼굴에 침이라도 뱉어야겠어요? 그래야 용기를 낼 거예요?"

마외는 다시 얼굴이 벌게져서는 벽돌을 깨서 던지기 시작했다. 라 마외드는 품에 안고 있는 어린 딸의 숨이 막힐 정도로 두 팔에 힘을 꽉 주면서, 마외의 뒤에서 그를 닦달하고 그의 혼을 빼놓다시피 하며 모두 죽여버리라고 소리쳤다. 마외는 계속 앞으로 나아가다 소총들과 마주보고 섰다.

정신없이 퍼붓는 돌멩이 세례 앞에 얼마 되지 않는 군인들은 그 모습조차 알아보기 힘들었다. 그나마 다행히도 돌들이 높은 곳을 맞히는 덕분에 그들 대신 벽에 온통 구멍이 뚫려버렸다. 이제 어떻게 해야 하나? 대위는 안으로 들어가기 위해 등을 보인다는 생각만으로도 창백한 얼굴이 순간 붉어졌다. 게다가 이젠 그것조차 더이상 가능하지 않았다. 그들이 움직이는 낌새만 보여도 저 노동자 무리가 그들을 갈기갈기 찢어 죽이고 말 터였다. 그때 벽돌 하나가 날아와 그가 쓴 군모의 챙을 부러뜨리는 바람에 그의 이마에서 피가 뚝뚝 흘러내렸다. 그의 병사들도 이미 여럿이 부상을 당한 터였다. 그는 부하들이 강력한 자기방어 본능으로 인해 상관에 대한 복종심과 자제력을 상실했음을 느꼈다. 하사는 "맙소사!"를 연발했다. 그는 빨랫방망이에 얻어맞은 빨랫감처럼 둔중한 충격에 왼쪽 어깨가 반쯤 빠지고 몸에는 온통 시퍼렇게 멍이 들었다. 두 번이나 연거푸 벽돌에 맞은 신병은 엄지손가락이 으깨지고 오른쪽 무릎마저 화끈거리면서 인내심이 극에 달했다. 얼마나 더 이렇게 저들이 하는 대로 참고 견뎌야 한단 말인가? 또 다시 날아온 돌이 노련한 노병사의 배 아래쪽을 맞히자, 그는 두 뺨이 새파래지면서 비쩍 마른 팔을 부르르 떨며 소총을 다시 힘주어 겨누었다. 대위는 세 번씩이나 병사들에게 발포 명령을 내릴 뻔했다. 두려움이 목을 죄어오면서, 영원처럼 느껴지는 몇 초 동안 그는 개인적인 생각과 의무, 한 인간으로서의 믿음과 군인으로서의 믿음 사이에서 갈등했다. 그사이 벽돌은 우박처럼 그들의 머리 위로 점점 더 세차게 쏟아졌고, 마침내 그는 입을 열어 "발사!"를 외치려고 했다. 그 순간, 총이 마치 저절로 발사된 것처럼 총성이 커다랗게 울려퍼졌다. 처음에는 세 발, 그다음에는 다섯 발, 그러더니 일제사격이 가해졌고, 한참 뒤 무거운 정적이 흐르는 가운데 마지막 한 발이 더 발사되었다.

그러자 모두가 경악했다. 그들이 정말로 총을 쏜 것이다! 여전히 그 사실을 믿지 못하는 군중은 입을 벌린 채 손가락 하나 까딱하지 못했다. 이내 날카로운 비명이 허공을 갈랐다. 그와 동시에 발포 중지를 알리는 나팔 소리가 울렸다. 그리고 모두가 총 맞은 짐승들처럼 엄청난 공포에 휩싸여 진흙탕을 헤치며 사방으로 정신없이 달아났다.

베베르와 리디는 처음 세 발의 총탄에 서로의 몸 위로 차례로 쓰러졌다. 리디는 얼굴에 정통으로 맞았고, 베베르는 왼쪽 어깨 아래에 구멍이 났다. 그 자리에서 즉사한 리디에게서는 어떤 움직임도 느껴지지 않았다. 하지만 베베르는 조금씩 몸을 움직여 마지막 숨을 거두기 직전에 경련을 일으키면서 리디를 품에 안았다. 지난밤을 함께 보낸 어두운 은신처에서 그랬듯이 그애를 다시 품에 안고 싶어하는 것처럼. 그때 마침, 잠을 많이 자서 눈이 퉁퉁 부은 채로 그제야 레키야르에서 달려온 장랭은 연기 속을 깡충거리며 돌아다니다가 베베르가 자신의 어린 아내를 껴안고 숨을 거두는 광경을 목격했다.

또다른 다섯 발의 총탄은 라 브륄레와 갱내 감독 리숌을 쓰러뜨렸다. 동료들에게 자제하라고 간청하다가 등에 총알을 맞은 리숌은 무릎을 꿇고 주저앉으면서 옆으로 쓰러졌다. 그러고는 진흙탕 속에 누운 채 여전히 눈물이 가득 고인 눈으로 마지막 숨을 몰아쉬었다. 가슴팍이 커다랗게 뚫린 노파는 그 즉시 뻣뻣해지면서 마른 나뭇단처럼 바스락거리며 쓰러졌다. 입에서는 꾸르륵 소리와 함께 피가 솟구치는 가운데 마지막 저주의 욕설을 우물우물 뱉어냈다.

그후 일제사격으로 발사된 총탄들이 다시 그곳을 쓸어버리면서 백여 걸음 떨어진 곳에서 웃으며 싸움을 지켜보고 있던 구경꾼들 무리를 쓰러뜨렸다. 한 발은 무케의 입으로 들어가 그의 머리를 박살냈고, 그가 자샤리와 필로멘의 발밑으로 쓰러지는 바람에 그의 몸에서 튄 붉은 피가 그들의 두 아이의 몸을 뒤덮었다. 그와 동시에 라 무케트는 배에 두 발의 총탄을 맞았다. 그녀는 군인들이 거총하는 것을 보고는 선한 여자의 본능적인 몸짓으로 카트린에게 조심하라고 소리치면서 그녀 앞으로 뛰어들었다. 그리고 커다랗게 비명을 지르면서 총에 맞은 충격 때문에 뒤로 벌러덩 나자빠졌다. 에티엔이 달려와 그녀를 일으켜 데려가려고 했지만 라 무케트는 손을 내저으며 자신은 끝났다고 말했다. 그러고는 자신이 떠나는 순간에 마침내 카트린과 에티엔이 함께하게 된 것을 기뻐하듯 두 사람에게 계속 웃어 보이면서 딸꾹질을 했다.

이제 모든 게 끝난 듯 보였다. 그런데 폭풍우가 몰아치는 소리 같던 총성이 멀리 탄광촌까지 잦아들었을 때, 뒤늦게 터져나온 마지막 한 방이 무거운 정적을 갈랐다.

가슴 한복판에 정통으로 총탄이 박힌 마외가 그 자리에서 빙그르르 돌더니 탄가루가 시커멓게 쌓여 있는 물웅덩이에 얼굴을 박으며 쓰러졌다.

경악한 라 마외드는 몸을 숙이며 소리쳤다.

"이런! 여보, 일어나요. 별일 아닌 거죠, 그렇죠?"

그녀는 에스텔 때문에 손을 마음대로 쓸 수 없자, 아이를 옆구리에 끼고 자기 남자의 얼굴을 돌려 보았다.

"말 좀 해보라니까요! 어딜 다친 거예요?"

그의 눈은 초점을 잃었고, 입가에서는 피에 물든 침이 흘러나오고 있었다. 그제야 그녀는 그가 죽었다는 것을 깨달았다. 그러자 딸아이를 짐보따리처럼 옆구리에 낀 채로 진흙탕 속에 주저앉아 멍한 눈으로 자신의 남자를 바라보았다.

갱은 휑하니 비었다. 대위는 신경질적인 몸짓으로 돌에 찢겨나간 군모를 벗었다가 다시 썼다. 그는 자기 삶에서 가장 끔찍한 재앙으로 기록될 사건 앞에서 창백한 낯빛으로 바짝 굳어 있었다. 그사이 그의 부하들은 굳은 얼굴로 말없이 소총을 다시 장전했다. 하치장 창가에 겁에 질린 네그렐과 당세르의 얼굴이 보였다. 그들 뒤쪽에 있던 수바린의 이마에는 가로로 굵은 주름이 생겨나 있었다. 그의 확고한 신념이 마치 불길한 징조처럼 이마에 못박혀 있는 듯했다. 지평선 반대쪽의 언덕 꼭대기에서 한 손으로 지팡이를 짚고 서 있던 본모르 영감은 꼼짝하지 않은 채, 아래쪽에서 자기 피붙이들을 죽이는 광경을 더 잘 보기 위해 다른 한 손을 눈썹 위로 가져갔다. 부상자들은 울부짖고 있었고, 죽은 이들은 뒤틀린 자세로 언 땅이 녹아 질척거리는 진흙을 뒤집어쓰거나, 여기저기 시커먼 탄가루로 물든 땅이 드러난 진흙탕에 처박힌 채 차갑게 식어가고 있었다. 그리고 굶주림으로 인해 나뭇가지처럼 깡마른, 조그맣고 초라하기 그지없는 인간들의 주검 가운데,

거대한 살덩이 같은 트롱페트의 사체가 애처로운 모습으로 길게 누워 있었다.

에티엔은 죽음을 피해갈 수 있었다. 그는 진이 빠진 채 두려움에 떨며 쓰러져 있는 카트린 곁에서 그녀가 정신을 차리기만을 계속 기다렸다. 그러다 웬 떨리는 목소리에 소스라쳤다. 막 미사를 마치고 돌아오던 랑비에 신부의 목소리였다. 신부는 두 팔을 허공에 쳐들고 선지자와 같은 분노를 쏟아내며 살인자들에게 천벌을 내려줄 것을 신에게 기원했다. 그리고 정의의 시대가 도래해, 하늘의 불로써 부르주아들을 절멸할 날이 멀지 않았음을 예고했다. 이 땅의 불우한 노동자들을 무자비하게 살육한 것은 결코 용서받을 수 없는 극악무도한 죄악이기 때문이었다.

제7부

1

몽수에서 군인들이 광부들에게 발포한 사건은 파리에까지 엄청난 반향을 불러일으켰다. 나흘 전부터 좌파 성향의 신문들은 일제히 분노하며 신문의 일면 머리기사로 끔찍한 이야기들을 가득 늘어놓았다. 부상자가 스물다섯 명에 사망자가 열네 명이며, 사망자 중에는 두 명의 어린아이와 세 명의 여성도 포함되어 있었다. 또한 포로가 된 이들도 있었다. 그중에서 르바크는 일종의 영웅처럼 다뤄졌다. 신문은 그가 예심판사에게 선인先人들의 숭고함이 느껴지는 대답을 했다고 보도했다. 몇 발 안 되는 총탄에 치명상을 입은 제정은 그 상처가 얼마나 깊은지 깨닫지 못하고 절대권력자로서의 평정平靜을 가장했다. 그것은 그저 유감스러운 충돌이었을 뿐이며, 여론을 주도하는 파리의 거리와는 아주 멀리 떨어진 작은 탄광촌에서 벌어진 사소한 사건이었던 것이다. 사람들은 금세 그 일을 잊을 터였다. 탄광회사는 파업을 속히 끝내고 사건을 조용히 무마하라는 비공식적인 지시를 전달받았다. 이런 식으로 파업이 길어지면 사회에 위협이 될 것이기 때문이었다.

그리하여 수요일 아침이 되자, 몽수에 세 명의 이사가 파견되었다는 사실이 알려졌다. 그때까지 학살의 충격을 떨쳐버리지 못해 감히 일상을 누릴 생각을 하지 못하고 있던 작은 마을은 비로소 숨통이 트이면서 마침내 살았다는 기쁨을 맛볼 수 있었다. 마침 날씨도 좋아지기 시작하면서, 2월의 따사로운 햇살이 라일락 새순을 초록으로 물들였다. 이사회 건물의 덧창들도 모두 활짝 열어젖혀 거대한 건물에 다시금 활기가 돌았다. 그리고 그곳에서는 좋은 소문들이 흘러나왔다. 소문에 따르면, 대참사로 큰 충격을 받은 부르주아 신사들은 탄광촌의 갈 곳 없는 이들에게 온정 넘치는 구호의 손길을 베풀기 위해 달려왔다. 그들은 노동자들에게 자신들의 강력한 힘을 보여주었다. 그것도 그들이 애초에 원했던 것보다 훨씬 더 강도 높게 보여주었으니, 이제 구원자로서의 역할을 충실히 수행할 차례였던 것이다. 그들은 늦었지만 훌륭한 조치들을 공표했다. 먼저, 벨기에인들을 집으로 돌려보내는 것으로 몽수의 노동자들에게 엄청난 양보를 했다고 사방에 떠벌리고 다녔다. 다음으로는 갱을 지키고 있던 군인들도 철수시켰다. 무자비하게 짓밟힌 파업 노동자들은 더이상 위협이 되지 못하기 때문이었다. 사라져버린 르 보뢰 탄광의 초병 문제에 침묵을 요구한 것도 그들이었다. 온 지역을 샅샅이 수색했지만 그의 소총도 시체도 발견하지 못한 터였다. 그리하여 누군가에게 살해당했을 가능성을 의심하면서도 탈영으로 처리하기로 결정했다. 그처럼 그들은 모든 면에서 사건의 충격을 약화시키고자 애썼다. 구시대의 낡은 골조 사이를 누비고 다니는 사나운 군중 앞에서 자신들의 무력함을 인정하는 것이 위험하다고 판단했고, 그들이 앞으로 또 무슨 일을 벌일지 두려웠기 때문이다. 그리고 무엇보다도 순전히 행정적인 문제들은 이와 같은 타협책과는 상관없이 착착 진행되어갔다. 드뇔랭은 이사회 건물에서 엔보 씨를 만나 방담 탄광의 매각에 관한 협상을 진행했고, 엔보 씨는 그에게 이사들의 제안을 받아들여야만 할 거라고 충고했다.

하지만 무엇보다도 그 지역을 술렁이게 한 것은 이사회에서 건물 벽마다 곳곳에 붙여놓은 커다란 노란색 벽보였다. 벽보에는 다음과 같은 말이 아주 커다란 글씨로 쓰여 있었다. "몽수의 노동자들이여, 요 며칠간 당신들의 잘못된 행동이 자신들에게 어떤 비극적인 결과를 초래하는지 똑똑히 보았을 것입니다. 하지만 그렇다고 해서 우리는 현명한 선의의 노동자들에게서 생계 수단을 박탈하기를 원하진 않습니다. 따라서 우리는 오는 월요일 아침 다시 모든 갱의 문을 열 것이며, 작업이 재개되면 개선해야 할 부분이 있는지를 기꺼이 면밀하게 살필 것입니다. 그리하여 우리가 마땅히 해야 할 일과 할 수 있는 모든 일을 하도록 노력할 것입니다." 아침나절에만 만여 명의 광부들이 벽보 앞을 지나갔다. 하지만 아무도 입을 열지 않았고, 많은 이들이 고개를 저었다. 또 어떤 사람들은 무표정한 얼굴의 주름살 하나 움직거리지 않고 느릿느릿 그 앞을 지나쳐갔다.

그때까지도 240번 탄광촌은 거센 저항을 포기하지 않은 채 고집스럽게 버티고 있었다. 마치 갱의 진흙탕을 붉게 물들였던 동료들의 피가 다른 사람들의 앞길을 가로막고 있는 듯했다. 그리하여 겨우 여남은 명 정도만 갱으로 다시 내려갔을 뿐이다. 다른 사람들은 피에롱을 비롯한 회사측 끄나풀들이 탄광촌을 떠났다가 되돌아오는 것에 어떤 반응을 보이거나 위협을 가하지 않고, 어두운 얼굴로 조용히 지켜보기만 했다. 교회에 나붙은 벽보를 보고도 마찬가지로 음울한 경계심만 드러내 보였다. 거기에는 근로수첩을 돌려받는다는 이야기 같은 건 어디에도 없었다. 탄광회사가 그들을 다시 고용하기를 거부하는 건 아닐까? 회사측으로부터 보복당하지나 않을까 하는 두려움과 가장 과격한 노동자들을 해고하는 데 맞서고자 하는 동지애가 그들로 하여금 여전히 저항의 끈을 놓지 않게 했다. 저들의 말은 믿을 수가 없었다. 앞으로 더 두고봐야 할 터였다. 이사들이 자기네 속내를 솔직하게 털어놓으면 그때에야 비로소 갱으로 다시 돌아가는 것을 고려해볼 수 있을 것이다. 탄광촌에서는 무거운 정적이 나지막한 집들을 짓눌렀다. 굶주림은 더이상 두렵지 않았다. 무자비한 사신死神이 지붕들 위를 훑고 지나간 뒤로 누구든 언제라도 죽을지 모른다는 생각이 모두를 지배했다.

그중에서도 가장의 죽음으로 헤아릴 길 없는 슬픔에 빠진 마외 가족의 집은 유난히 더 음울하고 깊은 침묵에 휩싸여 있었다. 남편을 땅에 묻고 온 뒤로 라 마외드는 한 번도 입을 열지 않았다. 그녀는 치열했던 싸움이 끝난 후 에티엔이 진흙투성이가 되어 죽은 것이나 다름없는 카트린을 집으로 데려오는 것을 막지 않았다. 그리고 그녀를 자리에 눕히기 위해 에티엔 앞에서 옷을 벗기다가 카트린의 셔츠에 커다란 핏자국이 나 있는 것을 보고는 자기 딸도 배에 총을 맞은 건 아닐까 잠시 의심했다. 하지만 라 마외드는 곧 그것이 카트린의 생리혈

임을 깨달았다. 그 참혹했던 하루가 요동치는 동안 마침내 사춘기가 시작되었음을 알리는 피가 터져나왔던 것이다. 오! 생리를 하다니, 이런 행운이 어디 있단 말인가! 드디어 아이를 낳을 수 있게 되었다는 것은 진정한 축복이었다. 훗날 헌병들 손에 죽게 될 아이를! 라 마외드는 에티엔에게 하듯 딸에게도 한마디도 건네지 않았다. 에티엔은 체포당할 위험을 무릅쓰고 그곳에서 장랭과 함께 잤다. 암흑 같은 레키야르의 땅속으로 돌아가야 한다는 생각만으로도 역겨움이 몰려왔다. 그곳으로 돌아가느니 차라리 감옥에서 지내는 게 더 나았다. 수많은 동료들의 죽음을 겪은 후 암흑 속에서 밤을 보낼 생각만 해도 전율이 느껴졌다. 또한 그곳 바위 밑에 잠들어 있는 어린 병사를 떠올리며 남몰래 두려움에 떨어야 했다. 게다가 그는 패배의 고통 속에서 감옥을 마치 은신처인 양 그려보곤 했다. 하지만 이제 아무도 그에게 관심조차 두지 않았다. 그리하여 그는 무엇을 해야 몸이 피곤해질지 알지 못한 채 기나긴 시간을 힘겹게 죽여나갔다. 오직 라 마외드만이 때때로 그와 자신의 딸을 원망스러운 눈빛으로 쳐다보았다. 마치 그들이 자신의 집에서 무얼 하고 있는 건지 묻는 것처럼.

그들 가족은 또다시 모두 한데 모여 코를 골며 잠들었다. 예전에 두 아이가 쓰던 침대는 본모르 영감의 차지가 되었다. 레노르와 앙리는 카트린과 한 침대에서 잤다. 이제 불쌍한 알지르는 더이상 제 곱사등으로 큰언니의 옆구리를 파고들 수 없었다. 어미는 잠자리에 들 때에야 비로소, 너무 너르게만 느껴지는 침대의 서늘함에 집안이 텅 빈 것을 느낄 수 있었다. 에스텔을 옆에 눕혀 침대의 빈 공간을 메우려 해봤지만 그런다고 남편의 빈자리가 채워지지는 않았다. 그녀는 몇 시간을 숨죽여 흐느꼈다. 그리고 다시 예전과 같은 날들이 흘러갔다. 여전히 먹을 것이 없지만, 그렇다고 결정적으로 죽을 수 있는 행운이 찾아오지도 않는 나날들이. 여기저기서 주워모은 음식 찌꺼기들은 비참한 이들의 바람에는 아랑곳없이 그들의 질긴 목숨을 부지하게 해주었다. 그동안 그들의 삶에서 달라진 건 아무것도 없었다. 다만 한 사람의 빈자리가 생겨났을 뿐이다.

발포 사건이 있고 닷새째 되는 날 오후, 침묵하는 라 마외드의 모습에 절망감을 느낀 에티엔은 그들의 집을 나와 탄광촌 도로를 따라 천천히 걸었다. 그는 자신이 할 수 있는 게 아무것도 없다는 사실에 마음이 짓눌려 두 팔을 축 늘어뜨리고 고개를 숙인 채 하염없이 걸었다. 그러는 동안 한 가지 생각이 끊임없이 그의 머릿속에 맴돌았다. 그렇게 삼십여 분을 터벅터벅 걷는 동안 왠지 모르게 불편한 느낌이 점점 커져갔다. 그의 동료들이 문간에 나와 그를 쳐다보고 있었던 것이다. 그나마 얼마 남아 있지 않던 그의 인기는 동료들이 학살당하던 날 모두 사라져버린 터였다. 그는 이제 어디를 가든 자신을 쏘아보는 동료들의 이글거리는 눈빛을 느낄 수 있었다. 고개를 들 때마다, 위협적인 눈빛으로 자신을 주시하는 남자들과 창문의 작은 커튼을 젖히고 바깥을 내다보는 여자들을 발견하곤 했다. 그는 여전히 느껴지는 무언의 비난과, 굶주림과 눈물로 퀭하니 더 커진 눈 속의 억눌린 분노와 마주하자 마음이 몹시 불편해져 더이상 걸어다닐 수가 없었다. 그의 뒤쪽에서 사람들이 마음속으로 외치는 비난의 소리가 점점 더 크게 들려오는 것 같았다. 마치 탄광촌 사람들이 모두 한꺼번에 집밖으로 뛰쳐나와 그에게 자신들의 비참함을 목청 높여 외칠 것만 같아 에티엔은 두려움에 떨면서 다시 마외네 집으로 돌아갔다.

하지만 마외네 집으로 들어서다 목격한 광경은 결정적으로 그를 혼란에 빠뜨렸다. 학살의 그날, 여러 토막으로 동강난 지팡이와 함께 마치 벼락을 맞은 고목처럼 땅바닥에 쓰러져 있다가 이웃 사람 둘에게 발견된 뒤로, 본모르 영감은 식어버린 벽난로 옆 의자 위에 못박힌 것처럼 꼼짝 않고 지냈다. 그리고 레노르와 앙리가 배고픔을 속이기 위해 전날 양배추를 끓였던 낡은 냄비 바닥을 귀가 먹먹해지도록 박박 긁고 있는 동안, 라 마외드는 에스텔을 식탁 위에 내려놓고 꼿꼿이 서서 카트린에게 위협적으로 주먹을 휘두르고 있었다.

"어디 다시 한번 지껄여봐라! 네년이 방금 한 말을 다시 해보란 말이야!"

카트린은 르 보뢰 탄광으로 되돌아가 다시 일하겠다는 뜻을 밝힌 터였다. 이렇게 부모 집으로 다시 들어와서는 거추장스럽고 쓸모없는 가축처럼 제 밥벌이도 못하고 있다는 생각이 날이 갈수록 스스로 용납되지 않았다. 그녀는 샤발이 자신에게 어떤 해를 가하든 말든 개의치 않고 화요일부터 다시 갱으로 내려가기로 마음먹었다. 그녀는 더듬거리며 다시 말했다.

"그럼 나더러 어떡하란 말이에요? 아무것도 안 하고 살 순 없잖아요. 일을 하면 적어도 굶어죽진 않을 거잖아요."

라 마외드는 카트린의 말을 자르며 소리쳤다.

"다들 내 말 잘 들어, 너희 중에서 누구든 다시 갱으로 내려가겠다는 말을 꺼내기만 해봐, 차라리 내 손으로 죽여버리고 말 테니까…… 오! 아니지, 이럴 순 없는 거지. 아비를 죽이는 걸로도 모자라서 그 자식들마저 착취하다니! 지금까지 우리한테 한 짓으로도 충분하다고. 너희가 그놈들을 위해 일할 바에는 차라리 먼저 떠난 네 아버지처럼 모두 죽어버리는 게 나아. 내 말 알겠어?"

그녀는 오랜 침묵을 깨고 과격한 말들을 폭포수처럼 마구 쏟아냈다. 살림에 퍽이나 보탬이 되겠구나! 카트린이 집에 가져올 수 있는 돈은 고작 30수에 불과했다. 거기다가 반장들이 저 불한당 같은 장랭 놈에게 일자리를 마련해준다 해도 그가 벌어올 수 있는 돈은 잘해야 20수밖에 안 될 것이다. 모두 합쳐봤자 50수밖에 안 되는 돈으로 일곱 식구를 먹여 살려야 하다니! 어린아이들은 음식을 축내는 것 외에는 아무런 쓸모가 없었다. 할아버지는 쓰러지면서 머리 어딘가를 다친 게 분명했다. 그후로 완전히 바보가 된 것 같았다. 군인들이 동료들에게 총을 쏘는 광경을 목격하고 엄청난 충격을 받아 그런 게 아니라면.

"안 그래요, 아버님? 그놈들이 아버님을 이 꼴로 만든 거잖아요. 아직 손으로는 얼마든지 일할 수 있는데도 이젠 아무 쓸모 없는 사람이 되고 만 거라고요."

본모르 영감은 라 마외드의 말을 알아듣지 못하는 것처럼 생기 잃은 눈으로 그녀를 멀뚱멀뚱 쳐다보았다. 그는 멍한 눈으로 어딘가에 시선을 고정한 채 몇 시간이고 꼼짝하지 않았다. 그가 할 수 있는 것이라고는 청결을 위해 옆에 놓아둔, 재가 가득 담긴 접시에 가래를 뱉는 것뿐이었다.

"게다가 그놈들은 노인네의 연금도 아직 정산해주지 않았어." 라 마외드는 말을 이어갔다. "우리 생각이 자기들이랑 다르다고 그것마저 주지 않으려 할 게 뻔해…… 아니, 절대 그럴 순 없어! 이렇게 우릴 불행하게 만드는 인간들하고는 더이상 상종할 수 없다고!"

"하지만," 카트린이 머뭇거리며 말했다. "벽보에 적힌 글에서 약속을……"

"그 빌어먹을 벽보 얘기는 집어치우지 못하겠니!…… 또 우리를 속여서 이용해 먹으려는 수작이 뻔하니까. 우리들 몸에 구멍을 내놓고 이제 와서 친절한 척하는 꼴이라니!"

"하지만 엄마, 그럼 우린 어디로 가야 해요? 그 사람들은 이대로 우릴 탄광촌에서 계속 살게 놔두지 않을 거예요."

라 마외드는 모호하고도 과격한 몸짓을 해 보였다. 이제 어디로 가서 살아야 하나? 그녀는 그런 걸 생각해본 적도 없고, 생각하고 싶지도 않았다. 그런 생각만으로도 미쳐버릴 것 같았기 때문이다. 이제 여기서 내쫓겨 어딘가로 가야만 할 터였다. 냄비 긁는 소리가 점점 더 신경을 거스르자 라 마외드는 레노르와 앙리에게 분풀이하듯 아이들의 뺨을 때렸다. 그때 식탁 위를 기어다니던 에스텔이 아래로 떨어지는 바람에 소란이 더해졌다. 라 마외드는 아이를 달래기는커녕 뚝 그치라며 아이의 볼기를 때렸다. 차라리 그냥 죽어버렸으면 서로가 더 편했을 것을! 그녀는 알지르를 들먹이면서, 다른 아이들에게도 그런 행운이 찾아왔으면 좋겠다고 말했다. 그러더니 머리를 벽에 기대고 갑자기 서럽게 흐느꼈다.

에티엔은 내내 서서 그 광경을 지켜보면서도 감히 끼어들 엄두를 내지 못했다. 그는 이제 그 집에서 가족 취급도 받지 못했다. 아이들마저 그를 경계하면서 멀찍이 거리를 뒀다. 하지만 에티엔은 이 불행한 여인의 눈물에 가슴이 찢어지는 것 같아 그녀를 위로하려고 조그만 소리로 웅얼거렸다.

"이런, 울지 마요, 힘을 내야죠! 어떻게든 헤쳐나갈 수 있을 겁니다."

라 마외드는 그의 말을 못 들은 것처럼 나직한 소리로 계속 신세 한탄을 늘어놓았다.

"아, 이렇게 비참할 데가! 어떻게 이럴 수가 있지? 이 끔찍한 일들이 일어나기 전에는 그래도 어떻게든 먹고살 수는 있었어. 비록 맨빵밖에는 먹지 못했지만, 그래도 우린 함께 있을 수 있었다고…… 그런데 맙소사, 대관절 어쩌다 이 지경이 된 걸까! 우리가 대체 무슨 나쁜 짓을 했길래 이런 고통을 당해야 하는 거지? 식구들을 땅에 묻고, 살아남은 식구들도 땅속으로 들어가는 것 말고는 아무 희망도 없이…… 저들은 마차를 모는 말처럼 우릴 부려먹었어. 이건 너무나 부당한 일이야. 죽도록 일하면서도 채찍질이나 당하는 가축처럼 살아가면서, 생전 가도 맛난 음식 한번 먹어보지 못하고 부자들의 배만 불려주다가 죽어야 하다니. 희망이 사라지면 더이상 살아갈 낙도 없는 거야. 그래, 계속 이렇게 살 수는 없었어, 우리에게도 숨을 쉴 권리가 있었다고…… 하지만 이렇게 될 줄 진작 알았더라면! 단지 정당한 것을 원했다는 이유만으로 이렇게까지 비참해질 수 있는 거냐고!"

그녀는 한숨을 쉴 때마다 가슴이 부풀어올랐고, 형언할 수 없는 슬픔에 목이 메었다.

"뭐든지 잘될 거라고, 조금만 애쓰면 다 잘될 거라며 허황된 말로 우리에게 헛된 희망을 심어주는 약은 작자들이 어디든 있기 마련인 거야…… 그러면 사람들은 흥분하면서, 지금 눈앞에 보이는 현실로 인해 고통받다못해 이 세상에는 없는 것을 바라게 되지. 나 또한 어리석게도 허튼 꿈을 꿨던 거야. 온 세상 사람들과 서로 도와가며 잘살 수 있는 삶을 꿈꿨지. 그래! 잠시 구름 위를 둥둥 떠다녔던 거야. 그러다 된통 당하고는 다시 똥통 속으로 떨어진 거지…… 그러니까 그 말은 사실이 아니었어. 저 위에는 우리가 있을 거라고 믿었던 것들이 하나도 없었던 거야. 그곳에서 우리를 기다리고 있던 건 여전히 진저리 나는 곤궁한 삶이었어! 그래! 우린 주체하지 못할 넘치는 가난으로도 모자라 총알 세례까지 받은 거라고!"

에티엔은 아무 말 없이 라 마외드의 탄식에 귀를 기울이고 있었다. 그는 그녀가 흘리는 눈물을 보면서 깊은 양심의 가책을 느꼈다. 이상적인 삶을 꿈꾸다가 끔찍한 추락을 경험하면서 몹시 상심해 있는 그녀를 진정시키기 위해 무슨 말을 해야 할지 잘 생각이 나지 않았다. 라 마외드는 이제 방 한가운데로 와서 그를 똑바로 응시했다. 그러고는 마지막으로 분노를 폭발시키며 격하게 소리쳤다.

"어디 네 생각은 어떤지 한번 말해봐. 우리 모두를 이 지경으로 만들어놓고 네놈도 다시 갱으로 돌아갈 생각인 거냐?…… 난 너를 비난하고 싶은 마음은 없어. 다만 내가 너라면, 그렇게 동료들을 죽게 했으면 죄책감 때문에라도 벌써 죽어버렸을 거야."

에티엔은 대답을 하려다가 그저 절망적으로 어깨만 으쓱해 보였다. 어차피 뭐라고 해명한들 절망에 빠진 그녀로서는 그의 말을 받아들이기 힘들 터였다. 그런데 뭐하러 애써 변명을 늘어놓겠는가? 그는 너무 괴로운 나머지 밖으로 나와 다시 정처 없이 걷기 시작했다.

그러자 또다시 탄광촌 사람들 모두가 그를 기다리기라도 한 것처럼, 문간에 서 있는 남자들과 창가에서 바깥을 내다보는 여자들이 눈에 띄었다. 그리고 그가 나타나자마자 여기저기서 수군거리는 소리와 함께 사람들이 몰려들었다. 나흘 전부터 그를 비방하고 헐뜯는 목소리가 점점 커지더니 이제는 모두 소리 높여 그를 저주하기에 이르렀다. 남자들은 그를 향해 주먹을 내밀었고, 엄마들은 원망 가득한 몸짓으로 자기 아들들에게 에티엔을 손가락질해 보였으며, 노인들은 그를 쳐다보면서 침을 뱉었다. 이 모든 것은 패배의 다음날 찾아온 급변한 태도이자, 인기에 뒤따르는 치명적인 이면이며, 아무 소득 없이 견뎌야 했던 모든 고통으로 인해 격화된 증오의 표출이었다. 그는 동료들의 굶주림과 죽음에 대한 대가를 치르고 있었던 것이다.

마외네 집을 나선 에티엔은 필로멘과 함께 막 도착한 자샤리와 몸이 부딪쳤다. 그러자 자샤리는 악의가 느껴지는 말로 비아냥거렸다.

"아니, 이게 누구신가! 이 친구 피둥피둥 살찐 것 좀 봐. 이게 다 죽은 동료들 피를 빨아먹고 찐 살 아닌가 말이야!"

그사이 라 르바크는 부틀루와 함께 나란히 자기 집 문간에 서서 그를 응시하고 있었다. 그녀는 총을 맞고 즉사한 자기 아들 베베르의 얘기를 하며 소리쳤다.

"맞아, 아이들까지 죽게 만드는 비겁한 놈들이 있지. 당장 땅에 묻힌 내 아들을 찾아내서 나한테 다시 돌려줘, 이 나쁜 놈아!"

그녀는 군인들에게 붙잡혀간 남편은 까맣게 잊고 있었다. 부틀루가 여전히 일을 하고 있어 먹고사는 데 아무 지장이 없었기 때문이다. 그러다 문득 남편 생각이 났는지, 라 르바크는 날카로운 목소리로 덧붙였다.

"부끄러운 줄 알아야지! 용감한 사람들은 감옥에 갇혀 고생하는데, 저렇게 당당하게 활개를 치고 다니다니 정말 뻔뻔하기 짝이 없네!"

그녀를 피해가려던 에티엔은 텃밭을 가로질러 달려오던 라 피에론과 정면으로 맞닥뜨렸다. 라 피에론은 자기 엄마의 죽음을 해방처럼 받아들였다. 라 브륄레의 과격한 언행 때문에 자칫 그들 모두의 목숨까지 위태로워질 수 있었기 때문이다. 그녀는 피에롱의 어린 딸의 죽음도 조금도 슬퍼하지 않았다. 되바라지고 영악한 리디가 없어진 것은 그녀에겐 오히려 잘된 일이었다. 하지만 그녀는 이웃들과 화해하려는 생각으로 그들에게 장단을 맞추는 척했다.

"내 엄마는 어쩔 건데, 응? 그리고 불쌍한 내 딸은? 그들이 네놈 대신 몸으로 총알을 막아낼 때, 넌 그들 뒤로 숨는 걸 사람들이 다 봤다고!"

하지만 그가 뭘 어떻게 할 수 있겠는가? 그런 말을 지껄이는 라 피에론의 목을 조르고, 탄광촌 사람들 모두와 맞서 싸울 수는 없지 않은가? 에티엔은 잠시 정말로 그러고 싶은 충동을 느꼈다. 머릿속에서 피가 끓어오르고, 이제는 동료들이 무지한 존재들로 여겨졌다. 무식하고 상스럽게 행동하는 그들을 보며 짜증이 치밀었다. 세상사의 필연적인 귀결을 그의 탓으로 돌리다니! 얼마나 어리석고 편협한 생각인가! 에티엔은 예전처럼 그들을 자기 마음대로 좌지우지할 수 없다는 무력감에 환멸마저 느꼈다. 그래서 탄광촌 주민들이 퍼붓는 욕설을 못 듣는 척하면서 걸음을 재촉했다. 그러다 이내 도망치듯 그곳을 벗어나야만 했다. 그가 지나는 길에 있는 집집에서 그를 향한 야유가 터져나왔고, 그가 가는 곳마다 사람들이 쫓아다니면서 폭발하는 증오 때문에 점점 더 커지는 목소리로 그를 향한 저주의 말들을 쏟아냈다. 바로 그가 그들을 이용했고, 동료들을 죽게 했으며, 그들이 겪는 불행의 유일한 원인을 제공한 장본인이었던 것이다. 겁에 질려 사색이 된 에티엔은 등뒤에서 따라오는 무리를 피해 정신없이 도망쳤다. 마침내 대로로 나서자 많은 이들이 그를 쫓는 것을 그만두었다. 하지만 일부는 계속 그를 뒤쫓았고, 경사진 길 아래쪽의 아방타주 주점 앞에 이른 그는 르 보뢰 탄광에서 일을 마치고 돌아오던 또다른 무리와 마주쳤다.

그중에는 무크 영감과 샤발도 끼어 있었다. 무크 영감은 그의 딸 라무케트와 아들 무케가 죽은 후에도 회한이나 불평의 말 한마디 없이 여전히 마부 일을 계속했다. 그런데 에티엔을 알아본 그가 느닷없이 분노를 폭발시켰다. 눈에서는 눈물이 솟구쳤고, 담배를 하도 씹어대 벌겋게 피가 맺힌 시커먼 입에서는 봇물 터지듯 거친 욕설이 마구 쏟아져나왔다.

"이 나쁜 놈! 망할 놈! 때려죽여도 시원치 않을 놈!⋯⋯ 너 거기 꼼짝 말고 기다려. 네놈 때문에 죽은 불쌍한 내 새끼들 원수를 내가 갚아줄 테니까. 네놈도 똑같이 죽어봐야 해!"

그는 벽돌 하나를 주워 두 동강을 내더니 에티엔을 향해 두 개를 한꺼번에 집어던졌다.

"옳소, 옳소, 저 비열한 놈을 끝장내버려야 합니다!" 샤발이 한껏 흥분해 소리쳤다. 그는 마침내 찾아온 복수의 기회에 반색하며 비아냥거렸다. "각자 자기 차례가 있는 거야⋯⋯ 어때, 이번엔 네놈이 벽에 몰리는 기분이? 이 더럽고 비겁한 놈아!"

그도 에티엔을 향해 돌을 던지기 시작했다. 그러자 모두가 함성을 지르면서 벽돌을 깨뜨린 다음, 군인들을 상대로 그랬던 것처럼 그를 살육하기 위해 깨진 조각들을 집어던졌다. 완전히 얼이 빠진 에티엔은 더이상 도망갈 생각을 하지 않고 그들과 마주한 채 말로써 그들을 진정시키려 했다. 예전에는 그토록 열렬히 환영받았던 말들이 다시 그의 입에서 흘러나왔다. 그는 자신에게 고분고분한 가축과도 같았던 그들을 손아귀에 쥐고 있을 때 그들을 열광시켰던 말들을 반복했다. 하지만 그 말들은 효력이 사라진 지 오래였고, 그들은 말 대신 돌을 던지는 것으로 그에게 응답했다. 에티엔은 왼팔에 타박상을 입고 신변의 위협을 느끼며 뒤로 물러섰다. 그의 바로 뒤에는 아방타주 주점의 벽이 버티고 있었다.

라스뇌르는 아까부터 주점 문간에서 그 광경을 지켜보고 있었다.

"안으로 들어오게." 그는 단지 그렇게만 말했다.

에티엔은 잠시 머뭇거렸다. 그곳으로 몸을 피해야 한다는 사실이 그를 더욱 숨막히게 했다.

"얼른 들어오라니까. 내가 저들한테 얘기해보겠네."

에티엔은 체념한 듯 홀 구석으로 가 몸을 숨겼다. 그동안 주점 주인은 널찍한 어깨로 문을 가로막고 서서 사람들을 향해 소리쳤다.

"자, 친구들, 부디 진정하고 내 말을 좀 들어주기 바랍니다…… 지금까지 내가 여러분에게 한 번도 허튼소리를 한 적이 없다는 건 여러분이 누구보다도 잘 알 겁니다. 나는 언제나 온건한 방식으로 문제를 해결할 것을 주장해왔습니다. 만약 여러분이 그런 내 말을 들었더라면 지금 이 지경까지 오지는 않았을 겁니다."

그는 어깨와 배를 가볍게 움직여가며, 미지근한 물처럼 마음을 가라앉혀주는 달변으로 물 흐르듯 오랫동안 이야기를 해나갔다. 이제 그가 과거에 누렸던 영광이 다시 돌아오고 있었다. 그는 별다른 노력 없이 자연스럽게 예전의 인기를 되찾았다. 불과 한 달 전, 동료들이 그에게 야유를 보내며 비겁한 인간 취급을 한 적이 없었던 것처럼. 여기저기서 터져나오는 목소리들이 그에게 지지를 보냈다. 옳소! 우리도 당신과 함께하겠소! 정말 속시원하게 말도 잘하는군! 그리고 우레와 같은 박수가 터져나왔다.

뒤편에서 몸을 피하고 있던 에티엔은 씁쓸한 생각과 함께 정신이 혼미해지는 것 같았다. 한 달 전 숲속에서 라스뇌르가 자신에게 경고했던 말이 떠올랐던 것이다. 군중의 배은망덕함으로 인해 고초를 겪을 날이 올 것이라던. 정말 무지하고 어리석은 자들이 아닌가! 자신들을 위해 해준 것들을 어떻게 그리 까맣게 잊어버릴 수 있는지! 마치 끊임없이 제 살을 깎아먹으면서 자라나는 무분별한 어떤 힘처럼. 그 무지한 이들이 스스로의 명분을 망치는 것을 지켜보면서 느끼는 분노 뒤에는, 에티엔 자신의 침몰과 그가 품었던 야심의 비극적인 종말에 대한 절망감이 감춰져 있었다. 어떻게 이럴 수가! 정말 이대로 허무하게 끝나고 마는 것인가? 그는 너도밤나무 아래 모였던 3천 명의 심장이 그의 심장에 응답하며 뜨겁게 뛰는 소리를 들었던 때를 떠올렸다. 그날, 그는 두 손 가득 인기를 움켜쥐고 있었다. 그때 저기 모인 저들은 그의 사람들이었고, 그는 그들의 주인이었다. 그리고 가슴 벅찬 꿈들이 그를 도취시켰다. 몽수가 그의 발밑에 있었고, 더 나아가 저멀리 파리에서 어쩌면 국회의원이 되어 사자후를 토해내고 부르주아들을 호령하면서 국회 연단에서 연설을 하는 첫번째 노동자가 될 수도 있었을 터였다. 그런데 이제 그 모든 게 한낱 허황된 꿈으로 끝나고 말다니! 그는 자신의 사람들이었던 이들에게 미움을 받는 비참한 처지가 되어 꿈에서 깨어났던 것이다. 그들은 이제 그에게 벽돌을 던지며 그를 거리로 내몰고 있었다.

라스뇌르는 점점 더 목소리를 높이면서 열변을 토했다.

"폭력으로는 결코 그 어떤 문제도 해결할 수 없습니다. 단 하루 만에 세상을 바꿀 수는 없는 것입니다. 단번에 모든 것을 바꿀 수 있다고 약속하는 사람들은 진지하지 못한 장난꾼이거나 사기꾼일 것입니다!"

"옳소! 옳소!" 군중이 소리쳤다.

그렇다면 도대체 누가 죄인이란 말인가? 에티엔이 오래전부터 자문해오던 이 질문이 결정적으로 그를 짓눌렀다. 사실 따지고 보면 이 모든 게 그의 잘못은 아니지 않은가? 그 역시 이 모든 불행한 사태로 인해 고통받는 피해자였다. 굶주림과 살육, 먹을 것이 없어 비쩍 마른 여자들과 아이들, 이 모든 게 어째서 그의 잘못 때문이란 말인가? 이런 파국이 닥치기 전 어느 저녁, 그와 같은 비참한 광경이 환영처럼 그의 머릿속을 스쳐간 적이 있었다. 하지만 그는 이미 알 수 없는 강력한 힘에 이끌려 동료들과 함께 거센 물결에 휩쓸리고 말았던 것이다. 게다가 그는 결코 앞장서서 동료들을 먼저 부추긴 적이 없었다. 오히려 그들이 그를 이끌었고, 그들이 그의 등을 거세게 떠밀지 않았더라면 그 스스로는 결코 하지 않았을 일들을 하게끔 강요했던 것이다. 그들이 점점 더 폭력적으로 변해갈 때마다 그는 경악했다. 그로서는 그런 식의 그 어떤 것도 예상하거나 원치 않았기 때문이다. 가령 그의 충실한 탄광촌 친구들이 훗날 자신을 돌로 쳐죽이려고 덤벼들리라는 것을 상상이나 할 수 있었겠는가? 저 미치광이들은 지금 거짓말을 하고 있었다. 그들은 그가 자신들에게 배불리 먹고 여유롭게 살 수 있는 삶을 약속했었다며 터무니없는 비난을 퍼붓고 있었다. 에티엔은 끊임없이 자신을 괴롭히는 회한을 떨쳐버리기 위한 자기 합리화와 추론 뒤에 주어진 임무를 제대로 해내지 못했다는 두려움을 감추고 있었다. 마치 자기 능력에 대한 근본적인 회의에 사로잡힌 얼치기 학자처럼. 더구나 그는 이제 용기가 바닥나 지칠 대로 지쳐 있었다. 심지어 마음마저 동료들에게서 떠난 지 오래였고, 그들이 두렵기까지 했다. 무분별하고 통제되지 않는 이 거대한 무리는 법칙이며 논리 따위는 깡그리 무시한 채 모든 것을 쓸고 지나가는 불가항력적인 자연의 힘과도 같았다. 에티엔은 점차 그들에게 혐오감을 느끼며 그들에게서 멀어져갔다. 세련된 취향을 습득하고, 상류층을 향한 야심이 서서히 생겨나면서 노동자들과 함께하는 것이 불편해진 탓이었다.

그 순간, 라스뇌르의 목소리가 군중의 열렬한 노호 속에 묻혀버렸다.

"라스뇌르 만세! 역시 우리한테는 저 친구밖에 없어, 라스뇌르 만세, 만세!"

군중이 뿔뿔이 흩어지는 동안 라스뇌르는 주점 안으로 들어와 문을 닫았다. 이제 두 남자는 말없이 서로를 응시했다. 그러더니 서로 어깨를 으쓱해 보이고는 함께 맥주를 마셨다.

바로 그날, 라 피올렌에서는 네그렐과 세실의 약혼을 축하하는 성대한 만찬이 벌어졌다. 그레구아르 가족은 전날부터 식당을 왁스로 닦아 윤을 내고 응접실의 먼지를 털게 했다. 멜라니는 부엌을 맡아 소스가 눌어붙지 않게 저어가며 고기가 잘 구워지는지 세심히 살폈다. 요란한 음식 냄새가 다락방까지 진동할 정도였다. 마차꾼 프랑시스는 오노린이 음식 나르는 것을 돕기로 했다. 정원사의 아내는 설거지를 맡고, 정원사는 하객들에게 철문을 열어주는 일을 담당했다. 지금까지 그 어떤 축제도 검소하고도 부유한 이 거대한 집을 이토록 들썩이게 한 적은 없었다.

모든 것이 완벽하게 진행되었다. 엔보 부인은 세실에게 더할 나위 없이 다정하게 대했고, 몽수의 공증인이 예비부부의 행복을 기원하며 정중하게 건배를 제의하자 네그렐에게 한껏 미소를 지어 보였다. 엔보 씨 또한 무척 상냥한 태도로 하객들을 맞이했다. 그의 경쾌한 모습은 참석자 모두를 놀라게 했다. 들리는 소문에 따르면, 이사회의 신임을 되찾은 엔보 씨는 파업에 강력하게 대처한 공을 인정받아 머지않아 레지옹도뇌르 오피시에*를 수훈할 예정이었다. 모두들 최근에 일어난 일들에 대해 언급하는 것을 피했지만, 전반적인 흥겨움 속에는 승리의 기쁨이 녹아 있었고, 만찬은 그 승리를 축하하는 공식 연회처럼 진행되었다. 마침내 무거운 짐에서 해방되어 예전처럼 다시 평화롭게 먹고 잠들 수 있게 된 것이다! 하지만 누군가 르 보뢰의 진창에 배어 있는 피가 채 마르지도 않은 죽음들에 관해 조심스럽게 이야기를 꺼냈다. 그리고 그 일은 모두가 마음속에 교훈으로 새겨둬야 할 것

---

* 군공(軍功)이 있는 사람이나 문화적인 공적이 있는 사람에게 대통령이 직접 수여하는 훈장. 1802년 나폴레옹 1세가 제정했으며, 5등급(그랑크루아·그랑도피시에·코망되르·오피시에·슈발리에)으로 나뉜다. 다른 훈장과 마찬가지로 공적에 대한 표창이라기보다는 영예로운 신분 수여의 성격이 짙다. '오피시에(장교)'는 4등급에 해당한다.

이라는 말에 다들 유감스럽다는 표정을 지었다. 그러자 그레구아르 부부는 이제 모두 탄광촌으로 가서 그곳 주민들의 상처를 치유하는 데 힘써야 할 것이라고 덧붙였다. 그들은 예전의 평온하고 관대한 모습으로 되돌아가 자신들에게 충실했던 광부들의 잘못을 용서하고, 벌써부터 다시 갱으로 내려가 대대로 전해내려오는 체념의 미덕을 몸소 보여주는 광부들의 모습을 떠올리고 있었다. 이제 두려움에서 벗어난 몽수의 유력자들은 노동자들의 임금 문제를 신중하게 재검토하자는 데 뜻을 모았다. 엔보 씨가 랑비에 신부의 좌천을 알리는 주교의 편지를 좌중에게 읽어주고 있을 때 나온 구운 고기는 그들의 승리를 완벽하게 만들어주었다. 그 지역 부르주아들은 군인들을 살인자 취급한 그 신부 이야기로 열을 올렸다. 마지막으로 디저트가 나오자, 공증인은 결연하게 자유사상가를 자처했다.

드뇔랭도 두 딸과 함께 그 자리에 있었다. 모두가 한껏 들뜬 분위기 속에서 그는 자신의 파산으로 인한 우울함을 드러내지 않으려고 애썼다. 바로 그날 아침 그는 몽수 탄광회사에 방담 탄광의 채굴권을 매각했던 것이다. 궁지에 몰려 빈털터리가 된 그는 이사들의 요구를 받아들일 수밖에 없었다. 그들이 오랫동안 탐내던 먹잇감을 내주면서 그는 채권자들에게 빚을 갚는 데 필요한 만큼의 돈밖에는 받을 수 없었다. 심지어 마지막 순간 운좋게도 그를 주임기사로 채용하겠다는 그들의 제안을 받아들이기까지 했다. 그렇게 해서 그는 자신의 전 재산을 쏟아부었던 탄광을 감독하는 일개 임금 노동자 신세로 전락했던 것이다. 그것은 소규모 개인 기업의 몰락을 의미하는 것이며, 거세게 몰려드는 대규모 기업들의 물결에 휩쓸려 자본가라는 탐욕스러운 식인귀에게 차례로 먹혀버린 개인 탄광업자들이 머지않아 모두 자취를 감출 것임을 예고하는 것이었다. 드뇔랭은 혼자서만 파업의 대가를 톡톡히 치른 셈이었다. 그는 엔보 씨의 훈장 수훈을 축하하는 건배를 들면서 마치 자신의 파국에 축배를 드는 것 같은 느낌이었다. 뤼시와 잔의 아름답고 당당한 모습만이 그나마 그에게는 유일한 위안이었다. 수선한 옷을 입고도 매력적인 모습의 두 자매는 돈에 대한 경멸을 노골적으로 드러내면서, 선머슴 같은 귀염성 있는 얼굴로 집안의 파산에도 여전히 웃음을 잃지 않았다.

모두들 커피를 마시기 위해 응접실로 자리를 옮길 때, 그레구아르 씨는 자신의 사촌을 구석으로 끌고 가 그의 용기 있는 결정을 치하했다.

"이제 와서 뭘 어쩌겠는가? 몽수 탄광의 지분 백만 프랑을 방담에 몽땅 털어넣었던 게 자네의 유일한 잘못인 거야. 그러니까 고생은 고생대로 해놓고 그 돈을 다 날려버린 거지. 하지만 나는 그 돈을 서랍 속에 넣어두고 일절 건드리지 않았지. 그 덕분에 아직까지 이렇게 아무것도 하지 않고도 편안히 잘살고 있는 거란 말이야. 물론 그 돈으로 내 손주들의 자식들까지 대대손손 먹여 살릴 수 있을 거고."

2

일요일, 에티엔은 날이 어두워지자마자 탄광촌을 빠져나왔다. 별이 총총한 아주 투명한 하늘이 푸르른 노을빛으로 대지를 비추고 있었다. 그는 운하 쪽으로 내려와 마르시엔 방향으로 거슬러올라가며 제방을 따라 천천히 걸어갔다. 그곳은 그가 가장 좋아하는 산책로였다. 끝없이 이어지는 은괴를 연상시키는 기하학적인 모양의 수로를 따라 8킬로미터에 달하는 풀로 덮인 오솔길이 곧게 뻗어 있었다.

그는 그 길에서 지금까지 누구도 만난 적이 없었다. 그런데 그날은 한 남자가 그를 향해 오는 것을 보고 몹시 당황했다. 창백한 별빛 아래, 고독한 두 산책자는 얼굴을 마주하고 나서야 비로소 서로를 알아보았다.

"아! 자네였군." 에티엔이 중얼거렸다.

수바린은 대답 대신 고개를 끄덕였다. 그들은 잠시 가만히 서 있었다. 그러고는 나란히 마르시엔 방향으로 다시 걷기 시작했다. 두 사람은 각자 뚝 떨어져서 자신만의 생각에 몰두하는 듯 보였다.

"자네 혹시 신문에서 플뤼샤르가 파리에서 성공했다는 기사를 본 적 있나?" 마침내 에티엔이 물었다. "사람들이 벨빌의 회합에서 나오는 그를 길에서 기다리다가 열렬히 환영했다더군…… 그래! 아주 잘 나가고 있다니까, 목소리가 맛이 갔는데도 말이지. 앞으로 탄탄대로가 열린 거라고."

기계공은 어깨를 으쓱했다. 그는 청산유수로 말하는 달변가들과, 그럴듯한 말 몇 마디로 손쉽게 돈을 벌기 위해 변호사가 되는 사람들처럼 정치판에 뛰어드는 경박한 치들을 경멸했다.

에티엔은 이제 다윈의 진화론에 관해 이야기하고 있었다. 그는 5수짜리 책에서 통속화된 요약본을 부분적으로 읽은 적이 있었다. 그리고 제대로 이해하지도 못한 내용을 생존을 위한 투쟁을 뒷받침하는 혁명적인 이론으로 삼았다. 그는 살찐 사람들을 잡아먹는 야윈 사람들, 나약한 부르주아들을 집어삼키는 강력한 민중에 관한 궤변을 늘어놓았다. 그런데 수바린은 벌컥 화를 내면서, 과학적인 불균등을 주창하는 다윈의 이론을 받아들인 사회주의자들의 어리석음을 공격했다. 다윈이 주장하는 그 유명한 자연선택설은 귀족적인 철학가들에게나 어울리는 것이었다. 하지만 에티엔은 자기 생각을 고집하면서 계속 따지고 들었다. 그러고는 하나의 가설을 가지고 자신의 의문점을 설명했다. 가령 낡은 사회가 더이상 존재하지 않고, 하나도 남김없이 모두 쓸어버렸다고 치자. 그런 후에 새로운 세상 역시 서서히 똑같은 불공정성으로 썩어들어간다면 그때는 어떻게 할 것인가? 약한 자와 강한 자, 어디서나 자신의 배를 불릴 줄 아는 꾀바르고 영리한 자와 또다시 그런 이들의 노예로 살아가게 되는 어리석고 게으른 사람들이 생겨난다면? 그러자 기계공은 끊임없이 되풀이되는 비참한 삶의 가능성 앞에서 성난 목소리로 외쳤다. 인간과 함께 정의를 실현할 수 없다면 그 인간은 사라져야만 한다. 부패한 사회가 남아 있는 한 살육도 계속되어야 하는 것이다, 마지막 한 사람까지 모두 사라져버릴 때까지. 그리고 다시 침묵이 이어졌다.

수바린은 한참 동안 고개를 푹 숙인 채 부드러운 풀밭 위를 걸어갔다. 자신만의 생각에 너무 골몰한 나머지, 마치 도랑을 따라 걸어가는 몽유병자처럼 차분하고 평온하게 강의 맨 가장자리를 따라갔다. 그러더니 어떤 그림자와 부딪치기라도 한 것처럼 아무 이유 없이 몸을 떨었다. 그리고 몹시 창백한 얼굴로 고개를 들었다. 그는 에티엔에게 부드러운 목소리로 말했다.

"내가 자네한테 그녀가 어떻게 죽었는지 얘기해줬던가?"

"누구 말이야?"

"내가 사랑했던 여자, 저기, 러시아에서."

에티엔은 수바린의 떨리는 목소리에 놀라 애매한 몸짓을 했다. 평소에 마치 스토아학파 철학자처럼 타인과 자신으로부터 초연하고 냉정한 모습으로 일관하던 그가 갑작스레 속내를 털어놓으려 하다니. 에티엔이 아는 것이라고는 그녀가 그의 연인이었으며 모스크바에서 교수형을 당했다는 것뿐이었다.

"일이 뜻대로 되지 않았어." 수바린은 커다란 나무들로 이루어진 푸르스름한 기둥들 사이로 보이는, 운하의 흰빛 강물을 멍한 눈으로 응시하며 말했다. "우린 철로에 폭약을 설치하기 위해 두 주를 땅굴 속에서 지냈어. 그리고 폭발한 건 황제의 기차가 아니라 여행객들이 탄 기차였지…… 그러자 그들은 아누치카를 체포했어. 그녀는 농부의 아내로 변장하고 매일 저녁 우리에게 먹을 것을 가져다주었지. 폭약 도화선에 불을 붙인 것도 그녀였어. 남자는 눈에 띄기가 더 쉬웠으니까…… 난 영원처럼 길었던 엿새 동안 군중 속에 몸을 숨기고 재판을 지켜보았지……"

그는 목이 메더니 숨이 막히는 듯 발작적으로 기침을 해댔다.

"나는 두 번이나 소리치려고 했어. 사람들 머리 위를 뛰어넘어 그녀에게로 달려가고 싶었어. 하지만 그런다고 뭐가 달라지겠어? 내가 죽으면 싸울 수 있는 전사가 하나 줄어들 뿐인 것을. 그녀와 눈이 마주치자, 그녀도 커다랗게 뜬 눈으로 나를 응시하면서 그러지 말라고 말한다는 걸 알 수 있었어."

그는 또다시 기침을 했다.

"마지막 날, 그 광장에는 나도 있었어…… 비가 내리고 있었고, 멍청하고 서툰 사형집행인들은 내리치는 비 때문에 어쩔 줄 몰라하더군. 그들은 이십 분이나 걸려서 다른 네 사람을 목매달았어. 줄이 끊어지는 바람에 네번째 사람은 죽다가 살아나기도 했지…… 아누치카는 그 자리에 서서 자기 차례를 기다렸어. 처음에는 내가 보이지 않는지 사람들 틈에서 계속 나를 찾더군. 그래서 내가 경계석 위로 올라가니까 그제야 나를 알아보더라고. 그후 우린 내내 서로에게서 눈을 떼지 않았지. 그녀는 숨을 거둔 후에도 계속 나를 바라보고 있었어……

나는 모자를 벗어 흔들고는 그곳을 떠났어."

또다시 침묵이 흘렀다. 운하의 새하얀 길은 끝없이 이어졌고, 두 사람은 다시 각자의 생각에 잠긴 듯 숨죽인 걸음으로 걸어갔다. 멀리 지평선 끝에서 창백한 물이 가느다란 빛의 쐐기로 하늘을 여는 듯 보였다.

"우린 벌을 받은 거였어." 수바린은 단호한 목소리로 이야기를 계속했다. "서로 사랑한 벌을 받은 거였지…… 그래, 그녀가 죽은 건 차라리 잘된 일이야. 그녀가 흘린 피에서 영웅들이 태어날 테니까. 이제 내 마음속에는 더이상 아무런 나약함도 남아 있지 않아…… 아! 내겐 아무도 없어. 부모도 아내도 친구도! 언젠가 다른 사람들의 목숨을 앗아야 할 때나 내 목숨을 내놓아야 할 때도 망설일 이유가 하나도 없다고, 내게는!"

에티엔은 서늘한 밤기운에 몸을 떨며 걸음을 멈췄다. 그는 더는 논쟁을 하지 않고 단지 이렇게만 말했다.

"너무 멀리 온 것 같은데 다시 돌아갈까?"

그들은 다시 천천히 르 보뢰를 향해 걸어갔다. 에티엔은 몇 발짝 옮기다가 덧붙였다.

"새로 붙은 벽보를 봤나?"

아침나절에 탄광회사는 또다시 큼직한 노란색 벽보를 붙여놓았다. 그들은 이번에는 더 분명하고 더 타협적인 태도를 보였다. 다음날 갱으로 도로 내려가는 광부들의 근로수첩을 다시 돌려받겠다고 약속했다. 모든 것은 없던 일로 할 것이며 가장 과격했던 이들까지 모두 용서하겠다는 말도 덧붙였다.

"그래, 나도 봤어." 기계공이 대답했다.

"그래, 자넨 어떻게 생각하나?"

"난, 다 끝났다고 생각하네…… 그들은 다시 갱으로 내려갈 거야. 자네들은 모두 너무 비겁해."

에티엔은 열띤 목소리로 동료들의 행동을 정당화하려 애썼다. 한 개인은 누구나 용감할 수 있지만, 굶주림으로 죽어가는 군중은 무력할 수밖에 없다. 그들은 점점 르 보뢰 탄광에 가까워지고 있었다. 에티엔은 시커먼 덩어리 같은 갱 앞에서 이야기를 계속했다. 그는 결코 다시는 갱으로 내려가지 않겠다고 맹세했다. 하지만 다시 갱으로 내려가려는 이들을 용서할 수는 있었다. 그는 목수들이 방수벽을 미처 수리하지 못했다는 소문에 대해 좀더 자세히 알고 싶어했다. 그 소문이 사실인가? 수갱의 보호용 덮개 구실을 하는 지주에 미치는 토압이 너무 세서 나무가 엄청 부풀어올랐다는 게? 그래서 그곳을 지나다니는 채굴용 케이지가 5미터가 넘는 길이를 간신히 통과한다는 게? 다시 입을 다물고 있던 수바린은 간결하게 대답했다. 그는 전날에도 일을 했는데, 케이지가 내벽과 마찰을 일으킨 게 사실이었다. 그래서 기계공들은 문제의 그 지점을 통과하기 위해 케이지의 속도를 두 배로 올려야만 했다. 하지만 작업반장들은 하나같이 그런 문제점을 지적한 것을 짜증스러워하면서 똑같은 말로 대꾸했다. 저들이 원하는 건 석탄이니까 지주 보강 작업은 나중에 하면 된다는 거였다.

"그러다 무너져내리기라도 하면!" 에티엔이 중얼거렸다. "그랬다간 참으로 볼만하겠군."

어둠 속에서 어렴풋이 보이는 갱을 응시하던 수바린은 차분하게 결론지었다.

"갱이 무너지면 자네 동료들이 제일 먼저 알게 되겠지. 자네가 그들에게 다시 내려가라고 권했으니까."

몽수의 종탑이 아홉시를 알렸다. 에티엔이 자러 돌아가겠다고 하자, 그는 손도 내밀지 않고 덧붙였다.

"그럼, 잘 있게. 난 여길 떠나네."

"그게 무슨 말이야, 떠나다니?"

"그래, 내 근로수첩을 돌려달라고 했네. 다른 데로 가려고."

에티엔은 아연실색해서 멍하니 그를 바라보았다. 두 시간이나 함께 산책하고 나서야 그 말을 하다니. 그것도 그렇게 차분한 목소리로. 에티엔 자신은 갑작스러운 이별의 통고만으로도 이토록 가슴이 메어오는데. 그들은 이곳에서 처음 알게 된 후로 동고동락해오지 않았는가. 누군가를 다시는 보지 못할 거라는 생각은 언제나 슬펐다.

"떠난다니, 어디로 가는데?"

"어디든지. 그건 나도 아직 몰라."

"언제 다시 볼 수 있을까?"

"아니, 그럴 일은 없을 거야."

그들은 더이상 다른 할말을 찾지 못하고 잠시 마주보며 서 있었다.

"그럼, 잘 가게."

"잘 있게."

에티엔이 탄광촌으로 올라가는 동안 수바린은 다시 운하의 제방으로 되돌아갔다. 이제 홀로 고개를 숙인 채 그곳에서 마냥 걸었다. 짙은 어둠에 잠긴 그는 한낱 움직이는 밤그림자일 뿐이었다. 그러다 때로 걸음을 멈추고는 멀리서 들려오는 종소리로 시간을 가늠해보곤 했다. 그러다 자정이 되자, 그는 제방을 떠나 다시 르 보뢰 탄광으로 향했다.

그 무렵, 갱은 텅 비어 있었다. 수바린이 마주친 사람은 몰려오는 졸음 때문에 눈이 게슴츠레해진 갱내 감독뿐이었다. 작업이 다시 시작되는 두시까지는 보일러를 가동하지 않았다. 수바린은 우선 옷장 안에 두고 온 재킷을 가지러 가는 척했다. 돌돌 말아놓은 재킷 속에는 드릴이 보강된 죔쇠와 작지만 아주 강력한 톱, 그리고 망치와 끌 같은 갖가지 연장이 들어 있었다. 그는 재킷을 집어들고 탈의실을 나섰다. 하지만 밖으로 나가지 않고 비상용 사다리가 설치된 환기갱으로 통하는 비좁은 통로로 향했다. 그러고는 재킷을 옆구리에 낀 채 램프도 없이 사다리 개수로 갱의 깊이를 가늠하면서 천천히 아래로 내려갔다. 그는 케이지가 땅속 374미터 지점에 위치한, 아래쪽 방수벽의 다섯번째 구역에서 마찰을 일으킨다는 사실을 알고 있었다. 쉰네번째 사다리에 이르러 손으로 더듬어보니, 안쪽의 나무가 부풀어 있는 것을 느낄 수 있었다. 바로 그곳이었다.

그는 오랫동안 자신이 할 일에 대해 생각한 숙련된 노동자의 노련함과 침착함으로 작업을 해나갔다. 먼저 채굴공간과 통할 수 있도록 환기갱의 칸막이용 나무판자를 톱으로 자르는 일부터 시작했다. 그러고는 성냥을 재빨리 켰다가 꺼가며 방수벽의 상태와 최근의 보수 작업 상태를 확인했다.

칼레와 발랑시엔 사이에서 수직갱도를 파려면 엄청난 어려움에 직면해야 했다. 가장 낮은 계곡들과 같은 높이에서 거대한 층을 이룬 지하수면을 통과해야 하기 때문이었다. 커다란 통의 측판側板처럼 서로 연결된 나무판자들로 이뤄진 방수벽을 설치하는 것만이 끊임없이 흘러드는 지하수를 차단하고, 외벽을 세차게 때려대는 깊고 어두운 호수로부터 갱을 분리할 수 있는 유일한 방법이었다. 르 보뢰 탄광을 굴착했을 때는 두 개의 방수벽을 설치해야 했다. 스펀지처럼 물을 빨아들여 부푼 채로 사방이 갈라져 있는 백악층과 인접한, 언제라도 무너질 듯한 모래층과 백색 점토층에 설치된 위쪽의 방수벽이 그중 하나였다. 그리고 아래쪽 방수벽은 탄층 바로 위쪽, 밀가루처럼 곱고 액체 같은 점성을 띤 노란색 모래층에 위치해 있었다. 바로 그곳에 토랑*이 숨어 있었다. 토랑은 북부 지방 광부들에게는 가장 큰 두려움의 대상인 땅속 바다로, 폭풍우와 난파 사고를 동반하는 미지의 바다, 그 깊이를 알 수 없는 바다가 시커먼 물결을 출렁이면서 태양이 비치는 지상에서 300미터도 더 떨어진 땅속에 웅크리고 있었다. 방수벽들은 대부분 거대한 압력에도 잘 버텨주었다. 가장 두려운 상황은, 버려진 채굴용 갱도들이 서로 빈 곳을 메우기 위해 계속 움직이다가 그 때문에 흔들린 인접한 땅이 침하하는 것이었다. 때로는 바위층이 가라앉으면서 생겨난 균열이 서서히 방수벽까지 영향을 미치고, 압력을 받은 방수벽이 수갱 내부까지 밀리게 되는 것이다. 가장 큰 위험은 바로 거기 있었다. 바위가 무너지고 지하수가 터지면서, 엄청난 산사태와 홍수가 갱을 덮치기 때문이었다.

수바린은 그 자신이 두 갱 사이에 낸 통로에 걸터앉아 방수벽의 다

* 프랑스어로 '급류, 격류'라는 뜻.

섯번째 구역에 매우 심각한 변형이 생긴 것을 확인했다. 변형된 나무 쪽들이 받침틀 밖으로 부풀어 있고, 그중 일부는 옹벽 밖으로까지 튀어나와 있었다. 방수벽의 이음매에서는 광부들이 '피슈'라고 부르는 지하수가 콜타르를 바른 삼 부스러기 뭉치를 통과해 다량으로 새어나오고 있었다. 시간에 쫓긴 목수들이 방수벽 귀퉁이에 쇠로 된 브래킷*을 나사도 일일이 조이지 않은 채 대충 박아놓은 것이다. 그 뒤편, 토랑이 흐르는 모래층에서 엄청난 움직임이 일어나고 있는 게 분명했다.

수바린은 가져간 죔쇠로 브래킷들의 나사를 풀어 마지막으로 한 번만 힘을 주면 모두 뜯어낼 수 있게 해놓았다. 그것은 미치지 않고는 할 수 없는 무모한 짓이었다. 작업을 하는 동안 그는 수도 없이 180미터 아래 바닥으로 추락할 뻔했다. 그럴 때마다 그는 케이지가 오르내리는 것을 지지해주는 참나무 가이드를 움켜잡아야 했다. 이처럼 허공에 매달린 채, 가이드들과 띄엄띄엄 연결된 가로대들을 따라 앞뒤로 오가면서, 미끄러져 들어가거나 앉기도 하고, 팔꿈치나 무릎만으로 몸을 기대어 버티고 뒤로 몸을 젖히기도 했다. 그러면서도 그는 죽음에 초연한 듯 내내 차분한 태도를 유지했다. 자칫 바람만 살짝 불어도 아래로 곤두박질치게 될 상황에서 세 번씩이나 간신히 몸의 균형을 바로잡으면서도 조금도 두려워하는 기색이 없었다. 그는 처음에는 손으로 더듬어 가늠하면서 작업하다가 끈적거리는 들보를 만날 때만 성냥을 켜서 확인하곤 했다. 나사를 모두 풀어놓은 그는 이제 방수벽 자체를 공략하기 시작했다. 더불어 위험도 더 커졌다. 그는 다른 나무

* 벽이나 기둥 따위에서 돌출시켜, 축 등을 지지할 목적으로 수직면에 대는 직각삼각형 모양의 나무나 쇠.

판자들을 지탱시켜주는 핵심이 되는 나무판자를 찾았다. 그러고는 그것에 악착스레 달라붙어, 구멍을 뚫고 톱질을 하고 얇게 만들어 지탱하는 힘이 약해지게 했다. 그사이 구멍과 틈 사이로 솟구친 지하수의 가느다란 물줄기들이 그의 눈앞을 가리고 얼음장처럼 차가운 물이 그의 몸을 흠뻑 적셨다. 그 바람에 그가 켜든 성냥 두 개비마저 꺼져버렸다. 성냥이 모두 젖어버리자 칠흑 같은 밤이 찾아오면서, 그 끝을 가늠할 수 없는 깊은 암흑이 그를 덮쳤다.

그때부터 그는 격렬한 분노에 사로잡혔다. 눈에 보이지 않는 무언가의 숨결들이 그를 열광하게 했고, 거센 물줄기가 퍼붓는 땅속의 검은 공포가 파괴의 광기를 토해내게 했다. 그는 지금 당장 자기 머리 위에서 터뜨려버리고 싶은 것처럼 쬠쇠와 톱을 휘두르며 방수벽을 닥치는 대로 마구 두드렸다. 그의 격한 몸짓에서는 그가 몹시 증오하는 산 사람의 몸을 칼로 찌르는 것 같은 잔인함이 느껴졌다. 마침내 그는 언제나 아가리를 크게 벌리고 수많은 인간의 살을 집어삼킨 르 보뢰의 탐욕스러운 짐승을 끝장낼 수 있게 된 것이다! 어둠 속에서 그의 연장들이 집요하게 나무를 파고드는 소리가 요란하게 울려퍼졌다. 그는 몸을 죽 폈다가 기어갔다가 내려갔다가 다시 올라오기를 거듭하면서, 마치 종탑의 기둥 사이를 날아다니는 밤새처럼 끊임없이 동요하는 가운데서도 여전히 기적처럼 버티고 있었다.

그러다가 그는 스스로를 못마땅하게 여기며 흥분을 가라앉히려고 애썼다. 좀더 냉정하게 일을 처리할 수는 없는 건가? 그는 잠시 차분히 숨을 돌리고 다시 환기갱으로 넘어와 톱으로 잘라냈던 나무판자를 다시 제자리에 갖다놓고 구멍을 막았다. 이것으로 충분했다. 그는 방수벽을 너무 심하게 망가뜨려 사람들의 주의를 끌고 싶지는 않았다. 그랬다가는 사람들이 그 즉시 그것을 수리하려고 들 터였다. 이제 짐승의 배에 상처를 입혔으니 저녁에도 여전히 살아 있는지 두고보면 알 것이다. 그리고 그가 흔적을 남겨놓았으니, 겁에 질린 사람들은 그 짐승이 자연사를 맞이한 게 아니라는 사실을 알게 될 터였다. 그는 다시 재킷에 연장을 꼼꼼히 말고는 비상용 사다리를 천천히 올라갔다. 누구의 눈에도 띄지 않고 갱 밖으로 나왔을 때는 옷을 갈아입으러 가야겠다는 생각조차 들지 않았다. 세시를 알리는 종이 울렸다. 그는 길 위에 꼼짝 않고 서서 사람들이 나타나기를 기다렸다.

바로 그 시각, 잠을 이루지 못하고 있던 에티엔은 방안의 짙은 어둠 속에서 들려오는 바스락거리는 소리에 귀를 쫑긋 세웠다. 그는 아이들의 가느다란 숨결과 본모르 영감과 라 마외드의 코고는 소리를 구분할 수 있었다. 그의 옆에서 자고 있는 장랭은 가늘고 길게 이어지는 플루트 소리를 내고 있었다. 아마도 꿈을 꾼 듯했다. 그가 다시 잠을 청하려고 할 때 또다시 소리가 들려왔다. 그것은 짚으로 만든 매트가 삐걱거리는 소리였다. 누군가 몰래 자리에서 일어나려고 하는 것 같았다. 에티엔은 카트린이 몸이 불편한 게 아닌가 생각했다.

"혹시 너야? 왜 그래, 어디 아픈 거야?" 그는 나지막한 목소리로 물었다.

하지만 아무런 대답이 없었다. 다른 사람들의 코고는 소리만 이어질 뿐이었다. 그리고 오 분간 아무런 움직임도 느껴지지 않다가 또다시 삐걱거리는 소리가 들려왔다. 이번에는 잘못 들은 게 아니라는 확신이 들자, 에티엔은 방을 가로질러 가서 맞은편 침대를 더듬어보기 위해 어둠 속으로 두 팔을 내밀었다. 그러다 그곳에 가만히 앉아 있는 카트린을 발견하고는 화들짝 놀랐다. 자리에서 일어난 그녀는 다른 사람에게 들키지 않으려고 숨을 죽이고 있었다.

"이런, 왜 대답을 안 해? 왜 이러고 있는 거야?"

카트린은 하는 수 없이 대답했다.

"일어난 거야."

"이 시간에, 왜 벌써 일어나!"

"응, 다시 갱으로 내려가려고."

에티엔은 그녀의 말에 몹시 충격을 받아 매트 가장자리에 걸터앉아야 했다. 카트린은 이유를 설명했다. 이렇게 무위도식하면서 끊임없이 자신을 비난하는 시선을 견디며 살아가는 건 그녀로서는 너무 고통스러운 일이었다. 이럴 바에는 샤발에게 시달림을 당하는 한이 있더라도 차라리 갱으로 돌아가는 게 나을 터였다. 만약 그녀의 엄마가 그녀가 벌어오는 돈을 받지 않는다면, 그렇다면 뭐 어쩔 수 없는 일 아니겠는가! 그녀는 이제 독립해 홀로 살아갈 수 있을 만큼 충분히 나이가 들었다.

"이제 그만 가줘, 옷을 갈아입어야 해. 그리고 제발 부탁인데, 엄마한테는 아무 말 하지 말아줘, 그래 줄 수 있지?"

하지만 에티엔은 그녀 곁에 계속 머물면서 슬픔과 연민이 느껴지는 몸짓으로 그녀의 허리를 감싸안았다. 그들은 잠옷 바람으로 몸을 밀착한 채 밤잠의 온기가 채 식지 않은 잠자리에 걸터앉아 서로의 맨살의 체온을 느끼고 있었다. 처음에는 그에게서 몸을 빼려던 카트린은 이내 절망적인 몸짓으로 그의 목을 꼭 껴안은 채 나직이 흐느끼기 시작했다. 두 사람은 다른 아무것도 바라지 않았다. 그냥 그렇게 머무르며 끝내 이루지 못했던 자신들의 불행한 사랑을 떠올렸을 뿐이다. 정녕 이대로 영영 끝나버리고 마는 걸까? 이제 서로 자유로운 몸이 된 마당에 언젠가 다시 용기를 내어 서로 사랑할 수 있지 않을까? 그들에게 아주 작은 행복이 허락된다면, 그들이 느끼는 수치심을 떨쳐내고, 그들 자신도 명확히 이해하지 못하는 온갖 생각에서 비롯된 불편한 느낌에서 벗어나 두 사람이 함께할 수 있을 것 같았다.

"가서 더 자." 카트린이 조그맣게 말했다. "불을 켜고 싶지 않아, 엄마를 깨우면 안 되니까…… 이제 정말 가봐야 해. 날 그만 놓아줘."

하지만 에티엔은 한없는 슬픔에 잠겨 카트린의 말에는 아랑곳하지 않고 그녀를 미친듯이 힘껏 끌어안았다. 평온한 삶에 대한 욕구, 행복을 갈망하는 주체할 수 없는 욕구가 물밀듯이 몰려왔다. 그는 그녀와 결혼해 깔끔하고 아담한 집에서 함께 죽을 때까지 행복하게 사는 것 말고는 아무것도 바라지 않았다. 그럴 수만 있다면 빵만 먹고 살아도 충분할 터였다. 빵이 한 쪽밖에 없다면 그건 그녀 몫으로 내줄 것이다. 그 이상 뭐가 더 필요하단 말인가? 사는 데 그보다 더 중요한 게 뭐가 있겠는가?

그가 얘기하는 동안 카트린은 맨팔로 그를 감싸고 있던 포옹을 풀면서 말했다.

"제발, 이제 그만 나를 가게 놔줘."

그러자 에티엔은 마음속에 있던 말을 충동적으로 내뱉으며 그녀의 귀에 대고 속삭였다.

"기다려, 나도 너랑 같이 갈 거야."

그는 자기가 그런 말을 했다는 사실에 스스로도 놀랐다. 다시는 갱으로 내려가지 않겠다고 굳게 맹세한 터였다. 그런데 그것에 대해 한 번이라도 생각해보거나 잠시라도 그 가능성을 따져보지도 않은 채 불쑥 그런 말이 튀어나오다니, 이게 어찌된 일인가? 이제 그의 마음에 평온함이 찾아오면서 그동안 그를 괴롭혔던 의구심이 완전히 사라져버린 듯했다. 그는 자신의 고통에서 벗어날 수 있는 유일한 출구를 우연히 발견해 구원받았다는 생각에 계속 고집을 부렸다. 그리하여 그가 자신을 위해 희생하려 한다는 것을 알고 기겁하며 만류하는 카트린의 말을 들으려고 하지 않았다. 그녀는 갱으로 다시 내려가려고 하는 에티엔에게 동료들이 어떻게 나올지 두려워했다. 하지만 그는 아무래도 상관없었다. 회사측이 붙인 벽보에서도 모든 것을 용서해준다고 약속하지 않았는가. 그것으로 충분했다.

"일을 하고 싶어서 그러는 거야, 내가 원하는 거라고…… 그러니까 얼른 옷 갈아입고 가자. 소리내지 말고."

그들은 어둠 속에서 극도로 조심하면서 옷을 갈아입었다. 그녀는 전날 밤 광부용 작업복을 몰래 준비해놓았다. 그는 옷장 안에서 웃옷과 반바지를 꺼냈다. 그들은 항아리를 잘못 건드릴까봐 세수도 하지 않았다. 모두 깊이 잠들어 있었지만, 라 마외드가 자고 있는 비좁은 통로를 지나가는 일이 남아 있었다. 그런데 그곳을 나서려던 그들은 운 나쁘게도 그만 의자에 발이 걸리고 말았다. 그러자 라 마외드가 깨어나 여전히 잠에 취한 채 물었다.

"응? 거기 누구야?"

겁에 질린 카트린은 에티엔의 손을 세게 움켜쥐면서 그 자리에 멈춰 섰다.

“접니다, 신경쓰지 마세요.” 에티엔이 말했다. “답답해서 바람 좀 쐬고 오려고요.”

“그래요, 그렇게 하구려.”

라 마외드는 다시 잠이 들었다. 카트린은 잠시 움직일 엄두를 내지 못했다. 그러다 마침내 아래층 식당으로 내려가, 몽수의 어떤 부인이 준 빵을 잘라 마련해둔 타르틴을 에티엔과 나눠 가졌다. 그들은 밖으로 나가 조용히 문을 닫고 탄광으로 향했다.

수바린은 아방타주 주점에서 가까운 길모퉁이에서 여전히 꼼짝 않고 서 있었다. 삼십 분 전부터 그는 다시 갱으로 향하는 광부들을 지켜보고 있었다. 어둠이 짙어 형체가 또렷이 분간되지 않는 그들은 가축떼처럼 둔탁한 발소리를 내며 지나갔다. 그는 푸주한이 도살장 입구에서 가축들의 마릿수를 세듯 그들의 수를 하나하나 세고 있었다. 그리고 그 수에 경악을 금치 못했다. 그 자신의 지독한 비관론에도 불구하고 비겁한 자들이 그토록 많으리라고는 예상치 못했던 것이다. 다시 갱으로 돌아가는 광부들의 줄은 끝없이 길게 이어졌고, 수바린은 더욱 매섭게 느껴지는 추위 속에 몸이 뻣뻣하게 얼어붙은 채 번득이는 눈빛으로 입을 꼭 다물고 있었다.

그러다가 그는 깜짝 놀라 몸을 떨었다. 얼굴들이 잘 분간되지 않는 광부들의 행렬 속에서 그 걸음걸이로 누군가를 알아본 것이다. 그는 앞으로 나아가 그의 팔을 잡았다.

“지금 어딜 가는 건가?”

화들짝 놀란 에티엔은 대답 대신 더듬거리며 말했다.

"아니! 자네 아직 안 떠났군!"

그는 갱으로 다시 내려갈 거라고 솔직하게 말했다. 물론 그러지 않겠노라고 맹세한 건 사실이었다. 하지만 이것은 사는 게 아니었다. 어쩌면 백 년 후에나 실현될지도 모를 일을 팔짱을 낀 채 기다리고 있을 수만은 없지 않은가. 그리고 그를 결심하게 한 또다른 개인적인 이유도 있었다.

수바린은 그의 얘기를 들으면서 몸을 떨었다. 그러더니 그의 어깨를 잡고 탄광촌 쪽으로 떠밀면서 소리쳤다.

"당장 집으로 돌아가, 제발 부탁이야, 그래야만 해!"

그때 카트린이 가까이 오자 수바린은 그녀 또한 알아보았다. 에티엔은 그 누구도 자기에게 이래라저래라 할 수 없다고 단호하게 말하며 그에게 맞섰다. 그러자 기계공은 젊은 여인과 자신의 동료를 번갈아 쳐다보다가 갑자기 모든 것을 체념한 듯 한발 뒤로 물러섰다. 한 남자의 마음속에 여자가 있다면 그 남자는 끝난 것이다. 그 때문에 죽을 수도 있었다. 어쩌면 수바린은 순간적으로 눈앞을 스쳐지나가는 환영 속에서, 저기, 모스크바에서 목매달려 죽은 연인의 모습을 본 것인지도 몰랐다. 그의 육체를 옭아매고 있던 마지막 끈이 끊어지면서 그는 다른 이들의 삶과 자신의 삶에서 자유로운 존재가 되었던 것이다. 그는 에티엔에게 이렇게만 말했다.

"그럼 가게."

마음이 불편해진 에티엔은 잠시 지체하면서, 그와 그런 식으로 헤어지지 않기 위해 애써 다정한 말을 하고자 했다.

"자넨 여전히 떠날 생각인가?"

"그래."

"그럼 우리 악수나 하자고, 친구. 잘 가게, 서운한 것 있으면 다 털어버리고."

수바린은 차갑게 얼어붙은 손을 내밀었다. 그에게는 더이상 친구도, 여자도 없었다.

"이번에는 정말로 영원히 작별이군."

"그래, 잘 있게."

수바린은 어둠 속에서 꼼짝도 않고, 르 보뢰 탄광으로 들어가는 에티엔과 카트린을 한참 동안 눈으로 좇았다.

3

네시가 되자 그들은 갱으로 내려가기 시작했다. 램프 보관소 내의 기록원 사무실에 자리를 잡고 앉은 당세르는 앞으로 나서는 광부의 이름을 적고 램프를 하나씩 나눠주게 했다. 그는 회사측이 벽보에 공표한 대로 아무런 질책 없이 그들 모두를 다시 받아들였다. 하지만 창구에 서 있는 에티엔과 카트린을 알아보고는 화들짝 놀라며 얼굴이 시뻘게지더니 등록해줄 수 없다고 말했다. 하지만 이내 빈정거리는 투로 자신들의 승리를 확인시키면서 그들을 보내주기로 했다. 아! 아! 그러니까 제일 지독한 반동분자도 결국 무릎을 꿇은 것인가? 몽수를 난장판으로 만들어놓은 공포의 무법자가 회사에 제 발로 찾아와 빵을 구걸하다니, 이거야말로 회사측의 명백한 승리가 아니고 무엇이겠는가? 에티엔은 아무런 대꾸 없이 자신의 램프를 받아들고 카트린과 함께 갱 입구로 올라갔다.

카트린이 무엇보다 두려워한 것은 그곳 하치장에서 동료들이 자신들에게 폭언을 퍼붓지 않을까 하는 것이었다. 아니나 다를까 입구에 들어서자마자, 그녀는 케이지가 비워지기를 기다리고 있는 스무 명가량의 광부들 중에서 샤발을 알아보았다. 그러자 씩씩거리며 그녀에게로 다가오던 샤발이 에티엔을 보고 걸음을 멈췄다. 그는 모욕적인 몸짓으로 어깨를 으쓱해 보이면서 에티엔에게 비아냥거리는 척했다. 그래, 좋다고! 아직 그의 온기가 남아 있는 자리를 다른 남자가 차지한 거라면 더이상 왈가왈부할 필요가 없었다. 아니, 오히려 속이 시원했다! 그 남자가 남이 먹다 버린 찌꺼기가 좋다는데 자신이 흥분할 이유가 없었다. 샤발은 이처럼 상대를 경멸하는 모습 뒤로 또다시 끓어오르는 질투심에 눈빛이 이글거렸다. 게다가 다른 동료들은 아무런 반응도 보이지 않으면서 눈을 내리깔고 침묵을 지키고 있었다. 그들은 이따금 흘끗거리며 새로 온 이들을 곁눈질할 뿐이었다. 지칠 대로 지쳐 분노조차 잊은 그들은 얇은 웃옷 바람에 한 손에는 램프를 든 채 끊임없이 바람이 불어오는 널따란 홀에서 오들오들 떨며 멍하니 갱 입구를 응시하고 있었다.

마침내 케이지가 컵스에 고정되자 올라타라고 외치는 소리가 들려왔다. 카트린과 에티엔은 피에롱과 두 명의 채탄부가 이미 올라타 있는 탄차에 끼어 탔다. 바로 옆의 또다른 탄차에서는 샤발이 무크 영감에게, 이참에 갱을 망치는 사악한 무리를 제거할 수 있었는데 그런 기회를 써먹지 못한 건 경영진의 잘못이라며 목소리를 높이고 있었다. 하지만 이미 개처럼 굴종하는 삶으로 되돌아간 늙은 마부는 자식들의 죽음에 대한 노여움을 떨쳐버린 듯 화해의 몸짓으로 대답을 대신했다.

고정되어 있던 케이지가 풀리자 그들은 암흑 속으로 빠르게 떨어져 내렸다. 내려가는 동안은 모두가 입을 굳게 다물고 있었다. 삼분의 이쯤 내려갔을 때, 갑자기 엄청난 마찰이 느껴졌다. 끼익하는 쇳소리가 들리면서 그들은 서로의 몸 위로 엎어졌다.

"맙소사!" 에티엔이 으르렁거리며 말했다. "우릴 납작하게 찌부러뜨릴 작정인가? 저 빌어먹을 방수벽 때문에 여기서 모두 죽을지도 몰라. 그런데도 저들은 제대로 보수를 했다고 큰소리만 치고 있으니!"

하지만 케이지는 무사히 장애물을 통과했다. 그리고 이제는 폭우처럼 쏟아지는 빗속을 통과하고 있었다. 광부들은 불안한 얼굴로 세차게 떨어지는 빗소리에 귀를 기울였다. 혹시 방수벽 이음매에서 물이 새는 건 아닐까?

며칠 전부터 작업을 해온 피에롱은 동료들의 질문에 두려워하는 모습을 보이고 싶지 않았다. 그랬다가는 경영진에 대한 공격으로 간주될 수도 있기 때문이었다. 그는 이렇게 대답했다.

"아! 걱정들 할 것 없어! 새삼스러운 일도 아닌데, 뭐. 아마 피슈가 새는 곳을 미처 보수할 틈이 없었을 거야."

그들은 머리 위에서 토랑이 우르릉거리며 요동치는 가운데 엄청난 폭우 세례를 받으며 마지막 적치장에 이르렀다. 그런데도 갱내 감독 중 누구도 사다리로 올라가 어찌된 일인지 알아보려는 생각조차 하지 않았다. 당장은 배수펌프만으로도 충분할 것이며, 다음날 밤에 누수 방지 담당 일꾼들이 방수벽의 이음매를 점검하면 될 것이었다. 지금은 갱도에서 작업을 재개하는 것만으로도 충분히 할 일이 많았다. 채탄부들이 각자의 채굴 작업장으로 향하기 전, 탄광 기사는 앞으로 처음 닷새간은 모든 광부들이 최우선 긴급 사항으로 보강 작업에 신경 쓸 것을 지시했다. 사방에서 붕괴의 조짐이 감지되고 있었으며, 그동안 갱도가 너무 오래도록 방치된 탓에 수백 미터 길이의 갱목을 다시 보수해야만 했다. 그래서 갱 아래쪽에서는 각 갱내 감독의 지휘 아래 열 명씩 한 조를 이루어 가장 피해가 심각한 곳부터 보강 작업에 착수했다. 하강 작업이 모두 끝났을 때, 갱으로 내려간 광부들의 수는 322명으로 갱에서 채굴이 가장 활발하게 이뤄질 때의 절반쯤에 해당하는 인원이었다.

마침 샤발은 카트린과 에티엔이 속해 있는 조에 맨 마지막으로 합류했다. 그것은 우연이 아니었다. 그가 동료들 뒤에 몸을 숨기고 있다가 불쑥 나타나 갱내 감독이 자신을 선택할 수밖에 없게 만든 것이다. 그들의 조는 3킬로미터쯤 떨어진 북쪽 갱도 끝으로 가서 길을 뚫는 임무를 맡았다. 디즈위푸스* 탄맥에서 무너진 바윗덩어리들이 갱도를 막고 있었기 때문이다. 그들은 곡괭이와 삽으로 바위들을 치웠다. 에티엔과 샤발 그리고 또다른 다섯 명이 흙더미를 파내면 카트린과 두 명의 견습 광부가 경사면까지 흙을 운반했다. 갱내 감독이 지키고 있는 터라 그들은 거의 얘기를 나눌 수 없었다. 하지만 탄차 운반부의 두 남자는 서로에게 덤벼들 기회를 호시탐탐 엿보고 있었다. 옛 남자는 자기는 그런 창녀 같은 여자에게 더이상 관심 없다고 구시렁거리

* Dix-Huit-Pouces, 프랑스어로 '18인치'라는 뜻.

면서도 계속 그녀에게 신경쓰면서 교묘하게 그녀를 괴롭혔다. 그녀의 새 남자는 옛 남자에게, 그녀를 가만 놔두지 않으면 언젠가 따끔한 맛을 보여줄 거라고 으름장을 놓았다. 두 남자가 서로를 잡아먹을 듯한 눈빛으로 내내 으르렁거리는 통에, 동료들은 그들을 서로에게서 떼어 놓아야만 했다.

여덟시쯤, 당세르가 작업 진행 상황을 살펴보기 위해 그곳을 둘러보았다. 그는 기분이 아주 더럽다는 듯 갱내 감독에게 역정을 내며 화풀이를 해댔다. 도대체 제대로 된 게 하나도 없군. 갱목은 작업을 해 나가면서 하나둘씩 죄다 새것으로 갈아야 할 판이고, 이거 뭐 전부 다 엉망이잖아! 그러고는 탄광 기사를 데리고 다시 올 거라면서 그곳을 떠났다. 그는 아침부터 기다리고 있는 네그렐이 왜 이렇게 늦는지 모르겠다며 투덜거렸다.

그뒤로 한 시간이 흘렀다. 갱내 감독은 흙 치우는 일을 잠시 중단시키고 모두가 지붕을 떠받치는 일을 돕게 했다. 탄차 운반부와 두 명의 견습 광부까지도 탄차 끄는 일을 중단하고 갱목에 덧대는 나무를 준비해 운반했다. 갱도의 맨 안쪽에 있는 이 작업장은 다른 작업장들과 소통이 차단된, 탄광 맨 끝에 위치한 전초前哨나 다름없었다. 그들은 갱목을 보수하는 동안 서너 번에 걸쳐 이상한 소리를 들은 듯했다. 멀리서 사람들이 뛰어가는 것 같은 소리에 몇 번이나 고개를 돌려 바라보았다. 이게 도대체 무슨 소리지? 마치 자기들만 놔두고 다른 동료들이 서둘러 위로 올라가면서 갱도가 텅 비어버린 듯했다. 하지만 깊은 정적 속에서 웅성거리는 소리가 차츰 잦아들자, 그들은 요란한 망치질 소리에 정신이 멍해지면서 또다시 갱목 작업에 몰두했다. 그리고 마침내 다시 흙을 파내기 시작했고, 파낸 흙을 힘들게 실어날랐다.

그런데 처음으로 탄차를 밀고 갔던 카트린이 새파랗게 겁에 질린 채 황급히 돌아와 경사면에 아무도 보이지 않는다고 전했다.

"암만 소리쳐도 아무도 대답하지 않았어요. 다들 도망가버린 것 같아요."

그 말에 커다란 충격을 받은 열 명의 광부는 연장을 내팽개치고 정신없이 도망쳤다. 적치장에서 그토록 멀리 떨어진 갱 안쪽에서 홀로 버려질지도 모른다는 생각에 그들은 엄청난 공포에 휩싸였다. 그들은 램프만 챙겨들고 줄지어 달려갔다. 채탄부들, 견습 광부들, 그리고 탄차 운반부의 순으로. 갱내 감독도 정신 나간 사람처럼 누군가를 애타게 부르다가 끝없이 이어지는 무인지경의 갱도와 그곳에 내리깔린 무거운 침묵에 얼굴이 점점 더 사색이 되었다. 대관절 무슨 일이 일어난 것인가? 어째서 단 한 사람도 보이지 않는 건가? 대체 어떤 사고가 났길래 동료들이 흔적도 없이 몽땅 사라져버렸단 말인가? 그들은 자신들 앞에 닥친 위험의 불확실성과, 뭔지는 모르지만 자신들 가까이 있는 듯한 어떤 위협에 더욱 큰 두려움을 느꼈다.

마침내 그들이 적치장에 가까워졌을 때, 거세게 흐르는 급류가 앞을 가로막았다. 그러더니 즉시 무릎까지 물이 차올랐다. 그들은 더이상 달려갈 수 없어 간신히 물살을 헤치고 나아가야 했다. 그들의 머릿속은 조금만 늦어도 죽을지 모른다는 생각으로 꽉 차 있었다.

"맙소사! 방수벽이 터진 게 분명해." 에티엔이 소리쳤다. "내가 그랬잖아, 그것 때문에 죽을지도 모른다고!"

위에서 내려온 뒤로 피에롱은 수갱에서 물이 점점 더 많이 떨어지는 것을 보고 몹시 불안한 생각이 들었다. 그는 다른 두 명의 적재부와 함께 케이지에 탄차들을 싣는 동안 굵은 물방울에 흠뻑 젖은 얼굴을 들어 위쪽을 쳐다보았다. 저 위에서, 폭풍우가 휘몰아칠 것처럼 우르릉거리는 소리가 귓전을 때렸다. 하지만 그는 무엇보다 자신의 발밑, 아래쪽으로 10미터 깊이의 하수조인 부뉴에 물이 가득차 있는 것을 보고 소스라치며 몸을 떨었다. 벌써부터 나무판자 틈새에서 솟아나오는 물이 주철판 위로 넘쳐흐르는 게 보였다. 그것은 더이상 배수펌프만으로는 누출되는 지하수를 퍼내기 힘들다는 사실을 입증하는 것이었다. 진이 빠져버린 배수펌프가 딸꾹거리는 단속음을 내며 숨을 헐떡이는 소리가 들려왔다. 그러자 피에롱은 당세르에게 그 사실을 알렸지만 갱내 총감독은 역정을 내고 욕설을 퍼부으면서 기사가 오기를 기다려야 한다고만 대답했다. 피에롱은 그 얘기를 두 번씩이나 다시 꺼냈지만 갱내 총감독은 짜증스러운 몸짓으로 어깨를 으쓱해 보일 뿐이었다. 그래서 뭘 어쩌란 말인가? 물이 차오른다 한들 그가 뭘 할 수 있겠는가?

그때 무크 영감이 작업을 하기 위해 바타유를 끌고 나타났다. 그런데 늙은 말은 죽음을 예감하기라도 한 듯 갑자기 수갱 쪽으로 머리를 쳐들고 힝힝거리면서 뒷발로 일어섰다.

"왜 그러는 거야, 철학자? 뭐가 두려운 거지?…… 오! 비가 떨어져서 그런가보군. 어서 이리 와, 그건 너랑 상관없는 일이니까."

하지만 말이 온몸을 부르르 떨면서 계속 버티는 바람에 노인은 말을 억지로 운반 갱도로 끌고 가야 했다.

무크 영감과 바타유가 갱도 안쪽으로 사라지는 순간, 공중에서 우지끈 부러지는 소리에 이어 무언가가 떨어지는 듯한 요란한 굉음이 한참 동안 들려왔다. 방수벽을 이룬 나무판자 하나가 떨어져나와 180미터 아래 바닥으로 떨어지면서 수갱 벽면에 부딪혀 튀어오르면서 나는 소리였다. 피에롱과 다른 적재부들은 간신히 몸을 피할 수 있었다. 참나무 판자는 비어 있는 탄차 한 대만 박살냈다. 그와 동시에 마치 둑이 터진 것처럼 위쪽에서 엄청난 물이 쏟아져내렸다. 당세르는 위로 올라가 살펴보려 했다. 그런데 그가 다시 얘기하는 사이 두번째로 떨어져나온 나무판자가 아래로 떨어졌다. 그러자 임박한 대재앙 앞에 겁에 질린 갱내 총감독은 더이상 지체하지 말고 즉시 위로 올라가라고 지시하면서, 갱내 감독들에게 작업장에 있는 광부들한테 그 사실을 알리게 했다.

그러자 끔찍한 혼란이 시작되었다. 각 갱도에서 수많은 광부들이 줄줄이 정신없이 뛰어와 한꺼번에 케이지로 몰려들었다. 그들은 서로 떼밀면서 먼저 올라타겠다고 서로를 인정사정없이 짓밟았다. 환기갱의 사다리를 통해 밖으로 나가려던 몇몇 사람들은 벌써 통로가 막혔다고 소리치면서 다시 아래로 내려왔다. 케이지가 한 대씩 출발할 때마다 모두들 두려움에 떨며 웅성거렸다. 이번 건 무사히 지나갔지만, 다음번 것도 통과할 수 있을지 누가 장담할 수 있겠는가? 이미 떨어져나온 나무판자들이 수갱의 통로를 꽉 막고 있는데. 위쪽에서는 우르릉거리는 세찬 물소리가 점점 커지는 가운데, 방수벽의 나무가 계속 갈라지고 터져나가면서 둔탁한 폭발음 같은 것이 연속해서 들려왔다. 그러다 이내 케이지 하나가 우그러지면서 더이상 가이드 사이를 통과하지 못했다. 가이드도 부러진 게 분명했다. 또다른 케이지는 가이드와 너무 심한 마찰을 일으켜 케이블이 곧 끊어지고 말 터였다. 게다가 아직 갱을 빠져나가지 못한 사람들이 백여 명에 달했다. 그들은 숨을 헐떡거리면서 피투성이가 된 채 케이지에 매달리거나 물에 빠지기도 했다. 그중 두 사람은 떨어진 나무판자에 맞아 즉사했다. 세번째 남자는 케이지를 움켜잡으려다가 50미터 아래로 추락해 부뉴 속으로 사라졌다.

그사이 당세르는 혼란을 수습하느라 진땀을 흘리고 있었다. 그는 리블렌을 무기처럼 휘두르며 누구든 자기 지시를 따르지 않는 사람은 머리통을 깨부수겠다고 으름장을 놓았다. 그러고는 그들을 일렬로 세우면서, 적재부들은 다른 동료들 먼저 케이지에 태운 후 맨 나중에 빠져나가야 한다고 소리쳤다. 하지만 아무도 그의 말을 듣지 않았고, 그는 피에롱이 하얗게 질린 겁먹은 얼굴로 먼저 도망가려 하는 것을 저지해야 했다. 케이지가 출발할 때마다 당세르는 피에롱의 뺨을 때리면서 그를 비켜나게 했다. 하지만 갱내 총감독 자신도 두려움에 이를 덜덜 부딪쳤다. 조금만 더 지체했다가는 산 채로 땅속에 파묻힐지도 몰랐다. 저 위에서는 모든 게 무너져내리고 있었다. 마치 제방이 터진 강물처럼, 갈라진 방수벽에서 살인적인 폭우가 쏟아지고 있었다. 아직 갱 안에 남아 있던 몇몇 광부들이 달려오고 있을 때 새파랗게 질린 당세르가 다급하게 케이지로 뛰어들었고, 그 뒤를 이어 피에롱이 올라탔다. 케이지는 즉시 위로 올라갔다.

그 순간, 에티엔과 샤발이 속한 조가 적치장으로 막 들어섰다. 그들은 케이지가 눈앞에서 사라지는 것을 보고 서둘러 달려갔다. 하지만 방수벽이 마지막으로 무너져내리는 바람에 얼른 뒤로 물러서야 했다.

이제 수갱이 완전히 막혀버린 터라 케이지가 다시 내려올 가능성은 없었다. 카트린은 흐느꼈고, 샤발은 목이 터져라 욕설을 퍼부었다. 남아 있는 사람은 모두 스무 명 정도였다. 저 망할 놈의 반장들은 자신들을 정말 이대로 버리고 말 셈인가? 천천히 바타유를 다시 끌고 나타난 무크 영감은 말의 굴레를 잡은 채 그곳에 서 있었다. 노인과 말은 빠르게 차오르는 물 앞에서 어찌할 바를 모르고 멍한 표정을 짓고 있었다. 물은 어느덧 허벅지까지 차올랐다. 에티엔은 아무 말 없이 입을 꼭 다문 채 카트린을 일으켜 품에 안았다. 갱 속에 갇혀버린 스무 명은 위를 쳐다보며 울부짖었다. 그들은 강물을 끝없이 토해내는 구멍, 수갱을 하릴없이 계속 쳐다보았다. 하지만 그곳 어디에서도 그들을 구해줄 구원의 손길은 나타나지 않았다.

갱 밖으로 나온 당세르는 케이지에서 내리다가 저만치에서 뛰어오는 네그렐을 발견했다. 그날 아침 행운의 여신이 네그렐을 돕기라도 한 듯, 엔보 부인은 잠자리에서 일어나자마자 세실의 결혼 선물을 사기 위해 상품 안내서를 함께 살펴보자며 그를 붙잡았다. 그때가 열시였다.

"아니, 대체 무슨 일입니까?" 네그렐이 멀리서 외쳤다.

"갱이 무너졌습니다." 갱내 총감독이 대답했다.

그가 더듬거리면서 조금 전에 일어난 대참사에 대해 보고하자, 탄광 기사는 그의 말을 못 믿겠다는 듯 어깨를 으쓱했다. 지금 그 말을 나더러 믿으라는 건가! 아니, 방수벽이 어떻게 그렇게 저절로 무너질 수 있단 말인가! 과장이 섞인 말은 못 믿겠으니 그 자신이 직접 확인해야 할 터였다.

“어쨌든 갱에 남아 있는 사람은 더이상 없는 거겠지요, 물론?”

그의 말에 당세르는 당황했다. 아니, 아무도. 적어도 그렇기를 바랐다. 하지만 뒤에 처진 사람들이 있을지도 몰랐다.

“뭐라고요, 맙소사!” 네그렐이 소리쳤다. “그런데 왜 먼저 나온 겁니까? 어떻게 자기 동료들을 버리고 도망칠 수 있습니까!”

그는 즉시 램프의 개수를 세라고 지시했다. 그날 아침, 그들은 322개의 램프를 나눠주었고 회수된 것은 255개에 불과했다. 하지만 많은 사람들이 자기 램프를 갱 아래 놓고 왔다고 털어놓았다. 정신없이 우왕좌왕하다가 떨어뜨린 게 대부분이었다. 그래서 이번에는 점호를 시도해보았지만 그렇게 해서도 정확한 수를 파악하긴 힘들었다. 그사이 일부는 도망쳐버렸고, 자기 이름을 부르는 소리를 듣지 못하는 이들도 많았다. 따라서 갱을 빠져나오지 못한 사람들의 수에 대해서는 여전히 의견이 분분했다. 어쩌면 스무 명, 아니 마흔 명일 수도 있었다. 탄광 기사는 오직 한 가지 사실만 확신할 수 있었다. 갱 속에는 아직 사람들이 남아 있는 게 분명했다. 수갱 입구 쪽으로 몸을 숙이면, 무너진 방수벽 잔해 너머로 요란한 물소리에도 불구하고 그들이 울부짖는 소리를 들을 수 있었다.

네그렐은 첫번째 조치로 엔보 씨에게 사람을 보내 이 사실을 알리고 갱을 폐쇄하려 했다. 하지만 그러기엔 이미 너무 늦어버렸다. 방수벽에 이어 탄광 전체가 무너지기라도 하듯 다급하게 240번 탄광촌으로 달려간 광부들이 가족들에게 그 소식을 알려 그들을 공포로 몰아넣었던 것이다. 그리하여 여자들과 노인들, 아이들까지 비명을 지르고 울음을 터뜨리면서 정신없이 언덕을 달려 내려왔다. 탄광측은 그들을 밀어내고 저지선을 쳐야만 했다. 작업에 방해가 되어서는 안 되기 때문이었다. 갱에서 올라온 광부들 중 대부분은 옷을 갈아입을 생각도 못하고 그 자리에 서서 멍하니 그 광경을 지켜보고 있었다. 그들은 두려움에 매혹되기라도 한 듯 자신들이 죽을 뻔했던 무시무시한 구덩이 앞을 떠나지 못했다. 반쯤 넋이 나간 채 그들 주위로 모여든 여인네들은 저 아래 누가 남아 있는지 알고자 그들에게 매달려 끊임없이 질문을 해댔다. 그이가 거기 있는지? 내 남편은? 우리 애아버지는? 하지만 그들은 아무런 대답도 해줄 수 없었다. 그저 무슨 말인가를 우물거리고 몸을 부르르 떨면서 거친 몸짓을 해 보였을 뿐이다. 아직도 눈앞에서 보고 있는 것 같은 끔찍한 광경을 떨쳐버리려는 듯. 모여든 사람들의 수는 빠르게 늘어났고, 그들의 비탄에 젖은 울음소리가 주변 도로까지 울려퍼졌다. 그리고 저 위쪽, 폐석 더미 위에 있는 본모르 영감의 오두막에는 한 남자가 바닥에 앉아 있었다. 수바린이었다. 아직 이곳을 떠나지 않은 채 그 모든 광경을 죽 지켜보고 있었던 것이다.

"이름을 알려달란 말입니다! 이름을!" 여자들은 눈물로 목이 메어 외쳤다.

그때 네그렐이 잠깐 동안 얼굴을 비추면서 그들을 향해 소리쳤다.

"이름을 확인하는 즉시 여러분에게 알려드리겠습니다. 하지만 아직 절망할 필요는 없습니다. 모두 무사할 테니까요…… 내가 직접 내려가겠습니다."

그러자 모두들 두려움에 숨을 죽이고 기다렸다. 과연 탄광 기사는 차분하고도 용감하게 갱으로 내려갈 준비를 했다. 그는 케이지를 떼어내고 그 대신 케이블 끝에 조그만 통을 매달게 했다. 그리고 물 때문에 램프가 꺼질 것을 염려해 통 아래쪽에 또다른 램프를 매달라고 지시했다.

갱내 감독들은 하얗게 질린 일그러진 얼굴로 두려움에 떨면서 준비 작업을 도왔다.

"당세르 총감독은 나하고 같이 내려가죠." 네그렐이 짤막하게 말했다.

그런데 아무도 용기 있게 나서지 못하는 가운데 갱내 총감독이 두려워서 휘청거리는 모습을 보고는 경멸하는 몸짓으로 그를 비켜나게 했다.

"아니, 오히려 방해만 될 것 같군…… 나 혼자 가는 편이 낫겠소."

그러면서 그는 벌써 케이블 끝에서 흔들리고 있는 비좁은 통 속으로 들어갔다. 그리고 한 손으로는 램프를 들고 다른 한 손으로는 신호기 줄을 잡고 기계공을 향해 소리쳤다.

"천천히 내리도록!"

기계가 보빈을 작동시키자, 네그렐은 여전히 비참한 영혼들의 절규가 들려오는 캄캄한 땅속으로 사라졌다.

갱의 맨 위쪽은 아무런 피해도 입지 않았다. 그는 위쪽 방수벽이 양호한 상태로 남아 있는 것을 확인했다. 갱 중앙에 이르러서는 허공에서 흔들리는 상태로 빙 돌아가며 램프로 벽면을 비춰 보았다. 방수벽의 이음매 사이로 새어나오는 물은 그의 램프도 꺼뜨리지 않을 만큼 그 양이 미미했다. 하지만 위에서 300미터 지점에 위치한 아래쪽 방수벽에 이르자, 그의 예상대로 램프가 꺼지고 벽에서 솟구치는 물이 통 속으로 흘러들기 시작했다. 그때부터 그는 어둠 속에서 그보다 앞서가는, 통에 매달린 램프 불빛에 의지해 갱을 살펴볼 수밖에 없었다. 무모하리만치 대담한 그였지만 참혹한 대재앙 앞에서 얼굴이 하얗게 질리면서 몸을 떨었다. 아래쪽 방수벽은 나무판자 몇 조각만이 남아 있었고, 대부분이 그 틀과 함께 떨어져나가고 없었다. 그 뒤로는 거대한 공동空洞이 파여 있었는데, 그곳에서 밀가루처럼 고운 노란색 모래가 엄청나게 흘러나오고 있었다. 또한 폭풍우와 조난 사고가 일어나는 미지의 땅속 바다, 토랑의 물이 둑이 터진 것처럼 넘쳐흘렀다. 네그렐은 점점 더 커지는 텅 빈 공간 속에서 길을 잃은 채, 집중호우에 두들겨 맞고 통과 함께 빙빙 돌아가면서 계속 아래로 내려갔다. 아래쪽을 향하고 있는 램프의 붉은 별빛이 너무 침침한 탓에, 마치 멀리 거대한 그림자들이 만들어내는, 파괴된 도시의 거리와 교차로들을 보는 듯했다. 이제 여기서는 더이상 그 누구도 일할 수 없을 것 같았다. 그는 이제 한 가지 희망만을 품을 수 있었다. 위험에 빠진 사람들을 구해내는 것. 아래로 내려갈수록 그들의 절규가 더욱더 크게 들려왔다. 하지만 그는 내려가는 것을 멈춰야 했다. 넘어갈 수 없는 장애물이 갱을 가로막고 있었기 때문이다. 무너진 방수벽의 잔해, 가이드에서 떨어져나온 두꺼운 널빤지, 그리고 환기갱의 갈라진 칸막이용 나무판자들이 배수펌프에서 뜯겨져나온 유도장치들과 어지럽게 뒤엉켜 있었다. 그가 가슴이 미어지는 심정으로 그 광경을 한참 동안 바라보고 있을 때, 사람들의 절규가 갑자기 뚝 끊겨버렸다. 어쩌면 물이 급속도로 차오르자 절망에 빠진 그들이 갱도 안쪽으로 도망친 것인지도 몰랐다. 거센 물결이 이미 그들을 삼켜버린 게 아니라면.

네그렐은 체념하고서 다시 위로 올라가기 위해 신호기 줄을 잡아당겼다. 그리고 올라가는 도중에 다시 통을 멈추게 했다. 그를 대경실색케 한 문제가 아직 해결되지 않은 채 남아 있었던 것이다. 그는 이렇게 급작스럽게 사고가 일어난 이유를 이해할 수 없었다. 그 원인을 제대로 밝혀내고 싶었던 그는 아직까지 제대로 붙어 있는 방수벽의 몇몇 나무판자들을 살펴보았다. 벽에서 조금 떨어져 살펴보던 그는 나무판자에서 갈라지고 팬 자국을 발견하고는 경악을 금치 못했다. 하나 남은 램프마저 물에 젖어 꺼질락 말락 하는 터라 그는 손으로 더듬어 살펴봐야 했다. 그러자 톱질을 한 자국과 쇰쇠로 내리친 흔적을 비롯해 끔찍하게도 고의적으로 방수벽을 망가뜨린 증거들이 또렷이 드러났다. 그랬다, 이건 분명 누군가가 의도적으로 야기한 재앙이었다. 기겁한 그가 망연자실해 있을 때 방수벽의 나머지 부분이 삐걱거리더니 틀과 함께 떨어져나가면서 그마저 바닥으로 데려갈 뻔했다. 그러자 한순간 용기가 사라져버리면서, 그런 짓을 한 인간에 대한 생각으로 머리카락이 쭈뼛 서고, 무시무시한 악마를 본 것 같은 두려움에 온몸의 피가 얼어붙는 듯했다. 마치 거대한 몸집을 가진 그가 여전히 그곳의 어둠 속에 몸을 숨기고서 자신이 저지른 엄청난 죄악을 지켜보고 있을 것만 같았다. 네그렐은 위를 향해 소리치면서 미친듯이 신호기 줄을 흔들었다. 그러지 않았다면 그 역시 목숨을 보전하기 힘들었을 터였다. 그의 머리 위쪽으로 100미터 지점의 방수벽마저 건들거리기 시작했던 것이다. 방수벽의 이음매가 벌어지면서 콜타르를 바른 삼 부스러기 뭉치가 떨어져나가 물이 새어나오고 있었다. 이제 갱의 방수벽이 모두 떨어져나가 갱 전체가 무너지는 것은 시간문제였다.

네그렐이 갱 밖으로 나오자, 엔보 씨가 초조한 얼굴로 기다리고 있었다.

"어떻게 됐나? 상태가 어떻던가?" 그가 물었다.

하지만 네그렐은 목이 메어 아무 말도 할 수 없었다. 그는 금방이라도 쓰러질 것처럼 보였다.

"어떻게 이런 일이, 지금까지 이런 사고는 단 한 번도 없었어…… 제대로 살펴보긴 한 건가?"

네그렐은 경계하는 눈빛으로 고개를 끄덕였다. 그는 자신들의 말을 듣고 있는 몇몇 갱내 감독들 앞에서 보고하기를 꺼리는 눈치였다. 자기 숙부를 10미터쯤 떨어진 곳으로 데려간 네그렐은 그곳도 충분히 멀지 않다고 생각했는지 좀더 뒤로 물러섰다. 그제야 그는 엔보 씨의 귀에 대고 아주 조그만 소리로 테러의 가능성을 언급했다. 그리고 구멍이 뚫리고 톱질을 한 흔적이 있는 나무판자들과, 목에서 피를 흘리며 단말마의 숨을 몰아쉬고 있는 갱을 자세히 묘사했다. 그러자 사장도 얼굴이 창백해지면서 동시에 목소리를 낮췄다. 그는 그래야 한다는 걸 본능적으로 직감하고서, 그토록 엄청난 부도덕함과 차마 입에 담기조차 힘든 범죄의 잔악함에 관해서는 일절 언급하지 않았다. 만여 명의 몽수 노동자들 앞에서 두려움에 떠는 모습을 보여줄 필요는 없었다. 나중에는 어차피 저들도 진실을 알게 되겠지만. 두 사람은 나직한 소리로 계속 이야기하면서, 누군가가 그 끔찍한 죄악을 저지르기 위해 무모하게도 갱으로 내려가 수없이 죽을 고비를 넘겨가며 허공에 매달려 있었을 생각에 치를 떨었다. 그들은 그처럼 파괴에 집착하는 광기 어린 만용을 도무지 이해할 수 없었다. 그리고 눈앞에 드러난 명백한 증거가 있는데도 그 사실을 애써 부인하고자 했다. 마치 땅 위 30미터 높이의 창문에서 뛰어내려 도망가는 죄수들의 일화 같은, 유명한 탈옥 사건의 진위를 의심하는 것처럼.

엔보 씨가 갱내 감독들 앞에 다시 나타났을 때 그의 얼굴에는 신경질적인 경련이 일었다. 그는 절망적인 몸짓으로 즉시 갱을 버리고 철수할 것을 지시했다. 그들은 마치 장례식장을 나서는 듯한 비통한 얼굴로 말없이 갱을 버리고 떠나면서, 텅 빈 채로 아직 버티고 있는 커다란 벽돌 건물들을 자꾸만 뒤돌아보았다. 이제 그것들을 구해낼 수 있는 방법은 어디에도 없었다.

사장과 탄광 기사가 맨 마지막으로 하치장에서 내려오자, 모여 있던 군중은 집요하게 그들을 향해 거듭 소리쳤다.

"이름을 말해주시오! 이름을! 이름을 말해달란 말이오!"

이제 라 마외드도 여자들과 함께 그곳에 있었다. 그녀는 간밤에 무슨 소리를 들었던 것을 기억해냈다. 자기 딸과 하숙인이 함께 떠난 게 분명했다. 그들은 필시 저 아래 갇혀 있을 터였다. 그녀는 아주 꼴좋게 되었다고, 인정머리 없는 비겁한 것들은 그래도 싸다고 소리치더니 그 즉시 달려와 맨 앞줄에 서서 불안에 떨고 있었다. 게다가 그녀는 더이상 감히 의문을 품을 수도 없었다. 그녀 주위에서 이름을 두고 벌어진 언쟁을 통해 사실을 전해들은 것이다. 그래, 그렇다니까, 카트린도 거기 있었대, 에티엔이랑 같이 말이야. 어떤 사람이 둘이 같이 있는 걸 분명히 봤다고 그랬어. 하지만 다른 사람들에 관해서는 여전히 의견이 분분했다. 아니, 그 사람이 아니고 다른 사람이라니까. 어쩌면 샤발도 거기 있는지도 몰라. 그러나 한 견습 광부는 분명 그와 함께 밖으로 나왔다고 단언했다. 라 르바크와 라 피에론은 비록 위험에 처한 가족은 없었지만, 다른 사람들과 마찬가지로 집요하게 이름을 알려줄 것을 요구하면서 큰 소리로 탄식했다. 맨 먼저 밖으로 나온 자샤리는 모든 것에 무관심하던 평소 모습과는 달리 울음을 터뜨리면서 자기 아내와 엄마를 껴안았다. 그리고 오들오들 떨며 엄마의 옆자리를 지켰다. 그는 느닷없이 누이를 향한 넘치는 애정을 드러내며, 반장들이 공식적으로 발표하기 전까지는 누이가 저 아래 있다는 것을 믿으려 하지 않았다.

"이름을 말해주시오! 이름을! 제발 이름을 알려주시오!"

짜증이 난 네그렐은 감독관에게 아주 큰 소리로 말했다.

"제발 저 사람들 좀 조용히 시켜요! 그러잖아도 괴로워 죽겠는데. 우리도 아직 누가 남아 있는지 모른단 말입니다."

벌써 두 시간이 흘러갔다. 처음에는 다들 너무 놀란 탓에 아무도 또 다른 갱, 오래전부터 방치되어 있는 레키야르 탄광의 존재를 떠올리지 못했다. 엔보 씨는 그곳을 통해 갱 속에 남아 있는 동료들을 구조할 것이라고 발표했다. 그때 마침 다섯 명의 광부가 버려진 환기갱의 낡은 사다리를 타고 올라와 물에 잠기는 것을 간신히 모면했다는 소문이 돌았다. 그중에는 무크 영감도 포함되어 있었다. 모두들 그의 이름을 듣고 깜짝 놀랐다. 아무도 그가 갱에 남아 있었다고 생각하지 않았던 것이다. 하지만 빠져나온 다섯 사람이 들려준 이야기에 기다리던 이들은 더 많은 눈물을 쏟았다. 나머지 열다섯 명의 동료들은 미처 그들을 따라 나오지 못했다. 그 안에서 길을 잃고 헤매거나, 갱도가 무너지는 바람에 그 속에 갇혀버린 것이다. 그들을 구조하는 것은 더이상 불가능했다. 레키야르 탄광에는 이미 물이 10미터까지 차올랐던 것이다. 탈출한 이들은 그 안에 누구누구가 남아 있는지 알고 있었다. 그들이 이름을 하나씩 언급할 때마다, 마치 온 나라 사람이 모두 학살 당하기라도 한 것처럼 탄식하는 소리가 허공을 가득 메웠다.

"제발 저 사람들 좀 조용히 시키란 말입니다!" 네그렐이 성난 목소리로 거듭 소리쳤다. "그리고 뒤로 더 물러나게 해요! 그래요, 그래, 백 미터 더 뒤로! 여긴 위험하니까 더 뒤로 가게 해요, 더 뒤로!"

그들은 그 불쌍한 사람들과 힘겹게 몸싸움을 벌여야만 했다. 뒤로 물러난 군중은 또다른 불행을 떠올렸다. 갱 속에 갇힌 이들이 죽은 사실을 감추기 위해 자기들을 내쫓는 거라고 생각한 것이다. 그러자 갱내 감독들은 수갱이 무너지면서 갱 전체를 삼켜버릴 거라고 해명해야 했다. 그 말에 경악한 군중은 아무 대꾸도 하지 못하고 차츰 뒤로 물러섰다. 하지만 탄광회사측에서는 마치 불행에 이끌리듯 자꾸만 갱 쪽으로 되돌아오는 그들을 통제하기 위해 경비를 두 배로 늘려야만 했다. 몽수를 포함해 사방의 탄광촌에서 몰려온 천여 명의 사람들이 도로를 가득 메운 채 주위를 서성거리고 있었다. 그리고 저 위, 폐석 더미 위에서는 소녀 같은 얼굴의 금발머리 남자가 투명한 눈빛으로 내내 갱을 지켜보면서 초조한 듯 연방 담배를 피워 물었다.

그러고는 오랜 기다림이 시작되었다. 벌써 정오가 됐지만 모두가 허기도 잊은 채 아무도 자리를 뜰 생각을 하지 않았다. 안개가 낀 칙칙한 회색빛 하늘에는 적갈색 구름이 유유히 떠가고 있었다. 라스뇌르 주점의 산울타리 뒤쪽에서는 커다란 개 한 마리가 군중의 거친 숨결이 거슬리는 듯 쉬지 않고 사납게 짖어댔다. 주변 땅으로 서서히 흩어진 군중은 갱에서 100미터쯤 떨어진 곳에서 갱을 빙 에워싸고 있었다. 그 가운데는 텅 비어 있었고, 그곳에 르 보뢰 탄광이 우뚝 서 있었다. 황량함이 지배하는 그곳에서는 더이상 아무런 인기척도 느껴지지 않았고, 아무 소리도 들리지 않았다. 활짝 열려 있는 창문과 문 너머로 방치된 내부가 보였고, 건물 안에 홀로 남겨진 적갈색 고양이 한 마리가 이 고독의 위협을 감지한 듯 계단에서 뛰어내려와 어디론가 사라졌다. 보일러의 화실은 막 꺼진 듯, 높다란 벽돌 굴뚝이 우중충한 구름 아래로 희미한 연기를 토해내고 있었다. 한편 권양기탑의 풍향계는 바람에 삐걱거리면서 작고 날카로운 소리를 냈다. 곧 최후를 맞이하게 될 거대한 건물들이 내는 유일하고도 쓸쓸한 목소리였다.

두시가 되었지만 아무런 움직임도 없었다. 엔보 씨와 네그렐, 그리고 뒤늦게 달려온 또다른 탄광 기사들은 프록코트에 검은색 모자를 쓴 차림으로 군중 앞에 모여 있었다. 그들은 기진맥진해 다리가 후들거리고 오한이 났지만, 다른 이들처럼 내내 자리를 지켰다. 그들은 이렇게 엄청난 재앙을 무기력하게 지켜봐야 한다는 사실에 마음 아파하면서, 죽음이 임박한 이의 임종을 지키는 사람들처럼 이따금 귓속말을 주고받을 뿐이었다. 이제 위쪽 방수벽마저도 막 무너진 게 분명했다. 갑작스럽게 울리는 소리와 무언가가 깊은 곳으로 추락하는 듯한 단속적인 소리가 들려왔던 것이다. 그러고는 다시 깊은 정적이 이어졌다. 대재앙은 계속 확대되고 있었다. 아래쪽부터 시작된 붕괴가 점점 위로 올라오면서 갱의 상층부를 위협했다. 네그렐은 신경질적인 초조함을 드러내면서 그 사실을 자기 눈으로 직접 확인하기를 원했다. 그리하여 그가 홀로 무시무시한 텅 빈 공간을 향해 나아가자 다른 사람들이 달려들어 그의 어깨를 붙잡으며 말렸다. 그래봤자 무슨 소용이 있겠는가? 이제 그가 할 수 있는 것은 아무것도 없었다. 그사이 한 늙은 광부가 경비원의 감시를 피해 탈의실로 달려갔다. 그리고 다시 태연하게 나타났다. 나막신을 찾으러 갔던 것이다.

세시를 알리는 종이 울렸다. 여전히 아무 일도 일어나지 않았다. 소나기가 내려 군중을 적셨지만 아무도 한 발짝도 움직일 생각을 하지 않았다. 라스뇌르의 주점 개가 다시 짖는 소리가 들려왔다. 그리고 세시 이십분이 되어서야 첫번째 진동이 대지를 뒤흔들었다. 르 보뢰 탄광은 잠시 흔들리긴 했지만 여전히 굳건하게 버티고 있었다. 하지만 곧이어 두번째 진동이 느껴지자 놀란 군중의 벌어진 입에서 긴 비명이 새어나왔다. 타르가 칠해진 선탄장은 두 번 흔들린 후 귀청이 떨어져나갈 정도의 우지끈하는 소리와 함께 와르르 무너져내렸다. 과도한 압력에 나무 골조들이 부서지면서 발생한 엄청난 마찰로 번쩍이는 불꽃이 사방에서 튀었다. 그때부터는 땅이 연이어 지속적으로 흔들리면서 지반이 내려앉고 화산이 분화하는 것처럼 우르릉거리는 소리가 들려왔다. 멀리서 짖어대던 개도 더는 짖지 않고, 자신이 감지한 흔들림을 예고하듯 구슬픈 신음 소리를 냈다. 여자들과 아이들을 비롯해 그 광경을 지켜보고 있던 모든 이들은 땅이 흔들리면서 몸이 들썩일 때마다 절망감에서 터져나오는 외침을 억누를 수가 없었다. 십 분도 채 안 되어 권양기탑의 슬레이트 지붕이 무너져내렸고, 하치장과 기계실이 갈라지면서 벽에 커다란 틈이 생겨났다. 그런 다음 요란했던 소리가 멈추고, 더이상 건물은 무너지지 않는 가운데 다시 무거운 적막이 흘렀다.

한 시간 동안 르 보뢰 탄광은 마치 야만적인 군대의 습격에 부상을 입고 폭격을 당한 것 같은 상태로 머물러 있었다. 사람들은 더이상 비명을 지르지 않았고, 구경꾼들은 원을 점점 더 크게 만들며 지켜보았다. 수북이 쌓여 있는 선탄장 들보 더미 아래로 부서진 티플러들과 터지고 뒤틀린 깔때기 모양의 투입구들이 보였다. 하지만 벽면이 통째로 무너져 산산조각나고, 부서진 벽돌 조각이 수북한 가운데 망가진 탄광 시설의 잔해가 가장 많이 눈에 띄는 곳은 하치장이었다. 도르래를 지탱하던 주철 골조는 엿가락처럼 휘어 반은 갱 속에 처박혀 있었다. 케이지 한 대는 공중에 매달려 있고, 케이블의 한쪽 끝은 뽑힌 채로 허공에 늘어져 있었다. 찌그러진 탄차와 주철판, 사다리가 한데 뒤엉켜 있는 모습도 눈에 띄었다. 운좋게도 전혀 피해를 입지 않은 램프 보관소에는 왼쪽으로 가지런히 정렬되어 있는 조그만 램프들이 보였다. 속이 훤히 드러나 보이는 기계실 안쪽에는 거대한 벽돌 받침대 위에 철퍼덕 주저앉은 권양기가 보였다. 동으로 된 기계의 외관은 반짝거렸고, 커다란 강철 수족은 절대 끊어지지 않을 것 같은 억센 근육을 닮아 있었다. 위쪽으로 구부러져 있는 거대한 크랭크암은 자신의 힘을 믿고 태평하게 누워 있는 거인의 무릎을 연상시켰다.

한 시간 동안 추가 피해가 발생하지 않자 엔보 씨는 다시 희망이 샘솟는 것을 느꼈다. 땅이 요동치는 것을 멈춘 게 분명하니 건물의 나머지 부분과 기계는 보전할 수 있을 터였다. 하지만 그는 여전히 사고 현장 가까이 다가가는 것을 허락하지 않고 삼십 분을 더 기다리게 했다. 기다림은 견디기 힘들었고, 희망은 두려움을 배가하면서 모든 이들의 가슴을 졸이게 했다. 지평선에서 점점 커지는 시커먼 구름이 석양을 재촉하면서, 땅이 일으킨 폭풍우의 잔해 위로 을씨년스러운 땅거미를 드리웠다. 사람들은 벌써 일곱 시간 전부터 아무것도 먹지 못한 채 꼼짝 않고 자리를 지키고 있었다.

그러다가 기사들이 조심스럽게 건물로 다가가려는데 별안간 땅이 최후의 경련을 일으키는 바람에 그들은 혼비백산해 도망쳤다. 그와 동시에 무시무시한 포병대가 깊은 구렁에 연거푸 포격을 가하는 것처럼 땅속에서 요란한 폭발음이 울려퍼졌다. 땅 위에서는 마지막으로 남은 건물들이 격렬하게 흔들리다가 완전히 무너졌다. 그러자 회오리바람이 일면서 선탄장과 하치장에 쌓여 있던 잔해를 모두 휩쓸어가버렸다. 그다음에는 보일러실이 터지면서 흔적도 없이 사라졌다. 그 뒤를 이어 배수펌프가 마지막 숨을 몰아쉬고 있는 사각형 모양의 작은 탑이 포탄에 맞은 사람처럼 앞으로 거꾸러졌다. 그 광경을 죽 지켜보던 사람들은 그다음으로 일어난 일에 경악을 금치 못했다. 거대한 벽돌 받침대에서 분리된 기계가 손발을 펼치면서 사투를 벌이는 광경이 펼쳐진 것이다. 기계는 몸을 일으키려는 듯 꿈틀거리며 무릎처럼 구부리고 있던 거대한 크랭크암을 펼치려고 했다. 하지만 끝내 숨을 거두면서 박살이 난 채 땅속으로 영영 사라졌다. 오직 30미터 높이의 높은 굴뚝만이 폭풍우 속의 돛대처럼 격렬하게 흔들리면서도 꿋꿋이 버티고 있었다. 사람들이 굴뚝이 산산이 부서져 가루가 되어 날아가버릴 거라고 생각하고 있을 때, 갑자기 거대한 양초가 녹아내리듯 굴뚝이 통째로 땅속으로 빨려들어갔다. 그리고 땅 위에는 더이상 아무것도 남아 있지 않았다. 심지어 피뢰침 끝부분조차 보이지 않았다. 이젠 정말 끝이었다. 깊은 땅속에 납작 웅크리고서 인간의 육체를 집어삼키던 음험한 짐승은 더이상 거칠고 긴 숨을 내쉬지 않았다. 르 보뢰는 하나도 남김없이 모두 깊은 구렁 속으로 사라져버렸다.

그러자 모여 있던 사람들은 비명을 지르며 정신없이 달아났다. 여자들은 두 손으로 눈을 가린 채 뛰어갔고, 남자들은 엄청난 두려움의 돌풍에 휩쓸리며 마른 낙엽처럼 사방으로 흩어졌다. 소리를 지르지 않으려고 했지만, 사람들 모두가 푹 팬 거대한 구덩이 앞에서 하늘을 향해 두 팔을 치켜들고 목이 터져라 소리를 질러댔다. 15미터 깊이의 불 꺼진 화산이 만들어낸 분화구가 도로에서 운하까지 적어도 40미터에 이르는 폭으로 생겨났다. 그러고는 건물들에 이어 탄광의 채굴물 집하장 전체가 무너져내렸다. 거대한 사각대, 철로를 포함한 고가철교, 줄지어 서 있던 탄차들, 세 대의 화물 차량, 거기다가 통나무 더미와 숲에서 갓 베어낸 커다란 나무들이 한낱 지푸라기처럼 땅속으로 빨려들어갔다. 분화구 바닥에서 알아볼 수 있는 것이라고는, 가차없는 대재앙의 집중 공세 앞에 들보의 나무며 벽돌, 쇠, 석고 따위가 가루가 되거나 서로 뒤엉키거나 흙에 더럽혀져 뒤죽박죽으로 섞여 있는 끔찍한 잔해들뿐이었다. 그리고 구덩이가 점점 커지면서, 그 가장자리에서 시작된 균열이 들판을 가로질러 멀리까지 퍼져나갔다. 심지어 라스뇌르의 주점까지 여파가 미쳐 주점 앞면 벽이 갈라지기도 했다. 이러다 탄광촌 전체가 무너지는 것은 아닌지? 온 세상을 짓누를 것만 같은 납빛 구름 아래 이 끔찍한 날이 저무는 이 시각에 대체 어디까지 도망을 가야 안전하게 몸을 피할 수 있단 말인가?

네그렐은 고통스러운 비명을 질렀다. 엔보 씨는 뒷걸음질하면서 흐느꼈다. 재앙은 아직 완전히 끝난 게 아니었다. 제방 한쪽이 무너지면서 쏟아진 운하의 물이 거품을 일으키며 갈라진 땅속으로 모여들었다. 그리고 마치 깊은 계곡으로 떨어져내리는 폭포수처럼 그곳으로 사라져버렸다. 탄광이 강물을 삼켜버린 것이다. 땅이 들이켠 물은 앞으로 수년간 갱도를 물에 잠기게 할 터였다. 순식간에 분화구가 물로 가득차면서, 예전에 르 보뢰 탄광이 있던 자리를 진흙탕 호수가 대신 차지했다. 마치 물속에 저주받은 도시가 잠들어 있는 호수를 떠올리게 하는 광경이었다. 공포에 질린 침묵이 이어지는 가운데, 끊임없이 땅속으로 떨어져내린 다음 갱도 깊은 곳에서 우르릉거리는 물소리만 들려왔다.

그러자 충격으로 뒤흔들린 폐석 더미 위에서 수바린이 몸을 일으켰다. 그는 무너진 탄광 앞에서 하염없이 흐느끼고 있는 라 마외드와 자샤리를 알아보았다. 이제 무너져버린 탄광의 무게가 갱 속에서 죽어가는 불쌍한 이들의 머리 위를 더 무겁게 짓누를 터였다. 그는 피우던 마지막 담배를 집어던지고는 그새 한층 더 짙어진 어둠을 뚫고 한 번도 뒤돌아보지 않은 채 그곳에서 멀어져갔다. 그는 저기, 미지의 장소로 발걸음을 옮기면서, 평온한 모습으로 인류의 절멸을 향해 나아갔다. 도시와 사람을 모두 날려버릴 다이너마이트가 있는 곳이라면 어디든 상관없었다. 훗날 부르주아들이 한 걸음씩 발을 떼어놓을 때마다 발밑 도로가 폭발해 죽어가게 될 때면, 그곳에는 언제나 그가 있을 것이었다.

4

르 보뢰 탄광이 무너지던 바로 그날 밤, 엔보 씨는 파리로 떠났다. 언론에서 떠들어대기 전에 이사들에게 그 소식을 직접 알리기 위해서였다. 그리고 이튿날 다시 돌아왔을 때, 그는 유능한 경영자답게 매우 차분해져 있었다. 물론 그는 비극적인 사고에 대한 모든 책임에서 벗어날 수 있었고, 그 사고로 이사회의 신임을 잃은 것 같지도 않았다. 그러기는커녕 그 일이 일어나고 스물네 시간 후, 그는 레지옹도뇌르 오피시에 훈장의 수훈자로 결정되었다.

그러나 경영자의 자리는 무사히 지킨 듯했지만, 탄광회사는 엄청난 타격을 입고 휘청거렸다. 그것은 단지 몇백만 프랑의 손실만으로 끝날 문제가 아니었다. 그들은 자신들의 갱 하나가 옆구리에 상해를 입고 흔적도 없이 사라진 것에 경악하면서, 앞날에 대한 은밀하고도 지속적인 두려움을 느꼈다. 그리고 너무도 큰 충격을 받은 나머지 이번에도 또다시 침묵의 필요성이 제기되었다. 이런 끔찍한 일을 자꾸만 들춰내서 좋을 게 뭐가 있겠는가? 설사 범인을 찾아낸다 해도 무엇 때문에 그를 굳이 순교자로 만들겠는가? 그랬다가는 그 망할 놈의 영웅주의가 또다른 미치광이들을 자극해 수많은 방화범과 살인자를 만들어낼지도 모르는 일 아닌가? 어쨌거나 그들은 범인이 한 사람이 아니라 다수의 공범이 있을 것이라고 믿기에 이르렀다. 누군가가 혼자서 그런 엄청난 일을 저지를 수 있는 대담함과 능력을 지녔다는 사실을 도저히 받아들일 수 없었기 때문이다. 그리고 바로 그 점이 그들이 가장 우려하는 바였다. 탄광회사는 그들 소유의 갱이 점점 더 커지는 위협 아래 놓여 있다는 생각에 불안감을 감추지 못했다. 그리하여 사장에게 광범위한 감시망을 구축하라는 지시와 함께, 범죄에 가담한 것으로 의심되는 위험인물들을 조용히 하나씩 내보내라는 지침을 내려보냈다. 그들은 이처럼 고도의 정치적인 신중함을 드러내는 숙청 작업을 통해 그 사건을 마무리하기로 했다.

그후 즉각적인 해고 조치로 내쫓긴 것은 갱내 총감독 당세르뿐이었다. 라 피에론과의 스캔들이 불거진 뒤로 그를 계속 일하게 내버려두는 건 더이상 용인될 수 없었다. 하지만 그를 해고하는 표면적인 이유는 갱이 위험에 빠졌을 때 그가 보여준 태도 때문이었다. 위기 앞에서 자기 부하들을 버리는 비겁한 장수는 있을 수 없다는 것이었다. 다른 한편으로 이러한 조치는 그를 몹시 싫어했던 광부들의 비위를 맞추려는 회사측의 은근한 전략이기도 했다.

하지만 그사이 대중 사이로 소문이 퍼지는 바람에, 탄광회사 경영진은 한 신문사에 내용을 정정해줄 것을 요구하는 짤막한 편지를 보내야만 했다. 파업 노동자들이 화약통에 불을 붙여 갱을 폭파했다고 설명하는 기사에 반박하기 위해서였다. 이미 정부에서 파견한 탄광 기사가 재빨리 조사를 실시한 후 제출한 보고서에서, 방수벽의 붕괴는 지반 침하로 인한 자연적인 현상으로 결론지은 터였다. 그리고 탄광회사는 거기에 아무런 이견도 덧붙이지 않은 채 관리 감독을 소홀히 했다는 비난을 감수하는 편을 택했다. 재앙이 일어난 지 사흘째 되는 날부터 파리의 언론은 그 이야기로 사회면 기사를 도배하다시피 했다. 사람들은 가는 곳마다 깊은 땅속에서 사투를 벌이는 광부들의 이야기를 화제에 올렸고, 매일 아침 발표되는 신문 보도 기사를 빼놓지 않고 읽었다. 몽수의 부르주아들은 르 보뢰라는 이름만 들어도 얼굴이 창백해지면서 즉시 입을 다물었다. 이제 그에 관한 전설마저 생겨나면서, 가장 담대한 사람들조차 귓속말을 하며 몸을 떨었다. 온 지역 사람들이 희생자들을 깊이 동정하면서, 파괴된 탄광으로 나들이를 오는 가족들의 행렬이 이어졌다. 마치 땅속에 묻힌 가엾은 이들의 머리를 무겁게 짓누르는 잔해들을 보면서 느껴지는 공포를 즐기러 오는 듯 보였다.

탄광 주임기사로 새로 임명된 드뇔랭은 대재앙이 일어나자마자 그의 업무를 시작하게 되었다. 그의 첫번째 임무는 운하로부터 더이상 물이 흘러들지 못하게 물길을 막는 것이었다. 그곳에서 흘러드는 엄청난 양의 물은 시시각각 피해를 더 키웠다. 대공사가 요구되는 일이라 그는 즉시 백여 명의 노동자를 동원해 둑을 쌓게 했다. 처음에는 거센 물살 때문에 두 번씩이나 쌓았던 둑이 무너졌다. 이제 그들은 배수펌프를 다시 설치할 수 있었다. 그리고 사라져버린 땅을 되찾기 위한, 집요하고도 맹렬한 싸움이 계속되었다.

땅속에 파묻힌 광부들을 구조하는 일은 그들을 더욱더 열광시켰다. 네그렐은 마지막으로 구조를 시도하는 임무를 맡았고, 그를 돕겠다는 지원자들이 넘쳐났다. 광부들은 피 끓는 형제애를 내세우며 한달음에 달려와 너도나도 팔을 걷어붙였다. 그들은 파업을 했던 사실도 잊은 채 임금 문제에도 더이상 신경쓰지 않았다. 동료들이 죽음의 위험에 직면한 순간부터 아무 대가 없이 자기 목숨을 내놓고자 했다. 모두가 그곳에 와 있었다. 저마다 연장을 손에 들고 어느 곳을 내리치면 되는지 말해주기를 기다리며 흥분으로 몸을 떨었다. 그들 중 대부분은 아직 사고의 후유증을 떨쳐버리지 못하고, 끊임없이 악몽에 시달리거나 신경질적으로 몸을 떨며 식은땀에 몸이 흠뻑 젖곤 했다. 그럼에도 불구하고 모두들 분연히 자리를 떨치고 일어나 갚아야 할 원한이 있는 것처럼 땅과 싸울 준비를 했다. 그런데 불행히도 어떤 방식으로 싸우는 게 최선인지를 두고 고민이 시작되었다. 뭘 어떻게 해야 하지? 어떻게 해야 저 아래로 내려갈 수 있을까? 바위의 어느 쪽을 공격해야 하나?

네그렐은 자신들의 불행한 동료들은 단 한 사람도 살아남지 못했을 거라고 믿고 있었다. 십중팔구 열다섯 명 모두 익사했거나 가스에 중독되어 죽었을 게 분명했다. 다만 갱에서 이런 재난이 발생했을 때는 갱에 갇힌 사람들이 전부 살아 있는 것으로 간주하는 게 원칙이었다. 그리고 그는 그런 방향으로 추론을 했다. 첫번째 의문은 그들이 어디로 피신했을까 하는 것이었다. 그가 의견을 구한 갱내 감독들과 나이

든 광부들은 그 점에서는 모두 의견이 일치했다. 갱에 물이 차오르는 것을 본 동료들은 분명 이 갱도 저 갱도를 옮겨다니다가 가장 높은 곳에 있는 채탄막장까지 올라갔을 터였다. 그리하여 아마도 어느 위쪽 선로의 끝 부분에 모여 있을 가능성이 컸다. 게다가 그런 추론은 무크 영감이 들려준 이야기하고도 어느 정도 일치했다. 그가 비록 횡설수설하기는 했지만, 그의 말에 따르면 그들은 정신없이 도망치다가 몇 명씩 나뉘어 여러 층으로 뿔뿔이 흩어졌다. 하지만 그다음으로, 어떤 방식으로 구조할 것인지에 대해서는 갱내 감독들의 의견이 각기 달랐다. 지면에서 가장 가까운 갱도가 150미터 아래에 있기 때문에 갱을 수직으로 뚫고 들어간다는 것은 생각조차 할 수 없었다. 그렇다면 이제 유일하게 남아 있는 희망은 레키야르 탄광뿐이었다. 오직 그곳으로만 접근이 가능했다. 그런데 불행히도 그 오래된 갱마저 물에 잠겨버려 더이상 르 보뢰 탄광과의 연결 통로 구실을 할 수 없었다. 그중에서 유일하게 통행이 가능한 곳은 수면보다 위쪽에 있어 아직 물에 잠기지 않은, 첫번째 적치장과 연결된 갱도들의 일부 구간뿐이었다. 갱의 물이 모두 빠지려면 적어도 몇 년은 걸릴 터였다. 따라서 지금 할 수 있는 최선의 선택은 갱 안으로 들어가 그 갱도들이 물에 잠긴 선로들과 맞닿아 있지 않은지를 살펴보는 것이었다. 어쩌면 동료들이 그 선로들 끝 쪽에서 구조를 기다리고 있을지도 모른다고 생각한 것이다. 그와 같은 논리적인 결론에 이르기까지 그들은 수도 없이 반복된 열띤 토론을 거치며 실행에 옮길 수 없는 수많은 제안을 배제해야 했다.

그때부터 네그렐은 먼지가 쌓인 기록 보관소의 문서들을 샅샅이 뒤졌다. 그리고 두 갱의 오래된 설계도를 찾아내 면밀히 검토한 끝에 어느 지점을 집중적으로 공략할지를 결정했다. 갱 속에 갇힌 사람들을 추적하는 일에 점점 빠져든 그는 평소 인간과 사물에 대해 냉소적이고 무관심하던 모습과는 달리 헌신적으로 구조 작업에 임했다. 구조반은 레키야르 갱으로 내려가기 위해 먼저 그들 앞에 가로놓인 첫번째 문제를 해결해야 했다. 우선 수갱의 입구가 드러나도록 마가목을 걷어내고, 야생 자두나무와 산사나무를 베어냈다. 그런 다음 사다리들을 수리해야 했다. 그러고 나서야 비로소 구조 작업을 시작할 수 있었다. 열 명의 광부와 함께 아래로 내려간 네그렐은 탄맥의 몇몇 곳을 가리키면서 그들이 가진 연장의 쇠 부분으로 두드려보게 했다. 그들은 무거운 정적 속에서 각자 탄층에 귀를 바짝 붙이고 멀리까지 울려 퍼지는 소리에 대한 응답이 오기를 기다렸다. 그렇게 통행이 가능한 갱도를 모두 다녀보았지만 어떤 메아리도 전해오지 않았다. 그러자 모두가 극심한 혼란에 빠졌다. 탄맥의 어느 부분을 파야 하는 것인가? 여긴 아무도 없는 것 같은데, 이젠 어디로 가야 하나? 그들은 점점 더 커지는 두려움에 신경을 곤두세우면서도 동료들을 추적하는 일을 멈추지 않았다.

라 마외드는 구조 작업이 시작된 첫날부터 매일 아침 어김없이 레키야르로 향했다. 그녀는 수갱 앞에 있는 낡은 들보 위에 자리를 잡고 앉아 저녁때까지 그곳을 떠나지 않았다. 갱에서 누가 다시 나오면 자리에서 벌떡 일어나 눈빛으로 묻곤 했다. 아무것도? 아니, 아무것도! 그러면 다시 자리에 앉아 말없이 굳은 표정으로 또다시 긴긴 기다림을 시작했다. 장랭도 사람들이 자기 소굴을 침범하는 것을 보면서 겁먹은 포식 동물 같은 얼굴로 주위를 맴돌았다. 그의 은신처가 발견되는 날에는 그가 훔친 물건들 또한 모두 발각되고 말 터였다. 그는 바위 아래 누워 있는 어린 병사를 떠올렸다. 그들이 그의 깊은 잠을 방해하지나 않을지 두려웠다. 하지만 그쪽 탄광은 이미 물에 잠긴데다, 구조반은 그보다 더 왼쪽에 있는 서쪽 갱도로 향하고 있었다. 필로멘은 처음에는 구조 작업에 나선 자샤리를 따라다녔다. 하지만 아무런 쓸모도 성과도 없이 감기만 걸리자 이내 싫증이 났다. 그래서 하루종일 탄광촌에 머무르며, 아침부터 저녁까지 기침을 해대면서 무심하게 빈둥거렸다. 그녀와는 정반대로 자샤리는 더이상 사는 게 사는 게 아니었다. 그는 자기 누이를 다시 볼 수만 있다면 흙이라도 먹을 수 있을 것 같았다. 밤에 자다가 소리를 지르기도 하고, 굶어서 비쩍 마른 누이가 눈에 보이고, 목이 터져라 살려달라고 외치는 누이의 목소리가 들리는 듯했다. 두 번씩이나 그는 지시도 받지 않은 채 여기 자기 누이가 있다면서, 자기는 그걸 알 수 있다면서 땅을 파려고 덤볐다. 그래서 네그렐은 더이상 그를 아래로 내려가지 못하게 했지만, 자샤리는 쫓겨난 수갱 주위를 여전히 떠나지 않고 있었다. 그는 자기 엄마 옆에 앉아 가만히 기다리지도 못하고, 무언가를 해야만 할 것 같은 생각에 끊임없이 주위를 맴돌았다.

그날은 구조 작업이 시작된 지 사흘째 되는 날이었다. 절망에 빠진 네그렐은 그날 저녁 모든 걸 포기하기로 마음먹었다. 그리고 정오에 점심식사를 마치고 마지막 시도를 하기 위해 광부들과 함께 다시 돌아왔다. 바로 그때 얼굴이 벌게진 자샤리가 갱에서 막 나와 요란한 몸짓과 함께 소리치면서 네그렐을 놀라게 했다.

"찾았어요! 카트린이 분명 내게 응답을 했어요! 빨리 와요, 어서들 오라고요!"

그는 경비원의 눈에 띄지 않게 사다리를 타고 내려갔던 것이다. 그리고 자기가 두드린 곳이 기욤 탄맥의 첫번째 선로 위쪽이었다고 단언했다.

"하지만 거긴 우리가 벌써 두 번이나 확인했던 곳인데." 네그렐이 미심쩍어하며 말했다. "어쨌거나 다시 가서 확인해봅시다."

그 말에 라 마외드도 자리에서 일어났다. 그들은 그녀가 내려가지 못하도록 붙잡았다. 라 마외드는 내내 수갱가에 서서 캄캄한 구덩이 속을 힐끗거리며 소식을 기다렸다.

아래로 내려간 네그렐은 자신이 손수 뜸한 간격으로 탄맥을 세 번 두드렸다. 그리고 광부들에게 숨소리도 내지 말라고 지시하고는 탄층에 귀를 바짝 갖다댔다. 하지만 아무런 응답이 없자 그는 고개를 저었다. 불쌍한 청년이 잠시 환청을 들은 게 분명했다. 자샤리는 벌컥 화를 내면서 이번에는 그가 두드려보았다. 그리고 또다시 무슨 소리를 들은 것처럼 눈빛을 반짝이더니, 기뻐서 어쩔 줄 몰라하며 손발을 마구 흔들었다. 그러자 다른 광부들도 차례로 돌아가며 똑같이 해보았다. 그들은 멀리서 응답하는 소리를 분명히 들었다면서 갑자기 활기를 띠었다. 네그렐은 몹시 놀라 다시 탄층에 귀를 갖다댔다. 그리고 마침내 가벼운 바람 소리와도 같은, 무언가가 규칙적으로 울리는 듯한 소리를 아주 희미하게 감지할 수 있었다. 그것은 광부들이 위험이 닥친 것을 알리기 위해 박자에 맞춰 탄층을 두드릴 때 사용하는 신호였다. 석탄은 크리스털처럼 투명하게 아주 멀리까지 소리를 전달했다.

그 자리에 있던 갱내 감독은 동료들과 그들 사이를 갈라놓는 탄층의 두께가 50미터는 족히 넘을 것으로 판단했다. 하지만 벌써부터 동료들과 악수라도 한 것 같은 기분에 모두가 활짝 웃으며 기뻐했다. 네그렐은 당장 막힌 곳을 뚫고 그들을 향해 나아갈 것을 지시했다.

갱 밖으로 나온 자샤리는 라 마외드를 다시 만났고, 두 사람은 서로를 얼싸안았다.

"그렇게 미리 흥분하지 않는 게 좋을 텐데." 그날, 호기심에서 구경하러 나온 라 피에론이 잔인하게 쏘아붙였다. "그랬다가 카트린이 거기 없으면 마음이 더 아플 테니까."

그 말은 사실이었다. 카트린은 어쩌면 다른 곳에 있을 수도 있었다.

"그런 재수없는 소리 말라고, 젠장!" 자샤리는 불같이 화를 내며 소리쳤다. "내 동생은 분명 거기 있어, 난 알 수 있단 말이야!"

라 마외드는 아무 말 없이 굳은 얼굴로 도로 자리에 앉았다. 그리고 다시금 기다리기 시작했다.

그 소식이 몽수로 퍼져나가자 사람들이 다시 몰려왔다. 아직 아무것도 볼 수 없었지만, 그래도 그들은 그곳에서 마냥 기다렸다. 회사 측에서는 호기심 어린 구경꾼들을 멀찌감치 물러나게 해야 했다. 아래에서는 구조반이 밤낮으로 작업을 계속했다. 네그렐은 장애물을 만날 것을 우려해 탄맥에 아래로 내려가는 세 개의 갱도를 내게 했다. 갱에 갇힌 광부들이 모여 있을 것으로 추정되는 지점으로 향하는 갱도들이었다. 갱도의 단면이 좁은 탓에 한 명의 채탄부만이 탄층을 뚫을 수 있었다. 교대는 두 시간마다 이뤄졌다. 캐낸 석탄은 여러 개의 바구니에 담겨 줄지어 늘어선 사람들의 손에서 손으로 전해졌다. 구멍이 깊이 뚫릴수록 줄도 더 길어졌다. 처음에는 작업이 아주 빨리 진행되어 하루 만에 6미터를 파내려갈 수 있었다.

자샤리는 목소리를 높인 덕분에 탄층을 뚫기 위해 특별히 차출된 광부들 틈에 낄 수 있었다. 그것은 서로 맡고 싶어하는 영예로운 임무였다. 그는 규정대로 두 시간씩 힘들게 작업하고 나서도 다른 사람이 교대하려고 하면 버럭 화를 내곤 했다. 그는 동료들의 순서까지 가로채가면서 자신의 리블렌을 내려놓으려 하지 않았다. 그의 갱도는 이내 다른 사람들의 갱도보다 앞서갔고, 그는 마치 적과 싸우듯 맹렬하게 석탄과 씨름했다. 땅속 대장간에서 울리는 것처럼 가슴에서 으르렁거리는 거친 숨소리가 갱도 밖에서까지 들릴 정도였다. 그가 시커멓게 흙투성이가 된 채 밖으로 나와 몽롱해진 상태로 지쳐 쓰러지면, 사람들이 모포로 덮어주었다. 그러면 그는 여전히 비틀거리면서도 다시 땅속으로 들어가 싸움을 계속했다. 둔탁한 곡괭이질 소리, 숨죽인 신음 소리와 함께, 파괴의 광기에 사로잡힌 채 승리를 향해 나아갔다. 무엇보다 큰 장애물은 석탄이 갈수록 더 단단해진다는 사실이었다. 그는 더이상 처음보다 빨리 전진할 수 없다는 사실에 감정이 격해지면서 연장을 두 번이나 부러뜨렸다. 또한 뜨거운 열기가 그를 고통스럽게 했다. 1미터씩 나아갈 때마다 점점 더 뜨거워지는 열기는 공기가 순환되지 않는 비좁은 틈새 안쪽에서는 더욱 견디기 힘들었다. 수동으로 작동하는 환기 장치가 있긴 했지만, 사람들은 공기 부족으로 질식해 의식을 잃은 채탄부들을 세 차례나 밖으로 끌어내야 했다.

네그렐은 일꾼들과 갱 속에서 살다시피 했다. 식사도 아래로 내려보내게 했고, 짚단 위에서 외투를 덮고 두 시간 정도밖에 자지 못할 때도 있었다. 그들에게 고통스러운 구조 작업을 지속할 수 있는 용기를 준 것은 저 깊은 곳에서 들려오는 불쌍한 이들의 호소였다. 그들은 서둘러 구조해주기를 간청하는 신호를 점점 더 또렷이 보내오고 있었다. 이제 그 신호는 마치 하모니카로 연주하는 음악처럼 아주 맑은 소리로 전해져왔다. 구조반은 그 소리 덕분에 방향을 잡을 수 있었다. 그들은 전장에서 대포 소리에 맞춰 행진하듯 그 투명한 소리에 맞춰 전진했다. 네그렐은 채탄부가 교대할 때마다 아래로 내려가 두드려보고는 탄맥에 귀를 갖다댔다. 그럴 때마다 매번 응답이 전해져왔다, 빠르고 절박하게. 조금도 의심의 여지가 없었다. 그들은 제대로 나아가고 있었던 것이다. 하지만 치명적으로 느린 속도가 문제였다! 이런 식으로 가다가는 결코 제때에 도달할 수 없을 터였다. 처음에는 이틀 만에 13미터나 파들어갈 수 있었다. 그런데 셋째 날에는 5미터로 느려지더니, 넷째 날에는 3미터밖에 나아가지 못했다. 석탄이 점점 더 촘촘해지고 단단해져, 이젠 아무리 애를 써도 2미터씩 파들어가는 게 고작이었다. 그리하여 초인적인 노력 끝에 아홉째 날에는 총 32미터를 전진할 수 있었다. 따라서 앞으로 20미터 정도가 더 남아 있는 셈이었다. 갱 속에 갇혀 있는 동료들에게는 이제 열이틀째 날이 시작되고 있었다. 그들은 얼음장처럼 차가운 암흑 속에서 먹을 것도 불도 없이, 스물네 시간씩 열두 번을 견뎌야 했던 것이다! 그런 끔찍한 생각만으로도 구조 작업을 하는 이들의 눈시울이 뜨거워지면서 팔에 힘이 들어갔다. 그런 상황에서는 어떤 인간도 더이상 목숨을 부지할 수 없을 것 같았다. 전날부터는 멀리서 들려오던 소리도 점차 희미해져, 작업을 하던 광부들은 어느 순간 그 소리가 멈춰버릴까봐 몹시 불안해했다.

라 마외드는 여전히 어김없이 갱 입구로 와서는 내내 앉아 기다렸다. 그녀는 에스텔을 품에 안아 데려왔다. 아이를 하루종일 집에 혼자 놔둘 수는 없는 노릇이었다. 그녀는 이처럼 구조 작업 과정을 내내 지켜보면서 기대와 낙담을 그들과 함께 나눴다. 갱에 머무르면서 지켜보는 이들뿐만 아니라 몽수 주민들까지 모두가 초조한 마음으로 기다리면서 온통 그 이야기로 시간을 보냈다. 주변 지역 사람들 모두의 심장이 저 아래, 땅속에서 함께 뛰고 있는 듯했다.

아홉째 날, 점심식사 시간이 되어 교대를 하기 위해 동료들이 부르는 소리에도 자샤리는 아무 대답이 없었다. 그는 미친 사람처럼 욕설을 내뱉으며 정신없이 곡괭이를 휘두르고 있었다. 네그렐마저 잠시 밖으로 나와 있던 참이라 그를 강제로 나오게 할 수 있는 사람이 없었다. 게다가 갱 속에는 갱내 감독 한 명과 광부 셋밖에 없었다. 자샤리는 갱 속이 어두운데다 불빛마저 흔들려 일이 더 늦어지는 데 화가 나서 그만 램프 뚜껑을 여는 실수를 범한 게 분명했다. 하지만 이미 그에 관해서는 엄격한 지시가 내려진 터였다. 갱내 가스가 새어나와, 환기가 안 되는 좁디좁은 통로에 가스가 가득차 있기 때문이었다. 그리하여 자샤리가 램프 뚜껑을 열자마자 순식간에 벼락이 치듯 갱의 좁은 통로로 불의 소용돌이가 휘몰아쳤다. 마치 유산탄을 장착한 대포의 포문이 불을 뿜는 것 같았다. 모든 것이 불타올랐다. 갱도 끝에서 끝까지 공기가 화약처럼 길게 타올랐다. 맹렬한 불길의 급류는 갱내 감독과 광부 세 명을 휩쓸고 지나간 다음, 수갱을 타고 올라가 용암이 분출하듯 밖으로 세차게 솟구쳐오르면서 바위와 방수벽의 파편들을 토해냈다. 호기심에 이끌려 구경하러 왔던 사람들은 기겁해서 달아났고, 라 마외드는 겁에 질린 에스텔을 품에 꼭 안은 채 자리에서 벌떡 일어났다.

다시 갱으로 돌아온 네그렐과 다른 광부들은 엄청난 분노를 폭발시켰다. 그들은 발로 땅을 마구 짓밟았다. 잔인하고 무분별한 변덕으로 자기 아이들을 마구 죽이는 못된 계모를 응징하듯. 그들은 열의를 다해 동료들을 구조하러 나섰는데, 이제 또다시 동료들의 죽음을 지켜봐야만 하다니! 그들은 위험을 무릅쓰고 무려 세 시간 동안이나 악전고투한 끝에 마침내 갱도로 진입해 피해자들을 밖으로 데리고 나올 수 있었다. 그리고 처참하기 이를 데 없는 광경과 마주해야만 했다. 갱내 감독도 채탄부들도 죽지는 않았지만, 참혹한 상처들이 그들의 온몸을 뒤덮고, 불에 탄 살 냄새가 풍겨나왔다. 그들은 불을 삼킨 탓에 목구멍까지 심한 화상을 입은 상태였다. 그들은 끊임없이 고통스럽게 울부짖으며 제발 죽여달라고 애원했다. 셋 중 한 사람은 파업 당시 마지막으로 곡괭이를 내리쳐 가스통마리 탄광의 배수펌프를 터뜨린 장본인이었다. 다른 두 사람은 군인들에게 벽돌을 던질 때 손이 베이고 손가락 살갗이 벗겨진 흉터가 아직도 남아 있었다. 창백한 얼굴로 전율하면서 그들을 지켜보던 군중은 그들이 마지막 숨을 거두자 모자를 벗어 그들의 명복을 빌어주었다.

라 마외드는 여전히 계속 서서 기다리고 있었다. 그들은 마침내 자샤리의 시신을 밖으로 꺼낼 수 있었다. 옷은 모두 불탔고, 몸은 석탄처럼 새까맣게 타버려서 전혀 형체를 알아볼 수 없었다. 머리는 폭발의 충격으로 박살나버려 흔적조차 없었다. 사람들이 그 처참한 시신을 들것에 싣고 떠나자, 라 마외드는 눈시울이 화끈거리면서도 눈물한 방울 흘리지 않고 기계적인 걸음으로 그들을 뒤따랐다. 그녀는 그새 선잠이 든 에스텔을 품에 안고 바람에 머리를 휘날리면서 비극적인 모습으로 사라져갔다. 탄광촌에서 그 소식을 전해들은 필로멘은 할말을 잊은 채 멍하니 있다가 눈이 분수로 변한 듯 눈물을 펑펑 쏟아냈다. 그러더니 이내 마음을 가라앉히고 울음을 그쳤다. 어느새 라 마외드는 같은 걸음걸이로 레키야르로 되돌아와 있었다. 아들의 마지막을 지켜본 다음, 다시 딸을 기다리기 위해 돌아온 것이다.

그후 사흘이 더 지나갔다. 그들은 엄청난 어려움을 무릅쓰고 구조작업을 재개했다. 갱내 가스의 폭발에도 접근 갱도들이 무너지지 않은 것이 천만다행이었다. 다만 몹시 탁하고 심하게 오염된 공기가 뜨겁게 달아올라 있어 환기 장치를 새로 설치해야만 했다. 채탄부들은 이십 분마다 교대해야 했다. 그들은 계속 전진했고, 구조를 기다리는 동료들과는 겨우 2미터 남짓 떨어져 있었다. 하지만 이제 그들은 차갑게 얼어붙은 마음으로, 단지 죽은 동료들의 복수를 하듯 있는 힘껏 탄맥을 두드릴 뿐이었다. 갇힌 이들이 구조를 요청하는 소리가 멈췄기 때문이었다. 조그맣고 맑게 울리던 그 소리는 더이상 들려오지 않았다. 구조 작업을 시작한 지 열이틀째, 사고가 일어난 지 보름째 되는 날이었다. 그리고 아침부터 죽음 같은 침묵이 이어지고 있었다.

새로운 사고는 몽수 주민들의 호기심을 한층 더 자극해, 부르주아들은 마치 나들이라도 가듯 들뜬 마음으로 무리를 지어 레키야르로 향했다. 분위기에 휩쓸린 그레구아르 가족도 사람들을 따라나서기로 했다. 그들은 구체적인 나들이 계획까지 세웠다. 그들 가족은 르 보뢰까지 자기네 마차를 타고 가고, 엔보 씨 부인은 그녀의 마차에 뤼시와 잔을 함께 태우고 가기로 했다. 르 보뢰에서는 드뇔랭의 안내로 사고 현장을 구경한 다음, 레키야르를 거쳐 돌아오면 될 터였다. 레키야르에서는 네그렐에게 구조 작업의 진척 상황에 관한 설명을 듣고, 아직 희망이 있는지도 물어볼 수 있을 것이다. 그런 다음 집으로 돌아와 다 함께 저녁식사를 할 계획이었다.

세시경에 무너진 갱 앞에 도착한 그레구아르 가족과 그들의 딸 세실이 마차에서 내리자, 먼저 도착한 엔보 부인이 기다리고 있었다. 블루마린색 드레스로 성장을 한 엔보 부인은 조그만 양산으로 2월의 창백한 햇빛을 가리고 있었다. 티 없이 맑은 하늘에 봄날 같은 따사로움이 느껴지는 날이었다. 마침 그곳에는 엔보 씨와 드뇔랭이 같이 있었다. 엔보 부인은 운하의 터진 곳을 막느라 몹시 고생했다는 드뇔랭의 얘기를 무심히 듣고 있었다. 늘 화첩을 가지고 다니는 잔은 소재의 끔찍함에 열광하며 스케치를 하기 시작했다. 그녀 옆에 있는, 부서진 화물 차량의 잔해 위에 앉아 있던 뤼시도 "근사하다"는 감탄사를 연발했다. 보수 작업이 덜 끝난 제방의 무수한 틈새로 새어나온 물이 기다란 거품의 물결을 이루다가, 갱이 사라진 자리에 생겨난 거대한 구덩이로 폭포수처럼 떨어졌다. 그러다 웅덩이에 고인 물이 차츰 땅속으로 스며들면서 분화구 바닥에 감춰져 있던 엄청난 혼란이 드러났다. 화창한 날의 연푸른빛 하늘 아래 모습을 드러낸 것은, 처참하게 파괴되어 진흙 속으로 사라져버린 도시의 잔해를 연상시키는 거대한 시궁창이었다.

"아니, 고작 저런 거나 보자고 이 야단법석을 떤 건가!" 그레구아르 씨가 실망했다는 듯 고개를 저으며 말했다.

세실은 건강미가 넘치는 발그레한 얼굴로, 이토록 맑은 공기를 쐴 수 있는 것에 즐거워하며 웃고 떠들었다. 엔보 부인은 역겹다는 듯 얼굴을 찌푸리며 중얼거렸다.

"그러게요, 보기 좋다는 말은 절대로 못하겠네요."

그들의 말에 기사 두 사람은 웃음을 터뜨렸다. 그들은 방문객들을 여기저기 데리고 다니면서 그들을 즐겁게 해주려고 애썼다. 그들에게 배수펌프와 말뚝을 박는 항타기杭打機*의 작동 원리를 설명해주기도 했다. 하지만 여자들은 불안한 표정을 지었다. 갱을 다시 뚫고 그 속의 물을 모두 빼내려면 앞으로 육칠 년간 쉼 없이 배수펌프를 작동시켜야 할지도 모른다는 얘기에는 끔찍하다는 듯 몸을 떨었다. 아니, 이런 건 더이상 보고 싶지 않았다. 차라리 다른 생각을 하는 게 나을 터였다. 이렇게 처참한 광경은 악몽을 꾸게 하기에 딱 좋았다.

"이제 그만 가자고요." 엔보 부인이 자기 마차로 향하면서 말했다.

그러자 잔과 뤼시가 동시에 소리쳤다. 아니, 벌써! 아직 스케치도 끝나지 않았는데! 그들은 계속 그곳에 남아 있기를 원했다. 그들의 아버지가 저녁식사에 데려다주면 될 것이었다. 그러자 엔보 씨 혼자 아내와 함께 마차에 올라탔다. 그도 네그렐에게 물어볼 게 있기 때문이었다.

"그럼 먼저 출발하시오." 그레구아르 씨가 말했다. "곧 뒤따라가리다. 우린 저기, 탄광촌에 잠깐 들를 데가 있다오. 오래 걸리진 않을 거요…… 자, 얼른 가시오. 우리도 비슷한 시각에 레키야르에 도착할

* 무거운 쇠달구를 말뚝 머리에 떨어뜨려 그 힘으로 말뚝을 땅에 박는 토목 기계.

수 있을 겁니다."

그는 그레구아르 부인과 세실 다음으로 마차에 올랐다. 다른 마차가 운하를 따라 달려가는 동안 그들이 탄 마차는 언덕을 조심스럽게 올라갔다.

그레구아르 가족은 나들이를 완벽하게 마무리지을 자선을 베풀러 가는 길이었다. 자샤리의 죽음에 그들은 비극적인 마외 가족에게 깊은 연민을 느꼈다. 온 지역 사람들이 그들 가족에게 잇달아 닥친 비극을 입방아에 올렸다. 사람들은 그 아비에 대해서는 동정의 여지가 없다고 생각했다. 군인들을 죽이려고 했던 그런 몹쓸 인간은 늑대처럼 죽임을 당해 마땅했다. 하지만 그 어미를 생각하면 몹시 마음이 아팠다. 남편을 떠나보낸 지 얼마 안 되어 아들마저 잃은 가엾은 여인. 게다가 땅속에 있는 딸은 어쩌면 이미 이 세상 사람이 아닐지도 몰랐다. 그것으로도 모자라, 집에는 산송장이나 다름없는 불구의 노인과 낙반 사고로 절름발이가 된 어린 아들이 있고, 어린 딸은 파업을 하는 동안 굶어죽었다는 소문도 들려왔다. 물론 이 가족에게 닥친 일련의 불행은 어느 정도는 그들의 혐오스러운 생각과 행동 탓으로 볼 수도 있었다. 하지만 그레구아르 가족은 너그러운 마음으로 그들에게 자비를 베풀고, 손수 구호품을 가져다줌으로써 그동안의 잘못을 용서하고 서로 불미스러운 일을 잊기를 바라는 마음을 확실하게 표현하고자 했다. 그들이 탄 마차 좌석 아래 정성스럽게 싼 구호품 두 꾸러미가 놓여 있는 것도 바로 그런 이유에서였다.

탄광촌에 이르자 한 노파가 마차꾼에게 마외 가족의 집을 알려주었다. 두번째 블록 16번지가 그들의 집이었다. 하지만 그레구아르 가족이 구호품 꾸러미를 들고 마차에서 내려 노크를 해도 아무 대답이 없었다. 그들은 주먹으로 문을 세게 두드려보았지만 안에서는 여전히 아무런 반응이 없었다. 초상이 나서 텅 비고 오래전부터 방치된 것처럼 싸늘하고 어두운 집에서는 문을 두드리는 소리만이 음산하게 울려퍼졌다.

"아무도 없는 것 같아요." 실망한 세실이 말했다. "참 난처하네요! 이것들을 다 어떡하죠?"

그때 옆집 문이 불쑥 열리더니 라 르바크가 밖으로 나오며 말했다.

"오! 어르신과 마님께서 이런 데를 다 오시다니! 기다리게 해드려 죄송합니다! 미안합니다, 아가씨!…… 옆집 애엄마를 만나러 오셨나 보군요. 그런데 어떡하죠, 레키야르에 가서 지금 집에 없거든요……"

그녀는 마외 가족의 사연을 줄줄이 쏟아내면서, 서로 돕고 살아야 하기에 그 어미가 레키야르에서 기다리는 동안 자기가 그 집 아이들 레노르와 앙리를 돌보고 있다고 거듭 강조했다. 그러더니 라 르바크의 시선이 방문객들이 가져온 꾸러미로 향했다. 그녀는 탐욕으로 반짝이는 눈으로 과부가 된 불쌍한 제 딸과 자신의 곤궁한 삶에 대해 늘어놓았다. 그러고는 잠시 머뭇거리다가 조그맣게 말했다.

"저한테 저 집 열쇠가 있거든요. 어르신과 마님께서 꼭 들어가고 싶으시다면…… 노인네가 안에 있긴 합니다."

그 말에 그레구아르 가족은 깜짝 놀라며 라 르바크를 쳐다보았다. 아니, 뭐라고! 할아버지가 안에 있다고! 그런데 왜 기척이 없는 거지? 혹시 잠이 든 건가? 그리고 마침내 라 르바크가 문을 열어주었을 때, 그들은 눈앞의 광경에 얼어붙은 듯 문간에 멈춰 섰다.

본모르 영감이 홀로, 차가운 벽난로 앞 의자 위에 못박힌 듯 꼼짝 않고 앉은 채 두 눈을 크게 뜨고 허공을 응시하고 있었던 것이다. 그의 주위로 식당이 예전보다 휑하니 더 넓어 보였다. 예전에 그곳에 활기를 불어넣었던 뻐꾸기시계와 광택 나는 전나무 가구들이 모두 사라지고 없었기 때문이다. 남아 있는 것이라고는, 밝고 선명한 초록색 벽에 붙어 있는 황제와 황후의 초상화뿐이었다. 그들은 공식적인 자비로움을 과시하듯 발그레한 입술로 미소짓고 있었다. 노인은 사람들이 들어오는 것조차 알아차리지 못한 듯 미동도 없이 멍한 얼굴로, 활짝 열린 문으로 비쳐드는 환한 빛에도 눈썹 하나 까딱하지 않았다. 그의 발밑에는 고양이 배설물 처리 상자처럼 보이는 재가 담긴 접시가 놓여 있었다.

"노인네가 인사를 하지 않더라도 언짢아하지 마세요." 라 르바크가 상냥하게 말했다. "머릿속에서 뭐가 잘못된 게 분명해요. 벌써 보름째 말 한마디 하지 않는 걸 보면요."

바로 그때 본모르 영감이 무슨 충격을 받았는지, 뱃속 깊숙한 곳에서 올라오는 것 같은 마른기침을 거칠게 해댔다. 그러고는 접시에 시커멓고 걸쭉한 가래를 뱉어냈다. 접시에 담긴 재가 흠뻑 젖으면서 석탄가루 찌꺼기처럼 변했다. 그의 목구멍에서 평생토록 쌓인 석탄가루가 한꺼번에 쏟아져나온 듯했다. 그는 어느새 다시 부동의 자세로 돌아가 있었다. 이따금 가래를 뱉을 때만 몸을 움직일 뿐이었다.

그레구아르 가족은 곤혹스럽고 역겨운 와중에도 그에게 애써 다정한 격려의 말을 건네려 했다.

"이런! 참으로 성실했던 양반인데." 아버지가 말했다. "감기가 심하게 든 게 아니오?"

벽을 뚫어져라 바라보고 있는 노인은 고개도 돌리지 않았다. 다시 무거운 침묵이 흘렀다.

"영감님한테 차라도 끓여드려야 할 것 같네요." 이번에는 엄마가 한마디했다.

노인은 여전히 아무 말 없이 뻣뻣하게 굳어 있었다.

"그런데 아빠, 예전에 사람들한테 할아버지 다리가 아프다는 얘길 들었던 것 같아요." 세실이 조그맣게 말했다. "진작 그 생각을 했어야 하는데……"

세실은 몹시 당혹스러워하며 말을 중단했다. 그리고 식탁에 포토푀와 포도주 두 병을 올려놓은 다음 두번째 꾸러미를 끌러서 큼직한 구두 한 켤레를 꺼냈다. 그것은 본모르 영감에게 주려던 선물이었다. 세실은 양손에 구두를 한 짝씩 든 채로 불쌍한 노인의 부어오른 발을 응시했다. 아마도 그는 다시는 걷지 못할 터였다.

"식구들이 좀 늦는 것 같군요, 그렇죠, 영감님?" 그레구아르 씨가 분위기를 띄우기 위해 말했다. "그래도 뭐 상관없습니다. 그동안 다른 걸 하면서 기다리면 되니까."

본모르 영감은 아무 말도 들리지 않는지 아무런 반응을 보이지 않았다. 그의 일그러진 얼굴은 돌처럼 차갑고 딱딱하게 굳어 있었다.

그러자 세실은 구두를 슬그머니 벽에 기대놓았다. 하지만 몹시 조심했는데도 구두 바닥에 박힌 징이 달그락 소리를 냈다. 이 큼직한 구두는 이곳과는 전혀 어울리지 않아 보였다.

"오, 아무리 그래도 고맙다는 인사는 듣지 못할 거예요!" 라 르바크는 탐욕스러운 눈빛으로 구두를 힐끔거리면서 소리쳤다. "죄송한 말이지만, 그건 개발에 편자랍니다."

그녀는 쉬지 않고 떠들어대면서 그레구아르 가족을 자기 집으로 데려가려 했다. 자기가 사는 곳을 보여주어 그들의 동정심을 유발할 작정이었다. 드디어 핑계를 찾아낸 라 르바크는 그들에게 앙리와 레노르가 무척 순하고 귀엽다며 칭찬을 늘어놓았다. 게다가 영리하기까지 해서 묻는 말에 꼬박꼬박 대답도 잘했다! 아이들이라면 어르신과 마님이 알고 싶어하는 것을 모두 말해줄 수 있을 터였다.

"잠깐 같이 가보지 않을래, 아가?" 마침내 밖으로 나갈 수 있게 된 것에 만족한 아버지가 말했다.

"네, 곧 따라갈게요." 세실이 대답했다.

세실은 본모르 영감과 단둘이 남아 있게 되었다. 그녀가 두려움에 떨면서도 뭔가에 홀린 듯 그곳에 남은 이유는 예전에 어디선가 그를 본 적이 있는 것 같았기 때문이다. 넓적하고 탄가루로 얼룩진 이 창백한 얼굴을 대체 어디서 봤던 걸까? 세실은 문득 기억이 떠올랐다. 그녀를 둘러싸고 소리치던 군중 속에서 자신의 목을 죄어오던 차가운 손길이 느껴지는 듯했다. 바로 그였다. 그녀는 노인을 알아보았다. 그리고 무릎 위에 올려놓은 그의 두 손을 바라보았다. 몸을 웅크리고 있는 노동자의 두 손에서 노쇠한 육체에도 불구하고 여전히 억센 손목의 힘이 느껴졌다. 본모르 영감은 차츰 깨어나는 듯 보였다. 그러다 그녀를 알아보고는 그 역시 멍하니 그녀를 관찰했다. 그러자 뺨이 벌겋게 달아오르고, 입가에 발작적인 경련이 일면서 벌어진 입술 사이로 시커먼 침이 가늘고 길게 흘러나왔다. 이제 두 사람은 서로에게 이끌린 듯 서로 마주보고 있었다. 오랫동안 무위도식하는 삶을 살아온 그녀는 그들 부류의 충족된 행복감에서 비롯된 건강한 혈색에 포동포동하고 생기 넘치는 모습을 하고 있었다. 물에 퉁퉁 부은 듯한 노인은 백 년간 대대로 이어져내려온 노동과 굶주림으로 망가지고 삶에 지칠대로 지친 초라하고 흉측한 모습이었다.

십 분이 지나도 세실이 나타나지 않자 놀라서 마외네로 돌아온 그레구아르 부부의 입에서 끔찍한 비명이 터져나왔다. 그들의 딸이 목이 졸려 얼굴이 시퍼렇게 변한 채 바닥에 쓰러져 있었던 것이다. 그녀의 목에는 거대한 손의 힘을 짐작하게 하는 시뻘건 흔적이 또렷이 남아 있었다. 뒤틀린 다리로 비틀거리던 본모르 영감은 그녀 옆에 쓰러져 다시 몸을 일으키지 못했다. 그는 여전히 손이 갈고리처럼 굽은 채 멍한 표정으로 눈을 크게 뜨고 사람들을 쳐다보았다. 그가 넘어지면서 재가 담긴 접시가 깨지는 바람에 시커먼 가래 찌꺼기가 사방으로 튀어 있었다. 오직 커다란 구두 한 켤레만이 깨끗한 채로 다소곳이 벽에 기대 있었다.

그사이 무슨 일이 있었는지는 아무도 정확히 알지 못했다. 어째서 세실은 그에게 가까이 다가갔던 것일까? 의자에 꼼짝 못하고 앉아 있던 본모르 영감은 어떻게 그녀의 목을 조를 수 있었던 것일까? 그는 필시 세실을 붙잡아 바닥으로 같이 쓰러지면서, 그녀가 한마디 비명도 지르지 못하도록 마지막 숨을 거둘 때까지 계속 그녀의 목을 졸랐을 터였다. 옆집과의 사이에 있는 얇은 칸막이벽 너머로는 어떤 소음이나 비명도 들려오지 않았다. 따라서 갑작스러운 정신착란 증세로 인한 사고이거나, 처녀의 희디흰 목덜미 앞에서 이유를 알 수 없는 살인 충동을 느낀 것으로 볼 수밖에 없었다. 오랫동안 새로운 사상들에 역행하듯 순종적인 가축처럼 성실하게 살아온 불구의 노인이 그런 야만적인 짓을 저질렀다는 사실에 모두들 아연실색했다. 대체 그 자신조차 그 존재를 알지 못했던 어떤 뿌리깊은 원한이 그의 몸안에서 서서히 곪아들어가다가 머리로 옮겨갔던 것일까? 그가 저지른 행위의 잔혹성은 그의 죄악을 백치의 죄악처럼 무의식에서 비롯된 것으로 규정짓게 했다.

바닥에 꿇어앉은 채 흐느끼던 그레구아르 부부는 고통으로 숨이 막힐 것만 같았다. 그들이 끔찍이 사랑했던 딸, 그토록 오랫동안 간절히 원했던 딸, 태어난 후에는 그들의 모든 재물로 넘치게 사랑했던 딸, 숨소리조차 내지 않으려고 조심하며 잠든 모습을 바라보곤 했던 딸, 아무리 먹이고 살을 찌워도 부족하다고 느꼈던 딸이 아니던가! 그런 딸의 죽음은 그들의 삶 전체가 무너져내린 것과도 같았다. 이제 그녀 없이 어떻게 세상을 살아간단 말인가?

라 르바크도 어쩔 줄 몰라하며 소리쳤다.

"오! 이 망할 놈의 영감탱이가 대체 무슨 짓을 한 거지? 어떻게 이런 일이!…… 이걸 어떡하나? 라 마외드 이 여편네는 밤에나 돌아올 텐데! 저기, 제가 당장 가서 여편네를 데려올까요?"

절망에 빠진 부모는 아무 말도 하지 못했다.

"그죠? 아무래도 그게 낫겠죠…… 제가 얼른 가서 데려올게요."

밖으로 나가려던 라 르바크는 벽에 기대놓인 구두를 흘끗 쳐다보았다. 온 탄광촌이 들끓고 있었고, 집 앞에는 벌써부터 사람들이 모여들고 있었다. 저들은 분명 저것을 훔쳐갈 터였다. 더구나 이제 라 마외드의 집에는 저 구두를 신을 만한 남자가 남아 있지 않았다. 라 르바크는 슬그머니 구두를 가져갔다. 부틀루의 발에 꼭 맞을 것 같았다.

레키야르에서는 한참 전부터 엔보 씨 부부가 네그렐과 함께 그레구아르 가족을 기다리고 있었다. 갱에서 그들과 합류한 네그렐은 사고와 관련된 그동안의 정황을 설명해주었다. 그들은 그날 저녁에는 갇혀 있는 광부들에게 가 닿을 수 있으리라 기대하고 있었다. 하지만 죽음 같은 침묵이 이어지는 걸로 보아, 그곳에서 끌어낼 수 있는 것은 필시 그들의 시신밖에는 없을 터였다. 탄광 기사 뒤에서는 라 마외드가 들보 위에 앉아 핏기 없는 얼굴로 그들의 말에 귀기울이고 있었다. 그때 라 르바크가 달려와 그녀에게 본모르 영감이 저지른 엄청난 악행을 전해주었다. 하지만 라 마외드는 초조하고 짜증스럽다는 몸짓을 해 보였을 뿐이다. 그러면서도 그녀는 라 르바크를 따라갔다.

엔보 부인은 거의 실신할 지경이었다. 어떻게 그런 끔찍한 일이! 오, 가엾은 세실! 그날따라 그토록 즐거워했던 그녀가, 한 시간 전까지만 해도 생기가 넘쳤던 그녀가! 엔보 씨는 아내를 잠시 무크 영감의 오두막으로 데리고 들어가야 했다. 그러고는 서툰 손길로 그녀 드레스의 훅을 끄르다 풀어헤친 코르사주에서 풍기는 사향 향기에 정신이 아득해졌다. 그리고 엔보 부인이 눈물을 펑펑 흘리며 결혼을 돌연 중단시킨 죽음에 망연자실한 네그렐을 꼭 껴안자, 엔보 씨는 비탄에 잠긴 두 사람을 바라보며 한편으로는 안도감을 느꼈다. 이 불행은 단번에 모든 문제를 해결해주었다. 그로서는 아내의 다음 상대가 마차꾼이 되는 것을 지켜보기보다는 차라리 조카를 계속 데리고 있는 편이 나았던 것이다.

5

갱 아래 땅속에서는 버려진 불쌍한 이들이 공포에 질려 비명을 지르고 있었다. 이제 물이 허리까지 차오른 상태였다. 급류가 세차게 흐르는 소리가 귀를 먹먹하게 하면서, 방수벽이 마지막으로 떨어져내리는 소리가 그들에게 세상의 종말이 다가왔음을 느끼게 했다. 그리고 결정적으로 그들을 돌아버리게 한 것은 마구간에 갇힌 말들이 울부짖는 소리였다. 결코 잊히지 않을 것 같은, 도륙을 당하는 짐승이 내뱉는 끔찍한 단말마의 외침이었다.

무크 영감은 어쩔 수 없이 바타유를 손에서 놓아버리고 말았다. 늙은 말은 그곳에서 몸을 떨며, 계속 차오르는 물을 동공이 커진 눈으로 응시했다. 적치장은 순식간에 물로 가득찼고, 둥근 천장 아래 아직 타고 있는 세 개의 램프가 비추는 불그레한 불빛에 푸르스름한 물이 차오르는 게 보였다. 갑자기 얼음장처럼 차가운 물이 제 털을 적시는 것을 느낀 바타유는 미친듯이 달려 탄차 운반 갱도 안쪽으로 사라져버렸다.

그러자 사람들도 말을 따라 정신없이 달아나기 시작했다.

"여기 있다간 다 죽어!" 무크 영감이 소리쳤다. "레키야르 쪽으로 달아나야 해."

이제 그들은 인접한 폐광을 통해 밖으로 나갈 수 있다는 생각에 사로잡혔다. 그러기 위해서는 통로가 막히기 전에 그곳에 도달해야만 했다. 한 줄로 늘어선 스무 명의 사람들은 불어나는 물에 불이 꺼지지 않도록 램프를 추켜들고 서로를 떠밀면서 앞으로 나아갔다. 다행히 갱도의 경사가 완만해서 더이상 물에 잠기지는 않은 채 물살과 싸우며 200미터가량을 나아갈 수 있었다. 공포와 싸우는 동안 그들의 마음속에는 그동안 잠들어 있던 믿음이 다시 깨어났다. 그들은 대지의 신에게 기도했다. 이것은 대지가 그들에게 복수하는 것임에 틀림없었다. 그들이 대지의 동맥을 잘라냈기에 대지가 피를 흘리는 것이었다. 한 노인은 탄광의 사악한 정령들을 진정시키기 위해 엄지손가락을 바깥으로 구부리고 그동안 잊고 있던 기도문을 나직이 읊조렸다.

그러나 첫번째 교차로에 이르자 서로의 의견이 엇갈렸다. 마부는 왼쪽으로 가자고 했고, 다른 이들은 오른쪽으로 가면 시간을 단축할 수 있을 거라고 주장했다. 그러느라 일 분이 지체되었다.

"젠장! 그럼 어디 마음대로들 해봐. 거기로 가다가 죽든지 말든지 내 알 바 아니니까!" 샤발이 거칠게 소리쳤다. "난 이쪽으로 갈 거야."

그는 오른쪽 길로 향했고, 두 명의 동료가 그를 따라갔다. 다른 사람들은 레키야르 탄광 안에서 잔뼈가 굵은 무크 영감의 뒤를 따라 계속 달려갔다. 하지만 무크 영감도 어느 쪽으로 꺾어져야 할지 몰라 머뭇거리기 일쑤였다. 모두들 갈피를 잡지 못하는 가운데, 연륜이 오랜 이들마저도 실타래처럼 엉켜 있는 길들 앞에서 당혹스러워했다. 갈림길이 나올 때마다 어느 쪽으로 가야 할지 확신할 수 없어 번번이 걸음을 멈췄지만, 그렇더라도 어느 쪽이든 결정해야만 했다.

에티엔은 지치고 겁에 질려 탈진하다시피 한 카트린 때문에 맨 뒤에 처져서 달려갔다. 그는 원래 샤발을 따라 오른쪽으로 가고 싶었다. 샤발이 옳은 방향으로 가고 있다고 믿었기 때문이다. 하지만 갱 속에 남게 될 것을 각오하고 그와는 다른 방향을 택했다. 게다가 여전히 우왕좌왕하는 가운데 동료들 몇 명이 더 빠져나가 무크 영감 뒤로는 일곱 명밖에 남지 않았다.

"내 목을 붙잡아, 내가 부축할 테니까." 카트린이 비틀거리는 것을 보고 에티엔이 말했다.

"아니, 그냥 놔둬." 그녀는 조그맣게 말했다. "난 더이상 못 가겠어. 이대로 당장 죽어버리는 게 나을 것 같아."

그들은 다른 사람들보다 50미터쯤 뒤처져 있었다. 카트린이 뿌리쳐도 개의치 않고 에티엔이 그녀를 부축해 일으키려는 찰나, 갑자기 갱도가 막혀버렸다. 거대한 바윗덩어리가 무너지면서 그들과 다른 동료들 사이를 가로막은 것이다. 홍수로 물이 불어나 암반이 흠뻑 젖는 바람에 사방에서 낙반 사고가 일어나고 있었다. 두 사람은 어쩔 수 없이 가던 길을 되돌아와야만 했다. 어디를 향해 가고 있는지조차 더이상 알 수 없었다. 이젠 끝장이었다. 레키야르를 통해 밖으로 나갈 수 있으리라는 생각은 포기해야만 했다. 그들에게 남은 유일한 희망은 갱 위쪽에 위치한 작업장으로 피신하는 것이었다. 그곳에서 기다리고 있으면, 어쩌면 물이 빠지고 나서 동료들이 구하러 올지도 모르지 않는가.

에티엔은 마침내 기욤 탄맥을 알아보았다.

"됐어! 이제 여기가 어딘지 알 것 같아." 그가 말했다. "빌어먹을! 그러니까 우린 옳은 방향으로 가고 있었던 거야. 이제 와서 그런 얘기 해봤자지만…… 내 말 잘 들어, 이 길을 곧장 따라가다가 굴뚝으로 올라갈 거야."

물은 가슴팍까지 차올랐고, 그들은 아주 느리게 앞으로 나아갔다. 그들에게 불이 있는 한 아직 절망하긴 일렀다. 그들은 두 개의 램프 중 하나를 불어 껐다. 기름을 아껴두었다가 나중에 나머지 램프에 부어서 쓸 요량이었다. 드디어 굴뚝에 다다른 두 사람은 뒤쪽에서 들려오는 소리에 뒤를 돌아보았다. 동료들이 자신들처럼 길이 막혀 다시 돌아온 것일까? 멀리서 거친 콧소리가 들려왔고, 그들은 물에 거품을 일으키면서 다가오는 폭풍우의 정체가 무언지 도무지 분간이 가지 않았다. 그러다 어둠 속에서 모습을 드러낸 희끄무레하고 거대한 물체를 발견하고는 소리를 질렀다. 그 물체는 자기가 지나오기에는 너무도 비좁은 갱목 사이에서 짓눌리면서도 그들에게로 오려고 안간힘을 쓰고 있었다.

그것은 바타유였다. 녀석은 적치장에서 출발해 캄캄한 갱도를 따라 미친듯이 달려왔다. 십일 년간 살아온 이 지하 도시에서 자기가 가야 할 길을 훤히 알고 있는 듯했다. 평생을 영원한 밤의 밑바닥에서 살아온 녀석은 캄캄한 어둠 속에서도 앞을 또렷이 볼 수 있었다. 녀석은 달리고 또 달렸다. 머리를 숙이고 다리를 모은 채, 땅의 가느다란 창자를 커다란 제 몸으로 가득 채우면서. 길은 끝없이 이어졌고, 교차로는 또다시 갈림길들로 나뉘었다. 하지만 녀석은 조금도 머뭇거리지 않고 계속 달렸다. 녀석은 어디로 가는 것일까? 아마도 저기, 젊은 날의 환영을 좇아 자신이 태어났던 스카르프 강가의 방앗간으로, 거대한 램프처럼 하늘에서 불타오르는 태양에 대한 어렴풋한 기억을 따라가는지도 몰랐다. 녀석은 살고 싶었다. 자유로운 동물로 살던 기억이 깨어나면서, 들판의 신선한 공기를 다시 들이마시고 싶은 욕망이 녀석을 앞으로 계속 달려가게 했다. 환한 빛이 비치는 뜨거운 하늘 아래로 나갈 수 있는 구멍을 발견할 때까지. 그리고 녀석의 마음속에서 고개를 든 반항심이 해묵은 체념을 몰아냈다. 이 갱은 녀석의 눈을 멀게 한 것으로도 모자라 이젠 목숨마저 앗아가려 하고 있었다. 거센 물살은 녀석을 뒤쫓아와서 넓적다리를 후려치고 엉덩이를 물어뜯었다. 하지만 녀석이 앞으로 나아갈수록 갱도가 점점 더 좁아지면서 천장이 내려앉고 양쪽 벽은 더 불룩하게 튀어나왔다. 그럼에도 불구하고 녀석은 달리는 것을 조금도 멈추지 않았다. 온몸이 긁히고, 팔다리에서 떨어져나간 살점들을 갱목에 남겨둔 채로. 녀석을 옴짝달싹 못하게 해 숨통을 끊어놓기 위해 갱이 사방에서 죄어오는 것 같았다.

에티엔과 카트린은 자신들 가까이 온 바타유가 양쪽 바위 틈새에 몸이 꽉 끼어 발버둥치는 것을 알아보았다. 녀석은 발부리로 바위를 걷어차다가 앞다리 두 개가 부러졌다. 그러고도 마지막 안간힘을 다해 몇 미터를 더 기어왔다. 그러다 옆구리가 바위 틈새에 끼는 바람에 땅이 쳐놓은 덫에 걸려 갇히고 말았다. 하지만 녀석은 피가 흐르는 얼굴을 쭉 내밀면서, 앞이 잘 보이지 않는 커다란 눈을 희번덕거리며 계속 틈새를 찾았다. 그사이 물은 빠른 속도로 바타유를 뒤덮었다. 녀석은 마구간에 있던 다른 말들이 죽어가면서 마지막으로 냈을 법한 길고도 끔찍한 울음소리로 커다랗게 울부짖기 시작했다. 그것은 차마 눈뜨고 보기 힘든 비참한 단말마의 순간이었다. 온몸이 부러져 꼼짝도 못하고 빛과는 영영 멀어진 이 깊은 어둠 속에서 발버둥치며 죽어가는 늙은 짐승의 최후였다. 녀석이 토해내는 절망의 비명소리가 그치지 않는 가운데 물살은 이제 녀석의 갈기를 뒤덮었다. 그러자 녀석은 커다랗게 벌린 채 길게 내민 주둥이로 더욱더 거친 울음소리를 내뱉었다. 마지막으로 숨죽인 콧소리가 들려왔다. 물이 가득 차오른 통에서 들리는 듯한 둔탁한 소리였다. 그러더니 죽음 같은 침묵이 이어졌다.

"아! 맙소사! 날 데려가줘." 카트린이 흐느끼며 말했다. "아! 맙소사! 난 무서워, 죽고 싶지 않아…… 제발 날 데려가줘, 제발!"

그녀는 죽음을 여러 차례 목도한 바 있었다. 하지만 무너져내린 수갱과 물에 잠긴 갱도, 그 어느 것도 죽어가는 바타유의 공포와 비명처럼 즉각적으로 머릿속에 각인되지는 않았다. 카트린은 녀석의 비명소리가 계속 들려오는 듯 귀가 윙윙거리고 온몸이 떨려왔다.

"날 데려가줘! 날 데려가줘!"

에티엔은 그녀를 붙잡아 끌고 갔다. 어쨌거나 꾸물거릴 시간이 없었다. 그들은 어깨까지 물에 잠긴 채 굴뚝을 오르기 시작했다. 에티엔은 카트린을 도와야만 했다. 그녀는 더이상 갱목을 붙잡을 힘조차 없었다. 세 번씩이나 에티엔은 그녀가 손을 놓쳐 그들 뒤로 요란하게 물결치는 깊은 바닷속으로 떨어지지 않을까 하는 두려움에 떨었다. 두 사람은 아직 통행이 가능한 첫번째 층에 이르러서야 몇 분간 숨을 고를 수 있었다. 그러다 곧 물이 다시 차올라 더 높이 올라가야만 했다. 그들은 줄기차게 불어나는 물 때문에 몇 시간 동안 이 층에서 저 층으로 끊임없이 더 높은 곳으로 옮겨가야 했다. 그러다 여섯번째 층에 이르러 잠시 숨을 돌릴 수 있게 되자 다시 희망으로 들떴다. 수위가 더 이상 높아지지 않는 것 같았기 때문이다. 하지만 그러다 갑자기 물이 더 빠른 속도로 불어나기 시작해 또다시 일곱번째 층, 그리고 여덟번째 층으로 올라가야 했다. 이제 단 한 개의 층이 남아 있을 뿐이었다. 그리고 마침내 그곳에 다다른 두 사람은 시시각각 높아지는 수면을 걱정스럽게 바라보았다. 만약 수위가 이대로 계속 높아진다면, 그들도 늙은 말처럼 목구멍까지 물이 가득차 천장에 짓눌려 죽고 마는 게 아닐까?

매 순간 갱이 무너지는 소리가 울려퍼졌다. 탄광을 가득 채운 거대한 물줄기의 압력에 허약한 창자가 터져나가면서 탄광 전체가 요동을 쳤다. 갱도 끝 쪽에서는 압축된 공기가 차곡차곡 쌓여 있다가 갈라진 바위와 뒤집힌 땅 사이에서 엄청난 굉음과 함께 폭발했다. 오래전 대홍수가 땅을 뒤집어놓으면서 산들을 평원 아래로 묻어버린 물과 대지의 전쟁을 연상시키는, 땅속의 대재앙을 알리는 무시무시한 소리였다.

갱이 계속해서 무너져내리자 엄청난 충격을 받고 넋이 나간 카트린은 두 손을 꼭 모으고 똑같은 말을 끊임없이 중얼거렸다.

"난 죽고 싶지 않아…… 난 죽고 싶지 않아……"

에티엔은 그녀를 안심시키기 위해 더이상 수위가 높아지지 않는다고 힘주어 말했다. 벌써 여섯 시간 동안이나 갱 속을 헤매고 있었으니 동료들이 곧 구하러 올 것이다. 사실 그는 정확한 시간개념을 상실한 터라 대충 짐작으로 시간을 말한 것뿐이었다. 실제로는 그들이 기욤 탄맥을 가로질러 위로 올라가는 동안 벌써 만 하루가 지나고 있었다.

그들은 흠뻑 젖은 채로 몸을 떨며 자리를 잡고 앉았다. 카트린은 아무 거리낌 없이 옷을 벗어서 비틀어 짰다. 그러고는 바지와 웃옷을 다시 입고서 그대로 말렸다. 그녀가 맨발인 것을 본 에티엔은 자기 나막신을 벗어서 그녀에게 억지로 신겼다. 그들은 이제 기다릴 준비가 되어 있었다. 그들은 램프의 심지를 낮춰 야등처럼 희미한 불빛이 비치게 했다. 그런데 갑자기 배가 찢어질 것처럼 고통스럽게 뒤틀리면서 두 사람 모두 지독한 허기를 느꼈다. 그때까지 그들은 아무런 감각조차 느끼지 못했다. 재앙이 일어났을 때 그들은 점심조차 먹지 못한 터였다. 가지고 왔던 타르틴을 꺼내 보니 물에 불어 곤죽이 되어 있었다. 카트린은 에티엔이 사양하자 화를 내면서 자기 몫을 나눠주었다. 타르틴을 먹자마자 그녀는 차가운 땅 위에 지친 몸을 누이고 잠이 들었다. 에티엔은 고통스러울 정도로 잠이 오지 않아 두 손으로 이마를 감싼 채 그녀의 잠든 모습을 응시하고 있었다.

그동안 시간이 대체 얼마나 흐른 걸까? 그로서는 도무지 알 길이 없었다. 그가 알 수 있는 것이라고는, 지금 자기 앞에 있는 굴뚝의 구멍으로 시커먼 물결이 꿈틀거리며 모습을 드러내고 있다는 것뿐이었다. 마치 그들에게 와 닿기 위해 등을 구부린 채 점점 더 가까이 다가오는 야수를 보는 듯했다. 처음에는 가느다란 줄처럼, 몸을 쭉 펴고 다가오는 유연한 뱀처럼 보이던 것이 이내 꿈틀거리면서 기어오는 짐승의 등뼈로 변해 그들에게 다가와서는 곤히 잠든 카트린의 발을 적셨다. 에티엔은 불안해하면서도 그녀를 깨워야 할지 망설였다. 그녀는 지금 기진맥진한 채 무의식과 같은 휴식 속에서 어쩌면 들판의 신선한 공기와 태양 아래의 삶을 꿈꾸고 있을지도 모르는데, 그런 그녀를 깨운다는 것은 너무도 잔인한 일 아닌가? 게다가 이제 어디로 달아날 수 있단 말인가? 한참을 궁리하던 그는 탄맥의 이 부분에 만들어진 경사면 끝이 위쪽의 적치장으로 통하는 또다른 경사면과 연결되어 있다는 사실을 생각해냈다. 그곳으로 가야만 했다. 그는 물이 점점 차들어오는 것을 지켜보면서, 카트린이 가능한 한 오래 잘 수 있도록 물살이 자신들을 내쫓을 때까지 기다렸다. 마침내 그녀를 조심스럽게 일으키자 그녀는 화들짝 놀라며 몸을 떨었다.

"오, 맙소사! 꿈이 아니었어!…… 다시 시작되고 있어, 맙소사!"

또다시 악몽을 떠올린 카트린은 죽음이 가까이 와 있는 것을 발견하고는 소리를 질렀다.

"괜찮아, 진정해." 에티엔이 속삭였다. "다른 곳으로 피할 수 있어, 정말이야."

경사면으로 가기 위해 그들은 또다시 어깨까지 물에 잠긴 채 허리를 꺾고 걸어야 했다. 경사면을 올라가는 일은 더 큰 위험을 동반했다. 100여 미터에 걸쳐 내벽 전체에 갱목이 대어져 있기 때문이었다. 그들은 처음에는 케이블을 잡아당겨 경사면 아래쪽에 탄차 하나를 고정시켜놓으려 했다. 혹시라도 그들이 올라가는 도중에 다른 탄차가 미끄러져 내려온다면 온몸이 박살나고 말 터였다. 하지만 아무것도 움직이지 않았다. 어떤 문제가 생겨 기계 장치가 망가진 듯했다. 그들은 거추장스러운 케이블을 사용할 엄두를 내지 못한 채 위험을 무릅쓰고 앞으로 계속 가기로 했다. 그러자니 미끄러운 갱목에 의지할 수밖에 없어 손톱이 빠질 지경이었다. 에티엔은 두 손이 피투성이가 된 카트린이 뒤로 미끄러질 때를 대비해 뒤쪽에서 머리로 그녀를 받쳐주면서 걸어갔다. 그런데 갑자기, 부서진 들보의 파편들이 앞길을 가로막았다. 쏟아져내린 흙과 굴러떨어진 바위 때문에 계속 나아가는 것은 불가능했다. 그때 기적처럼 문 하나가 열리면서 그들은 또다른 갱도로 들어설 수 있었다.

그때 느닷없이 앞을 비추는 램프 불빛에 두 사람은 화들짝 놀랐다. 그와 동시에 한 남자가 분노에 찬 목소리로 그들을 향해 소리쳤다.

"나처럼 똑똑한 척하는 멍청이들이 또 있었군!"

샤발이었다. 그도 흘러내린 흙과 바위 때문에 경사면이 막혀 그 사이에 낀 신세였다. 그와 함께 떠났던 동료 두 명은 바위에 머리가 깨져 죽었다. 그는 팔꿈치를 다쳤으면서도 용감하게 무릎으로 기어서 그 자리로 되돌아가 그들의 램프와 타르틴을 꺼내왔다. 그가 그곳을 빠져나오자마자, 그의 등뒤에서 마지막으로 갱이 무너지면서 갱도가 완전히 막혀버리고 말았다.

그는 즉시, 땅속 어디선가 불쑥 튀어나온 저들과 식량을 조금도 나눠 먹지 않겠다고 스스로에게 다짐했다. 그럴 바에는 차라리 저들을 때려죽이고 말 것이다. 그러다 그 역시 그들이 누구인지 알아보고는 이내 분노를 누그러뜨리면서 웃음을 터뜨렸다. 사악한 기쁨이 느껴지는 웃음이었다.

"아! 카트린 너였군! 이제 오도 가도 못하는 신세가 되니까 옛 남자가 생각난 건가? 좋아! 좋다고! 어디 한번 같이 거방지게 놀아보자고."

그는 에티엔을 못 본 척했다. 샤발과 마주친 것에 당혹감을 느낀 에티엔은 자기 옆으로 바짝 붙어 서는 카트린을 보호하려는 몸짓을 해 보였다. 하지만 달리 샤발을 피할 방법이 없었다. 그래서 에티엔은 그들이 한 시간 전에 서로 좋은 친구로 헤어졌던 것처럼 담담하게 동료에게 물었다.

"안쪽은 좀 살펴봤나? 막장을 통해 나갈 수 있는 방법은 없을까?"

샤발은 여전히 이죽거리며 말했다.

"아! 그래! 막장이 있었지! 하지만 거기도 꽉 막혀버린 지 오래야. 우린 두 벽 사이에 낀 신세라고. 쥐덫에 갇힌 것처럼 말이지…… 하지만 수영에 자신 있으면 어디 한번 경사면으로 되돌아가보시든가."

과연 물이 점점 불어나면서 철렁거리는 소리가 들려왔다. 이제 다시 돌아가는 건 불가능했다. 샤발의 말이 옳았다. 그들은 쥐덫에 갇힌 것이나 다름없었다. 갱의 일부가 심각하게 내려앉으면서 앞뒤를 모두 차단해버린 터였다. 빠져나갈 구멍은 어디에도 보이지 않았고, 세 사람은 완전히 고립되고 만 것이다.

"그래, 네놈도 여기 남기로 한 건가?" 샤발은 계속 빈정대면서 덧붙였다. "물론 지금으로선 그럴 수밖에 없을 테지. 네놈만 날 귀찮게 하지 않으면, 나도 너한테 말 한마디 안 붙일 거야. 여기엔 아직 두 남자가 있을 만큼의 자리는 있으니까…… 우리 중에서 누가 먼저 죽을지 어디 두고보자고. 사람들이 우리를 구하러 오지 않는다면 말이지. 내가 보기에 구하러 올 가능성은 없을 것 같지만."

그러자 에티엔이 말했다.

"탄맥을 두드리면 사람들이 우리 소리를 들을 수 있을지도 몰라."

"난 이제 두드리는 것도 지쳤어…… 자! 이 돌로 네가 두드려보든가."

에티엔은 샤발이 미리 부숴놓은 사암 조각을 주워 탄맥 안쪽을 향해 광부들의 신호를 보냈다. 위험에 처한 광부들이 자신들의 존재를 알리기 위해 반복해서 두드리는 기다란 신호음이었다. 그런 다음 그는 벽에 귀를 바짝 갖다대고 어떤 반응이 있는지 살폈다. 하지만 그렇게 수없이 반복해 신호를 보내봐도 저편에서는 끝내 아무런 응답이 없었다.

그러는 동안 샤발은 태연하게 자신의 소박한 살림을 정리하는 척했다. 그는 우선 램프 세 개를 벽에 기대놓았다. 그중 하나만 타고 있었고, 나머지는 나중에 사용하게 될 터였다. 그런 다음 그는 떨어진 갱목 조각 위에 죽은 동료들의 몫이었던 타르틴 두 쪽을 올려놓았다. 그곳이 그의 찬장인 셈이었다. 아껴 먹기만 한다면 이틀은 충분히 버틸 수 있는 양이었다. 그는 뒤를 돌아보며 말했다.

"이봐, 카트린, 배가 많이 고파지면 언제든지 얘기해. 절반은 네 몫으로 남겨둘 테니까."

카트린은 아무런 대꾸도 하지 않았다. 이런 데서 두 남자 사이에 끼어 있게 되다니, 참으로 기막힌 팔자가 아닌가.

그리고 끔찍한 동거가 시작되었다. 서로 겨우 몇 걸음 떨어진 바닥에 앉아 있던 샤발이나 에티엔 둘 다 꼭 다문 입을 열지 않았다. 샤발이 에티엔에게 램프를 끄라고 지적한 게 전부였다. 그것은 불필요한 빛의 호사일 뿐이었다. 그러고는 다시 세 사람 모두 침묵에 빠져들었다. 에티엔 가까이 누워 있던 카트린은 예전 남자가 자신을 힐끔거리는 눈길에 불안해졌다. 그렇게 몇 시간이 흘러가는 동안, 점점 더 수위가 높아지며 찰랑거리는 물소리가 조그맣게 들려왔다. 또한 때때로 땅속 깊은 곳에서 전해오는 진동과 아득하게 들려오는 소리의 울림이 탄광이 마지막으로 내려앉을 순간이 얼마 남지 않았음을 예고하고 있었다. 그사이 램프 불이 꺼져 다른 램프를 밝히기 위해 뚜껑을 열게 되었을 때 갱내 가스에 대한 두려움에 그들은 잠시 동요했다. 어쩌면 어둠 속에서 서서히 죽어가느니 차라리 가스 폭발로 순식간에 죽어버리는 편이 더 나을지 모른다는 생각도 들었다. 하지만 유출된 갱내 가스는 없었고, 폭발도 일어나지 않았다. 그들은 다시 바닥에 드러누웠고, 시간은 또다시 그렇게 흘러갔다.

그러다 무슨 기척이 느껴져 에티엔과 카트린은 고개를 들고 소리가 나는 곳을 쳐다보았다. 허기를 채워야겠다고 생각한 샤발이 한입에 삼키고 싶은 유혹을 억누르기 위해 반으로 자른 타르틴을 오래도록 씹고 있었다. 지독한 허기에 시달리던 두 사람은 그런 그를 바라보고 있었다.

"어때, 정말 생각 없는 거야?" 샤발이 카트린을 향해 도발적인 표정으로 말했다. "금세 후회할 텐데."

카트린은 유혹에 넘어갈 것이 두려워 시선을 아래로 향했다. 경련으로 뱃속이 뒤틀리면서 눈가에 눈물이 그렁그렁 맺혔다. 그녀는 그가 무엇을 바라는지 잘 알고 있었다. 아침에도 그녀는 목덜미에서 훅 끼쳐오는 그의 숨결을 느꼈다. 그는 그녀가 다른 남자와 함께 있는 모습을 보며 다시 예전처럼 격렬한 욕망에 사로잡혔다. 카트린은 그의 눈에서 그녀가 익히 알고 있는 이글거리는 눈빛을 느낄 수 있었다. 그가 엄마의 하숙인과 놀아난다는 폭언을 쏟아내며 그녀에게 주먹을 휘두를 때마다 보았던, 질투로 불타오르던 그 눈빛이었다. 카트린은 또다시 그 짓을 되풀이하고 싶지 않았다. 그리고 그에게 다시 돌아감으로써, 다 같이 죽어가는 이 좁은 동굴에서 두 남자가 서로를 해치게 될까봐 두려움에 몸을 떨었다. 맙소사! 죽어가는 마지막 순간에라도 서로 좋은 친구로서 끝낼 수는 없는 것일까!

에티엔은 샤발에게 빵 한 조각을 구걸하느니 차라리 굶어죽는 게 낫다고 생각했다. 갈수록 무겁게 짓누르는 침묵 속에서, 아무런 희망 없이 똑같은 일분 일분이 느릿하게 지나가는 단조로운 시간이 영원히 이어질 것만 같았다. 그들이 함께 갇혀 있게 된 지 이제 만 하루가 지났다. 그사이 두번째 램프의 불이 희미해져 세번째 램프를 켜야 했다.

샤발은 또다른 타르틴을 먹기 시작하면서 내뱉었다.

"이리 오라니까, 멍청한 것 같으니라고!"

카트린은 몸을 떨었다. 에티엔은 그녀가 자유롭게 선택할 수 있도록 돌아앉았다. 그래도 그녀가 꼼짝도 하지 않자, 그가 나직이 속삭였다.

"얼른 가봐, 내 사랑."

그러자 카트린의 눈에서 그동안 억누르고 있던 눈물이 주르륵 흘러내렸다. 그녀는 한참 동안 우느라 몸을 일으킬 힘조차 없었고, 온몸이 아파오면서도 더이상 허기도 느껴지지 않았다. 에티엔은 자리에서 일어나 그 안을 서성이면서 헛되이 벽을 두드려 광부들의 신호를 보냈다. 그는 얼마 남지 않은 시간을 더없이 증오하는 적수와 바짝 붙어 앉아 보내야만 한다는 사실에 분노를 감추지 못했다. 서로 멀리 떨어져 죽을 수 있는 공간조차 허락되지 않다니! 열 발짝만 걸어가도 되돌아와 이 남자와 다시 마주해야만 했다. 게다가 두 남자가 땅속에서까지 서로 차지하려고 다투는 기막힌 운명의 여자는 또 어떠한가! 그녀는 마지막까지 살아남은 사람의 차지가 될 터였다. 만약 자신이 먼저 죽는다면 저놈이 또다시 그녀를 빼앗아갈 것이다. 그런 기다림의 시간은 끝없이 이어졌다. 시간이 흐를수록, 비좁은 공간에서의 역겨운 동거는 점점 더 최악의 상황으로 치달았다. 서로의 숨결이 뒤섞이면서 공기를 오염시켰고, 공공연하게 배출된 배설물의 악취가 그들 모두를 고통스럽게 했다. 두 번씩이나 에티엔은 주먹질로 바위에 길을 내려는 듯 바위로 달려들었다.

그렇게 또 하루가 끝나가고 있었다. 샤발은 카트린 옆에 앉아 마지막으로 남은 타르틴의 반쪽을 그녀와 나눠 먹었다. 카트린은 한입씩 힘겹게 씹어 삼켰다. 샤발은 그녀가 한입씩 베어 물 때마다 그 대가를 치르게 하듯 그녀의 몸을 쓰다듬었다. 죽기 전에 다른 남자 앞에서 그녀를 다시 차지하고자 하는, 질투심 가득한 남자의 집요함 같은 것이었다. 진이 다 빠져버린 카트린은 그가 하는 대로 내버려두었다. 하지만 그가 안으려고 들자 그녀는 애원하듯 말했다.

"제발 이러지 마! 나 좀 그냥 내버려둬, 숨이 막힐 것 같단 말이야."

에티엔은 몸을 부르르 떨면서 그들을 보지 않으려고 갱목에 이마를 갖다댔다. 그러다 미칠 지경이 되어 즉시 그들을 향해 돌아섰다.

"그 여잘 그냥 놔두지 못해, 나쁜 놈!"

"네놈이 왜 끼어들지?" 샤발이 쏘아붙였다. "이 여잔 내 마누라야,

내 거라고!"

그는 다시 그녀를 껴안고는 보란듯이 붉은 수염을 그녀의 입술에 대고 짓누르며 소리쳤다.

"저리 꺼지라고! 우리가 어떻게 하는지 저쪽에서 똑똑히 지켜보란 말이야."

에티엔은 입술이 새파랗게 질려 소리쳤다.

"카트린을 놓아주지 않으면 널 죽여버리고 말겠어!"

그의 말에 샤발은 재빨리 자리에서 일어섰다. 샤발은 상대방의 씩씩거리는 목소리에서 그가 끝장을 보기를 원한다는 것을 깨달았다. 죽음이 그들을 찾아오는 데 시간을 너무 오래 끄는 듯했다. 지금 당장 둘 중 하나는 사라져줘야만 했다. 이제 곧 나란히 잠들게 될 땅속에서 해묵은 싸움이 다시 시작되었다. 하지만 그러기에는 장소가 너무 비좁아서 주먹을 휘두르다가 바위에 긁히기 일쑤였다.

"조심하는 게 좋을 거야." 샤발이 으르렁거리며 말했다. "이번엔 널 정말로 먹어치워줄 테니까."

에티엔은 그 순간 완전히 미쳐버리고 말았다. 눈에는 벌겋게 핏발이 서고, 목에는 굵은 핏줄이 부풀어올랐다. 뿌리칠 수 없는 살인 욕구, 목구멍의 편도가 부어올라 발작적인 격렬한 기침을 야기하는 것처럼 육체적인 욕구가 한꺼번에 치밀어오르면서, 유전적인 고질병처럼 그의 의지와는 상관없이 한순간에 폭발해버린 것이다. 그는 편암으로 이뤄진 내벽의 바위를 두 손으로 움켜잡고 세차게 흔들어 크고도 무거운 돌조각을 떼어냈다. 그러고는 걷잡을 수 없이 커진 힘으로 두 팔을 번쩍 들어 돌로 샤발의 머리를 사정없이 내리쳤다.

샤발은 미처 뒤로 물러날 틈조차 없었다. 그는 얼굴이 으깨지고 머리가 깨지면서 뒤로 나자빠졌다. 그의 머리에서 새어나온 뇌척수액이 갱도의 천장으로 튀어오르고, 상처에서는 샘에서 솟는 물처럼 자줏빛 액체가 뿜어져나왔다. 그 즉시 핏빛 웅덩이가 생겨나면서 램프의 뿌연 불빛이 그곳에 반사되었다. 시커먼 그림자가 벽으로 둘러싸인 지하 묘소를 가득 채웠고, 바닥에 널브러진 시신은 석탄 더미 위로 솟아난 검은 혹처럼 보였다.

에티엔은 휘둥그레진 눈으로 몸을 숙여 그를 바라보았다. 그랬다, 결국 그를 죽이고 만 것이다. 오랫동안 싸워온 기억들이 어렴풋이 떠올랐다. 그의 온몸 근육 속에서 잠자고 있던 독, 조상 대대로 몸속에 쌓여온 알코올과 헛되이 싸워온 날들. 그러나 지금 그는 굶주림에 취해 있을 뿐이었다. 오래전 부모의 알코올중독에 대한 기억만으로도 그에겐 충분했다. 자신이 저지른 살인의 섬뜩함에 머리카락이 쭈뼛곤두서는 것 같았다. 교육에 기인한 거부감에도 불구하고 어떤 희열이 그의 가슴을 뛰게 했다. 마침내 충족된 욕망에서 오는 동물적인 기쁨 같은 것이었다. 그런 다음에는 일종의 자부심, 마침내 승자가 되었다는 자부심이 느껴졌다. 어린아이에게 살해당한, 칼에 목이 찔려 죽은 어린 병사가 떠올랐다. 이제 그도 살인을 한 것이다.

카트린은 똑바로 서서 커다랗게 비명을 질러댔다.

"오, 맙소사! 정말 죽었나봐!"

"그래서 마음이 아프다는 건가?" 에티엔이 사납게 쏘아붙였다.

그녀는 숨이 막혀 죽을 것처럼 더듬거렸다. 그러고는 비틀거리다가 에티엔의 품으로 뛰어들며 말했다.

"아! 나도 죽여줘, 나도 죽여달라고! 우리 둘 다 같이 죽어!"

그녀는 그의 어깨를 부여잡으며 매달렸고, 그도 그녀를 힘껏 껴안았다. 그들은 그대로 죽을 수 있기를 바랐다. 하지만 죽음은 아직 찾아올 때가 되지 않은 듯했고, 그들은 포옹을 풀었다. 카트린이 두 손으로 눈을 가리고 있는 동안 에티엔은 비참하게 죽은 샤발을 끌고 가 경사면에 던져버렸다. 아직 더 버텨야만 하는 비좁은 공간에서 발치에 시체를 놔둔 채 지낼 수는 없는 노릇이었다. 그들은 거품이 부글거리는 가운데 시체가 물속으로 가라앉는 소리를 들으며 몸서리쳤다. 그러니까 물이 벌써 이 구덩이까지 가득 차올랐단 말인가? 그들은 물이 갱도로 넘쳐들기 시작한 것을 알아차렸다.

그때부터 새로운 싸움이 시작되었다. 그들은 마지막으로 남은 램프를 켰다. 램프는 규칙적으로 고집스럽게 계속 불어나는 물을 비추면서 점점 흐릿해졌다. 물은 처음에는 그들의 발목까지 차올랐고, 그다음에는 무릎까지 올라왔다. 갱도가 약간 위로 경사져 있어 두 사람은 더 안쪽으로 몸을 피했다. 그렇게 몇 시간의 여유를 벌 수 있었다. 하지만 물은 곧 그들을 따라잡았고, 그들은 허리춤까지 물에 잠겼다. 이제 더이상 물러설 데가 없어진 그들은 벽에 등을 바짝 붙이고 서서 물이 하염없이 불어나는 것을 지켜보았다. 물이 입까지 차올라오면 모든 게 끝이었다. 그들이 천장에 매달아놓은 램프가 자잘한 파동을 일으키며 빠르게 다가오는 물살에 노르스름한 빛을 비추었다. 램프 불빛이 희미해지면서, 물살과 함께 점점 커지는 어둠에 잠식된 것처럼 점점 작아지는 반원형의 빛만이 그들을 비추고 있었다. 그러다 갑자기 칠흑 같은 어둠이 그들을 덮쳤다. 램프가 지지직거리며 마지막으로 남은 기름 한 방울을 마저 태운 후 막 꺼져버린 것이다. 완전하고도 절대적인 밤이었다. 그들은 이제 다시는 밝은 태양빛 아래 눈을 떠 보지도 못하고 깊은 땅속 암흑에 갇힌 채 영원히 잠들게 될 것이었다.

"이런 제기랄!" 에티엔은 나직이 욕설을 내뱉었다.

카트린은 어둠이 자신을 움켜잡는 게 느껴지기라도 하듯 그에게 몸을 바싹 기댔다. 그리고 광부들 사이에 전해내려오는 말을 조그맣게 속삭였다.

"죽음의 신이 램프를 불어 끈 거야."

하지만 임박한 죽음의 위협 앞에서 살고자 하는 뜨거운 열망으로 다시 기운을 차린 그들은 본능적으로 싸워나갔다. 에티엔이 램프의 갈고리로 편암 벽을 파내는 동안, 카트린은 손톱으로 거들었다. 그렇게 해서 그들은 높이 솟은 벤치 같은 공간을 만들었다. 그러고는 둘 다 거기로 기어올라가 자리를 잡고 앉았다. 그러자면 다리는 늘어뜨리고 등은 구부려야 했다. 내벽의 둥근 천장 때문에 고개를 숙여야만 했다. 얼음장 같은 물은 처음에는 그들의 발뒤꿈치까지만 닿았다. 하지만 이내 물이 가차없이 점점 더 높이 지속적으로 차올라오자 그들은 발목과 장딴지, 무릎까지 잘려나갈 것 같은 극도의 추위를 견뎌야 했다. 게다가 울퉁불퉁한 자리가 축축한데다 몹시 미끄러워서 아래로 떨어지지 않으려면 벽을 꼭 붙잡아야 했다. 이젠 정말 끝이었다. 이렇게 기진맥진하고 굶주린 채 더이상 먹을 것도 불도 없이, 비좁은 바위 틈새에서 손 하나 까딱 못하는 상태로 얼마나 더 버틸 수 있을 것인가? 그들은 무엇보다 죽음이 다가오는 것을 볼 수 없게 하는 암흑으로 인해 고통받았다. 그곳에는 오로지 무거운 침묵만이 지배했고, 물로 배를 실컷 채운 탄광은 더이상 아무런 움직임을 보이지 않았다. 이제 그들이 발밑에서 느낄 수 있는 것이라고는, 저멀리 갱도에서부터 점차 불어나서 끊임없이 그들을 위협하는 땅속 바다의 소리 없는 물결뿐이었다.

시간은 계속 흘러갔다. 변함없는 암흑의 시간이었다. 그들은 시간 개념을 상실함에 따라 시간이 얼마나 흘렀는지 전혀 가늠할 수 없었다. 고통이 시간을 더 느리게 가게 할 것 같았지만, 오히려 시간은 그들 생각보다 더 빨리 흘러갔다. 그들은 갇혀 있은 지 이틀하고 하룻밤이 지났을 거라고 믿었지만, 실제로는 벌써 사흘이 지나고 있었던 것이다. 누군가가 구해주러 올 거라는 희망은 이제 물거품이 되었다. 그들이 거기에 있는 것을 아는 사람은 아무도 없었다. 어느 누구도 그곳까지 내려올 수는 없을 테니, 물이 그들을 데려가지 않는 한 결국에는 굶어죽고 말 터였다. 그들은 마지막으로 한번 더 구조 요청 신호를 보내보기로 했다. 하지만 돌은 물 아래 잠겨 있었다. 게다가 그 소리를 누가 듣기나 하겠는가?

체념한 카트린은 아픈 머리를 탄맥에 기대고 있다가 갑자기 화들짝 놀라며 다시 몸을 일으켜 앉았다.

"들어봐!" 그녀가 말했다.

에티엔은 처음에는 그녀가 물이 불어나면서 찰랑거리는 소리를 얘기하는 줄 알았다. 그는 그녀를 안심시키기 위해 거짓말을 했다.

"그건 내가 다리를 휘저어서 나는 소리였어."

"아냐, 아니라고, 그게 아니야…… 저쪽에서 들리는 소리였어, 들어봐!"

그러면서 그녀는 탄맥에 다시 귀를 갖다댔다. 에티엔도 무언가를 깨닫고 그녀를 따라 했다. 몇 초간의 기다림에 그들은 숨이 막혔다. 멀디먼 곳에서, 띄엄띄엄 세 번을 반복해 두드리는 소리가 아주 희미하게 들려왔다. 하지만 그들은 여전히 반신반의했다. 어쩌면 귀가 윙윙 울리는 건지도 몰랐다. 어쩌면 탄층이 무너져내리는 소리일 수도 있었다. 더구나 그들은 응답하기 위해 두드릴 만한 게 아무것도 없었다.

그때 문득 에티엔에게 좋은 생각이 떠올랐다.

"아직 나막신 신고 있지? 그걸 벗어서 굽으로 두드리는 거야."

카트린은 그의 말대로 탄맥을 두드려 광부들의 신호를 보냈다. 그들은 귀를 기울여, 또다시 멀리서 들려오는 세 번의 소리를 들을 수 있었다. 그들이 스무 번을 두드리자 스무 번의 응답이 들려왔다. 두 사람은 눈물을 흘리면서 서로를 껴안다가 하마터면 균형을 잃고 아래로 미끄러질 뻔했다. 마침내 동료들이 그들을 구하러 온 것이다. 넘치는 기쁨과 사랑이 오랫동안 아무 소용 없었던 구조 신호에 대한 분노와 기다림의 고통을 모두 잊게 해주었다. 마치 구조반이 손가락 한 번 까딱하는 것만으로 바위를 깨고 그들을 구해주기라도 할 것처럼.

"나 잘했지!" 카트린은 신이 나서 소리쳤다. "벽에 머리를 기대고 있길 정말 잘한 것 같아!"

"맞아! 넌 정말 귀가 밝은 것 같아." 에티엔도 기뻐하며 맞장구쳤다. "난 아무것도 듣지 못했는데 말이야."

그때부터 그들은 서로 번갈아가며 둘 중 하나는 내내 벽에 귀를 대고 있었다. 작은 신호만 들려와도 언제든 응답하기 위해서였다. 그들은 곧 리블렌 소리를 포착해냈다. 동료들이 그들에게로 오기 위한 갱도를 뚫는 소리였다. 그들은 아주 작은 소리 하나도 놓치지 않았다. 하지만 그들의 기쁨은 그리 오래가지 못했다. 그들은 서로를 속이기 위해 애써 웃음을 지어 보였지만 또다시 점차 절망감에 사로잡혔다. 처음에는 서로에게 상황을 설명하느라 바빴다. 동료들은 물론 레키야르 탄광을 통해 구조를 시도할 것이다. 접근용 갱도는 탄층에 낼 것이며, 채굴하는 사람이 셋인 것으로 보아 여러 개의 갱도를 뚫고 있는게 분명하다. 그러다 점점 말수가 줄어들었고, 자신들과 구조반 사이의 거대한 탄맥 덩어리를 따져보다가 끝내 입을 다물었다. 그리고 아무 말 없이 각자 생각에 잠긴 채, 광부 한 사람이 그와 같이 엄청난 덩어리를 뚫으려면 대략 며칠이 걸릴지 계산해보았다. 저들은 결코 너무 늦지 않게 이곳까지 오지 못할 터였다. 그사이 두 사람은 수십 번도 더 죽을 수 있었다. 그런 생각이 들자 두 사람은 점점 더 커지는 불안감 속에 더는 서로 한마디도 나누지 않았다. 동료들이 보내오는 신호에는 나막신을 두드려 응답했다. 그들은 아무런 기대 없이, 단지 구조반에게 자신들이 아직 살아 있음을 알려야 한다는 기계적인 필요성을 느낄 따름이었다.

그렇게 하루가 지나고 이틀이 지나갔다. 두 사람이 땅속에 갇힌 지 엿새째였다. 그들의 무릎 높이에서 멈춘 물은 더 불어나지도 줄어들지도 않았다. 얼음장보다 더 차가운 물속에 잠긴 다리가 그대로 녹아 없어질 것만 같았다. 그들은 한 시간 정도는 다리를 물 밖으로 꺼내 치켜들고 버틸 수 있었다. 하지만 자세가 너무 불편하고 다리에 지독한 경련이 일어 어쩔 수 없이 다리를 다시 물속에 담가야만 했다. 그리고 미끄러운 바위에서 떨어지지 않기 위해 십 분마다 허리를 움직여 몸을 추슬러야 했다. 위에서는 석탄 조각들이 그들 등으로 떨어졌고, 천장에 부딪혀 머리가 깨질까봐 내내 고개를 숙이고 있는 탓에 목덜미에 격심한 통증이 느껴졌다. 게다가 차오른 물에 짓눌린 공기가 그들이 갇혀 있는 종 모양의 비좁은 공간에서 더욱더 압축되는 바람에 숨쉬기마저 점점 힘들어졌다. 먹먹하게 귓전을 울리는 그들의 목소리가 아주 멀리서 들려오는 것 같았다. 귀가 윙윙거리고, 성난 경종警鐘 소리, 끝없이 퍼붓는 우박 세례 아래 달려오는 가축떼의 발굽 소리가 들려오는 듯했다.

카트린은 처음에는 배고픔 때문에 끔찍이도 고통스러워했다. 그녀는 주먹을 꼭 쥔 가냘픈 두 손을 목에 갖다대고 쌕쌕거리며 공허한 숨을 뱉어내면서, 마치 집게가 위장을 뽑아내기라도 하듯 끊임없이 처절한 신음을 토해냈다. 그녀와 똑같은 고통으로 숨이 막혀오던 에티엔은 손으로 어둠 속을 마구 더듬었다. 그러다 바로 옆에서 반쯤 썩은 갱목 조각이 손에 닿자 손톱으로 나무를 잘게 쪼갰다. 그가 카트린에게 그것을 한줌 건네주자 그녀는 게걸스럽게 모두 집어삼켰다. 그들은 이틀 동안 썩은 나뭇조각으로 버티면서, 그것마저 다 떨어져가는 것에 절망하며 한 조각도 남기지 않고 모조리 먹어치웠다. 그런 다음 아직 단단해서 잘 쪼개지지 않는 다른 갱목들을 잡아 뜯으려다가 손에 상처를 입기도 했다. 허기의 고통이 날로 커져가면서 그들은 옷감을 씹어 먹을 수 없다는 데 분노했다. 그러다 에티엔의 가죽 허리띠 덕분에 미칠 것 같은 허기를 잠시나마 잊을 수 있었다. 그가 허리띠를 이로 물어뜯어 작은 조각들로 만들면, 그녀는 그것들을 삼키려고 정신없이 씹어댔다. 그것은 그들의 턱에 일거리를 만들어주면서, 무언가를 먹고 있다는 환상을 심어주었다. 허리띠를 다 먹어치운 그들은 이번에는 옷쪼가리를 다시 공략해 몇 시간이고 빨아먹었다.

이내 그 지독한 허기가 어느 정도 진정되자, 이제 배고픔은 몸속 깊숙이 희미하게 느껴지는 고통이자, 그들의 기력이 서서히 점진적으로 쇠하는 과정에 지나지 않았다. 아마도 필요한 만큼의 마실 물이 없었다면 그들은 이미 이 세상 사람이 아니었을 것이다. 다행히 그들은 그저 몸을 숙이고 두 손을 오므려 물을 떠먹기만 하면 되었다. 그 많은 물조차 해소해주지 못하는 엄청난 갈증에 시달리며 수없이 반복해서.

이레째 되던 날, 물을 마시려고 몸을 숙이던 카트린은 그녀 앞에 떠다니는 어떤 물체에 손이 닿는 것을 느꼈다.

"저기, 이것 좀 봐…… 이게 뭐지?"

에티엔은 손을 뻗어 어둠 속을 더듬어보았다.

"글쎄, 환기구에 씌워놓았던 덮개 같기도 하고."

카트린은 물을 마시고 한번 더 마시기 위해 물에 손을 담갔다. 그때 그 물체가 되돌아와 그녀의 손을 때리자, 그녀는 날카로운 비명을 질렀다.

"그 사람이야, 맙소사!"

"그 사람이라니?"

"그 사람이라니까, 틀림없어…… 그 사람 수염이 내 손에 닿았어."

그것은 불어난 물에 떠밀려 경사면을 거슬러올라온 샤발의 시체였다. 에티엔이 팔을 쭉 뻗자, 즉시 그의 콧수염과 으깨진 코가 만져졌다. 에티엔은 역겨움과 두려움에 으스스 몸을 떨었다. 카트린은 메스꺼운 욕지기가 치밀어올라 입에 머금었던 물을 모두 토해버렸다. 자신이 방금 그의 피를 마신 것만 같았다. 이젠 그녀 앞에 있는 이 많은 물이 모두 그 남자의 피인 것처럼 여겨졌다.

"기다려봐." 에티엔이 당황한 목소리로 말했다. "내가 멀리 보내버릴 테니까."

그는 시체에 발길질을 해 멀리 보내버렸다. 하지만 시체는 곧 되돌아와 그들의 다리 사이에서 계속 걸리적거렸다.

"맙소사! 제발 가버려, 가버리란 말이야!"

에티엔은 세 번을 시도한 끝에 그냥 내버려두기로 했다. 아무리 쫓아버리려 해도 어떤 물결이 그를 다시 돌려보냈기 때문이다. 샤발은 떠나려고 하지 않았다. 그들과 함께 있으면서, 그들을 갈라놓으려 했다. 그는 결정적으로 공기를 악취로 더럽히는 끔찍한 동반자였다. 두 사람은 하루종일 갈증과 싸우면서도 물을 마시지 않았다. 그럴 바엔 차라리 죽는 게 나았다. 하지만 다음날이 되자 지독한 갈증의 고통이 그들의 마음을 바꿔놓았다. 그들은 한 모금씩 마실 때마다 시체를 옆으로 밀치고 물을 떴다. 그가 끝내 질투심을 떨쳐버리지 못하고 이렇게까지 에티엔과 그녀 사이를 비집고 들어올 줄 알았더라면 굳이 그의 머리를 박살낼 필요도 없었을 것이다. 그가 끝까지, 죽어서까지도, 그들이 함께 있는 꼴을 보지 못하는 남자인 줄 진작 알았더라면.

그렇게 하루, 그리고 또 하루가 흘러갔다. 에티엔은 물결이 일 때마다 자신이 죽인 남자가 되돌아와 자신을 슬쩍 건드리는 것을 느낄 수 있었다. 옆구리를 쿡 찌르면서 자신의 존재를 상기시키는 이웃처럼. 그럴 때마다 에티엔은 전율했다. 으스러진 얼굴과 시뻘겋게 피로 물든 수염, 물에 퉁퉁 불어 시퍼레진 동료의 모습이 끊임없이 눈앞에 떠올랐다. 그러고는 더이상 아무것도 기억나지 않았다. 그는 동료를 죽이지 않았다. 헤엄쳐 와서 그를 물어 죽이려 하는 것은 오히려 샤발 그 작자였다. 카트린은 그칠 줄 모르고 하염없이 눈물을 흘렸다. 그러다가 기진맥진해 축 늘어져버렸다. 그녀는 비몽사몽중에 주체할 수 없는 잠에 빠져들었다. 에티엔은 카트린을 깨웠지만, 그녀는 알 수 없는 말을 횡설수설 중얼거리다가 눈조차 떠보지 못하고 곧 다시 잠들었다. 그는 그녀가 자칫 물에 빠지지 않도록 그녀의 허리를 한 팔로 감싸안았다. 이젠 그가 동료들의 신호에 응답해야만 했다. 그의 등뒤에서 점점 더 가까이 다가오는 리블렌 소리가 들렸다. 하지만 그도 점차 기력이 쇠하면서 탄맥을 두드릴 열의마저 잃어버렸다. 그들이 그곳에 있다는 것을 동료들이 이미 알고 있는데 자꾸 힘을 뺄 필요가 뭐가 있겠는가? 그는 구조반이 자신들을 구하러 오건 말건 더이상 그런 것에도 관심을 두지 않았다. 기다림에 지쳐 얼이 빠져버린 그는 몇 시간이고 그렇게 자신이 무엇을 기다리는지조차 잊고 있을 때가 많았다.

그러던 중 한 가지 사실이 그들에게 다시 작은 희망을 불어넣어주었다. 물이 점차 빠지면서 샤발의 시체도 멀어져갔다. 이제 구조반이 그들을 구하기 위한 구조 작업을 시작한 지 아흐레가 지나고 있었고, 두 사람은 처음으로 갱도로 몇 걸음을 내디딜 수 있었다. 그때 어디선가 전해오는 엄청난 폭발의 진동이 그들을 바닥으로 내동댕이쳤다. 그들은 기겁하며 미친듯이 어둠 속을 더듬어 서로를 껴안았다. 무슨 일인지 알 수는 없었지만, 재앙이 다시 시작된 듯했다. 더이상 아무런 움직임도 느껴지지 않았고, 리블렌 소리마저 그쳤다.

두 사람은 캄캄한 구석에 나란히 앉아 기다렸다. 그러다 카트린이 갑자기 경쾌한 웃음을 터뜨렸다.

"바깥은 날씨가 좋을 거야…… 일어나, 빨리 여기서 나가자."

에티엔은 처음에는 그녀가 정신착란 상태에 빠지는 것을 막아보려고 했다. 하지만 이내 그녀보다는 좀더 강건한 그의 머리마저 그녀의 증상에 전염된 듯, 그 또한 정확한 현실 감각을 잃어버렸다. 그들의 모든 감각이 왜곡된 가운데, 특히 말과 몸짓에 대한 절절한 필요에 시달리던 카트린은 열에 들떠 헛소리를 하기 시작했다. 그녀의 귓전에서 윙윙거리는 소리는 시냇물이 졸졸 흐르는 소리, 새들이 지저귀는 소리로 들렸다. 또한 발에 밟힌 풀에서 풍기는 짙은 풀내음이 그녀의 코끝을 찌르는 것 같았다. 그리고 앞이 환해지면서, 그녀의 눈앞에서 커다란 황금빛 점들이 날아다니는 게 보였다. 그 점들이 하도 커서, 카트린은 어느 화창한 날, 운하 가까이 있는 밀밭 한가운데 와 있는 것이라 믿었다.

"와, 날씨가 정말 따뜻하지 않아?…… 날 안아줘, 우리 여기 같이 있자. 그래! 언제까지나, 영원히!"

에티엔이 그녀를 꼭 껴안자, 그녀는 한참 동안 그에게 몸을 비벼대며 마냥 행복한 여자처럼 계속 조잘댔다.

"이렇게 오래 기다려야 했다니, 우린 정말 어리석었어! 그때 난 당장이라도 당신과 함께 있고 싶었어. 그런데 당신은 그런 내 마음도 모르고 뿌루퉁해 있었지…… 참, 그거 생각나? 우리집에서 같이 살 때, 밤에 잠자리에 꼼짝 않고 누워서 서로의 숨소리를 들으며 서로를 안고 싶어 잠을 설치곤 했던 거?"

에티엔도 그녀의 유쾌함에 물든 듯, 말없이 서로의 애정을 확인하곤 했던 기억을 떠올리며 농담을 했다.

"그래, 네가 내 뺨을 때린 적도 있잖아, 기억나! 이 양쪽 뺨에 아주 찰싹 소리가 나게 때렸지!"

"그건 당신을 좋아해서 그랬던 거야." 그녀가 나직이 중얼거렸다. "있잖아, 난 당신 생각을 하지 않으려고 애썼어. 난 우리 사이가 다 끝났다고 생각했거든. 하지만 마음속으로는 언젠가는 우리가 함께할 줄 알고 있었어…… 어떤 기회가, 어떤 운좋은 순간이 필요했던 것뿐이야, 안 그래?"

순간 에티엔은 몸이 얼어붙는 듯한 전율을 느꼈다. 그는 그런 꿈을 떨쳐버리려 했다. 그러면서도 천천히 그녀의 말을 반복했다.

"아직 끝난 건 아무것도 없어. 운만 조금 따라준다면 모든 걸 다시 시작할 수 있어."

"그럼 나하고 같이 있어줄 거야? 이번엔 정말로 그럴 수 있어?"

그렇게 말하고는 카트린은 의식을 잃고 옆으로 쓰러졌다. 그녀는 너무나 약해진 탓에 희미한 목소리마저 점점 잦아들었다. 겁에 질린 에티엔은 그녀를 가슴에 꼭 안으며 말했다.

"어디 아픈 거야?"

카트린은 화들짝 놀라며 다시 몸을 일으켜 앉았다.

"아니, 아무렇지도 않아…… 그런데 그런 걸 왜 물어?"

그의 질문은 그녀를 꿈에서 깨어나게 했다. 캄캄한 어둠 속에서 미친듯이 두리번거리던 카트린은 두 손을 뒤틀면서 다시 발작적으로 흐느끼기 시작했다.

"맙소사! 오, 맙소사! 너무나 캄캄해!"

그곳은 더이상 밀밭도 아니었고, 풀내음도 풍기지 않았으며, 종달새 노랫소리도 들려오지 않았고, 황금빛 태양도 내리쬐지 않았다. 카트린은 바위가 무너지고 물에 잠긴 탄광으로 되돌아왔던 것이다. 여러 날 전부터 그들이 마지막 숨을 몰아쉬던 지하 무덤의 악취가 풍기는 암흑 속에서 음울하게 물 떨어지는 소리가 들려왔다. 그녀의 정신이상은 그녀가 처한 현실에 대한 두려움을 더욱 배가시켰다. 카트린은 다시 어린 시절의 미신에 사로잡혀, 눈앞에서 예의 그 '검은 남자'를 보는 듯했다. 탄광을 떠돌다가 나쁜 짓을 하는 여자들의 목을 비틀어 죽인다는 늙은 광부의 유령, 바로 그 검은 남자였다.

"들어봐, 무슨 소리 안 들려?"

"아니, 아무것도, 아무 소리도 안 들리는데."

"아냐, 잘 들어봐, 그 남자가 온 게 분명해…… 봐! 저기 왔잖아…… 우리가 땅의 동맥을 끊었기 때문에 땅이 그 피를 모두 토해낸 거야, 우리한테 복수하려고. 그래서 그가 나타난 거야, 저길 보라니까! 어둠보다 더 검은 남자야…… 오! 무서워 죽겠어, 너무나 무서워!"

카트린은 벌벌 떨면서 말을 잇지 못했다. 그러더니 잠시 후, 아주 작은 목소리로 덧붙였다.

"아니야, 이제 보니 다른 남자였어."

"다른 남자라니, 누굴 말하는 거야?"

"우리하고 같이 있던 남자 말이야, 죽은 남자."

샤발의 모습은 여전히 그녀의 머릿속을 떠나지 않고 있었다. 그녀는 그에 관해 횡설수설하면서, 자신들의 구차스러웠던 삶을 들려주었다. 그는 장바르 탄광에서 그녀에게 다정하게 굴었던 단 하루를 제외하고는, 언제나 그녀를 죽도록 두들겨 팬 다음에는 온갖 애정 표현으로 괴롭히는 식으로 구타와 어리석은 짓을 반복했다.

"그가 다시 올 거라고 말했었잖아, 그는 우리가 함께 있는 꼴을 절대 못 볼 거라고!…… 다시 시작된 거야, 그의 무서운 질투가…… 제발 부탁이야! 저 남자를 쫓아버려줘, 제발! 그리고 날 가져, 나를 다 가지란 말이야!"

그녀는 단번에 그의 목에 매달리더니, 그의 입술을 더듬어 열렬한 키스를 퍼부었다. 그러자 캄캄했던 눈앞이 환해지면서 다시 그녀를 비추는 태양이 보였고, 그녀는 사랑에 빠진 연인의 행복한 웃음을 되찾았다. 에티엔은 너덜너덜해진 웃옷과 짧은 바지 아래로 알몸이 드러나다시피 한 카트린이 자신에게 몸을 밀착시키자 갑자기 불끈 욕정이 치밀어오르면서 그녀를 거칠게 끌어안았다. 그들은 마침내 지하 무덤 깊숙한 곳에 갇힌 채 진흙 침대 위에서 첫날밤을 맞이하게 된 것이다. 그들은 행복을 맛보기 전에는 죽고 싶지 않았다. 그것은 삶에 대한 끈질긴 애착이자, 마지막으로 제대로 한번 살아보고 싶다는 간절한 욕구의 표출이었다. 그리하여 두 남녀는 죽음을 앞두고, 모든 것이 절망스러운 순간에 뜨겁게 사랑을 나누었다.

그리고 더는 아무것도 없었다. 에티엔은 여전히 아까와 같은 갱도 구석 바닥에 앉아 있었다. 그의 무릎 위에 똑바로 누운 카트린은 더이상 아무런 움직임이 없었다. 그렇게 몇 시간이 흐르고 또 흘러갔다. 그는 그녀가 오랫동안 자고 있는 거라고 생각했다. 한참 후 그가 그녀를 만졌을 때, 그녀의 몸은 이미 차갑게 식어 있었다. 카트린은 죽어 있었다. 하지만 그는 그녀를 깨울까봐 꼼짝도 하지 않았다. 그가 그녀를 처음으로 가져서 그녀에게 아이를 배게 했을 수도 있었다는 생각이 들자 울컥 슬픔이 복받쳐올랐다. 또다른 생각들도 떠올랐다. 그녀와 함께 이곳을 벗어나 둘이서 같이 만들어나갈 수 있었을 행복한 삶에 대한 상상들이 어렴풋이, 잠의 숨결처럼 그의 이마를 부드럽게 스쳐지나갔다. 그도 점점 기력을 잃어가고 있었다. 그는 아주 조금씩 움직일 힘밖에 남아 있지 않았다. 느릿하게 손을 움직여, 차갑게 굳어버린 그녀가, 고이 잠든 어린아이처럼 아직 그곳에 있다는 것을 간신히 확인할 수 있을 뿐이었다. 모든 것이 소멸해버리면서 어둠마저 자취를 감췄다. 이제 그는 공간과 시간을 벗어나 어디에도 속해 있지 않았다. 그의 머리 옆에서 무언가가 세게 두드리는 소리가 점점 더 크게 들려왔다. 하지만 완전히 진이 빠져버린 그는 온몸이 마비된 듯 벽을 두드려 응답할 기운조차 없었다. 이제는 뭐가 뭔지 아무것도 분간되지 않았다. 다만 카트린이 그의 앞으로 걸어가면서 딸깍거리는 나막신 소리가 귓전을 울릴 뿐이었다. 그렇게 이틀이 더 흘러갔고, 그녀는 여전히 꼼짝도 하지 않았다. 에티엔은 가끔씩 기계적으로 손을 뻗어 그녀가 평온하게 누워 있는지 확인하고는 안도했다.

어느 순간, 에티엔은 엄청난 충격을 느꼈다. 어디선가 웅얼거리는 목소리들이 들려오면서, 부서진 바위들이 그의 발치까지 굴러왔다. 램프 불빛을 알아본 그는 울음을 터뜨렸다. 그리고 눈을 깜빡거리며 점점 더 가까이 다가오는 불빛을 좇았다. 그는 마치 황홀경에 빠진 듯한 얼굴로, 짙은 암흑 속에서 조그만 점처럼 보이는 불그스름한 빛에서 내내 눈을 떼지 못했다. 그러다 그의 동료들이 그를 번쩍 들어 데려갔고, 그는 꼭 다문 이 사이로 그들이 떠넣어주는 멀건 수프 몇 순

갈을 받아먹었다. 레키야르 갱에 도착해서야 에티엔은 비로소 누군가를 알아볼 수 있었다. 그의 앞에 서 있는 사람은 탄광 기사 네그렐이었다. 서로를 경멸했던 두 사람, 반항적인 노동자와 회의적인 우두머리는 그들에게 내재해 있던 인간애에서 비롯된 극심한 마음의 동요 속에 서로를 얼싸안고 큰 소리로 흐느끼며 굵은 눈물 줄기를 쏟아냈다. 그들은 대대로 이어져내려오는 삶의 곤궁함과, 살면서 맞닥뜨리게 되는 크나큰 고통 앞에서 한없는 슬픔을 느꼈다.

땅 위에서는 라 마외드가 카트린의 시신 옆에 주저앉아 연이어 날카로운 비명을 질렀다. 그리고 오랫동안 꺼이꺼이 통곡했다. 이미 여러 구의 시신이 밖으로 옮겨져 땅 위에 나란히 놓여 있었다. 샤발은 낙반 사고를 당해 얼굴이 으스러져 죽은 것으로 간주되었다. 한 견습광부와 두 명의 채탄부도 마찬가지로 머리가 박살나서 골이 쏟아져나와 머리 속이 텅 비어 있었고, 물이 가득찬 배는 잔뜩 부풀어 있었다. 군중 속에 있던 몇몇 여인네는 이성을 잃고 자기들 치마를 찢거나 얼굴을 할퀴어 상처를 내기도 했다. 구조반은 에티엔을 램프 불빛에 익숙해지게 하고 음식을 조금 먹인 다음 마침내 밖으로 데리고 나왔다. 그는 뼈만 앙상하게 남은 처참한 몰골에 머리는 허옇게 센 모습이었다. 밖에 모여 있던 사람들은 낯선 노인의 모습에 기겁해 옆으로 비켜서면서 몸을 떨었다. 라 마외드도 울음을 그치고는 휘둥그레진 눈으로 멍하니 그를 바라다보았다.

6

새벽 네시, 4월의 선선한 밤은 날이 밝아오면서 점차 온기를 더해갔다. 투명한 하늘을 밝히던 별들이 가물거리는 동안 밝아오는 새벽빛이 동쪽을 불그레하게 물들였다. 선잠이 들어 있던 검은 전원은 가벼운 떨림과 함께, 깨어남을 예고하는 희미한 웅성거림을 들려주고 있었다.

에티엔은 큰 걸음으로 방담으로 향하는 길을 따라 걷고 있었다. 그는 몽수의 병원 침대에서 여섯 주를 보낸 참이었다. 아직 얼굴이 누렇게 뜨고 몹시 수척했지만, 이젠 충분히 떠날 수 있을 것 같아 길을 나선 것이었다. 또다른 갱들도 무너지지 않을까 하는 두려움에 휩싸인 탄광회사는 지속적인 해고를 단행하면서 에티엔에게도 떠날 것을 통고해왔다. 게다가 그에게는 몹시 고될 탄광 일을 그만두는 편이 좋을 거라는 자애로운 충고와 함께 100프랑의 격려금을 지급하겠다고 했다. 하지만 그는 그 돈을 거절했다. 이미 플뤼샤르가 답장을 통해 그를 파리로 부른 터였고, 그 편지에는 그에게 필요한 여행 경비까지 동봉되어 있었다. 이제 그의 오랜 꿈이 실현되려 하고 있었다. 전날 병원에서 나온 그는 과부 데지르가 운영하는 봉주아이외 댄스홀에서 하룻밤을 묵었다. 그리고 아침 일찍 일어났다. 이제 그가 바라는 것은, 마르시엔으로 여덟시 기차를 타러 가기 전에 동료들에게 작별인사를 하는 것뿐이었다.

그는 장밋빛으로 물든 길 위에서 잠시 걸음을 멈췄다. 이른봄의 더없이 맑은 공기를 들이마시는 것은 정말 기분좋은 일이었다. 찬란한 아침이 시작되고 있었다. 날이 서서히 밝아오면서, 떠오르는 태양과 함께 지상의 삶도 깨어나고 있었다. 에티엔은 산수유나무 지팡이를 힘껏 짚어가며 다시 걷기 시작했다. 저멀리 들판이 밤의 엷은 안개를 헤치고 기지개를 켜는 게 보였다. 그는 그 일이 있은 뒤로 아무도 다시 만나지 못했다. 라 마외드가 병원에 한 번 찾아왔을 뿐이다. 그리고 아마 다시 찾아올 시간이 없었을 터였다. 그는 240번 탄광촌 사람들 모두가 이제 장바르 탄광에서 일한다는 사실을 알고 있었다. 라 마외드도 그곳에서 다시 일을 시작했다.

황량했던 길이 차츰 사람들로 채워졌다. 해쓱한 얼굴의 광부들은 말없이 에티엔 곁을 계속 지나쳐갔다. 들리는 소문에 따르면, 탄광회사는 자신의 승리를 남용하고 있었다. 두 달 반의 파업 끝에 배고픔에 지쳐 다시 갱으로 돌아간 광부들은 어쩔 수 없이 회사측이 제시하는 갱목 요금제를 받아들여야만 했다. 그것은 임금 삭감을 교묘하게 위장한 것으로, 그들은 동료들의 피가 더해진 그 요금제에 분노하며 치를 떨었다. 탄광회사측은 그들에게서 한 시간의 노동을 훔쳐간 셈이며, 그들로 하여금 결코 뜻을 꺾지 않겠다던 맹세를 어기게 했던 것이다. 이처럼 강요에 못 이겨 맹세를 어긴 사실은 마치 쓰디쓴 쓸개처럼 내내 그들의 목구멍에 걸려 있었다. 이제 미루, 마들렌, 크레브쾨르, 라 빅투아르 탄광 곳곳에서 작업이 재개되었다. 그리하여 곳곳에서 여러 줄로 늘어선 남자들이 새벽안개를 뚫고, 도살장으로 향하는 가축들처럼 고개를 푹 숙인 채 어둠에 잠긴 길을 따라 터벅터벅 걸음을 재촉하고 있었다. 그들은 얇은 옷차림에 오들오들 떨면서 팔짱을 끼고 허리를 건들거리며 걸어갔다. 저마다 셔츠와 웃옷 사이에 집어넣은 브리케가 혹처럼 툭 튀어나와 있었다. 일터로 되돌아가는 무리 속에서, 웃지도 않고 옆 사람에게 눈길조차 주지 않는 시커멓고 말없는 그림자들 사이에서, 분노로 앙다문 이와 증오로 터질 듯한 심장, 그리고 배를 채워야 하는 절박함 때문에 어쩔 수 없이 굴복해야만 했던 이들의 깊은 절망이 느껴졌다.

에티엔은 갱에 가까워질수록 그들의 수가 늘어나는 것을 알 수 있었다. 대부분은 홀로 걷고 있었고, 무리를 지은 사람들은 한 줄로 걸어갔다. 그들은 벌써부터 기진맥진해, 다른 사람들과 자신들에게 염증을 느끼고 있었다. 에티엔은 한 늙은 광부의 흙빛 이마 아래 석탄처럼 불타는 두 눈을 언뜻 보았다. 다른 젊은 광부 하나는 폭풍우를 머금은 듯한 숨을 거칠게 몰아쉬고 있었다. 대부분 나막신은 한 손에 들고 있었고, 두꺼운 털양말이 땅을 밟는 소리만이 희미하게 들려왔다. 그들은 패퇴하는 군인들처럼 고개를 푹 숙인 채 물결처럼 끝없이 흘러갔다. 끓어오르는 분노를 감추고 다시 싸워 복수하고 말겠다는 은밀한 일념으로 불타오르면서.

에티엔이 도착했을 때 장바르 탄광은 어둠 속에서 막 깨어나고 있었다. 고가철교 아래 사각대에 매달아놓은 초롱들은 밝아오는 새벽빛 속에 아직 불을 밝히고 있었다. 어두컴컴한 건물들 위로는 배수펌프가 뿜어내는 증기가 진홍빛으로 살짝 물든 새하얀 깃털 모양으로 솟아올랐다. 그는 선탄장 계단을 통해 하치장으로 향했다.

갱으로의 하강이 시작되었고, 탈의실에서 광부들이 올라왔다. 에티엔은 소란스럽고 어수선한 가운데 잠시 가만히 서 있었다. 탄차가 우르릉거리며 굴러가는 소리가 주철판을 흔들고, 요란한 확성기 소리와 종소리, 신호기의 나무 블록 위를 내리치는 묵직한 망치 소리가 울려 퍼지는 가운데 바퀴 모양의 보빈이 강철 케이블을 감았다가 풀기를 반복했다. 에티엔은 괴물이 그날치 식량에 해당하는 인간 육체를 집어삼키는 광경을 다시 마주했던 것이다. 땅속에서 올라온 케이지는 탐욕스러운 거인처럼 거침없이 한입에 인간들을 빨아들인 다음 다시 아래로 잠겨들기를 쉬지 않고 반복했다. 사고 이후 에티엔은 탄광에 신경질적인 공포를 느끼게 되었다. 그는 땅속으로 사라지는 케이지를 보는 것만으로도 속이 뒤집히는 것 같아 고개를 돌려야 했다. 수갱이라면 이제 진저리가 쳐졌다.

그런데 아직 어둠이 가시지 않은 채, 진이 빠진 초롱들이 희미하게 비추고 있는 거대한 하치장에는 그가 아는 얼굴들이 하나도 보이지 않았다. 그곳에서 손에 램프를 들고 맨발로 기다리던 광부들은 불안감이 서린 눈을 크게 뜨고 그를 쳐다보더니 얼른 고개를 숙였다. 그리고 수치스러움이 엿보이는 얼굴로 뒤로 물러섰다. 그들은 아마도 그를 잘 알고 있는 것 같았다. 하지만 그들은 그를 더이상 원망하지 않았고, 오히려 그를 두려워하는 듯 보였다. 그들의 그런 태도에 에티엔은 자부심을 느꼈다. 그는 그 가엾은 이들이 자신을 향해 돌을 던졌던 사실마저 잊은 채 스스로를 집어삼키는 불가항력에 이끌려, 그들을 영웅으로 변모시키며 민중을 이끌고자 하는 꿈을 또다시 꾸기 시작했다.

케이지가 한 무리의 광부들을 태우고 아래로 사라졌다. 그리고 또 다른 사람들이 도착했을 때, 그는 마침내 파업 당시 가까이서 자신을 도왔던 한 남자를 발견했다. 굴복하느니 차라리 죽겠노라고 맹세했던 사람이었다.

"자네마저!" 상심한 에티엔이 중얼거렸다.

남자는 얼굴이 하얗게 질리면서 입술을 가늘게 떨었다. 그러고는 당황하는 몸짓으로 변명을 늘어놓았다.

"그럼 어쩌겠나? 내겐 아내가 있는데."

이제 탈의실에서 새로운 무리가 올라왔고, 에티엔은 그들 모두를 알아보았다.

"자네도! 자네도! 자네마저!"

그러자 모두들 수치심에 몸을 떨며 간신히 내뱉는 듯한 목소리로 말했다.

"난 집에 노모가 계셔…… 내겐 먹여 살려야 할 어린 자식들이 있어…… 이대로 굶어죽을 순 없잖나……"

그들은 침울한 얼굴로 케이지가 다시 올라오기를 기다렸다. 아직까지 패배의 엄청난 고통에서 벗어나지 못하고 있던 그들은 서로 눈길이 마주치는 것을 피하면서 내내 수갱 입구만 응시했다.

"그런데 라 마외드 부인은 왜 안 보이는 건가?" 에티엔이 물었다.

그들은 그의 말을 못 들은 척했다. 그러다 그중 하나가 손짓으로 그녀가 곧 올 거라고 알려주었다. 다른 이들은 두 팔을 치켜들며 그녀에 대한 연민으로 슬퍼했다. 아! 가엾은 여인! 어떻게 그런 불행한 일이! 그리고 침묵이 이어졌다. 마침내 에티엔이 작별인사를 하기 위해 손을 내밀자 모두가 그의 손을 굳게 잡았다. 모두들 패배자의 분노와 복수를 향한 불타는 열망을 담아 그와 악수를 나눴다. 케이지가 도착하자, 그들은 그곳에 올라타고는 시커먼 구덩이 속으로 잡아먹히듯 빨려들어갔다.

그때 피에롱이 가죽 안전모에 갱내 감독용 개방 램프를 걸고 나타났다. 그는 일주일 전부터 적치장에서 일하는 적재부들의 우두머리로 일하고 있었다. 그가 나타나자 광부들은 옆으로 비켜섰다. 권위가 그를 당당하게 만들었던 것이다. 에티엔을 보자 피에롱은 심기가 불편했지만 그에게 다가갔다. 그리고 그가 떠날 거라는 얘기를 듣고 비로소 안도했다. 두 사람은 이런저런 이야기를 나눴다. 그사이 피에롱의 아내는 프로그레 주막의 주인이 되어 있었다. 그녀에게 우호적인 신사들의 전폭적인 지지 덕분이었다. 피에롱은 잠시 하던 얘기를 중단하고 무크 영감을 호되게 질책했다. 정해진 시각에 말똥을 위로 올려보내지 않는다는 이유에서였다. 노인은 어깨를 구부린 채 피에롱의 말을 듣고 있었다. 그리고 갱으로 내려가기 전, 피에롱의 책망을 마음속으로 노여워하며 그 역시 에티엔과 악수를 나눴다. 다른 이들이 그랬던 것처럼, 억눌린 분노가 담긴, 미래의 반란을 꿈꾸며 전율하는 듯한 길고도 뜨거운 악수였다. 그의 손안에서 떨고 있는 주름진 손과, 자기 자식들을 죽게 한 그를 용서한 노인 앞에서 에티엔은 깊은 감동을 느꼈다. 그는 아무 말 없이 멀어져가는 노인의 뒷모습을 한참 동안 지켜보았다.

"그런데 라 마외드 부인은 오늘 아침에는 일하러 오지 않는 건가?" 에티엔은 잠시 후 피에롱에게 물었다.

피에롱은 처음에는 그의 말을 제대로 못 알아들은 척했다. 때로는 불운에 대해 말하는 것만으로도 불행해질 수 있기 때문이었다. 그러다 지시를 내려야 한다는 핑계로 자리를 뜰 때에야 대답을 했다.

"응? 라 마외드 부인 말인가…… 마침 저기 오는군."

그의 말대로 라 마외드가 한 손에 램프를 들고 탈의실에서 나오는 게 보였다. 그녀는 광부용 반바지와 웃옷에 머리를 보닛으로 감싼 차림새였다. 탄광회사는 그토록 잔인한 고통을 감내해야 했던 여인에게 예외적으로 자비를 베풀어, 마흔 살의 나이에도 그녀가 갱으로 다시 내려가는 것을 허락했다. 그리고 그녀가 다시 탄차를 미는 것은 힘들다고 판단해 조그만 통풍기를 작동하는 일을 맡겼다. 라 마외드가 일하는 곳은 환기가 잘되지 않는 북쪽 갱도로, 르 타르타레 아래쪽에 위치해 있어 지옥의 구역으로 악명 높은 곳이었다. 하루에 열 시간씩, 그녀는 뜨겁고 비좁은 땅속에서 40도의 열기에 살이 익고 허리가 부러질 것처럼 고통스럽게 통풍기의 날개바퀴를 돌려야 했다. 그렇게 해서 30수를 벌었다.

에티엔이 남자 옷을 입은, 행색이 초라한 라 마외드를 발견했을 때, 그녀의 가슴과 배는 막장의 습기에 아직 부기가 빠지지 않은 상태였다. 그녀의 그런 모습에 충격을 받은 에티엔은 자기가 떠나기 전에 작별인사를 하고 싶었다는 말을 그녀에게 어떻게 해야 할지 몰라 더듬거렸다.

라 마외드는 그의 말에는 아랑곳없이 그를 빤히 쳐다보다가 이윽고 스스럼없이 말했다.

"날 보고 많이 놀랐지, 안 그런가?…… 아이들한테 누구든 갱에 다시 내려가면 내 손으로 죽여버리겠다고 으름장을 놓던 내가 이런 꼴을 보였으니. 그러니 나 스스로 내 목을 졸라 죽어야 맞는 거겠지?…… 그래! 당연히 그랬어야 했지, 집에 산송장이나 다름없는 노인네랑 배고프다고 울어대는 어린 새끼들만 없었다면 진작 그랬을 거야!"

라 마외드는 피곤에 절어 나직한 목소리로 얘기를 계속했다. 그녀는 자신의 행동을 변명하려 하지 않고 있는 그대로를 얘기했다. 식구들이 모두 굶어죽을 판인데다 탄광촌에서 쫓겨나지 않으려면 그녀가 결심하는 수밖에 없었다.

"영감님은 좀 어떠세요?" 에티엔이 물었다.

"겉보기에는 여전히 온순하고 멀쩡하게 잘 지내고 있지…… 하지만 머리가 완전히 돌아버리고 말았어…… 자네 그거 아나? 노인네가 그 일 때문에 처벌을 받지는 않았다네. 그 대신 정신병원으로 보내질 뻔했는데, 내가 그러지 못하게 했어. 그들이 노인네한테 무슨 못된 짓을 할지 모르는 거잖아…… 어쨌거나 그 일 때문에 우린 아주 어려운 지경에 처하게 됐지. 노인네가 연금을 못 받게 됐거든. 탄광회사 사람 누가 그러더라고. 그런 짓을 한 사람한테 연금을 지급하는 건 부도덕

하다고 말이야."

"장랭은 일을 하나요?"

"그래, 그 사람들이 장랭 그 아이한테 갱 밖에서 할 수 있는 일거리를 찾아줬어. 그리고 하루에 이십 수를 주지…… 오! 난 별로 불만 없어. 그네들 입으로도 말한 것처럼, 반장들이 우리한테 아주 친절하게 대해주거든…… 장랭이 벌어오는 이십 수와 내가 버는 삼십 수를 합치면 모두 오십 수가 되지. 우리가 여섯 식구가 아니었다면 그걸로 충분히 먹고살았을 거야. 이젠 에스텔도 엄청 먹어치우는 나이가 됐거든. 나를 제일 힘들게 하는 건, 레노르와 앙리가 갱에서 일할 수 있으려면 아직 사오 년은 더 기다려야 한다는 거야."

그 말에 에티엔은 자신도 모르게 고통스러운 몸짓을 해 보였다.

"그 아이들마저!"

그러자 라 마외드의 창백한 뺨이 붉어지면서 눈빛이 이글거렸다. 하지만 곧 그녀는 운명에 짓눌린 사람처럼 어깨를 축 늘어뜨리며 말했다.

"그럼 어쩌겠나? 그 아이들도 다른 사람들의 운명을 따르는 수밖에…… 다들 탄광에서 차례로 죽어간 것처럼 그 아이들도 결국 그렇게 되겠지."

그녀는 탄차를 굴리는 하역부들 때문에 얘기를 잠시 중단했다. 먼지가 잔뜩 낀 커다란 창문으로 들어온 새벽빛이 실내를 밝히면서 초롱들을 뿌연 회색빛으로 감쌌다. 권양기가 삼 분마다 작동하면서 케이블이 풀리고, 케이지는 계속해서 땅속으로 사람들을 실어날랐다.

"이런, 참으로 한가하구먼, 얼른얼른 서둘러!" 피에롱이 소리쳤다.

"얼른들 올라타라고. 이래서야 어디 오늘 작업을 제때에 마칠 수나 있겠어."

라 마외드는 피에롱이 보고 있는데도 아랑곳없이 그 자리를 떠날 생각을 하지 않았다. 그녀는 이미 케이지를 세 대나 그냥 내려보낸 터였다. 그러다 문득 잠에서 깨어나, 에티엔이 처음에 했던 말이 기억났다는 듯 말했다.

"그래서, 여길 떠나려는 건가?"

"네, 오늘 아침에요."

"잘 생각했네. 할 수만 있다면 다른 곳으로 가는 게 나을 테니까…… 어쨌거나 자네가 떠나기 전에 볼 수 있어서 다행이야. 난 자네를 원망하지 않는다는 말을 꼭 해주고 싶었거든. 솔직히 한때는 자넬 죽이고 싶다는 생각이 든 적도 있었어. 그 일로 많은 사람이 죽었으니까. 하지만 그러고 나서 생각해봤지. 이건 누구의 잘못도 아니라는 생각이 들더라고…… 그래, 아니야, 이건 절대 자네 잘못이 아니야. 이건 우리 모두의 잘못인 거야."

이제 라 마외드는 세상을 떠난 그녀의 가족들, 그녀의 남편과 자샤리, 카트린에 대해 차분하게 이야기할 수 있었다. 그러다가 알지르의 이름을 말할 때만 눈에 눈물이 어른거렸다. 라 마외드는 예전처럼 차분하고 이성적인 성정을 되찾아 모든 일을 매우 현명하게 판단했다. 부르주아들이 불쌍한 사람들을 그토록 많이 죽게 한 것은 그들에게도 결코 득 될 게 없다. 그들은 언젠가 그런 짓을 저지른 데 대한 대가를 반드시 치르게 될 것이다. 모든 것은 뿌린 대로 거두게 되어 있다. 그들을 벌하려고 애쓸 필요도 없다. 그들은 자멸할 것이기 때문이다. 군인들은 노동자들에게 총을 쏘았던 것처럼 언젠가는 주인들을 향해 총을 겨누게 될 터였다. 이처럼 대를 이어 내려오는 체념 속에서, 또다시 그녀의 허리를 굽히게 만드는 타고난 순종적인 태도 속에서 새로운 변화가 일어나고 있었다. 라 마외드는 더이상 부당함은 되풀이될 수 없으며, 선한 신이 더는 존재하지 않는다면 불쌍한 이들의 복수를 해주기 위한 또다른 신이 새로이 생겨날 거라는 확신을 갖게 되었다.

그녀는 주위를 경계하는 눈빛으로 조그맣게 얘기했다. 그러다 피에롱이 다가오자 목소리를 높이며 덧붙였다.

"어쨌거나 떠나기 전에 우리집에 가서 자네 물건들을 가져가도록 해…… 아직 셔츠 두 벌과 손수건 석 장, 그리고 낡은 바지 한 벌이 남아 있을 거야."

에티엔은 손사래를 치며 거절했다. 고물 장수에게 넘어가지 않은 낡은 옷가지들이었다.

"아닙니다, 그럴 필요 없어요. 그건 아이들에게 주세요…… 나는 파리에 가서 알아서 하면 되니까요."

그사이 케이지 두 대가 더 내려갔고, 피에롱은 라 마외드에게 직접 얘기하기로 마음먹었다.

"이봐요, 거기, 사람들이 기다리고 있잖아요! 무슨 놈의 할말이 그렇게 많은지!"

하지만 라 마외드는 그의 말을 못 들은 척하며 뒤로 돌아섰다. 저 파렴치한은 대체 왜 저렇게 유별나게 설쳐대는 거야? 갱으로 내려가는 건 그가 참견할 일이 아니었다. 이미 그가 맡고 있는 적치장만 해도 그를 진저리나게 싫어하는 사람들이 널려 있건만. 라 마외드는 포근한 날씨에도 차가운 바람 때문에 몸이 얼어붙는 것 같으면서도 램프를 손에 든 채 자리를 뜰 생각을 하지 않았다.

이제 에티엔도 그녀도 더이상 할말을 찾지 못했다. 그들은 한동안 서로를 마주보며 서 있었다. 두 사람은 너무 마음이 아파서, 여전히 서로에게 무슨 말인가를 하고 싶어했다.

이윽고 라 마외드가 단지 얘기를 하기 위한 얘기를 꺼냈다.

"라 르바크 그 여편네가 임신을 했지 뭐야. 르바크는 아직 감옥에 있고, 그가 나올 때까지 부틀루가 그를 대신하고 있지."

"아! 그래요, 부틀루가 있었죠."

"그리고 내가 얘기했던가?…… 필로멘이 떠났어."

"그게 무슨 말이에요, 떠나다니요?"

"그래, 파드칼레의 한 광부하고 멀리 떠났어. 필로멘이 나한테 아이 둘을 떠맡기고 갈까봐 잔뜩 걱정했는데 다행히 아이들을 데리고 갔지…… 어때, 그만하면 착한 거 아니야? 죽은 남편 때문에 피를 토하면서 금방이라도 숨이 넘어갈 것 같던 여자가 말이야!"

잠시 꿈을 꾸는 듯하던 그녀는 다시 느릿느릿 말을 이었다.

"나를 두고도 남세스러운 소문들이 많았지!…… 아마 자네도 기억날 거야, 내가 자네랑 잤다고 사람들이 수군거리던 것 말이야. 맙소사! 사실 남편이 죽고 나서 얼마든지 그런 일이 일어날 수도 있었지. 내가 좀더 젊었더라면 말이야, 안 그래? 하지만 지금 생각해보면 그러지 않았던 게 참 다행이다 싶어. 그랬더라면 우리 둘 다 분명 후회했을 테니까."

"네, 분명 후회했겠죠." 에티엔은 그녀의 말을 짤막하게 반복했다.

그게 전부였다. 그들은 더이상 아무 말도 하지 않았다. 케이지 한 대가 라 마외드를 기다리고 있었고, 피에롱은 그녀에게 벌금을 물릴 거라고 으름장을 놓으면서 연방 그녀를 채근했다. 그러자 그녀도 가야겠다고 생각하고는 그와 악수를 했다. 에티엔은 모진 삶에 지치고 늙어버린 그녀를 마주하면서 가슴이 미어지는 것 같았다. 라 마외드는 얼굴이 납빛처럼 창백했고, 하얗게 센 머리가 푸른색 보닛 사이로 삐져나와 있었다. 지나치게 새끼를 많이 낳은 튼실한 가축 같은 그녀의 육체는 낡은 광부용 바지와 무명 웃옷 아래 일그러져 보였다. 그리고 그녀와의 마지막 악수에서 에티엔은 진한 동지애를 느낄 수 있었다. 그녀는 언젠가 다시 그날이 오면 또다시 그에게 지지를 보내겠다고 약속하듯 아무 말 없이 한참 동안 그의 손을 잡고 있었다. 그는 완벽하게 이해할 수 있었다. 그녀의 눈 깊숙한 곳에서 차분한 믿음을 읽을 수 있었기 때문이다. 곧 다시 만날 수 있기를, 그리고 그때가 되면 정말로 저들에게 무언가 보여줄 수 있기를!

"저렇게 느려터진 여자가 대체 무슨 일을 하겠다는 거야!" 피에롱이 역정을 내며 소리쳤다.

라 마외드는 등을 떠밀리다시피 다른 네 사람과 함께 붐비는 탄차에 간신히 올라탔다. '고깃덩이'가 실린 것을 알리기 위해 누군가 신호기의 밧줄을 잡아당기자 케이지가 킵스에서 분리되면서 캄캄한 구덩이 속으로 떨어졌다. 이제 보이는 것이라고는 쏜살같이 풀리는 케이블뿐이었다.

그제야 비로소 에티엔은 갱을 떠났다. 하치장에서 내려오자, 선탄장 아래쪽에 잔뜩 쌓여 있는 석탄 더미 가운데 누군가 두 다리를 길게 뻗고 바닥에 앉아 있는 게 보였다. 장랭이었다. '조악한 덩어리를 다듬는' 일을 하는 아이는 큼직한 석탄 덩어리를 넓적다리 사이에 낀 채 망치로 편암 조각들을 떼어내고 있었다. 그러자 미세한 석탄가루가 날아오르면서 아이를 검댕의 물결에 잠기게 했다. 귀가 양옆으로 벌어진 장랭이 원숭이를 닮은 얼굴을 들어 조그만 초록빛 눈으로 그를 쳐다보지 않았더라면 에티엔은 절대 알아볼 수 없었을 터였다. 아이는 에티엔을 향해 장난스러운 웃음을 지어 보이면서 석탄 덩어리에 마지막 망치질을 가했다. 그러고는 위로 날아오르는 석탄가루 속에 다시 파묻혀버렸다.

밖으로 나온 에티엔은 한동안 생각에 잠겨 길을 따라 걸어갔다. 온갖 생각이 머릿속에서 윙윙거렸다. 하지만 그는 신선한 공기와 탁 트인 하늘을 만끽하면서 크게 심호흡을 했다. 지평선에서 찬란하게 떠오른 태양이 온 들판을 경쾌하게 깨우고 있었다. 금빛 물결이 동쪽에서 서쪽으로 흘러가듯 거대한 벌판을 고루 비추었다. 이러한 생명의 온기가 점차 너르게 퍼져나가면서, 대지의 한숨과 새들의 노랫소리, 개울과 숲의 속삭임이 한데 뒤섞인 젊음의 전율로 새롭게 태어나고 있었다. 살아 있다는 건 참으로 기분좋은 일이었다. 낡은 세상도 다시 한번 새로운 봄날을 맞이하기를 원하고 있었다.

이러한 희망의 기운에 젖어든 에티엔은 새로운 계절이 선사하는 경쾌함 속에 발걸음을 늦추고 좌우를 물끄러미 바라보았다. 그리고 자기 자신에 대해 생각했다. 그는 막장에서의 고통스러웠던 경험 덕분에 한층 더 성숙해지고 강해진 자신을 느끼고 있었다. 이제 그는 충분히 많은 것을 알고 있었고, 자기가 살아가는 사회를 단죄하고 그 사회에 전쟁을 선언한 후, 추론할 줄 아는 전사로서 새롭게 무장한 채 혁명을 향해 전진하고 있었다. 그리고 이제 곧 플뤼샤르를 만나, 그처럼 존중받는 노동자들의 우두머리가 될 수 있으리라는 희망에 부풀어 연설문을 구상하면서 문장을 가다듬었다. 그는 더 큰 목표를 꿈꾸고 있었다. 그에게 계층 상승의 환상을 심어주었던 부르주아적인 세련됨은 그로 하여금 부르주아들을 더욱 증오하게 만들었다. 그는 이제 불편하게 느껴지는 빈곤의 냄새를 풍기는 노동자들을 영광의 자리로 끌어올리면서, 오직 그들만이 완벽하게 순수하고 위대하며, 인류가 새롭게 태어나는 데 필요한 힘과 고귀함을 갖춘 유일한 존재라는 것을 보여주고 싶어했다. 그는 벌써부터 민중과 승리의 영광을 함께 나누며 의회 연단에 서 있는 자신의 모습을 그려보았다. 민중이 그의 뜻을 꺾는 불상사가 일어나지 않는다는 전제 아래.

에티엔은 높은 곳에서 들려오는 종달새의 노랫소리에 고개를 들어 하늘을 쳐다보았다. 조그만 붉은색 구름들과 새벽 어스름의 마지막 안개가 투명한 푸른 하늘 속으로 녹아들고 있었다. 수바린과 라스뇌르의 어렴풋한 모습이 눈앞에 떠올랐다. 분명한 것은, 저마다 자기 자신의 이익을 위해 권력을 탐할 때 문제가 생긴다는 사실이었다. 세상을 바꿔놓을 것이라 기대했던 그들의 국제노동자협회 역시 내부 갈등으로 인해 그 엄청난 조직이 쪼개지고 산산조각나면서 허무하게 실패로 끝나고 만 것만 봐도 알 수 있었다. 그러니까 결국 다윈의 주장이 옳았던 것일까? 이 세상은 하나의 전쟁터나 다름없어서, 종족의 완성과 보존을 위해 강한 자들이 약한 자들을 잡아먹을 수밖에 없다는? 그런 의문이 에티엔을 혼란스럽게 했다. 비록 자신의 지식에 확신이 있고, 그 의문에 대한 확실한 대답을 내놓을 수 있다고 자부하고 있긴 했지만. 하지만 이내 한 가지 생각이 그런 회의를 떨쳐버리게 하면서 그를 매료했다. 처음으로 연단에 올라 얘기하게 될 때가 오면, 다윈의 이론에 대한 자신의 예전 주장을 펼쳐 보이겠다는 생각이었다. 어느 한 계층이 잡아먹혀야만 한다면, 활력 넘치는 새로운 계층인 민중이 향락에 빠져 피폐해진 부르주아들을 집어삼키는 게 순리 아니겠는가? 새로운 피는 새로운 사회를 만들 것이다. 낡고 오래된 국가들에 변혁을 가져올 야만적인 침략에 대한 기대 속에, 그의 마음속에서는 임박한 혁명에 대한 절대적인 믿음이 되살아났다. 노동자들이 주체가 되는 혁명, 그 진정한 혁명의 불꽃은 저기, 하늘을 붉게 물들이면서 떠오르는 태양처럼 붉은빛으로 이 세기말을 불타오르게 할 것이다.

에티엔은 이런저런 생각에 잠긴 채 산수유나무 지팡이로 길 위의 조약돌들을 두드리며 계속 걸어갔다. 그러다 문득 주위를 둘러보고는 자기가 어디에 와 있는지 깨달았다. 그곳, 라 푸르쇼뵈프는 탄광들을 습격하던 날 아침 그가 무리의 지휘를 맡았던 곳이었다. 이제 형편없는 보수를 받으며 목숨을 내놓고 짐승처럼 힘겹게 일해야 하는 삶이 다시 시작되고 있었다. 저곳, 700미터 아래 땅속에서 규칙적이고 지속적으로 들려오는 소리가 희미하게 에티엔의 귓전을 때리는 듯했다. 그것은 조금 전에 그가 갱으로 내려가는 것을 지켜보았던 동료들이 내는 소리였다. 그의 검은 동료들이 말없는 분노를 안으로 삭이며 탄맥을 두드리는 소리였다. 어쩌면 그들은 패배한 것인지도 모르고, 그로 인해 돈과 목숨을 잃었는지도 모른다. 하지만 파리는 르 보뢰 탄광에서 울려퍼진 총성을 결코 잊지 않을 것이며, 치유될 수 없는 그 상처로부터 제정의 피 또한 흘러내리게 될 것이다. 산업의 위기가 끝나고 공장이 하나둘씩 다시 가동한다고 해도 전쟁 상태는 계속될 것이며, 더이상 평화로운 해결이란 있을 수 없다. 광부들은 자신들의 존재를 세상에 알렸고, 자신들의 힘을 시험하면서 정의를 향한 외침으로 프랑스 전역의 노동자들을 흔들어놓았다. 따라서 어느 누구도 그들의 패배를 보며 마음을 놓지 못했다. 몽수의 부르주아들은 자신들의 승리 한가운데서도 파업 다음날에 대한 은밀한 불안감에 휩싸인 채, 주위의 깊은 침묵 속에 자신들의 종말이 필연적으로 다가오고 있는 건 아닌지 자꾸만 뒤를 돌아보았다. 혁명은 끊임없이 되풀이되며, 어쩌면 내일이라도 총파업과 함께 다시 시작될지도 모른다는 사실을 깨닫기에 이른 것이다. 공제조합 기금을 확보한 노동자들은 한데 힘을 모아 몇 달 동안 굶주리지 않고 버틸 수 있을 것이다. 그러면서 또다시 무너져가는 사회에 거센 충격을 가한다면, 부르주아들은 그들 발밑이 무너져내리는 소리를 듣게 될 것이다. 그리고 또다른 충격이, 계속해서 또다른 충격이 아래에서부터 가해지면서 낡은 건물이 흔들리고 무너져 르 보뢰 탄광처럼 심연으로 빨려들어가고 말 것이다.

에티엔은 주아젤로 통하는 왼쪽 길로 접어들었다. 그곳에서도 그는 지난 기억을 떠올렸다. 바로 그곳에서 파업 노동자 무리가 가스통마리 탄광으로 돌진하는 것을 만류한 적이 있었다. 멀리, 환한 아침 햇살 아래 여러 갱들의 권양기탑이 보였다. 오른편으로는 미루 탄광이 보였고, 마들렌과 크레브쾨르 탄광은 나란히 붙어 있었다. 곳곳에서 요란하게 작업이 이뤄지고 있었다. 들판 끝에서 끝까지, 땅속에서 탄맥을 두드리는 리블렌 소리가 에티엔의 귀에까지 들려오는 듯했다.

따사로운 태양 아래 환히 웃고 있는 듯한 들판과 도로와 마을 아래에서 탁, 탁, 탁, 소리가 끊임없이 들려왔다. 하지만 그 소리로부터 고통스러운 커다란 한숨 소리를 구분해낼 수 있으려면, 저 아래 깊은 땅속에서, 거대한 바윗덩어리들에 짓눌린 지하 감옥에서 눈에 보이지 않는 힘겨운 일들이 벌어지고 있음을 알아야만 했다. 에티엔은 이제 폭력은 그들이 원하는 것을 이루는 데 도움이 되지 않을지도 모른다는 생각을 하기 시작했다. 케이블을 자르고, 철로를 뽑아버리고, 램프를 부수는 것 따위가 다 무슨 소용이란 말인가! 3천 명씩 무리 지어 몰려다니면서 눈에 보이는 것마다 파괴하는 것이 과연 그럴 만한 가치가 있는 일일까! 아직 모호하게나마, 언젠가 합법적인 것이 훨씬 무서운 힘을 발휘할 수 있을 거라는 생각이 들었다. 생각이 무르익으면서 그는 해묵은 원한을 떨쳐버렸다. 그렇다, 라 마외드가 평소의 현명함을 충분히 드러내며 잘 말했던 것처럼, 다음번에는 정말로 무언가를 보여주게 될 것이다. 차분히 사람들을 모으고, 서로를 잘 알아가는 과정을 거친 다음, 법이 허락하는 한에서 조합을 결성하게 될 것이다.* 그리고 어느 날 아침, 그들이 서로의 옆에 나란히 서게 될 때, 수백만 노동자들이 몇천 명의 게으른 자들 앞에 설 때, 노동자들이 권력을 쟁취함으로써 이 땅의 진정한 주인으로 우뚝 서게 될 것이다. 그리하여 진실과 정의가 새롭게 태어나는 새벽이 밝아올 것이다! 또한 아득히 먼 곳, 성소 깊숙이 몸을 숨긴 채 굶주린 이들의 피와 살로 배를 채우던 무시무시한 괴물 같은 우상, 미지의 신은 이 땅에서 영영 사라질

* 1884년 3월에 제정된 '발데크루소(Waldeck-Rousseau)' 법에 따라 노동조합 결성이 합법화되었다.

것이다.

에티엔은 방담으로 통하는 길을 벗어나 포장된 도로로 들어섰다. 그의 오른쪽으로는 언덕 아래로 아득히 멀리 몽수가 보였다. 맞은편에는 배수펌프 세 대가 끊임없이 물을 퍼내고 있는 저주받은 구덩이, 르 보뢰의 잔해가 보였다. 그리고 저멀리 지평선에는 또다른 탄광들이 보였다. 라 빅투아르, 생토마, 푀트리캉텔. 북쪽으로는 우뚝 솟은 탑처럼 보이는 높다란 용광로들과 일련의 코크스로가 아침의 투명한 대기 속으로 연기를 내뿜고 있었다. 여덟시 기차를 놓치지 않으려면 서둘러야 했다. 아직도 6킬로미터를 더 가야 하기 때문이었다.

그의 발밑, 깊은 땅속에서는 고집스레 리블렌을 두드리는 소리가 끊임없이 들려왔다. 그의 동료들이 모두 그곳에 있었다. 에티엔은 그의 걸음마다 그들이 따라다니는 것을 알 수 있었다. 사탕무밭 아래에서는 윙윙거리는 통풍기 소리에 묻힌 채 허리가 부러져나가도록 일하고 있는 라 마외드의 거친 숨결이 들려왔다. 왼쪽, 오른쪽, 그리고 더 먼 곳에서도 또다른 동료들의 소리가 들려왔다. 에티엔은 밀밭 아래, 산울타리 아래 그리고 어린나무 아래에서까지 도처에서 그들의 숨결을 느낄 수 있었다. 이제 하늘 높이 떠오른 4월의 영광스러운 태양이 생명을 배태하고 있는 대지를 따사롭게 비추고 있었다. 출산의 기운을 머금은 산허리에서 삶이 솟아나오고 있었다. 나무의 새순들이 기지개를 활짝 켜면서 초록빛 나뭇잎을 터뜨리고, 새로운 풀들이 대지를 뚫고 나올 때마다 들판 전체가 가늘게 떨렸다. 사방에서 따뜻한 기운과 빛을 갈망하는 씨앗들이 부풀어오르고 키가 자라면서 땅을 뚫고 들판 위로 솟구쳤다. 속삭이는 소리와 함께 나무의 수액이 넘쳐흘렀고, 싹트는 소리는 뜨거운 입맞춤 소리가 되어 널리 퍼져나갔다. 그리고 또다시, 여전히, 땅과 가까워지는 것처럼 동료들이 두드리는 소리가 점점 더 또렷이 들려왔다. 뜨겁게 달아오른 햇살이 비치는 젊은 아침에 전원이 잉태한 것은 바로 그 소리였다. 사람들이 자라나고 있었다. 복수를 꿈꾸는 검은 군대가 밭고랑에서 서서히 싹을 틔워 다가올 세기의 수확을 위해 자라나고 있었다. 그리하여 머지않아 그 싹이 대지를 뚫고 나올 것이었다.

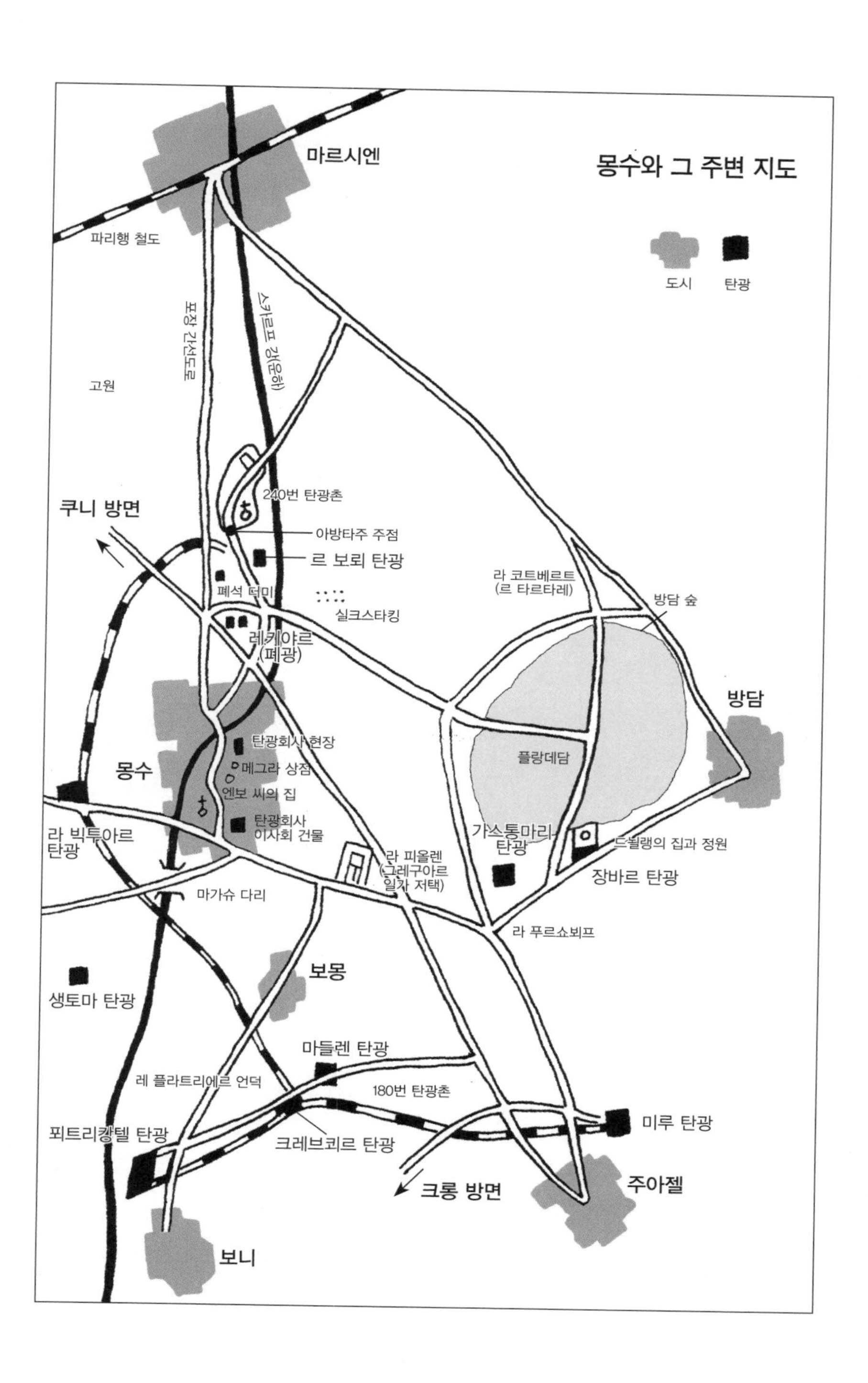
몽수와 그 주변 지도
도시
탄광
마르시엔
파리행 철도
포장 간선도로
스카르프 강(운하)
고원
240번 탄광촌
쿠니 방면
아방타주 주점
르 보뢰 탄광
폐석 더미
실크스타킹
레케야르
(폐광)
라 코트베르트
(르 타르타레)
방담 숲
방담
탄광회사 현장
메그라 상점
엔보 씨의 집
탄광회사
이사회 건물
몽수
플랑데담
라 빅투아르
탄광
가스통마리
탄광
드뇔랭의 집과 정원
장바르 탄광
라 피올렌
(그레구아르
일가 저택)
마가슈 다리
라 푸르쇼뵈프
보몽
생토마 탄광
마들렌 탄광
레 플라트리에르 언덕
180번 탄광촌
미루 탄광
퓌트리캉텔 탄광
크레브쾨르 탄광
크롱 방면
주아젤
보니

『제르미날』, 짙은 어둠 속에서 움트는 희망의 대서사시
—세상 모든 노동자들에게 바치는 헌사

짐승에 불과했다.
이제 점차 인간이 되어간다.
제르미날.
_소설의 최초 구상, 에밀 졸라

1885년 처음 출간된 후 『제르미날』 읽기는 단순한 소설 읽기를 넘어서서 하나의 현상이 될 정도로 수많은 전설을 양산해왔다. 이제 『제르미날』은 단지 하나의 소설이 아니라, 문학적이고 문화적이며 사회학적인 인류의 유산이 되었다고 해도 결코 과언이 아닐 것이다.

『제르미날』과 관련된 수많은 일화 중에서 가장 돋보이면서 가장 감동적인 것은 1902년 이후에 펴낸 거의 모든 판본에서 언급되는 졸라의 장례식과 관련된 이야기일 것이다. 1902년 10월 5일, 파리의 몽마르트르 묘지에서 거행된 졸라의 장례식에서 프랑스 북부의 드냉에서 달려온 광부들의 대표단이 세 시간 넘게 졸라의 묘혈 앞을 돌면서 『제르미날』의 작가에게 보내는 경의와 함께 "제르미날! 제르미날!"을 연호했다는 감동적인 이야기는 그날 이후 졸라가 언급될 때마다 빼놓지 않고 등장하곤 한다. 사십여 년간 저널리스트와 작가로 살아오면서 많은 글과 작품을 남긴 졸라지만, 그의 죽음 이후 수많은 사람들에게, 그리고 21세기를 살아가는 우리에게도 에밀 졸라는 무엇보다 『제르미날』의 작가이며, 드레퓌스 사건이 오랜 시간을 끄는 동안 맨 앞에서서 진실과 정의를 소리 높여 외친 행동하는 지성인의 전범을 보여준 작가로 잘 알려져 있다.

『제르미날』이 출간되기 전에도 이미 『목로주점』과 『나나』, 『여인들의 행복 백화점』 등을 비롯해 '루공마카르 총서'에 속하는 열두 권의 작품을 펴냄으로써 당시 프랑스에서 가장 인기 있고 가장 많이 읽히는 대작가로 자리매김한 졸라였지만, 장 조레스Jean Jaurès의 말대로 드레퓌스 사건에서 보여준 그의 용기와 정의로운 행동은 그의 지난 작품들, 그중에서도 특히 『제르미날』을 새롭게 조명하게 해주었다. 쥘 게드Jules Guesde와 함께 프랑스 사회주의를 대표하는 인물인 장 조레스는 1908년(졸라의 유해가 팡테옹으로 이장된 해), 졸라에 관해 다음과 같이 천명한 바 있다.

> 졸라가 받은 진정 커다란 보상은, 진실과 인권을 위한 사회적인 투쟁에서 보여준 그의 진실한 노력이 수많은 이들로 하여금 작가인 그의 작품의 깊은 의미를 명확히 이해하게 해주었다는 데 있다.

하지만 『제르미날』은 결코 '사회주의 소설'이나 '노동자 소설'과 같은 말로써만 규정지을 수 없는 매혹적인 다양성과 복잡성을 지닌 소설이다. 그가 그려낸 탄광의 유한한 탄맥과는 달리 『제르미날』은 결코 마르지 않는 샘물처럼 수많은 분석과 해석을 끊임없이 이끌어내며 오늘날까지 강력하고 생생한 생명력을 입증하고 있다.

미리 밝혀두지만 이 작품 해설은 『제르미날』이라는 '방대한' 소설을 '해설'하려는 시도가 아니다. 그러한 해설 자체가 가능하다고 생각하지도 않을뿐더러, 어떠한 해설이든 수많은 해설 중 하나가 될 뿐 결코 완성될 수 없기 때문이다. 따라서 이것은 역자 자신과 독자들의 작품 감상과 이해를 돕기 위해 '가능한 질문들을 던지고자 하는' 하나의 시도일 뿐이다. 본디 작품의 감상은 읽는 이의 기질과 감성에 따라 달라지는 법이므로, 마찬가지로 한 사람의 독자인 역자 또한 작품의 이해를 위한 최소한의 정보를 제공하는 과정에서 마음속에 떠오르는 질문들을 던져보고자 하는 것이다. 그 질문들이 또다른 수많은 질문을 불러일으키기를 기대하면서.

『제르미날』은 최초의 민중 소설 『목로주점』과 무엇이 다른가

졸라는 1864년 공쿠르 형제가 발표한 『제르미니 라세르퇴』의 서문을 접한 후 처음으로 민중을 소재로 한 소설을 구상하게 되었다. '세상 아래 존재하는 또다른 세상인 민중'에게도 소설에 등장할 수 있는 권리를 부여해야 하는 게 아닌가 하는 그들의 주장에 자극을 받은 졸라는 1877년 진정한 최초의 민중소설 『목로주점』을 발표하기에 이른다.

1864년 무렵 발자크의 작품을 처음으로 접한 졸라는 어쩌면 그때부터 발자크의 '인간극'의 '후속 편'을 구상했는지도 모른다. 1868년 그는 공쿠르 형제에게 "방대한 작품을 쓸 것이며, 열 권으로 된 한 가문의 역사를 이야기할 것"이라는 계획을 언급했다. 당시 그가 작성하기 시작한 「작가 노트」에는 그러한 계획과, 발자크와 그의 차이점에 관해 기록되어 있다.

> 그 세상 속('인간극')에서는 부르주아지와 귀족이 그려지고 있다. 민중, 즉 노동자는 결코 등장하지 않는다. 하지만 쌓여 있는 폐허 아래 멀리서, 눈에 보이지 않는 거대한 이의 목소리가 들려온다. 이제 곧 정치적인 삶, 주권의 일선으로 떠오를 민중이 은밀하게 자라나는 소리가 들려오는 것이다. (…) 발자크의 작품은 한 세계의 종말을 가리키는 거대한 경계석과도 같다.

졸라는 '한 가문의 역사'라는 잠정적인 제목 아래 열 권으로 된 총서를 구상하면서 작품에 등장할 인물들을 여러 계층으로 구분했다. 그는 상인, 부르주아지, 상류층 사람, 그리고 '별개의 사람들(창녀, 살인자, 사제, 예술가)'에 더하여 노동자를 군인과 함께 민중으로 분류했다. 그때까지만 해도 민중에게는 어떤 임무도 주어지지 않았으며, 그들은 단지 다른 인물들과 마찬가지로 소설 속에서 다뤄질 하나의 사회계층일 뿐이었다. 이처럼 1868년에 작성된 첫 열 권의 소설 목록에는 이미 파리 근교가 배경인 '노동자 소설'이 포함되어 있었다. 당시에는 아직 탄광에 관한 소설에 대한 언급은 없었지만, 에티엔 랑티에라는 인물도 이미 계통수에 등장하고 있었다.

1871~1872년에 작성된 두번째 총서 목록에는 두번째 '노동자 소

설'이 등장했다. 졸라는 노동과 자본으로 이뤄진 두 세상의 충돌을 떠올리면서 비참한 이들의 봉기가 일어날 수도 있다고 여겼다. 무엇보다 1871년에 일어난 민중 봉기, 파리코뮌에 대한 쓰라린 기억이 『제르미날』의 작품 구상에 커다란 영향을 미친 것으로 알려져 있다.

'제2제정기 한 가문의 자연사와 사회사'라는 부제를 달고 나온 '루공마카르 총서'는 아이러니하게도 프로이센-프랑스 전쟁의 패배로 제2제정이 무너진 1870년부터 발표되기 시작해 1893년 『파스칼 박사』를 마지막으로 완결되었다.

졸라는 『제르미날』의 집필에 착수하기 오 년 전, 친구이자 비평가인 콜프Jacob van Santen Kolff에게 보낸 편지에서 "『목로주점』에는 노동자의 정치적이고, 무엇보다 사회적인 역할에 대한 고찰을 담을 수 없었기 때문에 나는 이러한 주제를 가지고 또다른 소설을 쓰기로 마음먹었다오"라고 밝힌 바 있다. 그리고 1889년 한 친구에게 보낸 편지에서는, 『제르미날』은 『목로주점』을 보완하는 작품으로서, 두 소설은 노동자의 두 얼굴을 보여준다고 설명했다.

1885년 3월 초, 『제르미날』이 출간되자 좌파 저널리스트인 조르주 몽토르괴유Montorgueil는 1885년 3월 7일, 〈라 바타유*La Bataille*〉에서 『제르미날』에 관해 다음과 같이 논평했다.

> 지금까지 그 어떤 소설도 아직 모호하기만 했던 노동자들의 열망을 이처럼 심오하고 진실하게 표현한 적이 없다. (…) 『제르미날』은 곧 민중의 이야기다. 적어도, 조금도 미화되거나 추하지 않은 탄광

의 민중을 이야기하고 있는 것이다.

이에 졸라는 다음날 그에게 보낸 편지에서 진심 어린 감사를 표하면서, '민중을 모욕하는 작가'라는 오명에서 벗어나 '진정한 사회주의자', '빈곤한 삶과 비참한 환경이 야기하는 치명적인 실추를 들려주고, 끔찍한 굶주림의 도형장을 적나라하게 보여주는 이'로서 이해되기를 바랐다고 자신의 심경을 밝혔다.

졸라는 그보다 훨씬 전인 1872년에도 이미 노동자를 가리켜 그 시대를 대표하는 '호메로스의 진정한 영웅'이라고 표현한 바 있다. "고대에서 영감을 얻고 싶다면, 영웅적인 시대의 위대함을 되찾고 싶다면 민중을 연구하고 그려야 할 것이다."(〈르 비앵 퓌블리크*Le Bien Public*〉)

『제르미날』에는 『목로주점』의 제한된 배경에서 보여줄 수 없었던 노동자들의 삶에 대한 진일보한 관찰과 새로운 고찰, 그리고 미래에 대한 비전이 담겨 있다. 『제르미날』과 달리 『목로주점』에서는 고용주들도, 파업도, 노동자들의 요구 사항도, 노동자들 사이의 연대도, 노동자 단체도, 군대의 진압도 찾아볼 수 없다. 쿠포와 대립하는 사람은 눈에 보이지 않는 고용주가 아니라(게다가 『목로주점』에 등장하는 노동자들은 공장이 아닌 대부분 가내공업 형태로 일하는 장인들에 가깝다) 술도 마시지 않고 일도 거르지 않으며 알뜰살뜰 살아가는 구제와 같은 선한 노동자다. 술꾼에 게으른 노동자들이 구제처럼 술도 마시지 않고 부지런히 근검절약하며 살아간다면 그들도 전성기의 제르베즈처럼 자기 가게를 소유할 수도 있을 것이다. 자연주의 작가인 졸라가 그들에게 숙명처럼 부여하는 유전법칙을 고려한다 하더라도 그들은 자신들의 실추와 비참한 삶에서 스스로의 책임을 면하기는 어렵다.

하지만 『제르미날』의 광부는 성실한 노동자이건 아니건, 술꾼이건 아니건 간에 혼자서는 자신의 운명을 바꿀 수 없다. "모두가 함께할 때만이 완벽해질 수 있다"고 한 톨스토이의 말처럼 노동자들은 서로 힘을 합쳐야만 그들의 운명을 바꿀 수 있다. 『목로주점』의 노동자들이 필요한 만큼 열심히 일하지 않는다면, 『제르미날』의 노동자들은 그들이 원하는 대로 일할 수가 없다. 광부들이 맞서 싸워야 하는 적은 『목로주점』에서처럼 술집이나 알코올중독 또는 나태한 삶이 아니라 그들의 비참한 삶을 이용하여 배를 불리는 탄광회사와 고용주 그리고 자본가다. 애초에는 지극히 소박한 꿈만 꾸었던 『목로주점』의 제르베즈는 점차 열심히 돈을 모아 자신의 가게를 소유하고 스스로 고용주가 되어 부르주아적인 삶을 살 수 있기를 꿈꾼다. 하지만 『제르미날』의 라 마외드는 아예 그런 야심을 가질 수도 없거니와 그런 꿈을 꾸지도 않는다. 광부의 아내이자 엄마이며 스스로도 탄광에서 일했던 그녀는 남편과 아들과 딸이 계속 막장에서 일하면서 돈을 벌 수 있기만을 바란다. 제르베즈는 자신이 왜 추락했는지 제대로 의식조차 하지 못한 채 절망 속에 굶어죽지만, 라 마외드는 자신이 처한 현실을 직시하고 분노하며 부당함에 맞서기 위해 들고일어난다.

『제르미날』에는 『목로주점』에는 없는 계층 간의 대립이 존재하며, 그것이 모든 이들의 분노를 불러일으키는 원인이 된다. 구트도르에서는 혼자 돈을 독점하는 사람이 없는데도 모두가 가난하다. 반면 몽수에서는 엔보 가족의 사치스러운 삶과 그레구아르 가족의 나태하고 여유로운 삶이 광부들의 지옥 같은 삶과 대비된다. 죽도록 일하는 노동자들의 덕을 보는 것은 일하는 당사자들이 아니라 고용주와 자본가, 연금소득자로 대표되는 부르주아들인 것이다. 누군가가 많은 돈을 가졌다는 사실이 또다른 누군가가 먹을 빵조차 없는 현실을 만들어내는 것이다. 그리고 『제르미날』의 부르주아들은 노동자들이 그토록 비참한 삶에 분노하며 들고일어나는 것에 대해 다음과 같은 이유로 발끈하며 그들을 비난한다. 바로 이러한 계층 간의 괴리가 이 소설을 탄생시킨 가장 중요한 이유 중 하나일 것이다.

"빵을 달라! 빵을 달라! 빵을 달라!"
그러자 엔보 씨는 벌컥 화를 내면서 함성을 지르는 무리를 향해 커다랗게 소리쳤다.
"빵을 달라고! 사람이 빵만 먹고 살 수 있는 줄 아나보지, 어리석은 인간들 같으니라고!"
그는 빵을 먹을 수 있었지만 그렇다고 고통받지 않는 건 아니었다. 삭막해진 부부생활, 고통스러운 그의 삶 전체를 떠올릴 때마다 숨이 턱턱 막혀오면서 죽음을 앞둔 사람처럼 헐떡거렸다. 빵을 마음대로 먹을 수 있다고 해서 모든 게 순조로운 건 아니었다. 도대체 어떤 바보가 부의 분배에 모든 이의 행복이 달려 있다고 주장한단 말인가? (제5부 5장)

"하지만 우린 반드시 집으로 돌아가야 해요. 벌써 만찬을 준비하고 있을 거란 말이에요." 두려움으로 신경이 곤두선 엔보 부인이 격앙된 목소리로 말했다. "저 천박한 것들이 하필이면 내가 손님을 접대하는 날을 골라 또 이런 짓을 벌이다니. 그런데도 감히 우리한테 대접받기를 바랄 수 있는 거냐고!" (제5부 5장)

파리 근교를 배경으로 노동자들의 비참한 삶을 그리면서 사회적인 문제를 제기하는 데는 관심을 두지 않았던 『목로주점』과는 달리 『제르미날』에서 졸라가 그리고자 한 것은 자신에게 가해지는 부당함에 대항해 맞서 싸울 줄 아는 분노한 노동자의 모습이었다.

『제르미날』의 구상과 소설의 배경

『제르미날』의 배경이 된 1866~1867년을 전후로 프랑스의 탄광들에서는 크고 작은 충돌과 파업이 잇따라 발생했다. 1862년과 1864년에는 카르뱅Carvin과 비쿠아뉴Vicoigne에서 임금과 작업 시간 단축 문제로 파업이 발생했다. 1867년에는 레 부슈뒤론Les Bouches-du-Rhône 지방의 퓌보Fuveau 탄전에서 300여 명의 광부들이 국제노동자협회 지부를 결성했다. 1869년에는 오뱅Aubin의 광부들이 대표단의 이름으로 임금과 퇴직연금, 의료 체계와 관련된 요구 사항을 적은 편지를 졸라가 기고가로 활동하던 〈라 트리뷘〉에 보냈다. 1870년에는 크뢰조Creuzot 탄전의 광부들이 파업에 실패한 후 졸라의 소설을 예고하는 듯한 어조로 선언문을 발표하기도 했다.

그중 몇몇 충돌 과정에서는 유혈 사태가 빚어졌다. 1869년 6월 16일,

라 리카마리La Ricamarie의 생테티엔Saint-Étienne 탄전에서는 군인들이 파업중인 광부들에게 발포해 두 명의 여성을 포함한 열세 명의 사망자와 아홉 명의 부상자가 발생했다. 그로부터 얼마 후 1869년 10월 7일, 아베롱Aveyron 지방의 오뱅 탄광에서는 『제르미날』의 제6부 5장에서 펼쳐지는 광부들과 군인들의 대치 장면을 예고하는 듯한 유혈 충돌이 발생했다. 그 결과로 모두 열네 명의 사망자와 스무 명의 부상자가 생겨났다.

그 무렵, 산업혁명과 자본주의의 도래에서 비롯된 사회적인 혼란과 때를 같이하여 새로운 경제적, 정치적 이론들이 생겨나기 시작했다. 1864년 5월에는 노동자들에게 파업과 동맹의 권리가 처음으로 부여되고, 9월 28일에는 영국 런던에서 최초의 국제적인 노동운동 조직인 국제노동자협회(제1인터내셔널)가 결성되었다. 카를 마르크스는 결성 선언문과 규약을 작성하는 등 국제노동자협회의 결성을 적극적으로 지도했다. 1867년에는 마르크스의 『자본론』 제1권이 출간되었으며, 1875년부터 프랑스어로 번역되기 시작했다.

프랑스에서 자본주의에 대한 반대는 1883년 출간된 라블레예Laveleye의 저서 『현대 사회주의*Le Socialisme contemporain*』에서 언급된 다양한 이데올로기의 흐름으로 나타났다. 졸라는 『제르미날』의 등장인물들인 에티엔, 라스뇌르, 수바린이 정치적 논쟁을 벌이면서 제시한 논거를 위해 이 책의 도움을 많이 받았다고 밝힌 바 있다.

1850년경부터 프랑스에서 생겨나기 시작한 좌파의 다양한 경향은 대체로 마르크스에게 영향을 받은 사회주의사상과 프루동의 이론에서 비롯된 무정부주의적 사상으로 대표되는 두 가지 이데올로기적

흐름으로 요약될 수 있다. 사회주의사상은 1881~1882년부터 두 개의 조직으로 뚜렷이 나뉘었다. 쥘 게드가 이끄는 '프랑스 노동당(Parti ouvrier français, 약칭 POF)'은 집산주의를 내세워 강경하고 권위적인 태도(소설 속에서 에티엔에 의해 대변되는)를 취했으며, 브루스Brousse와 조프랭Joffrin이 이끄는 '프랑스사회주의노동자연맹(Fédération des travailleurs socialistes de France, 약칭 FTSF)'은 개혁은 가능한 것부터 시작해야 한다는 진화론적 가능주의 정치(라스뇌르의 주장의 근거가 되는 이론)를 구현하고자 했다.

한편 수바린에 의해 대변되는 무정부주의 운동은 19세기 말 수많은 테러를 야기했다. 1878년에는 이탈리아 왕, 1879년에는 스페인 왕에 대한 테러 시도가 있었고, 1881년에는 러시아 황제 알렉산드르 2세가 폭탄 테러로 사망하기도 했다.

졸라는 특히 1871년에 발생한 피비린내 나는 파리코뮌을 가까이서 지켜보면서 '정치적'인 색채를 띤 두번째 노동자(민중) 소설을 써야겠다는 필요성을 느끼게 되었다. 처음에는 파리를 배경으로 구상되었던 두번째 민중 소설은 1880년경 탄전 지역에서 발생한 중대한 파업들의 영향을 직접적으로 받게 되었다. 1878년 프랑스 북부 앙쟁Anzin에서 파업이 발생했고, 그에 관한 기사가 1878년 7월 23~28일자 〈르 볼테르〉에 상세하게 실렸다. 1882년에는 몽소레민의 노동자들이 파업을 감행했고, 의회에는 탄광법에 관한 법안들이 날로 쌓여갔다. 그리고 마침내 1883년, '프랑스 광부들의 청원서Les Cahiers de doléances des mineurs français'가 발표되었다. 이러한 일련의 사건들을 보며 졸라는 제2제정기(1852~1870)에 발생했던 피비린내 나는 파업들에 대한 기억을 떠올리게 되었고, 1880년 모리스 탈메르Maurice Talmeyr의 『갱내 가스*Le Grisou*』를 비롯해 광부들의 세계에 관한 몇몇 소설의 출간에 주목하기도 했다.

졸라가 탄광에 관한 소설을 진지하게 구상한 것은 1883년 무렵부터였을 것으로 추측된다. 그때까지만 해도 졸라는 소설의 배경으로 부르고뉴 지방에 있는 크뢰조 탄전을 염두에 두고 있었다. 그러다 1883년 여름, 졸라는 휴가차 떠난 브르타뉴의 베노데Bénodet에서 우연히 발랑시엔의 사회주의자 하원의원 알프레드 지아르Alfred Giard를 만나게 된다. 그는 졸라에게 프랑스 북부 탄광에 관한 자료 수집차 자신의 집에 머물 것을 권유했다. 그리고 그로부터 얼마 후 1884년 2월, 앙쟁에서 또다시 파업이 발생했다. 1만 2천 명의 광부가 참여해 두 달씩이나 이어진, 역사상 가장 길고 거대한 규모의 파업 중 하나였다.

알프레드 지아르는 졸라에게 편지를 보내 다시 그를 초대했고, 졸라는 며칠 후 발랑시엔을 방문했다. 졸라는 지아르의 집에 머물면서, 그의 비서로 자신을 소개해 탄광촌과 탄광회사 건물들과 갱들을 방문하고 조사해도 좋다는 허락을 받았다. 그리하여 드냉 부근에 있는 르나르Renard 갱을 방문해, 극심한 폐소공포증에도 불구하고 675미터 아래 땅속까지 내려가 갱도 내의 상황을 세밀하게 살펴보았고(졸라는 이러한 체험을 "지옥으로의 하강"이라고 표현했다), 탄광촌을 방문해 그곳의 실상을 직접 눈으로 확인하며 그 모든 사실을 하나도 빠짐없이 적어나갔다. 이처럼 치밀한 현장 답사와 상세한 기록으로부터 『제르미날』의 집필을 위한 가장 중요한 자료 중 하나이자 작가의 상상력의 원천이 된 「앙쟁에 관한 노트」가 탄생했던 것이다. 무려 962쪽에 달하는 졸라의 방대한 작가 노트는 『제르미날』의 집필을 위해 다방면의 독서를 기록한 메모들과, 탄광과 광부들의 현실에 관한 다양한 정보, 그리고 그가 직접 보고 듣고 겪은 모든 것들로 이뤄진 것이다.

졸라는 1884년 4월 2일 『제르미날』의 집필을 시작해 1885년 1월 23일 소설을 완성했다. 그의 친필 원고는 현재 프랑스국립도서관에 보존되어 있다. 『제르미날』은 소설이 완성되기 전인 1884년 11월 26일부터 〈질 블라스〉에 총 89회 분량으로 거의 하루도 빠짐없이 1885년 2월 25일까지 연재되었다. 메그라의 거세에 관한 에피소드는 검열에 걸려 신문 연재에 실리지 못했다. 『제르미날』은 1885년 3월 초, 이미 '루공마카르 총서' 열두 권을 펴낸 바 있는 샤르팡티에 출판사에서 그 유명한 '비블리오테크Bibliothèque'판의 노란색 표지로 출간되었다. 책값은 당시 광부의 약 하루 일당에 해당하는 3프랑 50상팀으로 책정되었다. 『제르미날』은 높은 판매 부수를 자랑하는 주간지 〈라 비 포퓔레르*La Vie Populaire*〉에 1885년 4월 2일부터 1885년 7월 23일까지 연재되었다. 그후 삽화가 들어간 10상팀짜리 소책자로 펴낸 소설은 총 63회에 걸쳐 배달되었다.

『제르미날』 출간 후 대중과 평단의 반응은 전반적으로 호의적이고 긍정적이었다. 모두들 소설이 뿜어내는 강력한 힘을 인정하지 않을 수 없었다. 하지만 일반적인 찬사 가운데서도 부르주아 언론은 졸라의 묘사가 진실한 것인가에 의문을 표하며 그가 현실을 과장했다는 비난을 퍼부었다. 졸라는 악의적인 비평에 다음과 같은 말로 응수했다. "부디 통계를 확인하고 현장에 직접 가보길 바랍니다. 그러면 내가 거짓말을 한 것인지 알게 될 것입니다. 아아! 안타깝게도 나는 현실을 완화해 이야기했습니다."

하지만 작품에 대한 평가는 대부분 긍정적이었고, 노동자들을 폄하했다는 이유로 『목로주점』을 강력하게 비난했던 좌파 언론도 이구동성으로 『제르미날』에 찬사를 보냈다. 물론 사회주의자 정치인들도 두 팔 벌려 『제르미날』의 출간을 환영했으며, 모파상을 비롯한 문단의 작가들 대부분도 '루공마카르 총서'의 열세번째 작품을 위대한 걸작으로 인정하는 데 주저함이 없었다. 무엇보다도 『제르미날』을 노동자들에 대한 착취의 고발과 노동자 반란의 상징, 항거의 기수를 대변하는 작품으로 만든 것은 소설의 엄청난 대중적 인기였다. 1890년에는 8만 3천 부가 팔린 『제르미날』은 1902년 졸라의 죽음 이후 11만 부가 팔렸으며, 오늘날까지 『목로주점』, 『나나』 등과 더불어 가장 높은 판매 부수를 자랑하는 졸라의 대표작으로 자리매김했다. 또한 수많은 사람들에게 절대적인 걸작, 노동자들의 기억을 넘어서서 국가적 기억 속에 깊이 각인된 하나의 문화유산으로 남게 되었다.

'제르미날'이라는 제목의 탄생과 의미

『제르미날』을 번역하는 내내 무엇보다 가슴에 와 닿으며 감탄을 자아낸 것은 소설의 제목이었다. 『제르미날』은 그 어떤 소설도 생각해낼 수 없었던 '혁명적인' 제목을 마치 혁명을 위한 기치나 깃발처럼 당당히 내세우고 있다. 또한 음성학적인 관점에서 볼 때도, 단어를 발음할 때 입안에서 아무런 거침이 없이 부드럽고 매끄러운 울림을 동반하는 유성음과 유음만으로 구성된 '제르미날'은 마치 졸라의 이 위대한 소설을 위해 생겨난 말처럼 느껴졌다. 졸라의 작가적인 위대함은 다양한 함의를 지닌 더없이 적절한 단어를 소설의 제목으로 선택한 것에서도 여실히 드러난다. 졸라는 어떻게 해서 '제르미날'이라는 제목을 생각해낼 수 있었던 것일까? '제르미날'은 분명 졸라의 손끝에서 새롭게 의미를 부여받아 이 위대한 걸작을 더욱더 빛나게 한 일등공신임을 누구도 부인할 수 없을 것이다.

불에서 빌려온 은유적인 제목(땅속의 불, 은근히 타는 불, 불타는 땅)이나 균열을 의미하는 제목(흔들리는 성, 무너지는 집, 균열, 곡괭이질), 노골적인 사회적 함의를 담은 제목(이권利權, 가난한 이들의 일기, 백지 상태, 굶주린 자들, 몰려오는 폭풍우, 청산, 군단, 네번째 계급*) 등을 두고 고민한 끝에, 졸라는 최종적인 제목과 더 유사한 표현들을 떠올리게 된다. '붉은 수확', '땅속에서', '싹트는 씨앗', '움트는 피', '돋아나는 가난'. 그리고 마침내 1884년 2월, 자료 수집차 앙쟁에 머무르는 동안 '파종의 달, 싹트는 달'이라는 의미를 지닌 '제르미날'을 소설의 제목으로 결정하기에 이른다.

나는 오랫동안 여러 가지 제목을 두고 망설인 끝에 최종적으로 '제르미날'이라는 제목을 선택하게 되었습니다. 내가 찾고 있던 것은 새로운 인간의 자라남과, 캄캄한 어둠 속에서 벗어나기 위해 힘

* 프랑스 사회에서 구체제(앙시앵레짐) 아래의 세 계급은 귀족, 성직자, 평민이었다.

겹게 일하면서 발버둥치는 노동자들의 노력을(무의식적으로라도) 담을 수 있는 제목이었습니다. 그러던 어느 날, 마치 우연처럼 제르미날이라는 말이 내 입에서 흘러나왔습니다. 그것은 바로 내가 그리고자 했던 것을 표현하고 있었습니다. 혁명의 4월, 4월의 봄날에 낡은 사회가 해체되어 하늘로 날아가버리는 것이 그것입니다. 나는 차츰 그 제목에 익숙해졌고, 다른 어떤 것을 생각조차 할 수 없게 되었습니다. 어떤 독자들에게는 모호하게 들릴 수 있다 해도, 내게는 마치 작품 전체를 환히 비추는 햇살과도 같았기 때문입니다.

'제르미날'은 말 그 자체로 역사적이고 혁명적인 울림을 담고 있다. 제르미날은 공화력*의 일곱번째 달(3월 21(22)일~4월 19(20)일)로서 '싹트는germer 달'을 의미하며, 굶주린 민중이 국민공회에 빵을 요구한 것도 혁명력 3년, 제르미날의 열두번째 날(1795년 4월 1일)이었다. 배고픔과 반란을 상징하는 '제르미날'은 소설 『제르미날』을 혁명의 위대한 신화가 되게 했다. 또한 '제르미날'이라는 말은 그것이 포함한 암시적인 의미 외에도 단어 구성의 특별함을 지니고 있다. 'Germinal'이라는 단어에는 싹이 튼다는 의미의 'germer', 탄광을 뜻하는 'mine', 그리고 공화력을 의미하는 'al(almanach)'이 포함되어 있다. '제르미날'이 의미하듯, 소설 첫머리에서 칠흑 같은 어둠 속에

* 프랑스혁명 당시(1793년) 국민공회가 그레고리력을 폐지하고 개정한 달력으로, 혁명력이라고도 한다. 공화제 선언일인 1792년 9월 22일을 원년(元年) 1월 1일로 잡고, 1년을 12개월, 각 월(月)은 30일로 하며, 나머지 5일은 혁명축제일로 충당하고, 4년마다 윤일은 혁명일로 정했다. 1806년에 원래의 그레고리력으로 환원되었다.

서 매섭게 불어오는 3월의 차가운 바람을 맞으며 르 보뢰 탄광에 도착한 에티엔은 소설의 마지막에서 4월의 찬란한 태양이 대지를 따사롭게 비추는 가운데 그곳을 떠난다. 봄날의 따뜻한 기운이 초목을 땅 위로 솟아나게 하듯, 혁명은 노동자들에게 어두운 땅속을 벗어나 이 땅의 진정한 주인으로 우뚝 설 수 있으리라는 희망을 품게 했던 것이다. 또한 '제르미날'의 메타포는 하나의 라이트모티프처럼 작품 전체를 관통하고 있음을 알 수 있다.

땅속 깊은 곳에서 광부들이 깨어나고 있었다. 곡식의 낟알처럼 땅속에서 싹을 틔우고 있었다. 이제 머지않아 어느 날 아침, 들판 한가운데서 그 싹이 자라나는 모습을 보게 될 터였다. 그렇다, 인간들이 자라나는 것이다. 정의를 바로잡을 한 무리의 인간들이. (제3부 3장)

아! 자라나고 있었다. 조금씩 자라나고 있었다. 태양 아래 무르익어가는 곡식들처럼 날로 원숙해지는 무수한 사람들이 생겨나고 있었다! (제3부 3장)

특히 소설의 마지막 부분은 정의로운 세상의 도래를 예감하게 하면서 사회적인 변화를 필연적인 것으로 그리고 있다. 한 세상이 흔들린 후에 또다른 세상이 서서히 움트고 있는 것이다.

사람들이 자라나고 있었다. 복수를 꿈꾸는 검은 군대가 밭고랑에서 서서히 싹을 틔워 다가올 세기의 수확을 위해 자라나고 있었다.

그리하여 머지않아 그 싹이 대지를 뚫고 나올 것이었다. (제7부 6장)

이처럼 소설의 결말 또한 제목에 포함되어 있으며, 제목은 곧 소설의 결말이자 또다른 시작인 셈이다. 에티엔의 도착과 떠남이 소설의 시작과 끝을 이루는 것처럼, '제르미날'은 이 위대한 소설의 시작과 끝이자, 알파요 오메가인 것이다. 이제 모든 것은 변하기 시작했으며, 변할 것이며, 이미 변했는지도 모른다. 이제 누군가가 뿌린 씨로 혁명의 싹이 자라나기 시작한 대지가 열매를 맺을 것이며, 칙칙하고 시커먼 탄광촌은 푸르고 생기 있는 색깔로 물들게 될 것이다. 광부들은 이제 인간이 되었고, 그들의 인간애는 인류 전체의 인간애를 예고하고 있다. 제목에 포함된 낙관적인 이데올로기가 결코 단순하지만은 않다고 할지라도 '제르미날'만큼 이 위대한 소설을 정확하게 규정지으면서, 작품의 의미를 자라나게 하여 싹을 틔우고 꽃을 피우고 열매를 맺게 할 수 있는 제목이 또 있을까? 대지를 뚫고 나와 무성하게 자라나는 초목들처럼, 정의가 새롭게 움터 무성하게 꽃피는 세상, 그것이 바로 '제르미날'의 의미이며, 졸라가 『제르미날』을 통해 말하고자 했던 것이 아닐까?

소설 속 공간과 시간의 변주곡

『제르미날』의 이야기 진행과 인물의 사회적 지위의 변화는 무엇보다 소설 속 공간(배경)이 갖는 의미와 그 변화와 밀접한 상관관계가 있다.

모든 이야기는 에티엔이 낯설고 적대적인 곳에 도착하는 것으로 시작된다. 그는 그곳의 다양한 장소들을 하나둘씩 정복해가면서 점차 영웅이 되어간다. 탄광의 발견은 곧 노동조건의 발견이며, 그가 하숙했던 라스뇌르의 주막은 대화와 토론이 격렬하게 이어지는 사교의 장이다. 그는 마외네 집으로 하숙을 옮겨 그들과 잡거雜居하며 가족적인 친밀함을 쌓아나가는 동안 카트린과의 사이에서 '은밀함'의 유혹에 시달린다. 주막들을 비롯한 여러 곳에서는 노동자의 권리를 부르짖는 대화들이 오가며, 방담 숲속의 야간 집회가 그 정점을 이룬다. 에티엔은 탄광회사 사장인 엔보 씨의 집에서 그와 면담을 가진다. 그뒤 파업이 실패하자 쫓기는 신세가 된 그는 장랭의 비밀 소굴인 레키야르 탄광에 은신한다. 그리고 다시 탄광으로 돌아가 막장으로 내려가고, 마지막으로 거꾸로 갱도를 거슬러올라가는 비극적인 모험을 시작한다. 에티엔은 이 모든 장소들을 차례로 거치는 동안 점차 성장해나간다. 그가 가진 이론은 비록 모호하지만 그는 광부들의 리더가 되고, 카트린을 통해 감정교육을 경험한다. 또한 광부들은 에티엔을 통해 반항과 투쟁을 차례로 배워나가면서 단순한 '무리masse'에서 진정한 하나의 '집단collectif'으로 성장해나간다. 부르주아들 역시 자신들의 안락한 삶을 위협하는 낯선 세상과 직면하면서 불안한 미래를 예감하게 된다는 의미에서 그들 역시 한층 성장했다고 볼 수 있다.

소설에 등장하는 배경 중에서 무엇보다 그 상징성이 돋보이는 것은 르 보뢰 탄광일 것이다. 프랑스어로 '먹어치우다, 탐욕스럽게 먹다'라는 의미의 'dévorer'에서 비롯된 이름인 '르 보뢰'는 그 의미만으로도 탄광 속에 몸을 숨긴 채 웅크리고 있는 거대한 괴물, 무시무시한 자본주의의 얼굴을 떠올리게 한다.

모든 것이 시커멓고 단조롭기 짝이 없는 탄전은 겨울이 되면 더욱 더 숨막힐 듯 황량하기 짝이 없는 진실을 드러낸다. 모든 것이 광물화되고 물화物化된 세상에서는 모든 삶이 절망이라는 유죄선고를 받은 듯 보인다. 그곳에서는 모든 것이 석탄이고, 모든 것이 탄화炭化되어 있다. 삶이 승리하는 것을 보려면 소설의 마지막을 기다려야만 한다. 다시 찾아온 4월의 봄날에 움트는 싹이 죽음과 숙명에 맞서는 끈질긴 생명력을 보여줄 때까지. 탄광촌의 음울하고 어두운 색조에 습기와 진흙이 더해진 차가운 나라, 언제나 축축한 나라에서는 언젠가는 물이 결정적이고 치명적인 역할을 하게 될 것이라는 사실을 예감할 수 있다. 하지만 이 모든 것은 프랑스 북부의 실제 탄광촌의 모습이 아니다. 그곳의 풍경을 변화시키고, 그곳에서 일어나게 될 음산한 비극과 일치되는 모습으로 그곳을 재탄생시킨 것은 에밀 졸라의 상상력이다. 탐욕스러운 사악한 신의 신전인 르 보뢰 탄광, 갱의 주변과 탄광촌, 그곳을 둘러싼 지리학적 환경 등은 실제 탄광촌의 현실에서 빌려온 요소를 바탕으로 새롭게 창조된 전형적인 공간이다. 광부들의 음울하고 황량한 삶과 노동조건을 상기시키는 메타포이자 상징으로서의 공간인 것이다. 그곳에서는 초록빛조차 석탄에 의존한다. 영원한 봄과 낙원을 상징하는 라 코트베르트트의 거대한 초목들은 땅속 깊은 곳의 소돔을 상징하는 르 타르타레의 불붙은 탄층에 의존하고 있는 것이다.

탄전의 공간 배치는 단순하고 평평하며, 일직선으로 곧게 뻗은 선의 기하학을 따른다. 모든 것이 납작 엎드린 것 같은 지방의 음울한 평원에서 위로 솟은 것이라고는 탄광에 속한 몇몇 건물들과, 타고 남은 석탄 찌꺼기와 탄가루로 이뤄진 폐석 더미뿐이다. 그런데 어떻게 하늘이라고 잿빛이 아닐 수 있겠는가? 이제 이곳에서 가질 수 있는 유일한 희망이라고는 이곳에 새롭게 나타난 누군가가 이 죽어버린 공간에 새로운 의미를 부여하고 새로운 운명의 씨를 뿌려 움트게 하는 것뿐이다. 『제르미날』은 시커먼 탄가루를 생명의 씨앗으로 대체하고, 칙칙한 잿빛과 음습함을 환한 햇빛으로 대체하면서 황량함과 절망이 지배하는 공간을 풍요와 희망이 지배하는 공간으로 변화시키고자 하는 노력에 대한 이야기라고 봐도 무방할 것이다. 광부들의 파업이 그 첫번째 노력의 구현이자 밝은 태양을 향한 발돋움의 첫번째 단계라고 한다면, 그 꿈은 실패로 돌아가고 그들은 다시 어둡고 음습한 갱으로 돌아가야 했다. 하지만 아주 잠시 품었던, 땅 위의 공간이 자신들의 것이 될 수 있으리라는 희망은 결코 끝난 것이 아니며, 그들 마음속에 조금씩 변화하게 될 미래의 삶에 대한 꿈이 배태되었음을 소설은 말하고 있다.

소설 속의 사회적 공간은 크게 거주居住와 도정道程에 속하는 두 공간으로 나뉜다. 『제르미날』 속 등장인물들은 걷는 데 많은 시간을 보낸다. 끊임없이 탄광촌과 탄광 사이를 오가고, 탄광촌과 부르주아들의 집 사이를, 파업을 하는 동안에는 갱과 갱 사이를, 그리고 갱도 속을 매일같이 걷고 또 걷는다. 부르주아들과 아이들을 제외하고는 탄광촌 사람들 대부분의 행동 반경은 지극히 제한되어 있다. 크로스 시합은 그들이 좀더 멀리까지 갈 수 있는 유일한 기회다. 기계적인 노동과 틀에 박힌 도정은 그들과 그들을 둘러싼 공간을 한층 더 생명력 없는 사물처럼 느껴지게 한다. 거주와 도정, 두 경우 모두 광부들에게 사적인 삶은 존재하지 않는다. 탄광과 주변 풍경처럼 획일적이고 음울하기 그지없는 탄광촌에서 사적인 삶의 자율성을 지키기란 거의 불가능하다. 그들의 주거지는 마치 감옥이나 병영, 또는 막장에서 작업할 때처럼 잡거만을 허용하기 때문이다. 서로의 가정생활 또한 언제나 다른 사람들의 입방아에 오르내린다. 르바크네의 이중적인 부부생활도 피에롱네의 호사스러운 생활도 모두의 시선에 그대로 노출된다.

졸라는 마외 가족의 일상을 통해 광부들의 탄광촌 생활의 내밀한 부분을 세세히 보여준다. 인간적인 삶에 필요한 최소한의 공간마저 허락되지 않는 그들은 한군데서 모든 것을 해결한다. 그들은 애초부터 은밀함이 배제된 삶에서 침대를 나눠 쓸 뿐만 아니라 서로에게 알몸을 드러내는 것에도 아무런 거리낌이 없다. 음식을 먹기도 하고 몸을 씻기도 하는 공간인 식당에는 가구라고는 거의 없이, 그들을 굽어보며 권력과 지배를 상기시키는 듯한 황제 부부의 요란한 초상화만이 청결함으로도 감춰지지 않는 삶의 곤궁함과 결핍을 두드러져 보이게 한다.

탄광촌 사람들의 혼거 생활은 위선과 성적인 수치심 또한 배제시킨다. 하지만 온갖 나이의 형제자매가 거의 벌거벗은 채 한데 모여 사는 그들에게서는 어떠한 사악함도 엿볼 수 없고, '루공마카르 총서'의 두 번째 작품 『쟁탈전』에서처럼 어떤 근친상간도 일어나지 않는다. 삶의 총애를 받지 못하는 이들은 서로 가까이 모여 살면서 온기를 유지하고 그들에게 허락된 삶의 즐거움을 누린다.

이러한 탄광촌 사람들의 삶과, 거대하고 안락하게 꾸며진 저택에서 살아가는 부르주아들의 삶은 극과 극의 모습을 보여준다. 탄광촌에서는 언제 어떻게 누가 누구와 잤는지 모두가 알고 있지만, 엔보 씨의 저택에서는 모든 것이 은밀히 진행되며, 엔보 부인의 부정不貞의 증거를 발견하는 데만도 오랜 시간이 걸린다. 게다가 그레구아르 씨의 집에서는 시간은 아무런 중요성이 없다. 꼭두새벽부터 일어나 식구들의 식사를 챙기고 탄광으로 향해야 하는 카트린과는 대조적으로 그레구아르 부부는 세실이 잠을 깰 때까지 마냥 기다린다. 하지만 현실의 삶에서도 그러하듯 물질적인 풍요가 부르주아들의 행복을 보장해주지는 못한다. 풍족한 연금으로 안락하고 풍요롭지만 상대적으로 절약하는 삶을 살아가는 그레구아르 부부는 오랜 기다림 끝에 얻은 늦둥이 외동딸 세실에게만큼은 아낌없이 모든 것을 바치지만 정신이상이 된 본모르 영감의 손에 그 딸을 잃는 비극을 맞이한다. 세실의 죽음은 굶주림과 탄광 사고로 죽어간 마외의 두 딸 알지르와 카트린의 죽음과 강렬한 대비를 이루며 소설에 극적인 긴장감과 의미를 부여한다. 탄광회사 사장인 엔보 씨는 자식을 두지 못했을 뿐만 아니라 아내의 성적인 방종함으로 인해 끊임없이 고통받는 불운한 삶을 살아간다. 결혼생활 내내 아내에게서 채울 수 없는 성적 욕구에 시달리던 그는 탄차 운반부들을 아무데서나 자빠뜨릴 수 있는 광부들의 성적으로 자유로운 삶을 부러워하며 빵을 달라고 요구하는 그들을 비웃는다.

소설적인 필요에 의해 소설 속 이야기와 실제의 사실이 시기적으로 차이가 나는 의도적인 '아나크로니즘(시대착오)적 표기'를 사용하는 것으로 익히 알려진 졸라는 그 때문에 소설이 진행되는 구체적인 연도를 밝히는 것을 피한다. 하지만 그가 남긴 기록과 자료 등을 통해 『제르미날』의 이야기가 1866년부터 1867년 사이에 펼쳐지고 있음을 알 수 있다. 에티엔 랑티에는 1866년 3월 어느 날 몽수의 탄광에 도착하고, 그곳에서 그가 보낸 첫날의 이야기가 소설의 1부를 구성한다. 그날의 이야기는 2부까지 이어지고, 3부에서는 3월부터 11월까지의 이야기가 펼쳐진다. 그사이 7월 말에 열린 수호성인 축제와, 10월에 탄광회사에서 광부들의 임금을 깎는 사건이 중요한 이야기로 부각된다. 소설의 4부와 5부, 6부 그리고 7부의 앞부분까지 이어지는 파업에 관한 이야기는 하루 또는 좀더 긴 기간 동안의 이야기가 교차되면서 12월 중순부터 1867년 2월 말 사이에 걸쳐 펼쳐진다. 7부의 나머지 부분은 르 보뢰 탄광이 흔적도 없이 땅속으로 빨려들어가는 파국으로 치닫고, 4월 어느 날 아침 에티엔이 몽수를 떠나는 것으로 이야기는 끝이 난다.

『제르미날』의 번역 대본으로 삼은 폴리오판을 기준으로 볼 때, 이야기의 첫날은 158쪽, 그다음 아홉 달간은 75쪽에 걸쳐서, 두 달간의 파업에 관한 이야기는 289쪽, 그리고 마지막 두 달간의 이야기는 109쪽에 걸쳐 전개되고 있다. 이러한 구성과 페이지의 분배는 사실적인 묘사에 대한 고민보다는 사건의 의미에 중점을 둔 것이라고 볼 수 있다. 소설의 첫번째 단계, 즉 파업이 시작하기 전 아홉 달간은 그 모든 것을 위한 준비 과정, 즉 반란이 '잉태'되는 과정이다. 그것은 졸라처럼 '풍요fécondité', 즉 '다산多産'의 이데올로기에 천착했던 소설가에게는 결코 간과할 수 없는 매우 중요한 상징적인 구성인 것이다.

게다가 다가올 봄을 준비하듯 겨울에 발생한 파업은 계절이 강요하는 칙칙함과 어두운 색조로 막장의 캄캄한 세상을 끊임없이 상기시킨다. 사실상 검은색이 주된 색조를 이루는 『제르미날』에서 대부분의 이야기는 밤에 전개된다. 마르셀 지라르Marcel Girard는 「제르미날의 세계」(1953)라는 논문에서 『제르미날』을 구성하는 총 마흔 개의 장 중에서 열 장만이 낮에 이야기가 전개되며, 여섯 장은 갱 속에서, 스물네 장은 전부 또는 부분적으로 밤에, 또는 석양 무렵에 전개된다고 지적한 바 있다. 하지만 독자가 이야기를 따라가면서 받는 느낌은 이처럼 낮(땅 위)과 밤(땅속)에 근거한 구성과 반드시 일치하는 것은 아니다. 사실상 『제르미날』에서 갱 속에서 이야기가 전개되는 것은 제1부와 제7부뿐이지만, '어둠이 지배하는' 장들은 소설의 지배적인 색조와 분위기의 형성에 결정적인 역할을 하는 동시에 가장 강렬하고 극적인 순간들을 응축해 보여준다.

『제르미날』의 색, '검은색'과 '붉은색'

조리스카를 위스망스Joris-Karl Huysmans는 『제르미날』의 작가에게 '검은색에 색채를 부여한 유일한 작가', '음울한 풍경을 심미적인 대상으로 승화시킨 작가'라는 찬사를 보낸 바 있다. 그의 지적대로 『제르미날』을 지배하는 색들은 소설의 배경을 이루고 이야기의 극적인 구성을 이끌어나가는 동시에 상징적인 의미들을 담고 있어 소설을 이해하는 데 간과해서는 안 될 중요한 요소다.

소설을 전반적으로 지배하는 검은색, 검은색이 약화된 잿빛, 현저한 존재감의 붉은색, 드물게 눈에 띄는 초록색, 카트린의 팔이나 라 마외드의 축 늘어진 젖가슴의 하얀색과 대조되는 세실의 상큼하고 뽀얀 우윳빛 살결('희디흰 처녀의 목덜미'는 그녀의 비극적인 죽음을 더욱 부각시킨다), 불행이나 공허함의 표시인 창백하고 희끄무레한 납빛을 띤 하얀색, 파업이 극한으로 치달을 때 눈으로 뒤덮인 새하얀 풍경 등은 하나의 세계를 특징지으면서, 그것의 색조와 일관성을 이루는 삶의 조건들을 은유적으로 표현한다.

그중에서도 『제르미날』을 대표하는 상징적인 색을 꼽자면 단연 검은색과 붉은색일 것이다. 탄광과 캄캄한 막장이 주요 배경인 소설에서 검은색이 주를 이루는 것은 지극히 자연스러운 일이다. 검은색은 곧 색깔의 부재를 의미한다. 시커먼 가래, 검댕을 녹인 것처럼 끈적거리는 도로의 진흙, 붉은색 기와지붕을 제외하고는 온통 칙칙한 탄광촌, 시커먼 몸뚱어리, 칠흑 같은 막장, 그 모든 것의 검은색은 하나다. 거기에 불길한 기운을 느끼게 하는 검은색의 행렬들, 음울한 생각들, 탄광촌과 주변의 황량하고 을씨년스러운 분위기, 사람들의 마음속을 지배하는 절망감과 이유 없는 살인(장랭에 의한 어린 군인의 살해)까지 검은색을 연상케 하는 것들로 가득하다. 그중에서도 일 년 내내 밤의 시간만이 존재하는 막장은 더할 수 없이 검고 어둡다. 그곳에서는 말들까지도 낮과 햇빛에 대한 향수에 시달린다. "갱내의 생활에 적응하지 못하는 트롱페트는 고개를 숙이고 기계적으로 탄차를 끌었다. 녀석은 어둠 때문에 눈이 멀다시피 한 채 늘 바깥세상의 햇빛을 그리워했다."(제3부 5장) 바타유의 염려에도 불구하고 갱 속 생활에 적응

하지 못한 트롱페트는 끝내 사체가 되어서야 그토록 그리워하던 바깥 세상으로 다시 나올 수 있었다.

하지만 검은색은 봉기와 파괴를 상징하는 색이기도 하다. 검은색은 검은 깃발을 연상하게 한다. '파괴'의 정치적 형태인 니힐리즘과 무정부주의는 자본이라는 현대판 신의 동맹군이자, 수바린이 대변하듯 그 신의 복수의 도구로 등장한다. "오! 피라고. (…) 피 좀 흘린다고 대수겠는가? 대지는 피를 필요로 한다네."(제4부 4장) 대지가 잉태하기 위해서는 피를 필요로 한다고 역설하는 수바린의 말 속에서는 검은색(대지)이 혁명을 상징하는 붉은색과 하나가 되고 있다. 『제르미날』을 지배하는 검은색의 다의성은 소설의 마지막에서 언급된 '검은 군대'가 미래의 정의를 위한 군대로 묘사되는 데서도 잘 드러난다. 검은색이 궁극적으로 자신의 몫을 요구하기 위해 봉기한 '검은 나라'의 상징으로 그려지고 있는 것이다.

『제르미날』을 지배하는 또하나의 색인 붉은색은 그 자체만으로도 소설 속에 포함된 이데올로기적인 모호함을 모두 응축하고 있다. 소설의 처음에 등장하는 붉은색 불과 용광로와 코크스로의 불은 단번에 소설을 밝혀줄 약속과 희망의 색조로서의 붉은색을 보여준다. 그와 동시에 검은색과 결합된 붉은색은 지옥을 연상시키는 불길한 색조로 느껴지면서, 불과 혁명의 격렬함과 광부들의 피가 한데 합쳐진 다의성과 모호성을 함께 띠고 있다.

제5부 5장의 '혁명의 밤'에 등장하는 유명한 구절은 두려움에 떨며 몸을 숨긴 부르주아들이 목도하는 광경의 절정을 묘사하는 동시에 다가올 변혁의 시대를 예고한다.

그들의 눈앞에서 펼쳐지고 있는 것은, 이 세기말의 핏빛으로 물든 어느 날 저녁에 결정적으로 모든 것을 휩쓸어갈 혁명의 붉은 환영이었다. (제5부 5장)

붉은 이미지로 대변되는 혁명에 관한 예언은 소설 속 화자의 관점에 따른 것처럼 보이지만, 사실상 시위 구경꾼들의 관점과 뒤섞이면서 그들이 목도하는 광경의 성격과 그것을 몰래 지켜보는 부르주아들의 시선에 담긴 두려움, 그리고 앞으로 도래할 사회 변혁에 대한 노동자들의 두려운 매혹과 거듭남에 대한 기대를 동시에 반영한다. 군중이 분노한 다수, 야수와 같은 무시무시한 집단으로 변모하면서, 히스테릭한 여인네들은 마치 바쿠스제祭의 마이나데스(광란하는 여자들)와 같은 광기에 사로잡힌 채 분노와 외침, 역겨운 냄새와 누더기, 피와 땀으로 얼룩진 통음난무通飮亂舞의 광경을 연출한다. 이는 마치 곪아터진 문명을 끝장내는 거대한 야만족의 침입과 약탈을 연상시킨다.

그렇다, 어느 날 저녁, 분노가 끓어오른 민중은 고삐 풀린 말처럼 이렇게 길을 따라 달려갈 것이다. 그리하여 부르주아들의 피가 넘쳐흐르고, 그들의 잘린 머리가 사방에 나뒹굴며, 활짝 열어젖혀진 금고의 금이 길 위에 뿌려질 것이다. 여인네들은 울부짖고, 남자들은 늑대처럼 입을 크게 벌리고 덤벼들 것이다. 그렇다, 지금 저들과 똑같은 누더기를 입고, 똑같이 발소리 요란한 커다란 나막신을 질질 끄는, 똑같이 더러운 피부와 악취 나는 숨결을 뿜어내는, 저들과 똑같이 끔찍하고 야만스러운 무리가 사방으로 퍼져나가면서 이 낡

은 세상을 깨끗이 씻어내고 말 것이다. (제5부 5장)

이러한 '혁명의 밤'의 절정은 무엇보다 메그라의 거세 장면일 것이다. 암컷 늑대들처럼 광포한 무리로 변한 여인네들은 죽은 메그라의 성기를 거침없이 잡아 뜯어 자랑스러운 전리품이자 혁명의 깃발인 양 막대 끝에 꽂고 흔들어댄다. '메그르(Maigre, 마른)'와 '그라(Gras, 살찐)'라는 반의어가 한데 합쳐진 이름 메그라(Maigrat)는 채워질 줄 모르는 탐욕으로 노동자들을 괴롭혔던 모든 살찐 자들(Gras)을 대표해 야만스러운 살풀이에 의해 인간성을 남김없이 박탈당한 채 죽어서까지 사람들의 조롱의 대상으로 전락하고 만 것이다.

소설 속의 붉은색을 이야기할 때 특히 주목해야 할 것은 마외 가족의 유일한 장식품인 '분홍색 판지 상자'다. 붉은색의 완화된 버전인 분홍색 상자는 마외 가족에게는 유일한 '사치품'이며, 탄광촌의 시커멓고 음울한 풍경 속에서 유일하게 그들의 것인 추억을 담고 있는 물건이었다. 오랜 시간 끌어온 파업의 여파로 막다른 궁지에 몰린 그들 가족은 그들의 일부나 다름없는 분홍색 상자를 내다팔기에 이른다. 그것은 그들 부부의 죽음을 예고하는 것이나 다름없다. 이 하찮은 물건의 운명 속에 비참한 노동자들이 처한 곤궁하고 삭막한 삶의 조건이 고스란히 투영되어 있는 것이다.

초라한 살림살이들이 하나씩 팔려나가면서 작별을 고할 때마다 식구들의 눈에서는 하염없이 눈물이 흘렀다. 어느 날, 라 마외드는 오래전에 남편이 선물한 분홍색 판지 상자를 치마폭에 싸가지고 나가 팔아버린 것을 한탄했다. 마치 남의 집 문 앞에 아이를 버려두고 온 듯한 기분이었다. 이제 그들은 알몸뚱이 신세였다. (제6부 2장)

무겁고 어둡기만 한 삶의 무게에 짓눌린 탄광촌 사람들의 일상과 대조되며 초라한 작은 섬처럼 동그마니 한구석을 차지하고 있던 분홍색 상자는 암울한 현실 가운데서도 마지막까지 간직하고자 했던 그들의 한 가닥 꿈과 희망이 아니었을까.

집단의 소설 『제르미날』과 소설 속 갈등 구조

이 소설은 노동자들의 봉기와 사회에 대한 저항, 그로 인해 한순간에 무너져내리는 그 사회의 이야기다. 한마디로 자본과 노동의 투쟁을 그리고 있다. 이 책이 중요한 이유가 바로 거기에 있다. 나는 20세기에 가장 중요한 쟁점으로 대두될 문제(자본과 노동의 투쟁)를 제시함으로써 미래를 예견하는 작품을 쓰고자 한다. _『제르미날』의 구상안 중에서

졸라의 『목로주점』이 출간된 1877년, 모파상, 위스망스, 폴 알렉시스 등과 함께 '자연주의 학파'의 탄생을 알렸던 멤버 중 하나인 앙리 세아르Henry Céard는 1885년 3월, 아르헨티나의 한 일간지에 발표한 글(「군중을 서정적으로 그려낸 소설가에 대한 찬사」)에서 다음과 같은 말로 『제르미날』의 '집단성'을 강조한 바 있다.

소설의 인물들을 살펴보자. 그들은 개인적으로는 하나의 태도에만 매달린다. 그들은 의인화된 행위나 다를 바 없다. 그와 반대로, 군중은 생생하게 살아 있다. 개인이 다소 기계적이라면, 다수는 강렬하고 무서운 삶으로 활기를 띠고 있다.

앙리 세아르의 분석이 보여주듯, 사회적 성장소설, 멜로드라마풍의 소설, 풍속소설, 서사적 소설과 같은 다양한 관점에서 읽히고 분석될 수 있는 소설 『제르미날』은 무엇보다 당시에는 아직 정치철학이나 역사철학에서 언급되는 것 외에는 그 이름조차 갖고 있지 않았던 계급투쟁을 그린 '집단의 소설roman de la collectivité'로 규정지을 수 있다. 자본과 노동, 고용주(자본가)와 노동자로 대변되는 두 세계는 경제적이고 사회적인 분배 시스템 속에서 서로 첨예하게 대립한다. 집단의 소설인 『제르미날』에서 탄광의 프롤레타리아는 계급투쟁의 가장 중요한 역할을 담당한다. 그리고 소설에 등장하는 그 첫번째 대표자인 본모르는 그들의 본질을 고스란히 보여주는 인물이다. 다른 광부들이 겪게 될 운명을 이미 겪었던 그는 100년간 대대로 이어져온 착취와 점점 더 나락으로 떨어지는 삶, 힘겨운 노동에 수반되는 직업병 등을 상징한다. 마외 가족은 남녀와 세대의 구분 없이 더욱더 확대된 또하나의 본모르일 뿐이다.

그들의 작업은 팀 단위로 이뤄지며, 무엇보다 기막힌 것은 도급제를 통해 그들 스스로가 자신들의 착취에 참여하고 있다는 사실이다. 극한의 조건 속에서 사람의 진을 빼놓는 반복적이고 고통스러운 일과에도 불구하고 허기진 배조차 제대로 채울 수 없게 하는 터무니없이 적은 임금, 안전과 생명을 외면하게 만드는 시스템, 강제적인 벌금, 생존에 필요한 모든 것(주거, 난방, 건강 등)을 회사에 의존해야 하는 삶. 탄광은 드뇔랭처럼 합리적이고 인정 많은 고용주조차 해방시킬 수 없는 새로운 노예를 끊임없이 양산해내고 있는 것이다. 착취자와 피착취자 간의 서로 물러설 수 없는 대립 관계는 필연적인 격렬함을 낳고, 정신이 온전치 못한 본모르 영감에 의한 세실(순수성을 대변하는)의 끔찍한 죽음은 군인들의 총에 희생당한 탄광촌 사람들의 죽음 만큼이나 그 비극성을 여실히 보여준다.

자본과 노동, 고용주와 노동자, 착취자와 피착취자로 이뤄진 두 세계는 다양한 긴장 관계 속에서 끊임없이 서로 충돌한다. 질투, 욕망, 돈 문제, 신분 상승의 의지는 광부들 사이에 분열을 야기하며, 부르주아들 사이에서도 크고 작은 자본가(탄광회사/드뇔랭)와 연금 소득자와 투자자(그레구아르/드뇔랭) 사이의 갈등과 대립을 조장한다. 이들 모두는 변하지 않는 두 가지 철칙, 집단은 모든 계층을 막론하고 이익을 추구하는 경제 논리에 의해, 개인은 욕망과 욕구(물질적, 생리적)에 따라 움직인다는 법칙의 지배를 받고 있는 것이다.

여기서 소설의 큰 틀을 형성하는 이데올로기적이고 정치적인 갈등 구조를 살펴보면, 소설 속 인물들은 각자의 이해와 정치적 쟁점에 따라 크게 두 종류의 대립 관계로 나뉜다고 볼 수 있다. 소설의 중심축을 이루는 외적인 갈등은 광부들과 자본가들을 대립시키며, 거기에 광부들 사이(에티엔/라스뇌르)에 우위를 차지하기 위해 다투는 내적인 갈등이 덧붙는 것이다.

에티엔과 샤발이 카트린을 두고 처음부터 본능적이고 즉각적인 적의를 보인 경쟁 관계라면, 에티엔과 라스뇌르는 처음에는 국제노동자협회의 북부연맹 연맹장 플뤼샤르를 둘 다 알고 있다는 인연으로 신뢰에 바탕을 둔 관계였다. 두 사람은 광부들의 지하 세계에 대해 일종의 소외감을 공통으로 느끼고 있었다. 에티엔은 다른 곳에서 온 이방인이며, 라스뇌르는 해고당해 그곳을 떠난 주변인이기 때문이다. 또한 각자 고용주에게 해고당했다는 공통점도 갖고 있다. 따라서 그들은 수바린과 함께 모든 것을 뒤집어엎어야 한다며 이구동성으로 혁명에 대한 바람을 소리 높여 외친다. 정치적 상황에 대한 그들의 분석 또한 서로 유사하며, 이는 계급투쟁에 관한 마르크스의 관점과도 일치한다. 수바린은 이를 다음과 같이 요약한다.

> "임금을 인상한다, 그게 가능할 거라고 생각하나? 임금은 임금철칙설에 따라 생존에 필수적인 적은 금액으로 고정돼 있어. 노동자들이 맨빵만 먹으면서 번식을 하는 데 꼭 필요한 금액만큼만……" (제3부 1장)

하지만 세 사람은 분석과 목표가 같음에도 불구하고 그것을 실현하기 위한 방법론에서 견해 차이를 보인다. 세 사람 각각의 관점을 요약해보면 다음과 같다.

러시아의 급진적인 무정부주의자 바쿠닌의 신봉자를 자처하는 수바린은 어떤 변화도 가능하지 않으며 먼저 모든 걸 부숴버려야 한다고 생각한다. 이 땅에 국가와 정부, 사유재산 그리고 신과 종교 같은 것들이 더이상 존재하지 않도록. 그는 모든 인간은 원죄에 의해 타락했다고 믿는 신비주의자처럼 신성한 혁명을 위한 개별적인 행동만이 가능하며 의미가 있다고 믿고 있다.

혁명과 같은 과격한 방식보다는 현실적인 개혁을 주장하는 가능주의자possibiliste 라스뇌르는 광부들의 파업이 시의적절하지 않다고 역설한다. 파업은 고용주들의 힘을 약화시키는 대신 광부들의 비참한 현실을 더욱더 악화시키다 결국 그들을 파국으로 이끌 뿐이기 때문이다. "그는 늘 그랬던 것처럼 온건한 태도를 견지하자는 주장을 펴나갔다. 단지 법령 몇 개 제정하는 것만으로는 세상을 바꿀 수 없으며, 시간이 흐르면서 점차적으로 세상이 바뀔 때까지 인내하며 기다리는 것이 필요했다." (제4부 7장)

비록 체계적으로 이론을 정립하지는 못했지만 정통파 마르크스주의임을 표방하는 에티엔은 자본가와 부르주아의 횡포를 무너뜨려야만 노동자들이 주인이 될 수 있으며, 그때에야 비로소 사회를 개혁하고 훗날 사회 계급이 사라지는 세상을 만들 수 있을 거라고 주장한다. "우선 그는 자유는 국가를 무너뜨림으로써만 획득된다고 주장했다. 그리하여 민중이 국가를 장악했을 때에야 비로소 개혁이 시작될 수 있는 것이다." (제4부 7장)

하지만 에티엔과 라스뇌르의 이데올로기적인 차이를 넘어서서 그들을 진정으로 대립하게 하고 그들 사이에 경쟁심을 유발하는 것은 광부들의 우두머리가 되고 싶다는 그들의 공통된 야심이다. 그들이 옹호하는 이론들은 어떤 면에서는 인류의 보편적인 행복을 이루기 위한 도구이기보다는 개인적인 야심을 충족시키면서 광부들의 인기를 독차지하기 위한 수단인 셈이다.

두 남자는 이제 냉혹하고 신랄한 적대감이 팽배한 가운데 서로 언성을 높이지도 않았다. 그들은 이제 극단주의로 치달으면서 각자의 속마음과는 달리, 한 사람은 혁명가적인 과격함을, 다른 한 사람은 지나친 신중함을 표방하며 그들 스스로 선택하지도 않은 역할을 강요받는 형국이 되었다. (제4부 4장)

처음에는 그들을 이어주는 역할을 했던 플뤼샤르가 나중에는 그들을 반목하게 하는 요소로 작용하면서 두 사람의 역할이 전도되는 것도 같은 맥락에서 이해할 수 있다. 소설의 시작 부분에서 플뤼샤르에게서 오는 편지를 받은 것은 라스뇌르였지만, 소설의 끄트머리에서 파리로 초대하는 편지를 받은 것은 에티엔이다.

광부들의 파업에 대한 고용주들의 태도 역시 겉보기에는 비슷한 것 같지만 그들 각자의 이해관계와 쟁점은 서로 전혀 다르다. 엔보 씨와 드뇔랭은 광부들과의 대화에서 아버지처럼 자애로운 태도를 보여준다. 그들은 자신들이 부리는 노동자들을 마치 때때로 소란을 피우는 무책임하고 다른 이들에게 악영향을 끼칠 수 있는 문제아들인 양 취급한다. 잘 다독여 올바른 길로 인도해야 하는 대상인 것처럼. 하지만 그와 같은 표면적인 온화함은 그들(엔보/드뇔랭) 각자에게 내재된, 계층의 차이에서 비롯된 폭력성을 감추고 있다. 드뇔랭은 개인적으로 직접 그러한 폭력성을 드러내며, 엔보 씨는 광부들 무리를 진압할 것을 지시받은 군인들에게 그 폭력성을 드러낼 것을 위임한다.

또한 각각 대규모 자본가와 소규모 자본가를 대표하는 엔보 씨와 드뇔랭에게는 파업에 관한 쟁점 또한 각기 다르다. 낡은 갱을 보수하는 데 전 재산을 쏟아부은 드뇔랭은 파업으로 인한 치명적인 결과를 감당하지 못한다. 반면 엔보 씨에게 파업은, 탄광회사 경영진으로부터 파업의 책임을 추궁받아야 함에도 불구하고 회사로 하여금 파산한 드뇔랭의 탄광을 헐값에 인수하게 하는 이점을 포함하고 있다. 따라서 파업의 결과 또한 두 사람에게는 극단적으로 다를 수밖에 없다. 파산을 선언하고 고용주에서 한낱 탄광 주임기사로 전락한 드뇔랭과는 달리 엔보 씨는 레지옹도뇌르 수훈자가 되는 영광을 누리게 된 것이다.

졸라의 『여인들의 행복 백화점』에서 백화점 사장인 옥타브 무레가 경쟁 관계에 있던 소규모 상점들을 모두 파산에 이르게 해 먹어치운 것처럼, 몽수 탄광회사는 궁지에 몰린 드뇔랭의 탄광을 여유롭게 집어삼킨 것이다. 우리는 여기서 졸라의 작품들을 관통하며 곳곳에서 발견되는 거대한 이데올로기적 구조, 살찐 자와 마른 자의 대립을 또다시 발견할 수 있다. 이는 살찐 자와 마른 자, 먹는 자와 먹히는 자의 단순한 비유로 치환되는 궁극적인 사회문제의 제기인 것이다. '돈으로 이뤄진 산'이라는 의미의 몽수Mont-sou 또한 그 돈이 있게 한 이들은 결코 그 돈을 소유하지 못한 채 언제나 굶주리고 고통스러운 삶을 이어가는 현실을 역설적으로 말해준다. 땅속 깊은 곳에서 영원히 불타는 소돔과 같은 르 타르타레는 영원한 봄의 낙원, 부르주아들의 안락한 삶을 상징하는 라 코트베르트를 위해 자신의 삶을 희생하는 노동자들의 비참하고 힘겨운 현실을 무엇보다 상징적으로 보여준다. 하지만 이는 동시에 아래위로 맞붙어 있으면서 언제 폭발할지 모르는 아슬아슬하고 불안한 삶을 살아가는 이들 두 집단의 불공평하고 극단적인 공생을 말해주기도 한다.

『제르미날』의 사회주의 소설 또는 노동자 소설로서의 측면이 강조되다보면 연애소설로서의 면모가 가려지고 간과되기 쉽다. 주인공 에티엔의 애정사가 그의 내력에서 다소 모호한 부분을 차지하긴 하지만, 그와 카트린 사이의 감정적인 교류는 소설에 지극히 소설적인 뉘앙스를 부여하며 소설을 이끌어가는 중요한 동력으로 작용한다. 도처에 성적인 문란함이 넘쳐나고 노골적인 섹스가 아무런 문제가 되지 않는 상황 속에서 에티엔/카트린 커플의 '순수성'은 더욱 두드러진다. 카트린이 샤발에게 처녀성을 빼앗긴 듯 보이지만 사실 샤발은 '진정한' 여자로서의 카트린을 소유하지는 못했다. 아직 생리를 시작하지 않아 신체적으로 미성숙한 소녀나 다름없었던 카트린은 마치 하나의 죽음이 또다른 하나의 생명을 탄생시키듯 시위 현장에서 아버지 마외가 군인의 총에 맞아 숨지던 날 생리를 시작한다. 그리고 카트린을 진정한 여인으로 다시 태어나게 한 두 남녀의 육체적인 결합은 소설의 파국이 닥칠 때까지 계속 미뤄진다.

『제르미날』의 소설적 구성에서 주목할 또 한 가지는 여러 등장인물들에게서 발견되는 다양한 삼각관계다. 에티엔은 샤발에게 질투를 느끼고 카트린이 그와 함께 있는 것에 고통받는다. 엔보 역시 자기 아내와 네그렐의 관계를 알아채고는 몹시 고통스러워한다. 이처럼 에티엔-카트린-샤발 이 세 사람이 이루는 삼각관계는 이들뿐만 아니라 다른 등장인물들 사이에서도 종종 발견된다. 카트린-에티엔-라 무케트, 엔보-엔보 부인-네그렐, 세실-네그렐-엔보 부인, 피에롱-라 피에론-당세르, 르바크-라 르바크-부틀루. 그리고 에티엔-카트린-샤발의 관계를 연상시키는 아이들 버전인 베베르-리디-장랭이 있다.

베베르와 리디는 그 죽음의 순간마저도 캄캄한 갱 속에서 죽음의 순간에야 비로소 하나가 되는 에티엔과 카트린의 관계를 떠올리게 한다. 대부분의 연애소설과 멜로드라마풍의 대중소설에서 으레 등장하는 이러한 삼각관계가 『제르미날』에서 전체적인 구성의 한 축을 담당하면서 중요한 의미론적 요소로 작용한다는 사실은 이 소설이 다양한 소설적 글쓰기의 기법을 충실히 따르고 있음을 보여주는 것이다. 이는 『제르미날』이 자연주의를 표방하는 '루공마카르 총서'의 하나라는 사실이 소설의 다양성과 다의성을 가리거나 간과하게 해서는 안 된다는 것을 보여주는 하나의 예일 것이다.

자본가와 노동자 두 집단의 극렬한 대립과 정치적, 사회적 갈등의 중심에는 가장 근본적이고 절실하며 깊은 곳(마음속과 땅속)으로부터 울려퍼지는 외침이 자리하고 있다. "빵을 달라! 빵을 달라! 빵을 달라!"가 그것이다. 제르미날의 열두번째 날, 배고픔과 굶주림이 일으킨 반란의 기억이 재현되는 것이다. 『제르미날』에서 탄광은 인간을 집어삼키고, 인간은 인간을 먹어치운다. 조상 대대로 대물림되는 배고픔의 고통과, 끊임없이 음식을 찾아나서는 광부들과 호사스러운 식탁의 향연을 즐기는 부르주아들의 대립은 그 자체만으로도 이 소설을 정의하기에 충분하다. 탄광회사 사장 엔보가 "하지만 따지고 보면, 이렇게 된 게 어디 우리 잘못인가요? 우리도 크나큰 타격을 입은 피해자란 말입니다, 저들과 마찬가지로요…… 공장이 하나둘씩 문을 닫는 바람에 캐낸 석탄을 어디 팔아먹을 데가 있어야죠. 수요가 없으니 어쩔 수 없이 생산원가를 낮출 수밖에요…… 그런데 노동자들은 그런 상황을 이해하려 들지를 않으니 참으로 답답한 노릇 아니겠습니까"라고 하소연하는 동안에도 그들의 식탁에는 송어 요리와 구운 자고새 새끼 고기, 가재 요리, 구운 사과 샤를로트와 파인애플 디저트가 차례로 등장하며 참석자들의 입맛을 돋운다. 카트린이 꼭두새벽에 일어나 빵 한 조각으로 네 사람분의 점심을 만드는 동안, 세실은 그레구아르 부부의 애정 어린 눈길 아래 늦잠을 잔다. 또한 라 마외드가 굶주린 아이들을 이끌고 돈을 구걸하기 위해 그레구아르의 집을 찾아갔을 때 그들에게 돈 대신 옷가지와 브리오슈 한 조각씩을 건네는 세실은 굶주림을 호소하는 민중에게 "빵이 없으면 브리오슈를 먹으면 되겠네요!"라고 했다는(근거 없는 소문이라고는 하지만) 마리 앙투아네트의 에피소드를 떠올리게 하면서, 결코 메워질 수 없는 두 집단 사이의 간극을 희비극적으로 여실히 보여주고 있다.

서사적 소설 『제르미날』 속의 신화적, 종교적 요소

졸라와 동시대의 작가이자 비평가인 쥘 르메트르는 1885년 3월에 한 잡지에 발표한 글에서 졸라에게 "새로운 호메로스"라는 찬사를 보냈다. 그는 『제르미날』의 소설적 기술技術에 대해 언급하면서 졸라를 '서사시인'으로 규정지었다. 소설의 긴 이야기가 서사시의 주요한 특징들을 잘 보여주기 때문이다. 이에 졸라는 1885년 3월 14일에 쥘 르메트르에게 보낸 편지에서 자신의 작품에 대해 "인간의 동물성에 관한 염세적 서사시……"라고 표현한 것에 기꺼이 동의한다고 밝혔다.

단 졸라는 '동물성'이라는 말의 의미를 분명히 밝혀두고자 했다. "당신은 인간의 머리에 중점을 두고 얘기하지만, 나는 인간의 모든 기관을 염두에 두고 있음을 알아야 할 것입니다."

『제르미날』에는 사실을 신화적인 영역까지 끌어올리는 과장법과 다양한 메타포와 제유법 등의 수사학적인 소설 기법, 서사시의 장르적 특징인 대의大義와 영웅, 공동체, 비현실적이거나 초자연적인 표현 등이 고루 등장하면서 역사적인 사건이나 진지한 주제를 장중한 문체로 서술하는 한 편의 긴 이야기 시를 떠올리게 한다. 하지만 『제르미날』에는 과거의 서사시에 등장하던 비현실적이거나 초자연적인 것들이 철저하게 현대성을 띠면서 기계와 갱이 생명을 부여받고 동물화되며, 더 나아가 의인화되기도 한다. 기계를 무시무시한 괴물에 비유하는 메타포는 소설 곳곳에서 발견된다.

> 계곡의 움푹 팬 곳에 벽돌로 납작하게 만들어 굴뚝을 위협적인 뿔처럼 우뚝 세우고 있는 수갱은 세상을 집어삼키기 위해 그곳에 웅크린 채 기다리는 탐욕스러운 짐승처럼 음험해 보였다. (제1부 1장)

> 괴물의 거친 숨결처럼 펌프가 끊임없이 쌕쌕거리며 증기를 길게 뿜어내는 것까지. (제1부 1장)

수바린이 르 보뢰 탄광을 파괴했을 때, 기계는 마치 살아 있는 거대한 생물체처럼 처절하게 마지막 사투를 벌이다가 끝내 땅속으로 빨려 들어가며 비장한 최후를 맞이한다. 한편 탄광은 그 이름(Voreux)이

가리키듯 탐욕스러움(voracité)을 드러내며, 마치 크로노스가 자기 자식들을 잡아먹은 것처럼 광부들을 가차없이 집어삼킨다. "아득히 먼 곳, 성소 깊숙이 몸을 숨긴 채 굶주린 이들의 피와 살로 배를 채우던 무시무시한 괴물 같은 우상, 미지의 신"(제7부 6장), 어린 시절 두려움에 떨게 했던 동화 속 식인귀의 모습을 닮은 탄광은 그들에게 두려움과 함께 종교적인 경외감마저 불러일으키는 것이다.

> 갱도는 (…) 왕성한 식욕으로 인간 가축들을 집어삼켰다. 결코 달래지지 않는 허기를 드러내며, 세상 사람들 모두를 소화하고도 남을 것 같은 거대한 창자를 끊임없이 꿈틀대면서. (제1부 3장)

> 그 괴물은 탐욕스러운 배를 채우고 미지의 성소 깊숙한 곳에서 우상처럼 나른하게 웅크리고 있었다. (제6부 1장)

이처럼 『제르미날』에는 종교적인 비유와, 괴물 미노타우로스와 미궁(라비린토스), 지옥과 같은 신화적인 은유가 곳곳에 포진해 있어 소설에 서사적 색채를 부여한다. 광부들은 자신들에게 적대적인 세상에서 발버둥치는 인간과 짐승의 중간쯤 되는 존재로 그려지고 있다. 땅속에 있을 때 그들은 곤충과 다를 바 없다.

> 탄광은 결코 쉬는 법이 없었다. 사탕무밭 600미터 아래 땅속에서는 인간 곤충들이 밤낮으로 쉬지 않고 바위를 뚫고 있었다. (제1부 6장)

르 보뢰 탄광은 '깊은 땅속에 납작 웅크린 음험한 짐승'과도 같고, 갱과 광부들 사이에서는 거의 동물적인 싸움이 이어진다. 소설의 마지막 부분에서, 무너져내린 갱 속에 갇힌 카트린과 에티엔은 무서운 짐승에게 쫓기는 듯한 두려움을 느낀다. 르 보뢰 탄광을 '죽여 없애고자' 했던 수바린의 테러 행위는 마치 인간과 살아 있는 거대한 짐승 사이의 대결처럼 그려지고 있다(제7부 2장).

탄광은 캄캄한 갱도가 끝없이 이어지는 진정한 미궁이다. 탄광-미궁의 메타포는 소설 곳곳에서 반복되면서 미노타우로스의 신화를 연상시킨다. 명장名匠 다이달로스는 해마다 소년과 소녀를 일곱 명씩 제물로 잡아먹는 반인반우半人半牛의 괴물 미노타우로스를 가두기 위해 미궁을 지었다. 졸라의 펜 끝에서 탄광-미궁은 인간의 살로 배를 불리는 르 보뢰라는 괴물의 소굴로 탄생했다. "탐욕스러운 갱은 하루치 식량인 700명에 가까운 광부들을 집어삼켰다."(제1부 3장) 탄광은 '신비스러운 성소에 몸을 감춘 채 굶어죽어가는 사람들의 정기를 빨아 자기 배를 불리는, 노동자는 한 번도 본 적 없는 익명의 신', '인간의 살로 자신의 배를 채우는 괴물 같은 우상', 자본이라는 신을 섬기는 현대판 미노타우로스인 것이다. 탄광은 미노타우로스가 갇혀 있던 미궁처럼 가차없이 광부들을 치명적인 운명 속으로 몰아넣는다. 그곳에는 땅속 깊은 곳에서 타고 있는 불과 가연성가스에 오염된 공기, 언제라도 갱도를 집어삼킬 것만 같은 물, 그리고 인간의 육체를 집어삼키고자 하는 자본이라는 신이 모습을 감춘 채 그들을 기다리고 있다. 노동자들은 그러한 신의 야만성과 신의 숭배를 위한 인간의 희생에 분노하며 다 함께 들고일어나게 될 것이다.

하지만 우상의 전복은 고대 신들의 복수를 불러일으킨다. 신들은 폭우와 불로써 자신에게 반기를 든 인간을 벌한다. 공기와 불이 결합해 일어나는 갱내 가스의 폭발은 끊임없이 광부들의 목숨을 위협하며 두려움을 안겨준다. 그중에서도 그들을 결정적으로 죽음에 이르게 하는 것은 물이다. 『제르미날』에서 물은 무엇보다 은밀하고 지속적이고 사악한 홍수와 폭우의 형태로 등장하며 느닷없이 불가항력적인 공포를 유발한다. 수바린이 무너뜨린 갱 속에 갇힌 에티엔과 카트린이 점차 수위가 높아지는 물에 생명을 위협받는 장면은 소설 속에서 물이 야기하는 극단적인 공포를 잘 드러내 보여준다. 처절한 갈증과 굶주림에 시달리던 카트린이 샤발의 시신이 떠다니던 물을 마시고 기겁하는 장면은 '로망 누아르roman noir'의 한 장면을 연상시킨다.

가장 살인적인 모습을 드러내는 물과는 달리 불은 소설 속에서 가장 원초적이고 중요한 자연력의 하나이자 이중성을 띤 모습으로 나타난다. 사람들을 먹여주고 몸을 덥혀주며 생명의 유지에 없어서는 안 되는 불은 광부들에게는 그 모든 것이자 동시에 언제나 위협적인 존재로 탄광 깊은 곳에 웅크리고 숨어 있다. 그중에서도 "땅속 깊은 곳에 있는 소돔과 같은 그곳", "지옥 깊은 곳"으로 묘사되는 르 타르타레는 마치 다모클레스의 검처럼 늘 존재하는 폭발의 위협을 상징적으로 잘 보여주는 곳이다.

자연주의 작가로 구분되기 이전에 리얼리즘 소설의 전통을 충실히 따르고 있는 졸라는 현실을 반영하는 자료로서의 역할과 가치를 소설에 부여하고 있다. 숱한 관찰을 바탕으로 한 치밀한 묘사와 작가의 상상력이 합쳐져 하나의 작품이 탄생하는 것이다.

『제르미날』은 무엇보다 리얼리즘 소설의 면모를 다분히 지니고 있다. 제1부의 1장과 2장은 소설적 구성을 넘어서서 광부들의 (땅속과 탄광촌에서의) 삶에 관한 다큐멘터리, 혹은 르포르타주로 보아도 부족함이 없다. 앞에서도 언급한 바와 같이, 광부들의 작업 과정과 에티엔이 그 모든 것들을 하나둘씩 알아가는 과정 모두가 졸라가 앙쟁에 머무는 동안 기록했던 노트를 근거로 매우 상세하고 치밀하게 그려지고 있기 때문이다. 마외 가족을 비롯해 탄광촌 사람들의 삶에 관한 묘사 역시 작가가 직접 만났던 광부 가족들의 실제 삶에 작가적 상상력이 더해져 탄생한 것이다. 졸라는 그들의 일상(식사, 목욕 등)과 대화, 놀이, 축제 등을 세밀하게 관찰하고 기록한 것을 소설에 반영했다. 파업과 직접적으로 관련된 장면(제6부 5장) 역시 그가 신문에서 읽었던 실제 사건들과 라 리카마리와 오뱅 탄광에서 실제로 벌어졌던 일들을 참고해 재구성한 것이다.

이와 같이 진실인 것처럼 보이게 하는 디테일한 묘사는 『제르미날』이 1866년 당시 광부들의 삶을 매우 충실하게 그려냈다는 데 그 누구도 이견을 제시할 수 없게 했으며, 소설의 집필과 시대 배경이 이십년 가까이 차이가 나는데도 불구하고 평소 졸라가 보여주었던 의도적인 시대착오적 표기에 대한 비평가들의 비판도 피해갈 수 있게 했다. 하지만 이야기의 놀라운 사실성만으로는 이 소설의 엄청난 성공과, 대중적인 성공을 넘어서서 『제르미날』이 계급투쟁과 사회적인 부당함을 상징하는 소설이 되게 하고, 위스망스가 작가에게 보낸 찬사의 편지에서 『제르미날』을 "짙은 어둠의 애가哀歌"로 명명하게 만든 사실을 모두 설명할 수는 없을 것이다. 졸라의 작품을 대하는 많은 이들이 간과하기 쉬운 것은, 과학적인 정신(유전법칙)에 기반을 두고 한 시대의 증인이 되고자 했던 작가에게 있어서 자료적인 가치에 부여하는 중요성이 예술가로서의 창조와 상상력을 반드시 앞서는 것은 아니라는 사실이다. "내가 세상을 바라보고 관찰하는 것은 새로운 창조를 위한 것이지 그대로 모방하기 위한 것이 아니다"라고 천명한 졸라의 말대로, 그의 작품은 철저한 조사와 관찰의 흔적과 함께 세상에 대한 심오하고 시적인 접근과 삶에 대한 웅대한 비전을 담고 있다. 이러한 졸라의 창작관을 다음보다 더 잘 응축해 보여주는 말은 없을 것이다.

> 나는 진실의 범주 안에서 거짓말을 합니다. 사실적인 디테일을 확대하여, 정확한 관찰의 도약대 위에서 별들을 향해 뛰어오르게 하는 것입니다. 그 순간, 진실은 날갯짓을 하며 하나의 상징이 되어 날아오르는 것이지요. _1885년 3월 22일, 앙리 세아르에게 보낸 편지 중에서

또한 『제르미날』이 혁명을 부추기기 위해 쓰인 소설이었는지에 대해서는 좀더 신중하게 따져볼 필요가 있다. 졸라는 1885년 12월 11일,

『제르미날』의 연재를 위한 서문을 써줄 것을 요청하는(검열 결과를 완화시키기 위해) 노르망디의 한 일간지(〈르 프티 루아네*Le Petit Rouennais*〉) 편집장에게 보낸 편지에서 다음과 같이 이야기한 바 있다.

(…) 그렇다면 안심해도 될 것입니다. 나는 이미 이야기했던 것을 반복해 말할 수 있습니다. 『제르미날』은 연민에 바탕을 둔 작품이지 혁명을 위한 작품이 아닙니다. 내가 원한 것은 이 세상의 행복한 사람들에게, 주인인 사람들에게 이렇게 외치는 것입니다.

"조심하십시오, 땅 아래를 내려다보십시오. 그곳에서 일하며 고통받는 저 가엾은 이들을 똑바로 직시하길 바랍니다. 어쩌면 아직은 결정적으로 대재앙이 닥치는 것을 막을 수 있을지도 모릅니다. 하지만 서둘러 공정함을 행하십시오. 그렇지 않으면 머지않아 닥칠 파국을 피할 수 없을 것입니다. 땅이 갈라지고, 인류 역사상 가장 끔찍한 혼란이 야기되어 모든 나라들이 땅속으로 빨려들어가게 될 테니 말입니다."

(…) 이 땅의 노동자 여러분, 부디 이 소설을 읽기 바랍니다. 그리하여 여러분 모두가 연민과 정의를 부르짖게 될 때 나는 내 소임을 다하게 될 것입니다.

그렇습니다, 내가 바라는 유일한 소망은 연민의 외침과 정의의 외침이 이 땅에 울려퍼지는 것입니다. 만약 땅이 계속 갈라져 예고된 재앙이 내일 세상 사람들을 두려움에 떨게 한다면, 그건 그들이 내 말을 귀담아듣지 않았기 때문일 것입니다.

마르크스주의자들은 오랫동안 졸라의 이와 같은 태도를 비난했다. '혁명'과 반대되는 '연민'을 문제삼은 것이다. 그의 연민은 소설에서 자연주의 이론이 부여하는 '조서調書'로서의 효력을 박탈할 뿐 아니라, 소설가가 노동자들의 운명에 느끼는 공감의 한계를 보여준다는 게 그 이유였다. 작가가 그들에게 연민을 느끼는 것은 그가 노동자들과 같은 세상에 속해 있지 않기 때문이라는 것이다.

또한 『제르미날』에서는 혁명을 위한 프로파간다풍의 소설 공식에 종종 등장하는 '이원론(흑백논리)'을 찾아볼 수 없다는 사실에도 주목해야 한다. 광부들이 살아가는 탄광촌은 정의롭게 살아가는 올바른 사람들만이 모여 있는 선한 이들의 집합소처럼 그려지고 있지 않을 뿐 아니라, 소설 속 부르주아들도 단선적이지 않은 다양하고 복잡한 모습들을 보여준다. 예를 들어 드뇔랭은 돌처럼 차가운 심장을 가진 냉혈한과 같은 이기적인 고용주가 아니다. 그는 무능력하거나 게으르지도 않으며, 합리적인 말로 자신이 부리는 노동자들을 설득하려 애쓰는 모습을 보여주기도 한다. 그는 노동자들이 착취당하고 있음을 알고 있으며 그들을 경멸하지도 않는다.

반면 연금 소득만으로 살아가는 그레구아르 가족은 마치 먹고 자는 것 외에는 아무것도 하지 않는 식객이나 사회의 기생충 같은 존재로 그려진다. 그들은 아무것도 부족한 게 없는 안락한 자신들만의 세상에 틀어박힌 채 바깥세상이 어떻게 돌아가는지에 대해서는 전혀 관심도 없고 제대로 알지도 못한다. 그들이 노동자들에게 베푸는 자비(브리오슈와, 발이 뒤틀린 본모르 영감에게 주려던 커다란 구두와 같은)는 두 세상 사이의 괴리와 간극을 더욱더 여실히 보여줄 뿐이다. 순진

무구함의 상징인 세실이 그녀의 부모가 누리는 부를 위해 착취당한 희생자를 대표하는 본모르 영감에게 목이 졸려 살해되는 장면은 두 계층 간 계급투쟁이 내포한 비극성을 극적으로 보여준다. 처녀의 새하얀 목덜미를 조르는 노인의 시커멓고 억센 손을 떠올려보라!

엔보의 가족사는 부도덕하고 방종한 부인과, 부인을 여전히 사랑하고 갈망하면서도 채워지지 않는 욕망으로 고통받는 엔보의 질투와 좌절로 얼룩져 있다. 심지어 세실의 죽음으로 인해 네그렐과 아내의 연인 관계가 유지될 수 있다는 사실이 엔보에게는 한 가닥 희망으로 여겨질 정도다.

게다가 소설 속에서 '혁명적인' 인물로 그려지는 에티엔과 라스뇌르, 수바린과 플뤼샤르 등도 모두 저마다의 단점과 결함을 지니고 있다. 여기서 한 가지 주목해야 할 것은, 제르베즈의 아들 에티엔의 유전적인 결함(알코올중독과 그로 인한 살인 충동)이 잠깐 언급되긴 하지만 『제르미날』에서는 그 부분이 아주 미약하게 다뤄진다는 점이다. 졸라는 점차 혁명 투사로 변화하는 에티엔에게 자연주의적인 법칙을 투영하는 대신 제르베즈에게 자크 랑티에라는 또다른 아들(『인간 짐승』의 주인공)을 만들어내어 그에게 동물적인 살인 충동을 물려주는 방법을 택했다.

졸라의 작가적인 연민이 당시의 민중과 거리를 둔 것에서 비롯되었다는 마르크스주의자들의 주장에 동조하기도 어렵거니와, 부르주아들과 마찬가지로 인간적인 욕망과 장단점을 고루 지닌 민중, 살아 움직이는 생생한 민중의 모습을 그려냄으로써(이는 민중을 지나치게 이상적이고 선한 인물의 전형으로 그린 러시아의 사회주의 리얼리즘 작가들과 대조된다) 더없이 사실적인 작품을 완성해낸 졸라의 작가적 역량을 '반反혁명성'과 같은 맥락에서 판단해서는 안 될 것이다. 이는 한 작품의 크기와 깊이는 집필 과정에서 작가의 공언된 의도를 얼마든지 넘어서거나 변화할 수 있음을 간과하는 것일 터이다.

『제르미날』이 출간되던 해에 세상을 떠난 빅토르 위고의 『레미제라블』에서 앙졸라와 마리우스가 친 바리케이드는 비참한 민중들을 위한 것이 아니었다. 비록 투쟁하는 과정에서 노동자들과 가브로슈가 공화국을 위해 목숨을 잃긴 하지만 그 투쟁은 "공화국 만세! 자유 만세!"라고 외치는 이데올로기적 혁명을 위한 것이었다. 하지만 『제르미날』의 광부들은 자유와 공화국 같은 이데올로기가 아니라 굶주리지 않을 권리를 위해 싸운다. 황제와 황후의 초상화가 그들의 벽을 장식하고 있다는 사실이 그들에게 빵과 석탄을 가져다주지는 않기 때문이다. 작가로서의 뛰어난 예지력을 지녔던 졸라는 그들의 투쟁과 불행을 통해 "20세기에 가장 중요한 쟁점으로 대두될 문제"인 "자본과 노동의 투쟁"을 예고하고 있는 것이다. 그리고 졸라의 예언이 옳았음을 역사가 입증하고 있다. 정작 『제르미날』에는 '계급투쟁'이라는 말이 단 한 번도 등장하지 않지만, 졸라의 예언대로 20세기에도, 그리고 오늘 우리가 살아가는 21세기에도 '자본과 노동의 투쟁'은 여전히 현재진행형으로 계속되고 있다. 오늘날 수많은 사람들의 불행을 야기하는 것은 알코올중독이나 살인 충동과 같은 유전법칙에 따른 결함이 아니라 사회의 구조적인 모순과 불합리성, 자본에 의한 노동의 착취 등이라는 사실을 누구도 부인하긴 힘들 것이다.

『목로주점』이 노동자들의 비참한 삶과 실상을 날것 그대로 생생하게 보여준 최초의 민중 소설이라면, 『제르미날』은 졸라 이전에는 그 누구도 관심을 두지 않았던 노동자계급을 주인공으로 내세운 최초의 소설이자 유일한 소설이다. 게다가 졸라 이후에도 진정으로 민중을 이야기한 작가가 어디 있었던가? 이에 프랑스의 사회주의운동가였던 폴 라파르그Paul Lafargue는 "그가 한 것을 시도한 것만으로도 졸라는 현대문학에서 예외적인 특별한 위치를 차지하기에 충분하다"고 논평한 바 있다.

『제르미날』은 자본에 대한 논고이고, 노동자계급을 위한 변론이며, 계급투쟁을 그린 소설이다. 졸라는 고통받는 이들에 대한 깊은 연민으로, 카트린과 자샤리와 라 마외드와 세상의 모든 마외를 위해, 그리고 "오랫동안 고통받아왔으며 행복을 추구할 권리가 있는 인류의 이름으로"(「나는 고발한다...!」 중에서) 21세기인 오늘날까지도 위대한 소설로 손꼽히는 데 조금도 부족함이 없는 작품을 우리에게 남겼다. 의도적이거나 의식적이 아니었다 하더라도 『제르미날』로 인해 졸라는 20세기와 21세기를 대표하는 혁명적인 작가의 선두에 서게 되었다. 그가 훗날 드레퓌스 사건에서 온몸과 마음으로 외쳤던 진실과 정의의 싹이 『제르미날』에서 이미 움트고 있었음을, 진실과 정의보다 더 위대하고 폭발적인 혁명은 없음을 역사가 입증하고 있는 것이다. 『제르미날』은 땅속 깊은 곳에서부터 움트는 희망의 찬가이며, 지금보다 더 나은 세상을 위한 혁명의 노래인 것이다.

『제르미날』은 1989년 국내에서 처음 번역된 뒤로 여러 출판사를 거치다가 1990년대 초 출간을 마지막으로 절판되었다. 따라서 무려 25

년 만에 재번역되어 다시 세상 빛을 보게 된 것이다. 방대한 작품인 『제르미날』은 번역에도 많은 시간이 걸렸으며, 책이 출간되기까지 또 다시 오랜 시간을 기다린 끝에 마침내 독자들과 만날 수 있게 되었다. 오랫동안 책은 정작 구할 길도 없고 읽지도 못한 채 작품에 대해 이야기한 글만 읽느라 답답함과 갈증을 느낀 독자들이 적지 않으리라 생각한다. 『제르미날』의 출간을 준비하는 동안, 도서관과 중고서점에서 어렵게 오래전 책을 찾아 읽고 올린 몇몇 독자의 리뷰를 접하면서 하루속히 그들에게 반가운 소식을 전하고 싶었다. 역자에게 번역가로서의 커다란 보람과 의미를 느끼게 해준 이 위대한 소설이 독자들에게도 오래도록 가슴을 울리는 의미 있는 책으로 남을 수 있기를 바란다. 또한 오랜 시간 함께하며 이 위대한 소설이 다시 세상에 나올 수 있게 해준 문학동네 편집부의 노고에 깊이 감사드린다.

박명숙

루공마카르 가문의 계통수

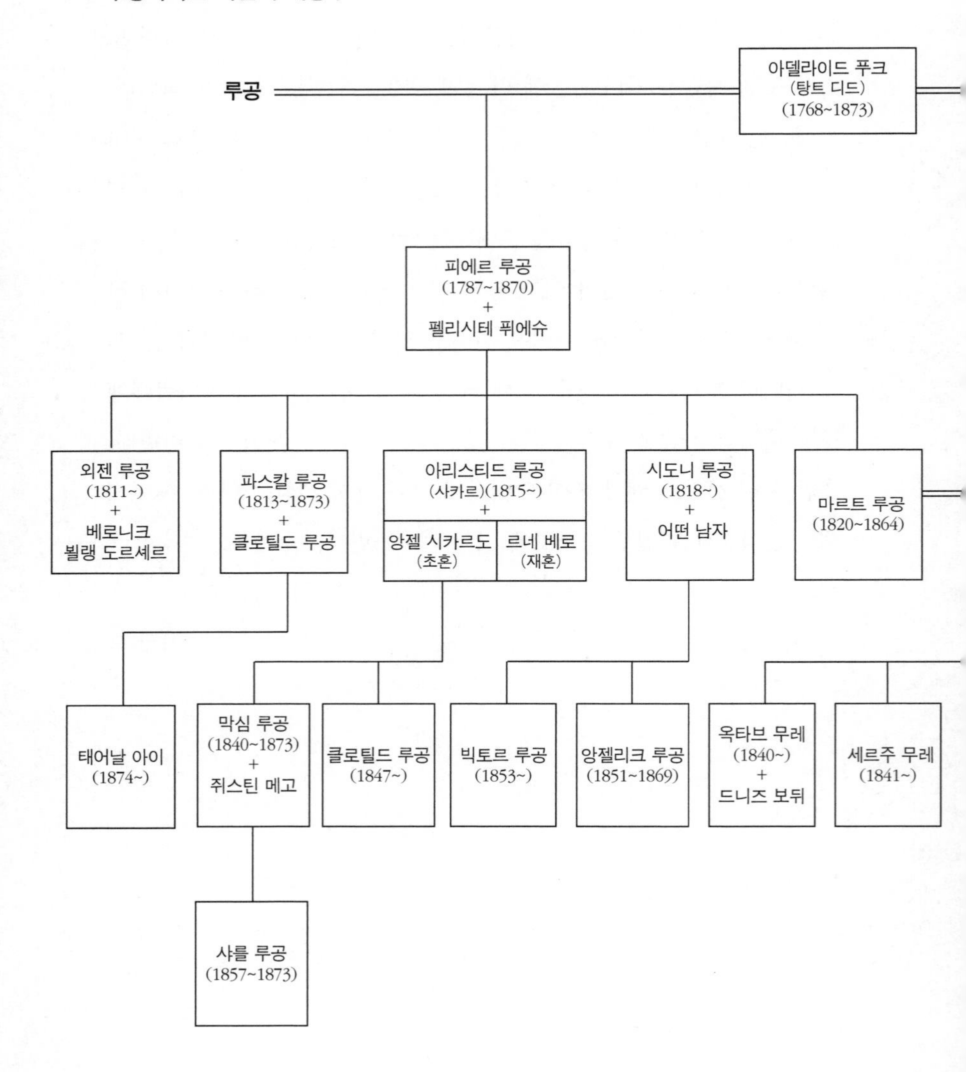

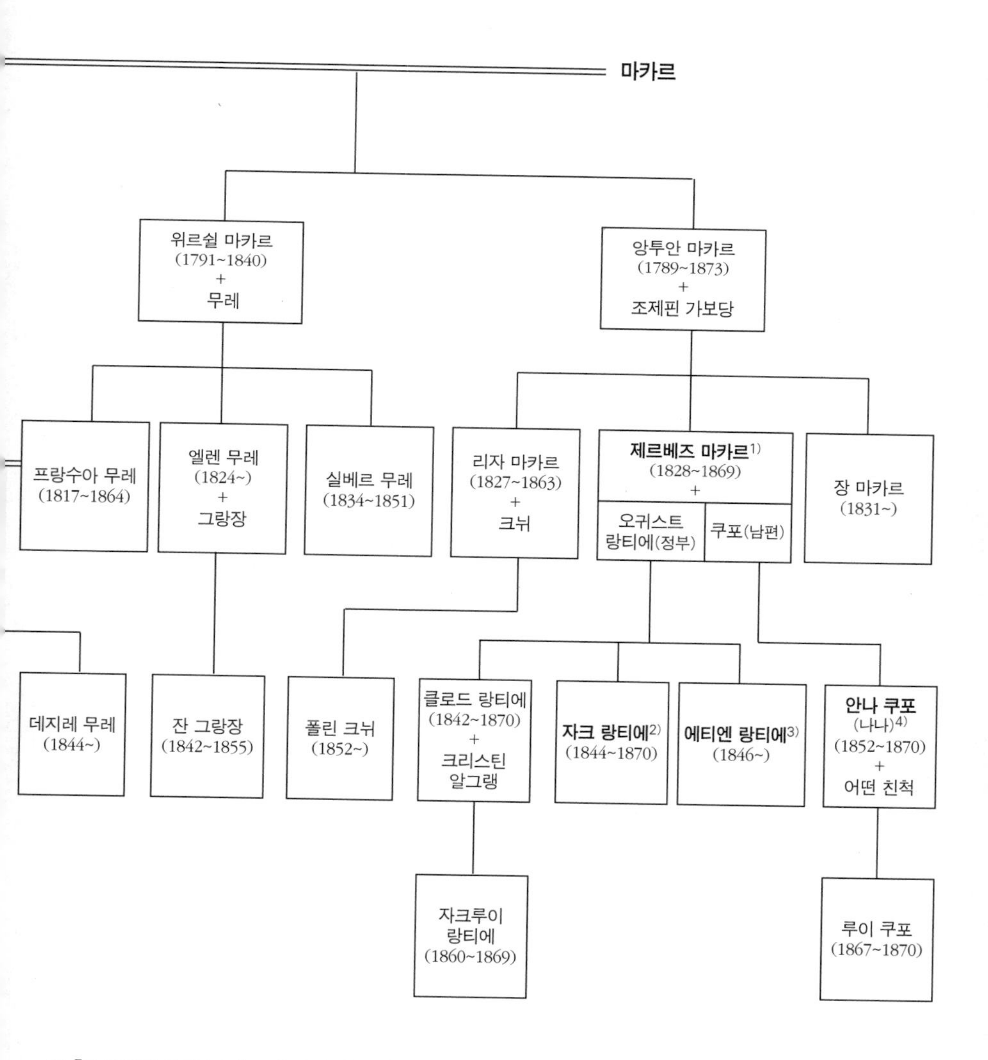

1) 『목로주점』(루공마카르 총서 7)의 주인공. 클로드와 자크, 에티엔 랑티에, 나나의 어머니.
2) 『인간 짐승』(루공마카르 총서 17)의 주인공. 제르베즈 마카르와 오귀스트 랑티에의 아들.
3) 『제르미날』(루공마카르 총서 13)의 주인공. 제르베즈의 아들이자 클로드와 자크의 동생.
4) 『나나』(루공마카르 총서 9)의 주인공. 제르베즈와 쿠포의 딸. 클로드, 자크, 에티엔의 동복 동생.

에밀 졸라 연보

1840년 4월 2일, 파리에서 이탈리아계 토목기사인 프랑수아 졸라와 에밀리 졸라 사이에서 출생.

1843년 가족과 함께 엑상프로방스로 이사. 아버지가 댐과 도수로 건설 공사를 맡음.

1847년 아버지가 폐렴으로 사망. 극심한 생활고에 시달림.

1848년 기숙사에서 마리우스 루, 필리프 솔라리(훗날 각각 저널리스트와 조각가가 됨)와 친구가 됨. 2월혁명으로 루이 필리프의 7월 왕정이 종식되고 제2공화국이 수립됨. 루이 나폴레옹 보나파르트가 프랑스 최초의 대통령으로 선출됨.

1851년 12월 2일, 루이 나폴레옹 보나파르트가 황제가 되기 위해 쿠데타를 일으킴.

1852년 엑상프로방스의 부르봉 중학교에서 장 바티스탱 바유와 폴 세잔을 알게 됨. 1852년부터 1857년까지 위고와 뮈세에 심취함. 12월 2일, 제2제정이 선포되고 루이 나폴레옹 보나파르트가 나폴레옹 3세가 됨.

1853년 1853년부터 1869년까지 파리 지사知事 오스만이 오늘날 파리 모습의 근간을 이룬 대대적인 도시 정비 사업을 단행함.

1858년 어머니와 함께 프로방스를 떠나 파리에 정착. 생루이 고등중학교에서 학업을 계속함. 가난으로 어려운 시절을 보냄. 바유, 세잔과 편지를 주고받음.

1859년 8월과 11월에 연이어 바칼로레아(대학 입학 자격시험)에 실패한 후 학업을 포기.

1860~1861년 일거리를 찾지 못해 절망에 빠짐. 세잔과 함께 화가들과 친분을 쌓음. 몰리에르, 몽테뉴, 셰익스피어, 상드, 미슐레 등을 탐독함. 1861년 프랑스 국적을 취득함.

1862년 아셰트 출판사의 발송 부서에 취직함.

1863년 신문에 처음으로 콩트와 기사를 발표. 저널리스트로서의 활동을 시작함.

1864년 아셰트 출판사의 홍보 책임자가 됨. 스탕달과 플로베르에 심취함. 사실주의 작가들, 화가들과 가깝게 지냄. 『니농에게 주는 이야기*Contes à Ninon*』 발표. 런던에서 최초로 '국제노동자협회'가 결성됨.

1865년 리옹의 〈르 프티 주르날〉과 〈르 살뤼 퓌블리크〉에 정기적으로 사설을 기고함. 최초의 자전적 중편소설 『클로드의 고백*La Confession de Claude*』 발표. 희곡 습작을 함. 훗날 아내가 된 가브리엘 알렉상드린 멜레를 처음 만남.

1866년 아셰트 출판사를 그만두고 전업 작가로 살아가기로 함. 시사평론가, 수필가, 평론가로 활발히 활동하며 미학적 신념을 펼침. 〈레벤망〉의 사설에서 마네를 옹호함. 평론집 『나의 증오*Mes Haines*』와 예술평론집 『나의 살롱*Mon Salon*』, 소설 『죽은 여인의 소원*Le Voeu d'une morte*』 발표. 세잔을 비롯한 화가들과 벤쿠르에 머무름.

1867년 최초의 자연주의 소설 『테레즈 라캥*Thérèse Raquin*』과 연재소설 『마르세유의 신비*Les Mystères de Marseille*』 발표. 센강 좌안의 바티뇰에 정착함.

1868년 서문이 추가된 『테레즈 라캥』의 재판 출간. 소설 『마들렌 페라*Madeleine Férat*』 발표. 공화파 신문 〈라 트리뷘〉에 기고. 샤를 르투르노의 『정념의 생리학*La Physiologie des passions*』과 프로스페르 뤼카스 박사의 『자연 유전의 철학적·생리학적 개론*Traité philosophique et physiologique de l'hérédité naturelle*』을 읽음(여기서 훗날 '루공마카르 총서'의 마지막 권 『의사 파스칼*Le Docteur Pascal*』의 영감을 얻음). 라크루아 출판사와 '루공마카르 총서' 열 권에 대한 계약을 맺은 후 발자크의 작품을 다시 읽고 다양한 과학서를 탐독하면서 집필 준비를 해나감. 마네가 자신의 예술을 옹호해준 답례로 〈졸라의 초상〉을 그림.

1869년 『루공가의 행운*La Fortune des Rougon*』 집필 시작. 플로베르와 친교를 맺음.

1870년 가브리엘 알렉상드린 멜레와 결혼. 여러 공화파 신문에 사설을 기고함. 프로이센-프랑스 전쟁의 발발과 스당전투의 참패로 제2제정이 무너짐. 제3공화국이 선포되고 국민방위군 정부가 성립됨. 신문 창간과 행정 참여 등의 뜻을 품고 마르세유와 보르도로 떠남. 총서의 첫번째 작품인 『루공가의 행운』이 〈르 시에클〉에 연재되기 시작함.

1871년 파리코뮌(3월 18일~5월 28일). '피의 일주일'이라 불린 7일간의 시가전 끝에 코뮌이 붕괴됨. 파리로 돌아와 여러 신문에 파리코뮌에 관한 글을 기고함. 『루공가의 행운』 출간. 〈라 클로슈〉에 총서의 두번째 작품 『쟁탈전*La Curée*』을 연재하던 중 검열 당국에 의해 중단됨.

1872년 여러 공화파 신문에 왕정주의를 반대하는 기사를 기고함. '루공마카르 총서'를 샤르팡티에 출판사와 새로운 조건으로 다시 계약함. 총서의 내용이 추가됨. 투르게네프와 알퐁스 도데와 친분을 맺음. 총서의 두번째 작품 『쟁탈전』 출간.

1873년 총서의 세번째 작품 『파리의 배*Le Ventre de Paris*』 발표. 『테레즈 라캥』을 각색한 연극이 실패함.

1874년 총서의 네번째 작품 『플라상의 정복*La Conquête de*

	Plassans』과 『니농에게 주는 새로운 이야기*Les Nouveaux Contes à Ninon*』 발표. 희곡 「라부르댕가의 상속자들Les Héritiers Rabourdin」이 실패함. 마네 덕분에 알게 된 말라르메, 모파상과 가까이 지냄.
1875년	총서의 다섯번째 작품 『무레 신부의 과오*La Faute de l'abbé Mouret*』 발표. 투르게네프의 소개로 러시아 상트페테르부르크의 잡지 『유럽의 메신저』에 시사평론을 기고함.
1876년	총서의 여섯번째 작품 『외젠 루공 각하*Son Excellence Eugène Rougon*』 발표.
1877년	총서의 일곱번째 작품 『목로주점*L'Assommoir*』 출간. 이 작품이 큰 화제를 불러일으키면서 부자가 됨. 4월 16일, 폴 알렉시스, 레옹 에니크, 앙리 세아르, 모파상 그리고 위스망스가 트라프 레스토랑에 졸라, 에드몽 드 공쿠르, 플로베르를 초대함으로써 자연주의 학파의 탄생을 알림.
1878년	파리 근교 메당의 저택을 구입. 그때부터 파리와 메당을 오가며 대부분의 작품을 그곳에서 집필함. 총서의 여덟번째 작품 『사랑의 한 페이지*Une page d'amour*』 출간.
1879년	『목로주점』을 각색해 랑비귀 극장에서 상연, 대성공을 거둠. 〈르 볼테르〉에 『나나*Nana*』가 연재되기 시작함.
1880년	『실험소설론*Le Roman expérimental*』, 총서의 아홉번째 작품 『나나』 출간. 졸라, 알렉시, 에니크, 세아르, 모파상, 위스망스 등 자연주의 소설가들의 소설집 『메당 야회*Les Soirées de Médan*』 출간. 절친한 친구였던 플로베르와 뒤랑티 그리고 어머니가 연이어 세상을 떠나 깊은 상실감에 빠짐.
1881년	평론집 『자연주의 소설가들*Les Romanciers naturalistes*』, 『연극의 자연주의*Le Naturalisme au théâtre*』, 『문학 자료*Documents littéraires*』 발표. 소설 집필에 전념하기 위해 언

론을 떠나 더이상 신문 사설 등을 쓰지 않기로 함.

1882년 총서의 열번째 작품 『살림*Pot-Bouille*』 발표. 〈르 피가로〉에 발표한 시사평론을 모은 『캠페인*Une Campagne*』, 단편집 『뷔를 대위*Le Capitaine Burle*』 발표. 폴 알렉시가 졸라의 전기를 출간해 더 유명해짐. 작품이 외국까지 점점 널리 알려지면서 작가의 권리를 보호하기 위해 애쓰며 번역 조건 등을 협상함.

1883년 총서의 열한번째 작품 『여인들의 행복 백화점*Au Bonheur des Dames*』이 〈질 블라 *Gil Blas*〉에 연재됨. 연극으로 각색된 『살림』이 초연되어 대성공을 거둠. 졸라와 각별한 사이였던 마네 사망.

1884년 총서의 열두번째 작품 『삶의 기쁨*La Joie de vivre*』과 단편집 『나이스 미쿨랭*Naïs Micoulin*』 발표. 광산 노동자들에 관한 소설을 쓰기 위해 앙쟁 광산(1878년 광산 노동자들이 파업을 했던 곳)에서 자료를 수집함. 11월 26일부터 〈질 블라〉에 『제르미날*Germinal*』이 연재되기 시작함.

1885년 총서의 열세번째 작품 『제르미날』 출간. 평단으로부터 걸작이라는 찬사를 받음. 검열 당국은 소설을 연극으로 상연하는 것을 금지함.

1886년 총서의 열네번째 작품 『작품*L'Oeuvre*』 발표. 소설의 주인공이 자신이라고 생각한 세잔이 졸라와 절교를 선언함. 다음 작품 『대지*La Terre*』를 준비하기 위해 보스 지방을 여행함.

1887년 총서의 열다섯번째 작품 『대지』 발표. 도데와 공쿠르 형제의 은밀한 부추김을 받은 자연주의 성향의 젊은 작가 다섯 명이 〈르 피가로〉에 졸라에 반대하는 공개 서한 「5인 선언서Le Manifeste des Cinq」를 발표함. 본탱, 로스니, 데카브, 마르그리트, 기슈의 5인은 졸라의 작품이 저속하고 진지함이 결여되어 있으며, 졸라가 돈벌이를 위해 똑같은 것을 우려먹는다고 비난을 퍼부음. 졸라는 묵묵부답으로 일관했으며 언론은 그를 옹호함. 이 일로 인해 졸라는 공쿠르 형제, 도데와 소원해짐. 『쟁탈전』을 각색한 5막짜리 연극 〈르네 *Renée*〉가 초연됨.

1888년 총서의 열여섯번째 작품 『꿈*Le Rêve*』 발표. 『제르미날』을 연극화한 작품이 검열로 인해 완화된 상태로 공연됨. 작품이 수정되어 기분이 상한 졸라는 연극 상연 참석을 거부함. 레지옹도뇌르 기사 훈장을 받음. 집에 침모로 들어온 스물한 살의 잔 로즈로와 연인 사이가 됨. 이 무렵부터 사진에 관심을 갖기 시작해 1900년 파리 만국박람회를 찍은 사진을 비롯해 19세기 후반의 귀중한 기록이 되는 사진들을 남김.

1889년 잔 로즈로가 딸 드니즈를 낳음.

1890년 총서의 열일곱번째 작품 『인간 짐승*La Bête humaine*』 발표. 아카데미프랑세즈 회원으로 처음 입후보함. 그후 1897년까지 여러 차례 입후보하지만 끝내 받아들여지지 않음.

1891년 총서의 열여덟번째 작품 『돈*L'Argent*』 발표. 문인협회 회장에 만장일치로 선출됨. 그후 1900 까지 거듭 피선되며 저작권 보호를 위해 힘씀. 『꿈』이 알프레드 브뤼노의 음악으로 오페라로 각색되어 성황리에 초연됨. 잔 로즈로가 아들 자크를 낳음. 아내 알렉상드린이 졸라의 이중생활을 알게 되어 불화가 심해짐. 하지만 가정을 버리지 않겠다는 졸라의 말에 상황을 받아들이고, 졸라 사후에 두 자녀를 졸라의 호적에 올림(알렉상드린은 평생 자녀를 두지 못했음).

1892년 총서의 열아홉번째 작품 『패주*La Débâcle*』가 출간되어 엄청난 판매 부수를 기록함. 8월과 9월에 루르드와 프로방스, 이탈리아를 여행함.

1893년 총서의 마지막 작품 『의사 파스칼』 출간. 불로뉴 숲에서 '루공마카르 총서'의 완간을 축하하는 성대한 연회가 열림. 졸라는 당시 문교부 장관이던 레몽 푸앵카레에 의해 레지옹도뇌르 장교로 격상됨. 하지만 1898년 드레퓌스 사건으로 1년 형을 선고받아 수훈자 자격을 박탈당했다가 1900년 12월 27일, 사면법이 발효됨에 따라 자동 복권됨. 단편소설 「물방앗간의 공격L'Attaque du Moulin」이 브뤼노의 음악으로 오페라로 초연됨.

1894년 3부작 '세 도시 이야기*Les Trois Villes*' 중 첫번째 권 『루르드*Lourdes*』 발표. 프랑스 육군 대위였던 유대인 드레퓌스가 간첩이라는 누명을 쓰고 종신형을 선고받음.

1895년 드레퓌스가 강제로 불명예 전역된 뒤 프랑스령 기아나의 악마도L'île du Diable로 유배당함.

1896년 '세 도시 이야기' 두번째 권 『로마*Rome*』 발표. 「유대인들을 위하여Pour les Juifs」를 비롯해 당시 사회에 팽배했던 반유대주의에 반대하는 글을 차례로 〈르 피가로〉에 기고함. 피카르 중령이 드레퓌스는 무죄이며 에스테라지 소령이 진범임을 알아냄.

1897년 드레퓌스의 무죄를 확신한 졸라는 사법 당국의 잘못을 밝히고 드레퓌스 사건의 재심을 요구하는 언론 캠페인을 벌임.

1898년 진범 에스테라지가 형식적인 재판을 거쳐 무죄로 풀려나자 1월 13일 〈로로르〉에 당시 대통령 펠릭스 포르에게 보내는 공개서한 「나는 고발한다J'Accuse...!」를 발표함. 이로 인해 대중이 처음으로 사건의 전모를 알게 되고 프랑스 전역과 온 세상이 정치적, 이데올로기적 논쟁에 휘말림. 국방부로부터 명예훼손죄로 고소당한 졸라는 여러 차례의 재판을 거쳐 1년 징역형과 3천 프랑의 벌금형을 선고받고 런던으로 망명함. '세 도시 이야기' 세번째 권 『파리*Paris*』 출간.

1899년 드레퓌스 재판이 재개됨. 졸라는 11개월의 망명생활을 끝내고 프랑스로 돌아옴. 드레퓌스는 또 유죄 선고를 받지만 사면됨. 새로운 연작소설 '네 복음서*Les Quatre Évangiles*'의 첫번째 권 『풍요*Fécondité*』 발표.

1900년 드레퓌스 사건과 관련된 모든 사실에 대한 사면법이 공포됨.

1901년 드레퓌스 사건과 관련된 팸플릿과 기고문 열세 편을 모은 졸라의 『전진하는 진실*La Vérité en marche*』이 파스켈 출판사에서 출간됨. '네 복음서'의 두번째 권 『노동*Travail*』 출간. 좌파와 프랑스 사회당의 장 조레스를 비롯해 평단의 열렬한 찬사를 받았으며, 여러 노동자 단체들이 『노동』의 출간을 기념하는 연회를 베풂. 오랜 친구 폴 알렉시 사망.

1902년 메당에서 여름을 보내고 9월 28일에 파리로 돌아와 29일 아침에 가스중독으로 사망함. 졸라의 아내는 살아남음. 반反드레퓌스파에 의한 암살이라는 설이 분분함. 10월 5일에 거행된 장례식에서 아나톨 프랑스는 아카데미프랑세즈의 대표로 조사를 읽음. "그는 인간적 양심의 위대한 한 순간이었습니다." '네 복음서'의 마지막 권 『정의*Justice*』는 초안 상태로 남음.

1903년 드레퓌스 사건에서 영감을 받은 '네 복음서' 세번째 권 『진실*Vérité*』 출간.

1906년 드레퓌스 무죄 선고, 복권되어 육군에 복직함.

1908년 6월 4일, 졸라의 유해가 팡테옹으로 이장됨.

문학동네 세계문학전집 발간에 부쳐

세계문학은 국민문학 혹은 지역문학을 떠나 존재하는 문학이 아니지만 그것들의 총합도 아니다. 세계문학이라는 용어에는 그 나름의 언어와 전통을 갖고 있는 국민문학이나 지역문학의 존재를 인정하면서 그것을 넘어서는 문학의 보편적 질서에 대한 관념이 새겨져 있다. 그 용어를 처음 고안한 19세기 유럽인들은 유럽 문학을 중심으로 그 질서를 구축했지만 풍부한 국민문학의 전통을 가지고 있는 현대의 문학 강국들은 나름의 방식으로 세계문학을 이해하면서 정전(正典)의 목록을 작성하고 또 수정한다.

한국에서도 세계문학 관념은 우리 사회와 문화의 변화 속에서 거듭 수정돼왔다. 어느 시기에는 제국 일본의 교양주의를 반영한 세계문학 관념이, 어느 시기에는 제3세계 민족주의에 동조한 세계문학 관념이 출현했고, 그러한 관념을 실천한 전집물이 출판됐다. 21세기 한국에 새로운 세계문학전집이 필요하다는 것은 명백하다. 우리의 지성과 감성의 기준에 부합하는 세계문학을 다시 구상할 때가 되었다.

문학동네 세계문학전집은 범세계적으로 통용되는 고전에 대한 상식을 존중하면서도 지난 반세기 동안 해외 주요 언어권에서 창작과 연구의 진전에 따라 일어난 정전의 변동을 고려하여 편성되었다. 그래서 불멸의 명작은 물론 동시대 세계의 중요한 정치·문화적 실천에 영감을 준 새로운 작품들을 두루 포함시켰다.

창립 이후 지금까지 한국문학 및 번역문학 출판에서 가장 전문적이고 생산적인 그룹을 대표해온 문학동네가 그간 축적한 문학 출판 경험을 바탕으로 새로운 세계문학전집을 펴낸다. 인류가 무지와 몽매의 어둠 속을 방황하면서도 끝내 길을 잃지 않은 것은 세계문학사의 하늘에 떠 있는 빛나는 별들이 길잡이가 되어주었기 때문이다. 우리가 자부심과 사명감 속에서 그리게 될 이 새로운 별자리가 독자들의 관심과 애정에 힘입어 우리 모두의 뿌듯한 자산이 되기를 소망한다.

문학동네 세계문학전집 편집위원

민은경, 박유하, 변현태, 송병선, 이재룡, 홍길표, 남진우, 황종연

세계문학전집 122
제르미날 2

1판 1쇄 2014년 8월 8일
1판 6쇄 2024년 10월 30일

지은이 에밀 졸라 | 옮긴이 박명숙
편집 신선영 이승환 최민유 김미경 오동규 | 독자모니터 유부만두 이희연
디자인 김현우 최미영 | 저작권 박지영 형소진 최은진 오서영
마케팅 정민호 서지화 한민아 이민경 왕지경 정경주 김수인 김혜원 김하연 김예진
브랜딩 함유지 함근아 박민재 김희숙 이송이 박다솔 조다현 정승민 배진성
제작 강신은 김동욱 이순호 | 제작처 영신사

펴낸곳 (주)문학동네 | 펴낸이 김소영
출판등록 1993년 10월 22일 제2003-000045호
주소 10881 경기도 파주시 회동길 210
전자우편 editor@munhak.com | 대표전화 031)955-8888 | 팩스 031)955-8855
문의전화 031)955-1927(마케팅), 031)955-3560(편집)
문학동네카페 http://cafe.naver.com/mhdn
인스타그램 @munhakdongne | 트위터 @munhakdongne
북클럽문학동네 http://bookclubmunhak.com

ISBN 978-89-546-2534-0 04860
978-89-546-0901-2 (세트)

잘못된 책은 구입하신 서점에서 교환해드립니다.
기타 교환 문의 031) 955-2661, 3580

www.munhak.com

1, 2, 3 안나 카레니나 레프 톨스토이 | 박형규 옮김
4 판탈레온과 특별봉사대 마리오 바르가스 요사 | 송병선 옮김
5 황금 물고기 J. M. G. 르 클레지오 | 최수철 옮김
6 템페스트 윌리엄 셰익스피어 | 이경식 옮김
7 위대한 개츠비 F. 스콧 피츠제럴드 | 김영하 옮김
8 아름다운 애너벨 리 싸늘하게 죽다 오에 겐자부로 | 박유하 옮김
9, 10 파우스트 요한 볼프강 폰 괴테 | 이인웅 옮김
11 가면의 고백 미시마 유키오 | 양윤옥 옮김
12 킴 러디어드 키플링 | 하창수 옮김
13 나귀 가죽 오노레 드 발자크 | 이철의 옮김
14 피아노 치는 여자 엘프리데 옐리네크 | 이병애 옮김
15 1984 조지 오웰 | 김기혁 옮김
16 벤야멘타 하인학교 - 야콥 폰 군텐 이야기 로베르트 발저 | 홍길표 옮김
17, 18 적과 흑 스탕달 | 이규식 옮김
19, 20 휴먼 스테인 필립 로스 | 박범수 옮김
21 체스 이야기 · 낯선 여인의 편지 슈테판 츠바이크 | 김연수 옮김
22 왼손잡이 니콜라이 레스코프 | 이상훈 옮김
23 소송 프란츠 카프카 | 권혁준 옮김
24 마크롤 가비에로의 모험 알바로 무티스 | 송병선 옮김
25 파계 시마자키 도손 | 노영희 옮김
26 내 생명 앗아가주오 앙헬레스 마스트레타 | 강성식 옮김
27 여명 시도니가브리엘 콜레트 | 송기정 옮김
28 한때 흑인이었던 남자의 자서전 제임스 웰든 존슨 | 천승걸 옮김
29 슬픈 짐승 모니카 마론 | 김미선 옮김
30 피로 물든 방 앤절라 카터 | 이귀우 옮김
31 숨그네 헤르타 뮐러 | 박경희 옮김
32 우리 시대의 영웅 미하일 레르몬토프 | 김연경 옮김
33, 34 실낙원 존 밀턴 | 조신권 옮김
35 복낙원 존 밀턴 | 조신권 옮김
36 포로기 오오카 쇼헤이 | 허호 옮김
37 동물농장 · 파리와 런던의 따라지 인생 조지 오웰 | 김기혁 옮김
38 루이 랑베르 오노레 드 발자크 | 송기정 옮김
39 코틀로반 안드레이 플라토노프 | 김철균 옮김
40 어두운 상점들의 거리 파트릭 모디아노 | 김화영 옮김
41 순교자 김은국 | 도정일 옮김
42 젊은 베르테르의 슬픔 요한 볼프강 폰 괴테 | 안장혁 옮김
43 더블린 사람들 제임스 조이스 | 진선주 옮김
44 설득 제인 오스틴 | 원영선, 전신화 옮김
45 인공호흡 리카르도 피글리아 | 엄지영 옮김
46 정글북 러디어드 키플링 | 손향숙 옮김
47 외로운 남자 외젠 이오네스코 | 이재룡 옮김
48 에피 브리스트 테오도어 폰타네 | 한미희 옮김
49 둔황 이노우에 야스시 | 임용택 옮김
50 미크로메가스 · 캉디드 혹은 낙관주의 볼테르 | 이병애 옮김

51, 52 염소의 축제 마리오 바르가스 요사 | 송병선 옮김
53 고야산 스님·초롱불 노래 이즈미 교카 | 임태균 옮김
54 다니엘서 E. L. 닥터로 | 정상준 옮김
55 이날을 위한 우산 빌헬름 게나치노 | 박교진 옮김
56 톰 소여의 모험 마크 트웨인 | 강미경 옮김
57 카사노바의 귀향·꿈의 노벨레 아르투어 슈니츨러 | 모명숙 옮김
58 바보들을 위한 학교 사샤 소콜로프 | 권정임 옮김
59 어느 어릿광대의 견해 하인리히 뵐 | 신동도 옮김
60 웃는 늑대 쓰시마 유코 | 김훈아 옮김
61 팔코너 존 치버 | 박영원 옮김
62 한눈팔기 나쓰메 소세키 | 조영석 옮김
63, 64 톰 아저씨의 오두막 해리엇 비처 스토 | 이종인 옮김
65 아버지와 아들 이반 투르게네프 | 이항재 옮김
66 베니스의 상인 윌리엄 셰익스피어 | 이경식 옮김
67 해부학자 페데리코 안다아시 | 조구호 옮김
68 긴 이별을 위한 짧은 편지 페터 한트케 | 안장혁 옮김
69 호텔 뒤락 애니타 브루크너 | 김정 옮김
70 잔해 쥘리앵 그린 | 김종우 옮김
71 절망 블라디미르 나보코프 | 최종술 옮김
72 더버빌가의 테스 토머스 하디 | 유명숙 옮김
73 감상소설 미하일 조셴코 | 백용식 옮김
74 빙하와 어둠의 공포 크리스토프 란스마이어 | 진일상 옮김
75 쓰가루·석별·옛날이야기 다자이 오사무 | 서재곤 옮김
76 이인 알베르 카뮈 | 이기언 옮김
77 달려라, 토끼 존 업다이크 | 정영목 옮김
78 몰락하는 자 토마스 베른하르트 | 박인원 옮김
79, 80 한밤의 아이들 살만 루슈디 | 김진준 옮김
81 죽은 군대의 장군 이스마일 카다레 | 이창실 옮김
82 페레이라가 주장하다 안토니오 타부키 | 이승수 옮김
83, 84 목로주점 에밀 졸라 | 박명숙 옮김
85 아베 일족 모리 오가이 | 권태민 옮김
86 폭풍의 언덕 에밀리 브론테 | 김정아 옮김
87, 88 늦여름 아달베르트 슈티프터 | 박종대 옮김
89 클레브 공작부인 라파예트 부인 | 류재화 옮김
90 P세대 빅토르 펠레빈 | 박혜경 옮김
91 노인과 바다 어니스트 헤밍웨이 | 이인규 옮김
92 물방울 메도루마 슌 | 유은경 옮김
93 도깨비불 피에르 드리외라로셸 | 이재룡 옮김
94 프랑켄슈타인 메리 셸리 | 김선형 옮김
95 래그타임 E. L. 닥터로 | 최용준 옮김
96 캔터빌의 유령 오스카 와일드 | 김미나 옮김
97 만(卍)·시게모토 소장의 어머니 다니자키 준이치로 | 김춘미, 이호철 옮김
98 맨해튼 트랜스퍼 존 더스패서스 | 박경희 옮김
99 단순한 열정 아니 에르노 | 최정수 옮김

100 열세 걸음 모옌 | 임홍빈 옮김
101 데미안 헤르만 헤세 | 안인희 옮김
102 수레바퀴 아래서 헤르만 헤세 | 한미희 옮김
103 소리와 분노 윌리엄 포크너 | 공진호 옮김
104 곰 윌리엄 포크너 | 민은영 옮김
105 롤리타 블라디미르 나보코프 | 김진준 옮김
106, 107 부활 레프 톨스토이 | 박형규 옮김
108, 109 모래그릇 마쓰모토 세이초 | 이병진 옮김
110 은둔자 막심 고리키 | 이강은 옮김
111 불타버린 지도 아베 고보 | 이영미 옮김
112 말라볼리아가의 사람들 조반니 베르가 | 김운찬 옮김
113 디어 라이프 앨리스 먼로 | 정연희 옮김
114 돈 카를로스 프리드리히 실러 | 안인희 옮김
115 인간 짐승 에밀 졸라 | 이철의 옮김
116 빌러비드 토니 모리슨 | 최인자 옮김
117, 118 미국의 목가 필립 로스 | 정영목 옮김
119 대성당 레이먼드 카버 | 김연수 옮김
120 나나 에밀 졸라 | 김치수 옮김
121, 122 제르미날 에밀 졸라 | 박명숙 옮김
123 현기증. 감정들 W. G. 제발트 | 배수아 옮김
124 강 동쪽의 기담 나가이 가후 | 정병호 옮김
125 붉은 밤의 도시들 윌리엄 버로스 | 박인찬 옮김
126 수고양이 무어의 인생관 E. T. A. 호프만 | 박은경 옮김
127 맘브루 R. H. 모레노 두란 | 송병선 옮김
128 익사 오에 겐자부로 | 박유하 옮김
129 땅의 혜택 크누트 함순 | 안미란 옮김
130 불안의 책 페르난두 페소아 | 오진영 옮김
131, 132 사랑과 어둠의 이야기 아모스 오즈 | 최창모 옮김
133 페스트 알베르 카뮈 | 유호식 옮김
134 다마세누 몬테이루의 잃어버린 머리 안토니오 타부키 | 이현경 옮김
135 작은 것들의 신 아룬다티 로이 | 박찬원 옮김
136 시스터 캐리 시어도어 드라이저 | 송은주 옮김
137 고독한 산책자의 몽상 장자크 루소 | 문경자 옮김
138 용의자의 야간열차 다와다 요코 | 이영미 옮김
139 세기아의 고백 알프레드 드 뮈세 | 김미성 옮김
140 햄릿 윌리엄 셰익스피어 | 이경식 옮김
141 카산드라 크리스타 볼프 | 한미희 옮김
142 이 글을 읽는 사람에게 영원한 저주를 마누엘 푸익 | 송병선 옮김
143 마음 나쓰메 소세키 | 유은경 옮김
144 바다 존 밴빌 | 정영목 옮김
145, 146, 147, 148 전쟁과 평화 레프 톨스토이 | 박형규 옮김
149 세 가지 이야기 귀스타브 플로베르 | 고봉만 옮김
150 제5도살장 커트 보니것 | 정영목 옮김
151 알렉시 · 은총의 일격 마르그리트 유르스나르 | 윤진 옮김

152 말라 온다 알베르토 푸겟 | 엄지영 옮김
153 아르세니예프의 인생 이반 부닌 | 이항재 옮김
154 오만과 편견 제인 오스틴 | 류경희 옮김
155 돈 에밀 졸라 | 유기환 옮김
156 젊은 예술가의 초상 제임스 조이스 | 진선주 옮김
157, 158, 159 카라마조프가의 형제들 표도르 도스토옙스키 | 김희숙 옮김
160 진 브로디 선생의 전성기 뮤리얼 스파크 | 서정은 옮김
161 13인당 이야기 오노레 드 발자크 | 송기정 옮김
162 하지 무라트 레프 톨스토이 | 박형규 옮김
163 희망 앙드레 말로 | 김웅권 옮김
164 임멘 호수 · 백마의 기사 · 프시케 테오도어 슈토름 | 배정희 옮김
165 밤은 부드러워라 F. 스콧 피츠제럴드 | 정영목 옮김
166 야간비행 앙투안 드 생텍쥐페리 | 용경식 옮김
167 나이트우드 주나 반스 | 이예원 옮김
168 소년들 앙리 드 몽테를랑 | 유정애 옮김
169, 170 독립기념일 리처드 포드 | 박영원 옮김
171, 172 닥터 지바고 보리스 파스테르나크 | 박형규 옮김
173 싯다르타 헤르만 헤세 | 권혁준 옮김
174 야만인을 기다리며 J. M. 쿳시 | 왕은철 옮김
175 철학편지 볼테르 | 이봉지 옮김
176 거지 소녀 앨리스 먼로 | 민은영 옮김
177 창백한 불꽃 블라디미르 나보코프 | 김윤하 옮김
178 슈틸러 막스 프리슈 | 김인순 옮김
179 시핑 뉴스 애니 프루 | 민승남 옮김
180 이 세상의 왕국 알레호 카르펜티에르 | 조구호 옮김
181 철의 시대 J. M. 쿳시 | 왕은철 옮김
182 카시지 조이스 캐럴 오츠 | 공경희 옮김
183, 184 모비 딕 허먼 멜빌 | 황유원 옮김
185 솔로몬의 노래 토니 모리슨 | 김선형 옮김
186 무기여 잘 있거라 어니스트 헤밍웨이 | 권진아 옮김
187 컬러 퍼플 앨리스 워커 | 고정아 옮김
188, 189 죄와 벌 표도르 도스토옙스키 | 이문영 옮김
190 사랑 광기 그리고 죽음의 이야기 오라시오 키로가 | 엄지영 옮김
191 빅 슬립 레이먼드 챈들러 | 김진준 옮김
192 시간은 밤 류드밀라 페트루솁스카야 | 김혜란 옮김
193 타타르인의 사막 디노 부차티 | 한리나 옮김
194 고양이와 쥐 귄터 그라스 | 박경희 옮김
195 펠리시아의 여정 윌리엄 트레버 | 박찬원 옮김
196 마이클 K의 삶과 시대 J. M. 쿳시 | 왕은철 옮김
197, 198 오스카와 루신다 피터 케리 | 김시현 옮김
199 패싱 넬라 라슨 | 박경희 옮김
200 마담 보바리 귀스타브 플로베르 | 김남주 옮김
201 패주 에밀 졸라 | 유기환 옮김
202 도시와 개들 마리오 바르가스 요사 | 송병선 옮김

203 루시 저메이카 킨케이드 | 정소영 옮김
204 대지 에밀 졸라 | 조성애 옮김
205, 206 백치 표도르 도스토옙스키 | 김희숙 옮김
207 백야 표도르 도스토옙스키 | 박은정 옮김
208 순수의 시대 이디스 워턴 | 손영미 옮김
209 단순한 이야기 엘리자베스 인치볼드 | 이혜수 옮김
210 바닷가에서 압둘라자크 구르나 | 황유원 옮김
211 낙원 압둘라자크 구르나 | 왕은철 옮김
212 피라미드 이스마일 카다레 | 이창실 옮김
213 애니 존 저메이카 킨케이드 | 정소영 옮김
214 지고 말 것을 가와바타 야스나리 | 박혜성 옮김
215 부서진 사월 이스마일 카다레 | 유정희 옮김
216 사람은 무엇으로 사는가 레프 톨스토이 | 이항재 옮김
217, 218 악마의 시 살만 루슈디 | 김진준 옮김
219 오늘을 잡아라 솔 벨로 | 김진준 옮김
220 배반 압둘라자크 구르나 | 황가한 옮김
221 어두운 밤 나는 적막한 집을 나섰다 페터 한트케 | 윤시향 옮김
222 무어의 마지막 한숨 살만 루슈디 | 김진준 옮김
223 속죄 이언 매큐언 | 한정아 옮김
224 암스테르담 이언 매큐언 | 박경희 옮김
225, 226, 227 특성 없는 남자 로베르트 무질 | 박종대 옮김
228 앨프리드와 에밀리 도리스 레싱 | 민은영 옮김
229 북과 남 엘리자베스 개스켈 | 민승남 옮김
230 마지막 이야기들 윌리엄 트레버 | 민승남 옮김
231 벤저민 프랭클린 자서전 벤저민 프랭클린 | 이종인 옮김
232 만년양식집 오에 겐자부로 | 박유하 옮김
233 이상한 나라의 앨리스 루이스 캐럴 | 존 테니얼 그림 | 김희진 옮김
234 소네치카 · 스페이드의 여왕 류드밀라 울리츠카야 | 박종소 옮김
235 메데야와 그녀의 아이들 류드밀라 울리츠카야 | 최종술 옮김
236 실종자 프란츠 카프카 | 이재황 옮김
237 진 알랭 로브그리예 | 성귀수 옮김
238 말테의 수기 라이너 마리아 릴케 | 홍사현 옮김
239, 240 율리시스 제임스 조이스 | 이종일 옮김
241 지도와 영토 미셸 우엘벡 | 장소미 옮김
242 사막 J. M. G. 르 클레지오 | 홍상희 옮김
243 사냥꾼의 수기 이반 투르게네프 | 이종현 옮김
244 험볼트의 선물 솔 벨로 | 전수용 옮김
245 바베트의 만찬 이자크 디네센 | 추미옥 옮김
246 나르치스와 골드문트 헤르만 헤세 | 안인희 옮김
247 변신 · 단식 광대 프란츠 카프카 | 이재황 옮김
248 상자 속의 사나이 안톤 체호프 | 박현섭 옮김
249 가장 파란 눈 토니 모리슨 | 정소영 옮김
250 꽃피는 노트르담 장 주네 | 성귀수 옮김

● 문학동네 세계문학전집은 계속 출간됩니다